大宇宙の魔女

C・L・ムーア

「シャンブロウ！……おい、そいつはシャンブロウだぞ！」火星の地球人入植地で群衆に追われる一人の少女を気紛れから庇った宇宙の無法者ノースウェスト・スミスは、彼女を自分の庇護下に置くことを宣言し、暴徒を追い払った。引きあげる男たちの顔には、なぜか言いようのない軽蔑と嫌悪の表情が浮かんでいた。子猫のような無邪気さと褐色の肢体を持つ異形の少女を宿に連れて帰ったその夜から、彼はけがらわしいまでに甘美な夢に苛まれるようになる。艶麗かつ獰猛な暗黒宇宙の妖女たちを華麗な筆致で描いた伝説のシリーズを新訳決定版にて贈る。

ノースウェスト・スミス全短編

大宇宙の魔女

C・L・ムーア

中村融・市田泉訳

創元ＳＦ文庫

COMPLETE NORTHWEST SMITH

by

C. L. MOORE

1933–1940

目次

大宇宙の魔女

ノースウェスト・スミス全短編

シャンブロウ

Shambleau

中村 融 訳

人間はかつて宇宙を征服していた。それは、まずまちがいない。古代エジプトよりもはるかむかし、アトランティスやムーといった、なかば神話上の名前がこだまとなって伝わってくる歴史の黎明、そのはじまりまでさかのぼる過程のどこかに、人類が、今日《こんにち》のわれわれと同様に、鋼鉄の都市を築き、星の海を渡る船を停泊させ、惑星の名前をそれぞれの土着の言語で知っていた時代があったにちがいない――つまり、金星人がみずからの湿潤《しつじゅん》な世界を、ものやわらかな早口で「シャ＝アードル」と呼ぶのを耳にしたり、火星乾地人の耳障りな言葉に由来する「ラックディズ」を、火星人を真似て発音したりした時代が。それは、まずたしかなところだ。人間はかつて宇宙を征服していた。その時代のこだまは、自分たちの文明と同じくらい強大だった文明が存在したという事実そのものを忘れてしまったいまの世にも、かすかながら伝わっているのだ。それを疑うには、神話や伝説が多すぎる。たとえば、メデューサの神話は地球の土壌《どじょう》に根差すものではありえない。髪の代わりに蛇を生やし、見る者をひとにらみで石に変えたというゴルゴンの物語は、地球に生まれた生きものとはなんの関係もない。そして古代ギリシャ人たちは、遠い祖先がかつて歩《ほ》をしるした辺境の惑星のひとつから持ち帰った、異様な生物にまつわる古《いにしえ》の話をぼんやりと、半信半疑ながら憶えていて、それを語ったにちがいないのだ。

「シャンブロウだ！　おい……シャンブロウだぞ！」暴徒の怒号が、ラクダロールの狭い通りの壁から壁へとはね返り、赤い鉱滓《こうさい》を敷いた街路に重いブーツの靴音が鳴り響いて、高まる叫《きょう》喚《かん》に不吉な低音を添えていた。「シャンブロウ！　シャンブロウ！」

その音が近づいてくると、ノースウェスト・スミスは手近な戸口に身を潜め、熱線銃の銃把に油断なく手をかけて、色の淡い目を細めた。火星でいちばん新しい地球人入植地の通りで、こういう騒ぎは珍しくない——できたての赤い小さな町では、なにが起きても不思議はないし、じっさい頻繁に起きている。だが、十指にあまる未開惑星の潜《もぐ》り酒場や辺境の開拓地でその名を知られ、尊敬されているノースウェスト・スミスは、評判とは裏腹に用心深い質《たち》だった。壁に背中を押しつけ、熱線銃を握ると、どんどん近づいてくる叫喚に耳をかたむけた。

と、視界に赤いものが飛びこんできた。走っている人影で、狩りたてられた野兎のように、狭い通りの身を隠せそうな場所から場所へ逃げこんでいる。若い女だ——赤茶色の肌をした娘で、ぼろぼろの衣を一枚まとったきり。その衣のあでやかな真紅が目を焼いた。いかにも疲れたようすで、彼のいるところからでも、その荒い息づかいが聞きとれた。スミスの視界にはいると同時に、彼女はためらい、片手を壁に当てて体をささえ、必死に視線をめぐらせて、隠れられそうな場所を探した。戸口の奥まったところにいるスミスには気づかなかったにちがいない。なぜなら、暴徒の怒号が大きくなり、激しい足音が角のすぐ向こう側に聞こえるようになると、絶望のうめき声を小さく漏らし、彼のすぐ隣へ逃げこんできたからだ。

長身で、なめし革を思わせる褐色の肌をした男が、熱線銃に手をかけて立っているのを見て、彼女は思わずヒッと声を漏らし、燃えるような真紅の衣と、むきだしの茶色い手足のかたまりとなって、彼の足もとにくずおれた。

スミスは彼女の顔を見ていなかったが、相手は若い女であり、きゃしゃな体つきで、危険にさらされている。騎士道精神に富む男という評判はとっていないものの、絶望して足もとにうずくまっているその姿には、あらゆる地球人に潜む負け犬びいきの琴線に触れるものがあった。彼は娘をそっと背後の隅に押しやり、銃をぬいた。ちょうどそのとき、駆けてくる暴徒の先陣が角をまわってきた。

それは雑多な群衆だった。地球人と火星人、ちらほらとまじっている金星の沼地人や、名もない惑星の知られざる奇妙な住人たち――典型的なラクダロールの暴徒である。先頭の男が角を曲がり、人けのない通りを目の前にしたとき、暴徒の突進に乱れが生じ、先頭の者たちが通りの両側に並ぶ戸口を手分けして探しはじめた。

「なにかお探しかい?」スミスの皮肉っぽい声が、暴徒の喧騒を圧して響きわたった。

暴徒がふり返った。一瞬その叫び声がやんだのは、目の前の光景をとっさに理解できなかったからだろう――宇宙探検者の革服をまとった長身の地球人。灼熱の太陽に焼かれて全身がキツネ色だが、傷だらけの決然とした顔で光っている、不気味な青白さを見せる色の淡い目だけは別だ。銃を握る手はしっかりしており、背後では真紅の娘がうずくまって、荒い息をしている。

群衆の先頭――パトロールの記章を剝ぎとった、ぼろぼろの革服を着た屈強な地球人――が、追跡のもたらす野蛮な興奮一色だった顔に、信じられないといいたげな奇妙な表情を浮かべて、一瞬目をみはった。それから野太い声で「シャンブロウ！」といい放つと、突進してきた。背後で暴徒がまた叫びはじめた。「シャンブロウ！　シャンブロウ！　シャンブロウ！」そして男につづいて殺到してきた。

スミスは悠然と壁にもたれ、銃を握る手を左腕にかぶせて腕組みしていたので、すばやい行動には出られないように見えた。しかし、先頭が一歩踏みだすと同時に、手練《てだれ》の早業で拳銃が半円を描き、青白い熱線が銃口からまばゆくほとばしると、男の足もとの鉱滓畳に弧を焼きつけた。古くからの意思表示であり、誤解する者はひとりもいなかった。先頭の者たちがとっさに飛びのいて、後方から殺到してくる者たちとぶつかったので、ふたつの潮流がせめぎ合い、つかのま大混乱が生じた。それを見ていたスミスが口角をあげて、ほくそ笑む。記章を剝ぎとったパトロールの制服を着た男が、威嚇するようにこぶしをふりあげ、境界線にぎりぎりまで近づいた。いっぽう群衆はその背後で押し合いへし合いしていた。

「その線を越えるつもりか？」不吉なほどおだやかな声でスミスが訊いた。

「その女をよこせ！」

「だったら、とりに来い！」

スミスは不敵な笑みを浮かべた。危険ではあるが、その挑発は、見た目ほど無謀な行いではなかった。長い経験を通じて群衆心理に精通している彼は、この場で殺生沙汰が起きるとは見ていなかった。群衆の手に銃は一挺も握られていない。説明のつかない凶暴さで娘をほしがっていて理解に苦しむが、その怒りはこちらに向けられていない。袋だたきにはされるかもしれないが、命をとられることはないだろう。その気なら、とっくに銃の出番となっていたはずだ。そういうわけで、彼は怒りに燃える男の顔に白い歯を見せて笑いかけ、ものうげに壁にもたれかかった。

リーダーを買って出た男のうしろで、群衆がじれったげに右往左往した。威嚇の声がまた高まりはじめた。スミスの足もとで娘がうめいた。

「この娘をどうするんだ？」とスミスは声を荒らげた。

「そいつはシャンブロウだ！　シャンブロウなんだぞ、このばか！　そこから蹴りだせ――おれたちが面倒を見てやる！」

「面倒ならおれが見る」と、ものうげにスミスが応える。

「おい、そいつはシャンブロウなんだぞ！　このわからず屋め、そいつらを生かしておくわけにはいかんのだ！　こっちへ蹴りだせ！」

くり返されるその名前はスミスにとって意味をなさなかったが、生まれつきの頑固さが反抗的に頭をもたげてきた。いっぽう群衆は円弧にぎりぎりまで迫ってきて、その喧噪はつのるいっぽうだった。

「シャンブロウだぞ！　こっちへ蹴りだせ！　シャンブロウをよこせ！　シャンブロウを！」

スミスは気だるげなポーズをマントのようにかなぐり捨て、両足を広げて踏ん張ると、威嚇するように銃をふりかざした。

「さがれ！」と叫ぶ。「この女はおれのもんだ！　さがれ！」

熱線を使うつもりはなかった。こちらから撃ちはじめないかぎり、殺されることはない、といまではわかっていたし、どんな生身の女であれ、命と引き換えにする気はさらさらなかった。しかし、袋だたきにはされそうなので、暴徒が動くかまえを見せたとき、本能的に足を踏ん張ったのだ。

驚いたことに、前代未聞の事態が生じた。彼が怒鳴りかえしたとたん、暴徒の先頭の者たち――彼の声がはっきりと聞こえた連中――が、警戒してではなく、明らかに意表を突かれてすこしあとずさったのだ。元パトロール隊員が、「おまえのだって！　その女はおまえのものなのか？」といったが、その声には怒りに代わって当惑があらわれていた。

スミスは、うずくまっている人影の前でブーツをはいた脚を大きく広げ、銃をふりまわした。

「そうだ。この女は手もとに置いておく！　さがってろ！」

男は無言でスミスをまじまじと見た。恐怖と嫌悪と不信が、その風雨にさらされた顔の上でまじり合い、つかのま不信が勝利をおさめ、彼は重ねていった。

「おまえのものなのか！」

スミスは反抗的にうなずいた。

男が不意にあとずさった。その姿勢には、いいようのない侮蔑がこめられていた。男は群衆に向かって片腕をふり、「そいつは――この男のもんだとよ！」と大声でいった。すると人垣が崩れ、やはり無言で立ち去った。侮蔑の表情が顔から顔へと広がっていく。

元パトロール隊員が鉱滓敷きの通りにペッと唾を吐き、勝手にしろといいたげに背中を向けて、

「じゃあ、手もとに置いておくがいい」と肩ごしにそっけなくいった。「でも、二度と町なかに出すんじゃないぞ！」

不意に軽蔑を露《あら》わにした群衆が解散しはじめるのを、スミスはとまどいのあまり口をぽかんとあけて見ていた。心は混乱の渦中にあった。あれほど血に飢えていた憎悪が、一瞬にしてかき消えるとは、とうてい信じられない。しかも軽蔑と嫌悪が奇妙に入りまじった顔には、困惑がつのるばかりだ。ラクダロールは清教徒の町とはほど遠い――褐色の娘を自分のものだといったから、群衆のあいだに愕然とした嫌悪の表情が広がったという考えは、一瞬たりとも脳裏に浮かばなかった。いや、原因はそれよりも根深いものだ。本能的で瞬間的な嫌悪が、連中の顔には浮かんでいた――彼が人肉食やファロール崇拝を認めたとしても、あれほど厭《いや》そうな顔はしなかっただろう。

しかも、そうとは知らずに彼が犯した罪がなんであれ、それが感染するかのように、群衆はさっさと彼のそばから離れていく。通りは、人であふれたときと同じくらい急速に閑散として

いった。身なりのいい金星人が、角を曲がりしなにちらっと肩ごしに目を走らせ、「シャンブロウ！」とせせら笑い、その言葉がきっかけとなって、スミスの脳裏で新たな思考が紡《つむ》がれはじめた。シャンブロウか！　なんとなくフランス語風の響きがある。としたら、金星人や火星乾地人の口から出るのを耳にするだけでも奇妙だが、それよりもとまどうのは、その言葉の使い方だ。「そいつらを生かしておくわけにはいかんのだ」と元パトロール隊員はいった。それでぼんやりと思いだしたのだが……母国語の古い書物の一節に……「魔法使《まほうつか》いの女は、これを生かしておいてはならない」（旧約聖書、出エジプト記。二十二章十八節）というのがあった。彼はその似ている点に苦笑すると同時に、すぐそばの娘に意識を向けた。

彼女は音もなく立ちあがっていた。スミスは銃をおさめながら彼女に向きなおり、最初は好奇心から、ついで人間が完全には人間でないものを見るときの無遠慮な態度でじろじろと眺めた。というのも、彼女は人間ではなかったからだ。ひと目でわかった。もっとも、そのたおやかな褐色の姿態は人間の女性そっくりであり、真紅の衣を——革だとわかった——やすやすとまとっているところは、着衣というものになじめない亜人類種族としては珍しいといえたが。彼女の目をのぞきこんだ瞬間にそうとわかり、不安な気持ちが震えとなって全身を走りぬけた。その目は若草のようにあざやかな緑で、切れこみのように細い、猫を思わせる瞳孔が絶えず脈打っていて、その奥に暗い、動物の知恵が見てとれた——人間には見えないものが見えるけものの目つきだ。

顔に毛は一本も生えていない——眉毛も睫《まつげ》毛もないのだ。とすると、頭にきっちりと巻かれた真紅のターバンは、禿頭《とくとう》を隠していると見てよさそうだ。手には三本の指と対向する親指。足の指も四本なので、都合十六本の指に丸い鉤爪が生えていて、それは猫の爪のように出したり引っこめたりできる。彼女が舌で唇をなめまわし――扁平《へんぺい》なピンクの舌は、目と同様に猫を思わせる――たどたどしくしゃべった。喉と舌が、人間の言葉を発するようにできていないのだろう。

「もう――怖くない」と、おだやかな声でいう。小さな歯は、子猫のそれのように白くてとがっていた。

「あいつら、おまえをどうするつもりだったんだ？」好奇心に駆られてスミスは尋ねた。「いったいなにをしたんだ？　シャンブロウ……それがおまえの名前か？」

「あたし――あなたの言葉――うまくしゃべれない」彼女はためらいがちに返した。

「まあ、話してみろ――知りたいんだ。なんで追われてたんだ？　いま通りに出ていてだいじょうぶなのか、それとも家のなかへはいったほうがいいのか？　あいつら、見るからに殺気立っていたが」

「あたし――あなたと行く」彼女はその言葉を苦労して口にした。

「おいおい！」スミスはにやりとした。「とにかく、おまえは何者なんだ？　おれには子猫みたいに見えるが」

「シャンブロウ」彼女は生真面目な顔でいった。

「どこに住んでるんだ？　おまえ、火星人なのか？」

「あたし――遠くから来た――遠いむかしから――はるかな国から――」

「ちょっと待て!」スミスが笑い声をあげ、「話がこんがらかってるぞ。おまえ、火星人じゃないのか?」

彼女はスミスのかたわらで背すじをピンとのばし、ターバンを巻いた頭をそびやかした。その姿勢は女王のように堂々としていた。

「火星人?」蔑《さげす》むようにいう。「あたしの一族は――一族は――一族は――あなたの言葉にはない。あなたの言葉――あたしにはむずかしい」

「おまえの言葉は何語なんだ? 知ってるかもしれん――しゃべってみろ」

彼女は頭をもたげ、彼と正面から目を合わせた。その目にはなんとなく面白がっているような色がある――そう断言できそうだった。

「いつか――話してあげる――あたし自身の言葉で」彼女は約束し、ピンクの舌ですばやく、飢えたように唇をなめまわした。

赤い舗装を踏む足音が近づいてきて、スミスの返事をさえぎった。ひとりの火星乾地人が通りかかったのだ。千鳥足《ちどりあし》で、金星特産のセガー・ウイスキーのにおいをプンプンさせている。娘のぼろ着が赤くひらめくのを目にとめて、さっと首をめぐらせ、彼女がいるという事実がセガー漬けの頭にしみこむと、「シャンブロウだ、ファロールにかけて! シャンブロウだ!」とわめきながら、奥まった戸口に向かってふらふらと歩きだし、手をのばしてつかみかかろうとした。

スミスは蔑むようにその手を払いのけた。「さっさと行くんだ、乾地人」と忠告する。

男はさがって、かすむ目をみはった。「おまえのなのか、えっ?」しわがれ声でいい、「ふん! お似合いだよ!」そして先ほどの元パトロール隊員と同様に、舗装に唾を吐くと、乾地の耳障りな言葉で罰当たりなことをつぶやきながら、背中を向けた。

よたよたと去っていく男を見送り、スミスは色の淡い目のあいだにしわを刻んだ。いいようのない不安がこみあげてきたのだ。

「行くぞ」だしぬけに娘にいう。「こんなことが起きるなら、家にはいったほうがいい。どこへ送ればいい?」

「あなたと――いっしょ」彼女が小声でいった。

彼はその平たい緑の目をのぞきこんだ。絶えず脈打つ瞳孔には心がざわついたが、動物のように浅い視線の裏にはシャッターがあるようになんとなく思えた――閉じている防壁がいまにも開いて、そこにあるとわかっている、暗い知識の深みをさらけだすのではないか、と。

彼は乱暴な口調で、「じゃあ、行くぞ」と重ねていうと、通りに踏みだした。

彼女は一、二歩遅れてついてきた。彼の歩幅の大きさに合わせるのも苦労はいらないらしい。スミスは――金星から木星の諸衛星まで知らぬ者はいないように――宇宙船乗りのブーツをはいていてさえ、猫のように静かに歩くのだが、でこぼこした舗装の上を影のようについてくる娘は、ほとんど音を立てないので、軽やかな彼の足音さえ、人けのない通りに大きく響くのだった。

スミスはラクダロールでも人通りのすくない道を選び、寝泊まりする場所があまり遠くないことを、名前のない神々に困惑気味に感謝した。行き会った少数の歩行者が首をめぐらし、いまではおなじみになったが、彼にはさっぱり理解できない恐怖と軽蔑の入りまじった表情でふたりを見送ったからだ。

彼が借りている部屋は、町はずれにある下宿屋のひと間だった。当時は新開の鉱山町だったラクダロールは、どこへ行っても似たような造りの家が並んでいたし、スミスの用向きは外聞をはばかるものだった。これよりひどい場所で寝泊まりしたことはあるし、これからもあるだろう。

建物にはいったとき、人影は見当たらなかったので、娘は家のだれにも見とがめられずに、影のように彼のあとについて階段を登り、扉の奥へ姿を消した。スミスは扉を閉めて、幅広い肩をその板に押しつけて寄りかかり、値踏みするように彼女を眺めた。

彼女はちらっと視線を走らせ、小さな部屋の調度を見てとった——むさ苦しいベッド、ぐらつくテーブル、かしいで壁にかかっている、ひび割れた鏡、塗装もされていない椅子——地球の外星入植地では典型的な鉱山町の部屋だ。彼女はその貧しさをひと目で受け入れ、念頭から追い払うと、窓辺へ行って、一瞬身を乗りだし、低い屋根の連《つら》なりごしに、その彼方の不毛な原野を見渡した。遅い午後の陽射しのもと、鉱滓が赤く光っている。

「ここにいてもいいぞ」唐突にスミスがいった。「おれが町を出るまでは。金星から来る友だちを待ってるんだ。なにか食べたのか？」

「食べた」娘が即座にいった。「しばらく――食べもの――いらない」

「そうか――」スミスは部屋をちらっと見まわし、「夜になったらもどって来る。おまえは出ていってもいいし、ここにいてもいい。おれが出たら、扉に鍵をかけたほうがいいぞ」

それ以上はなにもいわず、彼は部屋を出た。扉が閉じると、鍵がまわる音がして、口もとがほころんだ。そのときは、彼女と会うことは二度とないと思っていた。

階段を降りて、陽のかたむいた通りへ出ると、ほかのことで頭がいっぱいになり、褐色の娘の件はあっという間に背景へ退《しりぞ》いた。ラクダロールでのスミスの用向きは、例によって例のごとく、口にしないほうがいいものだった。人には人の生き方があり、スミスの生き方は法の外にある危険なもので、熱線銃だけがものをいう。目下《もっか》の彼が深く関心をいだいているのは、貿易港と輸出用の貨物であり、待っている友人は金星人ヤロールだといえばすむだろう。ヤロールはエドセル級の快速艇〈乙女《メイド》〉号に乗っている。パトロールの船を翻弄し、追っ手をはるか後方のエーテル内でじたばたさせるほどの猛スピードで星から星へと飛翔できる艇だ。スミスとヤロールと〈メイド〉号は三位一体であり、これまでパトロールの隊長たちを切りきり舞いさせ、その白髪をふやしてきた。その夕刻、下宿屋を出たとき、スミスにとって前途は洋々として見えた。

地球の前哨地のある惑星ならどこでもそうだが、地球人の鉱山町の習わしどおり、ラクダロールは夜になると喧噪につつまれる。町がにぎわいはじめたころ、スミスはつぎつぎと灯っていく明かりを縫って町の中心部へ向かった。そこでの彼の用向きは、われわれの関知するところではない。彼はいちばんにぎわっているところで人ごみにまぎれこみ、象牙の計算機がカチリと鳴って、銀貨がジャラジャラいい、金星産の黒い瓶から赤いセガーがグビグビと飲まれ、夜も更けたころ、スミスは天を駆けるふたつの火星の月のもと、家路についた。ときおり足もとで通りがすこし揺らいだとしたら――まあ、それも当然だろう。〈火星の子羊〉から〈ニュー・シカゴ〉まで、酒場という酒場で赤いセガーをかっくらい、それでも足もとがふらつかないということは、さしものスミスにも無理な相談だ。しかし、帰り道はたいした苦労もなく――酔っているわりにはだが――見つかったし、たっぷり五分も探しまわった末とはいえ、娘のために鍵を内側にさしっ放しにして出たことを思いだせた。

ノックすると、なかで足音はしなかったが、ややあって掛け金がカチリと鳴り、扉がさっと開いた。スミスがはいると、彼女は音もなく退き、窓辺のお気に入りの場所へ行って、窓の下枠にもたれかかり、星空を背に輪郭を浮きあがらせた。部屋は真っ暗だった。

スミスは扉わきのスイッチを入れてから、扉にもたれて体をささえた。冷たい夜気のおかげで酔いがすこしさめていて、頭はすっきりしていた――酒はスミスの足にまわることはあっても、頭にはまわらない。さもなければ、みずから選んだ無法の道をここまで来られなかっただろう。いまは扉に寄りかかり、いきなり灯った電球のギラギラした光のもとで娘を眺めている。

明かりだけでなく、彼女の衣服の真紅にもすこし目がくらんだ。

「やあ、いたのか」とスミス。

「あたし――待っていた」彼女は静かな声で答えると、窓の下枠にますますもたれかかり、ほっそりした三本の指で粗削りの木部をつかんだ。その手は暗闇を背にして淡い褐色に見えた。

「どうして？」

彼女は答える代わりに口角をあげて、ゆっくりと笑みを浮かべた。人間の女性なら、それだけで返事になっただろう――挑発そのものだ。シャンブロウの場合は、哀れを誘うと同時に身の毛のよだつものがあった――半人半獣の顔に浮かぶ表情にしては、あまりにも人間らしいのだ。それでも……真紅の革のぼろ服からのぞく褐色の体は、まろやかな曲線を描いていて――その褐色の肌にはビロードのような肌理《きめ》があり……白い歯をひらめかせて微笑し……スミスの身内《みうち》で興奮がうごめいた。どうせ――ヤロールが来るまで暇を持てあましているのだ……。思いをめぐらすうちに、鋼鉄なみに青白い目が彼女のほうへさまよい、なにひとつ見逃さないよう、ゆっくりと眺めまわした。口を開いたとき、自分の声がすこし低くなっているのに気づき……。

「おいで」彼はいった。

彼女がゆっくりと進み出て――鉤爪の生えた素足は、こそりとも音を立てない――目を伏せ、あの哀れみをそそる人間の笑みで口もとを小刻みに震わせながら、彼の前に立った。その肩をつかむと――ビロードのようにやわらかい肩、クリームを思わせるなめらかさは、人間の肉体の手ざわりではなかった。彼の手が触れたとたん、かすかなわなわなきが彼女の全身に走るのがわかった。ノースウェスト・スミスは不意に息をこらえ、彼女を抱きよせ……しなやかな褐色の体を抱きかかえ……彼女自身の息がいったん止まり、速まると同時に、ビロードのような腕が彼の首に巻きついた。と思うと、スミスは目と鼻の先にあるその顔を見おろしていて、脈打つ瞳孔をそなえた緑の動物の目と視線が合い、深みを欠いているはずの眼差しの裏で、なにか深いものがちらつき、高まる血潮のざわめきのなか、身をかがめて唇を重ねようとしたまさにそのとき、自分の身内の深いものが尻ごみするのを感じた――不可解にも、本能的に、反発したのだ。語る言葉を持ちあわせていないが、彼女の感触そのものが不意に厭《いと》わしくなった――あまりにもやわらかで、ビロードじみていて、人間らしくない――そして彼の口へ迫ってきたのは動物の顔といいえそうだった。その細長い瞳孔の暗闇から飢えたように暗い知識がのぞいていて――狂気にとらわれた一瞬、暴徒の顔にも同じ熱に浮かされたような荒々しい嫌悪が浮かんでいたのに思いあたり……。

「神よ!」彼はあえいだ。本人が理解するよりもはるかに古い魔除けの呪文だ。そして彼女の腕を首からもぎ離し、乱暴にふり払ったので、彼女がたたらを踏んで部屋を半分ほど横切った。スミスは扉にもたれかかり、荒い息をつきながら、猛烈な嫌悪感がゆっくりとおさまるあいだ、彼女を見つめていた。

彼女は窓の下の床に倒れていた。そして壁ぎわでうなだれて横たわっていたが、おかしなことに、ターバンがずれているのに気づいた――てっきり禿頭を隠しているのだと思っていたターバンだ——そして締めつける革の下で真紅の髪がひと房はらりと落ちた。衣服と同じくらい真紅の髪、目が人間離れした緑であるのと同じくらい人間離れした赤い髪が。彼は目をこらし、くらくらする頭をふって、もういちど目をこらした。というのも、その臙脂《えんじ》色の太い房が動いたように思えたからだ。ひとりでにくねって頰に触れたように。

それが触れたとたん、彼女があわてて両手をあげ、ひどく人間臭い仕草でターバンにたくしこむと、またうなだれて顔を手に埋めた。指の隙間の深い影から、こっそりこちらをうかがっているような気がした。

スミスは深呼吸して、額を手で撫でた。不可解な瞬間はたちまち過ぎた——早すぎて理解も分析もできない。「セガーを控えないとな」彼は心もとなげにひとりごちた。あの真紅の髪は目の錯覚だったのだろうか？　けっきょく、彼女はほかの惑星に住む多数の半人間種族のひとつ、褐色の娘に似た美しい生きものでしかない。とにかく、それ以上ではないのだ。かわいらしくはある。だが、動物だ……。彼は笑い声をあげたが、それはすこしだけ震えていた。

「もうしないよ」彼はいった。「なるほど、おれは天使じゃないが、ものには限度ってものがある。ほら」ベッドまで行き、乱雑に積みあげられた毛布から二枚を選り分けて、部屋の反対側の隅へ放り、「そこで寝るといい」

彼女は無言で床から起きあがり、毛布を敷きはじめた。事情を理解できない動物の忍従が、体のあらゆる線に能弁に表れていた。

その夜スミスはおかしな夢を見た。夢のなかでめざめると、部屋は真っ暗で、月光が射しこみ、影が動いているように思えた。火星の近いほうの月が空を疾走していて、その下の惑星では、なにもかもが闇のなかで息づいていたからだ。そしてなにかが……なにか名状しがたい、考えのおよばないものが……喉に巻きつき……やわらかな蛇のように、ぬめぬめと温かいもの。それが首にゆるくからみつき……そろそろと、撫でまわすように動いているので、体じゅうの神経と筋線維が悦楽にわななく。危険な悦楽だ——肉体的な快楽を超え、精神の喜びよりも深い。その温かくてやわらかいものが、身の毛のよだつほど親しげに彼の魂の根本を撫でさすっていた。その恍惚に彼は衰弱し、それなのに——このありえない夢から生まれた知識が一閃して——魂をもてあそばれてはならないとわかった。そうとわかったとたん、恐怖が襲いかかってきて、快楽を嫌悪と憎悪と忌まわしさの絶頂に変えた——しかし、それでも、けがらわしいまでに甘美だった。彼は両手をあげ、夢の産物である怪物を喉から引きはがそうとした——引きはがそうとしたが、うわの空だった。魂は奥底まで反発をおぼえているのに、肉体の愉悦が大きすぎて、手がいうことをきかないからだ。しかし、とうとう両腕をあげようとしたとき、冷たいショックが全身に走り、気がつくと身動きできなかった……体は毛布の下で大理石のように硬くなり、生きている大理石は、こわばった血管という血管を流れる恐ろしい愉悦に震えるのだった。

厭わしさがつのるなか、スミスは金縛りの夢に必死にあらがった——怠惰な体に魂があらがったのだ——やがて動く闇に空白の縞《しま》がはいるようになり、とうとうそれがまわりで閉じて、彼はいったんさめた忘却へとふたたび沈みこんでいった。

翌朝、火星の澄んだ薄い大気を通してまばゆい陽光が射しこんできて目をさますと、スミスはしばらく横になったまま記憶をよみがえらせようとした。あの夢は現実よりも鮮明だったのに、いまはよく思いだせない……憶えているのは、生まれてからいちどもなかったほど甘美で恐ろしかったことくらいだ。しばらくとまどっていたが、やがて部屋の隅から静かな音が聞こえてきて、もの思いからさめ、上体を起こすと、娘が毛布の上で猫のように体を丸め、丸い目で心配そうにこちらを見ているのだった。すこし残念な思いで彼は娘を眺めた。

「おはよう。ろくでもない夢を見ちまったな……。さて、腹はすいてるか?」

娘は無言で首をふった。その目には奇妙にも面白がっているような光が隠れている——そう断言できそうだった。

スミスはのびとあくびをして、悪夢の件はとりあえず頭から追い払った。

「さて、おまえをどうしたものかな?」もっとさし迫った問題に注意を向け、「おれはあと一日か二日でここを出ていくんだが、連れていくわけにはいかないんだ。そもそも、おまえ、どこから来たんだ?」

ふたたび彼女はかぶりをふった。

「いいたくないのか? まあ、おまえの勝手だ。部屋を引き払うまでは、ここにいてもいいぞ。そのあとは、自分で心配してもらうしかないな」

足を床に降ろし、服に手をのばす。

十分後、熱線銃を腿のホルスターにおさめながら、スミスが娘のほうを向いた。

「テーブルの上の箱に濃縮食料がはいってる。おれがもどるまで、それで保《も》つはずだ。おれが出かけたら、また扉に鍵をかけたほうがいいぞ」

返事は揺るがない視線だけだった。彼女が理解したのかどうか、よくわからなかったが、とにかく前回と同様に彼が出たあとカチリと錠が鳴り、彼は口もとをほころばせて階段を降りていった。

昨夜の途方もない夢の記憶は、そういう記憶の例に漏れず、みるみる薄れていき、通りに出たときには、娘や夢や昨日の出来事のすべてが、目前の用件にぬぐい消されていた。

ふたたび彼の注意をひとり占めにしたのは、ここへ来る原因となったこみ入った事情だった。ほかのすべてを念頭から締めだして仕事にかかり、通りに踏みだした瞬間から、その晩家路につくまで、彼のやることなすことの裏にはちゃんとした理由があった。もっとも、昼間彼のあとをつけた者がいたとしたら、ラクダロールをあてどなく歩きまわっているように見えただろうが。

すくなくとも二時間は宇宙港わきで漫然と過ごし、眠たげな色の淡い目で発着する船や、乗客や、待機中の船舶や、貨物を――とりわけ貨物を――見ていたにちがいない。町の酒場をいまいちどひとめぐりし、日が暮れるまでさまざまな酒のグラスを重ね、あらゆる種族と天体の男たちと――たいていは彼らの母国語で――他愛のない会話に興じた。スミスは同時代人のあいだで評判の言語通だったからだ。宇宙航路のゴシップや、十指にあまる惑星の千におよぶ出来事のニュースを聞いた。金星皇帝にまつわる最新のジョークと、中華＝アーリヤ戦争の最新戦況や、文明惑星の男という男が〝ジョージアの薔薇《ローズ》〟として崇めるローズ・ロバートスンの歌う最新ヒット曲を耳にした。自分自身の目的をかなえるために、その日をきわめて有益に過ごしたわけだが、その目的はいまはわれわれの関知するところではない。そして夜も浅いうちに家路についたとき、自分の部屋にいる褐色の娘のことが脳裏ではっきりした形をとった。もっとも、漠然とした形でなら、一日じゅう潜んでいたのだが。

彼女がなにを食べつけているのか、見当もつかないので、ニューヨーク産ロースト・ビーフの缶詰ひとつ、金星産蛙《かえる》スープの缶詰ひとつ、新鮮な運河リンゴ一ダース、火星の肥沃《ひよく》な運河土壌で旺盛に育つ地球のレタス二ポンドを買いこんだ。これだけの食べものをとりそろえれば、ひとつくらいはお気に召すにちがいない。そして――その日はすこぶる満足がいくものだったので――驚くほどゆたかなバリトンで〈地球の緑の丘〉を口ずさみながら、階段を登った。

扉は昨晩と同様に施錠されていた。両腕がふさがっていたので、彼は一歩さがって、ブーツでそっと下のほうを蹴った。彼女がいかにも彼女らしく静かに扉をあけ、薄闇のなかで、荷物をかかえてよろよろとテーブルへ向かうスミスをじっと見ていた。今度も部屋は明かりがついていなかった。

「どうして明かりをつけないんだ？」荷物をテーブルに置こうとして、そのわきの椅子に向こうずねをぶつけたあと、彼がいらだたしげに訊いた。

「明るいのも——暗いのも——あたしには——同じ」彼女が小声でいった。

「猫の目ってやつか？　なるほど、見るからにそうらしい。ほら、晩飯を持ってきてやったぞ。好きなのを選べ。ロースト・ビーフがいいか？　それとも、蛙のスープはどうだ？」

彼女はかぶりをふり、一歩退いた。

「いらない。あなたたちの食べもの——食べられない」

スミスは眉間《みけん》にしわを寄せ、

「濃縮食料は食べたのか？」

ふたたび赤いターバンが否定的に揺れた。

「じゃあ、なにも食べてないんだな——おい、二十四時間以上じゃないか！　飢え死にしちまうぞ」

「お腹、すいてない」と彼女は否定した。

「じゃあ、食べられるものを見つけてきてやる。急げば間に合うだろう。食べなきゃだめだぞ、お嬢ちゃん」

「そのうち——食べる」彼女は静かにいった。「もうじき——食べる。心配——いらない」

それから背中を向け、窓ぎわに立つと、会話を打ち切るかのように、月明かりの風景を見渡した。スミスはロースト・ビーフの缶詰をあけながら、とまどいの視線を彼女に向けた。心配ないという言葉の裏には奇妙な別の意味があり、なぜか、それが気に入らなかった。それに彼女には歯と舌があり、人間そっくりの姿形からして、おそらくはかなり人間に近い消化器官があるにちがいない。食べられるものが見つからないふりをしても意味がないのだ。けっきょく、濃縮食料を食べたのだろう。彼はそう判断して、内側の容器の保温蓋をこじあけ、長く封印されていた熱い肉の香りを解放した。

「まあ、食べたくないなら、食べなくていい」

彼はさとったようにいい、熱いスープと賽《さい》の目切りにしたビーフを保温缶詰の皿兼用の蓋にあけ、内外の容器にはさまれた隠し場所からスプーンをとりだした。ぐらぐらする椅子を引き、食べものの前にすわるスミスを、彼女はすこしだけ首をひねって目で追った。しばらくすると、まばたきしない緑の目でじっと見据えられているのに気づいて、スミスは落ちつかなくなり、クリームのような味わいの運河リンゴをかじる合間に、「ひと口どうだ？　うまいぞ」といった。

「あたしの――食べもの――もっと――おいしい」

彼女が静かな声でたどたどしくそういうと、スミスはその言葉に潜むかすかに不愉快な響きをまたしても聞くというよりは感じとった。いまの最後の言葉に思いをめぐらせたとき、不意にある疑惑が湧いてきた――そのむかし野営の焚き火を囲んで語られた怪談の漠然とした記憶だ――そして椅子にすわったまま体をまわし、彼女に目をやると、不可解なことにほのかな不安が背すじを這いのぼってきた。彼女の言葉には――口にされなかった言葉には、危険を感じさせるものが……。

彼女はスミスの視線を淑《しと》やかに浴びていた。瞳孔の脈打っている幅広の緑の目が、こゆるぎもせずに彼を見返した。しかし、その口は真っ赤で、歯は鋭く……。

「おまえの食べものはなんだ？」彼は語気を強めて訊いた。と、一拍置いて声を潜め、「血か？」

彼女は理解できないらしく、一瞬スミスをまじまじと見た。それから面白がるように口角をあげ、蔑みの口調でいった。

「あたしを——吸血鬼だと——思うの？　いいえ——あたしはシャンブロウ！」

その声には彼の言葉への侮蔑と嘲笑がまぎれもなくこもっていたが、スミスのいいたいこと——彼が論理的な疑惑として受け入れたこと——が伝わったのもたしかだった。つまり、吸血鬼だ！　おとぎ話ではある——だが、この人間ではない辺境の生きものがいちばんなじんでいるおとぎ話だ。スミスは信じやすい質ではないし、迷信深くもない。しかし、あまりにも多くの不可思議なことを自分の目で見てきたので、荒唐無稽《こうとうむけい》な伝説にも事実の裏づけがあるということを疑いはしなかった。それに彼女には得体の知れないところがある……。

運河リンゴにかぶりつく合間にしばらく頭を悩ませた。訊きたいことは山ほどあったが、訊いても無駄だとわかっていたので、訊かなかった。

それ以上はなにもいわず、肉を平らげ、ふたつ目の運河リンゴを食べおえると、空き缶を窓から放りだすという単純な方法であと片づけをした。それから椅子にもたれ、鞍革のような黄褐色の顔についた色の淡い目をなかば閉じて彼女をうかがった。またしても褐色のビロードのような体のまろやかな曲線が意識された——ぼろぼろになった真紅の革の下で、なめらかな肉体が微妙な円弧と平面を形作っている。吸血鬼かもしれない。人間でないのはたしかだ。しかし、彼のぶしつけな視線を浴びておとなしくすわり、赤いターバンを巻いた頭をうつむけて、鉤爪の生えた指を膝に置いている姿は、言葉にいい表せないほど欲望をそそる。ふたりはしばらくじっとしていた。沈黙がふたりのあいだで脈打った。

彼女は女に——地球の女に——そっくりだ。たおやかで従順でかわいらしく、やわらかな毛皮よりもやわらかい。もし三本の指に生えた鉤爪と脈打つ瞳孔を忘れられるなら——そして言葉よりも深い異様さを……（赤髪の房が動いたのは、夢に見たのだろうか？　彼女を腕に抱いたとき、猛烈な嫌悪感に襲われたのは、セガーのせいだったのだろうか？　暴徒はなぜあれほど彼女の血に飢えていたのだろうか？）。スミスは目をこらした。彼女の得体の知れなさや、脳裏にひしめく疑惑の芽にもかかわらず——というのも、肌も露わなぼろ着の下で、彼女の体がまろやかな曲線を美しく描いているからだ——脈拍が早まっているのを徐々にさとり、体が火照《ほて》っているのに気がついた。褐色の女に似た生きものは目を伏せていて……と、まぶたがあがり、平たい緑の猫の目と視線が合い、昨夜の嫌悪感がすぐさまぶり返して、目が合うと同時に警報のように鳴り響き——けっきょく、動物なのだ。人間にしてはなめらかすぎるし、やわらかすぎる。そしてあの内なる異様さ……。

スミスは肩をすくめ、上体を起こした。欠点はいくらでもあるほうだが、肉欲に溺れるという欠点はない。隅にある毛布の寝床へ行けと娘に手ぶりで伝えると、彼は自分のベッドへ向かった。

その夜遅く、彼は深く安らかな眠りからめざめた。いきなり完全に目がさめたのであり、ひどい胸騒ぎにとらわれていた。まばゆい月光が射していて、部屋は真昼のように明るかったので、寝床の上で上体を起こしている娘のぼろ服の真紅が目にあざやかだった。彼女はめざめており、肩を半分こちらに向け、うなだれてすわっていた。彼女のしていることを見ているうちに、本能的な警戒心が冷たく背すじを這いのぼってきた。それなのに、若い女なら――どこの、どんな女であれ――当たり前のことをしているのだ。ターバンをほどいているのである……。

彼は息を呑んで見まもった。不可解にも、脳裏で忌まわしいものがうごめく予感があった……。赤いひだがゆるみ――あれは夢ではなかった、とそのときわかった――ふたたび真紅の房が頬にはらりと落ちた……髪の毛なのだろうか、あれは？　髪の房なのだろうか？……太い長虫のようにぷっくりとふくれたものが落ちて、すべすべの頬にかかり……血よりも赤く、這いずる長虫のように太く……長虫のようにくねっている。

スミスは知らぬ間に片肘をついて身を起こし、怖いもの見たさに胸をむかつかせながらも、まばたきを忘れてその――髪の房に目をこらした。夢ではなかったのだ。昨夜、それが動くように見えたのは。いまのいままでセガーのせいだと思っていた。しかし、いま……それはどんどん長くなり、ひとりでに動いていた。髪にはちがいない。だが、くねっているのだ。気色の悪い独自の生命をそなえて、ありえないことに、厭わしくも、頬を撫でるようにのたうっている……。ぬめぬめとした丸く太いものが……。

彼女は最後のひと巻きをほどき、ターバンを脱ぎ捨てた。そのとき目に映ったものから、できるものなら、スミスは目をそらしていただろう——これまで恐ろしいものをひるまずに直視してきた彼であったが——しかし、身動きできなかった。肘をついて、忌まわしい巻き毛のまがいものとなって、彼女の頭の上でくねっている真紅のかたまり——長虫なのか、髪なのか、いったいなんだ?——を見ていることしかできなかった。それは長くなり、こぼれ落ちて、どういうわけか彼の眼前で成長し、滝となって肩から流れ落ちた。これほどの量のものが、彼女が頭にきつく巻いていたターバンの下に、そもそも隠れていたはずがないのだ。不思議にも思わなかったが、そうとわかった。それはまだのたくり、長くなり、こぼれ落ちて、彼女は、ほどいた髪をふり落とす女性を真似するかのように、おぞましくもそれをふり落とした。やがてその房がからみ合ったものが——ねじれ、悶《もだ》えている卑猥な真紅が——腰とその先まで垂れさがり、なおも長くのびた。なぜか、ありえないことに、いままできっちり巻かれたターバンの下に隠れていた、くねる恐怖の果てしなくもつれたものが。それは盲目で絶えずうごめく赤い長虫の巣を彷彿とさせた……まるで——むきだしの内臓に不自然な生気が吹きこまれたようで、言葉にならないほど恐ろしかった。

スミスは純然たるショックと嫌悪から生じた、胸の悪くなるような麻痺《まひ》にとらわれて暗がりに横たわっていた。

彼女はその卑猥で筆舌《ひつぜつ》につくしがたい、からみ合ったものを肩から揺すり落とした。するとなぜかわかった、彼女がいまにもこちらを向き、目を合わせねばならないのだ、と。そう思ったとたん、この恐ろしい悪夢のなかの——悪夢にちがいないからだ——なによりも忌まわしい恐怖で心臓が止まりそうになった。しかし、試すまでもなく、目をそらせないのはわかっていた。その光景の病んだ魅惑に身動きできず、どういうわけかそこにはある種の美が宿っていて……。

彼女が首をめぐらせていた。うごめくおぞましいものが、その動きに合わせてさざ波立ち、のたうつ。太くて、ぬめぬめしたくねるものが、褐色のやわらかな肩を乗りこえ、こんどは淫《いん》靡《び》な滝となって全身を覆い隠す。彼女が首をめぐらせていた。スミスは金縛りにかかったままだ。そしてすこしずつ、彼女の頬の丸みが縮んでいき、横顔が視界にはいってきて、不気味にねじれる真紅の恐ろしいものにふさがれ、こんどは横顔が短くなり、真正面から見た顔がゆっくりとベッドのほうに向いた——その淑やかで美しい人間の女の顔を真昼のようにあでやかな月光が照らし、その顔は淫らにからみ合っているものにふちどられていた……。

緑の目と視線が合った。はっきりした衝撃があり、凍りついた背すじに震えが走って、氷のような痺《しび》れをあとに残した。全身が総毛立った。しかし、その痺れと冷たい恐怖にはろくに気づかなかった。緑の目にひたすら見つめられ、どういうわけか、それが名状しがたいもの——かならずしも不愉快ではないもの——の前触れだったからだ。彼女の心の声なき声が、約束をささやいている……。

刹那、彼は文目《あやめ》も分かぬ屈服の深淵へ降りていった。と、そのときは目に映るものを理解できなかったが、その淫靡な光景そのものが、恐ろしさのあまり、誘惑する闇から引きずりだしてくれた……得体の知れない恐怖に命を吹きこまれたものがくねっている光景だ。

彼女が起きあがり、のたうつ真紅のものが滝となって周囲に流れ落ちた——頭に生えているものが。それは生きている長いマントとなって床の素足にまで届き、ぬるぬるしたくねる生きものの波となって彼女を隠した。彼女が両手をあげ、泳ぐように瀑布をかき分け、からみ合ったものを肩ごしに放って、甘美な曲線を描く褐色の体を露わにした。彼女が嫣然《えんぜん》とほほえむと、額から波が引きはじめ、生きている髪が蛇のようにぬらぬらとくねって、おぞましい背景となった。そしてスミスは、メデューサを見ているのだと知った。

その知識——遠くかすんだ歴史の奥にまでのびている広大な背景を理解したこと——のおかげで、つかのま凍てついた恐怖からたたきだされ、その瞬間、ほほえんでいる彼女とまた目が合った。月明かりを浴びたガラスのような緑の目が、伏せたまぶたになかば覆われていた。ねじれる真紅のものをかき分けて、彼女が両腕をさしのべた。そこには魂を揺るがすほど欲望をかきたてるものがあったので、全身の血が不意に逆流し、彼は夢遊病者のようにふらふらと歩きだした。いっぽう彼女は、生きている恐怖のマントにつつまれ、かぎりなく優雅に、かぎりなく甘美に彼に向かって体を揺らした。

ぬめぬめとした真紅のものがくねっているようすには、なぜか美があった。長虫のように丸く太いものにそって月光が輝き、かたまりのなかにいったん失われるが、またきらめいて、のたうつ巻きひげにそって銀色が動いていく——どんな醜さも足もとにおよばない、身の毛のよだつほどおぞましい美だ。

しかし、こんども半分しか理解できなかった。狡猾なつぶやきが、ふたたび頭のなかでとぐろを巻いて、約束し、愛撫し、蜜よりも甘く誘っていたからだ。そして彼の目をとらえた緑の目は、宝石の深みのように澄んでいて光り輝き、脈打つ切れこみのような暗闇の裏に、すべてを呑みこむ、もっと大きな闇が見えていて……。彼は知っていた。その平たい動物のように深みを欠いた目をはじめてのぞきこんだときにぼんやりとわかったのだ、その背後に——すべての美と戦慄、すべての恐怖と愉悦が果てしない闇のなかにあり、彼女の目はエメラルド色のガラスのはまった窓のように、その闇に向かって開いているのだということが。

彼女の唇が動き、沈黙と体の揺れと恐ろしい——髪の揺れと分かちがたくまじり合ったつぶやきとなって、ひどく静かに、ひどく情熱的に彼女はささやいた。

「いまこそ——話してあげるわ——あたし自身の言葉で——ああ、愛しい人！」

そして生きているマントをまとった体を彼に向かって揺らすと、スミスの脳の最奥でつぶやきが誘うように、撫でるようにふくらみ——甘露《かんろ》よりも甘く約束し、いうことを聞かせようとした。その恐ろしさに全身が総毛立ったが、それは倒錯した嫌悪であり、厭うものをつかんで離さなかった。彼の両腕が、うごめくマントの下の体を撫でまわす。ぬるぬるして温かいものは、おぞましい生気に満ちており——ビロードのような肌触りの体が密着していて、彼女の両腕が首にからみつき——ささやきと最初の快感とともに、名状しがたい恐怖がふたりをつつみこんだ。

シャンブロウの生きている髪にはじめて抱きしめられた瞬間は、死ぬまで悪夢のなかで思いだすものとなった。ぬるぬるしたものが全身をつつみこむと同時に、吐き気をもよおすにおいに息が詰まり――脈打つ太い長虫が体のいたるところにからみつき、うごめき、のたくり、一糸もまとわずに抱擁されているかのように、その湿気と温もりが衣服を通して伝わってきた。

すべてが瞬時に起きた――そのあとは、矛盾する感覚がせめぎあったかと思うと、忘却に呑みこまれた。というのも、あの夢を思いだし、いまや悪夢の迫真性でもってして思い知らされたからだ。そのぬるぬるして温かい長虫に全身をそっと撫でまわされるのは、筆舌につくしがたい快楽であり、肉体を超え、精神を超えてもたらされる、そのより深い悦楽が、不自然な喜びで魂の根元をくすぐるのだ、と。こうして彼は大理石なみに硬直して立っていた。古代の伝説に登場するメデューサの犠牲者のように、なすすべもなく石化して。いっぽうシャンブロウの忌まわしい快楽が、体じゅうの繊維という繊維を震わせた。肉体を構成する原子のひとつひとつ、人間が魂と呼ぶものを構成する実体のない原子のひとつひとつ、スミスという存在の隅々にまで忌まわしい快楽が行きわたった。それはまちがいなく忌まわしかった。体がその根深い悦楽に応えたときでさえ、不浄で忌まわしい求愛から魂そのものが怖気をふるって逃げだすのがぼんやりとわかった――それなのに、その魂の奥底でにやにや笑う裏切者が喜悦に打ち震えているのだ。しかし、このすべての裏の深いところで、言葉ではいい表せない恐怖と嫌悪と絶望を知るいっぽう、魂の秘密の場所で淫らに撫でまわすものがあり――魂をもてあそばれてはならないと知りながらも――そのすべてをつらぬく危険な悦楽で身震いした。

そしてこの葛藤と認識、恍惚と嫌悪のまじり合いは一瞬の出来事であり、そのあいだ真紅の長虫は彼にからみつき、あの無限の快楽の淫らな深いわななきを、スミスを構成する原子ひとつひとつに送りこんだ。彼はそのぬるぬるして恍惚とする抱擁のなかで身動きできず――強烈な愉悦の波がつぎつぎと襲ってくるたびに衰弱が深まっていき、魂のなかの裏切者が力をまして、嫌悪感を抑えつけ――彼のなかのなにかが抵抗をやめると同時に、燃えあがる暗黒に全身が沈みこみ、その貪欲な悦楽のほかはいっさいが忘却に呑みこまれた……。

その若い金星人は、友人の下宿部屋まで階段を登りながら、心ここにあらずの体《てい》で鍵を引っぱりだし、秀《ひい》でた額にしわを刻んだ。金星人ならではのすらりとした体つきに、つややかな金髪。そして金星人の例に漏れず、純真な天使のような顔は、とんだ食わせものだった。天使といっても堕天使の顔だが、それを埋めあわせるルシファーの威厳は欠けている。目のなかで黒い悪魔がにやにやし、口もとのかすかなしわが非情さと放蕩をにおわせているからだ。それは修羅場を踏んできた長い歳月が背後にあることを物語っている。そのおかげで彼の名は、スミスについで、パトロールの記録のなかでもっとも憎まれ、もっとも尊敬されているのだった。

階段を登りきると、こんどは当惑で眉間にしわを寄せた。彼は正午の定期便でラクダロールへやってきた――塗装やらなにやらで巧みに偽装した〈メイド〉号も同じ船で運ばれてきた――すると、とっくに片がついていると思っていた案件が、嘆かわしい混乱状態にあったのだ。用心深く訊いてまわると、スミスが三日も姿を見せていないという情報を引きだせた。それは友人らしくない――いままでスミスがへまをしたことはないし、不可解にも雲隠れしているせいで、ふたりは大金だけではなく、身の安全も失いかねないのだ。ヤロールが思いつく解釈はひとつだけ。とうとう運命が友人に追いついたにちがいない。肉体的に不可能でないかぎり、この不手際の説明がつかないからだ。

とまどい顔のまま、彼は鍵を鍵穴にさしこみ、扉をさっとあけた。

扉が開いたとたん、なにかがひどくおかしい気がした……。部屋は闇につつまれていて、しばらくなにも見えなかったが、最初のひと息で、胸がむかつくほど甘ったるい、なんともいえない奇妙なにおいが鼻をついた。すると祖先からの記憶がめざめ、身内の深いところでうごめいた――はるか彼方、遠いむかしの金星人の祖先から受け継がれた沼地生まれの古い記憶が……。

ヤロールは銃に軽く手をかけ、扉をもっと大きく開いた。最初のうち薄闇のなかに見えるのは、部屋の反対側の隅にある、こんもりとしたおかしなものだけだった……。やがて目が暗闇に慣れ、もっとはっきり見えてきた。そのこんもりしたものは、なぜか波打ち、内部がうごめいている……。こんもりしたもの――彼は鋭く息を呑んだ――口に出せない生気を吹きこまれ、くねくねと動いている内臓のかたまりのような小山。そのとき彼は痛烈な金星語の悪態を口走り、すばやい足運びで敷居をまたぐと、扉をたたき閉め、銃をかまえて背中を押しつけた。もっとも、全身が総毛立っていたが――なぜなら、わかったからだ……。

「スミス!」恐怖にしわがれた声を潜めて彼はいった。

動いているかたまりが盛りあがり――ぶるっと震え――またものうげにのたくりはじめた。

「スミス！　スミス！」金星人の声はおだやかだが執拗だった。そして恐怖でわななないていた。じれったげなさざ波が、隅の生きているかたまり全体に走った。それがしぶしぶまた小刻みに震えたかと思うと、くねる巻きひげが一本ずつ本体から分かれて、わきにこぼれ落ちはじめた。そしてひどくゆっくりと、宇宙船乗りの革服の褐色が、ぬめぬめしたものの下からあらわれた。

「スミス！　ノースウェスト！」

ヤロールの執拗な声が、急かすようにまたささやいた。すると夢のなかの動きのように緩慢に革服が動いて……のたくる長虫のただなかで男が上体を起こした。かつて、遠いむかしはノースウェスト・スミスだったかもしれない男だ。くねる恐怖に全身をからめとられていたので、頭のてっぺんから爪先までぬるぬるしている。その顔は、人間とは別の生きもののそれだった――灰色の目をこらした亡者の顔。そしてその顔に広がる忌まわしい悦楽の表情は、内部の遠いどこかから来ているように思われた。計り知れない距離をへだてた肉体の彼方からかすかに反射してくるように。そして、けっきょくのところ平凡な太陽光の反射でしかない月明かりに神秘と魔法が宿っているように、扉を向いたその灰色の顔には名状しがたい甘美な恐怖があり、地上の悦楽しか知らない者には理解できない悦楽が反射していた。そして彼が目を閉じたうつろな顔をヤロールに向けているあいだも、赤い長虫がその周囲で絶えずくねり、いっときも休まないやわらかな動きで、彼をそっと撫でまわしていた。

「スミス！……こっちへこい！　スミス……起きろ……スミス、スミス！」ヤロールが命じるように、迫るように声を殺していった——しかし、扉から離れるそぶりは見せなかった。

そして死人が起きあがるように、恐ろしいほどのろのろと、スミスがぬるぬるした真紅のものの巣のなかで立ちあがった。酔っ払いのように足もとをふらつかせると、二、三本の臙脂色の巻きひげがくねくねと脚を登っていき、膝に巻きついて体をささえ、絶え間なく愛撫した。おかげで、どこかに隠れていた力が湧いたらしい。というのも、そのとき彼が抑揚をつけずにこういったからだ。

「行け。行っちまえ。ほっといてくれ」そして恍惚とした死人の顔は変わらなかった。

「スミス！」ヤロールの声は必死だった。「スミス、聞け！　スミス、聞こえないのか？」

「行け」と単調な声。「行け。行っちまえ。行っち——」

「おまえも来ないなら行かない。聞こえないのか？　スミス！　スミス！　おれは——」

言葉が途切れた。いまいちど、祖先から伝わる種族的記憶の棘《とげ》が背すじを震わせたのだ。真紅のかたまりが、ふたたび激しく動いて、盛りあがっていたから……。

ヤロールは背中を扉に押しつけ、銃を握りしめた。とっくのむかしに忘れていた神の名前が口をついて出た。というのも、つぎにどうなるかがわかり、なにも知らないでいるよりもはるかに大きな恐怖に襲われたからだ。

くねっている赤いかたまりが迫《せ》りあがり、巻きひげが分かれて、人間の顔がのぞいた——いや、半人の顔だ。緑の猫の目が、薄闇のなかで照明の当たった宝石のように輝き、視線がからみついてくる……。

ヤロールは「シャール！」ともういちど口走ると、片腕をあげて顔をかばった。緑の目とは一瞬視線が合っただけだが、危険な戦慄が全身に走った。

「スミス！」彼は絶望に駆られて大声をあげた。「スミス、聞こえないのか？」

「行け」とスミスの声ではない声がいった。「行っちまえ」

するとどういうわけか、目をやらなくてもわかった――相手が、その蛇のように太い髪をかき分け、優美な曲線を描く褐色の女体を生きている恐怖のマントにつつんで、人間そっくりに立っていることが。その眼差しが注がれるのを感じ、脳のなかでは、楯《たて》にした腕を降ろせと、なにかが執拗に叫んでいた……。このままでは負ける――そうとわかると、逆に絶望から勇気が湧いてきた。脳裏の声はますます大きくなり、咆哮する命令以外になにも聞こえなくなった――腕を降ろせ――暗黒に開いている目と視線を合わせろ――屈服しろという命令だ――そして約束、言葉に表せないほど甘美で邪悪なつぶやきが、悦楽を約束している……。

しかし、彼はどういうわけか正気を保っていた――どういうわけか、頭をくらくらさせながらも、かかげた手に銃を握っており――どういうわけか、信じられないことに、顔をそむけたまま狭い部屋を横切り、スミスの肩を手探りしていた。つかのま虚空をやみくもに探ったが、すぐに肩が見つかり、ぬるぬるした革服をつかんだ――同時に、なにかが足首にそっとからみつき、厭わしい快楽のショックが全身を走りぬけ、つぎつぎと足に巻きついてきて……。

ヤロールは歯を食いしばり、スミスの肩をぎゅっと握った。すると手がひとりでにぶるっと震えた。その革の感触が、足首に巻きついた長虫と同じくらいぬるぬるしていて、淫らな悦楽の快感がかすかに全身に広がったからだ。

脚を撫でさするものしか感じられず、脳裏の声がほかの音すべてをかき消した。体はいやいやいうことを聞くだけだ――しかし、なんとか渾身の力をふり絞り、よろめくスミスをその恐怖の巣から引っぱりだした。ねじれた巻きひげがスポンと小さな音を立てて剝がれ、かたまり全体が小刻みに震えて、巻きひげをのばしてきた。ヤロールは友人のことをすっかり忘れて、わが身を自由にするという絶望的な仕事に全身全霊をかたむけた。というのも、いま闘っているのは彼の一部にすぎなかったからだ――淫靡にくねるものにあらがっているのは一部だけで、脳の奥底では甘美な誘惑のつぶやきが鳴りひびき、体は屈服したいと騒ぎたてている……。

「シャール！　シャール・イダニス……シャール・モーラ＝ロル――」

ヤロールはあえぎながら、なかば無意識で祈った。口をついたのは、とうのむかしに忘れていた少年のころの祈りだった。そしてかたまりの中心になかば背を向け、周囲でくねっている赤い長虫を重いブーツで必死に蹴った。それらは小刻みに震えながら、丸まって足の届かないところまで退いた。背後から喉を狙って新手がのびてくるのはわかったが、とにかく無理やり目を合わされるまでは、抵抗をつづけられる……。

彼は踏みつけ、蹴飛ばし、もういちど踏みつけた。傷ついた長虫がブーツをはいた足から遠ざかり、一瞬、彼はそのぬるぬるしたものをふり切って、よろよろと前進した。嫌悪と絶望で胸をむかつかせながら、巻きついてくるものを撃退し、ふと顔をあげると、壁にかかっている、ひび割れた鏡が目に飛びこんできた。背後でくねっている真紅の恐怖がぼんやりと映っている。

淑やかな女の笑みを浮かべた猫の顔がのぞいていて、恐ろしいほど人間的だ。そして赤い巻きひげのすべてが、こちらへのびてきている。すると、大むかしに読んだなにかの記憶がなぜかよみがえって、安堵と希望のあえぎが漏れ、それが脳内の命令の力を一瞬揺るがせた。

間髪を容《い》れずに銃を肩ごしにふりあげ、銃身の鏡像が恐ろしいものの鏡像と一直線になるようにし、引き金を絞った。

鏡のなかで青い炎が目もくらむ奔流となって薄闇を切り裂き、背後でくねったり、巻きひげをのばしたりしているかたまりのどまんなかに命中した。ジュッと音がして、火柱があがり、人間のものではない悪意と絶望のか細い悲鳴があがった——銃が手から落ちたのに合わせ、炎が大きな弧を描いて消えた。そしてヤロールは前のめりに床に倒れた。

ノースウェスト・スミスが目をあけると、火星の陽射しが薄汚れた窓からほのかに射しこんでいた。濡れて冷たいものに顔をはたかれていて、なじみ深いセガー・ウイスキーの火のような刺激が喉を焼いた。

「スミス！」ヤロールの声がはるか彼方から聞こえてくる。「NW！　起きろ、このばか！目をさませ！」

「目は——さめてる」スミスはしわがれ声をなんとか絞りだした。「どうしたんだ？」

そのときマグの縁が歯に押しつけられ、ヤロールがいらだたしげに、「飲め、大ばか野郎！」といった。

スミスはおとなしく飲み、ありがたいことに、火のように熱いセガーがさらに喉を流れ落ちた。体じゅうに温もりが広がり、いままで痺れていた体が動きだして、徐々に気づいていた体をむしばむ衰弱を追いだすのにすこしだけ役立った。ウイスキーの温もりが全身に行きわたるあいだ、彼はしばらくじっと横になっていた。セガーが広がるにつれて、記憶が緩慢に脳へしみこみはじめた。悪夢の記憶だ……甘美でおぞましい記憶――

「なんてこった！」

スミスが不意にあえぎ声をあげ、上体を起こそうとした。衰弱が打撃のように襲いかかってきて、一瞬部屋がぐるぐるまわり、いっぽう彼はしっかりして温かいもの――ヤロールの肩――に倒れこんだ。金星人の腕にささえられているうちに部屋が安定し、しばらくあと、彼はすこしだけ身をひねって、相棒の黒い瞳をのぞきこんだ。

ヤロールは片腕で彼をささえながら、自分のセガーを飲みほそうとしていた。マグの縁ごしに黒い瞳をのぞかせ、急に笑いだして目尻にしわを寄せた。恐怖が去ったあとの引きつった笑い声だ。

「ファロールにかけて！」ヤロールはあえぎ声でいい、マグのなかに呟きこんだ。「ファロールにかけて、NW！　この借りは絶対に返してもらうからな！　つぎはおまえがおれを引っぱりだす番だ――」

「悪かったよ」とスミス。「なにがあったんだ？　いったい――」

「シャンブロウだよ」ヤロールの笑い声がやんだ。「シャンブロウ！　あんなものとなにをしてたんだ？」

「あれはなんだったんだ？」スミスが真面目な顔で訊いた。

「知らなかったといいたいのか？　でも、どこで見つけたんだ？　どういう経緯《いきさつ》で――」

「まずは知ってることを教えてくれないか」スミスがきっぱりといった。「それとセガーをもう一杯だ。飲まないとやってられん」

「もうマグを持てるか？　気分がましになったか？」

「ああ――多少はましになった。マグは持てる――すまんな。さあ、話してくれ」

「さて――どこから話したものやら。あいつらの名前はシャンブロウで――」

「おいおい、ほかにもいるのか？」

「いわゆる――種族ってやつだ、たぶん。ものすごく古い種族だよ。どこから来たのかは、だれも知らん。その名前、なんとなくフランス語っぽいだろう？　でも、歴史がはじまる前にまでさかのぼるんだ。シャンブロウはいつの時代にもいた」

「聞いたことがなかった」

「聞いたことのある人間は多くない。知っている連中も、あんまりその話はしたがらないしな」

「でも、この町の半分は知ってるぞ。あのときは、連中がなにをいってるのか、さっぱりわからなかった。いまだにわからないのは――」

「ああ、こういうことはときどきあるんだ。あいつらが姿をあらわし、ニュースが広まると、町の連中が結束して狩りたてる。そのあと――話はあまり遠くまで伝わらない。あまりにも――信じがたい話だからな」

「でも――ちくしょう、ヤロール！――あれはなんだったんだ？ どこから来たんだ？ いったいどうやって――」

「どこから来たかは、だれも知らない。別の惑星――まだ発見されてないやつかもしれん。金星だっていう説もある――連中にまつわるおぞましい伝説が、うちの家系に伝わってるんだ――だから、聞いたことがあった。さっき、あの扉をあけたとたん――おれは――あのにおいを知ってる気がした――」

「でも――あいつらはなんなんだ？」

「神のみぞ知るさ。姿形は人間だけど、人間じゃない。いや、あれはただの目くらましかもしれん……さもなければ、おれの頭がおかしいのか。よくわからん。吸血鬼の一種――いや、吸血鬼のほうが、あいつらの一種なのかもしれん。あいつらの本来の姿は、あの――かたまりにちがいない。で、あの形で養分を吸いとるんだ――たぶん、人間の生命力を。そのために、なにかの形をとる――たいていは女の姿形だろうな。で、感情をぎりぎりまで高めてから――食《しょく》餌《じ》にとりかかる。そうやって生命力を強めれば、食餌が簡単になるんだろう……。で、あのけがらわしい快楽をかならずあたえるんだ――食べるときに。最初の経験を生きのびた人間のなかには、病みつきになっちまうやつもいる――あきらめられなくて――命がつづくかぎり、あいつらをそばに置いておくわけだ――長くはない命だが――あの忌まわしい満足と引き換えに食べさせてやるんだよ。そんなことをするくらいなら、ミンをくゆらせたり――ファロールに祈ったりするほうがまだましだ」

「なるほど」とスミス。「町の連中があれほど驚いて――あれほど胸くそ悪いって顔をした理由がわかってきた。おれはいったんだ――まあ、気にするな。つづけてくれ」

「おまえ、言葉を交わそうとしたのか――あれと？」

「交わそうとした。あれは、うまく話せなかった。どこから来たのかと訊いたら――『はるか彼方、遠いむかしから』――とかなんとかいったよ」

「へえ。どこか知られてない惑星かもしれんな――でも、そうじゃないと思う。荒唐無稽に思える話でも、最初は事実に基づいていたってのがたくさんあるだろう。だから、ときどき思うんだよ――おれたちの耳にはいらないほど途方もない迷信が、もっとたくさんあるんじゃないかって。こんどのやつみたいに罰当たりなのは、知ってる連中もだんまりを決めこむんじゃないだろうか。ろくでもない化けものが野放しになってるのに、噂にさえなっていないんじゃないかってな！

あいつらは――悠久のむかしから存在してきたんだ。最初にあらわれたのがいつ、どこだったのかは、だれも知らない。あいつらを見た者は、おれたちもそうだが、口をつぐんじまう。漠然とした噂話が、ときどき古い本のなかでほのめかされてるくらいだ……きっと人間よりも古い種族で、人間より前の時代に太古の種子から生まれたんだろう。ひょっとしたら、もう塵に還ってしまった惑星で。人間には恐ろしすぎるから、発見されても、発見した者が口を閉ざして——できるだけ早く忘れちまう。

連中は遠いむかしから生きている。メデューサの伝説に聞きおぼえがあるだろう？　古代ギリシャ人は、連中のことを知っていたにちがいない。とすれば、おまえさんたちの文明の前にも文明があって、地球から乗りだし、ほかの惑星を探検したってことじゃないのか？　それとも、シャンブロウの一匹が、どういうわけか三千年前のギリシャに行き着いたのか。じっくり考えると、頭がどうかしちまいそうだ！　こういうものに基づく伝説は、ほかにどれくらいあるんだろう——おれたちが夢にも思わないもの、知らずじまいに終わるものに基づく伝説は。ゴルゴン、メデューサ、髪の毛の代わりに蛇を生やした美女。眼差しで男たちを石に変え、とうとうペルセウスに退治された——たまたまこの伝説を思いだしたんだよ、NW、おかげでおれたちふたりの命が助かった——ペルセウスは鏡を使って彼女を退治した。じかには見ようとせず、鏡に映ったものと闘ったんだ。その伝説を最初に語った古代ギリシャ人は、三千年後に自分の物語が、別の惑星でふたりの男の命を救うことになると知ったら、どう思っただろうな。そのギリシャ人自身の物語はどんなものだったんだろう。どういう経緯でそいつに出会い、なにがあったんだろう……。

とにかく、おれたちが知らずに終わることは山ほどある。正体がなんであれ、化けものの種族の記録は読む価値があるんじゃないか！　ほかの惑星、ほかの時代、人類の曙《あけぼの》の記録だぞ！　でも、記録は残っていそうにない。記録をとっておく場所さえなさそうだ——おれの、いや、人間の乏《とぼ》しい知識からすると、あいつらは〈さまよえるユダヤ人〉のように、長い間《ま》を置いて、あちこちにひょっこりあらわれるらしい。その合間にいる場所がわかるなら、この目をくれてやるよ！　でも、あのすさまじい催眠能力が、人間を超える知性の表れだとは思えんな。あれは食いものを手に入れる手段――蛙の長い舌や、食肉花の香りみたいなもんだ。そういうのが物理的なのは、蛙や花が物理的な餌を食べるからだ。シャンブロウは――精神的な手をのばして、精神的な餌をとる。どういえばいいのか。ほかの動物の体を食べるけものが、食べるたびに力を増して、ほかの動物にその力をふるうのとまったく同じように、シャンブロウは人間の生命力を吸いとって、ほかの人間の精神と魂におよぼす力を増すんだろう。でも、いまのは存在するのかどうかもよくわからん――つかみどころのないものの話なんだが。

おれにわかるのは――あの触手が脚にからみついたとき――引きはがしたくないと思ったことだけだ。あの感じは――ああ、おれは奥の奥までけがされちまった――あの快楽に――それでも――」

「知ってるよ」スミスがゆっくりといった。セガーの効き目が薄れはじめていて、衰弱が波となってぶり返しつつあった。口を開いたときは、なかばひとりごとのような低い声で、ヤロールが耳をかたむけているのに気づいていないようだった。「知ってるよ――おまえよりもはるかに身にしみてる――あれが発散するものには、口ではいい表せないほど忌まわしいものがある。人間的なものとはまるでそぐわないもの――それをいい表す言葉がない。しばらく、おれは文字どおりの意味であれの一部だった。あいつの思考と記憶と感情と飢えを共有し――まあ、もう終わったことだし、はっきりとは憶えていないが、自由だったのは、あの淫らなもののせいで正気を失いかけていた一部だけだった。それでも、あれはゾクゾクするような快感で——おれのなかに——あらゆる人間のなかに——純粋な邪悪の核みたいなものがあって——適切な刺激を加えさえすれば、完全に意のままにできるにちがいない。なぜなら、あのしろものに触れられて胸をむかつかせているあいだでさえ、おれのなかに——喜びのあまり、ひたすら支離滅裂なことを口走っているものがあったからだ。おれが目にしたもの——知ったもの——よく憶えていないが、恐ろしくて途方もないもののせいで、信じられないような場所を訪れ、あの——生きものの——記憶を通して過去を見たからだ——おれはあいつと一体で、見たんだ——神よ、思いだせたらいいのに！」

「思いだせないのを、あんたの神に感謝するんだな」とヤロールが真顔でいった。

その声で没我状態におちいりかけていたスミスはわれに返り、衰弱ですこしふらふらしながら、片肘をついて身を起こした。部屋が目の前でぐらぐらしていたので、目を閉じて、見ないようにしたが、こう尋ねた。

「じゃあ——連中はしばらくあらわれないのか？　別のを——見つける方法はないのか？」

ヤロールはしばらく返事をしなかった。両手を相棒の肩にかけ、寝かせてから、はじめて見る奇妙な、いわくいいがたい表情を浮かべた浅黒いやつれた顔をじっと見つめていた——その意味は知りすぎるほど知っていた。

「スミス」とうとう彼はいった。こんどばかりは、その黒い瞳は真剣そのもので、にやにや笑う小悪魔は、その奥から消えていた。「スミス、おれはあんたに約束してくれと頼んだことはない。でも――いまはその権利がある。だから、ひとつ約束してほしい」

スミスの色の淡い目が、落ちつかないようすで黒い目と視線を合わせた。そこには優柔不断の色があり、約束の内容をすこし恐れているようだった。ほんの一瞬、ヤロールがのぞきこんでいるのは、見慣れた友人の目ではなく、あらゆる恐怖と悦楽をはらんだ灰色の空白――筆舌につくしがたい快楽が波間に沈んでいる青白い海だった。と、切れ長の目がふたたび焦点を結び、スミスの目がまともに視線を合わせてきて、スミスの声がいった。

「いいだろう。約束する」

「もしシャンブロウにまた出会うようなことがあったら――いつ、どこだろうと――正体に気づいた瞬間に銃をぬいて、焼き払ってくれ。約束してくれるな?」

長い沈黙があった。ヤロールの生真面目な黒い瞳が、スミスの色の淡い目をひたと見据えた。スミスの日焼けした額に血管が浮かびあがった。彼は約束を破ったことがない――生まれてから五回ほどしか約束していないのかもしれないが、いったん約束すれば、破ることができないのだ。いまいちど灰色の海が、夢にも思わないほど甘美で恐ろしい記憶のほの暗い潮汐《ちょうせき》となってあふれだしてきた。いまいちどヤロールは、名状しがたいものを隠す空白をのぞきこんでいた。部屋は静まりかえっていた。

灰色の潮が引いた。鋼鉄のように青白く堅固なスミスの目が、ヤロールの目と一直線に結ばれた。

「わかった——そうするよ」と彼はいった。その声は震えていた。

黒い渇き

Black Thirst

中村融 訳

ノースウェスト・スミスは倉庫の壁に頭をもたせかけ、金星の黒い夜空をじっと見あげた。今宵《こよい》の波止場通りは静まりかえり、剣呑《けんのん》きわまりない気配がただよっていた。桟橋の杭《くい》にチャプチャプと打ちよせる永遠の水音しか聞こえないが、その息づく闇のなかに危険と不慮の死が声もなく潜んでいるのは承知していた。そして水平線に美しくかかる緑の星を隠す雲を見あげたとき、多少はホームシックにかかっていたのかもしれない。その緑の星とは——ふるさと地球だ。もしそう思ったとしたら、暗闇のなかで苦笑を浮かべたにちがいない。というのも、ノースウェスト・スミスにふるさとはなく、いまこのとき、地球がやさしく歓迎してくれるはずもないのだから。

彼は暗闇のなかで静かにすわっていた。頭上の倉庫の壁には、ほのかな明かりの灯った窓があり、青白い正方形の光が濡れた路面に漏れている。スミスは斜めになった柱の下の暗がりへ引っこみ、片膝をかかえた。じきに通りをそっと踏む足音が聞こえてきた。

足音は予想のうちだったのかもしれない。警戒気味に首をめぐらせ、耳をすましたのだから。しかし、木造の桟橋をいとも軽やかに進んでくるのは男の足ではなく、スミスは眉間《みけん》にしわを寄せた。夜中の暗い波止場地区に女だって？　宇宙定期船が入港していない夜は、最底辺の金星人街娼だって、エンズの波止場地区をうろつきはしない。それでも、いまはっきりと聞こえてくるのは、軽やかな女の足音だ。

スミスは暗がりにさらに引っこみ、ようすをうかがった。じきに女がやってきた。暗闇のなかの暗黒で、青白い三角形だけが浮かんでいるのは顔なのだろう。頭上の窓から漏れるほの暗い光の下を通ったとき、彼女が何者で、どうしてここを歩いているのかがピンときた。長い黒マントに体は隠れているが、金星人の女性がかぶる小さなビロードの三角帽子の下にあるハート形の顔と、なかば隠れた波打つブロンズ色の髪を光が照らしだしたのだ。その麗《うるわ》しい三角形の顔と輝く髪からして、ミンガの乙女のひとりにちがいない。歴史の端緒からミンガの城砦《じょうさい》で――地球で競走馬が育まれているように――美と優雅さを求めて育まれ、年端もいかない子供のころから男を魅了する技をたたきこまれている美女たちのひとりだ。三惑星の宮廷には、この手足が長く、乳白色の肌をして、ブロンズ色の髪と美しい真鍮《しんちゅう》色の顔をそなえた妖艶な生きものが、すくなくともひとりはつきものだ――その宮廷の君主に彼女らを購《あがな》う財力があればの話だが。数多《あまた》の国と種族の王侯が、ミンガの城門にその富を注ぎこみ、純金や象牙に等しい乙女たちが、千の宮廷をいろどるために出ていった。大海の岸辺にエンズがはじめて築かれて以来、ずっとそうだったのだ。

この娘が恐れげもなく平穏無事にここを歩けるのは、身元を明かす美しさをまとっているからだ。ミンガの庇護《ひご》の手が、そのブロンズ色の頭の上にのびており、乳白色の肌をしたミンガの乙女に指一本でも触れたら、世にも恐ろしい罰が下るのを知らない男は、波止場地区にひとりもいない。数多い国々の波止場の潜《もぐ》り酒場で、男たちがセガー・ウイスキーをなめながら怖《こわ》怖《ごわ》と噂する忌まわしい罰——謎めいていて、正体不明の、ナイフや熱線銃ではおよびもつかないほど恐ろしい罰だ。

そしてこの危険が、ミンガの城門も守っている。ミンガの乙女の純潔はよく知られたところであり、自慢の商品なのだ。いまここを歩くこの娘にくらべれば、地球の夜中にスラム街を尼《に》僧《そう》が歩くほうがはるかに危険だろう。

しかし、そうであっても、乙女が城門を出ることはめったにないし、お付きの者がいないということもありえない。スミスは遠くからしか乙女を見たことがなかった。彼はすこし体の位置をずらして、通りかかる乙女をもっとよく見ようとし、彼女の足音しか聞こえないとはいえ、一、二歩遅れてついてきているにちがいない護衛を探した。そのわずかな動きが彼女の目にとまったようだ。彼女は足を止め、暗闇の奥に目をこらすと、クリームのように甘くなめらかな声でいった。

「金塊をひとつ稼ぐ気はありませんか、そこのお方?」

生来の天邪鬼《あまのじゃく》が顔を出して、スミスはふだんのぞんざいなものいいから、もっとも教養を感じさせる声、非の打ちどころのない金星雅語に切り替えて返事をした。

「ありがたいお申し出ですが、遠慮しておきます」

一瞬女はじっとたたずみ、彼の顔を見定めようと、暗闇の奥にむなしく目をこらした。スミスのほうには彼女の顔が見えた。窓明かりを浴びた青白い卵形のそれには、思いつめたような表情と驚きが浮かんでいた。と、彼女がマントをひるがえし、ほの暗い明かりが懐中電灯のケースに当たってきらりと光った。同時に彼女がスイッチを入れ、白い光芒《こうぼう》が目もくらむ明るさで彼の顔を照らしだした。

つかのま光に浮かびあがったのは――焦げ跡のある、ぼろぼろになった宇宙船乗りの革服をまとって壁にもたれている男。腿のホルスターに熱線銃をおさめ、褐色の傷だらけの顔をこちらに向けており、光がまぶしいのか、青白い鋼鉄を思わせる色の薄い目を細めている。典型的な顔だ。この波止場地区に、この暗い危険な通りにつきものの顔。こうした場所にたむろする手合いの顔。宇宙航路を股にかけ、パトロールの司法権の埒外《らちがい》で、非情に、用心深く、熱線銃を頼りに生きる無法者の顔だ。しかし、光のほうを向いた、その傷だらけの褐色の顔にはそれにとどまらないものがあった。懐中電灯をしっかりと握っている彼女は、それを見てとったにちがいない。生まれ育ちのなごりが深く埋もれていて、教養を感じさせる金星雅語の発音を不釣り合いでなくしているのだ。そして色の淡い目は、彼女を嘲《あざけ》っていた。

「では」彼女が明かりを消した。「金塊ひとつではなく、百個さしあげます。先ほど申し出たのとは別の仕事の報酬として」

「せっかくですが」スミスは立ちあがらなかった。「お引きとり願いましょう」

「五百」なめらかな声に感情のぶれは表れていない。

暗闇のなかでスミスは眉間にしわを寄せた。この状況には、なにか途方もないものがある。

いったいなぜ――？

彼女はスミスの反応を本人とほぼ同時にさとったにちがいない。というのも、こういったからだ。

「ええ、わかっています。正気とは思えないことは。その――いましがた光を当てて、あなたがだれかわかったのです。よろしければ――ご無理でなければ――路上での立ち話もなんですし……」

スミスは三十秒間沈黙を守った。そのあいだ彼の用心深い精神の奥まったところで、意見が飛び交っていた。それから闇のなかでにやりと笑うと、「どちらへ行けば？」

「うかがいましょう」遅ればせながら立ちあがり、

「ミンガの端にある〈宮殿の道〉へ。中央門から左へ三つ目の扉。門番にいってください――『ヴォーディール』と」

「それは――？」

「はい、わたしの名前です。三十分後に来られますか？」

スミスは拒否しようかと一瞬迷った。それから肩をすくめ、

「はい」

「では、三点鐘に」

彼女は金星流の会釈《えしゃく》で別れを告げると、マントを体に巻きつけた。その黒さと静かな足音のおかげで音もなく暗黒に溶けこむかと思われたが、スミスの訓練された耳には、石畳を踏んで

闇の奥へ進みつづける、ひどく静かな足音が届いていた。

波止場に足音が絶えるまで、彼はそこにすわっていた。辛抱強く待ったが、頭は驚きのあまりすこしくらくらしていた。ミンガの伝統とされる不可侵性は嘘っぱちなのだろうか？　厳重に守られているはずの乙女たちは、じつはときどき夜中につき添いなしで出歩くことを許されていて、好きなように逢い引きの約束ができるのだろうか？　それとも、これはなにか手のこんだ悪戯《いたずら》なのか？　悠久のむかしからつづく伝承によれば、ミンガの城門は摩訶《まか》不思議な危険によって堅く守られているので、ミンガの城主アレンダーの許可なしには、鼠《ねずみ》一匹すりぬけられないという。門番に「ヴォーディール」とささやけば扉が開くというのは、アレンダーの差し金なのだろうか？　いや、本当に開くのだろうか？　ひょっとしてあの娘はエンズの領主の所有物で、自分なりの目的のためにこちらを騙そうとしているのではないだろうか？　彼はすこし首をふって、にやりと笑った。どうせ、そのうちわかることだ。

暗闇のなかでもうしばらく待った。さざ波が桟橋の杭にチャプチャプと打ちよせていて、いちど空がパッと明るくなった。宇宙船の目もくらむような噴射炎が、闇を切り裂いたのだ。それとうとう彼は立ちあがり、かなり長いことすわっていたかのように、長身をのばした。それから銃を脚のホルスターにおさめ、暗い通りを歩きだした。宇宙船乗りのブーツをはいた足で飛ぶように進んでいく。

ひっそりした人けのない裏道を二十分ほど歩くと、ミンガと呼ばれる広大な都市内都市の外縁までやってきた。でこぼこした黒い壁がそびえ立ち、暑熱惑星の地衣類に似た植物が緑を添えている。〈宮殿の道〉では、深くえぐれた中央門が、神秘につつまれた内部に通じていた。小さな青い明かりが、そのアーチの上で輝いていた。スミスは忍び足で薄闇のなかを左に折れ、深い凹所になかば隠れた小さな扉をふたつ数えた。三つ目で足を止めると、それは赤みがかった緑に塗られていて、壁を伝う緑の蔓《つる》植物になかば隠れていたので、探していなかったら、素通りしていただろう。

スミスは長いことじっとたたずみ、岩に深く引っこんだ緑の扉を見つめていた。耳をすまし、濃厚な空気のにおいさえ嗅いでみた。野生動物なみに用心深く、闇のなかでためらった。しかし、とうとう片手をあげ、指先で緑の扉をそっとたたいた。

扉が音もなく開いた。目の前に漆黒の闇があらわれた。ぼんやりと見える石壁に濃淡のない暗黒のアーチ道が通じているのだ。そして「クア・ロ・ヴァル?」と静かに問いかける声。「ヴォーディール」スミスはつぶやき、思わずにやりとした。いったい何人の夢見がちな若者が、過ぎ去りし夜にこうした扉の前に立ち、暗いアーチ道のなかで希望に胸をふくらませて、ブロンズ色の美女たちの名前を門番に告げたことか! しかし、伝承が偽《いつわ》りでないかぎり、この扉を通った男はこれまでいない。ミンガの城壁に設けられた小さな出入口に招かれて立ち、門番が「どうぞ」とささやくのを聞いた男は、その長い歳月において自分がはじめてにちがいない。

スミスは腿の銃のストラップをゆるめ、長身の頭をアーチの下でかがめた。水のように周囲に迫ってくる漆黒へ踏みこむと同時に扉が閉まった。心臓の鼓動が早まるなか、銃に手をかけ、聞き耳を立てる。だしぬけに青い光がぼんやりとその場にあふれ、門番が小部屋の反対側まで行って、明かりのスイッチを入れたのだとわかった。その男はミンガの宦官《かんがん》のひとりだった。たるんだ体を派手な臙脂《えんじ》色のビロードでつつんでいる。腕に紫のマントをかけており、薄闇のなかでその高貴な色が目を射た。地球人にはうかがい知れない目つきで、吊りあげた眉の下から切れ長の目がスミスを見つめる。そこには面白がっているような節があり、一抹《いつまつ》の恐怖と、ある程度の気乗りしない称賛がまじっていた。

スミスは好奇心も露《あら》わに周囲を見まわした。小さな入口は、恐ろしく分厚い壁そのものをくりぬいたものらしい。飾り気のなさを破るのは、反対側の壁にはめこまれた装飾過多のブロンズの扉だけ。彼は宦官に目配せして、無言で問いかけた。

そいつは「お許しあれ——」とつぶやきながら、卑屈に進み出て、持っていた紫のマントをスミスの肩にはおらせた。ほのかな香りのする贅沢なひだだが、愛撫するようにスミスにまとわりついた。長身の彼だったが、ブーツの底まですっぽりと覆われた。宦官が両手をあげて、宝石のはまった襟止めを彼の喉元で留めようとしたとき、スミスはかすかな嫌悪感をおぼえてあとずさった。

「フードもおかぶりください」腹を立てたようすもなく、宦官が小声でいい、スミスは自分で襟止めを締めた。フードは日に焼けて脱色した髪を覆い、太いひだとなって顔のまわりに垂れて、深い陰影を落とした。

宦官がブロンズの内扉を開き、スミスの前に、かろうじてわかる程度に右へ曲がっている長い廊下があらわれた。手のこんだ装飾のほどこされた簡素さとでもいおうか、壁の磨《みが》きぬかれた羽目板一枚一枚を逆説がいろどっていた。複雑精緻な彫刻なので、一見すると、ゆたかな質素さという奇妙な印象をあたえるのだ。

宦官のあとについて廊下を進むと、ブーツをはいた足が、一歩ごとに毛足の長い絨毯《じゅうたん》に心地よく沈みこんだ。明かりの灯った扉の向こう側につぶやき声が二度聞こえ、マントの下で熱線銃の銃把《じゅうは》に手をかけたが、扉は開かず、行く手の廊下は人けがなく、薄暗いままだった。これまでのところは驚くほど順調だ。誰何《すいか》もされずにここを歩けるのは、ミンガの不可侵性にまつわる伝承が偽りなのか、それともヴォーディールという娘がよほどの大金をつかませたのか、はたまた――それを思うとふたたび不安になった――アレンダーの同意があるからなのか。しかし、なぜ？

湾曲した廊下の端にある銀の格子戸に行き当たり、それを通りぬけてつぎの廊下にはいった。こちらは上り勾配で、最初の廊下と同じくらいなまめかしい装飾がほどこされていた。鈍《にぶ》い光沢を放つブロンズ製の螺旋階段が、その終点だった。つぎはアーチ形の天井からぶらさがった薔薇《ばら》色の角灯《ランタン》に照らされた廊下で、終点はまた階段になっていた。こんどは銀色の金属に透かし彫りをしたもので、またしても螺旋を描いて下へのびている。

これだけの距離を来るあいだ、命あるものには出会わなかった。閉じた扉の向こう側で低い声はしていたし、いちどか二度、楽の音《ね》がかすかに流れてきたが、廊下は特別な命令で人払いがされているか、よっぽどの幸運に恵まれているかのどちらかだった。そして背中に視線を感じるという居心地の悪さをいちどならず味わった。ふたりは暗い廊下と、あけ放しになっている明かりのない扉を通り過ぎ、敵意のある人間が近くで見張っている気配を感じて、ときおりスミスのうなじの毛が逆立った。

丸々二十分間、湾曲した廊下を歩き、螺旋階段を上り下りすると、やがてスミスの鋭い感覚さえ混乱し、いま地上からどれくらいの高さにいるのか、いま歩いている廊下がどちらの方角へのびているのかが判然としなくなった。その二十分が終わるころには、神経は鋼鉄のワイヤなみに張りつめており、開いている扉を通るたびに、不安げな視線を肩ごしに投げたくなるのを無理やり抑えるはめになった。けだるげな脅威の雰囲気が、目に見えるほどこの場に立ちこめている、と彼は思った。扉の向こう側に聞こえる低い人声、背中に感じる視線、空中のささやき声の気配、波止場の潜り酒場で小耳にはさんだミンガの秘密、ミンガの名状しがたい危険にまつわる噂の記憶……。

スミスは銃を握りしめながら、手のこんだ装飾と薄闇のなかを歩いていった。五感はなまめかしい魅力に攻めたてられていたが、明かりの灯っていない扉を通るたびに、神経はピンと張りつめ、全身の毛が逆立った。いくらなんでも簡単すぎる。悠久のむかしからミンガの伝統はほめそやされてきた。難攻不落の代名詞。剣よりも強く、熱線銃よりも危険なもので守られている城砦——それなのに、呼びとめられもせずにその心臓部へ向かっているのだ。変装はビロードのマント一枚きり、武器はホルスターにおさめた銃だけ。誰何する者はおらず、住民のだれよりも背の高い男が、神聖不可侵のミンガの最奥部の廊下を大っぴらに歩いていることに気づく衛士や奴隷どころか、通りがかりの者さえいない。彼はホルスターのストラップをゆるめた。

真紅のビロードをまとった宦官は、自信たっぷりに歩きつづけたが、その足どりがいちどだけ乱れた。ある暗い通路に達したところで、その入口をぬけたとたん、石畳の上をずるずると這うような低い音が、ふたりの耳に届いたのだ。宦官がぎくりとし、ちらっとふり返りそうになったかと思うと、あわてて歩調を速め、ふたつの扉とひとつの明かりの灯った廊下が、その暗い通路とのあいだにはさまるまで、足どりをゆるめなかった。

こうしてほの暗い廊下をぬけ、かぐわしい空気と殺風景な薄闇をぬけて進みつづけた。扉は閉じていて、なかで謎めいたつぶやきが聞こえるか、開いていて、暗闇のなかにこちらを見張っている目の気配があるかだった。そして果てしなく蛇行をつづけたあと、ついに天井が低く、透《す》かし彫りのほどこされた真珠母の羽目板の並ぶ廊下へやってきた。扉はすべて銀の格子戸だった。この廊下に通じる銀の格子戸を宦官が押して開いたとき、この途方もない旅がはじまって以来、彼の張りつめた神経がずっと予期していた事態が生じた。格子戸のひとつが開き、人影が出てきて、彼らと向かいあったのだ。

マントの下でスミスの銃が、音もなくホルスターからすべり出た。宦官の背中がすこしこわばり、足どりが乱れた気がしたが、一瞬にすぎなかった。出てきたのは若い女だった。白い衣を一枚まとっただけの奴隷娘が、目の前にそびえる、フードで顔を隠し、紫のマントをまとった長身の人影をひと目見て、ヒッとあえぎ声を漏らし、まるでなぐられたかのように、がっくりと両膝をついた。それはお辞儀だったが、ショックと恐怖で失神したも同然だった。彼女は絨毯に顔をこすりつけた。その跪拝《きはい》する姿を呆然と見おろしているスミスは、その体がブルブル震えているのに気づいた。

銃をするっとホルスターにもどし、震えながら平伏する女の前で一瞬足を止める。宦官が身をねじって音もなく大げさに手招きしたので、この旅がはじまって以来、はじめてその顔がちらりと見えた。汗でぬらぬらと光っていて、切れ長の目は、狩りたてられた動物のように、ギラギラしていて落ちつきがない。宦官が見るからに動揺しているので、スミスは奇妙なことに安堵の念をおぼえた。ならば危険があるのだ――発見される危険、自分も知っていて、闘える種類の危険が。神経が痛いほど張りつめていたのは、見張られているという不気味な感覚、目に見えないものが暗い廊下を這いずっている気配のせいだった。それでも、簡単すぎたのはたしかだ……。

宦官が廊下の中間あたりにある銀の格子戸の前で足を止め、口を格子に当てて、なにごとかを低い声でささやいていた。その銀の格子戸は、内側に緑の金襴《きんらん》が架けわたしてあるので、部屋のなかは見えなかったが、ややあって「それは重畳《ちようじよう》」とささやき声がして、戸が小刻みに震えると、六インチだけ開いた。宦官が真紅のマントをひるがえして片膝をつき、スミスはその目をすばやくとらえた。恐怖の色はまだ薄れていないが、面白がっているような節もあり、ある種の敬意もまじっていた。と思うと、格子戸が大きく開いて、スミスはなかへ踏みこんだ。

そこは海中の洞窟のような緑の部屋だった。壁は緑の金襴で飾られており、低い緑の寝椅子が部屋をとり巻いていて、中心には美女ヴォーディールの輝くようなブロンズ色の姿態。彼女は息を呑むような金星流儀で仕立てた緑のビロードのローブをまとい、片方の肩にまわして、ぴっちりしたひだで全身をつつんでいた。スカートは片側にスリットがはいっているので、動くたびに、すらりとした白い脚がむきだしになる。

明るいところで彼女を見るのははじめてだった。ブロンズ色の髪をふんわりと肩にかけ、ものうげな青白い顔に笑みを浮かべている彼女は、信じられないほど麗しかった。長い睫毛《まつげ》の下で、種族特有の切れ長の黒い目が視線を合わせてきた。

彼は邪魔になるマントのフードをじれったげにはねのけた。

「これを脱いでもいいかな？　ここは安全なのか？」

彼女はキンキンした声で短く笑った。

「安全！」と皮肉っぽくいい、「でも、どうしてもというのなら、お脱ぎなさい。そんな些細なことではあともどりできないところまで来てしまった」

そしてマントのゆたかなひだが分かれ、褐色の革服からすべり落ちると、これまで薄闇のなかでしか見たことのなかったものを興味津々に見つめるのは彼女の番だった。この宝石箱めいた部屋に彼は笑いだしたくなるほど場ちがいだった。革ずくめで、日焼けしており、傷だらけの顔は、銀の鎖でぶらさがっているランタンの光を浴びて油断がない。彼女はその顔を見なおした。痩せて革のように引きしまっており、熱線銃の傷跡や、ナイフや鉤爪の跡があり、宇宙航路での波瀾万丈の歳月をとどめている。その顔では用心と堅忍不抜《けんにんふばつ》が本能となっており、しわの一本一本に非情さが表れていて、目が合うと、彼女の全身に軽いショックが走った。むきだしの鋼鉄なみに青白い目は、日焼けした顔のなかでは無色に見える。こゆるぎもせず、水のように無色透明で表情がない。人殺しの目だ。

必要なのはこの男だ、と彼女にはわかった。ノースウェスト・スミスの名声は、真珠母で飾られたミンガの廊下にまで浸透していた。紆余曲折を経て、ここよりも風変りな場所にも広がっていた。しかし、その名を聞いたことがなくても（あるいは、とりあえずは関係のない、その名に結びついた武勇伝を聞いたことがなくても）、この傷だらけの顔、この冷たい揺るがない目を見ればわかっただろう――ここにいるのが望みの男、生身の人間に助けられるものならば、自分を助けてくれる男なのだ、と。

そう思ったとたん、似たような考えが、切り結ぶ刃のように脳裏をかすめたので、彼女は乳白色のまぶたを伏せて、その剣呑な色を隠し、「ノースウェスト……スミス」と考えこむようにつぶやいた。

「なんなりとご用命を」スミスは彼女に合わせた言葉づかいをしたが、そのうやうやしい言葉の裏では嘲りの火花が散っていた。

それでも彼女はなにもいわず、代わりにゆっくりと上から下まで彼を眺めた。とうとうスミスがいった。

「なにをしろというんだ――？」そしていらだたしげに身じろぎする。

「波止場で働く人が必要だったの」あいかわらず声を潜めて彼女がいった。「あのときは、あなたが見えなかった……波止場にはたくさんの労働者がいるけれど、あなただけよ、地球のお方——」そして両腕をあげ、湖畔の葦《あし》がそよ風になびくのとそっくりに、彼のほうへ揺れた。そして彼女の腕がスミスの肩に軽く置かれ、彼女の口がすぐ近くに……。

スミスは睫毛に隠れた目をのぞきこんだ。彼は金星人という種族に通じていたので、金星人のすることの裏では、殺意をこめた剣のように動機が一閃するのだと知っていた。そして彼女がまぶたを伏せる前に、その特別な剣の一閃をちらりととらえたのだ。もし彼女の思考が剣の応酬であったとすれば、彼の思考は熱線のように目的を射ぬいた。まばたきするうちに彼女の動機の一部がわかった——いちばんあからさまな部分が。スミスは彼女の腕に抱かれたまま、答えずに立っていた。

彼女はスミスを見あげた。革服の腕にきつく抱きしめられないのが信じられないようすだ。「クア・ロヴァル？」と不思議そうにささやき、「とても冷たいのね、地球のお方？　わたしがお気に召さなくて？」

スミスは無言で彼女を見おろした。するとわれ知らず血流が早まった。ミンガの乙女は長い歳月をかけて男を魅了する技のために交配されてきた。したがって、そのひとりの温かな腕に抱かれ、その目に宿る誘いに応えないでいることは、さしものノースウエスト・スミスにも無理だった。あえかな芳香がブロンズ色の髪から立ちのぼり、ビロードが体の線を浮きあがらせている。その白さは、スリットのはいったスカートからちらりとのぞく、すらりとした太腿から察しがつく。彼は口もとをゆがめてにやりと笑い、あとずさりして、首のうしろで組まれている彼女の手をはずした。

「いいや。あんたは自分の技をよく心得ているよ。でも、動機を考えると、やにさがってはいられない」

彼女は後退し、称賛まじりの引きつった笑みを浮かべて彼をしげしげと見た。

「どういう意味かしら?」

「もっとくわしいことがわからないと――話にならないってことだ」

「おばかさんね」彼女はにっこりした。「あなたはもう頭までどっぷり浸かっているのよ。外壁の敷居をまたいだ瞬間に。あともどりはできないわ」

「それでも、簡単にはいれた――簡単すぎるほどに」とスミスがつぶやく。

彼女が一歩踏みだし、目を細めて彼を見あげた。誘惑するふりは、マントのように脱げ落ちていた。

「あなたにもわかったの?」ささやくような声で尋ね、「あなたにも――そう思えたの? 偉大なるシャールよ、たしかなところがわかれば……」その顔には恐怖が表れていた。

「すわって、その話をしないか?」スミスが如才なく提案した。

彼女が、クリームのように白く、サテンのようにやわらかい手をスミスの腕にかけ、部屋をとり巻く低い寝椅子まで引いていった。その触れ方には世代を重ねて生みだされた媚態《びたい》が宿っていたが、白い手はかすかに震えていた。

「なにをそんなに恐れているんだ?」緑のビロードに腰を降ろしながら、スミスが好奇心も露わに尋ねた。「死ぬのはいちどきりじゃないか」

　彼女はブロンズ色の頭を蔑《さげす》むようにふり、

「そうともかぎらないわ。とにかく——ああ、なにが怖いのかはっきりすればいいのに——そこがいちばん恐ろしいところなのよ。でも——あなたをここへ連れてくるのが、これほど簡単でなければよかったのに」

「人けがなかった」彼は考えこむようにいった。「廊下では人っ子ひとり会わなかった。衛士はどこにもいなかった。いちどだけほかの人間を見たが、それは奴隷娘で、この扉のすぐ外の廊下だった」

「その女は——何をしたの？」ヴォーディールの声は蚊が鳴くようだった。

「撃たれたかのように膝をついた。あれじゃ、このおれが魔王だと誤解されても仕方がない」

　娘がため息を漏らし、

「それなら、安全だわ」と、ありがたそうにいった。「その女はあなたを——アレンダーだと思ったにちがいない」その名前を出したとき、その声がすこしわなないた。まるで発音するのをなかば恐れるかのように。「廊下を歩くとき、彼はあなたのに似たマントをはおるの。でも、めったに来ないから……」

「お目にかかったことはないが」とスミス。「おいおい、そいつはそんなにひどい怪物なのか？　あの娘、腱《けん》を切られたみたいに膝をついたぞ」

「ああ、黙って、黙ってちょうだい！」ヴォーディールが身悶《みもだ》えした。「彼のことをそんなふうにいってはいけない。彼は——彼は——その女がひざまずいて、顔を隠したのは当然よ。かなうものなら……」

スミスは彼女と正面から向きあい、うつろな海なみに寒々とした眼差しで、睫毛に隠れた黒い瞳を探った。睫毛の裏にはっきりと見えたのは、その深みに潜む名状しがたい恐れだった。

「かなうものなら、なんだ？」スミスが語気を強めて訊いた。

彼女は肩をすくめ、ぶるっと身を震わせた。こそこそとした目つきで部屋をちらっと見まわし、

「感じないの？」と、低く撫でるような声でささやくように尋ねた。その本能的な媚態が、いかにも高級娼婦のものだったので、彼は思わず苦笑した——手は震えていても仕草は蠱惑《こわく》的で、恐怖のさなかにあってさえ、低い声は誘うようにかすれているのだ。「——四六時中よ！」彼女がいっていた。「危険なものが息を潜めて浮かんでいるの！　いたるところに出没するのよ。はいったとき、それを感じなかった？」

「感じたと思う」スミスは言葉を選ぶようにして答えた。「そう——視界のすぐ外、暗い出入口に隠れているものの気配を……空中に張りつめたものを……」

「危険よ」彼女がささやいた。「身の毛のよだつ得体の知れない危険……ああ、どこへ行っても感じるの……わたしにしみこんで、行きわたって、ついにはわたしの一部になる。体と魂の……」

その声にはヒステリーが高まりそうな響きがあったので、スミスはすばやくいった。

「なぜおれのところへ来たんだ？」

「はじめからそのつもりだったわけじゃないわ」彼女は苦労してヒステリーを抑えこみ、すこしだけ落ちついて話をつづけた。「さっきいったとおり、本当は波止場で働く人を探していたの。まるっきり別の理由で。もう、それはどうでもいい。でも、あなたが口をきいて、わたしが電灯をつけ、あなたの顔を見たとき、あなただとわかったの。あなたのことは聞いていたし、例の――ラックマンダの一件も。それで、わたしを助けられる生身の人間がいるとすれば、あなただとすぐにわかったの」

「でも、どういうことなんだ？　どうすれば助けられる？」

「長い話よ。それに異様すぎてとうてい信じられないし、漠然としすぎていて真剣には受けとってもらえない。それでも知っているの……。ミンガの歴史を聞いたことはあって？」

「多少は。遠いむかしへさかのぼるそうだ」

「はじまりへ――そしてその先へさかのぼるの。わかってもらえるかしら。金星のわたしたちは、あなた方よりも自分たちのはじまりに近い。もちろん、ここのほうが生命の発達は早かったし、地球人には思いもよらないような線をたどったわ。地球では、文明はゆるやかに興《おこ》ったから――自然霊が――暗闇へ還っていく時間があった。金星では――ああ、人間にはなんとも不都合なことに、発達が早すぎたの！　生命は、闇と神秘と、直視できないほど異様で恐ろしいものから生じる。地球の文明はゆっくり成長したから、人間が過去をふり返るほど文明化したころには、起源から遠く離れていたので、見たり知ったりせずにすんだ。でも、わたしたちがふり返ると、黒いはじまりがいやというほどはっきり見えるし、ときには近すぎて、あざやかすぎることもある……。偉大なるシャールよ、わたしが見たものからお守りください！」

白い手がさっとあがって、不意に目に宿った恐怖を隠し、ブロンズ色の雲となった髪が、芳香をただよわせてその指にはらりと落ちた。そうしておびえていてさえ、生まれつきの媚態は呼吸と同じくらい自然なものだった。

そのあと降りた短い沈黙のなかで、スミスは肩ごしにこそこそと視線を走らせたくなる気持ちを抑えた。部屋は不気味に静まりかえっている……。

ヴォーディールが手から顔をあげ、髪を揺すって払いのけた。両手は震えていた。ビロードの膝の上でその手を握りあわせ、話をつづける。

「ミンガのはじまりは」しっかりした声で彼女はいった。「遠いむかしすぎて、いつごろなのかはだれにもわからない。歴史がはじまる前にはじまったの。ファル＝スルサが部下をひきいて海霧からやってきて、山のふもとにこの都を築いたとき、すでにここにあった城の壁を囲んで建てたのよ。それがミンガ城。そしてアレンダーがミンガの乙女を船乗りに売って、この都がはじまった。すべては神話だけれど、ミンガはいつもここにあった。

アレンダーはこの城砦に住み、黄金の乙女たちを育て、男を魅了する技を教えこみ——奇妙な武器で——守って、王の身代金なみの大金で王たちに売った。アレンダーはいつもここにいた。見たことがあるわ、いちどだけ……。

稀《まれ》に彼が廊下を歩くことがあるの。彼が通りかかったときは、ひざまずいて、顔を隠すのがいちばん。そう、それがいちばん……でも、ある日わたしは彼とすれちがって——彼は、あなたと同じくらい背が高いのよ、地球のお方。そして彼の目は——惑星のあいだの宇宙空間みたい。フードの陰になった彼の目をのぞきこんだの——そのときは悪魔も人間も怖くなかった。ひれ伏す前に彼の目をのぞきこんで——わたしは二度と恐怖から逃れられない。人が水たまりをのぞきこむように、わたしは邪悪をのぞきこんだ。暗黒と虚無とむきだしの邪悪。人間とは無関係で、悪意もなかった。根源的な……生命の元になった根源的な恐怖なの。いまならはっきりわかるわ、最初のアレンダーは命にかぎりのある種子から芽吹いたのではない、と。人間の前にも種族がいて……なんとも恐ろしいことに、生命は多くの形態と邪悪を通してさかのぼり、ついには源泉に行き着く。そしてアレンダーの目は人間という生きもののものではなく、わたしはそれと目を合わせて——呪われてしまったのよ！」

その声が尾を引くように消えていき、彼女はしばらく無言のまま、記憶をよみがえらせる目つきで虚空を見つめていた。

「わたしは命運が定まっていて、シャールの神官の脅しにも出てこないほど悲惨な地獄へ堕ちるのよ」彼女がまた話しはじめた。「いいえ、待って——ヒステリーを起こしてるわけじゃないわ。最悪の部分はこれからなの。信じてもらえそうにないけれど、本当のことなの——本当なのよ——偉大なるシャールにかけて、そうでなければいいのに！

ミンガの起源は伝説のなかに失われている。でも、そもそも、なぜ最初のアレンダーは、ひとりきりで人知れずに霧深い海辺の城に住み、ブロンズ色の乙女たちを育てていたの？——当時は売るためではなかった。その一定の型を生みだす秘密をどこで手に入れたの？　それに伝説によれば、ファル＝スルサが見つけたとき、城は古色蒼然としていたそうよ。乙女たちは非の打ちどころのない美をそなえていて、それはひとえに何世代にもおよぶ努力のたまものだった。ミンガはいつ、だれによって築かれたの？　それよりなにより、なぜ築かれたの？　人知れずここに住んで、未開の世界で文明の産物である美女を育てることに、どんな理由があるというの？　その答えがわかった気がするときもある……」

その声がこだましながら静寂《せいじゃく》に呑まれていき、しばらく彼女は金襴で飾られた壁をぼんやりと見つめていた。ふたたび口を開いたとき、話題ががらりと変わっていた。

「わたしはきれいだと思う？」

「どこのだれよりも」スミスはお世辞ぬきで答えた。

彼女が口もとをゆがめ、

「いまこの建物には、わたしなど足もとにもおよばないほど美しい娘たちがいるわ。命にかぎりのある人間の目には触れたことがない。アレンダーは別だけれど、彼は――かならずしも命にかぎりがあるわけではないわ。命にかぎりのある人間の目にはこれからも触れないでしょう。売りものではないし、最後には姿を消してしまう……。

女性美というものは、頂点をきわめられるはずだと思われているかもしれない。でも、そうではないの。それは強めたり、ふやしたりすることができる。どこまでかというと――言葉ではいい表せないわ。そしてアレンダーの手にかかれば、たどり着ける高みに限界はない――わたしは心からそう信じている。わたしが知っていたり、世話をしている奴隷たちを通じて耳にしたりする美女たちについていえば、あまりにも美しくて、命にかぎりのある人間が見たら目がつぶれると噂される者たちがいくらでもいる。直視できないほど美を磨きあげて、強めることができるなんて考えたことがあって？　ここにはそういう美女たちの話がある。ミンガの秘密の部屋に隠されているのだと。

でも、その謎は世間にけっして知られない。ミンガのいちばん奥の部屋に隠されている美女たちを購えるほど裕福な君主は、どの惑星にもいない。売りものではないのよ。悠久のむかしから、ミンガのアレンダーたちは労力と費用を惜しまずに美女たちを育んで、ひたすらその美を高めてきた——秘密の部屋に閉じこめ、厳重きわまりなく守ってきた。だから噂さえ外壁を通りぬけることはないの。そして美女たちはいきなり消えてしまう——ふっとかき消すように！　どこへ？　なぜ？　どうやって？　だれも知らない。

恐ろしいのはそこのところよ。いまいったような美しさは、わたしには微塵《みじん》もないけれど、そういう運命がわたしに用意されている——どういうわけか、それがわかるの。アレンダーの目をのぞきこんだことがあるから——わかるのよ。あのうつろな黒い目をもういちどのぞきこまなければならない、もっと深く、もっと恐ろしいことに、それはまちがいない……わかるの——そして、もうじきもっと知るはずのことが恐ろしくて、胸が悪くなる……。

なにか恐ろしいことがわたしを待っていて、どんどん近づいてきている。明日か明後日か、それともしばらくあとか、わたしは姿を消し、乙女たちは首をひねって、すこし噂し、男たちは忘れるでしょう。前にもあったことよ。偉大なるシャール、わたしはどうすればいいのでしょう?」

彼女は楽の音のような声で絶望的にむせび泣き、しばし沈黙におちいった。やがて顔つきを変えて、おずおずといった。

「あなたを巻きこんでしまった。あなたをここへ連れてきたので、わたしはミンガのしきたりをひとつ残らず破ったのに、妨害を受けなかった——あっけなかった、あっけなさすぎた。あなたに死刑を宣告してしまったんだわ。あなたがやってきたとき、最初はあなたを騙すつもりだった。深くかかわらせて、わたしのいうとおりにしないと、二度と自由の身になれないようにするつもりだった。でも、ここへ来てくれと頼んだだけで、夢にも思わないほど深くあなたを巻きこんでしまったのね。いまならそれがわかる。どういうわけか、今夜どこからともなく、その知識が湧いてきたの。その知識がわたしに襲いかかり——いうことを聞かせようとしているのがわかる。わたしがおびえて助けを求めたから、わたしたちふたりとも呪いにかかってしまったんだわ。いまならわかる——あなたがあれほど簡単にはいってきてからずっと、魂の裡《うち》ではわかっていた。あなたは生きて外へは出られない——あれがわたしを迎えにきて、あなたを道連れにするのだと……シャール、シャールよ、わたしはなにをしてしまったの?」

「だが、相手はなんだ、なんなんだ?」スミスがじれったげに膝をたたいた。「おれたちはなにを相手にするんだ? 毒か? 衛士か? 罠か? 催眠術か? なにが起きるか、ヒントももらえないのか?」

彼は身を乗りだし、無遠慮に彼女の表情を探った。すると、彼女の眉間にしわが刻まれるのが見えた。告げなければならない謎をどう言葉にしようかと悩んでいるのだろう。煮えきらない口調で、

「守護者よ」と彼女はいった。「守護者——たちよ……」

そのとき、迷いの見える彼女の顔を、すさまじい恐怖の表情がかすめたので、彼は膝の上で手を握りしめ、うなじの毛が逆立つのを感じた。それは実体のあるものへの恐怖ではなく、内なる恐ろしいもの、身の毛のよだつ意識に対するものだった。彼の目と視線を合わせていた目がどんよりと曇り、焦点をはずさないまま、無遠慮な彼の視線から逃れた。まるで目であることをやめ、暗い窓——うつろな窓になったかのようだった。美しい顔は仮面のようにこわばり、うつろな窓の向こう側、愛らしい仮面の裏側に、暗い命令が流れこんでいるのだとぼんやりと感じとれた……。

彼女がぎくしゃくと両手を突きだし、立ちあがった。スミスも銃を手にしてつられて立ちあがり、いっぽううなじの毛が逆立って震えており、翼のはばたき程度には実体のあるものが空中で脈打った。その得体の知れない震えが空気を三度揺らすと、ヴォーディールが自動人形のように踏みだして、扉に向きあった。仮面をかぶった恐ろしいものの夢を見ているかのようにぎくしゃくとした足どりで扉をぬける。彼女が目の前を通りかかったとき、スミスはためらいがちに手を突きだして、彼女の腕にさわった。そのとたんチクリと痛みが全身に走り、またしても空中で翼が脈打つのを感じたと思った。つぎの瞬間、彼女がためらわずに通り過ぎ、彼の

手が落ちた。

彼女をわれに返らせるのはあきらめて、スミスは卵の上を歩くかのように、慎重な足どりであとを追った。無意識のうちに腰をすこしかがめ、銃を握る手は緊張した指を引き金にかけていた。

ふたりは息づくようなしじまにつつまれて回廊を進んでいった。回廊に人けはなく、閉じた扉の向こう側に明かりは見えないし、生々しい静寂を破るつぶやき声もない。しかし、どういうわけか空気がかすかに揺れているように思え、心臓が喉から飛びだしそうな勢いで打っていた。

ヴォーディールは恐ろしい夢のなかで体をこわばらせ、機械人形のように歩いた。回廊の終点に達すると、銀の格子戸が開いており、ふたりは立ち止まらずに通りぬけた。しかし、右手へ通じる格子戸が閉ざされ、施錠された上に、かんぬきが壁の受け口にしっかりとはめこまれているのに気づいて、スミスはすこし不安になった。しかし、彼女のあとをついていくほかに選択肢はなかった。

回廊が下り勾配になった。左右への分岐点をいくつか過ぎたが、それぞれの銀の格子戸は閉じていて、かんぬきが支《か》ってあった。回廊の終わりは銀の螺旋階段になっており、娘は手すりに触れずにすばやく降りていった。長い螺旋で、多くの階層を通り過ぎ、下るにつれて、ほの明るい光が弱まり、湿った潮のにおいが、芳香のただよう空気にかすかにまじるようになった。階段がつぎの階に通じている箇所へ来るたびに、格子戸が入口をふさいでいた。あまりにも多くの階を通り過ぎ、ひたすら下っているので、あの緑の宝石箱のような部屋がどの高さにあったにしろ、いまでは地中深くへ降りているのはたしかだった。それでも階段はぐるぐると下りつづけた。蜂の巣の層のように、格子戸の向こうに開けている階層は、しだいに暗くなり、質素になり、とうとう装飾がなくなって、銀の段が岩の縦穴をぐるぐると降りていくだけになった。薄暗い照明は、大きく間隔があいているので、周囲をとり巻く磨かれた黒い壁もろくに見えなかった。湿気がしずくとなって暗色の表面に浮かびはじめ、黒い塩水の海と湿った地下のにおいがした。

そして階段はこの惑星の真っ黒な塩の中心にまでのびているのだろうか、とそろそろ本気で考えはじめていたちょうどそのとき、唐突に底に着いた。ほっそりして光っている手すりが装飾曲線を描いて階段が終わり、回廊がはじまっていた。娘の足はためらわずに暗い道をたどりはじめた。スミスは色の淡い目で薄闇を探ったが、自分たち以外の生命は影も形もなかった。それなのに視線を感じる――それはまちがいない。

黒い回廊を進んでいくと、両端が石壁に深く埋もれている錬鉄製の格子戸に行き当たった。彼女がその扉をぬけ、スミスは見慣れないジャングルで警戒する野生動物のように、視線をすばやく前後左右に配りながら、彼女のすぐあとにつづいた。大きな出入口の向こう側に黒いカーテンを垂らした扉があり、そこが回廊の終点だった。どういうわけか、スミスには目的地へ着いたような気がしてならなかった。道中、しっかりした足どりで歩くヴォーディールのあとをついていくしかなかった。出られそうなところでは、かならず格子戸が閉まっていた。しかし、銃があるのだから……。

カーテンを押しのけたとき、ヴォーディールの手がビロードを背景に白く浮きあがった。一瞬、彼女は漆黒の前で光り輝いた――どこもかしこも緑と金色と白だったのだ。それから入口を通りぬけ、カーテンが背後で閉じた――蠟燭《ろうそく》の炎が黒いビロードにつつまれて消えるようだった。スミスはほんの一瞬ためらったが、カーテンを分けて、なかをのぞいた。

視線の先には、飢えたように光を吸収する黒いビロードの垂れた部屋があった。その光は、黒檀のテーブルの真上に天井からぶらさがっている、ひとつきりのランプから発していた。それは男をやわらかく照らしていた――非常に背の高い男を。

男は暗い部屋のなかでひときわ黒い闇となってランプの下に立っていた。うなだれていて、一文字になった黒い眉毛の下から上目づかいに見つめてくる。なかば隠れた顔のなかで、その目は黒々と口をあけた穴であり、下げた眉の下で針先のようなふたつの輝きが――娘ではなく――カーテンの陰に隠れているスミスをまっすぐに突き刺した。それは磁石が鉄を引きつけるように彼の目をとらえて離さなかった。細長い輝きが刃のように脳へ食いこんできて、その鋭い灼熱の刺突《しとつ》から、彼のなかのなにかが思わず尻ごみするのを感じた。彼はカーテンを分けて銃を突きだし、音もなく踏みこむと、色の淡い揺るがない目でその剣のような眼差しを迎えた。

ヴォーディールが機械のようにぎくしゃくと進み出たが、なぜか優雅さは損なわれなかった――まるでその麗しい体から麗しさ以外を引きだせる力など存在しないかのように。彼女は男の足もとまで行くと、そこで止まった。それから頭のてっぺんから爪先まで震えが走りぬけ、彼女は両膝をついて、床にぬかずいた。

黄金なみに麗しい体をはさんで、男がスミスと目を合わせ、滔々《とうとう》と流れる黒い水のように深い深い声でいった。

「わたしがアレンダーだ」

「それなら、おれを知っているな」スミスの声は、ビロードのような薄闇のなかで鉄のようにごつごつしていた。

「おまえはノースウェスト・スミスだ」と、なめらかで深みのある声が感情を交えずにいった。「地球出身の無法者。おまえは最後の法を破ったのだ、ノースウェスト・スミス。招かれずにここへ来て――命永らえた男はいない。ひょっとして噂に聞いているのでは……」

その声が尾を引くように静寂に溶けこんだ。

スミスが口角をあげて、おかしくもないのに狼めいた笑みを浮かべると、銃を握る手をさっとあげた。その鋼鉄のような青白い目に殺意がひらめいた。と、啞然とするほどだしぬけに、世界が周囲で溶けた。光が炸裂して頭をつらぬき、はね躍って、徐々に引きよせあって渦巻く闇となり、ついには閃光を発するふたつの針先となった――一文字になった眉の下から短剣を思わせる眼差しが……。

周囲で部屋が安定したとき、彼は両腕を垂らしていた。銃は指からぶらさがり、痺れがゆっくりと引いていくところだ。アレンダーの口もとに陰気な笑みがなめらかに浮かんだ。

突き刺す視線が無造作にそれ、彼は不意にめまいに襲われた。アレンダーの視線は床で平伏している娘に触れた。黒い絨毯の上に、その光沢のあるブロンズ色の巻き毛が、えもいわれぬ美しさで広がっていた。緑のローブがまろやかな体からめくれあがり、暗い床の上のクリームのように白い彼女の体ほど美しいものは、宇宙に存在するはずがなかった。黒い穴蔵のような目が、冷淡に彼女を眺める。と、驚くべきことに、アレンダーがなめらかな深い声でそっけなく尋ねた。

「どうだ、地球にこういう女はいるのか？」

スミスは頭をふってすっきりさせた。なんとか答えたとき、その声はしっかりしていた。めまいが引くと、さりげない話題にいきなり変わったことも理不尽には思えなかった。

「こういう女はどこでも見たことがない」彼は落ちついた声でいった。

剣を思わせる眼差しがギラッと光って、彼をつらぬいた。

「この女が申したとおり」とアレンダー。「太陽が蠟燭に勝るように、この女を凌駕《りようが》する美女たちがここにはいる。とはいえ……この女にはただの美しさにとどまらないものがある、このヴォーディールには。おまえもそれを感じたのではないか？」

問いかけてくる眼差しをスミスは目で迎え、嘲りを探したが、見当たらなかった。わけがわからないながらも——ついさっき命をとると脅されたのだ——彼は会話に応じた。

「ただの美しさにとどまらないものは、みんなにあるのだろう。そうでなければ、王侯たちがミンガの乙女を買うはずがない」

「いや——その魅力ではない。この女にもあるが、蠱惑よりもつかみどころがなく、麗しさよりもはるかに欲望をそそるものだ。勇気があるのだよ、この娘には。知性がある。どこで身に着けたのかは見当もつかん。そういうもののために乙女たちを育てているのではないのでな。しかし、この女のいったとおり、いちど廊下でその目をのぞきこんだことがあり——美しさよりもそそるものを見たのだ。この女を呼びよせ、おまえがあとをついてきた。なぜかわかるか？　なぜ自分が外の門や、ここへ来るまでの廊下の途中で命を落とさなかったのかわかるか？」

スミスの色の淡い目が、問いかけるように黒い目と視線を合わせた。声が流れつづけた。

「なぜなら——おまえの目のなかにも興味深いものがあるからだ。勇気と非情さとある種の——力、だろうな。おまえのなかには強烈なものがある。わたしにはその使い道が見つけられるはずだ、地球人」

スミスがすこしだけ目を細くした。あまりにもおだやかで、あまりにも淡々としている、この会話は。しかし、死が迫っているのだ。その気配がある——その感覚にはなじみがあるのだ。死——ひょっとしたら、それよりも悪いもの。彼は小耳にはさんだ噂を思いだした。

床の上で娘が小さくうめいて、身じろぎした。アレンダーがおだやかな、針先のような目で彼女を一瞥《いちべつ》し、「立て」と静かな声でいった。すると彼女がふらふらと立ちあがり、首《こうべ》を垂れて彼の前に立った。こわばりは消えてなくなっていた。スミスはとっさに「ヴォーディール！」といった。彼女が顔をあげ、彼と目を合わせた。すると恐怖がさざ波となって彼を襲った。彼女は意識をとりもどしていたが、彼の知っていたおびえた娘にもどることはないだろう。

黒い知識がその目からのぞいており、その顔はこわばった仮面となっているのに、恐怖を隠しきれていなかった。人間の理解を絶するほど黒い地獄を歩き、知った上で生きることが人間の魂には耐えられない知識を獲得した者の顔だった。

彼女は長いあいだ無言で彼とまともに向かいあい、やがてアレンダーに向きなおった。その目が自分の目を離れる寸前、絶望的で死にもの狂いの訴えがひらめくのが見えた……スミスはそう思った。

「来い」とアレンダー。

彼が背中を向けた——銃を握るスミスの手が震えながらあがり、また下がった。いや、まだ早い。一縷《いちる》の望みはつねにあるのだ、死が周囲に迫ってくるのを見るまでは。

アレンダーのあとについて、足首まで沈む絨毯の上を歩いていく。娘はのろのろとついてきた。目を伏せているのが、瞑想の忌まわしいパロディで、その目の陰に潜む身の毛のよだつ知識に思いをめぐらせているかのようだった。

部屋の反対端に口をあけた暗いアーチが三人を呑みこんだ。明かりが一瞬見えなくなり——息詰まる一瞬に、スミスの銃が手のなかで生きもののように勝手に跳ねあがり、見えない邪悪にむなしく立ちむかった。そして体をつつんだ漆黒の闇に脳が揺れた。それはまばたきする間のことで、銃を持つ手を降ろしたとき、いまのは本当にあったことだろうか、と疑問が湧いた。しかし、アレンダーが肩ごしにこういった。

「障壁が設《もう》けてあるのだ、わたしの——美女たちを守るために。精神的な障壁だ。わたしといっしょでなかったら、通りぬけられなかっただろう。それでも——だが、もうわかったのではないかな、ヴォーディールよ？」その問いかけには漠然とした嘲笑がまじっていて、人間のものではない声に怪物じみた人間の響きを吹きこんでいた。

「わかっています」

殷々《いんいん》とこだまする楽の音と同じくらい美しく単調な声で娘が答えた。連れの人間ふたりの口から人間のものではない声が出てくるのを耳にして、スミスの神経に戦慄が走った。

そのあと三人は無言で長い回廊を進んでいき、宇宙船乗りのブーツで音もなく歩を運ぶスミスは、全身の神経を痛いほど張りつめていた。油断なく見張っているさなかにも、ふと気がつくと、生きている人間の魂をそなえた生きものが、これまでこの回廊を進んだことがあるのだろうか、おびえた金色の乙女たちが、こうしてアレンダーについて暗黒の奥へ向かったのだろうか、それとも人間性を吸いとられ、あの名状しがたい恐怖をしみこまされてから、主人のあとを追って黒い障壁をぬけたのだろうか、と疑問が湧いてくるのだった。

回廊は下り勾配でのびており、潮のにおいがはっきりしてきて、明かりは空中のちらちらした光にまで弱まり、人間とは無縁の静寂のなかを三人は進みつづけた。

じきにアレンダーがいった——そのなめらかで深みのある声は静寂を破らず、静かに溶けこんだので、こだまさえ返ってこなかった。

「これから連れていくところは、これまでアレンダー以外の男が足を踏み入れたことのない場所だ。おまえの慣れていない感覚が、いまから目にするものにどう反応するかを思うだけで愉快になる。わたしは――」――静かに笑い声をあげ――「実験に興味を惹かれる年ごろなのだ。見るがいい！」

不意に耐えがたいほどまぶしい光が生じて、スミスはパッと目をつむった。ギラギラした光がまぶたをつらぬいた一瞬、縞模様になった闇のなかで、周囲のなにもかもが不可解にもずれたような気がした。まるで壁を作る原子の構造そのものが変化したかのように。目をあけると、そこは心地よいやわらかな輝きにつつまれた細長い部屋の入口だった。どうやってここへ来たのか、考える気にもなれなかった。

目の前にあるのは、えもいわれぬほど美しい部屋だった。壁と床と天井は、つややかな石でできている。壁ぎわには一定の間隔で低い寝椅子が置かれ、青い沐浴場《もくよくじょう》が床に設けられ、空気は不可解にも金色の光できらめいている。そしてそのシャンパンの泡のような閃光をぬって人影が動きまわっている……。

スミスは身じろぎひとつせずに細長い部屋を見渡していた。アレンダーが、なんともいえない期待の表情を浮かべてその彼を見つめていた。針先の輝きのような目は、地球人の脳そのものをつらぬくほど鋭かった。ヴォーディールはうなだれて、伏せたまぶたの陰に潜む黒い知識に思いをめぐらせていた。三人のうちでスミスだけが細長い部屋を見渡して、空中の金色のきらめきを縫って動くものを見ていた。

それは乙女たちだった。女神であっても不思議はない――ブロンズ色の巻き毛を後光のように輝かせた天使たちが、シャンパンのように空気が泡立つ金色の天国をものうげに歩きまわっているのだ。ふたりか三人で組になって部屋をぶらぶらと歩いていたり、寝椅子にしどけなく横たわっていたり、沐浴場で水浴びしていたりする者たちは、総勢で二十人ほどにちがいない。かぎりなく優雅な金星流のローブを肩にまわしてまとい、抑えた色合いの菫《すみれ》色と青とエメラルド・グリーンのスリット入りスカートをはいている。その美しさを目《ま》のあたりして、打撃を食らったように息が止まった。彼女らのあらゆる動きに音楽が宿っており、流麗に歌うような優雅さは、純粋な麗しさで心臓が痛くなるほどだった。

彼はヴォーディールを麗しいと思っていたが、ここにある美は妖艶すぎて、苦痛と紙一重だった。彼女らのやわらかく明るい声は、ビロードの棘《とげ》を彼の神経に送りこむ高さになっており、遠くから聞くと、そのやわらかな音はあまりにも音楽的にまじり合っているので、合唱しているようなものだった。動きの美しさに心臓がキュッとちぢまり、血が耳のなかで激しく打って……。

「彼女らは美しいと思うかね?」アレンダーの声は、静寂に溶けこんだときと同じくらい完璧に快活な歌声に溶けこんだ。短剣を思わせる眼差しで、スミスの淡い色の目を射ぬくように見据え、口もとをほころばせる。「美しいかね? まあ、待て、まだ先がある!」

彼は細長い部屋を進んでいった。虹色の光を浴びて長身は真っ黒に見えた。スミスはそのあとから驚異の靄《もや》のなかを歩いていった。天国を歩く機会など、万人にあたえられるものではない。空気がシャンパンのようにチリチリし、えもいわれぬ芳香が鼻をくすぐり、後光につつまれた乙女たちが目をみはってあとずさった。通りかかった彼のしみだらけの革服やごついブーツに驚きの目が釘づけだ。ヴォーディールはうなだれたまま静かにあとをついてきた。乙女たちは身震いし、彼女から目をそらした。

いまわかったのだが、乙女らの顔は体と同様に麗しく、けだるげで、華やかだった。満ち足りた顔であり、美というものを知らず、自分たち以外の存在を知らず——要するに、魂を欠いていた。彼は本能的にそう感じた。ここには物理的で、手でさわれる美の化身がいる。しかし、ヴォーディールの顔には——以前は——大胆さのきらめき、彼をここへ連れてきたことに対する後悔の念が見てとれた。そのおかげで、この信じられないほど美しいが魂を欠いている美女たちよりも、いわくいいがたい形で勝《まさ》っていたのだ。

驚きのあまり音楽的な声が絶えていき、三人は静寂のなかを進んでいった。アレンダーはここでは見慣れた存在らしい。というのも、乙女たちは彼には目もくれないからだ。いっぽうヴォーディールからはさも厭わしげに身震いしながら顔をそむけ、彼女の存在を認めようとしない。だが、スミスはアレンダー以外にはじめて目にした男であり、その驚きで黙りこむのだった。

三人は躍る空気のなかを進みつづけ、とうとう最後の目をみはっている麗しの乙女たちをあとにした。前方で象牙の扉が触れもしないのに開いた。そこからは下りになり、また別の廊下を進むあいだに、空中のチリチリした感じが絶え、背後で低い音楽的な声が湧きあがった。三人はその音をあとにした。廊下は暗くなり、やがてまた薄闇のなかを進んでいた。

じきにアレンダーが足を止め、ふり返った。

「わたしが手塩にかけた宝石たちだ。別々にしてある。このように——」

彼が片腕をのばした。壁にかかっているカーテンにスミスは気づいた。ほかにもカーテンが並んでおり、薄闇のなかで黒々としたしみになっている。アレンダーが黒いカーテンをめくると、向こう側から格子を透かして光がやわらかく流れだし、反対側の壁に華やかな影を落とした。スミスは進み出て、目をこらした。

格子窓ごしに見えているのは、黒っぽいビロードでふちどられた部屋だった。きわめて質素だ。窓とは反対側の壁ぎわに低い寝椅子があり、その上に——スミスの心臓が跳ねあがり、いったん止まった——女が横たわっていた。もし細長い部屋の乙女たちが女神さながらであったとしたら、この女は伝説のなかでさえ人間が想像しないほど麗しかった。彼女は女神さえ超えていた——長い手足がビロードを背に白く輝き、ローブの下のまろやかな体は甘美な曲線と平面を形作り、ブロンズ色の髪が溶岩のように片方の肩へこぼれ、目を閉じている顔は死のようにおだやかだ。それは完璧にかたどられた雪花石膏《アラバスター》のような受け身の美だった。そして手でさわれそうな魅力が、魔力のようにその体からのびていた。眠りを誘う、強力な磁力のような蠱惑。彼は目をもぎ離せなかった。蜜にからめとられた雀蜂《すずめばち》のように……。

アレンダーが、空気を震わせる朗々たる声でスミスの肩ごしになにかいった。閉じていたまぶたがあがり、生命と美が潮のようにおだやかな顔に流れこんで、耐えがたいほど明るくした。頭がくらくらするような蠱惑がめざめ、危険なほど生きいきと輝いて——引っぱり、たぐり寄せ……岩場を乗り越える波のような一連の動きで彼女が起きあがり、笑みを浮かべると（その微笑の美しさにスミスの五感がふらついた）、ビロードの床までゆっくりと身を沈めて、深い額手礼《サラーム》をした。髪がさざ波を打って、体のまわりにこぼれ落ち、やがて彼女は窓の下で絢爛《けんらん》たる美となって横たわっていた。

アレンダーがカーテンを降ろし、スミスのほうを向いたので、そのめくるめく光景がかき消えた。ふたたび針先のようなきらめきがスミスの脳を突き刺した。アレンダーがまたしても笑みを浮かべた。

「来い」そういうと、廊下を歩きだす。

三人は三つのカーテンを通り過ぎ、四つ目で足を止めた。あとで思いだせば、カーテンがめくられ、スミスは進み出て窓の格子ごしに目をこらしたにちがいない。しかし、目に映ったもののせいで、記憶は脳裏から跡形もなく消し飛んだ。このビロードでふちどられた部屋に住む乙女は、カーテンがまくられたちょうどそのとき、爪先立ちになってのびをしていた。頭のてっぺんから爪先まで美しく優雅そのもので、熱線を心臓に食らったかのように、スミスの息が止まった。あらがいようのない魅力に引きよせられて、彼はこぶしの関節が白くなるまで格子を握りしめ、その有無をいわせない、魂を滅ぼすほど欲望をかきたてるものしか頭になかった……。

彼女が動くと、その動きのひとつひとつを歌のように走りぬけるめくるめく優雅さが、純粋で手の届かない麗しさで彼の五感をうずかせた。恍惚のめまいに襲われながらもわかったことがある。つまり、そのまろやかな曲線を描く体を永遠に抱いていられるだろうが、それでも飢えはおさまらず、生身の体では絞りとれない充実を求めつづけるだろうということだ。彼女の麗しさが魂のなかにかきたてた飢えは、肉体の飢えにはおよびもつかないほど狂おしいものだった。けっして所有はできず、自分のなかにある感覚ではけっして手が届かないとわかっていても、その実体のない、抵抗できない麗しさを所有したくて頭がくらくらした。肉欲とは無縁の欲望が狂気のように荒れ狂い、あまりの激しさに部屋がぐらつき、星々のように到達できない美の白い輪郭が目の前で揺れた。彼は息を呑み、喉を詰まらせ、その耐えがたいほど妖艶な光景から身を引いた。

アレンダーが笑い声をあげ、カーテンを降ろした。

「来い」

面白がっているのがはっきりわかる声で彼がもういちどいい、スミスはめまいに襲われながらも、そのあとについて廊下を進んだ。

道のりは長く、一定の間隔で壁にかかっているカーテンの前を通り過ぎた。とうとう足を止めたとき、目の前のカーテンは端がほのかに輝いていた。まるで目もくらむほど明るいものがなかに住んでいるかのように。アレンダーがカーテンをめくった。

「われわれは肉体という束縛にわずかしか妨げられない、純粋な美そのものに近づいている。見るがいい」

スミスはなかに住む者を一瞥しただけだった。その妖艶なものを見たショックは、拷問のように彼の神経という神経を震わせた。狂気の一瞬、住人から波となって発し、彼の魂そのものをねじってくる恐ろしいまでの蠱惑の前に理性がぐらついた――美の化身が、力強い指であらゆる感覚とあらゆる神経をたぐり寄せており、触れることも、抵抗もできないまま、それよりも深いところで、彼の存在の根を手探りし、魂を引きずりだそうとして……。

ひと目見ただけだった。そのひと目で魂がその引力に応え、すさまじい欲望がむなしく全身を引き裂いた。彼はとっさに腕をあげて目をかばい、闇のなかへよろよろと後退した。言葉にならないすすり泣きが口をついて出て、暗闇が周囲でぐるぐるまわった。

カーテンが降りた。スミスは壁に体を押しつけ、大きく肩で息をしていた。そのあいだに心臓の鼓動がしだいに遅くなり、けがらわしい魅惑が周囲から引いていった。窓からふり返ったとき、アレンダーの目は緑の火で爛々《らんらん》と輝いており、得体の知れない飢えがその顔に暗くわだかまっていた。アレンダーがいった。

「ほかの者を見せてやってもいい、地球人。だが、最後に気が狂うだけだろう――たったいま、おまえはその瀬戸際にいたのだぞ――おまえには別の使い道がある……そろそろわかってきたのではないかな、これがなんのためにあるのか？」

アレンダーの目がスミスの目を突き刺すうちに、緑の輝きが、その短剣なみに鋭い眼差しから薄れていった。地球人は頭をふって、あの貪欲な飢えのなごりを追い払おうとし、銃床を握りなおした。その手になじんだすべすべした感じが、かなりの安心感をあたえてくれ、それと同時に周囲の危険があらためて意識された。不可解にもミンガの秘中の秘が明かされたいま、それを知った自分に慈悲がかけられるはずがない。死が待っている――アレンダーが話に倦みしだい、異様な死が――しかし、耳をそばだて、目を油断なく配りつづければ――ひょっとして――隙をついて彼を道連れにできるかもしれない。青い炎でひと薙《な》ぎするだけでいい。彼は敵意のこもった鋭い目で短剣のような眼差しをまともに見返した。アレンダーが笑みを浮かべて、いった。

「おまえの目のなかには殺意がある、地球人。おまえの心には殺人しかない。おまえたちの脳は、闘いしか理解できないのか？　好奇心はないのか？　なぜわたしがおまえをここへ連れてきたのか、疑問に思わないのか？　なるほど、死がおまえを待っている。だが、不愉快な死ではないし、いずれにせよ、死は万人を待っている。とくと聞くがよい――おまえの心のなかで固く閉じている、自衛という動物の殻を破りたいのには理由があるのだ。もっと深いところを見せてくれ――深みがあるのなら。おまえの死は――無駄にはならないし、ある意味で楽しいだろう。さもなければ――そう、黒いけものの飢えだ。そして肉体はその糧《かて》となるにちがいない。もっと甘い飲みものがわたしの糧となるように……聞くがいい」

スミスは目を細くした。もっと甘い飲みもの……。危険、危険だ――その気配が空中にただよっている――アレンダーの突き刺す眼差しを受けて、心が開こうとする危険を本能的に察した。その目の有無をいわせない力が、強烈な光のように脳へはいりこんでくる……。

「来い」

アレンダーが静かな声でいい、音もなく薄闇のなかを歩きはじめた。ふたりはあとを追った。スミスは痛いほど警戒しながら。娘は考えこむように目を伏せて歩いた。彼女の心と魂は、どこか遠くの渦巻く闇のなかにあり、おぞましいことに、その影が睫毛の下に見えていた。

廊下が広くなってアーチにいたり、その反対側で、片側の壁が急に虚空へ落ちこんでいて、三人はうねっている黒い海を見晴らす歩廊の縁に立っていた。スミスは驚きのあまり口から出かかった悪態を嚙み殺した。いまのいままで、道は地中深くを走る天井の低いトンネルだったのに、つぎの瞬間には、波打つ広大な暗黒の岸辺に立っていたのだ。そよ風が、名状しがたいものの息吹で彼らの顔をなぶった。

はるか眼下で、黒っぽい水がうねっており、燐光《りんこう》がちらちらと三人を照らしていた。暗闇のなかで打ちよせているものが水なのかどうかも判然としない。その寄せ波にはねっとりした性質があるらしく、黒い軟泥が波打っているようだった。

アレンダーがうっすらと火の色合いに染まった波を見渡し、無言で一瞬待った。と、はるか彼方、そのぬるぬるした寄せ波のなかで、なにかがどろりとした飛沫《しぶき》をあげて海面を割った——慈悲深くも闇に隠れているものが——それからまた潜って、広がるさざ波の跡を海面に残した。

「聞くがいい」アレンダーがふり返らずにいった。「生命はとても古いものだ。人間よりも古い種族がいる。わたしの種族がそうだ。生命は海底の黒い軟泥から生じ、枝分かれをくり返しながら光に向かって成長した。人間がまだジャングルの樹々のあいだを飛びまわっていたころには、成熟に達して、深い英知をそなえたものもある。

人類の暦にしたがえば、数多の世紀のあいだアレンダーはここに住み、美を育んできた。このところ二級品の美女たちを売ってきたのは、真実を語っても理解されそうにないので、人類にも納得できる説明をするためだった。そろそろわかってきたのではないかな？　わが種族は、人の生き血を吸う種族とはかなりの遠縁に当たり、生命力を栄養分として飲む種族とはもうすこし近い関係にある。わたしの好みは、いっそう洗練されているのだよ。わたしが飲むのは――美だ。わたしは美を糧にして生きている。そう、文字どおりの意味で。

　美はある意味で血と同じくらい実体がある。それは個別の力であり、男女の肉体に宿っている。数多の女のなかで、完璧な美には愚鈍《ぐどん》がつきものであることに、おまえは気づいたはずだ……その力が強すぎて、ほかの力を追いだしてしまい、知性や善意や良心などを犠牲にして、吸血鬼のように生きるわけだ。

　ここではじまったとき――というのも、われわれの種族は別の惑星で生を受け、この世界がはじまったときには年老いていて、賢明だったからだが――われわれは軟泥のなかのまどろみからさめ、穴居人《けっきょじん》の時代にさえ人類のなかに存在していた美の力を糧とした。しかし、それは粗末な食事であり、われわれはその種族を研究して、将来もっとも有望な要素を探りあて、繁殖のための標本を選ぶと、この城砦を築いて、人類をその美の限界にまで進化させる仕事にとりかかった。やがて現在のタイプ以外は間引くにいたった。人間という種族にとっての究極の美を発達させてきたからだ。われわれがほかの世界で、まるっきり別の種族を相手に成しとげたことを見てもらえれば面白いのだがな……。

　さて、もうわかっただろう。女たちは、われわれが生きる糧とする貪欲な美の力を生みだすために育てられているのだ。

しかし――変化がなければ、どんな美食にも飽きが来る。わたしがヴォーディールを連れてきたのは、彼女のなかにあるものの片鱗が見え、それはミンガの乙女たちからはまず生まれてこないものだからだ。というのも、先ほどいったように、美というものは美以外の資質を食いつくすものだからだ。それでも、どういうわけか、知性と勇気がヴォーディールのなかでひそかに生き残った。それは彼女の美を減らすが、そのピリッとした風味が、千篇一律《せんぺんいちりつ》のごとき食事に変化をあたえてくれるはずだ。わたしはそう思っていた、おまえを見るまでは。

そのとき気づいたのだ、男の美を久しく味わっていないことに。それはごく稀で、女性美とはまるでちがっているので、存在そのものを忘れかけていた。そしておまえにはそれがある、なんともつかみどころのない、荒削りな形でだが……。

おまえに洗いざらい話したのは、その美の――おまえのなかにある荒削りの美の質を試すためだ。おまえの精神の深みについて、わたしの見立てがまちがっていたら、おまえは黒いけものの餌食になっていただろう。だが、まちがってはいなかったようだ。自己保存という動物の殻の陰に、男性美の根に養分をあたえる力と強さの深みがある。わたしの知っている成長促進法のもとで、それを大きくする時間をあたえてから――飲むとしよう。いまから楽しみだ……」

その声が途切れて、ざわめきに満ちた沈黙となり、針先のようなきらめきがスミスの目を探った。彼はうわの空でその目を避けようとしたが、目はひとりでにその突き刺すような眼差しへと向かい、警戒心がしだいに消えて、暗い穴蔵できらめいている針先の強制的な引力が、彼の体の自由を奪った。

ダイヤモンドを思わせる輝きを見つめるうちに、そのきらめきがゆっくりと暗くなり、やがて針先のような光が薄暗い水たまりに変わり、彼は惑星のあいだに広がる宇宙空間なみに根源的で広大な黒い邪悪をのぞきこんでいた。めくるめく虚無には名状しがたい恐怖が棲んでいて……深く、深く……周囲で闇がふくれあがっていた。そして自分のものではない思考が、その広大で根源的な闇から彼の精神へしみこんできて……這いずり、くねる思考だ……やがてヴォーディールの魂が呑みこまれたその暗い場所がちらりと見え、あらがうことのできない、さめていながら見る悪夢へと吸いこまれていき……。

とそのとき、吸引力がなぜか一瞬途切れた。ほんの一瞬、彼はうねる海の岸辺にふたたび立ち、萎《な》えた指で銃を握っていた——と思うと、暗黒がふたたび彼を呑みこんだが、先ほどとはちがう不安定な闇で、先ほどの悪夢ほど圧倒的な強制力を持っていなかった——彼には闘う余力が残っていた。

そして彼は闘った。死にもの狂いで、身動きせず、音も立てず、黒い恐怖の海のなかであらがい、そのあいだ長虫のような思考が緊張した精神にくねくねと潜りこんできて、雲が周囲で寄せては返した。ときどき、吸引力が弱まった瞬間に、彼を引きずりこもうとする、その黒い下向きの引力と、それをふり払おうとするみずからの胸が悪くなるような必死の努力とのあいだに第三の力が働いて、それが黒い吸引力を弱めているのが感じとれた。おかげで意識が澄みわたる瞬間があり、そのときは海辺に立って、頬を伝う汗を感じ、激しい動悸と肺を痛めるほどの荒い息づかいを意識し、自分を吸いこもうとする実体のない暗黒に全身全霊で、自分を構成する原子ひとつひとつであらがっているのだとわかった。

そのとき相手が最後の力をふり絞り――その努力が破れかぶれなのがわかった――その力が潮汐のように押しよせてくるのを感じた。呑みこまれ、目も見えず、口もきけず、耳も聞こえなくなり、漆黒のなかで溺れた彼は、その名状しがたい地獄の深みでもがいたが、そこではぬるぬるした異質な思考が脳へ潜りこんできた。彼には肉体がなく、不安定で、地上のぬかるみよりもおぞましい――なぜなら、人間のものではない黒い魂と、人間以前の時代から生じているからだ――ぬかるみでころげまわるうちに、脳内でくねっている長虫のような思考が、徐々に恐るべき意味を形作っていることに気づいた――形の定まらない流れのような知識が肉体のない脳へ注ぎこんでいるのだ。あまりにも恐ろしいので、意識の上では理解できないのに、潜在意識では精神と魂の原子ひとつひとつが吐き気をもよおし、むなしく遠ざかろうとする知識が。それが洪水のように押しよせ、彼を呑みこみ、恐怖そのものを体の隅々にまで行きわたらせ――自分の精神がその溶解力のもとで溶けて、新たな水路と新たな鋳型へ流れこむのを感じた……身の毛もよだつ鋳型へ……。

まさにその瞬間、狂気が彼を閉じこめ、精神が消滅のまぎわで揺れるあいだに、なにかがピシリと折れ、カーテンのように闇がまくれあがり、彼は胸をむかつかせ、めまいに襲われながらも、黒い海を見おろす歩廊に立っていた。周囲のなにもかもがぐるぐるまわっていたが、それらは安定したものであり、目の前で明滅して揺れなくなった。ありがたいことに黒い岩と、形と実体をそなえた手でさわれる寄せ波だ。足はしっかりしたものを踏みしめており、精神はぶるっと震えて、清潔な自分のものにもどった。

とそのとき、まだ彼をつつんでいた衰弱の靄《もや》を通して、「殺して!……殺して!」と必死に叫ぶ金切り声が届き、見ると、アレンダーがよろよろと手すりにもたれるところだった。不可解にも輪郭全体がぼやけていて、その背後で目をギラギラさせ、生気をとりもどした顔をおぞましくゆがめているヴォーディールが、人間離れした声で「殺して!」と絶叫していた。

独立した生きもののように、銃を握る彼の手が跳ねあがり——あれだけのことが起きているあいだ、ずっと離さずにいたのだ——その反動で手が押しかえされ、青い炎が銃口からほとばしるのがぼんやりとわかった。それはアレンダーの黒っぽい体に命中し、ジュッと音がして、目もくらむ閃光が走り……。

スミスはぎゅっと目をつぶって、またあけた。そして信じられない思いで胸をむかつかせながら目をみはった。というのも、あの闘争で頭のねじがはずれてしまい、長虫のような思考がまだ彼の精神に巣食っていて、目に映るものすべてをこの世のものならぬ恐怖で染めあげているのでないかぎり——そうでないかぎり、いま目にしているのは、熱線に肺をつらぬかれたばかりで、いまは血を流して膝をつき、床へ倒れこんでいるはずの男ではなく——ああ——いったいなにを見ているのだろう? 黒っぽい人影が手すりに寄りかかり、血が噴きだす代わりに、得体の知れない形の定まらない黒いものが、じくじくとしみだしている——眼下でうねっている海のようにねっとりしたものだ。男の黒っぽい形全体が溶けて、足もとの石床にできつつある黒いものの淀《よど》みへ流れこんでいる。

スミスは銃を握りなおし、信じられない思いで呆然と見まもった。体全体がゆっくりと沈みこみ、溶けて、すべての形を失い——身の毛がよだつことに——やがてアレンダーが立っていた歩廊の床には、ねばねばしたものの小山ができあがった。忌まわしいことに生きており、うねったり、さざ波立ったりしながら、人間に似た形にもどろうと必死に盛りあがろうとしている。見ているうちに、その形さえ失い、縁が気色悪く溶けて、かたまりは平たくなり、純粋な恐怖の淀みへ流れこみ、気がつくと、欄干《らんかん》をすりぬけてゆっくりと海へ注いでいるのだった。みるみるうちに、うねったり、ちらちら光ったりしている小山が溶けて、薄くなり、欄干をすりぬけてしたたり落ち、ついには床がまたきれいになり、石を汚す染みひとつ残らなかった。

肺が痛いほど締めつけられて、スミスははっとわれに返り、息を止めていたのだとさとるまでもなくさとった。ヴォーディールが壁に寄りかかっていて、その膝がへなへなと折れたので、彼はおぼつかない足で進み出て、倒れる彼女を抱きとめた。

「ヴォーディール、ヴォーディール！」その体をそっと揺すって、「ヴォーディール、なにがあったんだ？　おれは夢を見ているのか？　おれたちはもう安全なのか？　あんたは——元にもどるのか？」

彼女の白いまぶたがのろのろとあがり、黒い目が彼と視線を合わせた。彼がぼんやりと知っている、あの渦巻く虚無を彼女は知っているのだ、その影はけっしてぬぐい消せないのだ、となんとなくわかった。彼女はそれに浸って、けがされてしまったのだ。その目つきに気おされて、スミスは思わず彼女を離し、あとじさった。彼女はすこしふらついてから、体勢を立てなおし、上目づかいに彼を眺めた。人間離れした眼差しが、彼の魂に食いこんできたが、それでも、暗黒のさなかで苦しんでいる、かつての彼女の痕跡が見えた気がした。彼女が遠く離れた抑揚のない声でいったとき、そのとおりだとわかった。

「元にもどる?……いいえ、永久にならないわ、地球のお方。わたしは地獄に深く潜りすぎてしまった……彼は自分でも知らないほどひどい拷問にわたしをかけたのよ。なぜなら、自分がどうなったかを理解して、苦しむだけの人間性がわたしのなかに残っているから……。ええ、彼はいなくなった。彼を生みだした軟泥へもどっていった。わたしは彼の一部だった。彼の魂という暗黒のなかで彼と一体だったから、わかるの。暗黒に呑まれてから永劫の時を過ごし、彼の精神という暗い、うねる海のなかで永遠に生きつづけ、知識を吸収して……わたしは彼と一体だった。彼はもういないから、わたしは死ぬでしょう。それでも、わたしにできるのなら、あなたをここから無事に連れだしてあげる。わたしがあなたを巻きこんだのだから。思いだせれば――道が見つかれば……」

彼女はふらふらと向きを変え、おぼつかない足で来た道を一歩あともどりした。スミスは飛びだして、自由のきくほうの腕を彼女の腰にまわそうとしたが、彼女は身を震わせてその接触を嫌った。

「だめ、よして――耐えられない――清潔な人間の体に触れられるのには――記憶の糸が切れてしまう……彼の精神をまたのぞきこむわけにはいかないから、どうしても、どうしても……」

彼女はスミスをふり払い、よたよたと歩きつづけた。彼はうねる海を見納《みおさ》めに一瞥してから、そのあとを追った。彼女は片手を壁に当てて体をささえながら、ふらつく足で石床をよろよろと進んだ。彼女が切れ切れになにごとかつぶやいていたので、近づいて聞きとろうとしたが、すぐに聞いたことを後悔した。

「――黒いぬかるみ――闇が光を食らい――なにもかもが揺らぐので――ぬかるみ、ぬかるみとうねる海――彼はそこから出てきたのよ、ここで文明がはじまる前に――彼は齢《よわい》を重ねていて――ひとりのアレンダーしかいなかった……。そしてどういうわけか――どうしてかはわからないし、理由も思いだせないけれど――彼はほかの部分から分かれた。ほかの惑星にいる同族のなかにもそうしたものがいるように。そして人間の形をとって、養育所でふやしてきた……」

ふたりは暗い廊下を進みつづけ、美の化身を隠しているカーテンの前を通り過ぎた。娘のつまずきがちな足音と、たどたどしく支離滅裂な言葉は、タイミングが一致していた。

「――ここで悠久の歳月を生きつづけ、美を育て、貪《むさぼ》ってきた――吸血鬼の渇き。その美の力を飲むことには忌まわしい愉悦がある――彼と一体だったとき、わたしはそれを感じたし、思いだした――原初の黒い軟泥に幾重にもくるまれて――ぬかるみのなかで人間の麗しさを消滅させ、吸いこんでいたときの――やみくもな黒い渇きを……。そして彼の英知は古来のもので、恐ろしく、力に満ちていて——だから、目を通して魂を引きよせ、地獄に沈め、溺れさせることができた。わたしが、どういうわけか、ほかの者たちとちがわなかったら、わたしの魂もそうなっていたはず。偉大なるシャールよ、ちがわなければよかったのに！　その地獄で溺れて、体の原子ひとつひとつに身の毛のよだつほど不潔なものを感じなければよかったのに。でも、その隠れた力のおかげで、わたしは全面降伏をまぬがれたから、彼があなたを屈服させることに力をふり向けたとき、彼の精神の中心であらがうことができた。彼がわたしたちふたりと闘っているとき、混乱を作りだして動揺させ——あなたを一瞬だけ自由にして、彼がまとっていた人間の体を破壊してもらうことができた——そうしたら、彼はぬかるみにもどっていった。理由はよくわからない——あなたが外から彼を襲ったのと、わたしが彼の魂の中心で激しくあらがったせいで彼が弱くなり、人間の形を維持するために溜めておいた力を引きだすしかなくなって、人間の形が攻撃されたら、崩れてしまうほど弱くなったのだとしかわからない。そして彼は軟泥へもどっていった——出てきたところ——黒い軟泥——うねる——ぬかるみへ……」

その声がつぶやきになって途絶え、彼女はつまずいて、倒れそうになった。体勢を立てなおすと、スミスから離れて先を行くようになった。まるで彼のすぐ近くにいることが厭わしいかのように。そして片言の低い声が、意味のない切れ切れの言葉となって流れてきた。

じきに空気がまたチリチリしはじめ、ふたりは銀の扉を通って、空気がシャンパンのようにはじけている細長い部屋にはいった。青い沐浴場は、金色の台のなかで宝石のように澄明だった。乙女たちは影も形もなかった。

その部屋の出口に達すると、娘が足を止め、必死に記憶をよみがえらせようとするあまりゆがんだ顔を彼に向けた。

「ここに道があるわ」切迫した声で彼女がいった。「思いだせれば――」頭をかかえ、激しくふって、「もう力がないの――無理――無理よ――」

支離滅裂で哀れを誘うつぶやき声が彼の耳に届いた。それから彼女はきっぱりと背すじをのばし、わずかに体を揺らしながら、彼と向きあって、両手をさしのべた。彼はおずおずとその手を握り、その接触で彼女の全身に震えが走るのを見た。そして彼女の顔が苦しげに引きつったかと思うと、握った手を通して震えが伝わり、彼も嫌悪感に襲われてたじろいだ。彼女の目がうつろになり、顔に緊張のしわが刻まれ、額に細かな汗が噴きだしてくる。長いこと彼女は死神のような顔をして立っていた。そして激しい震えが全身を走り、その目は惑星間の虚空のようにうつろだった。

そして彼女が身震いするたびに、震えは握りあった手を通じて伝わってきた。それは恐怖の黒い波であり、ふたたび彼はうねる海を目にし、歩廊の上でぬけだそうと闘った地獄でまたしてももがいていた。そして、その不穏な闇の奥底にいる彼女が、どれほどの苦しみに耐えているのかをはじめて知った。脈拍が速くなり、しばらくスミスは彼女とともに、文目《あやめ》も分かぬ暗黒と軟泥のなかへ降りていき、長虫状の思考がくねり、脳の根元をくすぐるのをはじめて感じた……。

とそのとき、清潔な闇がいきなりふたりをつつみ、不可解なことに、なにもかもがふたたびずれた。まるで細長い部屋の原子が変化しているかのように。そしてスミスが目をあけると、そこはいまいちど登り勾配の暗い回廊で、空気には潮のにおいとかび臭さが濃厚に立ちこめていた。

　ヴォーディールがそばで低くうめき、スミスがふり向くと、彼女はふらふらと壁に寄りかかり、頭のてっぺんから爪先まで激しく身をわななかせていた。いまにも倒れそうだ。

「すぐに——よくなるから」彼女があえぎ声でいった。「通りぬけるのに——力を使いはたして——待って……」

　こうしてふたりは、暗闇と淀んだ潮臭い空気のなかで立ち止まっていた。やがて震えがすこしおさまり、彼女が「行きましょう」と蚊《か》の鳴くような声でいった。ふたたび旅がはじまった。こんどはすこし歩くだけで、最初にアレンダーと会った部屋へ通じる扉を守っている、真っ黒な障壁にいたった。その場所へ着くと、彼女はぶるっと身震いして立ち止まってから、きっぱりと両手をさし出した。彼がその手をとると、いまいちどぬるぬるした忌まわしい波が彼を通りぬけ、彼はふたたびうねる地獄へ飛びこんだ。そして前と同様に、清潔な闇が一気にふたりを呑みこんで、つぎの瞬間、彼女がスミスの手を放し、ふたりはアーチ道に立って——永劫のむかしに思えるが——あとにしてきたビロードの垂れた部屋をのぞきこんでいた。

　力を絞りつくしたせいで、目もくらむほどの衰弱が波となって彼女を呑みこんだ。とうとう彼に向きなおったとき、死相がその顔にあらわれていた。

「来て——ああ、早く来て」彼女はささやき声でいい、よろよろと前進した。

彼女のすぐあとについて部屋を横切り、大きな鉄の出入口を通りぬけ、回廊を進むと銀の階段の登り口にいたった。ここで彼は意気消沈した。彼女がその長い螺旋階段を登りきるのはとうてい無理だと思えたからだ。しかし、彼女は段に足を載せ、決然と登りはじめ、あとについていくと、彼女がひとりごとをつぶやいているのが聞こえた。

「待って——ああ、待って——最後まで登らせて——これだけは元どおりにさせて——そうしたら——だめ、だめよ！　お願いです、シャール、黒いぬかるみにもどさないで……地球のお方、地球のお方！」

彼女は階段の途中で足を止め、彼と向かいあった。そのやつれた顔は、自暴自棄と絶望で半狂乱になっていた。

「地球のお方、約束して——わたしにあんなふうな死に方はさせないと！　登りきったら、熱線銃でわたしを撃って！　きれいさっぱり焼いてちょうだい。さもないと、あなたを引っぱりだした黒い汚水だまりに永久に落ちてしまう。ああ、約束して！」

「約束する」スミスがおだやかな声でいった。「約束するとも」

そしてふたりは登りつづけた。階段は果てしなく上方へ螺旋を描き、ふたりは果てしなく登っていった。スミスの脚は耐えがたいほど痛みはじめ、心臓は野生動物のように跳ねていたが、ヴォーディールは疲労に気づかないようだった。彼女はひたすら登り、その足どりは回廊を進んでいたときとあまり変わらなかった。そして永劫の時が過ぎたあと、ふたりは階段を登りきった。

そこで娘が倒れた。銀の螺旋階段を登りきったところで、死人のように倒れこんだのだ。胸の悪くなる一瞬、約束を守れず、彼女をけがれたまま死なせてしまった、とスミスは思ったが、ややあって彼女が身じろぎし、頭をもたげると、のろのろと立ちあがった。

「ここで終わりじゃない――終わりじゃない」彼女は小声でひとりごちた。「――ここまで来たのだから――終わらせないと――」そして薔薇色に美しく照らされた、真珠母の羽目板の並ぶ回廊をよろよろと進んでいった。

彼女の体力がつきかけているのがわかり、ひと息ごとに生命が引いていき、そのあとに脈動する暗黒が流れこむというのに、彼女が生命にしがみついて離さないでいることにスミスは驚嘆した。薔薇色の光が彼女の顔を染め、おぞましくも健康まがいに見せるなか、彼女はブルドッグなみの執念で、ふらつきながらも彫刻のほどこされた扉をつぎつぎと通りぬけ、やがて銀の出入口のある終点に達した。いまでは錠が解かれており、かんぬきがはずされていた。

彼女は扉を引いてあけ、よたよたと通りぬけた。

そして悪夢のような旅はさらにつづいた。もうすぐ夜が明けるにちがいない、とスミスは思った。回廊に人けはなかったが、淀んだ空気に危険の息吹を感じないだろうか？

その頭に浮かびかけた問いに娘があえぎ声で答えた。まるでアレンダーと同様に、人の心を読むという秘術に通じているかのように。

「守護者――が――まだ廊下をうろついているわ、いまはくびきから解き放たれて――だから、熱線銃をかまえておいて、地球のお方……」

そのあと彼は油断なく目を配りながら、おぼつかない足どりで来たときと同じ道をゆっくりとたどり直した。いちど——なにかが——大理石の石畳をずるずると這っている音がはっきりと聞こえたし、薫香《くんこう》のただよう空気に潮の香りが、ぎょっとするほど唐突にまじって、うねっている黒い海へ精神がパッともどるのを二度も感じた……しかし、ふたりの歩みを妨げるものはなかった。

よろめく足で一歩また一歩と進むうちに、廊下が背後へ遠のいていき、見憶えのあるものが目につきはじめた。娘の足どりが乱れ、ためらい、信じられないほど勇敢に進みつづけ、忘却を撃退し、自分を呑みこもうとする暗い寄せ波にあらがい、自分を駆り立てつづける生命のちっぽけな火花に粘り強い指でしがみついた。

そして何時間にも思える奮闘の末に、とうとう彼らは青く照らされた廊下にたどり着いた。その端で外側の扉が開いているはずだ。ヴォーディールの歩みは、めまいで足をふらつかせることの連続であり、その合間にはさまる休止のときは、彫刻のほどこされた扉にこわばった指ですがりついたり、血の気のない唇に歯を食いこませたり、生命の最後のちらつきを握りしめたりするのだった。彼女の全身がブルブル震えるのが見え、押しよせる暗黒の波が、その周囲で迫りあがっているにちがいないとわかった。そして長虫状の思考が、くねくねと彼女の脳に潜りこもうとしているのだ、と……。しかし、彼女は進みつづけた。いまや一歩ごとにつまずき、左へ右へと倒れこみそうだったし、一歩ごとに膝が折れて、大口をあけて彼女を待っている黒い深みへ飛びこむかと思われた。しかし、彼女は進みつづけた。

ブロンズ色の扉に達すると、最後の力をふり絞ってかんぬきを持ちあげ、扉をさっと開いた。そのとき、あの小さな火花がランプのようにまたたいて消えた。スミスは内部の岩室と、床の上のおぞましいなにかをちらっと見てから、彼女が前のめりになるのを目にした。ぬるぬるした忘却の潮がせりあがり、とうとう彼女の頭上で閉じたのだろう。倒れはじめたとき、彼女は瀕死の状態だった。彼が熱線銃をぬき放ち、手のひらに反動を感じると同時に、青い光芒がほとばしって、倒れる途中の彼女をとらえた。そして彼女の目がほんの一瞬きらめき、彼の知っていた勇敢な娘が清められ、元にもどって前を見て、そのあと死が――清潔な死が――その目を濁《にご》らせたのはたしかだった。

彼女はスミスの足もとにうずくまるように倒れこんだ。絨毯の上の白とブロンズ色のかたまりを見おろしたとき、彼のまぶたの下が涙でヒリヒリした。見ているうちに、汚辱の膜が白く輝く彼女の体を覆っていき――彼の眼前で腐敗がはじまり、身の毛のよだつ速さで進行すると、話すのにかかる時間よりも短いあいだに、彼は緑のビロードをぐっしょり濡らす、黒いねばねばしたものを、恐怖におののく目で見つめているのだった。

ノースウェスト・スミスは色の淡い目を閉じて、つかのま記憶と格闘し、別の惑星で二十年も前に習いおぼえたが、とうに忘れていた祈りの文句を探しだした。それから絨毯の上の哀れをそそる、忌まわしい小山をまたいで、進みつづけた。

外壁に設けられた小さな岩室では、ヴォーディールが扉をあけたときちらりと目にはいったものが見えた。宦官が罪の報いを受けていた。その死体は彼のものにちがいない。真紅のビロードのぼろが床じゅうに散らばっていたからだ。しかし、元の形を推測するすべはなかった。潮のにおいが濃厚にただよっていて、黒い軟泥がひと筋、くねくねと床を横切って壁へ向かっていた。壁は一枚岩だったが、筋はそこで途切れていた……。

スミスは外側の扉に手をかけ、かんぬきをはずすと、さっとあけ放った。垂れさがる蔓植物の下へ踏みだし、薫香も潮のにおいもしない、純粋で清潔な空気で肺を満たした。真珠色の夜明けが、エンズの上空に訪れようとしていた。

緋色の夢

Scarlet Dream

市田泉訳

1

ノースウェスト・スミスは火星のラクマンダ・マーケットでそのショールを手に入れた。太陽系の全惑星ばかりか、さらに遠方からも商品が集まってくるその最大級の市場で、屋台や売り場を冷やかして歩くのが、スミスはことのほか気に入っていた。ラクマンダ・マーケットと呼ばれる魅惑に満ちた混沌に関しては、あまたの歌が歌われ、あまたの物語が書かれてきたため、ここに仔細を記す必要はあるまい。

いくつもの星の民がひしめく色彩豊かな雑踏の中を、スミスは肩で押し分けていった。千の種族の話し声が耳に響き、香水と汗、スパイスと食材が混じり合ったにおいと、この市場独特の名状しがたい千の香りが鼻孔を襲った。売り手は二十の世界の言語で商品の名をがなり立てている。

密集した人込みの中をぶらぶら歩き、数え切れぬ土地に由来する混乱とにおいと光景を味わううちに、風変りな鮮紅色がぱっと目に飛び込んできた。その色はまるで、実体を持って背景から浮き上がり、肉体の暴力に近い力で目を射るようだった。彫刻つきのチェストの上に無造作に投げかけられたショールの色だ。チェストは見るからに火星乾地人の作らしく、細部まで美しい彫りが施《ほどこ》されているが、そうした細工は乾地に住む種族の荒々しさとは奇妙なほどそぐわなかった。ショールの上の真鍮《しんちゅう》のトレーは金星のものとわかったし、トレーに積み上げてある象牙を彫った獣は木星最大の月に住む未開の部族の作と見分けられたが、豊富な経験を積んだスミスですら、そのショールのような織物はついぞ目にした覚えがなかった。なんとなく心を惹かれ、スミスは売り場で立ち止まって店番の男に声をかけた。

「そのスカーフはいくらだ」

男は——火星運河人だ——肩ごしにちらっと目をやって、なげやりに答えた。「それか。半クリスでいいぜ——そいつを見てると頭痛がしてくる」

スミスはにやりとした。「五ドル払おう」

「十ドル」

「六ドル半。それ以上は出さん」

「よし、持ってけ」火星人は苦笑いして、象牙の獣が載ったトレーをチェストから持ち上げた。

スミスはショールを引き抜いた。ショールは生き物のように両手にまとわりつき、火星の〝ラムウール〟より軽くて柔らかかった。手触りからすると植物の繊維ではなく、動物の毛で織ってあるに違いない。というのも、静電気を帯びたようにからみつく布は、輝くような生気を感じさせたからだ。そしてショールのおかしな模様は、このうえなく風変りなせいで目が離せなかった。遠くさすらってきた歳月の中で、スミスが目にしたどんな模様とも似てはおらず、荒々しく跳ね回る緋色が、黄昏《たそがれ》色の生地全体に、からみ合う一本の線で名状しがたい模様を描き出している。生地のくすんだ青には菫《すみれ》色と緑が美妙な影を落とし、その眠たげな夕刻の色の上で、目に飛び込んでくる緋色が、単なる色を超えた不吉な生き物のように燃え立っている。スミスはもう少しで色と布のあいだに手を差し込めそうな気がした。色はそのくらい鮮やかに背景から浮き上がっていたのだ。

「いったいどこから来たものだ」スミスは店番に訊いた。

男は肩をすくめた。

「さあね。ニューヨークから届いたぼろ布の梱《こり》に入ってた。おれもちょっと気になったんで、市場の世話役に出所を尋ねてみたのさ。世話役の話じゃ、落ちぶれた金星人がぼろ布として売ったものらしい。金星人がそいつを見つけたのは、アステロイドの一つを周回してた遺棄船の中なんだが、どこの船かはわからなかったそうだ——えらく古い型で、たぶん認識記号が採用される前に造られた最初期の宇宙船だろうってさ。その金星人、なんでまたぼろ布として売ったりしたのかね。ちょっと工夫すりゃ、二倍の値段がついただろうに」

「おかしな話だな」スミスは手にした布の上をのたくる、眩暈《めまい》を誘うような模様に目を落とした。「ともあれ、こいつは軽くて温かい。模様をたどろうとして頭がおかしくならん限り、夜は温かく寝られるだろう」

スミスはショールを片手でくしゃくしゃにして——六フィート四方の布が、手のひらにやすやすと収まった——なめらかな布のかたまりをポケットに突っ込んだ。それきり、夕刻に宿に帰るまでショールのことは忘れていた。

スミスが泊まっているのは、火星政府が格安の宿賃で旅行者に提供する、巨大な鋼《はがね》の宿舎の四角い一室だった。そうした宿舎の本来の目的は、文明的な惑星のあらゆる宙港都市にあふれる種々雑多なスペースマンに宿泊場所を与えることだ。安くてそこそこ快適な施設を提供すれば、そうした連中が町の物騒な裏通りへ向かい、宇宙船乗りのあいだにその無法ぶりを轟《とどろ》かせる、火星暗黒街の住民と知り合うこともあるまい。

だが、スミスたち無数の旅行者が滞在する巨大な鋼の建物は、火星の裏通りの影響を完全に免れてはいなかった。警察が少しでも気を入れて捜査をすれば、泊まり客の大半が皇帝の牢獄《ろうごく》に送られるかもしれない――スミスはほぼ間違いなくその一人だ。彼の仕事が合法であることは滅多にないのだから。今のところ、ラクダロールでこれといった重罪を犯した覚えはないが、どんなにやる気のない捜査官でも、スミスの罪状ならきっと見つけられるに違いない。とはいえ、宿に警察の手が入ることなどまずありそうになかったし、スチールの大きな玄関ドアをくぐってスミスが宿に入るときには、密輸業者や宇宙海賊や逃亡者をはじめ、宇宙航路にひしめくあらゆる種類の罪人と肩がこすれ合った。

小さな仕切り部屋に入ると、スミスは照明をつけた。突然の明りによって、スチールの壁の上に、彼自身の姿がぼんやりした鏡像になっていくつも映し出された。スミスはその奇妙な一団とともに椅子に近寄り、くしゃくしゃのショールをひっぱり出した。壁が鏡になった部屋でショールを揺すると、壁面でも床でも天井でも、緋色の模様がいきなり荒々しくうねって、室内はつかのま不可思議な万華鏡のように回転し、あたかも四次元の壁がいきなり開いたかのようだった。壁の先には夢にも思わぬほど広大な空間があり、荒々しく奔放な模様を描く命ある緋色が、虚空のあちこちで震えている。

と、一瞬のうちに壁はまた閉じて、ぼやけた鏡像は静まり、単なる男の姿になった。長身で肌は褐色、瞳の色は淡く、両手に奇妙なショールを握っている。なめらかなウールが指にからみつく感触、その軽さと温かさには、妙に官能的な喜びがあった。スミスはテーブルの上にショールを広げ、鮮やかな緋色の模様を指でなぞって、のたくる一本の線が描く入り組んだ道筋をたどろうとした。見つめれば見つめるほど、その色の渦巻きには何か目的がありそうで、もどかしい気持ちになった。じっとにらんでいれば、きっとその目的が突き止められる……

その夜眠るとき、スミスはベッドに明るい色のショールを広げ、その鮮やかさが彼の夢に幻覚めいた彩りを添え……

くねくねと伸びる緋色は迷路じみた道で、スミスはそこをあてずっぽうにふらつき、曲がり角に来るたびに背後をふり返って、彼自身の無数の鏡像を見つめた——いつ見ても、模様を描く道を一人きりで途方に暮れてさまよっている。ときおり足元で道が揺れ動き、果てが見えたと思うたびに、道はよじれて新たに入り組んだ形をとり……

空は大きなショールで、緋色の稲妻が走っている。スミスの目の前で稲妻は震え、もぞもぞと動いて、見覚えのある眩暈のするような模様に変わり、模様は名も知らぬ文字で書かれた一つの力ある〝言葉〟になった。言葉の意味がもう少しでわかりそうになってスミスは身震いし、その重大さが脳にぶつかってくる直前、冷たい恐怖に包まれて目を覚まし……

スミスがもう一度眠りに落ちると、ショールが地の色と同じ青い黄昏の中にかかっているのが見えた。じっと見つめるうちに、ショールの四角い輪郭はいつしか薄闇の中へ溶けて、緋色は門に刻まれた赤黒い模様と化した……それは高い塀に設けられたおかしな形の門で、奇妙でおぼろな夕闇ごしにうっすらとしか見えなかった。あたりは緑と菫色の美しいまだら模様に霞んでおり、そのため黄昏はこの世のものとは思えず、大気が色つきの霧に満たされ、風がまったく吹かない国の妖しく美しい夕暮れのようだった。自分がやすやすと前に進んでいくのがわかり、目の前で門が開いて……

スミスは長い階段を上っていた。夢の風景が変化することはよくあるため、門が消え失せたことにも、背後に伸びる長い階段を上ってきた覚えがないことにも驚かなかった。美しく色づいた薄闇が今もあたりを覆っているせいで、目の前に伸びて霧の中へ溶けている階段はぼんやりとしか見分けられない。

そのときふいに、薄闇の中に動きが見え、一人の娘が怯《おび》えきった顔で、よろめきつつも脱兎のごとく階段を駆け下りてきた。顔には恐怖が影を落とし、明るい色の長い髪は背後になびき、頭のてっぺんから足の先まで血にまみれていた。夢中で逃げているせいでスミスの姿が見えなかったのだろう、一息に三段飛び下りると、態度を決めかねて見守っていたスミスの体にまともにぶつかってきた。スミスはその衝撃にバランスを崩しそうになったが、とっさに娘を抱き止め、娘は一瞬、疲れ果てて彼の腕に身を任せ、革服の広い胸に向かってあえいでいた。ひどく息を切らしていて、だれが抱き止めてくれたのか考える余裕もなさそうだ。不気味な飛沫《しぶき》が散った衣から、新鮮な血のにおいがスミスの鼻孔へ立ち昇ってきた。

とうとう娘は頭をもたげ、ほてった乳褐色の顔をスミスに向け、ヒイラギの実の色の唇で大きく息を吸った。血まみれの髪は風変りな金色で、オレンジ色に近かったが、娘はその髪を震わせながら、愛らしい顔を上げて彼にしがみついていた。そのめくるめく瞬間、スミスは見てとった——娘の目は赤みがかったシェリー酒の色で、鮮やかに彩られた娘の美貌には、今まで知っていたどんなものとも相容れない、どこか野性的なものがある。それは目つきに含まれているのかもしれない……

「ああ！」娘はあえいだ。「あれが——あの子をつかまえた！　放して！……はなし——」

スミスは娘を優しく揺すった。

「何がつかまえたんだ？」スミスは訊いた。「だれが？　聞いてるか！　あんたは血まみれだぞ、わかってるか？　けがしてるのか？」

娘は夢中でかぶりを振った。

「いいえ——いいえ——放して！　逃げなきゃ——わたしの血じゃない——あの子の……」

娘はそこまで言うと嗚咽《おえつ》を漏らし、ふいにスミスの腕の中でぐったりとなり、全身を震わせるほどの激しさで泣き始めた。スミスはなすすべもなく、オレンジ色の頭ごしに周囲を見渡していたが、やがて震えている娘を抱き上げると、菫色の夕闇の中、階段を上っていった。

たっぷり五分は上ったと思われるころ、夕闇がわずかに薄れてきて、階段の終わりが目に入った。その先は長い廊下で、大聖堂の側廊のように高いアーチがかかっていた。廊下の片側に背の低い入口が並んでいたので、スミスは適当に向きを変えていちばん近い入口から入った。入ったところは柱廊になっており、青い空間に面したアーチ窓が並んでいた。窓の下の壁に沿って低いベンチがしつらえてある。スミスは柱廊を横切ると、泣いている娘をそっとベンチに下ろし、肩にもたれさせてやった。

「妹が」娘は泣いた。「つかまったの――ああ、妹が！」

「泣くんじゃない」驚いたことに、自分がそう話しかける声が聞こえた。「ほら、何もかも夢なんだ。泣くんじゃない――妹なんていなかったんだよ――あんたは存在すらしてないんだから――そんなに泣くんじゃない」

それを聞いた娘はさっと顔を上げ、つかのま呆然としてすすり泣きをやめ、涙に濡れたシェリー色の目でスミスを穴があくほど見つめた。まつ毛が数本ずつくっつき、先端が濡れてきらきらしている。娘は探るような目でスミスを見つめ、全身が革の褐色だと見てとった。スペースマンのスーツ、傷のある浅黒い顔と、鋼よりも淡い色の目。そのとき、果てしない哀れみの色が彼女の奇妙な面立ちを和らげ、娘は優しい声で言った。

「ああ……あなたは――外から――まだこれが夢だと思ってるのね！」

「夢を見てることはちゃんとわかってる」スミスは子どもっぽく言い張った。「おれはラクダロールで眠ってて、あんたやこの風景を夢に見てる。目が覚めたら――」

娘は悲しそうにかぶりを振った。

「目が覚めることはないの。あなたは想像もつかないほど恐ろしい夢に入り込んだのよ。目を覚ましてこの国から出ることはできない」

「どういうことだ。なぜできない？」娘の声に含まれた悲しみと憐憫《れんびん》、確信に満ちた口調を耳にして、スミスの胸に不条理な哀れみがわずかに湧き上がってきた。だがこいつはごくまれに見る、夢だとはっきりわかっている夢の一つだ。それは間違いない……

「夢の国はたくさんあるの」娘は言った。「寝ている人の心がさまよう、非現実的で漠然としたはかない国々。影のようだけどちゃんと存在していて、道さえ知っていればたどり着ける場所……だけどここにさまよい込むのは、一方向にしか開かないドアをくぐった人だけ――あなたが初めてじゃないのよ。鍵を持っていればドアをくぐれるけど、目覚めた人の世界に戻る道は二度と見つけられない。教えて――あなたはどんな鍵でドアを開いたの？」

「ショール」スミスはつぶやいた。「むろん……あのショールだ。あのいまいましい赤い模様、眩暈がして――」

スミスは片手で目をこすった。生気を孕《はら》んでうごめく灼熱の赤さの記憶が、目蓋《まぶた》の裏で燃え上がったのだ。

「何だったの？」娘は重ねて訊いた。息を切らしている、とスミスは思った。絶望混じりの熱意が、唇から質問を無理やり絞り出しているかのようだ。「思い出せる？」

「赤い模様だ」スミスはゆっくりと言った。「鮮やかな緋色の糸が青いショールに織り込まれていた――悪夢のような模様だ――おれがくぐってきた門にも描かれていた……だがこれは夢に決まってる。あと何分かしたら目が覚めて……」

娘は興奮した顔でスミスの膝をつかんだ。

「思い出せる?」娘は訊いた。「その模様――赤い模様を。〝言葉〟を」

「言葉?」スミスは呆然と訊き返した。「言葉――空に浮かんだ? いや――思い出したくない――狂気じみた模様だ。忘れられない――だが無理だ、どんなだったか教えることも、描いてやることもできない。あんなものは見たことがない――ありがたいことに。あのショールに……」

「ショールに織り込まれていたのね」娘は独り言を言った。「そうね、当然だわ。だけど、あなたの世界でそれをどうやって手に入れたの――だってあれが――あれが――ああ!」

階段を駆け下りる元になった悲劇の記憶がどっと蘇ってきたのか、娘はまた顔をゆがめて泣き始めた。「妹が!」

「何が起きたのか話してくれ」スミスはすすり泣きを聞いて放心から覚めた。「おれじゃ力になれないか? あんたの助けになりたい――聞かせてくれ」

「妹が」かすかな声だった。「あれが廊下で妹をつかまえたの――わたしの目の前で――わたしの体に妹の血が飛び散って。ああ!……」

「あれ?」スミスはいぶかった。「あれって何だ。ここには危険があるのか?」その手が反射的に銃のほうへ伸びた。

娘はその動きに気づいて、涙を流しつつも、少し馬鹿にしたようにほほえんだ。

「あれ」彼女は言った。「あいつ――〝あいつ〟としか言えない。銃では傷つけられないし、だれもあいつとは戦えない——あいつがやってきた、それでもうおしまい」

「だがそいつは何なんだ。どんな姿をしている？　近くにいるのか？」

「どこにでもいる。だれも気がつかないけど——やがて霧が濃くなって、その向こうに赤く脈打つものが透けて見えるの——そのときはもう手遅れ。わたしたちはあれとは戦わないし、あれについてあまり考えたりしない——生きるのが耐えがたくなるから。あいつは飢えていて、餌をとらなくちゃいけない。餌になるわたしたちは、あれがやってくるまで、なるべく楽しく生きようとするの。でもあいつがいつやってくるかはわからない」

「どこから来たんだ。そいつは何なんだ」

「だれも知らない——あいつはずっと存在したし——これからもずっと存在する……ぼんやりしすぎていて、死ぬこともなければ殺すこともできない——わたしたちには理解できない異質な場所から来たものだと思う——はるかな過去や想像を絶する次元から来たから、あいつの起源について知ることはできない。だけど言ったでしょ、わたしたちは考えないようにしてるの」

「そいつが肉を食うなら」スミスは頑固に言い張った。「傷つけられるはずだ——おれには銃がある」

「やりたいなら、やってみれば」娘は肩をすくめた。「戦おうとした人もいるけど——あいかわらずあれはやってくる。どこかに住んでいるとしたら、たぶんこの建物に住んでいるの。わたしたちが——つかまるのは——ここの廊下にいるときがいちばん多いから。生きるのに疲れたら、銃を持ってきてこの屋根の下で待ってるといいわ。あまり長く待たなくていいかもしれない」

「まだ試してみる気はない」スミスはにやりとした。「そいつがここに住んでるとしたら、あんたはどうしてここに来たりするんだ」

娘はもう一度、冷めた顔で肩をすくめた。「わたしたちが来なくても、あいつは腹を空かせたらわたしたちを狩りにくるわ。わたしたちがここに来るのは――食事をするためよ」伏せた目蓋の下から、妙な目つきをちらりとよこした。「わからないでしょうね。でもあなたの言うとおり、ここは危険な場所。そろそろ離れたほうがいい――いっしょに来てくれるわね？　わたしはもう独りぼっちなの」娘の目にまた涙が盛り上がってきた。

「いいとも。気の毒に。できるだけのことはしてやるよ――目が覚めるまでは」ずいぶんおかしな言い草だと思い、スミスは口元をゆがめた。

「目は覚めないわ」娘は穏やかに言った。「希望は持たないほうがいい。あなたはわたしたちといっしょに囚われて、死ぬまでここにとどまるの」

スミスは立ち上がって手を差し伸べた。

「なら行こうか。あんたの言うとおりかもしれんが――まあ、行くとしよう」

娘は彼の手をとってさっと立ち上がった。夢の産物としか思えぬほど見事なオレンジ色の髪が、鮮やかにきらめいて顔の周りで揺れた。今気づいたのだが、娘は乳褐色の体に白い短衣だけをまとって腰にベルトを締めていた。衣は引き裂かれ、おぞましい染みがついている。柱廊のおぼろな薄闇の中、白と金と血の色の娘は、風変りで鮮烈な美しさを絵に描いたようだった。

「どこに行くの?」娘は訊いた。

「あっちはどうだ?」スミスは窓の先の青い空間のほうを顎で指した。

娘はぞっとしたように軽く身震いして肩をすぼめた。「だめよ」

「あれは何だ?」

「聞いて」娘はスミスの両腕をつかみ、真顔で彼を見上げた。「あなたがここにとどまらなくちゃいけないとしたら――とどまらなくちゃいけないんだけど。死ぬ以外にここから出る方法は一つしかないし、それは死ぬよりもっと悪い方法なんだから――とにかくここにとどまるとしたら、覚えとかなくちゃいけないのは、〈神殿〉について質問しないこと。〈神殿〉というのはこの場所のことよ。あれはここに住んでいるの。わたしたちはここで――食事をとるの。

ここにはわたしたちの知ってる廊下がいくつかあって、わたしたちはそれ以外の場所には行かないの。そのほうが賢明だから。階段であなたに抱き止めてもらったおかげで、わたしは命を救われた――今までだれ一人、あの霧と闇の中へ下りていって戻ってきた人はいないんだもの。あなたが上ってくるのを見て、気がついてもよかったんだわ、あなたがここの人じゃないって……向こうに何があるにしても、あの階段がどこに通じているにしても――知らないほうがいいのよ。〈神殿〉の窓の外ものぞかないほうがいい。わたしたちはそのことも覚えたの。なぜって、外から見た〈神殿〉も充分奇妙だけど、中から外を見ると、見ないほうがいいものが見えることが多いの……この柱廊が面している、あの青い空間が何なのかわたしは知らない――知りたいとも思わない。あれよりもっと奇妙なものに面した窓もここにはあるけれど――わたしたちはその前を通るときは目をそらすの。あなたもいずれそうするようになる……」

娘はスミスの手をつかんで、かすかにほほえんだ。

「いっしょに来て」

そして二人は、青い空間に面した柱廊を無言で離れ、廊下を歩いていった。廊下には目を惑わす緑と菫色の霞《かすみ》が混じった青い霧が美しく漂い、深い静けさがあたりを包んでいた。

漂う霧が周囲を覆っているため、はっきりとは見えなかったが、廊下は〈神殿〉の大きな出口に向かってまっすぐ伸びていた。出口はどっしりした三重のアーチになっており、霞んだ夕闇の中から、どの惑星でも見たことがないほどまばゆい昼へと通じていた。光源の見当たらない光は透《す》き通っていて、不確かなのにくっきりしており、まるでクリスタルの奥か、ときおり震える澄んだ水の底をのぞいているようだった。昼の透明な大気の中へ光を拡散する空は、この驚くべき夢の国のあらゆるものと同様、輝いていて見慣れない感じだった。

二人は〈神殿〉の巨大なアーチの下に立って、その先の光り輝く国を見渡した。その場所の言葉に尽くせぬ異様さ、喩《たと》えようのない恐ろしさは何が原因だったのか、スミスはあとになるとよく思い出すことができなかった。少し先には木立があった。緑と赤茶の草の上に、同じ色合いの羽毛じみた葉叢《はむら》が連《つら》なっている。明るい空気がゆらゆらと動き、木の葉を透かして、さほど遠くないところに水のかすかな輝きが見えた。一瞥《いちべつ》したところ、ごくありふれた風景に見えた——が、ちょっとした部分が目に留まると、背筋を冷たい震えが駆け下りていった。たとえばあの草……

スミスは娘とともに草原に入り、きらめく水の手前の木立めざして横切っていった。草の葉は毛皮のように短くて柔らかく、歩いていく娘の素足に吸いつくようだった。草原を見渡すと、長く波打つ草が、あらゆる方向から二人のほうへ押し寄せてくるのがわかった。まるでスミスと娘という中心に向かって、四方から同時に風が吹いているかのように。ところが風などそよとも吹いてはいないのだ。

「こ——こいつは、生きてる」スミスは驚愕のあまりつかえながら言った。「草が！」

「あたりまえじゃない」娘はそっけなく言った。

そのときスミスは気がついた。風が吹いていないのに、木々の羽毛じみた葉もときおりゆったりといっせいに波打っている。一方向に揺れるのみならず、少しずつまとまって別々な方向へそよぎ、上下に揺れ動いて、内に生命を秘めていることを感じさせる。

帯状に広がる木立まで来ると、スミスは好奇の目で見上げ、頭上の木の葉がささやき、擦れ合う音を聞いた。二人が下を通ると、木々は興味を惹かれたように屈み込んできたが、体に触れるほど深く曲がることはなかった。それでも、不気味に息づく風景全体に、こちらをうかがう生命の邪悪な気配がたれこめ、二人がどこへ行っても草のさざ波は追いかけてきた。

湖は〈神殿〉の黄昏と同様、緑と菫色の混じった眠たげな青で、本物の水のようではなかった。さざ波が立っても、水面を霞ませる色は散ることも変化することもなかったからだ。

湖のほとり、水際より少し高いところに、乳白色の石でできた小さな聖堂めいた建物があった。建物の壁はどの面もアーチになっていて、青く清澄な昼の光に向かって開かれていた。娘はスミスを入口へつれていき、中へ入れと気安げな身振りで促した。

「ここに住んでいるの」

スミスは中を見つめた。低い寝椅子が二台あって、それぞれに青い上掛けがかかっている以外はがらんとしている。白く飾り気のない住いは古代の建築のようで、アーチは森とその先の草地の風景に向けて開いている。

「寒くなることはないのか。食事はどこでするんだ。本や食べ物や衣類はどこに?」

「寝椅子の下に替えのチュニックがあるわ。それだけよ。本も、ほかの衣類も、食べ物もない。食事は〈神殿〉でとるの。今より寒くなることも温かくなることもない」

「だが、毎日何をしてるんだ」

「何って。湖で泳いで、眠って、休んで、森を散歩してる。時間はあっというまに過ぎていくわ」

「牧歌的だな」スミスはつぶやいた。「だがかなり退屈そうだ」

「次の瞬間に死ぬかもしれないとわかっていたら、人生はとことん楽しめるものよ。何をする時間もできるだけ長く引き延ばすの。いいえ、わたしたちにとっては退屈じゃないわ」

「だが、町はないのか? ほかの人たちはどこに?」

「人が大勢集まらないほうがいいの。どういうわけか、集まってると引き寄せてしまうみたい

——あれを。わたしたちは二、三人ずつで——場合によっては一人きりで暮らしている。町は存在しない。わたしたちは何もしないの——何かを始めたって仕方ないもの。どうせ終えるまで生きてはいられないんだから。一つのことをじっくり考えるのも意味がないわ。湖へ行きましょう」

娘はスミスの手をとって、足に吸いつく草の上を渡り、砂地になった水際までつれていった。二人は幅の狭い湖岸に黙って腰を下ろした。スミスは曖昧な色が青を霞ませる湖をながめ、自分の身に起きている途方もない出来事を考えないようにした。この場所の青さと静寂に包まれていると、むしろちゃんとものを考えるのは難しかった。周りの空気そのものが夢を見ているようで……霞んだ水が、寝息のように柔らかくかすかな音を立てて岸に打ち寄せている。この場所は静けさと夢幻の色彩に満ちており、あとから思い返しても、自分が夢の中でしばし眠ったのかどうかはっきりしなかった。というのも、やがてかたわらで身じろぎする音が聞こえ、血を洗い落として新しいチュニックに着替えた娘がふたたび腰を下ろしたのだ。彼女がそばを離れたのは思い出せなかったが、べつに気にならなかった。

しばらく前から光は次第に薄れ、ぼやけてきており、気づかないうちに、おぼろな青い夕闇が二人を包んでいた。夕闇は霞んだ湖から立ち昇ってくるかのようだった。なぜならその薄闇は、曖昧な色の靄《もや》がかかった、あの夢見るような青さを帯びていたのだから。スミスは冷たい砂の上から二度と立ち上がらなくてもいいと思った。夢の中のぼんやりした黄昏と静寂に包まれ、ずっと座っていてもいいと。どのくらい長く座っていたのかはわからない。青い平穏がスミスを完全に包み込んで、やがてその霞んだ夕刻の色が全身を浸し、恍惚とした安らぎが体の隅々まで広がってきた。

宵闇は深くなり、ついにすぐそこで砂に打ち寄せるかすかな波しか見えなくなった。彼方でも周辺でも、夢の世界は菫色の靄が混じる青い黄昏に溶けていった。自分が顔を横に向けたのには気づかなかったが、いつのまにかスミスはかたわらの娘を見下ろしていた。娘は青白い砂の上に横たわり、その髪は仄白《ほのじろ》い顔を縁どる暗色の扇だった。宵闇の中、娘の唇の色も暗く、まつ毛の下の影の中から彼女がまばたきもせずにこちらを見ていることに、スミスはゆっくりと気がついた。

長いことスミスはそこに座って下を向き、なかば伏せられた目を無言で見つめていた。やがて夢の中で行動する者らしく、無造作にあっさりと身を屈め、娘の差し伸べる腕に応えた。砂は冷たく心地よく、娘の唇はかすかな血の味がした。

2

その国に日の出はなかった。息づく風景の上で透明な朝の光がゆっくりと明るさを増し、草木は意識をとり戻して、夜明けの美しさの中で不気味に身じろぎした。スミスが目を覚ますと、娘がオレンジ色の髪から青い水をふり払いながら、湖から戻ってくるところだった。青い水滴が乳褐色の肌に張りつき、娘は声をあげて笑っており、全身が朝の光を浴びてほてっていた。

スミスは寝椅子の上で身を起こし、青い上掛けを押しのけた。

「腹が減った。食事はいつ、何を食べるんだ」

娘の顔から一瞬で笑いが消え失せた。娘は髪を不安そうに揺すって、疑うように訊いた。

「お腹が空いたの？」

「ああ、腹ぺこだ！〈神殿〉で食事をすると言ってなかったか？　さあ、行こう」

娘は顔をそむけながら、まつ毛の下から謎めいた流し目をよこした。

「ええ、わかったわ」

「何か問題があるのか」娘がそばを通ったときスミスは腕を伸ばし、膝に引き寄せて不安げな唇に軽くキスした。またしても血の味がした。

「いいえ」娘はスミスの髪を指でくしゃくしゃにしてから立ち上がった。「すぐ支度するわ。そしたら出かけましょう」

こうして二人はふたたび、木々がよく見ようと屈み込んでくる帯状の木立を通り、さざ波の立つ草原を横切った。前回と同様、あらゆる方向から長い草の波が二人のほうへ押し寄せてきて、毛皮めいた葉が二人の足に張りついた。スミスは気にしないようにした。けさはどちらへ目を向けても、この美しい国の奥底に、名状しがたいほど不快なものが流れているのを感じる。

生きた草地を横切っていると、記憶がふいに蘇ってきて、スミスは口を開いた。「きのうのあれはどういう意味だったんだ？　死ぬ以外に方法が――外に出る方法が一つだけあるって」

娘は彼と目を合わせないようにしながら、先刻と同じ不安そうな声で答えた。「死ぬより悪い方法だと言ったでしょ。わたしたちはその方法を口に出さないの」

「だが、外に出る方法があるなら、知っておきたい」スミスは食い下がった。「教えてくれ」

娘は二人のあいだにオレンジ色の髪をヴェールのように垂らしてうつむき、はっきりしない声で言った。「その方法をとることはできない。代償が大きすぎる。それに――あなたを行かせたくない。だって……」

「知っておきたい」スミスは容赦なく言い張った。

娘はそれを聞いて立ち止まり、シェリー色の目に不安を浮かべてスミスを見上げた。

「来たときと同じ方法よ」ついにそう口にした。「〝言葉〟の力を使うの。だけどその門を通ることはできない」

「なぜだ」

「〝言葉〟を口にするのは死ぬことだから――文字通りの意味で。わたしはその〝言葉〟を知らないから、言いたくても口にすることはできない。だけど〈神殿〉に一つの部屋があって、壁に緋色の文字で〝言葉〟が刻んである。〝言葉〟の力はとても大きいから、その木霊《こだま》が永遠にその部屋に響き渡っている。刻まれたしるしの前に立って、〝言葉〟の力が脳にぶつかってくるに任せたら、それが聞こえて、言い方がわかるの――そして恐ろしい語句を叫ぶと――命を落とすことになる。わたしたちの本質とはまったく相容れない言語だから、その言葉が口にされて、生きた人間の喉で鳴り響くだけで、その人の体をずたずたに引き裂くほどの威力があるの――肉体の原子をばらばらにし、心も体も最初から存在しなかったようにすっかり破壊してしまう。その音の破壊力はすさまじいから、あなたの世界とこちらの世界の扉を一瞬だけ突き破ってくれる。だけどそれは途方もなく危険なことなの。ほかの世界の扉も開いてしまって、想像を絶するほど恐ろしいものがそこを通ってくるかもしれないから。〝あいつ〟は太古の昔にそうやってこの国に来たのだと言う人もいる。しかも扉が開く正確な位置、旋風の中心が無風であるように、部屋の中で一箇所だけ安全な場所に立っていなければ、そして〝言葉〟の響きの外へすかさず抜け出さなければ、あなたのためにそれを発音した人だけでなく、あなたの体もばらばらにされてしまう。だからわかったでしょ、しょせん――」ここで娘は口をつぐんで小さな悲鳴をあげ、笑い混じりの困惑を浮かべて目を落とした。それから二、三歩軽く走ってふり返った。

「草よ」足を指さしながら悲しげに説明する。茶色い素足に小さな血の点がいくつも生じていた。「はだしで一箇所にあまり長く立っていると、皮膚を刺して血を吸うの――うっかりしていたわ。だけど来て」

スミスは娘のかたわらを進みながら、澄みきった美しい国を新たな目で見回した。夢の世界としか思えぬほど美しく、また恐ろしかった。二人の歩みを追って、周囲の飢えた草が長く波打ちながら、一点に向けて迫ってくる。では木々も肉を食らうのか？　人肉を食らう木々と、血を吸う草――スミスは軽く身震いして前を向いた。

〈神殿〉が行く手に高々とそびえていた。地球で遠方に見える山のように青く霞んだ、名も知らぬ素材でできた建物。二人が近づくあいだ、霞は晴れることも濃くなることもなく、建物の輪郭はなぜか記憶するのが難しく――あとになっても、その理由はどうしてもわからなかった。建物の一角や、塔や窓の一つに必死で目を凝らそうとすると、まるで焦点が狂っているかのように、それは目の前でぼやけてしまう。あたかも薄靄のかかったその奇妙な建物が、別次元との境に立っているかのように。

〈神殿〉のそばまで来ると、入口の巨大な三重のアーチから――今までに見たことのないような三重アーチだが、もどかしいことに目の焦点がなかなか合わず、違いがどこにあるのかよくわからなかった――淡青色の霧が煙のように吐き出されていた。二人は建物に足を踏み入れ、スミスがよく知るようになった黄昏の薄明の中へ歩いていった。

霧に覆われた広い廊下が目の前にまっすぐ伸びていたが、二、三歩あるくと、娘がスミスを横にひっぱり、もう一つのアーチをくぐって長い柱廊に出た。そこに漂う靄を透かして、ずらりと並んだ男女の姿が目に入った。祈るように頭を垂れ、壁に向かってひざまずいている。娘はスミスをつれて列の遠い端まで行き、そのときスミスには、彼らが壁から一定間隔で上に向かって突き出している、小さな飲み口の前にひざまずいているとわかった。娘も一つの飲み口の前に膝をつき、同じようにしろと身ぶりで伝え、頭を下げて、上向きにカーブした管に唇を当てた。スミスも半信半疑で娘の真似をした。

未知の物質でできた飲み口に唇が触れると同時に、何か温かくて、奇妙なことに塩辛いと同時に甘いものが口に流れ込んできた。妙にぴりっとする刺激があり、飲めば飲むほど、もっと飲みたくてたまらなくなった。その飲み物は忘れがたいほど美味で、体に流れ込む温もりは一口ごとに強くなっていく。けれども、スミスの中の深いところで記憶が不快にうごめき……どこかで、どうやってか、この熱く、つんとくる、塩辛い味を経験したことがある――ふいに疑念が棍棒のようにぶつかってきて、スミスは飲み口が燃え出したかのように唇をもぎ離した。緋色の細い糸が壁から流れ落ちた。手の甲で唇をぬぐうと、そこにも赤い染みがつき、嗅いだことのあるにおいがした。

娘は目を閉じてかたわらに膝をつき、うっとりした顔で一心不乱に飲んでいる。肩をつかむと身をよじって逃れ、抗《あらが》うように目をあけたが、飲み口から唇は離さなかった。スミスが荒々しい身振りをすると、娘は最後に一口、長々と飲んでから立ち上がり、むっとした顔をスミスに向けたが、それでも〝静かに〟というように、赤く染まった唇に指を一本当てた。

スミスは娘のあとについて、ひざまずいた男女の列を無言でふたたび通り過ぎた。外の廊下に出ると、素早く娘のほうを向き、怒りを込めて娘の両肩をつかんだ。

「あれは何だ」強い口調で訊いた。

娘は目をそらして肩をすくめた。

「何だと思っていたの？　わたしたちは必要に迫られてここで食事をしているだけ。そのうち気にせずに飲めるようになるわ――〝あれ〟がすぐに襲ってこなければ」

スミスはもう少しのあいだ、彼の視線を避けようとする娘の奇妙に愛らしい顔を怒りの目で見つめていた。それから一言もなく背を向けて、漂う霧の中、出口へ向かって廊下をすたすたと歩いていった。背後からはだしの足音がぱたぱたと慌てたように追いかけてくるが、スミスはふり返らなかった。明るい光の中に出て、草原を半分ほど横切ったところで、ようやく気持ちを和らげて、後ろにちらりと目をやった。娘はうなだれたままついてきている。オレンジ色の髪が顔の周りで揺れ、動きの一つ一つに寂しさがにじみ出ている。その従順な様子がふいに彼の心を動かした。スミスは立ち止まって娘が追いつくのを待ち、うつむいたオレンジ色の頭に向かって、少し億劫《おっくう》そうに笑みを浮かべた。

娘が悲しげな顔を彼に向かってもたげると、シェリー色の瞳は涙でいっぱいだった。そこでスミスは仕方なく笑い出し、娘を抱き上げて革服の胸に押しつけ、引き結んだ唇にキスをして笑顔に戻してやった。しかし今では彼女のキスに、かすかにつんとくる苦みがある理由がわかっていた。

「それでも」木々のはざまの白く小さな聖堂風の住いに着いたとき、スミスは言った。「何か食べ物があるはずだ――あれ以外の。穀物は育たないのか？　森に動物はいないのか？　木に果物は実らないのか？」

娘はまたしてもまつ毛を伏せ、スミスに警戒するような流し目をよこした。

「いいえ。ここには草以外のものが生えないの。この国には人間――と〝あれ〟以外の生き物は棲んでいない。それから果物だけど――ありがたいことに、ここの木々は一生に一度しか花を咲かせないわ」

「どうして」

「そのことは——話さないほうがいい」

その決まり文句、常に説明を避けようとする態度がスミスの癇《かん》に障り始めていた。だがそのときスミスは何も言わず、娘に背を向けて湖岸へ下りていき、砂浜に腰を下ろして、ゆうべの心地よいけだるさと平穏をとり戻そうと努めた。何口か飲んだだけでも飢えは奇妙に満たされており、きのうと同じけだるい満足感が、次第に高まる波のようにスミスを包み始めた。結局のところ、ここは美しい国だ……

その日は夢見心地のうちに終わりに近づき、霞んだ湖から闇が霧となって立ち昇り、スミスは血の味がするキスのぴりっとした刺激が、唇の甘さをむしろ際立たせることに気がついた。朝が来ると、ゆっくりと明るくなる光の中でスミスは目覚め、湖のひりひりするほど冷たく青い水で娘とともに泳ぎ——気が進まぬながら森を抜け、貪欲な草地を横切って〈神殿〉へと向かった。嫌悪より大きい飢えに駆り立てられたのだ。近づいていく途中、かすかな吐き気が込み上げるのを感じ、だが異様な焦燥にも駆られて……

〈神殿〉は今日もまた、明るい空の下、靄に包まれてぼんやりとそびえており、スミスは今日もまた、廊下にたれこめる永遠の黄昏の中へ入っていき、勝手知ったる者の足どりで廊下を曲がり、壁に沿って飲む人々の列に交じって自らひざまずき……

一口飲むと、先ほどからの吐き気が強まって圧倒されそうになったが、飲み物の温もりが身の内に広がると、吐き気は治まって飢えと熱意だけが残り、スミスは飲むことに没頭し、やがて娘の手が肩にかかって我に返った。

熱く燃える塩辛い飲み物が血管に染み入るとともに、酩酊に似た感覚がスミスの中で目覚めており、彼はなかば放心して、押し寄せてくる草の中を引き返した。その感覚は、透明な一日が暮れるころまで続き、暗闇がゆっくりと湖から昇ってきてから、スミスはようやく頭がはっきりするのを覚えた。

3

こうして、日々の暮らしはきわめて単純な形に落ち着いた。昼の光が移ろい、霞んだ闇が訪れては去っていく。もはや暮らしの中にあるのは、昼間の透明な明るさ、おぼろな暗闇、毎朝〈神殿〉に出かけていって飲み口からとる食事、オレンジ色の髪をした娘の苦いキス——そのくらいだった。スミスにとって時間は流れを止めていた。ゆったりした日々が連なり、同じ日課がくり返され、変化といったら——そのとき彼は気づいていなかったかもしれないが——娘がスミスを見るときの瞳の色の深まりと、娘の口数が減ってきたことだけだった。

ある夕刻、空気がごく淡い闇に染まり、湖が靄に覆われ始めたとき、たまたま湖面の先へ目をやったスミスは、立ち昇る霧を透かして彼方の山々の輪郭が見えたような気がした。

好奇心に駆られて訊いてみた。「湖の向こうには何があるんだ。あれは山じゃないのか」

娘はさっと顔をそむけ、シェリー色の瞳を恐れに似たもので曇らせた。

「知らないわ。何が——向こうにあるのかなんて、考えないのがいちばんだと、わたしたちは思ってるの」

そのときふいに、いつもの言い逃れに対する苛立ちが目を覚まし、スミスは声を荒らげた。

「おまえたちがどう思っていようが知ったことか！　何を訊いてもそんな答えしか返ってこないのにはうんざりだ！　おまえたちは疑問ってものを持たないのか。目に見えない何かの恐怖に怯えきって、覇気ってものをなくしちまったのか？」

娘はシェリー色の悲しげな瞳をスミスに向けた。

「わたしたちは経験から学んでいるの。疑問を抱く人は——調べようとする人は——命を落とすのよ。わたしたちが住んでいる国は、不可解で形のない、恐ろしい危険でいっぱいなの。人生を耐えられるものにしたかったら、物事をあまり詳しく観察してはいけない——今の状況を受け容れて、せいぜい楽しまなくちゃいけない。生きていたかったら、疑問を抱いてはいけないの。

向こうの山や、地平線の先にある未知の国々は——蜃気楼《しんきろう》と同じで行きつくことはできない。食物が育たない国、毎日〈神殿〉に行かないと飢えてしまう国で、探検しようとする人は、どうやって旅の食糧を得るの？　そう、わたしたちは切れない鎖でここに縛りつけられていて、死ぬまでここで暮らさなくちゃいけない」

スミスは肩をすくめた。夕刻のけだるさが訪れようとしており、つかのまの苛立ちは、燃え上がったときと同じくらい速やかに収まっていた。

だがそのとき癇癪《かんしゃく》を起こしたことが、彼の不満の始まりだった。この場所の心地よいけだるさにもかかわらず、〈神殿〉の飲み物の甘い苦さと、求めれば得られるキスのもっと甘い苦さにもかかわらず、スミスはなぜか、立ち昇る靄に覆われた遠くの山々の姿を心から追い出すことができなかった。落ち着かない気持ちが彼の中で目覚め、安楽な夢から覚めつつある者のように、彼の心は日増しに、行動したい、冒険したい、危険によって鍛えられた体を睡眠や食事や性愛といった欲求以外のことに使いたいという願いに向けられるようになった。

四方には、目が届かないほど遠くまで、落ち着きなくうごめく森が広がっていた。草原にはさざ波が立ち、霞んだ地平線では遠くの山々が彼を招いていた。〈神殿〉とその終わりのない黄昏の謎さえ、目覚めているときの彼を悩ませ始めた。スミスはこの楽園の住民が避けている廊下を探検し、不可解な青い空間に向けて開いている奇妙な窓から外をながめるという考えをもてあそんだ。たとえこの国においても、人生とは、彼が今見出しているより、もっと熱い意味を持っているはずだった。森と草原の向こうには何があるのだろう。あの山なみはどういう神秘的な国を囲んでいるのだろう。

スミスは娘を質問攻めにするようになり、娘はそのせいで目の奥に恐れを浮かべることが次第に多くなったが、納得のいく答えはほとんどよこさなかった。娘は歴史も野心も持たない人々の一人だった。彼らの人生は、やがて来る恐怖を予見して、一瞬一瞬から甘さを絞り尽くすことにのみ捧げられていた。彼らの生き方の基調となるのは危険を避けることで、それには理由があるのかもしれなかった。ことによると、彼らの中で冒険心に富んだものは、好奇心のまま危険に飛び込んでいって命を落とし、あとに残ったのは、恐怖が色濃く影を落とすこの理想郷《エリユシオン》で、牧歌的な快楽に身を任せる従順な人々ばかりなのかもしれない。

この色彩豊かな楽園で暮らすうちに、自分があとにしてきた世界の記憶が、スミスの中で次第にくっきりしてきた。スミスが思い出すのは、惑星の首都を足早に行き交う群衆、光、騒音、笑い声。彼の目に浮かぶのは、宇宙船が炎で夜空を切り裂き、星をちりばめた闇を貫《つらぬ》いて世界から世界へと渡ってゆく姿。あるいは酒場や宇宙船乗りの溜り場でふいに起こる乱闘——あたりには叫びと騒音が満ち、熱線銃の青い炎の刃がひらめき、焦げた肉のにおいがきつく漂ってくる。思い出にふけるスミスの目の前を、暴力的で、鮮やかで、死ととなり合わせの人生が野外劇のように過ぎていった。自分があとにしてきた、過酷で、魅力的で、荒っぽい世界への郷愁がスミスの心を締めつけた。

落ち着かない気持ちは日ごとに強くなっていった。スミスのさまよう心を惹きつける楽しみを見つけようと、娘はささやかで痛ましい努力をしていた。びくびくしながらスミスを生きた森へ散歩につれていき、〈神殿〉に対する恐怖さえ押さえつけて、彼女があまり怖がらない廊下を少し先まで探検するスミスに、爪先立ちでおどおどとついていった。けれども娘は最初から、そんな努力は無意味だと知っていたに違いなかった。

ある日二人は砂浜に横たわり、クリスタルの空の下、湖面に青くさざ波が立つのを見つめていた。スミスの目はぼんやりした山々の影を見るともなく見ていたが、突然その目が細くなり、鋼のように白くきらめく硬さを帯びた。ふいに引き締まった口元に筋が盛り上がり、スミスは肩にもたれていた娘を押しのけて、さっと身を起こした。

「もうたくさんだ」厳しい声で言って立ち上がる。

「え――どうしたの」娘もよろよろと立ち上がった。

「おれは出ていく――行く先はどこだっていい。あの山かもしれないな。たった今出ていく！」

「だって――死ぬつもりなの？」

「こんなふうに生きながら死んでいるより、現実の手ごたえを感じるほうがいい。死ぬ前に少しは刺激が味わえるだろう」

「だって、食べ物はどうするの？　大きな危険に遭わないとしても、生きていくための食べ物がないわ。それに夜になったら、草の上に寝ることもできないでしょう――生きたまま食べられてしまうもの！　この森と――わたしの元を離れたら、生きていける見込みはないのよ」

「命を落とすならそれでいい。おれはずっと考えてきて心を決めた。なんなら〈神殿〉を探検して、〝あれ〟と出会って死んでもかまわない。とにかく何かしないわけにはいかない。いちばんうまくいきそうなのは、飢え死にする前に、食物が育つ国にたどり着けないかやってみることだ。試してみる価値はある。こんなふうに生きていくことはできない」

娘はシェリー色の瞳を涙でいっぱいにして、みじめな顔でスミスを見つめていた。スミスは口を開いたが、一言もしゃべらないうちに、娘が彼の背後に視線をさまよわせ、ふいにほほえみを浮かべた。不気味に凍りついた、かすかな笑みだった。

「あなたは行かない。死がわたしたちの元にやってきた」

娘はその言葉をきわめて冷静に、恐れげもなく口にしたので、スミスには何のことかわからなかった。だがそのとき、娘が彼の背後を指さした。スミスはふり返った。

二人と住いのあいだの空気が怪しくかき乱されていた。スミスが見ていると、そこに漠然とした青い霧が生じ、次第に色濃く密集していき……その表面を霞んだ緑と菫色がぼんやりと流れ始めた。やがて霧の奥に、気づかぬほど少しずつ薔薇《ばら》色が差し――その色は深まり、濃く固まって燃えるような緋色と化し、彼の目を焼き、生き物のごとく脈打って――スミスは〝あれ〟が訪れたと知った。

それは敵意あるオーラを発しているようで、霧が深まるにつれてそのオーラも強まり、飢えたようにスミスの心に迫ってきた。目で見たようにはっきりとそれがわかった――朦朧《もうろう》とした危険が二人のほうへ貪欲に手を伸ばしている。

娘は恐れてはいなかった。ふり返る余裕は――眠気を誘うように脈打つ緋色から目をそらす余裕はなかったが、スミスにはなぜかそのことがわかった……娘は背後からそっとささやいた。

「これであなたと一緒に死ねる。悔いはないわ」彼女の声が深紅の脈動の罠からスミスを解き放った。

スミスはいきなり、狼が吠えるような笑い声をあげ――こんな形であれ、ずっと送ってきた牧歌的な生活に変化がつくのは歓迎だった――その手に銃を握るが早いか、長く青い炎を発射した。背後の娘がはっと息を呑む。鋼の青色を帯びた光が、濃くなる霧を青黒く照らし、何の抵抗もなく貫いて後ろの地面を焦がした。スミスは歯を食いしばり、8の字を描く炎で何度も霧を切り裂き、青い熱線を霧に織り交ぜた。炎の指が緋色の脈動を横切った瞬間、強い衝撃があり、不定形の霧が激しく揺れ動いた。霧の輪郭は震えて縮んでいき、深紅の脈動は熱を浴びてジュージューと音を立て——萎縮《いしゅく》して——慌てふためくように薄れていった。

スミスは赤い部分に沿って熱線を左右に動かし、形をなぞって破壊しようとしたが、それが消えていく速度は速すぎた。ほぼ一瞬のうちに形も色も曖昧になり、薄れゆく薔薇色だけがあとに残って、スミスの青い炎の刃は消えかけた霧を貫いて虚しくシューシューと音を立て、その先の地面だけを焦がしていた。スミスは熱線を切り、軽く息を乱して、目の前で死の霧が白っぽく薄れていくのを見守った。やがて霧は跡形もなく消え失せ、空気はまた、明るく澄んだ輝きをとり戻した。

肉の焦げる紛《まぎ》れもないにおいが鼻孔を襲い、スミスは一瞬、〝あれ〟の核の部分が確かな実体を持っていたのかと思ったが、そのとき、においは熱線が当たって焦げた草から立ち昇っていると気がついた。まるで風に吹かれているように、細かい毛のような葉が一つ残らず、焼かれた箇所から身をよじって遠ざかり、根を引き抜いて逃げようとしている。黒く焦げた一角からは濃い煙が立ち、肉の焼けるにおいがしていた。スミスは草に血を吸う習性があることを思い出し、軽い吐き気を覚えて背中を向けた。

娘は背後で砂浜にへたり込み、危険が去った今、激しく身を震わせていた。

「し――死んだの？」唇の震えを抑えられるようになると、娘はささやき声で訊いた。

「さあな。知るよしもない。たぶん死んではいないだろう」

「あなたは――これからどうするの」

スミスは熱線銃をホルスターに戻し、決然とした仕草でベルトを直した。

「しようとしていたことをする」

娘はひどく慌てて立ち上がった。

「待って！」あえぐように言う。「待って！」スミスの腕をつかんで身を支える。スミスは震えが治まるまで待ってやった。それから娘は続けた。「出かける前に、もう一度〈神殿〉に行きましょう」

「ああ。悪くないな。次の――食事まで間があるかもしれない」

こうして二人はふたたび毛皮のように柔らかな草の上を横切った。草原全体から草が長いさざ波となって二人に押し寄せてきた。

〈神殿〉は二人の目の前に、おぼろな幻めいた姿でそびえており、入っていくと、青い黄昏が夢のように二人を包み込んだ。スミスは習慣どおり、食事をとる人々の柱廊へ向かおうとしたが、娘が彼の腕に少し震える手をかけて、「こっち」とささやいた。

スミスは驚きを深めながら、漂う霧を抜けて娘とともに廊下を進み、よく知っている柱廊から遠ざかった。二人が進むにつれて、霧が濃くなるように思われ、ぼんやりした明りの中、廊下の壁もまた、霞んだ空気と同様、不定形に揺れ動いているようだった。スミスはそのとらえどころのない障壁を突き破って、廊下の外に出たいという妙な衝動を覚えた――だが外には何があるのだろう?

やがて足元が、ほとんど気づかぬうちに上り坂になり、しばらくすると、腕にかかる力がスミスを横へひっぱった。二人は低くどっしりした石のアーチをくぐって、見たこともないほど風変りな部屋に入った。漂う霧を透かして見た限りでは、部屋は七角形のようで、床には一点に集中する奇妙な線が深く彫り込まれている。

理解を超えた力が七枚の壁に激しくぶつかっているようだった。それは大暴風《ハリケーン》さながら薄闇の中で渦巻き、部屋全体が目に見えぬ狂騒の大渦と化しているようだった。

目を上げて壁を見ると、自分がどこにいるのかわかった。霧に霞む石壁に描かれ、黄昏の中で異次元の炎のように燃えているのは、壁一面をのたくる緋色の模様だった。

その光景を目にすると、なぜか脳が混乱し、スミスは眩暈を覚えながら、腕にかかる力に従ってよろよろと進んだ。やがて、一点に集中するあのおかしな線の中心に立っていることにぼんやりと気がつき、理屈を超越した力が、彼の持つどんな知識にもない経路に沿って体の中を流れるのを感じた。

一瞬、二本の腕が彼の首に巻きつき、温かくかぐわしい体が密着してきて、すすり泣くような声が耳元でささやいた。

「わたしの元を去るというなら、〈扉〉を通って帰ってちょうだい、愛しい人――あなたのいない生活なんて――こんな形で死ぬより恐ろしいから……」血の刺激のキスが、つかのま唇に押しつけられ、すぐに腕が緩んで、スミスは一人きりで立っていた。

薄闇を透かして、〝言葉〟の前にいる娘の姿がぼんやりと見えた。娘がそこに立っていると、目に見えぬ流れが実体を持って彼女にぶつかっていくようで、娘は彼の目の前で揺れてはよろめき、輪郭がぼやけたり、はっきりしたりした。スミスは不可解にもその力から守られているが、娘は容赦なく翻弄されていた。

そしてスミスは〝言葉〟の意味が娘の頭に沁み込んでいくにつれて、その顔に恐ろしい形で知識が宿るのを目にした。愛らしい褐色の顔がいまわしくゆがみ、血の色の唇は〝言葉〟を叫ぼうとよじれるように開いて――一瞬霧が晴れ、スミスは彼女の舌が信じがたいほどねじれて、人間の唇が生み出すべくもない、発音不能な音節を声にしようとするのを見た。娘は口をありえない形に開いて……立ち込める霧の中であえぎ、叫び声を発し……

4

スミスは曲がりくねった道を歩いていたが、道があんまり赤いので、目を落とすことができなかった。その道は足元でくねったり伸びたり揺れ動いたりするため、一歩あゆむごとによろめくはめになった。スミスは視界を覆う、緑と菫色の混じった霧の中を手探りで進んでおり、耳には恐るべきささやきが鳴り響いていた――発音不能な〝言葉〟の最初の一音節……道の果てに近づくたびに、道は足元で揺れ動いて折り返し、麻薬がもたらすような倦怠感が脳に沁み込んできて、眠気を誘う黄昏色の霧がスミスをぼんやりさせ――

「目を覚ましそうだ！」うれしそうな声が耳元で聞こえた。

スミスが重い目蓋を上げると、そこは壁のない部屋だった――いくつもの人影が無限に連なり、数えきれない大群となってあちこちへ動き……

「スミス！　NW！　起きろ！」すぐそばで聞き慣れた声がせっついた。

スミスは目をしばたたいた。無数の人影は数が減っていき、部屋のスチール壁に映った二人の男の鏡像になった。二人とも彼のほうへ屈み込んでいる。相棒の金星人ヤロールの人懐《ひとなつ》こく心配そうな顔がベッドの上に突き出された。

「ファロールにかけて、NW」耳になじんだ、柄の悪い声が言った。「一週間も寝てたんだぜ！　二度と目が覚めんかと思った――おかしなウイスキーでも飲んだんだろ！」

スミスはなんとか弱々しくほほえみ――まったく力が入らないのは驚きだった――もう一人の男に問いかけるような目を向けた。

「わたしは医者だ」その男はいぶかしげな視線を受け止めて言った。「三日前、きみの友人に呼ばれて、それ以来きみを救おうとしてきた。きみが昏睡に陥って、まる五、六日はたつはずだ――何か原因に心当たりは？」

スミスの淡い色の目が室内をさまよったが、探しているものは見当たらなかった。スミスはかすかなつぶやきで医者の質問に答えたが、相手には何のことだかわからなかった。

「ショールだと?」

「あのひでえしろものなら、処分しちまった」ヤロールが打ち明けた。「三日間は辛抱してたんだが、それ以上は無理だった。あの赤い模様を見てると、頭がガンガンしてくるんだ。あんな頭痛、アステロイドでいっしょに黒ワインを一ケース見つけて以来だぜ。覚えてるか?」

「どこに——」

「金星に向かう宇宙ゴロにやっちまった。すまんな。気に入ってたのか? 別のを買って返すぜ」

スミスは返事をしなかった。疲労が灰色の波となって押し寄せてきたのだ。スミスは目をつぶり、あの恐るべき第一音節の木霊《こだま》が、頭の中でささやくのを聞いた……夢からのささやき……ヤロールはスミスがそっとつぶやくのを耳にした。

「おれは——あの子の名前も知らなかったんだ……」

神々の塵

Dust of Gods

市田泉訳

1

「ウイスキーをくれよ、NW」金星人ヤロールがせがむように言った。

ノースウェスト・スミスは金星産セガー・ウイスキーの黒い瓶を振ってみて、かすかなちゃぷちゃぷいう音を立て、友人のグラスに手を伸ばした。金星人の黒い瞳が注意深く見守る中、赤い液体をきっちり半分注いでやる。大した量ではなかった。

ヤロールは自分の分の酒をわびしげにながめた。

「また文なしか」とぶつぶつ言う。「喉がからからだってのに」二人が座っている火星の酒場の、ぎっしり酒が載った魅惑的なカウンターを、智天使のごとく邪気のない目がちらりとうかがった。ヤロールはいたって清らかな表情でスミスのほうを向き、黒くはしこそうな目で、地球人の淡い鋼《はがね》色の目を問いかけるように見つめた。それから弓なりの眉を片方吊り上げた。

「どうだ?」ヤロールはさりげなく提案した。「どっちにしろ、火星には一杯貸しがある。おれの熱線銃はけさチャージしたところだ。うまくいくと思うぜ」

ヤロールはテーブルの下で期待を込めて銃に手をかけた。スミスはにやりと笑ってかぶりを振った。

「客が多すぎる。騒ぎを起こすのはやめておけ。得策じゃない」

ヤロールはあきらめて肩をすくめ、一息にグラスを干した。

「じゃあどうする」

「周りを見てみろ。知り合いはいないか？　仕事を受けよう——どんな仕事でも」

ヤロールはグラスを物欲しげにくるくる回しながら、混み合った店内を上目遣いに観察した。まつ毛を伏せていると、地球の大聖堂の少年聖歌隊員で通りそうだが、目を上げた瞬間、けしからぬ知識が顔を出すため、その幻影は長続きしなかった。

くたびれた黒い瞳が観察するのは、種々雑多な人の集まりだった——宇宙船乗りの革服を着た険しい顔の地球人、危険な流し目をよこすなめらかな肌の金星人、しわがれた声で柄の悪い母星語をつぶやく火星乾地人、彼方まで広がる文明世界の辺縁から来た異星人や半獣人もちらほら交ざっている。ヤロールの視線が、テーブルの向かいの浅黒く傷のある顔に戻ってきた。

ヤロールはスミスの淡い色の目をまっすぐ見て肩をすくめた。

「酒をおごってくれそうなやつはいないね」と溜息をつく。「見知った顔は一つ二つあるけどな。となりのテーブルの宇宙ゴロ二人組とかさ。赤ら顔でちびの地球人——後ろを気にしてるやつ——と、片目をなくした乾地人。いるだろ？　ハンターだって噂だ」

「何を狩ってる」

ヤロールは金星人らしく意味ありげに肩をすくめ、両方の眉もふざけた感じに吊り上げた。

「だれも連中が何を狩ってるか知らない——とにかく、あいつらは二人で仕事してる」

「ふむ」スミスはとなりのテーブルに考え込むような視線を向けた。「おれに言わせりゃ、狩ってるというより、狩られてるって顔だ」

ヤロールはうなずいた。背後を気にする様子や、落ち着きのない目が真実を語っているとすれば、その二人は一つの不安を共有しているようだった。セガーのグラスの上に身を寄せ合った二人は、宇宙航路の危険に慣れたタフガイの顔をしているが、その顔に浮かぶ表情は、彼らの不合理であからさまな警戒の底にある、多くの不快な感情が奇妙に入り混じったものだった。スミスには読みとりがたい表情だ——不安と苦悩に満ちた恐怖の背後に、名づけようのないものが潜んでいる。

「ブラック・ファロールがすぐ後ろまで追いかけてきてるって顔だ」とヤロール。「しかし解《げ》せないな。二人ともめっぽうタフだって聞いてるんだが。まあ、あいつらみたいな稼業をしてりゃ、タフなのも当然だけどな」

二人の耳に、かすれた声がささやくように語りかけた。

「狩っていたものを、見出したのかもしれないね」

とたんに張り詰めた沈黙が流れた。スミスは銃を抜きやすいよう、椅子の上で目につかないほど横へずれた。ヤロールはほっそりした指を腰のあたりに浮かせている。二人とも声をかけてきた相手に無表情な顔を向けた。

となりのテーブルに一人で掛けた小柄な男が身を乗り出し、やけにぎらぎらした目で二人を見つめていた。スミスとヤロールは無言で視線を受け止め、ひややかな顔で相手の出方を待った。やがてかすれた声がふたたびささやくように言った。

「お邪魔してもいいだろうか。先ほどつい聞いてしまったのだが――仕事を探しているそうだね」

スミスの淡い色の目が、感情をいっさい浮かべずに相手を値踏みした。見ているうちに、その目の色が戸惑うように曇った。近くでよく見ても出自や種族がはっきりしない相手にはそうお目にかかれない。ところがこの男の素性は推し量ることができなかった。濃い日焼けの下に隠された肌は、金星人の白色、地球人のブロンズ色、火星運河人の薔薇《ばら》色、どれであってもおかしくない。乾地人の革のような皮膚ということもあり得る。男の黒い目はどの種族にも見られそうだし、かすれたささやき声はスペースマンの隠語を流暢《りゅうちょう》に話し、出自を巧みに覆い隠していた。小柄で目立たないこの男は、三惑星のどこに行っても現地人で通りそうだった。

スミスは傷のある冷たい顔を変化させずに男を見ていたが、しばらく観察してから「こっちへ」と声をかけ、しゃべりすぎたというように口をつぐんだ。

その簡潔さが気に入ったのだろう。小柄な男は応じながら微笑を浮かべ、どことなく敵意のある二人の視線を平然と受け止めた。テーブルの上で腕を組んで身を乗り出し、かすれた声で前置きなしに語り始めた。

「頼みたい仕事がある――きみたちが恐れなければ。危険な仕事だが、それに見合った報酬は払おう――きみたちが怖気づかなければ」

「どういう仕事だ」

「彼らが——あの二人が——失敗した仕事だ。あの二人は——ハンターだった——狩っていたものを見出すまでは。ところが今やあのありさまだ」

スミスは色のない目を語り手の顔からそらさずにうなずいた。となりに座った二人組の怯えきった顔は改めて見るまでもない。すでに把握している。

「仕事の内容は」

小男は椅子をさらに引き、上目遣いに部屋をぐるっと見回した。それからスミスとヤロールの顔を用心深く探りながら言った。「およそ時の始まり以来、あまたの神々がこの世に存在した」そこで口をつぐんで、スミスの表情をうかがうように見つめた。

スミスは軽くうなずいた。「続けろ」

小男は安心したように話を続け、ほどなく、かすれた声に含まれる慎重さは熱狂にかき消され、狂信の気配が忍び込んできた。

「かつて火星が緑の惑星で、海の蒸気に青く霞《かす》む地球を緑の月が巡り、溶けるほど熱い金星が若い太陽の周りを回っていたころ、すでに年老いた神々が存在した。その当時、もう一つの惑星が太陽系を巡っていた。火星と木星のあいだ、今やその破片である小惑星しか残っていない軌道を。その噂は聞いたことがあるだろう——どの惑星の伝説にも残っているからな。それは豊かで美しく強大な惑星で、人類の祖先にあたる人々が居住していた。さて、その星の水晶の神殿に力ある三柱の神々が座し、風変りな奴隷たちにかしずかれ、惑星中の信仰を集めていた。昨今の神々は大半があくまで抽象的な存在だが、その神々は違っていた。一説によれば、はるか彼方から来た神々で、血肉のごとき実体を——独特な形ではあるが——備えていたそうだ。

三柱の神々は、人類が知るあらゆる神々の始祖となった。現代の神々はいずれも、失われた惑星の名前さえ忘れた世界における、三柱の神々の木霊にすぎないのだ。一柱はサイグと呼ばれ、もう一柱はルサ。名前を聞いたことはあるまい——地球の熱い海が冷えるより早く滅んでしまったのだから。その神々がなぜ、どうやって消滅したかを知る者はなく、その痕跡は、われわれが知る宇宙のどこにも残されてはいない。だが三柱目の神——力強き三柱目の神は、他の二柱の神より上位にあり、失われた惑星を支配していた。三柱目の神はきわめて強力であったため、今でも——想像を絶するほどの時が流れても——人々はその名を口にしている。だが今や、それは決まり文句となり果ててしまった——その神の名、かつてはどんな人間もあえて口に出さなかった名が！　先ほどきみがその名を出してから十分とたっていない——ブラック・ファロールと！」

その言い古された名を口にするとき、かすれた声が震えた。ヤロールはいきなり鼻を鳴らして笑い出し、すぐに笑いを抑えて言った。「ファロールってか！　おいおい——」

「ああ、わかっているとも。今やファロールの名は、古代の神ならざる暗黒を讃える、汚らわしい儀式を連想させるのだろう。ファロールの地位は凋落し、その名はもはや虚無という意味しか持っていない。しかしかつては——ああ、かつては！　ブラック・ファロールは最初から、淫らな崇拝を受ける漠然とした暗黒だったわけではない。古代の人々は、その暗黒が何を隠しているかを知っていた。きみが笑ったその名を口にすることすら憚っていたのだ。気づかぬうちに秘密のゆがんだ抑揚で発音してしまい、ファロールたる暗黒への扉が開くといけないからな。今までに何人もが、その神の完全な暗黒に呑み込まれ、その闇の中で恐るべきものを目撃したのだ。わたしは知っている」——耳障りな声が次第に低くなり、つぶやきに変わっていく——「あまりの恐ろしさに、それを見た者は喉が嗄《か》れるまで悲鳴をあげ、ささやき声でしかしゃべれなくなる……」

スミスはヤロールの目をちらりと見た。かすれた声のつぶやきは、少し置いてまた始まった。

「だから古き神々は完全に死に絶えたわけではないのだ。われわれの知るような形で死ぬことはできない。想像を絶する彼方から訪れたせいで、われわれが知るような生も死も知らないのだ。その神々は、あまりにも遠いところから来たため、われわれと接触するには、人の目に見える形をとる必要があった——物質として具現化し、ちょうど扉を通じるように、その姿を通じてのみ、人間の肉体と精神に近づき、触れることができたのだ。神々が選んだ形は今や問題ではない——わたしもそれは知らないのだ。それは物質であり、はるか昔に塵《ちり》に返ったせいで、その形の記憶すら人の心から消え失せてしまった。だがその塵は今も存在するのだよ。いいかね？　その塵、かつてもっとも偉大な第一の神であった塵が、今も存在するのだ！　あの男たちはその塵を探しに出かけた。あの男たちはそれを見出し、そこで見たものに恐れをなして逃げ帰ってきた。きみたちはもう少し骨がありそうだ。あの二人があきらめた地点から、探求を引き継いでもらえないかね」

スミスの淡い色の目がテーブルごしにヤロールの黒い瞳と見つめ合った。つかのま二人のあいだを沈黙が流れた。それからスミスは言った。

「あそこの二人と少し話をしてもかまわないか」

「いいとも」かすれ声のささやきがすかさず返ってきた。「なんなら、今すぐにでも」

スミスはそれ以上何も言わずに立ち上がった。ヤロールが音も立てずに椅子を後ろへ下げてついてきた。二人はスペースマン特有の流れるような足どりで床を横切って、身を縮めている男たちのあいだの、向かい合った椅子に滑り込んだ。

その効果は驚くばかりだった。地球人は痙攣《けいれん》するようにびくっとして、二人の闖入者《ちんにゅうしゃ》のほうへ、警戒もあらわな青白い顔を向けた。乾地人は恐怖に口もきけず、スミスの顔からヤロールの顔へと視線を移した。地球人も乾地人も何も言わなかった。

「あの男を知っているか」スミスはいきなり尋ね、自分たちが座っていたテーブルのほうへぐいと首をかしげた。

一瞬ためらってから、二つの頭が同時にふり返った。ふたたび前を向いたとき、地球人の顔に浮かんだ恐怖は理解の兆《きざ》しに変わりかけていた。地球人はしゃがれた声で言った。「あいつは――あんたらを雇うつもりか」

スミスはうなずいた。地球人はまた恐怖に顔をゆがめて叫んだ。

「やめておけ。畜生、あんたたちは知らねえんだ！」

「何を」

男はこそこそと部屋を見回し、不安そうに唇をなめた。錯綜する感情が男の顔の上でちらちらと奇妙に揺れ動いた。

「ヤバいんだ――」男はぼそぼそと言った。「関わらんほうがいい。おれたちにはそれがわかった」

「何があった」

地球人は震える手をセガーのボトルに伸ばし、グラスになみなみと注いで、話を始める前にグラスを干した。男の話が支離滅裂だったのは、話す前に飲んだ何杯かの酒のせいだったのかもしれない。

「おれたちはあいつに言われたとおり、極地の山々に近づいていった。何週間も……寒かった。高地じゃ夜は暗くなる……真っ暗だ。山を貫く洞穴に入った――長い道のりだ……そのとき、持ってた明りが消えた――新品のスーパー・トムリンソン・チューブで、バッテリーはフル充電されてたのに、ロウソクみたいに消えちまって、闇の中を――闇の中を白いものがこっちへ……」

男の体に激しい震えが走った。男は震える両手をセガーのボトルに伸ばし、もう一杯注いだ。飲むときグラスの縁に歯がカチカチと当たった。男はグラスを勢いよく置き、荒々しい口調で言った。

「それだけだ。おれたちはそこを離れた。脱出したときのことは覚えてねえ――ただ、長いこと塩沙漠で飢えと寒さに悩まされた。糧食も尽きかけて――こいつがいなけりゃ」――テーブルごしに顎をしゃくって――「二人ともおっ死《ち》んでた。結局どうやって脱出できたのかわからねえ——けど外に出られた、いいか？　出られたんだ！　どんな条件を出されようが、あそこに戻るのはまっぴらだ——もう充分見た。あれには何か——頭痛を引き起こすものが——おれたちは見たんだ……いや、気にするな。だが——」

男は近くへ寄れとスミスを手招きし、声をささやきにまで落とした。両目を恐ろしげにきょろきょろさせている。

「おれたちを追ってきてる。何が、とは訊くな……おれにもわからねえ。だが——闇の中にいるのがわかるんだ。こっちを見てる——闇の中からこっちを……」

声はもぐもぐと曖昧になり、男はまたしてもセガーのボトルに手を伸ばした。

「もうここに来てる——待ってやがる——明りが消えたら——見張ってやがる——明りを消しちゃいかん——もっとセガーを……」

ボトルがグラスの縁にカチンと当たり、声はますます小さくなって、酔いどれのつぶやきと化した。

スミスは椅子を後ろへ下げて、ヤロールにうなずきかけた。テーブルの二人はスミスたちが席を立つのに気づかないようだった。今度は乾地人がセガーのボトルをつかみ、グラスを見ようともせずに赤い液体を注いでいる——不安げな隻眼《せきがん》を背後に向けたままで。

スミスは相棒の肩に手をかけ、部屋を横切ってカウンターへつれていった。ヤロールは近づいてくるバーテンに向かって顔をしかめてから、こう提案した。

「とりあえず、飲むために前金をもらうってのはどうだ」

「この仕事、受ける気か」

「あんたはどうしたい」

「危険な仕事だ。あの二人はウイスキーよりたちの悪いもののせいで、あんなふうになってる。地球人の目、気づいたか？」

「白目がぐるっと見えてたな」ヤロールはうなずいた。「気のふれたやつの目だ」

「おれもそう思った。むろんあいつは酔ってたし、素面《しらふ》ならあんなおかしなことは言わないだろう——だが、あの顔を見る限り、死ぬまで素面に戻ることはなさそうだ。これ以上何か聞き出そうとしても無駄だろうな。もう一人のほうは——なあ、乾地人から何か聞き出そうなんて思ったことあるか？　向こうが素面だろうと」

ヤロールはまた意味ありげに肩をすくめた。「そうだな。この仕事を受けるとしたら、手探りで始めることになる。あの酔っ払いたちからは、もう何も聞き出せない。けど、あいつらは間違いなく何かに怯えてる」

「それでも——」とスミス。「この話はもっと詳しく知りたい。神々の塵と——それにまつわるあれこれ。おもしろそうじゃないか。だいたいあの小男、その塵で何をするつもりだ？」

「あんな作り話、信じるのかよ」

「さあな——だがおれは、あちこちで奇妙な目に遭ってきた。むろんあいつのふるまいはまともじゃないが——あっちの二人はたしかに何か普通じゃないものを見つけて、途中で放り出してきたんだ」

「ま、あいつが酒をおごってくれるなら、仕事を受けたっていいぜ」とヤロール。「今すぐ渇きで死ぬより、あとから死ぬほどおっかない目に遭うほうがましだ。どう思う?」

「いいだろう」スミスは肩をすくめた。「おれも喉がからからだ」

二人がテーブルに戻ってきて腰を下ろすと、小男は期待するように目を上げた。

「条件が合えば引き受けよう」とスミス。「それと、おれたちが何を、どうして探すのか、もう少し教えてくれたらな」

「ファロールの塵だよ」かすれた声がもどかしげに言った。「さっきそう言っただろう」

「それを使って何がしたい」

テーブルの向かいから、小さなぎらぎらした目が疑り深そうに、スミスの冷静な目を見つめた。

「きみたちには関係ないだろう」

「おれたちは命をかけるんじゃないのか?」

またしても小さなぎらぎらした目が、地球人の目を食い入るように見つめた。かすれた声がさらに低くなり、ささやきの木霊《こだま》のようになった。男はひそひそと言った。

「では教えよう。結局のところ、教えたってかまわないんだ。きみたちは使い方を知らない——わたし以外の者には何の価値もないんだから。いいかね——さっきも言ったように、三柱の神は物質として具現化し、その姿を扉として使って人間と接触していた。神々はそうするしかなかった。だがそれは、どっちの方向へも開く扉だった——勇気さえあれば、人はその扉を通じて三柱の神に近づくことができた。しかし当時はだれ一人、その勇気がなかった――彼方の力が恐ろしすぎたのだ。門を越えてまっすぐ地獄へ入っていくようなものだったのだろう。しかしあれから永劫の歳月が過ぎ、神々は人間の元から彼方の領土へ去ってしまった。何事もすぐ忘れ去るこの世界において、ファロールという恐怖は単なる木霊と化してしまった。かの神の精神は去ったが――完全に去ったわけではない。具現化したファロールであった物質が少しでも残っているうちは、かの神に手が届くのだ。その塵を手に入れた者が必要な儀式と言葉を知っていれば、その者の前にあらゆる知識、あらゆる力が書物のごとく開かれるのだ。神を奴隷とするための！」

耳障りなささやきがきしむように大きくなり、ぎらぎらした小さな目に狂信的な光が燃え上がった。男は二人の存在をすっかり忘れていた――その鋭い眼差しは輝かしい未来に向けられ、テーブルの上の両手は関節が白くなるほど握り締められていた。

スミスとヤロールはうさんくさそうに視線を交わした。この男はどう見ても狂っている……。

「きみが指定する銀行の口座に五万ドル」かすれた声が、正気としか思えぬ口調でふいに二人の疑念に割り込んできた。「むろん経費は全部こっち持ちだ。地図も渡すし、行き方についても知っている限りのことを教える。いつ出発できるかね」

スミスはにやりとした。この男は気がふれているかもしれないが、このときのスミスは、五万地球ドルのためなら、どんな狂人の要求にも応え、地獄の門でも襲撃する構えだった。

「今すぐだ」スミスは簡潔に答えた。「行くぞ」

2

火星の大いなる曲線に沿って北へ向かっていくと、赤い岩滓と、赤い砂塵と、地面にへばりつく赤みがかった乾地の植物が、北極をとり巻く塩沙漠に変わっていく。塩沙漠には灌木《かんぼく》とごわごわしたまばらな草が生え、夜に降る雪は、淡い陽の差す寒い昼間もずっと、強靭な草の根元や、乾いた塩類土壌の小丘に残っている。

「神に見放された土地の中でも」ノースウェスト・スミスは、高速の飛行機の下を素早く過ぎていく灰色の大地を操縦席からながめながら言った。「ここは最悪だろうな。住むとしたら、月かアステロイドのほうがまだましだ」

ヤロールはセガーのボトルを傾けて唇に当て、ボトルの底からとくとくと雄弁な音を響かせた。

「こんな風景の上を五日も飛んだら、だれだっていらいらしちまう」ヤロールは言った。「あんなさえない山並みを見て喜ぶ日が来ようとはな。しかしあの山が今はパラダイスに見えるぜ」極地の山々の黒くぎざぎざした斜面に顎をしゃくる。二人の旅程のうち、空路については山脈の手前が終点となっていた。というのも、太古の昔からそびえていながら、その山々は盛り上がる大地から新たにねじ切られたかのように、ごつごつと鋭く起伏しているのだ。

スミスはそびえる黒い山のふもとに飛行機を降下させた。三角形の谷があり、側面に白い筋が一本走っている。スミスが探していた目印だ。飛行機は静かに岩陰に滑り込み、岩棚の下に安全に落ち着いた。ここから先は徒歩で骨折って山を抜けていかねばならない。これ以上目的地に近い着陸場所は存在しないのだ。もっとも、距離だけ見れば、目指す場所はさほど遠くはなかった。

二人はこわばった体で飛行機から降りた。スミスは長い脚を伸ばして空気のにおいを嗅いだ。空気は身を切るほど冷たく、乾いた塩の言いようのないにおいが混じっている。既知の宇宙の中で、太古に干上がった海のにおいが漂うのは、火星北部の塩沙漠《きよし》だけだった。スミスは山々をうさんくさそうに見つめた。ここから先は、黒く危険な鋸歯状の山々が北極点まで連なっている。火星の短い冬のあいだは、雪が山々をぶあつく覆い、いかなる道も見当たらないが、やがて雪は解けて運河へ流れていき、すでにぎざぎざした峰《みね》にいっそう深い水路を刻む。

かつて、はるかな昔——と、小柄な狂信者はささやいた——火星は緑の星だった。この場所には海が広がり、もっとなだらかな山のふもとに波が打ち寄せ、その山の斜面に強大な都市が広がっていた。その都市の名は知られていない——現代の人々の記憶には残っていないのだ。そして今は虚空となった宇宙の一点から、やはり名も知られぬ星がその都市を照らしていた。失われた都市を照らす失われた惑星。都市の住民は、その姉妹星を天空から吹き飛ばす大災厄を目撃したに違いない。小男の話が本当なら、失われた惑星の神々は残骸の中から救い出され、虚空を運ばれて、今や記憶にすら残っていない、この山中の都市にある神殿にたどり着き、都市に大いなる栄誉を与えたのだ。

　歳月は流れ――と話は続いた。都市は年老い――神々は年老い――惑星も年老いた。ついに恐るべき災厄が起こり、都市の基盤の下で大地は盛り上がり、山々は震えて都市を瓦礫に変え、折り重なって新たな恐ろしい形をとった。海は退き、肥沃《ひよく》な土は岩々からはがれ落ち、かつては神々の座所であった都市の記憶そのものを時が呑み込んだ――だがその場所は今なお神々の座所であるのだと、かすれ声のささやきは二人に告げた。

「どこかこのあたりのはずだ」スミスは言った。「あの二人が洞穴を見つけたのは」

「斜面を回り込んで左に行くんだったな」ヤロールもうなずいた。「行こうぜ」目を細くして淡い陽光をにらみつける。「夜明けからまだ間もない。うまくいきゃ、暗くなるまでに戻ってこられる」

　二人は飛行機を岩陰に残し、塩沙漠を横切って出発した。進んでいくと、がさがさした灌木が膝をかすめ、二人の息が薄い空気を曇らせた。斜面は左にカーブし、急勾配になって、登れぬほど急峻な黒い峰へと続いている。その壁を抜けるためには、前任者たちが逃げてきた洞窟を見つける以外になかった……そしてその洞窟の中には――スミスは腰のホルスターから熱線銃を少し引き抜いた。

　次第に厚くなる乾いた雪を踏み、塩気を含んだ厳しい大気に息を白くして、十五分ほど灌木の中をとぼとぼと進むと、教わっていた張り出し岩の下に、求めていた洞窟の入口が黒々と姿を現した。

二人は警戒の目でのぞき込んだ。ごつごつした地面は、見た目から判断する限り、人の足に踏まれたことがなさそうだった。深い裂け目には粉雪が乱されずに溜まっており、人を寄せ付けぬ深部の暗闇へは日光も差し込んでいない。スミスは銃を抜き、一つ大きく息を吸うと、闇と冷気の中へ入っていった。ヤロールもあとに続いた。

それはまるで、人間的で命の通ったあらゆるものを捨てて、生命など知らぬ霜だらけの辺獄に向かう道行きのようだった。冷気が革服を通して強烈に沁《し》み込んでくる。二人は二十歩も行かないうちにトムリンソン・チューブを出し、二筋の光線で荒れ果てた風景を照らし出した。死よりも徹底した死の景色——生命とは無縁のように見えるから。

おそらく十五分ほど、二人は冷たい闇の中をおぼつかない足どりで進んだ。スミスは光線を足元の地面にずっと向けていた。ヤロールの明りは壁の上をさまよい、前方の闇を貫《つらぬ》いた。ごつごつした壁、ぎざぎざの天井、地面から突き出してブーツに切りつける尖った砕石——聞こえるのは二人の足音ばかり、周りには暗闇と霜《しも》と静寂ばかりだ。そのときヤロールが「このへんは霧が深いな」とつぶやき、くっきりした光線をつかのま何かが霞ませ、次の瞬間、二人はマントにくるまれるように、突如として完全な暗闇に包み込まれた。

スミスはぴたりと立ち止まり、神経を張り詰めて耳をそばだてた。何の音もしない。ライトチューブのレンズに触れると、まだ明りがついているとわかった——温かいし、ガラスの下のかすかな振動によってチューブが機能しているとわかる。だが、何か形のない奇妙なものが光を源で遮っている……二人の感覚を包み込むような、濃密で息苦しい暗闇だ。まるで目に包帯を巻かれたようだった——スミスはまだ灯っているライトチューブを目のそばまで掲げたが、すべてを包む闇の中、その輪郭すら見分けられなかった。

その完全な暗黒は、五分ばかり二人を包んでいた。次に何が来るのか、うすうす感づいていたが、実際にそれが訪れると、息もできぬほどの衝撃を覚えた。何も音はしなかったが、まったく唐突に、洞窟の角を曲がって、どこまでも白い姿が現れたのだ。最初はぎざぎざに突き出た岩に邪魔されて断片的にしか見えなかったが、やがて暗闇を背景に、その全体が目の前に漂い出た。スミスはこの生き物——これが生き物だというなら——に驚きの目を向けながら、白というものを初めて見るような気がしていた。その一部は、進んでくる地面の下にあるに違いない。というのも、周囲を包む闇のせいで起伏を測るすべはないのだが、やすやすと滑ってくるその化物は、地面の硬い岩にも阻まれず、その中を貫いてくるようだったのだ。命あるものもなきものも、かつてここまでの白さを帯びたことはなかった——あまりの白さに、スミスはなぜか吐き気を覚え、背筋がぞわぞわした。そいつは背後ののっぺりした黒の上で切り紙人形のように白く輝いていた。暗闇はそれに何の影響も与えず、その表面にはいかなる影も差していなかった。漆黒に重ね焼きされた純白——それはただ二つの次元しか持たぬかのように、二人に向かって漂ってきた。そいつは背が高く、どことなく人間に似ているが、言葉で表せるような形はしていなかった。

背後でヤロールがはっと息を呑むのが聞こえた。ほかに音はしなかったが、白いものは素早く前へ漂ってくる。地面の岩の中を突っ切っていると、今では確信できた——そいつの一部はスミスの足より下まで伸び、スミスの足は硬い岩をしっかり踏んでいる。理屈を超えた恐怖で肌がぞわぞわし、不可解な存在のありえない接近のせいで首筋の毛がちくちくするが、スミスはなんとか落ち着きを保って、そいつを観察した——中身が詰まっているように見えるが、なぜか乳のような半透明だ。形と奥行きを持っているが、周囲の闇はその上に影を落としていない。顔などないはずのところから、目のない顔貌が無感動にスミスのほうを向いている。今やそれはごく間近にいて、下端は地面の下を進んでいるが、背丈はスミスの頭よりはるかに高かった。

そのとき、言い知れぬ力がそいつからやみくもに放たれて襲いかかってきた。その力はスミスを名状しがたい状態に追い込むかのようだった。狂気の——それも正気の精神には理解できぬほど荒々しく途方もない狂気の——理不尽な衝撃によって彼の脳を打ち据え、惑乱へと促すかのようだった。

スミスの中に、すぐさま一目散に逃げろと必死に騒ぎ立てるものがあった——背後でヤロールがパニックに襲われて荒い息をするのが聞こえ、相棒もまた、今すぐ逃げ出すべきかと迷っているのがわかった——だが、脳の根底でしつこく訴える声が、狂気のオーラをまとって迫ってくる白いものの前に、スミスをしっかりと押さえつけていた——脳の中で危険を否定し、解決を暗示する声が……

自分が動いたことにも気づかぬうちに、熱線銃が手の中にあり、スミスは突然の衝動に駆られて腕をさっと上げ、近づいてくる化物に向かって、青く長い灼熱の炎をまっすぐに浴びせた。

ほんの一瞬、青い光が暗闇に刃をひらめかせた。熱線は白く漂うものをまともに捉え――消え失せて――スミスはその先の見えない地面で火花が散るかすかな音を聞き、熱線が化物を何の抵抗もなく貫いたと知った。青い熱線がぶあつい闇を切り裂いた瞬間、射線のそばにある岩はぎらぎらと照らされたが、白い姿は照らされなかった。青い輝きは、そいつの死のような白さにまったく影響を与えなかった。スミスはふいに確信した――たとえ色のついた光を集中的に浴びせようとも、そいつは人間の知るどんな色合いにも、ごくわずかなりとも、染めることができないのだ。脳にぶつかってくる狂気の波と戦いながら、スミスはどうにか理解した。人間はこいつに手を出すことができない――ならば――

スミスは震える笑い声をあげて銃をホルスターに収めた。

「来い」ヤロールに声をかけ、手探りで相棒の腕をつかみ――ちりちりする不安を抑えつけて――そびえ立つ恐怖の中へまっすぐに突っ込んでいった。

一瞬、輝きと目もくらむ白さに包まれ、激しい混乱の中、頭がくらくらし、足元で地面が揺れ、狂気じみた衝激の渦が脳をめちゃくちゃに打ち据えた。だが次の瞬間、何もかも黒一色に戻り、スミスはなすがままのヤロールを引きずって、がむしゃらに闇の中を突き進んでいた。

ときおり転びながら、しばらくよろよろと進んでいった。背後の白い恐怖はいつしか見えなくなり、追ってはこなかったが、包み込むような闇はあいかわらず二人の目を塞いでいた――と、そのとき、忘れかけていた手の中のライトが、いきなり光を蘇らせた。その明りの中、スミスは突然のまぶしさにまばたきしつつ、ヤロールのほうへ向き直った。金星人の顔は疑問でいっぱいで、黒い瞳は好奇心できらきらしていた。

「何がどうなった？　あいつは何だ？　あんたはどうやって――おれたちゃどうやって――」

「あいつは実体じゃなかった」スミスは震える唇でにやりと笑った。「つまり、おれたちが知ってる意味での物質じゃなかった。いかにも恐ろしげだったが――腑《ふ》に落ちない点が多すぎた。固い地面の中を進んでくるようだっただろう？　それに、光も闇もあいつに影響を与えなかった――あの闇の中でもあいつの体には影が差さなかったし、おれの銃の閃光はあいつを青く染めもしなかった。そのときあの小男が三柱の神について言ってたことを思い出したんだ。神々は現実の存在だったが、この世界とは大きく異なる次元にいるため、物質でできた体を用意しなければ、人間とは接触できなかった。あいつも似たようなものだと思う。目には見えるが、異次元の性質が強すぎて、視覚を通じてしかおれたちと接触することはできない。地面があいつを抵抗なく通してるのを見て、ひょっとしたら、逆にあいつもおれたちに影響を与えないんじゃないかと思った。そのとおりだった。おれたちはあいつの中をすり抜けた」

ヤロールは深く息を吸った。

「賢者の知恵だ」親しみをこめてからかった。「ほかにそれを見抜いたやつなんているかな？　突破したのはおれたちが初めてか？」

「さあな。しかしあいつを単なる案山子《かかし》だとは思うな。あのとき動かなきゃ手遅れだった。一、二分遅かったら――どうなったことか――脳みそを棒でかき回されてるみたいだった。何一つ――正常とは思えなかった。今なら酒場にいたあの二人に何があったのか察しがつく――あいつらは逃げ出す前にぐずぐずしすぎたんだ。おれたちは、あのタイミングで動いて幸いだった」

「だが、あの暗闇は?」

「正体がわかることはないだろう。あれと——あの白いやつと関わりがあるに違いない。例の異次元から来る何かの力か元素かもしれない。暗闇があいつの白さに影響を与えなかったように、光はあの闇にまったく影響を与えなかったからな。なんとなくだが、あの暗い空間はあそこに固定されてるという気がする。あの白いものがうろつけるように、異世界の一部が洞穴の中に設置されてるってところか——道を阻む暗黒のバリアーだ。あの白いものはあの闇の外では動けないと思うが、それは勘違いかもしれん——行くぞ!」

「いいとも!」とヤロール。「行こうぜ」

洞窟が尽きるまであと十五分歩いた。寒く、静かで、足元はごつごつとして危険だが、それ以上、行く手を阻む出来事は起こらなかった。トムリンソン・ライトの明りを携え、二人は洞窟の果てまでたどり着いた。命のない岩の真ん中を突っ切ったあとでは、出口から差し込む冷たい陽光は、楽園の輝きのように見えた。

二人は洞窟の出口から、かつて神々が住まっていた都市の廃墟を見下ろした——ぎざぎざの岩や、大きく鋭い石片が投げだされ、むき出しの黒い山肌はねじくれ、折れ曲がって、すさまじい荒廃の様相を呈していた。太古の残骸のあちこちに埋まっているのは、石を切って作った六フィートの巨大なブロックで、ここに大昔、火星でもっとも神聖な都があったことを示すのはそれくらいだった。

五分ほど見回したのち、スミスの目がついに、数百万年前の街路の跡らしきものを発見した。洞穴の外の斜面からまっすぐに伸びている。切り石のブロックや、地震による裂け目や、潰れた石材に塞がれてはいるが、当時の道筋は今なお消え失せてはいなかった。道沿いにはかつて宮殿や寺院が並んでいたに違いない。今やその名残といえば、砕けた石のあいだにちらばる大理石のブロックの破片ばかりだ。時間がその都市を、人々の記憶から消し去ったのと同じくらい完全に、火星の表面からも拭い去っていた。それでも、この一筋の道の跡さえあれば、導いてもらうには充分だった。

先へ進むのは厄介だった。廃墟の中へ下りると、道をたどるのは難しく、二人は一時間近くかけて、砕けた岩やぎざぎざに尖った石を乗り越え、裂け目を飛び越え、うずたかい山になった瓦礫を迂回していった。最初の目印に気づいたころには、二人ともひっかき傷だらけで息を切らしていた――目印は傾いた黒い石柱で、大理石の破片になかば埋もれている。そのすぐ向こうに石のブロックが二つ重なっていた。この広い廃墟の中、何万世紀も前に人の手で置かれたままの形で立っているのは、その二つだけだったかもしれない。

スミスはそのかたわらで立ち止まり、奮闘のせいで少し息を荒くしてヤロールを見た。

「ここだ」スミスは言った。「あのおっさんは結局のところ、本当のことを言ってたんだな」

「ここまではな」ヤロールが疑わしげに訂正し、熱線銃を抜いた。「すぐにわかるさ」

青く細い炎が銃口からシュッと発射され、二つの石の隙間に当たって飛び散った。ヤロールはゆっくりと隙間をたどった。知らず知らず興奮が高まってきたという顔だ。隙間に沿って三分の二ほど進んだところで、炎がふいに飛び散らなくなり、中へ深く入り込んだ。石の上に黒ずんだ穴が現れ、あっという間に大きくなって、煙が立ち昇った。上に載った石が、長年の土台からもぎ離されるのに抗ってぎしぎしと音を立てつつ、ゆっくりと半回転し、一瞬ぐらついたかと思うと、転がり落ちた。

下の石の中は空ろになっていた。二人は興味津々で身を乗り出してのぞき込んだ。言いようのない古さの微風が、暗闇から二人の顔に吹きつけた。百万年前から吹いてくるそよ風だ。スミスはライトチューブで下を照らし、十フィートあまり下に平らな石が敷いてあるのを確かめた。今や風は強さを増し、埃が縦穴の謎めいた深みから舞い上がってくる――想像を絶するほど長いあいだ、かき乱されることなくその場に積もっていた埃が。

「少し待って空気を入れ替えよう」スミスはライトを消した。「この風からいって、換気はいいみたいだ。じきに埃は吹き飛ばされるだろう。待ってるあいだに何か梯子を用意すればいい」

結び目を作った縄を用意し、近くの尖り岩に縛りつけたころには、縦穴を吹き上がる風はきれいになっていた。あいかわらず歳月の形容しがたいにおいに満ちてはいるが、呼吸しても問題はなさそうだ。スミスが先に縦穴に入り、足が石につくまで注意深く下りていった。ヤロールが下りてきたとき、スミスはトムリンソン・ライトをあちこちへ向け、生命の気配がまったくない景色を照らしていた。目の前に通路が伸びている。壁と天井はなめらかに磨《みが》き上げられ、光沢剤の下に未知の風変りなフレスコ画が淡い色合いで描かれていた。空気中に漂う古さは手でさわれそうなほどだった。二人の顔をかすめる微風は、この滅びた王朝の墓を、生命によって冒瀆しているように思えた。

模様を描いて光沢剤を塗った通路は、下り坂になって闇の中へ続いていた。スミスとヤロールは用心しつつ通路をたどった。二人の足が滅びた種族の塵をかき乱し、光線が百万年に及ぶ地下の夜を蹂躙《じゅうりん》した。さほど進まないうちに、縦穴から差し込む円い光は、背後の上り勾配の床の向こうに見えなくなり、二人はただ古さの中を歩いていった。地上を思い出させるものは、絶えず顔に吹きつける微風ばかりだった。

二人は長い道のりを歩いた。通路には巧妙な罠も、旅人を惑わす仕掛けもなかった。枝分かれもしてもおらず——静寂と暗闇と太古の死のにおいの中、まっすぐ下へ続いていた。とうとう通路の果てにたどり着いたが、そこに至るまでのあいだ、ほかの廊下の入口や開口部はひとつもなく、ただ、天井に小さな通風孔が間隔を置いてあけてあるだけだった。

通路の果てでは、未加工のざらざらした石でできた丸みのある壁が、球体の一部のように突き出して行く手を阻んでいた。二人が通り過ぎてきた通路の、光沢と模様に覆われた素材とはまったく異なる石だった。トムリンソン・チューブの光の中、わずかに張り出したその壁に、石の扉がぴったりはまっているのがわかった。扉の真ん中には、灰色の地の上に黒いしるしが一つ、くっきりと力強く刻まれていた。ヤロールはそれを見て息を呑んだ。

「あのしるし、知ってるか?」小声で尋ねる。その声は地下の静けさの中で反響し、木霊がささやきながら背後の闇の中へ去っていった。「──知ってるか……知ってるか？」

「察しはつく」スミスはしるしの黒い輪郭に光を当てながらつぶやいた。

「そいつはファロールのしるしだ」金星人は声を潜めて言ったが、木霊はその声を捉え、次第に小さくなりながら通路を退いていった。「──ファロールのしるしだ……ファロールのしるしだ……ファロールのしるしだ！」

「ある岩石アステロイドに刻まれてるのを見たことがある」ヤロールはささやいた。「宇宙をぐるぐる回ってる、むき出しの不毛な岩のかけらだ。一面だけがなめらかで、これと同じしるしが刻まれていた。失われた惑星ってやつは実在したに違いないぜ、ＮＷ、あの岩はその一部だったに違いない。神の名前は深く刻まれてたせいで、星が爆発しても消えたりしなかったんだ」

スミスは銃を抜いた。「すぐにわかる。離れてろ、倒れてくるといかん」

青く細い熱線が扉の縁をなぞり、ヤロールの熱線が地上の都市で飛び散ったのと同様、石に当たって跳ね返った。そして前回同様、なぞっていくうちに、はめ込みの甘い部分にぶつかり、炎が深く食い込んだ。スミスが熱線をそこに集中して当てると、扉は震え、不吉なきしみを発し、てっぺんがゆっくりとこちらへ傾き始めた。スミスが熱線を切って飛びすさると同時に、巨大な石の厚板がぐらりと倒れてきた。扉が床にぶつかるすさまじい音が闇の中に響き渡り、衝突による振動は堅い床を揺るがし、スミスとヤロールはふらついて壁に倒れ込んだ。

二人はよろよろと立ち上がり、ドアの向こうからあふれる光の奔流のせいでくらんだ目をかばった。それは豊かな金色の光で、濃密だがなぜか透明だった。目が暗闇からの唐突な変化に慣れるとすぐ、それが今まで知っていたどんな光とも異なるとわかった。その光は手でさわれそうで、二人のそばを抜けて廊下を進んでいく。せわしなく波打って、ガスのようにからみ合ったり、重なったりしながら流れていく。それは名状しがたい実体を持つ光だった。物質的で、さわれば手ごたえがありそうだが、二人が呼吸する空気に影響は与えていない。

光の海の中へ歩み入ると、奇妙な光は二人の足の周りで渦巻き、まるで水のように、前進する二人の体から遠ざかるさざ波を立てた。ヤロールとスミスが前に進むにつれて、波紋が空中に広がり、壁に当たって音もなく砕け、二人の後ろでは、明るい筋が航跡のように長く尾を引いていた。

さざ波の立つ光の底を抜けて、二人はごつごつした石をくりぬいた通路を歩いていった。外の廊下の素材とは異なる石で、どことなくもっと古いようだった。ざらざらした壁にときおり、明るく細かい斑点がきらめいている。二人とも、そんなふうに明るい斑点の散った岩を今までに見たことがなかった。

「おれがこいつを何だと思ってるか、わかるか」でこぼこした床の上を無言で二、三分進んだのち、スミスはふいに尋ねた。「アステロイドだ！　外の廊下に突き出ていたざらざらした壁は、その外側ってわけだ。思い出してみろ、三柱の神は別の惑星の災厄の中から運び出されて、ここにつれてこられたはずだ。どうやって運んだのか賭けてもいいぞ。大地の一部を――おそらく形をとった神々のいる部屋を包んだまま――失われた惑星からなんとか切り離して、火星めがけて虚空に放り出したんだ。そいつがここの地面に埋まり、都市の住民はそこに至るトンネルを掘って、その上に神殿を築いた。あの膨らんだ壁や、この岩の奇妙な特徴はほかに説明がつかない。こいつは失われた世界から来たに違いない――おれ自身、こんなものは今まで見たことがない」

「筋が通ってるな」ヤロールは認め、片足を振って光の渦を壁のほうへ追いやった。「このおかしな光はどう説明する？」

「その神々がどんな異次元から来たにしろ、この光はその次元で得体の知れぬ働きをしているに違いない。これは物質に近い――実体を持つ存在のようだ。洞穴で会った白いものも、チューブの光を遮った暗闇も同じ性質を持っていた。まるで水みたいに手でさわれそうだ。ドアが倒れたとき、光が廊下へ流れていったのを見ただろう。本物の光とは違って、重いガスのように波が連なっていた。だが空気に違いは感じられない。おれには信じられ――おい！　あれを見ろ！」

スミスがふいに立ち止まったので、ヤロールはその背中にぶつかり、金星語でおとなしめの悪態をついた。次の瞬間、スミスの肩ごしにヤロールもそれを見てとり、手をさっと腰の銃に伸ばした。真っ黒な闇を湛えた妙な形の穴のようなものが、通路を曲がったところに現れていたのだ。二人が凝視していると、その闇が動いた。およそ人の知るどんなものより黒い〝何か〟だった――洞穴の守護者が白かったのと同じくらい黒かった――あまりの黒さに、目はそれを負の存在、虚無としか捉えようとしなかった。スミスは完全な無の化身、神ならざる者ファロールの伝説を思い出し、いっそう強く銃を握ると、おれは今、古代の神々の一人と向かい合っているのかと考えた。

その黒いものは姿を移ろわせ、輪郭を次第にくっきりさせ、床より高い位置に浮かんでいた。そいつには形と厚みがあるに違いない――少なくとも三つ、おそらくそれ以上の次元を持っているはずだ――しかしスミスがどんなに目を凝らしても、そいつは金色の光を背にした虚無の平らな影にしか見えなかった。

そして、闇の中の白い住人から発したのと同様、光の中のこの黒い住人からも、脳を狂気に追いやる力が流れ込んできた。スミスはその力がでたらめな波となって、己の精神の土台をめった打ちにするのを感じた――しかし襲いかかってくる力には、理不尽な衝動以外のものも感じられた。何か葛藤のようなものが伝わってくる。黒き守護者は、注意の一部のみをスミスに向けているかのよう――目に見えぬ強力なものを相手に戦っているかのようだ。そう意識すると、そいつの黒い影の中に奮闘のしるしが見えてきた。そいつはさざ波を立てて流れ、形をなめらかに変化させ、スミスには理解しがたい何かに抗ってのたうった。今や、そいつが見えない敵と死に物狂いの戦いをしているのがはっきりわかり、見守るスミスの背筋を軽い震えが這い下りた。

だしぬけに、何が起きているのかわかった。ゆっくりと、容赦なく、その黒い虚無は通路を引きずられていくのだ。引きずっているのは金色の光の流れ――そうに違いない。魚が流れによって運ばれるようなものだ。扉が開かれたことで、閉じ込められていた光の池が解放されたのだろう。光は水が流れるように通路を通ってゆっくりと流れ出し、アステロイドから——仮にこれがアステロイドなら——すっかり引いていこうとしている。今やスミスとヤロールは立ち止まっているが、背後の航跡は消えておらず、光のさざ波が立ち続けているとわかった。光は輝く潮となって二人のそばを流れていく。そして外へ向かうその奔流に乗って、黒き守護者もまた、虚しく抵抗しながら漂っていくのだ。

今や黒いものは近くまで来ており、スミスの脳を執拗に連打する衝撃は強さを増したが、スミスはさほど警戒を覚えなかった。そいつはひどくうろたえているはずだし、押し寄せてくる力の波は眩暈《めまい》を引き起こすが、精神の深部には達してこない。そいつが近づくにつれて眩暈が強まったせいで、あとになっても、そのとき何が起きたのか正確にはわからなかった。そいつはすみやかに近づいてきて、手を伸ばせばさわれそうな位置まで来た——だがスミスは本能的に気がついた。そいつは近くにいるように見えるが、次元間の深淵を隔《へだ》てたはるか彼方にいるため、手を触れることはできないのだ。その黒さは、近くで見ると感覚が麻痺《まひ》するほどだった。目が理解を拒否する黒さ——存在するはずがないのに存在する黒さだ。

そいつが近づいたせいで、スミスの精神はよりどころを失い、いきなり口をあけた空間の中へ、狂気じみたありえないカーブを描いて突っ込んでいった。そのときのスミスにとって、通路の壁はぼんやりと見える影で、彼自身の肉体はうなりをあげる虚空の中の霧の柱にすぎなかった。黒いものは通り過ぎるとき、彼にのしかかり、理屈を超えた信じがたい闇の中に呑み込んだに違いない。だがスミスにもはっきりしたことはわからなかった。突進する精神がついに虚空を進むのをやめ、肉体にしぶしぶ戻ってきたとき、恐るべき虚無はすでに二人のそばを通り過ぎ、あいかわらず抗いながら通路を去っていった。目もくらむほどの力の波は距離とともに弱まっていった。

ヤロールは壁にもたれ、目を見開いてあえいでいた。「あんたもあれにつかまったのか？」

荒い息を整えようと何度か試みてから、なんとか声を出した。

スミスは自分の肺も必死に働いているのを感じ、息を切らしてうなずいた。

ある程度まともな状態に戻ると、スミスは言った。「あいつは光の中で黒く見えたように、闇の中では白く見えるのかな。たぶんそうだろう。あいつはあの光の外では存在できないと思うか？　水車用の水路に引き込まれたクラゲみたいだったな。おい、光があの速さで流れ出していったら、すっかりなくなっちまうと思わないか？　急いだほうがいい」

足元の通路はあいかわらず下り坂になっていた。探求の終点は突如として目の前に現れた。カーブした通路がふいに鋭く曲がっており、その角を回り込むと、廊下はアステロイドの中心の大きな空洞の入口でいきなり途絶えていたのだ。

そこは――その広大な水晶の部屋は――豊かな金色の光に包まれ、多面カットされたダイヤモンドの中心のようにきらめいていた。光は壁から壁まで、床から天井までをいっぱいに満たしていた。奇妙なことに、豊潤な光の流れの中、部屋の境界ははっきりしなかった――壁はくっきり見えているのに、部屋は果てしないように思えるのだ。

だが二人はそのことに潜在意識で気づいているだけだった。二人の目は水晶の地下室の中心にある玉座を見つめ、魅せられたように釘付けになっていた。それは水晶でできた玉座で、人間が座るようにはできていなかった。計り知れぬほど古い、強大な三柱の神がその上に座していたのだ。それは祭壇ではなかった。具現化した神性がかつて——頭では理解しがたいほど遠い過去に——君臨していた玉座だ。大まかにいって三つの部分から成り、天井の巨大なアーチの下で輝いている。そこに座していた三柱の神がどんな姿をしていたのか、もはや玉座の形から推し量るすべはなかった。しかしその姿は現代人の理解を超えていたに違いない——二人の冒険者が放浪の中で目にしてきたいかなるものも、そこに座せるとは思えなかった。

台座のうち二つは空だった。サイグとルサは、その名前が人々の記憶から消えたのと同じくらい完全に消滅していた。三つ目の台座——中央にあるいちばん高い台座には……ふいにスミスは息を呑んだ。そこに、目の前にある巨大な玉座に、神の——古代の神々のうち最も偉大な者の——遺物のすべてが載っているのだ。灰色の塵の山が。三惑星最古の物体——それを抱く山々より古く、人類という強大な種族のきわめて古い起源よりなお古い。大ファロール——玉座の上の灰。

「なあ」ヤロールの無頓着な声が割り込んできた。「部屋も玉座も無事だったのに、なんだって神の姿は灰になっちまったのかな。この部屋自体が別の惑星の水晶の神殿から来たってことだろ。なら——」

「神の姿は、神殿が築かれたときすでに、そうとう古かったに違いない」スミスは静かに言った。水晶の上で柔らかな灰色の山になっている塵は、なんと生気を感じさせないことか。なんという死の気配！　なんという測りがたい古さ！――それでも、あの小男の言葉が真実なら、忘れられた神のその灰には、まだ命が宿っているのだ。あの男は本当に、あの灰色の塵から太索《ケーブル》を鍛え、その太索で時間と空間の隔たりを強引に貫いて、人間の理解を超えた次元と接触し、かつて大ファロールであった消滅した存在を引き戻すのだろうか。あの男にそんなことが可能なのか？　もしも可能だとしたら――ふいにスミスの心に疑念が生じた。神に指図できる男は、宇宙の星々を支配することを――いっそ自分自身が神になることを、ためらわないのではないだろうか。そしてもし、その男がなかば狂っているとしたら……。

スミスはヤロールのあとについて、光り輝く床を無言で横切った。玉座にたどり着くには思ったより時間がかかった――その部屋の水晶と、あふれる金色の光の透明さには、どこか目を惑わすものがあった。かつて神々が座していた、三つの部分から成る半透明の構造物は、二人の頭よりも高くそびえていた。スミスは太古からの重荷を担っている中央の台座を見上げ、自分より前には、どんな人々が玉座の下に立ったのだろうと考えた。名前すら残っていない種族、忘れられた世界のどんな人々が、ファロールという黒き神を信仰したのだろう。この水晶の床を踏む足は――

よじ登る音がスミスの物思いを破った。敬虔《けいけん》さのかけらもないヤロールが、頭上の灰色の塵に目を据えて水晶の玉座を登っていくのだ。玉座は滑りやすく、登ることは想定されていないため、ヤロールのごついブーツはなめらかな表面でつるつると滑った。スミスはうっすらと笑みを浮かべて見つめていた。長い歳月のあいだ、あえてここに近づく者はみな、ひざまずいて敬意を表するだけで、顕現《けんげん》した神が座る至聖所に目を向けることもしなかっただろう。ところが今――ヤロールは最後の一歩で足を滑らせ、声を殺してぶつぶつ言うと、台座に手を伸ばしてつかんだ。かつて大ファロール、生ける神々の筆頭がそこに座し、現代人の暮らすどんな星よりも強大な惑星を統べていたのだ。

ヤロールはてっぺんで立ち止まって、神々以外味わったことのない高みからの景色を見下ろした。そして見回しながら戸惑ったように顔をしかめた。

「なんかおかしいぜ、NW。上を見てみろ。天井のあたり、どうなってる?」

スミスは淡い色の目を上げ、つかのま当惑しきって目を凝らした。その日三度目に、スミスの目はまったくありえないものを見ており、すでに混乱した脳にその光景を送り込むのを拒んでいた。暗いのに暗くないものが二人の上に迫ってきている。天井が下がってきているようだ――少しのあいだ、頭の中がパニックになった。天井が二人を押し潰そうとしているのか?神々のさらなる守護者が毛布のように頭上へ下りてきているのか? そいつは何ものだ?

そのとき理解が押し寄せ、スミスはその場所の静けさの中、冒瀆的と呼べそうなほどの安堵の笑いを響かせた。

「光が出ていってるんだ。水みたいに引いていってる。それだけさ」

その信じがたい話は本当だった。水晶の空洞を満たす輝く池の光が引いていくのだ。入口からあふれ、廊下を通り、地上の大気の中へ。そして暗闇が文字通り、そのあとに流れ込んできている。闇の流れは速かった。

「ふうん」ヤロールは冷静な目でちらりと見上げた。「光が出ていっちまう前に引き返したほうがいいな。箱をよこしてくれ」

スミスはためらいながら、小男から与えられたラッカー塗りのスチールの小箱を吊具から外した。二人が太索の素材となる塵をあの男の元に持ち帰ったとしたら――そのあとはどうなる？　これほど果てしない力は、きわめて賢明な人間、きわめて正常で落ち着いた人間が手にしても物騒に違いない。ましてあの、ささやき声で話す狂信的な小男の手に渡ったとしたら――

高みから見下ろしていたヤロールは、スミスの悩ましげな目を見て、しばし黙り込んだ。それからそっと口笛を吹き、スミスはまだ口を開いていないのにこう言った。

「そいつは考えてなかったな……本当にできると思うか？　あの野郎、だいぶ頭がイカれてるぜ！」

「さあな。あいつには無理かもしれん――だがあいつはここまでの道をおれたちに教えたよな？　それだけのことを知っていたんだ――それ以上のことを知らないと思わないほうがいい。もしもあいつがうまくやったら、ヤロール――あの男がそいつを――その闇の怪物を――おれたちの次元につれ込む方法を見つけて――おれたちの世界に解き放ったとしたら。あいつにそれを抑えておけると思うか？　あいつは神を奴隷にすると言ったが、そんなこと可能なのか？　かつてファロールだったものを招き入れるために次元間の扉を開く方法を、あいつが知っているのは間違いない――扉を開くことはできる。一度は開かれたんだ。だが、開いたあと、閉じることはできるのか？　あいつはその存在をコントロールできるのか？　できるはずがない！　そいつは逃げ出すだろう――そしたら、どんなことだって起こり得る」

「そいつは考えてなかった」ヤロールはもう一度言った。「畜生！　もし――」

ヤロールは口をつぐみ、あまりにも恐ろしい可能性を秘めた灰色の塵を呆然と見つめた。しばらく水晶の部屋に沈黙が流れた。

スミスは玉座と友人を見上げ、闇が流れ込む速度が次第に増しているのに気がついた。二人の周りで光が薄れ、輝く長い筋をスミスの背後でゆらめかせて、急流となって引いていった。

「持ち帰らなきゃいい」ヤロールがふいに言った。「この場所が見つからなかったと――でなきゃ瓦礫か何かの下に埋まってたと報告すりゃいい。おれたちが――ちえっ、やたらと暗くなってきやがった！」

光の高さは今では壁のだいぶ下まで来ていた。頭上には地下の暗い夜が容赦なく満ちてきている。二人はなかば信じがたい思いで、光のてっぺんが水晶に沿って下りてくるのを見守った。今やそれは玉座と同じ高さになり、ヤロールは頭と肩を漆黒に包まれて息を呑み、光の海の中をのぞき込むように目を凝らした。光の中では、彼自身の脚がちらちらとゆらめき、動きにつれて長いさざ波を送り出している。

光の潮の流れはいたって速かった。二人は引いていく潮を魅せられたようにながめた。光はヤロールの両脚を下り、完全に足の下まで来たので、ヤロールは逃げていく潮の上の闇にとり残された。光はさらに玉座を下り、長身のスミスの頭に暗闇が触れるまでになった。スミスは異様なことに、退いていく海の真ん中に立っていた。深さは肩まで——腰まで——膝まで……ほんの少し前まで——計り知れぬ歳月のあいだずっと——この部屋を満たしていた光は、床の上できらめく浅い海となってくるぶしを浸している。永劫の歳月の中で初めて、三柱の神の玉座は闇に包まれていた。

最後に残った光が、黒い床の上をすみやかに流れる小川となって、炎の蛇さながら出口のほうへうねうねと向かったとき、二人の男はようやく驚きから覚めた。ことによると最初の神々の手によって、失われた惑星で数百万年前に点された光の最後の流れが——出口のほうへ引いていった。スミスは深く息を吸い、漆黒の中でふり返った。視線の先では、玉座が永劫の歳月の果てに初めて味わう闇の中に立っているはずだ。床を進む光の蛇は少しもあたりを照らさないように見える——室内は地上のどんな夜よりも暗かった。ヤロールのライトチューブがふいに下向きに点り、闇の中から声が聞こえた。

「ヒューッ！　あの光、持ち帰るために少し瓶に詰めときゃよかったな。どうする、ＮＷ？　塵は持ち帰るか、持ち帰らないか」

「持ち帰らない」スミスはゆっくりと言った。「それはもう決めた。だが、ここに置いていくわけにもいかん。あの男は別のやつを送り込むだろう。この場所が埋没していたと報告したら、爆薬を持たせるかもしれん。とにかくやつは塵を手に入れちまう」

ヤロールの光線が闇を切り裂く白い刃のように、かたわらの謎めいた灰色の山のほうへ向けられた。トムリンソン・チューブの強烈な光の中、塵は謎に包まれて横たわっていた。神に捨てられて以来、永劫の歳月をそうやって過ごし――ことによると、この瞬間を待っていたのかもしれない。ヤロールは銃を抜いた。

「神の姿が何でできていたかは知らんが、フルパワーの熱線を浴びりゃ、岩だろうと金属だろうと何もかも溶けてなくなっちまうぜ」

静寂が聞き耳を立てる中、ヤロールが銃の引き金を引く音がした。ヒュッと鳴る青白色の炎が銃口から容赦なく噴き出し――かつて神であった灰色の山に、耐えがたい熱の暴力をまともに浴びせた。その一撃の下では岩さえ溶け落ちるだろう。ロケットの噴射管の鋼も赤熱してどろどろになるだろう。人の手で作り得るものは何一つ、フルパワーの熱線銃の一撃には耐えられないはずだ。ところが、最大出力の青い光を浴びても、塵の山はぴくりともしなかった。

炎のシューシューいう音の中、ヤロールが「シャールよ!」と驚きの声を漏らすのが聞こえた。銃口は灰色の山のさらに近くへ突き出され、跳ね返った熱で水晶が輝き始め、青い火花が暗闇の中に飛び散った。そしてごくゆっくりと、山の縁が赤く陰気な色に染まり始めた。赤い色は広がっていき、小さな青い炎が一つ、また一つ、燃え上がった。

ヤロールは引き金を戻し、腰を下ろして塵が勢いよく燃え始めるのを見つめた。やがて炎の輝きが強くなると、台座から滑り下りて、つるつるした水晶を伝って危なっかしく床まで下りてきた。スミスはヤロールが戻ってきたことにもほとんど気づかなかった。彼の目はかつて神であった、燃え盛る透き通った炎に釘付けになっていた。その炎は青白く猛烈な光を放って燃え、その中に何色ともつかぬ色がはかなくちらついている――純粋な闇の神ファロールであった塵は、純粋な光の炎を上げてゆっくりと燃え尽きようとしていた。

数分が過ぎ、炎が強くなるにつれて、水晶の壁や天井に映る火影《ほかげ》が不気味にちらつき始めた。火影は長くゆらめいて下へ伸びていき、やがて床もまた炎のまばゆい輝きを敷き詰めたようになった。名状したがい何かのにおいが、ごくかすかに空中に広がった――死せる神々の煙だ……そのせいでスミスの頭はくらくらし、火影は揺れて混じり合い、やがてスミスは宙に浮かんでいるような心地になった。周りでは炎の絵画が闇の中でうねっている――炎の絵画――壁の上で波打っては消える、曖昧な非現実の光景――頭上を影のように素早くよぎり、足元を走り、スミスを囲んで壁から壁へとめくるめく動きで回転する。あたかもはるかな過去に別の惑星で生まれて、水晶の中に深く埋もれていた影が、燃えさかる神に魔法をかけられ、息を吹き返してきたかのように。

鼻腔の中で渦巻く煙にくらくらしながら、スミスは見守っていた。彼の周囲で――頭上でも、足元でも――怪しく途方もない光景が水晶の中をおぼろに走っては消えた。現代の世界には存在しない山々に囲まれた、勇壮な景色が見えたような気がした……はるかな過去にだけ見られ、それ以後なかったほど白く輝く太陽が、緑の岸のはざまで川が轟《とどろ》く大地を照らしていた……多くの月が紫の夜空を横切り、見慣れぬくせにひどく懐かしい星座も同じ空に輝いていた……赤い火星があるはずの場所に緑の星が輝き、地球を示す緑の点があるはずの場所に、遠く小さな白点があった。水晶の闇の中、歴史に残るどんな都市より不思議な形をした多くの都市がゆらゆらと過ぎていった。塔と尖頂と傾いたドームが高々とそびえ、白熱する太陽の下で輝き――

おかしな形の船が空を進んでいき……スミスは戦いを目撃した――今では名前もわからぬ武器が、高い塔を爆破して瓦礫に変え、水晶に大きな血の染みを残した――戦勝祝いのパレードでは、人類の祖先かもしれぬ生き物がまばゆい色彩に包まれて、輝く通りを進んでいった……はっきりとは見えなかったが、人であって人ではない、風変りでしなやかな生き物だった……滅亡し、忘れ去られた世界の歴史が、スミスのかたわらの闇の中にぼんやりと燃え上がっていた。

偉大な輝かしい都市に住む、人に似た生き物が、白く照らされた空に怪しく広がる、暗闇でできた――何ものかの――前で頭を垂れるのが見え……大ファロールへの信仰が始まるのが見え……水晶の玉座のある水晶の部屋では、人の形をしたしなやかな生き物が、三つの巨大な台座を礼拝のために幾重にも囲んで額ずいていた。台座はあまりにもまばゆく、あまりにも暗いため、スミスはそちらへ目を向けられなかった。それからだしぬけに、すさまじい暴力が吹き荒れ、ちらつく火明りに浮かぶ途方もない光景は、眩暈を起こしたスミスの前で混じり合って震え、強烈な光が壁一面に炸裂し、広大な部屋全体がいま一度、つかのまの輝きをまとったが、その輝きはあまりに激しいため、照らすというより感覚を麻痺させ、目をくらませ、見守る二人の脳髄の中で爆発し……

意識が途切れる前のほんの一瞬、自分たちが世界の死を目撃したのだとスミスは悟った。次の瞬間、目の前が暗くなり、頭がくらくらして、スミスはよろめき、闇の中へ沈んでいった。

ふたたび目をあけたとき、スミスとヤロールは暗闇に包まれていた。玉座の炎は燃え尽きて、永遠の闇が訪れていた。二人はよろめきながら、チューブライトの白光を頼りに長い通路を進み、地上の大気の中に出た。火星の青白い一日は、山々の上で暮れかけていた。

ジュリ

Julhi

市田泉訳

スミスの全身の傷について語れば一篇のサーガができる。頭のてっぺんから爪先まで、褐色に日焼けした肌には戦いのしるしが無数に刻まれている。場数を踏んだ者が見れば、ナイフや猛禽《もうきん》の爪や熱線銃によるはっきりした傷跡、火星乾地のクリングによる切り傷、金星の錐刀《スティレット》の細くあざやかな突き傷、地球の刑罰用の鞭《むち》で縦横に打たれた跡などが見分けられるだろう。だが、スミスが負った傷の中には一つか二つ、どんな目利きも当惑するようなものがあった。たとえば胸の左側、日焼けして黒ずんだ肌を心臓の鼓動が揺り動かす箇所に、血の色の薔《ば》薇《ら》のような、怪しく渦を巻く赤い輪が残っている……

金星の夜更けの星のない暗闇の中、ノースウェスト・スミスの淡い鋼色《はがね》の目は、鋭くあたりをうかがっていた。せわしなく動くその瞳以外、体はぴくりとも動かず、壁のそばにうずくまっている。その壁が石造りで冷たいことは、指で探ってわかっていた。だが何も見えないし、ここがどこで、どうやって来たのかも皆目わからない。スミスは五分前に、この闇の中で当惑しながら目を覚まし、今もまだ当惑していた。闇を射《い》るような青白い目が、漆黒の中を絶え間なく見回し、何か見知った影はないかと虚しく探った。何も見つからない。周囲の闇は曖昧でつかみどころがなく、鋭い五感によればここは閉ざされた空間のようだが、それとは矛盾する気配もあった。というのも、空気は新鮮で、風も吹いているのだ。

風の吹く暗闇の中、スミスは身じろぎもせずにしゃがみ込んでいた。土と冷たい石のにおい。そしてかすかに——ごくかすかに——嗅ぎ慣れないにおいがする。スミスは音も立てずに足をひっこめ、片手を冷たい石壁に当てて身を支え、鋼のスプリングのように全身を緊張させた。闇の中に動きがあった。何も見えず、何も聞こえないが、その動きが用心深く近づいてくるのがわかった。探るように爪先を伸ばすと、足元の床はしっかりしていた。一、二歩、息を殺して音もなく横へずれた。と、一瞬前までもたれていた石壁を手で探るかすかな音が聞こえた。壁がべとつくのか、吸いつくような妙な音が混じっている。何かがじれったそうに小さな音を立てて息を吐いた。風がやんだとき、きわめてはっきりと、石の上を滑る音が聞こえた。人の足でも動物の肢《あし》でも蛇の腹でもないが、その三つのどれにも似ている音が。

スミスの手は反射的に腰を探ったが、何もつかめなかった。ここがどこで、どうやって来たのかはわからないが、武器はなくなっており、それが偶然でないのはわかっていた。彼を追っているものが、もう一度奇妙な溜息をついたかと思うと、石の上を引きずる音がやにわにすさまじい速さで移動し、何かが彼に触れ、電撃のようなびりっとした刺激が走った。二つの手が彼に触れているが、そのことにも、その手が人間のものではないことにもほとんど気づかぬうちに、周囲で闇が回転し、ぞくぞくする妙な衝撃のせいで、スミスはくらくらと意識をなくしていった。

ふたたび目をあけたときは、先ほど目覚めたのと同じ、底知れぬ闇の中の冷たい石の上にまたしても横たわっていた。追跡者に倒されて床に転がったままのようだが、怪我はなさそうだった。気を引き締め、耳を澄まして待つうちに、緊張と静寂のせいで耳が痛くなってきた。刃のように鋭い五感が教える限り、この場所にいるのは自分一人だ。完全な静寂を破る音はなく、どんな動きも感知できず、どんなにおいも流れてこない。スミスはもう一度、細心の注意を払って立ち上がり、見えない石壁で体を支え、腕や脚を曲げてみて、怪我がないことを確かめた。足元の床は平らではなかった。ここはどこかの古い遺跡に違いないと今や察しがついた。石と冷気と荒廃のにおいがはっきり嗅ぎとれるし、微風がかすかなうなりを立てて目に見えぬ隙間を通ってくる。スミスは崩れた壁に沿って手探りで進み、転がっている石塊につまずき、あたりを覆う闇の中で五感を研ぎ澄ました。どうやってここに来たのか思い出そうと虚《むな》しくあがき、ぼんやりした記憶をなんとかとり戻した。名もない酒場で赤いセガー・ウイスキーをがぶ飲みし、訳がわからなくなり、くぐもった声を耳にし、そのあとは長い空白になっていて――やがてこの暗闇の中で目を覚ましたのだ。ウイスキーに薬が入っていたに違いない。言い訳がましくそう考えると、頭の中で今さらながら怒りがくすぶり出した。どこのどいつか知らないが、ノースウェスト・スミスに手を出そうとは、命知らずなやつもいたものだ。

と、そのとき、スミスは踏み出しかけた足を止め、石のように凍りついた。近くの闇の中に、ほとんど音を立てない何かの動きを感じたのだ。先ほど自分の体をつかんだ、目に見えない敵の曖昧な印象が頭の中をよぎった――ぱたぱたと音を立てて滑るように動き、両手に宿る未知の力で相手を気絶させられる怪物。スミスは凍りついたまま立ち尽くした。相手には闇の中でもこちらが見えるのだろうか。

すぐそばの石を踏むひそやかな足音がして、何かが息をあえがせ、手が彼の顔をかすめた。はっと息を呑む音がして、スミスの両腕がさっと伸び、見えない相手を引き寄せた。その途端、スミスは驚きに息を止め、それから喉の奥で笑い声を立て、つかんだ娘の体を回して、闇の中で自分と向き合わせた。

相手の姿は見えなかったが、両手で触れた体の引き締まった曲線から、若くてたおやかな娘だとわかった。息遣いからいって、恐怖のあまり失神しそうになっている。

「シーッ」スミスは慌ててささやいた。唇を娘の耳に寄せると、かぐわしい髪が頬を撫でた。「怖がらなくていい。ここはどこだ」

恐怖ゆえの反応だろうか、こわばっていた体から力が抜け、娘は彼の腕の中でぐったりし、呼吸の音もほとんど聞こえなくなった。スミスは娘を抱き上げて――娘は軽く、いい香りがして、見えないローブがスミスの体をかすめると、むき出しの腕にビロードが軽く触れるのがわかった――壁のそばまで運んでいった。背中に硬いものを感じているほうが安心だった。石壁の角で娘を横たえ、かたわらにしゃがみ込んで耳を澄ますと、娘はゆっくりと落ち着きをとり戻していった。

娘の呼吸はやがて正常に戻ったが、興奮と警戒のせいでまだ少しせわしなかった。身を起こして壁にもたれる音がしたので、スミスはささやきを聞きとろうと近くへ身を寄せた。

「あなたはだれ?」娘は訊いた。

「ノースウェスト・スミス」スミスは抑えた声で答え、娘がその名前に反応して「ああ!」とかすかにささやくのを聞いて、にやりと笑った。この娘が何者であれ、彼の名前を聞いたことがあるらしい。それから娘は「手違いがあったんだわ」と独り言のようにつぶやいた。「あいつらは——宇宙ゴロとか、宙港のならず者のような人間しか、ジュリのために——いえ、ここへはつれてこないはず。あなたのこと、知らなかったんでしょうね。きっと手違いの罰を受けることになるわ。いなくなったあと——探されるような人間はここにつれてこないの」

スミスはしばし無言だった。そのときまで、娘も自分と同じように途方に暮れていると思っていたし、彼女の恐怖は混じりけがなく、芝居とは思えなかった。ところが彼女は、この奇妙で真っ暗な場所の秘密を知っているらしい。だとすれば、用心しなくては。

「おまえはだれだ」スミスはささやいた。「なぜあんなに怯えた。ここはどこだ」

闇の中で娘はかすかにあえぎ、なかなか息を静められなかった。

「ここはヴォヌグの遺跡」娘はささやいた。「わたしはエイプリ。死刑を宣告されているの。あなたがわたしを殺しにきたと思ったのよ。わたしを殺すやつは、今にもやってくるかもしれない」その声は最後のほうで力をなくし、娘は弱々しく言葉を絞り出した。まるで恐怖に喉をつかまれ、息ができないかのようだ。娘の震えが腕に伝わってきた。

多くの疑問が口元までこみ上げてきたが、もっとも差し迫った問いが言葉になった。

「何が来るんだ。どんな危険がある」

「ヴォヌグの幽霊」娘は恐ろしげにささやいた。「ジュリの奴隷が人間をここにつれてくるのは、やつらの餌にするため。わたしたちも命令に背《そむ》けば、幽霊の餌にされるの。わたしは彼女の機嫌を損ねたから――死ななくちゃいけない」

「幽霊――どういうやつらだ。ついさっき、送電線みたいな手をしたやつがおれをつかまえたが、そいつはおれを放り出していった。ひょっとしてあれが――」

「ええ、幽霊の一人。わたしが近づいてきたから、邪魔が入ったと思ったのね。だけど、やつらの正体はわたしも知らないの。あいつらは闇の中を近づいてくる。ジュリと同じ種族だと思うけど、彼女みたいな体は持っていない。わたしには――説明できない」

「ジュリって――?」

「ジュリは――そう、ジュリなの。あなた、知らないの?」

「女か? 女王ってところか? いいか、おれはここがどこかも知らないんだぞ」

「いいえ、女じゃない。少なくとも、わたしみたいな女じゃない。そして女王をはるかに超えるもの。強力な魔法使いだとわたしは思ってる。ひょっとすると女神かもしれない。よくわからない。このヴォヌグで何か考えると、気分が悪くなるの。あれをすると――気分が――ああ、とても耐えられない。気が狂いそうだった! 気が狂うより死んだほうがまし、そうじゃない? でもわたし怖いの――」

娘の言葉は脈絡がなくなり、声も小さくなっていき、娘は闇の中で震えながらスミスにすがりついた。

スミスは娘の震え声のささやきを聞きながら、夜の中のごく小さな物音も聞き逃すまいと耳をそばだてていたが、このとき、娘の言ったことにもっとしっかり注意を向けた。それでも片耳はまだ、周囲に物音はないかと警戒していた。

「どういう意味だ。おまえは何をやったんだ」

「見えるの――光が」エイプリは曖昧な答えをよこした。「ずっと前から見えていた。それこそ赤ん坊のころから。目を閉じて、こっちへ来てと念じると、いつだって見えたわ。光と、その中で動いている奇妙な影や形。見たことのない場所から届く鏡像のようだった。だけどいつのまにか、それは手に負えなくなって、ひどくおかしな思念の波が打ち寄せてくるようになって、しばらくするとジュリがやってきたの――光の中を通って。わたしにはわからない――理解できない。だけど今ではジュリがわたしに命令して、彼女のために光を呼び出させて、するとおかしなことが頭の中で起こって、わたしは眩暈《めまい》がして、気分が悪くなって――気が狂いそうだと思うの。でもジュリはわたしに命令して光を呼び出させる。それはどんどんひどくなるの、一回ごとにひどくなって、わたしは耐えられなくなる。すると彼女は腹を立てて、あの恐ろしい、静かな表情になって――今回はわたしをここに送り込んだわ。幽霊は今にもやってくる――」

スミスは宥《なだ》めるように娘をきつく抱いてやった。この娘はもう、少し気がふれているのかもしれないと思いながら。

「どうやったらここから出られる」娘のさまよう心を呼び戻そうと、優しく揺さぶりながらスミスは訊いた。「ここはどこだ」

「ヴォヌグよ。わからないの？　ヴォヌグの遺跡がある島」

そのときスミスは思い出した。ヴォヌグについてはどこかで聞いたことがある。シャヌの海岸から二、三時間離れた小島にある、もつれた蔓《つる》に埋もれた古い都市の遺跡だ。かつては偉大な都市であり、怪しい都市でもあったという伝説がある。都市を築いたのは、異様な力を持つ王、名を語るべきでない相手と手を結んだ王——そんな噂が残されていた。都市の素材の石は名状しがたい儀式とともに切り出され、建物は謎めいた目的に沿った、きわめておかしな形をしていた。いくつかの通りは、敷設した人間にも理解できない方向に走っており、街路には、明らかにこの世界のものではない様式に則って、円形浮き彫り《メダイヨン》が点々と配され、その理由は王しか知らなかった。スミスは伝説のヴォヌグの奇怪さについて、そこの建物に付随する儀式について耳にしたことを思い出した。やがて何か奇妙な疫病がその町にはびこり、住民の気を狂わせ……真昼間から街路に現れては消える幽霊もいたという話だ。ついに住民はその都市を去り、都市は何世紀もこの場所に残って、ゆっくりと崩れ、朽ち果てていった。今では訪れる者など一人もいない。ヴォヌグが栄えた時代以降、文明は内陸のほうへ移動したし、かつてそこで起きていた異様な出来事に関する、気味悪い話が今も人の心をよぎるからだ。

「ジュリはこの遺跡に住んでいるのか」

「ジュリはここに住んでいるけど、廃墟になったヴォヌグに住んでるわけじゃない。彼女のヴォヌグはすばらしい都市。見たことはあるけど、入ることはできなかった」

（すっかりおかしくなってる）スミスは哀れみを覚えた。声に出しては「ボートはないのか。逃げ道はまったくないのか」と訊いた。

最後まで言い終えるより早く、無数の蜂の羽音のようなハミングが、耳に響き始めた。ハミングは深みと大きさを増し、頭が音でいっぱいになるまで膨れ上がり、その音が抑揚をつけて言った。

「いいえ。なりませぬ。ジュリがそれを禁じます」

スミスの腕の中で娘がびくりとして、痙攣《けいれん》を起こしたようにすがりついてきた。

「ジュリよ！」娘はあえいだ。「彼女が頭の中で歌っているのを感じる？　ジュリが！」

声はますます大きくなり、夜全体を満たすように思え、耐えがたいほどの音量で鳴り響いた。

「そうですとも、エイプリや。わたくしです。わたくしにたてついたのを悔やんでいますか、エイプリや」

スミスは腕の中で娘が震えるのを感じた。娘の心臓の鼓動が聞こえ、その息は苦しげに唇から漏れていた。

「いいえ――いいえ、悔やんでいません」娘がごくかすかにつぶやくのが聞こえた。「死なせてください、ジュリ」

声が喉を鳴らすような優しさで響いた。

「死なせる？　いとし子や。ジュリはそこまで残酷ではありませぬ。いいえ、かわいいエイプリや、そなたをこらしめるために少々脅《おど》かしただけです。もう許してあげましょう。わたくしの元に戻り、もう一度わたくしに仕えなさい、エイプリや。そなたを死なせたりするものですか」その声はうんざりするほど優しかった。

エイプリの声は高くなり、ヒステリックな反抗の響きを帯びた。

「いや、いや！　もう仕えません！　もう二度と、ジュリ！　死なせてください！」

「落ち着きなさい、かわいい子」そのハミングは、相手を宥める軽やかな歌声のようで、聞いていると眠気を覚えた。「そなたはわたくしに仕えるのです。ええ、そなたは今までのようにわたくしに従うのですよ、いとし子や。そこで男を見つけたようですね。その男をつれて、わたくしの元へいらっしゃい」

エイプリは見えない手でスミスの肩を狂ったようにひっかき、身をもぎ離してスミスを押しのけた。

「逃げて、逃げて！」あえぐように言う。「この壁を登って逃げて！　崖から飛び下りれば自由になれるわ。お願い、手遅れになる前に逃げて。ああ、シャールよ、シャールよ、死ぬ自由さえあれば！」

スミスはひっかこうとする両手を片手でつかみ、反対の手でエイプリを揺すった。

「落ち着け！」ぴしゃりと言った。「とり乱してるな。落ち着け！」

激しい震えが治まるのがわかった。もがいていた両手は静かになり、苦しげだった息も少しずつ穏やかになった。

「来なさい」娘はついに、それまでとはまったく違う声で言った。「ジュリが命じています。

来なさい」

娘はスミスの指にしっかりと自分の指をからめ、ためらわずに闇の中へ踏み出した。スミスは瓦礫につまずき、崩れた壁に体をぶつけながらついていった。どのくらい歩いたかはわからないが、道は曲がりくねったり、引き返したりしていた。スミスの頭にふと妙な考えが浮かんだ。娘は躊躇なく進めるほどよく知った廊下や通路をたどっているわけではなく、ジュリの魔法にかかって、石のあいだに象徴的な模様を描きながら、的確な足どりで進んでいくのだ——それは魔法の模様で、完成したら、だれの目にも見えず、だれの手にも開錠しえない扉が、二人の前で開くことになる。

彼の心にそんな確信を抱かせたのはジュリだったかもしれないが、その推測は正しいとスミスは感じていた。娘は入り組んだ道に沿って歩いていき、目に見えぬ遺跡を無言で縫うように通り抜けている。だしぬけに足元の床がなめらかになり、周囲から壁が退いたように思え、冷たい石のにおいが空気から消えたときも、スミスは驚かなかった。今やスミスは暗闇の中、ぶあつい絨毯《じゅうたん》を踏んで歩いており、あたりの空気は甘い香りがして暖かく、ゆったりと動いて目に見えない流れを生んでいた。そんな闇の中で、なぜか見られているという感覚があった。見ているのはただの目ではなく、すべてを見通すような観察眼だ。やがて例のハミングがまた始まり、空気中で膨れ上がり、甘い調子の抑揚をつけて耳の中で鳴り響いた。

「ふーむ……地球の男をつれてきてくれたのですね、エイプリや。そう、地球人、しかもすばらしい男。わたくしのためにこの男をとっておいてくれて、うれしく思いますよ。じきにわたくしの元へ呼び寄せましょう。それまでは好きなように歩き回らせておきなさい。逃げられはしないのですから」

空気はまた静かになり、周囲にゆっくりと光が差してくるのがわかった。目に見える光源から広がる光ではなかったが、真の闇を和《やわ》らげて薄闇に変え、その薄闇を透かして周囲のタピストリーや深い艶《つや》のある柱、かたわらに立つエイプリの影を見分けることができた。やがて薄闇がさらに和らいで光が強くなり、じきにスミスは今いる場所の風変りで贅沢な調度に囲まれ、昼間の明るさの中に立っていた。

自分たちが通ってきた入口らしきものはないかと見回したが無駄だった。そこは磨《みが》かれた石でできた輝く柱の森の真ん中にある、小さな空地のような場所だった。柱の何本かにはタピストリーが張り渡され、華麗な襞《ひだ》をなして垂れさがっている。どちらを向いても見渡す限り柱が続いていて、そのはざまに彼方へと消える通路ができていた。ひしめく柱のあいだを抜けてこの場所へ来たのでないことは確かだった。柱の中を通れば気がついたはずだ。そう、スミスたちは石がちらばるヴォヌグの遺跡から、この空地めいた小部屋に敷かれた絨毯の上へじかにやってきたのだ——彼には見えない扉を抜けて。

スミスは娘のほうへ向き直った。円形の空地の端に沿って柱が並び、あいだに長椅子《ディヴァン》が置かれている。娘はその一つに腰を下ろしていた。大理石より色白で、予想通りきわめて美しかった。生粋《きっすい》の金星人の優しく切れ長な黒い瞳を持ち、唇には珊瑚《さんご》色を差し、黒髪は艶めく雲となって肩を覆っている。ぴったりした金星のローブは、薔薇《ばら》色のビロードの襞で体を包み、片方の肩を出したスタイルで、金星のドレスの例に漏れず、一歩おきに片脚がちらりとのぞくスリットが入っている。身にまとう女性をこれほど美しく見せるドレスもなさそうだったが、エイプリはドレスの力を借りなくても充分美しかった。スミスは淡い色の目に賞讃を浮かべて彼女を見つめた。

エイプリはその視線を無表情に受け止めた。あらゆる抵抗は彼女の中から消え失せたかのようで、顔は奇妙な疲労に青ざめていた。

「ここはどこだ」

エイプリはスミスを横目で見た。

「ジュリが牢獄として使う場所」どうでもよさそうにつぶやいた。「周りではジュリの奴隷たちが動き回っていて、彼女の宮殿の廊下があちこちへ伸びているんだと思う。うまく説明できないけれど、ジュリが望めばどんなことでも起こり得るの。わたしたちはジュリの宮殿の真ん中にいるのに、それに気づくことはできない。なにしろここから外に出る方法はないんだもの。わたしたちにできるのは待つことだけ」

「なぜだ」スミスは四方に伸びている柱のあいだの道を顎で指した。「あの向こうには何がある」

「何も。道はああやってずっと伸びている——歩いていくと、そのうちこの場所に戻ってくる」

スミスは上目遣いにちらりとエイプリを見て、彼女は実際のところ、どのくらい気がふれているのだろうと考えた。くたびれた青白い顔を見ても何もわからない。

「来い」しまいにそう言った「とにかく試してみる」

エイプリはかぶりを振った。

「無駄よ。ジュリは支度が整ったらあなたを見つけるわ。ジュリから逃れるすべはないの」

「とにかくやってみる」スミスはもう一度、頑《かたく》なに言い張った。「いっしょに来るか？」

「いいえ。わたしは——疲れたの。ここで待っている。あなたはどうせ戻ってくるし」

スミスはそれ以上何も言わずに背中を向け、絨毯敷きの小部屋を囲む柱の森へあてずっぽうに入っていった。ブーツの下の床は滑りやすく、鈍《にぶ》い輝きを放っている。柱もまた、磨かれた表面全体に光沢があり、あたり一面に広がる奇妙な光の中、影は一つも落ちていなかった。それゆえ、一つの次元が欠けているようで、輝く森の全体がやけに平面的な感じだった。スミスは断固として進んでいき、ときおりふり返って、自分が出てきた小さな空地めいた部屋から、まっすぐ遠ざかる道をとるようにした。部屋は背後で小さくなり、柱のあいだに紛れて消え、スミスは自分の足音の木霊《こだま》を聞きながら、果てしない森の中を歩き続けた。光沢のある柱の単調な連なりを乱すものはなかったが、やがて影のない風景の向こう、はるか前方にタピストリーが何枚か見えたような気がして足を速めた。少なくとも森の出口は見つけたのだと、はかない望みを抱いて。ようやくその場所にたどり着き、タピストリーを脇へ寄せると、スミスを迎えたのはエイプリの疲れたようにほほえむ目だった。スミスのたどった道は、いつのまにか逆戻りしていたのだ。

スミスは自嘲するように鼻を鳴らし、ふたたび背を向けて柱のあいだへ入っていった。今回は十分しかさまよわぬうちに、また空地に戻ってきた。三度目に試みたときは、十歩あまりしか進まぬうちに、足元で道がよじれて、出てきたばかりの部屋にスミスを放り込んだ。スミスがディヴァンの一つにどさりと腰を下ろし、眉根を寄せて淡い色の目でエイプリを見ると、彼女はほほえみを浮かべた。

「逃げ道はないの」エイプリはくり返した。「この場所は、わたしたちの知識にはない設計で作られているんだと思う。道筋はどれも円を描いてて、この部屋が真ん中にあるの。なぜって、境界があっても果てがないのは円だけでしょう? ちょうどわたしたちを囲むこの森のように」

「ジュリとは何者だ」スミスはだしぬけに訊いた。「ジュリとは何だ」

「彼女は──女神かもしれない。あるいは地獄から来た悪魔。あるいはその両方。彼女は光の彼方の場所から来た──説明はできないわ。彼女のためにドアを開いたのはわたしだと思う。ジュリに命令されてわたしは光を呼び出し、彼女はわたしを通じてその光の中をふり返るの。そしてわたしは気が──狂ってしまう!」

いきなりエイプリの目に絶望が燃え上がり、すぐに静まって、彼女の顔はいっそう白くなった。掲げた両手がかすかな虚しい動きをして、また膝の上に落ちた。エイプリはかぶりを振った。

「いいえ──完全な狂気じゃない。そんな逃げ道さえジュリは許してくれない。わたしが狂ったら、光を呼び出して窓を開いてやれなくなり、ジュリは故郷であるあの場所をふり返って見ることができなくなるから。あの場所は——」

「見ろ！」スミスは口を挟んだ。「光が——」

エイプリはちらりと目を上げて、ほとんど関心がなさそうにうなずいた。

「ええ。また暗くなっていく。これからジュリがあなたを呼び出すんだわ」

周囲の明りはすみやかに暗くなっていき、柱の森は薄闇に溶けて、長く伸びる道を暗闇が覆った。やがて何もかも曖昧になり、またしても暗い夜が訪れた。今回、二人は動かなかったが、スミスは繊細で名状しがたい動きを周囲にぼんやりと感じていた——闇のとばりの向こうで風景が移ろっているかのようだ。空気は動きと変化のせいで震えている。足元の床にさえ何かが起きているようだった。手で触れてわかる変化ではなく、言葉では言い表せない内部の変容が。

そのとき、またしても闇が薄れ始めた。ゆっくりと光が広がってきて、暗闇を和《やわ》らげ、やがてスミスは半透明の黄昏《たそがれ》の中に立ち、そのヴェールを透《す》かして周囲の様子がすっかり変化したのを見てとった。目の端にエイプリがいて、かたわらに彼女の荒い息遣いが聞こえるが、そちらへ顔は向けなかった。柱の森の風景は消えていた。彼がさまよった果てしない通路の群れは、四方にそびえる巨大な壁によって塞がれていた。

目を上げて天井を探していると、薄闇がまた昼の光に変わっていき、壁の驚くべき性質が明らかになった。太い帯状の奇妙な波模様が重なって二人を囲んでいるが、じっと見つめると、その帯は壁の表面に描いてあるのではなく、壁の不可欠な一部であり、重なるごとに希薄になっているとわかった。下のほうの帯は重たげで濃い色だが、上に行くにつれて淡くぼんやりとしていき、壁のなかばあたりでは、模様を描く煙を重ねたようになり、さらに上へ行くと、霧よりもはかなく、ほとんど目に見えない物質でできている。帯は高いところでは純粋な光の中へ溶けているようで、その光はあまりにもまばゆいせいで目を向けられなかった。

部屋の中心に、低くて黒いカウチがあり、そこに——ジュリがいた。見た瞬間、直感的にそうとわかった。その最初の瞬間、スミスには彼女の美しさしか目に入らなかった。ジュリは黒いカウチに横たわり、まばたきせぬ落ち着いた目でこちらを見つめている——そのなめらかで光り輝く美しさにスミスは息を呑んだ。次の瞬間、人間とは異なる点に気づいて、背筋が軽くぞくっとした——というのも、ジュリはあのきわめて古い、単眼の種族の一人であったのだ。その種族は歴史から消え去って久しいが、言い伝えや伝説の中ではいまだ根強く語り継がれている。単眼。ごく淡い色の澄んだ一つ目が、広くて色白な額の真ん中にあった。ジュリの目鼻と口は、人間のような三角形ではなくひし形に配されていた。低い鼻梁についている鼻孔は、斜めに傾いた繊細な形で、互いに遠く離れているため、別々の器官のようだったのだ。異様だがなぜか美しい顔の中で、もっとも奇妙なのは口だったかもしれない。それは完璧なハート形、誇張されたキューピッドの矢の形だが、人間の口ではなかった。その口は決して閉じなかった。美しい弧を描いて開いており、そこを縁取る唇は目を奪う深紅色だが、関節のない顎に固定されて動くことがなかった。カーブした開口部の奥に、縦溝のある赤い肉がのぞいている。

濃いまつ毛に囲まれた、一つきりの澄んだ瞳の上で、額から何かが見事な曲線を描いて後ろへ流れていた。どことなく羽毛に似ているが、地上のどんな鳥にも生えることのない羽毛だ。それは美しい虹色を帯び、ジュリが呼吸するかすかな動きにつれて、羽根の一本一本が震え、表面を色が流れている。

顔以外の部分については——そう、愛玩犬の姿が、レース用グレイハウンドのすらりとした優美さの戯画《ぎが》であるように、人間の姿は、蛇のように美しい彼女の肢体の戯画でしかなかった。人間のほうが間違いなくジュリの姿を真似している。ジュリが人間を真似しているのではない。ジュリのなめらかな曲線のすべてがきわめて正しく、何かの目的に沿って的確に形作られていた。スミスにはその目的は推し量れないが、直感的に、彼女はその目的に完璧にかなっていると認めた。

ジュリの全身のラインは流れるようだった。温血動物の動きというより、さざ波を立てて滑る蛇を思わせるしなやかさがあった。けれどその体は、温血であれ冷血であれ、スミスが見たことのあるどんな動物にも似ていなかった。腰から上は人間だが、腰から下は人間とはまったく違っている。それでもジュリは息を呑むほど優艶だった。彼女の下肢の異質な美しさを描写しようとすると、どうしても不気味な表現になってしまうが、たとえ名づけようのない形をしていても、どこまでも奇妙な顔立ちをしていても、彼女は少しも不気味ではなかった。

まばたきしない澄んだ目がスミスに向けられた。ジュリは黒いカウチの上にゆったりと横たわっていた。黒を背にした象牙の白、形容しがたいほど異様な肢体が、クッションの上に蛇の優雅さでくつろいでいる。スミスはその眼差しが自分を貫《つらぬ》き、脳の中の隠れた場所を残らず探り出し、自分があとにしてきた人生をさりげなく見渡すのを感じた。彼女の頭の上で羽毛に似たとさかがきわめて緩やかに揺れ動いた。

スミスはその視線をしっかりと受け止めた。変化を見せない顔には表情というものがなかった——ジュリはほほえむことができず、単眼に浮かぶ色はスミスには意味を持たないからだ。異質な顔立ちの奥にどんな感情が揺れ動いているのか、推し量るすべはなかった。口の動きが、気分を表すのにどれほど重要な役割を果たすか、スミスはこのとき初めて気がついた。ジュリの口は固定されて動かず、常にぴんと張ってハート形のアーチを描いている——竪琴《リラ》の枠のようだとスミスは思ったが、その口が言葉を話すことは決してないはずだ。というのも、関節がなく動かない顎に固定されたそんな口が、人間の言語を発することは不可能だからだ。

そのときジュリがしゃべった。スミスは衝撃に目をしばたたいたが、次の瞬間、彼女がどうやって不可能を成し遂げているかに気がついた。アーチ状の開口部の奥にある縦溝のついた組織が、ハープの弦のように振動していたのだ。そして先ほど耳にした震えるようなハミングがあたりに広がっていた。ハミングが強まり、膨れ上がると、かたわらでエイプリが抑え切れずに身震いしたようだったが、スミスは聞くことに夢中で、彼女の様子をはっきり意識してはいなかった。なにしろそのハミングには——そう、ハミングはまとまって、きわめて風変りな形で発話されるフレーズになっていくのだ。それはバイオリンの音色のように高く、得も言われぬほど甘い歌声だった。動かない唇で音を形作ることはできないため、彼女の発音はもっぱら、その歌声にさまざまな強弱をつけることで行われた。そんなふうに話される言語は多くないが、たとえば音楽的な金星雅語では、声の調子がきわめて重要で、発話される単語はいずれも、音の強さによって異なる意味を持っている。同じように、ジュリのハープのような口からさざ波のように発せられる、きわめて巧みに変化する音は、彼女が単語を一つずつ発しているかのように、くっきりした意味を持っていた。

そしてその音は、話される言葉よりも雄弁だった。そうやって歌われるフレーズは、なぜか聴覚以外の感覚に働きかけた。軽やかな調子で歌われる最初の音を聞いたときから、スミスはその声が危険だと気づいていた。その声は震え、わななき、愛撫してくる。ハープの弦を弾《はじ》く指のように、音に応える神経をさざ波のように上下する。

「そなたは何者です、地球人よ」神経をかき鳴らすものうげな声が訊いた。返事をしながらスミスは感じていた――ジュリはスミスのことなら、名前だけでなく、彼自身も知らないことまで知っているのだと。ジュリの目には、穏やかで、すべてを包み込むような知識が宿っていた。

「ノースウェスト・スミス」少しむっつりした声になった。「なぜおれをここにつれてきた」

「危険な男」歌声には嘲弄《ちょうろう》が潜んでいた。「そなたはヴォヌグの住民に人の血を与えるためにつれてこられたのです。けれども――そう、そなたはわたくしのためにとっておきましょう。そなたはわたくしにはなじみのない、多くの感情を知っているようですね。わたくしはそなたの熱い血を持つ強靭な肉体と一つになり、その感情を存分に分かち合いましょう、ノースウェスト・スミスや。アイーイーイー」――ハミングは恍惚としてむせぶように高まり、スミスの背筋に震えを走らせた――「そなたの血はどんなに甘く、熱いことでしょう、わたくしの地球人！　わたくしがそれを飲むとき、そなたはわたくしの法悦を分かち合うのです！　そなたはさだめし――いえ、急いではなりませんね。まずは理解してもらわなくては。お聞きなさい、地球の男よ」

ハミングは膨れ上がり、スミスの耳の中で言葉にならない咆哮と化したが、彼の精神はなぜかその音の中でくつろぎ、彼女の声を録音する樹脂盤のようにやすやすとたいらに均《なら》されていた。そうした妙に素直な気分で、スミスは彼女の歌を聞いていた。

「生命は重なり合う多くの次元に住んでいます、地球人よ。わたくしとて、理解しているのはその一部にすぎません。わたくしの次元はそなたらの次元と似通っていて、いくつかの場所でぴたりと重なっています。ですから、弱い箇所を見つけ出せば、次元のあいだの壁を破るのはたやすいことなのです。この都市ヴォヌグもそのような場所の一つ、二つの次元に同時に存在する町なのです。わかりますか？　この町は、ある謎めいた様式に沿って設計されましたが、その方法と目的は、それ自体、一篇の物語になっています。そうした設計のおかげで、わたくしの次元でもこちらの次元でも、ヴォヌグの壁や街路や建物は実体を持っているのです。けれど二つの世界のあいだでは、時間の流れが異なっています。こちらの時間のほうが速く流れるのです。こちらの次元とあちらの次元の風変りな同盟関係は、二つの世界の二人の魔法使いによって、まことに奇妙な形で実現しました。ヴォヌグはこの次元の人々によって築かれました――石を一つずつ、骨折って積み上げることで。けれども、あちらの世界の魔術師の魔法によって、わたくしたちには一つの都市が――完成した無人の都市が、彼の命令でふいに現れたように見えたのです。こちらの時間は、あちらの時間よりずっと速く進むのですから。

奇妙な一対をなす共謀者たちの魔法によって、ヴォヌグを築いた石は二つの次元に同時に存在しましたが、いかなる力を用いても、わたくしたちはこちらのヴォヌグの住民に接触できませんでした。二つの種族は同時にこの町に住んでいました。人間にとってこの町は、形も重さもない影にとり憑かれているように見えたことでしょう。その影こそ、わたくしたちだったのです。わたくしたちは人間を断片的にしか知覚できず、もどかしく思いつつも壁を破れずにいました。どんなに破りたいと願ったことでしょう。わたくしたちの精神はときおりそなたらの元に届いていたものの、肉体は決して届かなかったのです。

こうして月日は過ぎていきました。こちらでは時間の流れが速いため、こちらのヴォヌグはずっと以前に廃墟となり、見捨てられました。ですが、わたくしたちの知覚にとって、ヴォヌグはいまだ偉大でにぎやかな町なのです。いずれそなたにも見せてやりましょう。

わたくしがここにいる理由を知るには、わたくしたちの生き方の一端を知る必要があります。そなたらの種族にとって、生きる目的は幸福の追求なのでしょう？　けれどもわたくしたちの生はもっぱら、感覚を味わい、楽しむことに費やされます。わたくしたちにとって、それこそが食物であり、飲料であり、幸福なのです。それがなければ、わたくしたちは飢えてしまいます。肉体に栄養を与えるために、わたくしたちは生き物の血を飲まなくてはなりません。ですが生身の体が抱く感覚や感情に対する、わたくしたちの激しい飢えに比べたら、そんなことはささいな問題です。わたくしたちはそれを——肉体的にも精神的にも——味わう能力を、そなたらよりはるかに多く持っています。わたくしたちの感覚の幅は、そなたらの理解をはるかに超えています。けれどそれはわたくしたちには当たり前のこと、わたくしたちは常に新たな感覚、異質な感情を求めています。目新しい感覚を求めて、今までに多くの世界、多くの空間、多くの次元を襲撃してきました。そなたらの世界に侵入できたのは、少し前のこと――ここにいるエイプリの助けがあったからです。

よいですか？　入口がなければ、わたくしたちはここに来ることはできませんでした。ヴォヌグの建設以来、精神はここに入り込んでいましたが、わたくしたちが欲してやまない感情を経験するには、肉体的な接触、血を飲むことによる一時的な肉体の合一が不可欠なのです。長いことこちらに入り込む方法はありませんでした。ですが、ついにわたくしたちはエイプリを見出しました。以前から知られていたことですが、ときおり同胞にも理解しがたいほど幅広い知覚を持って生まれてくる者がいるのです。彼らは狂人と呼ばれることもあります。狂気のせいで、自分たちでは気づかぬほど危険な存在になることもあるのです。エイプリはわたくしたちの世界をのぞき見る能力を持って生まれました。彼女はそのことを知らず、己が自在に呼び出す光の正体を理解してもいませんでしたが、わたくしたちがこちらに入り込むための扉を無自覚のうちに開いてくれたのです。

エイプリの助けによって、わたくしは訪れ、エイプリの助けによってこちらにとどまり、夜の闇の中、人の血を吸わせるために他の者たちを呼び寄せているのです。わたくしたちの立場はこの世界では危ういため、いまだ人間たちに存在を明かしてはいません。わたくしたちは下等な人間から始めて、この食事に体を慣らし、人間への支配力を強めようとしています。公然と侵攻する準備ができた暁《あかつき》には、そなたらの抵抗に耐える充分な力をつけているでしょう。ともあれ、もうじきわたくしたちはやってきます」

カウチの上の、長く美しく形容しがたい肢体がうねって、軽くスミスのほうへ向き直った。ジュリの腕と下肢に走る、震えるような動きは水面のさざ波のようだった。ゆるぎなく底知れぬ視線が、スミスの目をまっすぐに見つめ、その声は力強く脈打っていた。

「すばらしい出来事がそなたを待っているのですよ、地球の男――そなたが死ぬ前に。わたくしたちはつかのま一つになるのです。わたくしはそなたの知覚をそっくり味わい、そなたが経験した感覚を吸いとります。わたくしはそなたに新たな領域を開き、そなたの五感を通じてそれを受け止め、未知の味を楽しみます。そなたの新鮮な味わいにわたくしが覚える喜びを、そなたも分かち合うのです。そなたの血が流れ出すにつれて、わたくしが味わってきた、あらゆる美、あらゆる恐怖、あらゆる喜びと痛み、そなたには名付けようのないあらゆる感情や感覚を、そなたもまた知ることができます」

ジュリの声のハミングが宥めるようにスミスの脳の中を巡っていた。彼女の言葉を聞いても、なぜかまったく危機感を覚えなかった。まるで遠い昔、別の人間の身に起きたことを語る伝説を聞いているようだった。声がまたしても、夢見るように、満足げに語り始めると、スミスは神妙に耳を傾けた。

「そなたは多くの危険を味わってきたのでしょう、おお、さすらい人よ。奇妙な物事を目撃し、人生は満ち足り、死は古い友人、そして愛は――愛は――その腕は多くの女を抱いたのでしょう?……そうではありませんか?」

耐えがたいほど甘い声が、ささやくようにゆったりと質問を響かせ、その質問には――声の高さと奇妙に鳴り響く音色には、有無を言わせず、抵抗しがたいものがあった。そしてまったく自発的に、記憶が心の表面に蘇ってきた。スミスは無言のまま思い出していた。

金星の乳白色の娘たちはいたって愛らしく、切れ長の目と温かい唇を持ち、その声の調子はまさに愛を奏でていた。そして火星の運河の娘たちは――珊瑚色の肌で、蜂蜜のように甘く、移ろう二つの月の下でささやいていた。地球の娘たちは剣の刃のように生気にあふれ、浮き浮きと笑ってはキスしてきた。それからほかの娘たちもいた。失われたアステロイドの、褐色の肌をした愛らしい蛮族の娘と、空を巡る星々の下、芳香に酔い痴れる短い一夜を過ごした。盗んだ宝石で身を飾り、熱線銃をベルトに差した宇宙海賊の娘は、火星の文明のはずれ、乾地の入口にある野営地で彼の元にやってきた。二つの月がよぎる空の下、運河のほとりの庭園宮殿には火星の薔薇色の娘がいた……そして昔、遠い昔、地球の庭で――スミスが目を閉じると、故郷の月が、高くもたげられた金髪の頭をふたたび銀色に照らし、穏やかな目が彼の目をのぞき込んで、震える口が言葉を――

スミスはわななく息を長々と吸い込んで目をあけた。淡い鋼色の目に感情は浮かんでいないが、深く埋もれていた最後の思い出は直前まで熱線のように燃えており、ジュリがその痛みを味わい、歓喜しているのがわかった。額から後ろへ流れる羽毛のようなとさかはリズミカルに震え、そこを流れる色は濃さを増し、めまぐるしく移り変わっている。静かな顔は変化していなかったが、まるでジュリもまた追憶に浸っているかのように、目の輝きが和らいだように思えた。

ジュリが口を開いたとき、長く続く笛の音のような声は、ささやきのごとくひそやかで、スミスは改めて、言葉を話す声よりも、その声のほうがはるかに雄弁だと気がついた。ジュリは軽やかに響く歌声に、血をかき乱す強さも、ビロードのように彼の神経を撫でる優しく豊かな震えも注ぎ込むことができた。スミスの全身が彼女の声の調子に反応していた。ジュリはハープを奏《かな》でるようにスミスを奏で、その声の深さと豊かさによって記憶の和音を引き出し、背筋をぶるぶると震わせ、血を脈打たせた。その声は肉体の反応を導くのみならず、心の和音もかき鳴らし、己と同じ思考を彼の中に呼び覚まし、己の意図する路《みち》へスミスを否応なしに送り込んだ。ジュリの声はこのうえなく純粋な魔法であり、スミスはそれに抗《あらが》いたいという思いすら抱かなかった。

「思い出は優しいでしょう――優しいでしょう？」ジュリは愛撫するように喉を鳴らした。「そなたが知る世界の女たち――その腕の中で横たわった女たち――そなたと唇を重ねた娘たち――覚えていますか」

震えながらスミスをかすめていく声は、紛《まぎ》れもなく眠りを誘い――彼はふたたびハープの弦に触れる指を思った――望みのままの旋律を引き出し、熱く甘美な炎のような言葉で彼の思い出をかき鳴らした。部屋はスミスの目の前で霞み、その歌声は時間を超越した空間へ軽やかに広がり、もはやフレーズによってではなく、言葉にならぬ脈打つような震えによって語っており、スミスの体はジュリが奏でる旋律の共鳴板にすぎなかった。

やがて眠りを誘うジュリの声は違う調子をとった。ハミングが変化してふたたび言葉になり、話されるフレーズよりもくっきりと、スミスの中を震えつつ駆け抜けていった。

「思い出の中のあらゆる女」――その声は歌った――「あらゆる女たちの中に、そなたはわたくしを見ているのです……そなたが思い出す一人一人の中にわたくしがいるのですから――あの小さな火花はわたくし――愛し愛されるすべての女はわたくし――わたくしの腕はそなたを抱き締めました――覚えておらぬのですか」

眠気を誘うそのささやきの中、スミスは思い出し、渦巻き騒ぐ血を通して、自分には理解しえない、隠された偉大な真実をおぼろに認識した。

ジュリの額のとさかはゆっくりと、けだるいリズムで震えており、豊かな色が目に心地よくその表面を流れていく――ビロードの紫、燃えさしの赤、炎の色と夕焼けの色。ジュリが言いようのない滑るような動きでカウチの上に身を起こし、両腕を差し伸べると、スミスは前へ出た記憶もないのに、いつのまにかジュリをかき抱いており、さし伸べられた腕は蛇のごとくスミスに巻きつき、ジュリの口であるハート形の穴が彼の唇をほんのつかのまかすめた。

そのとき、ひんやりしたものが走った。口づけは軽く、震えを含んでいた。アーチ状の固定された穴を縁どる薄膜が、彼の唇の上で繊細に振動したようだった――ハチドリの翼がかすめるような速さと軽やかさで。衝撃はなかったが、その接触と同時に、スミスの中で激しく暴れていたものがいきなり静まった。スミスは自分に肉体があることもほとんど忘れ果て、ジュリのカウチの端に膝をついていた。蛇のような腕が体に巻きつき、奇妙で美しい顔がこちらを見上げている。心の中になかば形作られていた反抗の核が一気に霧消した。ジュリの単眼はスミスの視線を引きつける磁石であり、スミスの淡い色の目がそれを見つめると、もはや視線をそらせる見込みはなくなった。

それでも、ジュリの目はスミスを見ていないようだった。その目ははるかな過去の、計り知れぬほど遠い何かを見つめて輝いていた。それだけを一心に見ているため、二人を囲む壁も、すぐそばにいるスミスも意識してはいなかった。スミスは澄みきった瞳をのぞき込んでおり、その奥では曖昧な姿がかすかに動いていた。今までに見たこともないようなものの像である、異様な形と影が。

スミスはその場で屈み込み、身をこわばらせ、ジュリの目の中で動く影に視線を釘付けにしていた。細く高いハミングがジュリの口から笛の音のように漏れて、その単調な音色は彼の意識のすべてを一本のまっすぐな路《みち》へ送り込み、その路は追憶にふける彼女の目のおぼろな深みへと続いていた。今や過去は、その目の奥でいちだんと明瞭に動き回っており、さらに遠い過去を覆う薄闇を背景に、名づけようのないものの姿がゆっくりとうごめいていた。

やがて、あらゆる形と影は混じり合って真空のような暗闇と化し、ジュリの目はもはや明るく澄んではおらず、太陽のない空間よりも暗く、いよいよ深さを増し……スミスの感覚を惑わす、目の回るような深淵となった。スミスは圧倒的な眩暈に襲われてよろめき、いつしか現実の手掛かりを失い、その暗闇の底知れず計りがたい淵の中へ、猛スピードでまっさかさまに落ちていった。

スミスの周りで星々が回転し、ビロードの暗黒を走る光の筋は、真の暗闇の中、触れることもできそうだった。やがてその光がゆっくりと落ち着いていき、眩暈も治まったが、高速の移動は止まらなかった。スミスは瞬かぬ星のような不動の光点が燃える闇の中を、風よりも速く運ばれていた。徐々に自分の状態を意識すると、もはや肉体がないことがわかったが、驚きはなかった。スミスは人間としての実体を持たず、ぼんやりと拡散しており、それでいて明確な縦横と厚みを持ち、人間の体よりも自由で、しなやかで、煙のように軽い存在となっていた。

スミスは新しく鋭敏な目にもほとんど見えない何かに乗って、星のちらばる闇を抜けていった。人間ならこの闇の中では何も見えないはずだが、スミスの目は塞がれておらず、はっきりと周囲が見わたせた。彼の目はものを見るために、光以外の何かを利用しているのだ。だがスミスが乗っているこの曖昧なものは、闇を見通す彼の鋭い目でも、漠然とした形しかつかめなかった。

それはふっと目に映っては薄れ、また現れるため、大体の輪郭しかわからなかったが、ある形をしていたかと思うと、また別の形になり、たいていは何か途方もない怪物の姿をしていた。怪物は天を覆う翼と、信じがたい長さに伸びたしなやかな体を持っている。とはいえ、それが本当はそんな姿をしていないことが、なぜかスミスにはわかっていた。それは名前のない力が、なかば目に見える形で現れたものなのだ。星の輝く闇の中、長くうねる波や潮となって流れていき、流れるにつれて幻想的な形をとる力。そうした形はある程度、観察者の脳によってコントロールされており、スミスは闇に浮かぶ漠然とした輪郭の中に、自分が予想する姿を見出していた。

その力はスミスを宙に浮かせており、ワインよりも酔わせる、くらくらするような高揚感を与えていた。スミスは長い弧を描き、急降下して、星をちりばめた夜の中を疾走していった。自分でもどうやっているのか判然としないが、進路はコントロールできるとわかった。あたかも、ぶつかりあう流れの中に翼を広げ、休めたり羽ばたかせたりして、鳥よりも楽々と空中を進んでいくかのようだ――しかし彼は、自分の奇妙な新しい体に翼はないとわかっていた。

スミスは闇の中を流れる見えない力に乗って、長いこと疾走し、カーブし、滑空して、飛行の喜びに陶然とし、眩暈を覚えていた。星をちりばめたこの虚空には上も下もなかった。スミスは重さも肉体もなく、非現実の翼に乗って気流を切り裂いていく楽しげな幽霊だった。暗闇にまき散らされた光点は、かたまったり、たなびく帯になったり、見慣れぬ星座を形作ったりしている。それは本物の星々のように遠くにあるわけではなかった。というのも、スミスはときおり光点の群れの中に突っ込み、濃く泡立つ海に飛び込んで浮上してきた者のように、息を切らして出てきたからだ。それでも、光に触れることはできなかった。そのさわやかな感覚は肉体が味わっているのではなく、星のような光点も現実ではなかった。スミスはそれを見ることができるが、それ以上のことはできない。星々は遠く離れた次元にある何かの影のようで、密集する星雲をまっすぐに突っ切っても、ただ一つの星さえ乱れなかった。スミスはむしろ、彼自身の体を煙のように散らして星々の中を通り抜け、息を切らし、すっきりした気分で先へ進んでいった。

暗闇を渡っていくと、そうした光点の集まりの中、どこかで見たような配置が気になり始めた。スミスの知っている星座……あれはまさしく天空を闊歩するオリオンだ。ベテルギウスの赤くぎらつく瞳、リゲルの冷たく青い炎が見えた。その向こう、闇の深淵をいくつか越えた先に、二連星のシリウスが回転している。黒を背にした青白色。太いきらめきの帯の中心にある赤い輝きはアンタレスに違いない。それを包み込む無数の星々の集まり——あれは間違いなく銀河系だ！　スミスは自分を支える流れに乗って向きを変え、目に見えない大きな風切り羽を傾かせ、銀河系の星々の泡の中へ突っ込み、空間を一気に越える飛行能力に陶然とした。一度の急降下で十億光年を進み、長く鋭いカーブを描いて宇宙を滑空する。故郷の惑星たちが巡っている小さな太陽を探したが、自分が突き進んでいく光の荒野の中には見つけられなかった。見えないほど小さな光点の上に肉体があると意識しつつ、この果てしない闇にひしめく星座の中を無頓着に舞い上がり、時間も空間も物質のあり方も無視していると、眩暈がするほどの喜びを覚えた。スミスが飛んでいるのは、距離や大きさが彼の知る尺度では測れず、それでも暗闇の上に見慣れた銀河の影が映っている、空気のような次元に違いない。

上昇するコースをとったスミスは、見覚えのある星々の彼方へ飛んでいき、途中にある闇の深淵を超え、輝点をちりばめた別の宇宙に入っていった。そこの星座は空一面に、きらきらした見慣れぬ模様を描いていた。やがてスミスは一人きりではないと気がついた。ほかの姿がいくつか、闇の中に幽霊じみた輪郭を浮かべ、宇宙を突き進んでいく。流れる力に乗って長いカーブを描き、濃霧のように集まった綺羅星の中へ飛び込み、星の輝きに飾られてそこを突き抜け、ふたたび暗闇に弧を描いて舞い下りていく。

そのときスミスは、高揚感が薄れていくのを覚えて残念な気持ちになった。彼を引き戻そうとする力と戦い、陶酔をもたらす新鮮な喜びにしがみついたが、目に映るヴィジョンは意に反して薄れていき、星座も消えていった。暗闇がふいにカーテンのように巻きとられ、スミスは奇妙な壁に囲まれたジュリの部屋にいきなり戻っていた。スミスはふたたび実体を持つ人間であり、ジュリの美しく信じがたい肢体が体に押しつけられ、魔法のような声がまたしても頭の中に鳴り響いていた。

今ジュリが歌っているのは言葉のないハミングだが、高さを過たず選ぶことで、彼女の思い通りの神経に働きかけていた。スミスの心臓は激しく打ち始め、息遣いは荒くなり、戦いの音が耳に響いてきた。その歌はワルキューレの戦歌で、スミスは戦いの物音、奮闘する男たちの叫びを聞き、肉の焼けるにおいを嗅ぎ、熱線銃を撃つ反動を手の中に感じた。戦いのあらゆる感覚がスミスをでたらめに包み込んだ。スミスは煙と塵埃《じんあい》にまみれ、血のにおいを嗅ぎ、熱線銃による火傷《やけど》の痛みと肉に食い込む刃を感じ、汗と塩からい血を味わい、異星人の顔に拳を叩き込む感触を思い出し、長身のたくましい体に漲《みなぎ》る力に高揚を覚えた。ジュリの歌の魔法によって、戦いの荒々しい興奮が、次第に高まる波となって身の内に燃え上がった。

やがてそれはますます強く、激しくなり、肉体の感覚は完全に消失し、残るのはただ魂を消耗する恍惚感のみとなり、今度はそれが強まって、スミスはもはや固い地面に立ってはおらず、ふたたび虚空を漂い、肉体とは完全に分離した純粋な感情と化していた。深すぎる恍惚感によって上へと運ばれ、己に備わったどんな感覚でも届かぬほどの高みへ昇っていくと、周囲で虚空がぼんやりした形をとった。スミスはしばらく、異様な形と意味を持つ、曖昧な影の中を漂っていた。己が到達した夢幻境を満たす霧のようなものをかすめるたびに、その感触が軽いおののきをもたらし、静かな喜びをかき乱した。霧は次第に速さを増して押し寄せ、やがてせめぎ合う恍惚と戦慄が交差し、小さな波を盛り上げ、激しく混じり合って、静かだった心に波紋を起こし——

すべてがくらくらと回転し、スミスは息を呑むほどの唐突さで、ふたたびジュリの抱擁に身を預けていた。彼女の声はスミスの脳の中に軽やかに響いていた。

「なんと新鮮だったこと！　あれほどの高みへ行くのは初めてです。いいえ、あのような境地が存在するとさえ思いませんでした。けれどあれほどの恍惚に、そなたはこれ以上耐えられなかったでしょう。まだそなたを死なせるわけにはいきません。今度は恐怖の歌を歌うとしましょう……」

スミスの全身にハミングを浴びせる声が、脳に震えを送り込むと、眠っていたおぼろな恐怖が身じろぎし、スミスの意識のいちばん深いところで、目覚めを促す歌に応えてぞっとするような頭をもたげた。恐怖がスミスの神経にさざ波を立て、ふたたび周囲が薄暗くなって、スミスは名状しがたいものから逃れようと、狂気の果てしない道を走っており、そのハミングはどこまでも彼を追いかけてきた。

そうしたことが続いていった。スミスは感情のあらゆる領域をくり返し味わった。今まで存在するとも思わなかった生き物が持つ、奇妙な感覚を分かち合った。いくつかは知っている感覚だったが、たいていは予想もつかない感覚だった。遠いどんな世界から彼らの感情がくすねられ、ジュリが呼び出す日まで彼女の中に蓄えられていたのか——それもまた見当がつかなかった。

そうした感情は、次第にスピードを増して訪れ、めまぐるしく連なってスミスに押し寄せてきた。未知の感情、既知の感情、奇妙な感情、血も凍るほど異質な感情、いずれも彼の脳を入り乱れて駆け抜けていき、一つの感情が意識の表面をかすめたかと思うと、それが次の一つと混じり合い、その二つが三つ目と混じり合った。スピードはなおも速くなり、ついに狂気じみた激情のすべてが混然一体となって途方もない強さになり、それは人間の体には受け止めきれなかったに違いない。というのも、混乱が続くうちに、スミスは現実にしがみつけなくなり、自分を拉致する力に乗って、巨大で安らかな虚無の中へ飛んでいったのだ。その虚無は暗黒の安息《ニルヴァーナ》の内にあらゆる不安を包み込んでくれた。

計り知れぬ時間が過ぎたあと、スミスは覚醒しかけていると気づき、弱々しく抵抗したが無駄だった。癒しの夜の中に光が広がっていき、頑《かたく》なに拒んでも抗いきれなかった。肉体が目覚める感覚はなかったが、目をあけなくても、今までになくはっきりと部屋の中が見え、そこにある奇妙な調度の周囲に小さな光の虹がかかっているのも、エイプリの姿も——

そのときまでエイプリのことは忘れていた。だが、目だけに頼らぬこの奇妙な知覚によって、自分がジュリの腕にもたれているカウチの前に、エイプリが立っているのが見えた。エイプリは身を固くして立ち、反抗心ゆえに絶望の表情を浮かべ、目には苦悩を湛《たた》えていた。明るい後光のような光が全身から広がっていた。エイプリは白熱する松明《たいまつ》であり、そのまばゆさは次第に強まって、彼女から差す光は手でさわれそうなほどになった。

光がエイプリの周囲で膨れ上がると、スミスの体に密着しているジュリの肢体の中で、歓喜が深くゆらめくのがわかった。ジュリは光に耽溺し、ワインのごとくそれを飲んでいた。ジュリにとって、それは本当にさわれる光であり、スミスもまた、この新しく奇妙な知覚によって――彼女と同じものを見てとる力によって――それを認識しているのだ。ふつうの目ではその光は見えなかっただろうと、スミスはなぜか確信していた。

ジュリの住む異世界への扉を開いた光に関する話を、スミスはぼんやりと思い出していた。カウチがもはや自分の体を支えていないとわかったときも驚きはなかった。スミスには体がなかった――重さもなく宙に浮かび、肉体の力とは異なる、ジュリの腕の怪しい力でいまだ抱き締められており、奇妙な帯を重ねた壁は、周囲で下へさがっていく。自分が動いているという感覚はなく、壁が下へ移動していくように見えた。スミスはふわふわと漂って、重なる霧の帯のそばを越えていき、帯はたちまち明るく希薄になって、やがてスミスは壁の頂《いただき》を囲む目もくらむ光に包まれていた。

天井はなかった。周囲の光は炎のようにまばゆく、その炎の中でごくゆっくりと、ごく曖昧に、ヴォヌグの街路が形をとり始めた。金星の小島にかつてあったヴォヌグではなかった。立ち並ぶ建物は、今は遺跡がある場所にかつてそびえていたものと同じだが、眺望にかすかなゆがみがあるため、この都市が彼の住む次元とは別の次元にあることは、仮に彼がそれを知らなかったとしても、はっきりわかったに違いない。光り輝く都市の中にときおり、蔓に覆われた遺跡がちらりと見えるような気がした。壁は目の前で一瞬ゆらめいて砕けた石塊に変わり、舗道は苔《こけ》むして瓦礫が散らばっている。だがすぐにその幻は薄れて、壁はふたたび無傷でそびえている。それでもスミスには、二つの世界を薄く隔《へだ》てるヴェールを透かして、己の次元のヴォヌグに残った遺跡が見えていたのだとわかった。

それは、二つの世界の必要に同時に応えて築かれたヴォヌグだった。スミスは完全には理解できぬまま見てとっていた――人の目には何の意味もない、奇妙に傾いた建物やよじれた街路は、滑るように進んでいく住民のために築かれたのだと。舗道にはおかしなメダイヨンが配されていた。とうに死んだ魔術師たちが、二つの次元をこの交差地点に固定するために設置したものだ。

ちらちらとゆらめく不安定な街路に立ち、スミスは自分を闇の中でつかんだのと同じ生き物の姿を明るい光の中で初めて目にした。それは間違いなくジュリの一族だったが、このときわかったのは、ジュリが彼の世界に住むために姿を変え、やむを得ず通常より人間に近い形をとったということだ。ヴォヌグの怪しく変容した街路を滑る生き物は、一目見ただけで人間とは異なるとわかった。それでも彼らは、スミスには想像も及ばぬ崇高な目的に絶妙な形でかなっているという奇妙な印象を、ジュリ以上に強く与えた。人類は完璧な比率を持つ彼らの姿をめざし、失敗したのかもしれない。というのも、人間の中に獣の気配があるように、彼らの中には人間の気配があるのだ。ジュリの説明では、彼らは感覚を食らう者にすぎず、飢えを満たすことのみを考えているようだった。しかしその完璧で形容しがたい体を見ていると、彼らがこんなに美しく作られたのは、単にそれだけのためとは思えなかった。その究極の目的が何であるかスミスが知ることはないだろうが、それが単なる感覚面での充足であるとは信じられなかった。

光り輝く群衆が、スミスのそばを過ぎて通りを進んでいった。景色全体が不安定で、ときおり大きな裂け目ができ、そこからもう一つのヴォヌグの遺跡がのぞいていた。そしてこの、美しく不安定な風景の中で、スミスはときおりエイプリの存在に気がついた。苦悩し、身を固くして、彼の道を照らす生きた松明。エイプリは異次元のヴォヌグにも、遺跡のヴォヌグにも存在せず、そのはざまの彼女だけの次元に浮かんでいる。スミスが動いていても止まっていても、エイプリは常にぼんやりとそこにいて光を放ち、反抗心をのぞかせ、苦悩する目の奥に、怪しく控えめな狂気の影を宿している。

目の前にあるものがあまりに異様なため、スミスはエイプリにほとんど注意を払わなかった。彼女のことをしっかり考えていないと、エイプリは意識の奥のぼんやりした染みのように見えるとわかった。それは頭がおかしくなりそうな感覚だった――重なり合う次元を意識するというのは。ときおり突発的に、精神がそれを把握することを拒んで、何もかもつかのま無意味に揺れ動くが、スミスはすぐにまた制御をとり戻すのだった。

ジュリがかたわらにいた。そっちを向かなくても姿が見えた。スミスはきわめて多くの異様で不可解な方法により、きわめて多くの奇妙なものをここで見ることができた。自分自身を夢よりも非現実的なものと感じていたが、ジュリのほうは、もう一つのヴォヌグでまとっていたのとは別種の実体をまとい、しっかりとしてゆるぎなかった。ジュリの姿もまた変化していた。ほかの住民と同じように、人間的なところが少なくなり、ますます形容しがたくなり、以前よりもっと美しかった。ジュリの明るく底知れぬ目が、澄み切った視線を彼に向けた。ジュリは言った。

「これがわたくしのヴォヌグです」彼女のハミングは、スミスという煙のような幻を、震えながら無理やり通り抜けるようだったが、彼女の言葉は、もはやそれを運ぶあの疑似言語など必要とせず、脳から脳へとじかに伝わる、新たな形をとっているようだった。スミスはそのとき、ジュリの声の主な目的は意思疎通ではなく、催眠だと気がついた——鋼や炎よりも強力な武器だ。

ジュリは今や向きを変え、タイル敷きの通りを進んでいった。あの驚くべき下肢で流れるように優雅に滑っていくのだ。スミスは気がつくと、抗いがたい力に引き寄せられ、彼女のあとを追っていた。煙のように実体がなく、独力では移動することもできず、ジュリの影のようになすすべもなく追いかけていく。

前方の街角では、いまだ目に入らぬ目的地へ大勢の住民を運んでいく流れの中、言いようのない姿をした一団が立ち止まっていた。ジュリが近づくと彼らはふり返り、表情のない目を、おぼろな影のごとく彼女につきしたがうスミスに向けた。ジュリと彼らのあいだに言葉は交わされなかったが、次第に敏感になるスミスの脳は、空中を素早く行き交う思考のかすかな木霊を受けとった。スミスは当惑したが、すぐに彼らの意思疎通の方法を見てとった——額から後ろへ流れる、あの美しい羽毛のようなとさかを使っているのだ。

それは色による会話だった。とさかが絶え間なく震え、地球人の目に見えるスペクトルをはるかに超えた色が、めまぐるしく連なってその表面を流れていく。そこにリズムがあることに、スミスはゆっくりと気づいたが、ついていくことはできなかった。彼らの思考のとりとめのない木霊は捉えることができたので、色の調和は、それを生み出す二つの心の調和をある程度映しているとわかった。ジュリのとさかはふいに金色を帯びて震えたが、ほかの者たちのとさかは高貴な紫だ。金色の中を緑が流れ、ほかの者たちの紫には甘い薔薇色が溶け込んだ。だがそのすべては、追いつけないほど素早く起こっていた。何が起きているのかわからないうちに、スミスの心の中に響く思考に不和が生まれ、ジュリのとさかはオレンジ色に輝き、ほかの者たちのとさかは怒りの緋色に染まった。

彼らのあいだに暴力的な感情が芽生えていた。きっかけはわからなかったが、彼らの諍《いさか》いの断片が、それぞれの話者から発してスミスの心をかすめ、すさまじく不調和な色がとさかにさざ波を立てた。ジュリのとさかの上で、明白に怒りを表すいくつもの色が、濃く薄く流れるように移り変わった。ジュリは空気を震わせて背中を向け、スミスを引きつれてその場を去った。

ジュリが突如として、こんなにも激しい怒りに見舞われた理由は判然としないが、スミスは彼女の熱い怒りの木霊が自分の心を震わせているのを感じた。ジュリは姿が霞《かす》むほどの速さで街路を進んでいき、とさかは素早いスタッカートを刻んで震えていた。

怒りのあまり、どちらへ向かっているのか気づかなかったのだろう、ジュリは街路を進む群衆の中にまっすぐ飛び込んでしまった。そこから抜け出すより早く、力強い流れが彼女を呑み込んだ。ジュリは群衆に加わるつもりはなく、スミスには彼女が激しく抗っているのがわかった。抜け出そうとする努力が無駄になると、ジュリの怒りは高まり、ののしるような色が、震えるとさかの上で荒れ狂った。

しかし群衆の怒濤のような勢いは強すぎた。ジュリとスミスは、奇妙に傾いた建物の列を過ぎ、模様のある舗道を抜けて、前方の家々のはざまにちらちらと見えてきた広場へと、なすべもなく運ばれていった。広場にたどり着くと、そこはすでに満員に近かった。とさかを持ち、滑るように動く生き物が列をなしてひしめき、単眼の顔、動かぬハート形の口を中央の壇上にいる姿に向けている。スミスが壇のほうを向いたとき、ジュリの中で憎しみが震えるのがわかった。壇上に立つ者は、ジュリの美しく形容しがたい姿にさえ見られない、穏やかで威厳ある物腰を備えているようだった。数百人の群衆は身を寄せ合い、目をそらさず、とさかを震わせて待っていた。

広場がいっぱいになると、壇上の指導者が波打つ腕を掲げて静聴を求め、群衆はぴたりと動きを止めた。羽毛のようなとさかが壇上を向いた顔の上で静止した。やがて指導者のとさかが奇妙なリズムで震え始め、すべての聴衆の頭上でもアンテナのようなとさかがそれに合わせて震え始めた。鳥の羽に似た指導者のとさかのあらゆるさざ波が、聴衆によって余さず再現された。そのリズムは心を深く揺さぶる性質を持ち、どことなく行進の足どりや一糸乱れぬダンスを彷彿とさせた。今やとさかの動きは速さを増し、指導者のとさかを走る色を群衆の色が模倣していた。反対色や補色で対抗する者はなく、群衆の列は指導者の調和のとれた色の連なりをどこまでも正確に追いかけていた。指導者の思いは彼らの思いだった。

スミスの目の前で、中央に立つ指導者のとさかを、このうえなく優しい薔薇色が震えるように駆け抜け、深紅へと変わり、豊かな色合いをみるみる濃くして赤外線の色となった。色だけによる雄弁さは高まっていき、スミスは理解できないながらも、その様子に胸を動かされた。指導者の雄弁さが群衆の心を震わせるにつれて、彼らの中に強い感情が高まっていくのがわかった。

スミスにはその感情を分かち合うことも、起きていることの一部を理解することもできなかったが、見ているうちにゆっくりとわかってきたことがあった。彼らには気高い輝きがあった。この生き物は、ジュリが言ったような、感覚に飢えた生来のヴァンパイアではなかった。スミスの直感は正しかったのだ。一つの感情に結ばれた彼らを見れば、今彼らを動かしている崇高な情熱を見逃すことはあり得なかった。ジュリは彼らの中でも堕落した存在に違いない。彼女とそのとり巻きは、この測りがたい者たちの一面を表しているかもしれないが、それは下劣な一面であり、多数派の中で力を持つことはないのだ。というのも、この一団には高潔さが感じられるからだ。それは指導者を夢中で崇めている群衆から発し、スミスの眩惑された脳を震わせていた。

そのことを知って、ふいに彼の中に反抗心が湧き上がってきた。己を無力にしている女主人への怒りが目覚め、スミスの精神がぴんと張り詰めた。その緊張を感じとったのか、ジュリがふり向くのが見えた。とさかにはいまだ怒りが燃え、単眼はかすかに赤く輝いている。動かない唇から憤然とした鋭い音が聞こえ、名づけようのない色がさざ波となってとさかに押し寄せ、熱線銃の一撃のように燃える怒りをはっきりと表した。心を一つにして熱狂する群衆と、演説者の発するメッセージのどこかに、怒りの炎をあおるものがあったに違いない。というのも、虜囚の内に反抗心がきざすが早いか、ジュリはふいに自分をとり巻く群衆に背を向け、身を揺すって抜け出そうとし始めたのだ。

群衆はジュリの存在に気づかず、彼女に押しのけられるのも感じていないようだった。すべての目が指導者に熱く注がれ、すべての羽毛めいたとさかが指導者と一致した動きで震えている。群衆は指導者の雄弁さによって忘我の一団と化していた。ジュリはだれの目も惹かずに混み合った広場から抜け出した。

スミスは影のように彼女のあとを追った。反感はあったが、どうしようもなかった。ジュリは怒れる風さながら、斜めに走る道を進んでいった。スミスには、一瞬ごとに燃え上がっていく彼女の猛烈な怒りは理解できなかったが、心の中で漠然とした推測が形をとっていた。とさかのある演説者が群衆に及ぼした影響を見て感じたことは正しかったに違いない――ジュリはまさに堕落した存在で、ほかの者とは不仲であるがゆえに、ことさら激しく彼らを憎んでいるのだ。

ジュリはスミスをつれて無人の通りを進んでいった。通りの壁はときおりゆらめいて、緑に包まれた遺跡に変わり、ふたたび元の姿に戻った。遺跡自体も妙にちらついているようだった。光と闇がかわるがわる押し寄せて遺跡を包んでいるのだ。ふいにスミスは、この次元では己の次元より時間がゆっくり流れるのだと思い出した。彼は今、年を経て遺跡と化したヴォヌグを過ぎる昼と夜を目撃しているのだ。

ジュリとスミスは妙に角《かど》張った形の中庭にやってきた。中に入ると、忘れかけていた心の奥の染み――エイプリがふいにまばゆく燃え上がり、彼女から発する光が外の光よりも強い輝きであたりを包んでいるのがわかった。エイプリの姿がぼんやりと見えた。彼女だけの奇妙な次元にいて、中庭のちょうど真ん中に浮かび、介在する次元のヴェールを透かして、苦悩する狂気の目でこちらを見つめている。中庭には、ジュリに似た姿がのろのろとうろついていた。彼らのとさかの色は鈍く、目もどんよりしていた。真実に気づいてしまった今、スミスには、ジュリ自身も広場に集まっていた群衆のような透明で輝かしい美しさは持っていないとわかった。ジュリには曰く言いがたいくすみがあった。

ジュリと影のような虜囚が中庭に入っていくと、あてどなく動き回っていた者たちは、ふいに生気をとり戻した。鮮血の緋色がジュリのとさかを走り、ほかの者たちもとさかを同じ色に染め、どこか卑猥で貪欲な調子で羽毛を熱心に震わせた。このとき初めて、鈍っていた意識に恐怖が芽生え、スミスは心の底で虚しく身悶《みもだ》えして、自分を囲む飢えた者たちから逃れようとした。群れは今やとさかを震わせ、大きく弧を描く口をひくつかせ、期待のせいか唇の深紅色を濃くして、こちらへ押し寄せてくる。彼らは実に奇妙な様子をしているが――のたくる体と異様で見慣れぬ顔をしているが――獲物に押し寄せる飢えた狼のようだった。

だが、彼らがスミスの元にたどり着くより早く、何かが起こった。ジュリが稲妻の速さで動き、スミスは強烈な眩暈に襲われた。周囲の壁がちらついてかき消えた。エイプリも消え、光がまばゆく燃え上がり、周りの世界が重さなどないように移ろっていくのがわかった。見覚えのある風景がひらめいては消えた――彼が目覚めた暗い遺跡、雲の壁に囲まれたジュリの部屋、柱の森、この奇妙な形の庭、すべてが一つに溶け合い、霞み、薄れていった。それが消え去るより一瞬早く、肉体を持たないスミスの霧のような姿に、人のものではない手、稲妻の衝撃を与える手が触れるのが、まるで遠い出来事のように感じられた。

時間を超越した瞬間、このすべてが起きている最中、自分が何かよくわからぬ目的のために、狼の群れからとり上げられたのだと気がついた。そしてまた、エイプリの話が本当だったこともわかった――あのときスミスは彼女の気がふれていると思ったのだが。きわめて不可解なことに、これらの風景はすべて一つのものなのだ。それは同じ時間、同じ場所を占めている――遺跡のヴォヌグ、ジュリの知るヴォヌグ、闇の中でエイプリと会って以来、スミスが見てきたあらゆる場所――それらは重なり合った次元であり、その重なりを利用して、開いたドアを通じるように、ジュリがスミスをひっぱり寄せたのだ。

そのとき彼は、自分の中の言いようのない感覚に気がついた。肉体に力が戻ってきて、彼を閉じ込めていた霧のようなものは薄れていった。スミスは目をあけた。何かが重いとぐろを巻いて体に密着している。痛みが心臓をさいなんだが、そのときは自分をとり巻く光景に呆然としていて、痛みに構ってはいられなかった。

スミスが立っているのは中庭の遺跡の中だった。かつて、遠い昔、ここは彼が一瞬前にあとにしてきた中庭だったのだろう——いや、あとにしてきたのだろうか？ というのも、あの中庭もまた彼をとり巻き、遺跡の中にちらついて、消え失せたはずの輝きをのぞかせているのだ。スミスは夢中で周囲を見回した。そう、同じものである崩れた壁とそびえる壁を透かして輝き、ちらちらと見えているのは、彼がさまよったあの柱の森だ。そして柱と重なって存在し、それと一体なのは、彼がジュリと会った霧の壁を持つ部屋だ。それらはすべてここにあり、同じ時間、同じ空間を占めている。世界は周囲でぶつかり合う次元の混沌だった。さらに別の風景もあり、それらと混じり合っているが、スミスには見覚えのない場所ばかりだった。そしてエイプリは、苦悩し、白熱するエイプリは、怪しくからまり合う世界の中から狂った目で見つめてきた。理解しえず信じがたい光景に、脳はぐらつき、吐き気をもよおした。

周囲では、ごたまぜになった二十の次元の中を、異様な姿がうろついていた。その姿はジュリに似ていた——が、似ていなかった。あのもう一つのヴォヌグでスミスのほうへ迫ってきた者たちに似ていた——が、そっくり同じではなかった。彼らは変貌し、獣に近くなっていた。光り輝く美しさは濁《にご》っていた。比類なく優雅な物腰は鈍り、動物の不器用な動きと化していた。

とさかは醜い深紅に燃え、澄んだ目は今や盲目的な激しい飢えのせいで曇っていた。そいつらはスミスの周囲をぎこちなく滑るように動き回っていた。

このすべてを、スミスは目をあけた直後に見てとり、それから目を落とした。心臓をさいなむ苦痛とからみつく腕を初めてはっきりと意識したのだ。ふいにその苦痛が熱線のように突き刺さり、スミスは目にした衝撃的な光景に気分が悪くなった。ジュリがスミスに密着し、貪欲に巻きついてくつろいでいるのだ。ジュリの目は閉じられ、その口はスミスの左胸、心臓のある場所にしっかりと吸いついていた。頭のとさかは根元から先端まで長々とみだらに震え、およそ色彩の内にある、あらゆる濃さの深紅と緋色と血のような薔薇色がその上を流れていた。

悪態と祈りの中間のような言葉をかすれ声で吐きながら、スミスは震える手でジュリの腕をもぎ離し、夢中でその肩を押しのけ、自分に吸いついて苦痛を与える口を引きはがそうとした。口が離れると、血が噴き出してきた。大きな目が開いて、虚《うつ》ろに曇った眼差しで彼の目を見上げた。だがすぐに曇りは晴れ、虚ろだった目はぎらつき、その奥には灼熱の業火が燃えさかって、ジュリの内の言い知れぬ地獄を照らしていた。ジュリのとさかがぴんと立ち、怒りに赤く燃え上がった。今や朱色に濡れたアーチ状の口から、高く、細く、神経をかき鳴らすハミングがほとばしってスミスをさいなんだ。

その音は、擦りむいた肌を打つ針金の鞭のようだった。スミスの脳の中心に食い込み、震える神経をのこぎりで引いて、耐えがたい苦痛を与えた。その声に鞭打たれつつも、スミスはからみついてくる腕をふり払い、石畳の上をよろよろと進み、劫罰のような甲高いハミングから逃れようとやみくもに駆け回った。周囲で混沌が回転し、風景が移ろって一つに溶け合い、見ていると気が狂いそうだった。胸からは血が流れ続けている。

目もくらむ苦痛の中、世界がほどけて刺すような痛みに変わる中、一つのものだけがくっきりしていた。燃えるようなあの光。ゆるぎない炎。エイプリ。スミスは交差し入り乱れる次元の、硬い壁や柱や建物の中を抵抗もなく突き抜けていったが、ついにエイプリの元にたどり着くと、彼女は手でさわれる実体を持っていた。彼女の引き締まった体に触れると、神経を揺さぶる鋭い苦痛の中から、一片の理性が浮かび上がってきた。彼にはぼんやりと理解できた――このすべてはエイプリを通じて起きているのだ。エイプリ、光を生み出すもの、世界のあいだの扉……スミスの指が彼女の喉を絞めつけた。

まるで恩寵《おんちょう》のように、スミスを責めさいなむ歌は薄れていった。それ以上のことは何もわからなかった。自分の指がまだ娘の柔らかい喉に食い込んでいるのにも、ほとんど気づかなかった。混沌は周囲でぼやけていき、異常だった次元は正常に戻ろうとし、薄れ、無限の中へ退いていった。多くの次元の断片の中から、ヴォヌグの堅牢な石が、崩れかけた遺跡の姿で浮かび上がってきた。苦痛を与えるジュリの歌は遠くかすかな叫びとなった。そして周囲の空気の中から狂ったようにひっぱる力が感じられた。実体のない手が彼の手をつかみ、幻の腕が虚しく彼を引き寄せているようだった。スミスは呆然とし、おぼつかない気分で顔を上げた。

入り乱れる次元の中でジュリが立っていた場所には、今や拡散する影のようなものが浮かんでおり、彼女のものだった美しい輪郭を保っていたが、次元のあいだの扉が閉まるにつれて、霧のようにおぼろに広がって散っていった。ジュリは単なる影にすぎず、一息ごとに薄れていったが、なおも霞のような手で虚しく彼をつかもうとし、焦がれていた世界への門を保とうと最後まであがいていた。だが、必死に両手を差し伸べながらも、ジュリは消えかけていた。煙が薄れるように輪郭がかすれて溶けた。ジュリはもはや、空気の上のはかなく見分けがたい染みにすぎなかった。そして、美しいジュリであった霧は、ますます広がって無に還り——あとには澄んだ空気だけが残った。

スミスは目を落とし、ぼんやりした頭を軽く振って、まだ両手でつかんでいたもののほうへ屈み込んだ。一目見れば充分だったが、よく確かめてから手を放した。つかのま、スミスの目は哀れみに曇った——エイプリは今や解放され、ずっと求めていた自由を得たのだ。狂気は去り、彼女自身という恐るべき危険も消え去った。あの門を通って、ジュリの一味がやってくることは二度とないだろう。扉は閉ざされたのだ。

暗黒界の妖精

Nymph of Darkness

C・L・ムーア&
フォレスト・J・アッカーマン
中村 融 訳

夜明け前、エンズの波止場地区に金星の闇が濃密に垂れこめる。危険をはらんでいるとでもいおうか、得体の知れない緊張感につつまれ、息が詰まるほどだ。その闇のなかをぼんやりと動きまわる影は、昼間とはちがう種類のもの。そのいびつな姿形が陽の光を浴びることはなく、その暗闇で起きることは、いわぬが花というものだ。明かりが消えたあとは、パトロール隊員さえ足を踏み入れようとしないし、真夜中から夜明けまでの時間は法の外にある。そこで凶事が起きたとしても、パトロールは関知しないし、知りたいとも思わない。その暗闇のなかで波止場を動きまわる権力を持つものには、さしものパトロールも頭があがらないのだ。

その息詰まる漆黒のなか、打ちよせる水のざわめきを下方に聞きながら、ノースウェスト・スミスが悠然と街路を歩いていた。火急の件でもないかぎり、分別のある人間は真夜中を過ぎたあとエンズの波止場地区を出歩かないが、スミスが音もなく闇をぬけていくのんびりした足どりからすると、軽率な観光客とまちがわれそうだった。彼はエンズの波止場地区を知らぬわけではない。自分が危険のさなかを悠々とぶらついていることは承知していたし、細めたまぶたの下では、色の淡い目が、鋭敏な鋼鉄の探針さながらに暗闇を探っていた。ときおり形の判然としない影の前を通りかかると、それはひらりとわきへのいて道をゆずった。ただの影だったのかもしれない。色の淡い目を小揺るぎもさせず、スミスは油断なく進みつづけた。

ふたつの高い倉庫にはさまれて、遠い街明かりのほのかな反射光さえ届かない場所を通っていたときだった。素足で走っているらしいその音をはじめて耳にして、彼は心の底から驚いた。必死に逃げる足音は、波止場地区では珍しいものではないが、この音は――彼は一心に耳をすました――そう、たしかに女性か少年の足音だ。軽く、すばやく、死にもの狂い。彼の耳は鋭いので、それはまちがいなかった。その音は急速に近づいてきた。漆黒の闇のなかでは彼の色の淡い目でさえなにも見えず、スミスは壁ぎわまでさがって、腿に吊した熱線銃に手をかけた。この逃亡者を追いかけているものがなんであれ、鉢合わせしたくなかった。

しかし、倉庫のあいだを走る通りに足音がはいってきたとき、彼は眉間《みけん》にしわを寄せた。どんな身分や人種であれ、夜中にこの界隈《かいわい》へはいりこもうとする女性はいない。そして耳をすますうちに、その足音が女性のものであることはたしかになってきた。そこには一定のリズムがあり、金星人女性の麗《うるわ》しい、揺れるような足どりがうかがえるのだ。彼は壁にぴたりと背中を押しつけ、息をこらえた。物音を立てて、女を追いかけている恐ろしいものに自分の存在を明かしたくなかったのだ。十年前だったら、女を助けに飛びだしていたかもしれない――だが、宇宙航路で過ごす十年は、人に用心というものを教える。勇敢さはときに無謀となりかねないし、波止場地区ではとりわけそうだ。ぴたりと追跡しているものが、なんであっても不思議はないのだから。そうしたことをつらつらと考えているうちに、うなじの毛がかすかに逆立ってきた。

死にもの狂いの足音が、暗い通りの先のほうから怒濤《どとう》のように迫ってきた。目に見えない鼻孔から吹きだす息、酷使された肺のあえぎが聞こえた。と、その必死の足がわずかにつまずき、ふらついて、わきへ向いた。暗闇から飛びだしてきた人影が、前のめりになって彼にぶつかった。スミスはぎょっとして両腕をあげ、女の——若い女の体を抱きとめた。その体つきは引き締まっていて、仰天した彼の手の下で美しい曲線を描いていた。そして一糸もまとっていなかった。

スミスはとっさにその体を離した。

「地球のお方！」彼女は息も絶えだえにあえいだ。「ああ、かくまって、かくまってちょうだい！　早く！」

どうしてこちらの素性がわかったのかと疑問に思ったり、相手がなにから逃げているのかと訊いたりする暇はなかった。いまの言葉が彼女の唇を離れる前に、風変わりな緑色がかった輝きが、倉庫の角のあたりにあらわれたからだ。それはスミスのすぐそばに積まれた樽を照らしだしたので、彼は一連のすばやい動作で疲れきった娘をその陰へ押しこみ、自分は銃をぬいて、さらに壁に背中を張りつけた。

とはいえ、建物の角をまわって姿をあらわしたのは、名状しがたい怪物ではなかった。視界にはいってきたのは、男の黒っぽい影だった。ずんぐりした体つきで、横幅が広く、いびつだ。光はその手が握る懐中電灯から発していたが、ふつうの電灯のくっきりした光線とはちがい、奇妙に散乱した間接的な光だった。煌々《こうこう》と輝く緑かかった霧がレンズからゆるやかに広がっているかのように、電灯の前にあるものだけでなく、うしろにいる男も照らしていたからだ。

その男は奇妙なすり足で進んできた。男のまとっている雰囲気のせいで、なぜかスミスの全身に悪寒が走った。原因はよくわからなかった。というのも、懐中電灯の緑の輝きはくっきりした光を出していないし、男はその懐中電灯の光輝の裏でぎくしゃくと動く、ずんぐりした影と大差なかったのだから。

男はすぐさまスミスを目にしたにちがいない。銃を手にして壁ぎわに立っている地球人のところまで、まっすぐ通りをやってきたからだ。しかし、輝く電灯のうしろに見分けられたのは、ぼんやりとにじむ青白い顔と、目の代わりにふたつ並んだ黒っぽい染みだけだった。それはふくれあがった顔であり、腐敗物を長く食べつづけた地虫のように、ぶくぶくと太っていて不恰好だった。革服に身をつつんだ長身の宇宙船乗りが、壁に寄りかかり、銃をかまえているのを見ても、顔色ひとつ変えなかった。じっさい、壁に寄りかかった地球人の態度も、ぬき身の銃も驚くには当たらないのだ。奇怪な緑の輝きが危険をはらんだ暗闇にあらわれたら、夜中に波止場を歩いている者なら、だれだってそうしただろう。

ふたりとも口をきかなかった。無言のスミスを長々と一瞥《いちべつ》したあと、新来者は散乱する光を前後に往復させ、あからさまに通りの捜索をはじめた。スミスは耳をすましたが、娘はすすり泣きのような息づかいを抑えているので、隠れ処《が》が露顕《ろけん》する恐れはなかった。動きの鈍《にぶ》い捜索者は、ぼんやりした光を前方に投げながら、ゆっくりと通りを進みつづけた。男が遠ざかるにつれ、その輝きがしだいに薄れていった。いびつな黒い影が、けがらわしい耀《かがよ》いを後光のようにまとっていた。

漆黒の闇がふたたび降りると、スミスは銃をホルスターにおさめ、低い声で娘に呼びかけた。素足が石畳を踏む音と、まだ乱れているせわしない息づかいがかすかに聞こえ、彼女の接近を前もって教えてくれた。

「ありがとう」彼女が小声でいった。「できれば——いまわたしをどんな恐ろしい目から救ってくれたのか、あなたが知らずにすめばいいのだけれど」

「何者だ?」彼は語気を強めた。「どうしておれの素性を知った?」

「名前はニューサ。あなたのことは知らなかった。あなたが地球人で——信頼が置けそうだと思っただけよ。今夜は偉大なるシャールのお導きがあったから、通りを逃げてこられたにちがいないわ。日が暮れたあと、あなたのような人は海辺では珍しいはずだから」

「じゃあ——おれが見えるのか?」

「いいえ。でも、火星人か、わたしと同郷の男なら、夜中に腕のなかに飛びこんできた——わたしみたいな——娘をあれほどあっさりとは放さなかったでしょう」

暗闇のなかでスミスは苦笑した。あれは純粋に反射だったのだ。手ざわりで彼女が全裸だとわかったとき、彼女を放したのは。しかし、勘ちがいさせておいても損にはならない。

「いますぐ立ち去ったほうがいいわ」彼女が言葉をつづけた。「ここはとても危険だし——」

その低い声がぷっつりと途切れた。スミスにはなにも聞こえなかったが、かたわらの娘が身をこわばらせ、一心に耳をすましているのは感じとれた。じきにはるか彼方から音が聞こえてきた。奇妙にくぐもったゼーゼーいう音で、まるで息を切らした重い生きものが、苦労して先を急いでいるかのようだった。それがだんだん近づいてきた。娘がすぐそばで漏らした息が、しじまのなかで大きく聞こえた。

「早く！」彼女があえぎ声でいった。「ああ、急いで！」

彼女がスミスの腕を引っぱり、先ほどのずんぐりした黒い捜索者が向かった方角へ進んだ。

「もっと早く！」

彼女の心配そうな手に引かれて、スミスは走りだした。すこし大げさな気もしたが、大きな歩幅で易々と彼女と並んで闇のなかを駆けていく。聞こえるのは自分自身のブーツのやわらかな靴音と、狭い歩幅で走る娘の素足の音、そしてはるか後方でしだいにかすかになっていくゼーゼーいう息づかいだけ。

彼女は二度スミスをそっと押して、新しい横道へはいらせた。やがてふたりは立ち止まり、彼女が見えない扉を引いてあけたあと、スミスの広い肩が両側の壁をこするほど狭い裏路地を走った。魚と腐った木と海の潮のにおいが立ちこめていた。石畳が広く低い階段に変わり、別の扉を通りぬけると、娘がスミスの腕を引っぱりながら、

「もうだいじょうぶ。待って」と荒い息づかいでいった。

背後で扉の閉まる音がして、軽い足が床板をパタパタと踏んだ。

「わたしを持ちあげて」ややあって彼女がいった。「明かりに手が届かないの」

ひんやりした、しっかりした指が彼の首に触れた。暗闇のなかでスミスはおそるおそる彼女の腰を探しあて、腕の長さいっぱいにさしあげた。手にはさまれた腰はしなやかで、なめらかに筋肉がつき、葦《あし》のようにほっそりしていた。頭上でおぼつかない指がなにかをまさぐる音がした。と、まばゆい光がいきなり周囲に噴きだした。

スミスは小声で悪態をつき、手を降ろしながら飛びすさった。というのも、顔のすぐそばにある娘の体を見ようとしたのに、なにも見えなかったからだ。両手はつかんでいた――無を。彼が抱きあげていたのは、なめらかでしなやかな――無だったのだ。

物質的な体が床に落ちる音がして、あえぎ声と苦痛の叫びがあがったが、あいかわらずなにも見えなかった。彼はさらに一歩あとずさり、おぼつかない手つきで目をこすると、めまいに襲われながら火星語の悪態をつぶやいた。いくら目をこらしても、光に照らしだされたその小さな殺風景な部屋に、自分以外の者は見えなかったからだ。それなのに、娘の話し声が虚空から聞こえてくるのだ。

「いったい――どうして――ああ、なるほど！」そしてさざ波のような笑い声。「ニューサの噂を聞いたことがないのね」

その名前を聞いたとたん、地球人の心のなかで遠い記憶の琴線《コード》がかき鳴らされた。最近どこかでその言葉が口にされるのを耳にした。どこで、だれが口にしたのかは思いだせないが、記憶のなかで、夜の危険と未知のものから成る漠然とした和音《コード》が呼びさまされた。手もとに銃があるのが不意にありがたく思えてきて、小さな部屋を見まわしたとき、その色の淡い目には先ほどより用心深い色が宿っていた。

「ないな」スミスはいった。「その名前はいまはじめて聞いた」

「わたしがニューサよ」

「でも──どこにいるんだ?」

彼女はまた笑い声をあげた。金星人の女性の伝統的な美声につきものの、陽気で蜜《みつ》のように甘い静かなくすくす笑いだ。

「ここよ。人間の目には映らないの。そういうふうに生まれたから。わたしは──」ここで笑いさざめく声が落ちつき、一抹の厳粛《げんしゅく》な響きが忍びこんだ。「──奇妙な婚姻から生まれたのよ、地球のお方。母は金星人だったけれど、父は──わたしの父は〈暗黒〉だった。どう説明すればいいのか……。でも、〈暗黒〉の血が体のなかに流れているから、わたしの姿は目に見えない。そのせいで、わたしは──自由でもない」

「なぜだ? だれに囚われているんだ? どうしたら目に見えない者を閉じこめておけるんだ?」

「とらえているのは──ノヴよ」

その声は蚊が鳴くように細かった。その聞き慣れない言葉を耳にして、またしても得体の知れない不安の棘《とげ》が、スミスの記憶をチクリと刺した。どこかでその名前を聞いたことがあり、それが呼びさます記憶は漠然としすぎていて言葉にならないが、不吉だった。ニューサのささやき声が、彼の肩口でひどく静かにつづいていた。殺風景な部屋にひとりたたずみ、虚空から耳もとでささやく娘の甘い、くぐもった声を聞いていると、なんとも奇妙な現実離れした気持ちに襲われた。

「ノヴは——地下に住んでいるの。ひどく古い種族の最後の生き残り。そしてわたしの父である〈暗黒〉を崇める神官たちでもある。彼らは自分たちの目的をかなえるために、わたしを虜《とりこ》にしているの。

わたしが生んでくれた女《ひと》から受け継いだのは、美しい人間の姿形だけれど、父である〈暗黒〉から授かったのは、目に見えないという性質にもまして不可思議なものだった。わたしは人間の視界からはみ出す色でできている。そして入口をそなえているのよ——ここは別の土地への。麗しくて遠い異郷の地——でも、ほんの目と鼻の先にあるのよ！　せめて、わたしを締め出しておくためにノヴが設けた柵をすりぬけられたら。彼らの暗黒の祭祀《さいし》にはわたしが欠かせないから、わたしはこの暑い泥まみれの世界に囚われていなければならない。彼らにわかるのはこの世界だけだから。彼らには明かりがある——見たでしょう、今夜、暗闇のなかでわたしを追ってきたノヴが手にしていた緑の輝きを——あの光を浴びると、わたしは人間の目にも見えるようになる。あの色にふくまれるなにかと、わたしの不思議な色が合わさると、人間の視覚の範囲におさまる色合いが生まれるの。あいつに見つかっていたら、わたしは今夜逃げだしたことをとがめられ——厳重に——処罰されていたでしょう。そしてノヴの下す罰は——生《なま》やさしいものではないわ。

絶対にわたしを逃がさないために、彼らはわたしの足跡を追う監視者を配置した——今夜ゼーゼーいいながらわたしのあとを追ってきたもの――ドルフよ。あいつは物質と非物質のおぞましい結合から生じたの。自然霊の部分もあれば、動物の部分もある。うまくいえないけど。それにあいつは朦朧《もうろう》としている――でも、現実そのものであるのよ。いまあいつにつかまったら、きっとあなたにもわかる。あいつは人間の血を好むけど、それは計り知れないほど貴重な存在になれるから。わたしは半分しか人間じゃないから安全だけれど、ノヴは――まあ、あいつらも完全に人間というわけじゃないわ。あいつらは――」

彼女は不意に口をつぐんだ。スミスの鋭い耳は、ぼんやりした足が地面をする音を扉の外にとらえていた。と、わずかな隙間を通して、ゼーゼーいう鼻声の息づかいが、いやというほどはっきりと聞こえてきた。ニューサの素足がパタパタと床板をすばやく横切り、扉の近くで、低いシューシューという歯擦音《しさつおん》やピューピューという口笛のような音が、大きなドルフの立てる音よりも澄んだ音色でたてつづけにあがった。その奇妙な音は鋭い命令の響きにまで高まり、外の鼻息とすり足の音が小さくなって、大きく不恰好な足が敷石道を遠ざかっていく音がした。

彼の肩口でニューサがため息をついた。

「今回はうまくいったわ。わたしのなかにある父の力のおかげで、あいつに命令できるときがあるの。ノヴはそのことを知らない。おかしな話だけど、彼らは忘れてるみたいなの――目に見えないという性質と別世界への入口のほかにも、彼らの神からわたしが受け継いだものがあるってことを。彼らは神殿の踊り子かなにかのように、わたしを罰したり、閉じこめたり、仕えろと命令したりする――半分は神であるこのわたしに！　いつか――わたしの思いどおりに扉が開くようになったら、わたしはその別世界へ出ていくわ。いまだって――できるんじゃないかしら」

その声が小さくなって、つぶやきと変わらなくなった。彼女は自分の秘めている力をさとって、こちらの存在など忘れてしまったのだろう、とスミスは気づいた。すると、あの不安の棘がふたたびチクリと刺した。彼女は半分は人間だ。しかし、半分にすぎない。どんな奇妙な資質が彼女のなかに根ざしていて、人間ではない種子から芽吹くかは、だれにもわからないのだ。その資質はいつの日か花を咲かせ――実を結び――ああ、自分の考えをいい表す言葉がない。だが、ノヴとやらが彼女を限界まで試す日には、その場に居合わせたくないものだ。

ためらいがちな足音がすぐそばであがり、彼ははっとわれに返った。彼女が一歩ずつ離れていこうとしていた。素足が床板を踏む音が聞こえる。一歩また一歩とゆっくり進んで、もうじき反対側の壁にたどり着きそうだ。と、そのためらいがちな足がいきなり走りだし、どんどん速くなって遠ざかっていく。扉は開かなかったし、壁に開口部もなかったが、ニューサの素足はひたすら遠のいていった。彼の意識は、通常の三つを超える広大な次元をかいま見た。彼をがんじがらめにする法則を蔑《さげす》むように破って、娘の素足が踏破していく距離をつかのま知覚した。はるか遠方で、その足どりが乱れる音がした。立ちふさがるものをこぶしがたたく音、遠く離れたすすり泣きのこだまが聞こえると思った。やがて素足のパタパタという音がゆっくりともどってきた。しょげ返ったようすで足音がどんどん近づいてきて、部屋にまたはいったとき、頭《こうべ》を垂れ、絶望のあまり肩を落とした姿が見えるようだった。スミスの肩口で彼女が沈んだ声でいった。

「まだだめだわ。あれほど遠くまでいったのははじめてだけど、道はまだふさがれてる。ノヴは強すぎる――いましばらくのあいだは。でも、これでわかった。わかったのよ！　わたしは神の娘で、わたしだって強い。ノヴに追いかけられても二度と逃げないし、ドルフが追ってくるからといって恐れはしない。わたしは〈暗黒〉の子供だし、それを思い知らせてやるわ！　彼らは――」

彼女の勝ち誇った声に漆黒がつかのま割りこみ、ナイフが一閃するように彼女の言葉を断ち切った。それは一瞬しかつづかなかったが、ふたたび明かりが灯ったとき、まるで色彩のさざ波が流れ過ぎたかのように、薔薇《ばら》色の輝きが奇妙な波となって部屋じゅうに広がり、薄れて消えた。ニューサがため息をつき、

「あれからわたしは逃げてきたの」と告白した。「もう怖くない――でも、気に入らない。あなたは行ったほうがいいわ――だめ、行かないで。はいるときに使った扉はドルフにまだ見張られているから。待って――考えさせて」

しばし沈黙が降り、そのあいだに薔薇色の光のなごりが空中から薄れていき、代わりにあざやかな色彩のさざ波があらわれ、こんどはそれが薄れていった。赤い潮が部屋に流れこみ、引いていくのをスミスが三度目にしたあと、ニューサの手が彼の腕に置かれ、虚空から彼女の声が小さく聞こえてきた。

「来て。わたしが儀式を執り行うあいだ、あなたをどこかへ隠さないといけない。あの色は、

儀式がはじまる合図なの――ノヴがわたしに出席を命じているのよ。彼らがドルフを呼びもどすまで、あなたは逃げられない。あなたを扉まで案内しようとすれば、わたしがここにいるのをドルフに感知され、追いかけられるに決まっているから。だから、あなたは隠れないといけない――隠れて、わたしの踊りを見ないといけない。見たいと思わない？　ふつうの人間の目にはこれまで触れたことのない光景を！　来て」

目に見えない手が、反対側の壁に設けられた扉を押しあけ、彼を引っぱって通りぬけさせた。目に見えない生きものに先導されるという経験ははじめてなので、すこしたじろぎながら、スミスは薔薇色の光が流れこんできては薄れていく回廊をたどっていった。道は何度も折れ曲がったが、開く扉はなかったし、空中で脈打つ色彩をぬけて回廊を進む五分ほどのあいだ、だれにも出会わなかった。

突き当たりでは、かんぬきのかけられた大きな扉が行く手をふさいでいた。ニューサが一瞬手を放し、ついで彼女の足が床を踏み、彼女の見えない手が金属のなにかをいじる音がした。と、床の一部が沈んだ。見おろす視線の先にあるのは、急角度でつづく狭い螺旋階段をめぐらせた縦穴だった。それは典型的な金星流の構造物であり、古色蒼然としていた。彼はこれまでにも螺旋階段をめぐらせた縦穴を下り、風変わりな目的地まで降りたことがあった。この階段を降りきったところになにが待ちかまえているのだろうと思いながら、すがりつく娘の手に引かれ、手すりを握りながらゆっくりと降りていった。

延々と下ったあと、目に見えない小さな手がふたたび彼の腕を引っぱり、縦穴の岩壁にあいた開口部を通りぬけさせた。短い通廊が闇の奥へのびていた。その突き当たりでふたりは足を止め、スミスは奇妙な青白い闇のなかで目をしばたたいた。その闇に隠れて、前方には大きな洞窟が広がっているようだった。

「ここで待っていて」ニューサがささやいた。「闇にまぎれていれば安全なはずよ。この通路はわたし専用なの。儀式が終わったらもどって来るわ」

手がスミスをさっとかすめ、彼女はいなくなった。スミスは壁に背中を押しつけ、銃をぬくと、試しに安全装置をはずして、とっさに使えるかどうかを確認した。それから観察にとりかかった。

眼前には広大なドーム型の洞窟が広がっていた。その場の奇妙な青白い闇のなかでは、そのほんの一部しか見えなかった。床は大理石の深い光沢で輝いており、地下の淀んだ水のように黒光りしている。そして時間がたつにつれ、青白い闇のなかに動きと生命があるのに気がついた。声がつぶやき、すり足の音がして、遠くで人影が動いている。ノヴが儀式にそなえて所定の位置につこうとしているのだ。闇のなかのはるか遠くに、その集団の輪郭がぼんやりと見てとれた。

しばらくすると、朗々と響きわたる詠唱がどこからともなく、そしていたるところから湧きあがり、大きくなって洞窟を満たして、ドーム型の天井から単調にこだまするようになった。彼には意味のさっぱりわからない音もあり、ニューサがドルフに命令したときの声に似たピーピー・ピューピューという奇妙な音が交じっていたが、厳粛な響きを帯びているので、深みと力がそなわっていた。洞窟のドームじゅうに熱気が高まるのが感じられた。名前のない神を崇める未知の宗派の風変わりで荒々しい熱気と恍惚だ。彼は銃を握りしめ、成り行きを見まもった。

いまやアーチを描く天井の中心に、非常にぼんやりした輝きが生まれつつあった。それは長さと奥行きをまして、実体のある光の網のように、長い射光となって、黒光りする床へ降り注ぎはじめた。鏡状の床では、おぼろに反射する光の複製が上へ向かってのびていった。それはなんとも奇怪でありながら、うっとりするほど美しい眺めだったので、スミスは息を止めて見いった。いまや流れる網が緑に染まりはじめた。ニューサを追っていたノヴが波止場の通りでひらめかせた光と似た朦朧《もうろう》とした異様な緑だ。その色に見憶えがあったので、降り注ぐ光の中心にある形が徐々にあらわれてきても、スミスは驚かなかった。なかば透《す》き通った若い女の形。ほっそりしていて麗しく、現実とは思えない。

洞窟の青白い闇のなか、とり巻く光の緑の輝きのもとで、彼女はあたりを薙《な》ぐように、長くゆっくりした煙より軽い動作で両腕をかかげ、爪先立ちになると、優美きわまりなく動きはじめた。と、つぎの瞬間、光が明滅し、彼女は踊っていた。スミスは息を呑んで身を乗りだし、手のなかの銃のことは忘れはてて、彼女の踊りを見まもった。それはあまりにも美しく、あとになると、夢に見たのではないといい切れないほどだった。

流れる光輝につつまれた彼女は朦朧としていて、とうてい現実とは思えず、あまりにもはかなげで、菫《すみれ》色と青と冷ややかな銀という、なんとも風変わりな色合いに染まって妖艶そのものであり、月長石さながら奇妙に透き通っていた。目に見えるようになったいま、彼女は目でとらえる前に思っていたよりも現実離れしていた。あのときは、ほっそりと引き締まっているのに、まろやかな体つきを手ざわりが教えてくれた——いまは生き霊のように透き通っていて、夢のように、月色の雨のなかで音もなく踊っている。

彼女は動きに合わせて、踊る体で魔法を織りあげ、その踊りは、ふつうの人間には真似ができないほど複雑で、象徴的で、官能的だった。床にはほとんど触れておらず、闇のなかに浮かぶ麗しい月光の幽霊のように、磨かれた石に映る反射像の上で動いていた。いっぽう緑の月の火が、彼女の周囲に降り注いでいた。

床に映ったみずからの像を踏みながら踊る、その朦朧とした生きものからスミスは必死に目を引きはがした。先ほど耳にした声の出所を探っていると、周囲を照らす緑の光のなかに、夢にも思わなかったほどの大人数が、洞窟のなかで車座になっているのが見えた。ノヴは眼前でちらつく人影にそろって目をこらしていた。彼らの姿がはっきりとは見えないので、スミスはほっと胸を撫でおろした。ニューサの言葉を思いだしたのだ——「あいつらも完全に人間というわけではないわ」。ぼんやりした輝きと青白い闇に隠れているものの、その言葉どおりだとわかった。スミスはそうとは知らずにノヴを見たことがあったのだ。街路で彼の前を通り過ぎた、あのずんぐりした追っ手の顔のなかに。

彼らはひとり残らず体が分厚く、不恰好で、黒っぽいローブをまとい、蛞蝓《なめくじ》が白いように白い顔をしていた。目鼻立ちは判然とせず、意志は堅そうだが感情を欠いていて、ぶよぶよしている上に、人間のような定まった形がなかった。スミスはひとつの顔をあまり長くは見つめないようにした。輪郭の妙な欠落に気づいたり、蛞蝓のように白いその顔が不安定であることの意味を理解したりするのが怖かったからだ。

ニューサの踊りは、人間離れした身の軽さで空中に舞いあがっての旋回で終わった。彼女は深々と身を沈め、床に映るみずからの像の上で跪拝《きはい》した。集まったノヴの最前列から、黒っぽい人影が両腕をかかげて進み出た。ニューサは素直に立ちあがった。黒っぽい体から、蛞蝓のような目鼻立ちのはっきりしない顔から、鳥のさえずりを思わせるピーピーという音が飛びだし、ニューサの声がそっくりそのままその音をくり返し、その声がもうひとりの声と溶けあって言葉のない詠唱となった。

スミスは一心不乱に見まもっていたので、背後の闇をすり足で静かに迫ってくるものがあるのには、ゼーゼーいう苦しげな息が首もとで聞こえるまで気づかなかった。そいつが襲いかかってくる寸前に、これまでたびたび窮地を救ってくれた第六感が警告の叫びを発し、彼は驚きとショックでくぐもった罵声《ばせい》を発しながら身をひるがえすと、銃をかまえて、ぼんやりして形の定まらない大きなものと向かいあった。緑がかった光の鈍い輝きが、こちらを見つめていた。彼の銃から青い炎がほとばしり、得体の知れないものからピューピューという悲鳴があがって、洞窟にこだまし、ノヴと娘とのあいだの言葉のない詠唱を断ち切った。

と、ドルフの黒い巨体が前にかたむき、スミスにのしかかった。そいつはスミスを床に押しつけてつつみこんだ。その体は半分しか実体がないのだが、鼻孔が詰まるほど濃密だった。重い霧のようなドルフの構成物質を呼吸しているようなものだった。目も見えず、息をあえがせながら、彼はその奇妙に朦朧としたものと闘ったが、すぐに自由の身にならなければならないのは承知していた。ドルフの悲鳴を聞きつけたノヴが、いまにも殺到してくるにちがいないからだ。しかし、渾身の力をふり絞ってもドルフをふり払えず、得体の知れない吐き気をもよおすものが、彼の喉をまさぐっていた。そのやみくもな手探りを感じとると、彼は発作的にもがく力を倍にして、狂乱の一瞬のあと、解放されてよろめきながら、きれいな空気を貪《むさぼ》り、目を見開いて暗闇の奥を凝視し、どんな恐ろしいものと格闘していたのか見きわめようとした。見えたのはあの鈍《にぶ》い輝きだけで、ひとつしかない目のように、暗黒と混じりあった巨体からこちらに光を浴びせていた。

ドルフがまたやって来ようとしていた。大きな足を引きずる音と、せわしないゼーゼーいう息づかいが聞こえたのだ。背後でノヴの叫びが大きくあがり、騒々しく走る男たちの足音がして、言葉のない言語でなにかを叫ぶ、ニューサのかん高く澄んだ呼び声がすべてを圧して響きわたった。ドルフが彼に襲いかかった。あの厭《いと》わしい目に見えない手が、またしても彼の喉をまさぐる。彼は簡単にへこむ体を思いっきり突きとばした。ふたたび銃が闇のなかで青白い閃光を発し、ドルフの不安定な黒い巨体のどまんなかに命中した。

半分しか見えない怪物の巨体が激しく引きつるのが気配でわかった。かん高いピーッという悲鳴が苦しげに鳴り響き、吸着器官がスミスの喉からはずれて落ちた。そいつの朦朧とした胴体のなかで、ほの暗い輝きが鈍くなった。やがてその輝きがちらついて消えた。どういうわけか漆黒の煙が生まれ、それが周囲のぼんやりした無に溶けこんで、いままでドルフだった黒っぽい影は消えてしまった。なかば自然霊だったそいつは、死の訪れと同時に無に還ったのだ。

スミスはひとつ深呼吸して、くるっとふり返り、殺到してくるノヴの第一陣と向かいあった。彼らは目と鼻の先まで迫っており、その数は圧倒的だったが、ノヴが群がってきたところへ、スミスの熱線銃が破壊の長い弧を描きだした。その必殺の鎌の前に、十を超えるずんぐりした黒い人影が倒れたにちがいない。そのあとスミスは彼らの下敷きとなり、むっちりした指がスミスの手から銃をもぎとったが、彼は本気で抵抗しなかった。銃身の短い小型の熱線銃が腋の下のホルスターにおさまっているのを思いだしたからだ。素手の格闘のさいちゅうに、それが見つかる恐れはない。

と、彼は引きずり起こされ、青白い輝きに向かって進まされた。その中心には依然としてニューサが、光の檻のなかの半透明の囚人のようにとらえられていた。めまぐるしい事態の推移に軽くめまいを起こしながら、スミスはノヴのまんなかをふらふらと進みつづけた。彼は周囲の者より頭と肩の分だけ背が高く、目をそらしていた。やわらかくて魚の腹のように白い手に急きたてられてもひるまないようにし、すぐそばに群がっている、ずんぐりした者たちの顔をまともに見ないようにした。なるほど、彼らは人間ではない。周囲に並ぶ、ふにゃふにゃして目鼻立ちのはっきりしない顔をこの近さで見ると、前にもましてそれがはっきりとわかった。

ニューサを閉じこめている光の雨のへりに、詠唱を主導していたノヴがひとり離れて立ち、捕縛者の群れに囲まれてやって来る長身の虜囚を無表情に眺めていた。このノヴには支配者の風格とでもいおうか、威厳と落ちつきがあり、死神のように白く、月色の光の反射を浴びて死骸のように輝いていた。

スミスはそいつの前へ引き立てられた。その表情の乏《とぼ》しい、目鼻立ちのはっきりしない、蛞蝓のように青白い顔をひと目見るなり、地球人は二度と目をやらなかった。その視線は向かいあうノヴを超えてニューサのほうへさまよい、ほのかな希望をよみがえらせてくれるものをとらえた。彼女の姿勢に恐れは微塵《みじん》もなかったのだ。背すじをのばして静かにたたずみ、あたりに目を配っている姿には、力強い自制心が感じとれた。不滅のもののようになかば透き通り、降り注ぐ光のなかに立っている彼女は、神の娘そのものだった。

ノヴの指導者が、体のどこかから出てくる野太い声でいった。もっとも、その目鼻立ちのはっきりしない顔は、ぴくりとも動かなかったが。

「どうやってここへ来た？」

「わたしが連れてきたの」ニューサの声は、彼らをへだてる空間を越えてしっかりと伝わってきた。

ノヴがさっとふり返った。ずんぐりした体のあらゆる線に驚きが表れている。

「おまえが」ノヴは声をはりあげた。「おまえがこの異邦人を連れてきて、わしが仕える神への礼拝を見せたのか？　どうしたらそんな真似が――」

「助けてくれた人を連れてきて、父の前で踊るわたしを見てもらったのよ」

ニューサの口調は不気味なほどおだやかだったので、ノヴはその言葉の意味を一瞬つかみかねた。そいつは詰まった声で金星語の悪罵を口走った。「おまえには死んでもらう!」そいつはしわがれ声で叫んだ。「ふたりとも死んでもらうぞ、ひどい苦しみの末に——」

「ス・ス・ス・ズッ!」

ニューサの口笛を思わせる声は、スミスにはたんなる歯擦音でしかなかったが、ノヴのとめどない怒声をぷつんと断ち切る威力があった。ノヴが黙りこんだ。ニューサに向ける蛞蝓のような顔に、前にもまして気色の悪い青白さが広がっていく、とスミスには思えた。

「忘れてしまったの?」彼女がおだやかな口調で尋ねた。「おまえが崇める〈あれ〉がわたしの父であることを? その娘を脅すために、おまえは声を荒らげるの? その勇気があるの、この虫けら」

スミスの背後の群衆にあえぎ声が広がった。緑色がかった怒りの色が、神官の青白い顔にみなぎった。そいつは言葉にならないことをわめき散らし、躍り出ると、嘲弄《ちょうろう》する娘に短い腕でつかみかかろうとした。スミスは捕縛者たちがつかむ暇もなく、上着の懐《ふところ》にさっと手を入れた。熱線銃の青い閃光が、目もくらむ熱線の舌となって飛びだし、突進してくるノヴをなめた。そいつはふらふらと旋回し、いちどだけ金切り声で叫ぶと、黒っぽい、どろどろのかたまりとなって床に沈みこんだ。

一瞬、あたりが静まりかえった。ノヴの不恰好な顔が、驚きに打たれていっせいに向きを変え、自分たちの指導者の成れの果てである床の奇妙なぬるぬるしたものを見つめた。と、スミスの背後にいる群衆のなかで低い怒号が湧きあがりはじめた。異口同音になにごとかを叫んでいる。以前スミスはその音を聞いたことがあった——狂乱した暴徒の咆哮がはじまろうとしているのだ。それが死を意味することを彼は知っていた。歯を食いしばり、くるりと身をひるがえし、熱線銃の把手をしっかりと握って、ノヴと向かいあう。

　怒号が野太くなり、大きくなった。だれかが「殺せ！　殺せ！」と絶叫し、密集した顔のなかに前向きの流れが生じて、集団が彼のほうへ動きだした。そのとき、高まる喧噪を圧して、ニューサの声が響きわたった。

「やめて！」

　殺気立った暴徒は驚きに打たれて足を止め、光輝の檻に囚われている、現実とは思えない人影のほうに目を向けた。スミスまでもが、熱線銃を空中にふりあげ、安全装置に指をかけたまま、肩ごしに視線を走らせた。そして暴徒は目のあたりにしたものに沈黙し、地球人は毛筋一本動かせないまま、光の雨の下で起きていることを見まもった。

　ニューサが半透明の腕をかかげ、首をのけぞらせた。月長石を彫り刻んだ勝利の像のような姿勢で彼女が立つあいだ、おぼろな月色の光を浴びたそのまわりでは、霧のような暗黒が生まれつつあり、ニューサがのばした両腕にまとわりつき、半分しか現実ではない体をつつみこんだ。その暗黒は、スミスがこれまで目にしたことのある、どんな闇とも似ていなかった。それをいい表す言葉は、どの言語にもない。声を発する生きものが目にするように作られた暗黒ではないからだ。それは目に対する冒瀆、人間の希望と信念と存在のすべてに対する陵辱《りょうじょく》だった。信じがたい闇、どこまでも異質な暗黒だった。

スミスの銃が震える指から落ちた。彼は両手を目に押しつけ、その筆舌につくしがたいほど忌まわしい光景を締めだした。そして四方で長いため息があがると同時に、ノヴが黒光りする床にぬかずいたようだった。そのしわぶきひとつない沈黙のなかで、ニューサがふたたび口を開いた。朗々と響く声には神々しさがそなわっていると同時に、人間ではない性質がチリチリする奇妙なさざ波となって底に流れていた。それは未知とつながっている者の声、あのどこまでも異質で恐ろしい漆黒と血がつながっている者の声だった。

「〈暗黒〉にかけて命じる」彼女は冷ややかにいった。「その男を放しておやり。わたしはこれからおまえたちのもとを去り、二度ともどらない。〈暗黒〉の娘に敬意を払わなかったおまえたちに、これほど軽い罰しかあたえないことに感謝するがいい」

とそのとき、言語に絶することが一瞬のうちに起きた。スミスはかろうじて気づいたのだが、ニューサをつつみこんでいた〈暗黒〉が、あの冒瀆的な闇の冷気を浸透させながら、彼の体じゅうに広がっていき、存在の深奥にまで染みとおっていた。その瞬間、彼は暗黒に浸かり、暗黒に触れられて、彼の原子そのものが身震いした。それが彼にとって恐ろしいことだったとすれば、周囲でいっせいにあがった声のない金切り声は、自分たちの神に触れられることが、ノヴにとっては、その何十倍も恐ろしいということの証左だった。耳で聞くのではなく、その異質な暗黒に浸った瞬間に研ぎすまされた名状しがたい感覚で、彼は耐えがたい苦悶から発せられる悲鳴に気づいた。その時間を超越した一瞬のうちに、ノヴが人間に倍する激痛にさらされて身悶《みもだ》えしているのだ。

意識が張りつめ、漆黒が広がるなか、スミスがはっとわれに返り、その恐ろしい闇を忘れられたのは、あるものに触れられたからだった。娘の口が自分の口に重ねられ、分かれた唇のゾクゾクするほど甘美な圧力が、彼自身の唇にそっと加えられる。スミスは筋肉ひとつ動かさずに身を固くして立ちつくし、いっぽうニューサの口はいつまでたっても彼の唇から離れようとしない。これまで彼が味わったどんなキスともちがうキス。そこには冷たさが、光のもとで半透明の彼女のまわりに集まった暗黒と同じくらい異質な冷気がこもっていて、身震いするほどの悪寒が、冷ややかな厭悪《えんお》の深く根ざしたショックとなって、一気に全身をつらぬいた。そのいっぽう温もりもあり、その冷気が凍結させた脈拍を頑固に打たせようとしていた。

重ねられた唇が彼の口に溶けこんでいる一瞬のうちに、彼は光と闇と同じくらい異質な感情同士の戦場となった。〈暗黒〉の冷たい感触と愛の熱い感触。異質なものの身震いするような凍てついた刺突と、温かな口の挑戦に応える人間の血の脈動。それは正反対のものの混ざりあいであり、一瞬彼は、感覚が揺らぐほどの力に引っぱられた。そのせめぎ合いには危険があり、相容れない力を理解しようとして頭がぼやけ、狂気におちいる恐れがあった。

ちょうどそのとき、重なっていた唇が離れた。彼はぐるぐるまわる闇のなかにひとり立ちつくし、周囲で世界が安定するなか、あの危険なキスを記憶に焼きつけていた。そのめくるめく瞬間、忘却をもたらす苦悶にさいなまれているノヴには理解できなかったはずの音を耳にした。娘が素足で坂道をどんどん速く登っていくパタパタという音が聞こえたのだ。その音はいまや頭上にあった。彼は顔をあげなかった。なにも見えないのは承知していた。自分の五感ではとらえられない道をニューサが歩いているのを知っていた。その足どりがいきなり小走りになった。彼女がいちどだけ軽やかに笑うのが聞こえ、その笑い声が、扉の閉まる音で断ち切られた。そのあとに静寂が垂れこめた。

その音をさかいに、不意にすさまじい解放感が周囲にあふれた。暗黒のとばりはあがっていた。目をあけると、ほの明るい洞窟が見え、あの光の雨は消えていた。ノヴは小刻みに震える干し草の列のようにスミスの足もとに横たわり、その不恰好な顔を隠していた。それをのぞけば、目が闇を見通せるかぎり、広大な洞窟全体はからっぽだった。

スミスはかがんで、落ちていた銃を拾いあげた。いちばん近いノヴを急きたてるように蹴りつけ、

「ここから出る道を教えろ」と腋の下のホルスターに熱線銃をおさめながら命じた。

動きの鈍い生きものが、従順によろよろと立ちあがった。

冷たい灰色の神

The Cold Gray God

中村 融 訳

火星の極地都市リガに雪が降っていた。身を切るような冷たい雪は、氷の硬さを持つ粒子となり、リガの街路に四六時中吹きまくっているように思える鋭い風に乗って舞い踊っている。その石畳の道は、今日は閑散としていた。吹雪《ふぶき》に見舞われて、ずんぐりした石造りの家々は身を低くしてうずくまり、乾いた雪が強風に乗ってリガの目抜き通りラクランの果てまで渦巻いていた。ラクランを歩く数すくない通行人は、襟《えり》を立てて耳を囲い、敷石の上を急ぐのだった。

しかし、急いでいない人影が通りにひとつだけあった。姿形は女のもので、颯爽《さっそう》とした足どりと、頭を高くもたげた姿勢からすると、若い女とも思えるが、推測の域を出ない。というのも、毛皮のマントをきっちりと巻きつけているので、体の線という線が曖昧になっている上に、てっぺんのとがったフードに顔が隠れているからだ。その毛皮は、絶滅に瀕した塩沙漠雪猫のつややかな白い皮なので、富裕な身分なのだろう。颯爽とした優雅な歩きぶりは、リガの街路ではめったに見られないものだ。なぜなら、リガは無法者の街であり、裕福で美しい若い女性が、お供もなしに出歩くところなど、ラクランではまずお目にかかれないのだから。

彼女は幅広い、でこぼこした道を悠然と歩いており、フードつきの長いマントが彼女を白い謎にしていた。しかし、この寒々しい情景には、なんとなくそぐわないものがあった。彼女の動きにつきものの踊るようなしなやかさは、贅沢な雪猫の毛皮のひだに隠れていてさえ隠しきれなかったが、火星人の女性とはひと味ちがっていた。ピンクの肌をした運河の美女たちでさえかなわないだろう。彼女はどこか異人風であり——異国情緒たっぷりだった。

　フードの陰から食い入るような視線を街路に走らせ、すれちがう数人の顔を熱心にうかがう。たいていは険《けわ》しい顔であり、周囲の灰色の都市と同じくらい荒涼としている。そして通行人のタイプによって大胆だったり、こすっからかったりするのだが、彼女と視線を合わせた目は、こそこそとしていて、狩られるけものの警戒心を忍ばせている点では奇妙に似通っていた。人は正道を踏みはずしたからリガへやってきて、人づきあいをせずに住み、だれにも知られずに去っていくのだから。したがって、彼らの目はつねに油断しないのだ。

　女の視線が彼らにとまっては過ぎていく。もし彼らが通りを行く女のうしろ姿を見送ったのだとしても、当の本人は知らないようだったし、たいして気にするそぶりもなかった。急がずに敷石の上を歩きつづけた。

　行く手で幅広の低い扉が開き、喧噪と音楽が飛びだしてきて、温かな光が灰色の日中にさっと流れだすと同時に、ひとりの男が敷居をまたぎ、背後の扉を勢いよく閉めた。彼女が横目でうかがうなか、男は茶色い極地鹿の重いコートをベルトで締め、きびきびと街路へ踏みだした。長身で、なめし革を思わせる褐色の肌。目深《まぶか》にかぶった極地鹿の帽子の下の顔は険しい。その目は驚くほど冷ややかで、冷静沈着だった。どことなく地球の生まれだと思わせるものがある。

傷だらけの浅黒い顔には、かすかに海賊めいたところがあり、宇宙船乗りの革服をまとった痩身は狼《おおかみ》を連想させた。男は片手で鹿革の襟をまくって耳を囲いながら、ラクランを軽い足どりで歩きだした。反対の手――右手――はコートのポケットに隠れていた。

その男を目にして、女が道筋を変えた。微妙に体を揺らしながら近づいてくる女を、男は表情ひとつ変えずに見まもった。しかし、女が乳白色の手を男の腕にかけたとき、男は思わずびくりとした。ちょうど身震いをとっさに抑えこんだように。まるで筋肉の引きつりにまごついたかのように、いらだたしげな思いが男の顔をさっとよぎった。男はまったく表情のない目を女に向け、相手の出方を待った。

「あなたはだれ?」しわがれているがビロードにくるまれたような声が、フードの奥からやさしくいった。

「ノースウェスト・スミス」男は歯切れよく答え、唇をぴしゃりと閉じた。女の手が右腕にかかったまま、そして彼の右手はコートのポケットに隠れたままだったので、スミスは女からすこし距離をとろうとした。腕が自由に動かせるところまで遠ざかると、相手が言葉をつづけるのを待つ。

「いっしょに来てもらえないかしら?」フードの陰から聞こえるその声は、鳩《はと》の鳴き声のように律動していた。

ほんの一瞬、警戒心と好奇心がせめぎ合うなか、男の色の淡い目が女を値踏みした。スミスは用心深い質《たち》で、宇宙航路の生活につきものの危険には目ざといほうだった。彼女の言葉の意味を一瞬たりとも誤解しなかった。ここにいるのは、ふつうの街の女ではない。雪猫の毛皮をまとった女が、ラクランで見ず知らずの男に誘いの声をかけるわけがないのだ。

「おれにどうしてほしいんだ?」彼は語気を強めた。その声は深みがあってザラザラしており、言葉は簡潔そのものだった。

「来て」彼女は鳩が鳴くようにいうと、また近寄ってきて、男の片腕に腕をからめた。「わたしの家で話すわ。ここは寒すぎる」

スミスは腕を引かれるままラクランを歩きだした。とまどいと驚きが大きすぎて、抵抗できなかったのだ。彼女の単刀直入なふるまいは、その単純さゆえに彼の調子を狂わせた。雪塵《せつじん》に覆われた敷石の上を並んで歩いているあいだ、スミスは彼女に関する自分の判断をあらためていた。鳩の鳴き声のように生き生きと脈打つ、そのゆたかなしわがれ声や、彼の腕にかかった手の乳白色や、微妙に体を揺らす歩き方からすると、金星生まれなのはまちがいない、絶対にまちがいないからだ。こういう美女はほかの惑星には生まれないし、骨の髄まで誘惑の本能が染みついている女はほかにいない。それに、その声にはなんとなく聞き憶えがあるような気がする。

いや、そんなはずはない。もし彼女が金星生まれで、スミスがなかばそうではないかと目星をつけている女性だとしたら、馴れ馴れしく腕をからめてはこなかっただろうし、精いっぱい魅力をふりまいて、彼のためらいを払拭させようとはしなかっただろう。彼女の手が腕に触れたとき、スミスがわずかに身を引いたのだから、本物の金星人だったら、それ以上は馴れ馴れしくしなかっただろう。彼の冷静な目つき、狼めいた傷だらけの顔、引き結ばれた口もとを見て、スミスが手玉にとれる男ではないとわかっただろう。それにもし彼の思っている女性だとしたら、このことは倍もたしかだろう。そう、この女は金星の生まれではありえないし、その声から思いだした女性でもない。

そういうわけで彼は腕を引かれるまま、ラクランを歩いていった。生まれつきの用心深さに好奇心が勝ることはめったにない。そうでなかったら、あとにしてきた波瀾の歳月を無事に切りぬけられなかっただろう。しかし、この女にはどことなく奇妙なところがあり、予想した人物像とはなはだしく矛盾するのだ。人を見る目はスミスにとって生死を分かつ問題であり、ある人物が直観的な予想とは大きくちがうなら、理由を知らずにはいられない気がした。彼は女のすべるような足どりに合わせて歩幅を小さくしながら、女と腕を組んだまま歩きつづけた。理由はさっぱりわからないが、その手に触れられているのが気に入らなかった。

それ以上は言葉を交わさずにラクランを十分ほど歩くと、やがて低い石造りの建物にたどり着いた。彼女が重そうな扉を小刻みに何度かたたくと、扉が開いて薄闇があらわれた。スミスの腕にからんだ彼女の白い素手が、彼を屋内へ引き入れた。

従僕がすべるように寄ってきて、スミスのコートと帽子を受けとった。コートを脱ぐとき、スミスは右側のポケットにしまってあった銃をさりげなくぬきとった。街路を歩いているあいだ、その銃にずっと手をかけていたのだ。それを革ジャケットの懐に押しこみ、まだマントを着ている女について短い廊下を歩き、かがまねばならないほど低いアーチをくぐりぬけた。その先の部屋は、記憶にないほど古くから変化のない火星様式のものだった。無数の世代に踏まれて磨かれ、黒光りしている石床には、塩沙漠のけものの毛皮や、極地の動物の分厚い獣皮が敷かれている。石壁にはどこの家にもつきものの謎めいた象徴が刻まれている。百万年前には重大な意味があったのだが、いまは風変わりな意匠と大差なくなったものだ。火星人の家には、新旧を問わず、この象徴がかならずあるが、その意味を知る火星人は現存しない。

その象徴はかつて火星を支配し、いまも生粋《きっすい》の火星人の心中にはかならず宿っている——ただし、その神殿はいまや秘密であり、その神官は汚名を着せられているが——奇妙で冷たい暗黒につつまれた、あの異様な宗教となんらかの形で結びついているにちがいない。もしその象徴を解読できたら、火星人の信者たちが——心の奥底では——いまだに崇めていながら、その名前をけっして口にしない神の名前がわかるかもしれない。

部屋全体が芳《かぐわ》しく、かすかに謎めいているのは、不規則な形をした部屋の周縁部に一定の間隔で置かれている火鉢から薫香《くんこう》が立ちのぼっていて、低い天井がその香りを押しかえすので、甘い濃密な空気のなかに煙が何層にも重なっているからだろう。

「すわってちょうだい」フードの奥から女が小声でいった。

スミスは気に入らないといいたげにあたりを見まわした。部屋は贅沢な火星様式で調度がそろえられているので、質実剛健な火星人の気風とはあまりにもそぐわない。いちばん質素に見える寝椅子を選び、女をはすかいに見ながら腰を降ろす。

いま彼女はすこしだけ背中を見せており、ゆっくりと毛皮を脱いでいるところだった。やがて一連の優雅な動作で、ゆっくりとマントをはねのけた。

スミスは思わず息を呑んだ。街路でふだんの彼の鉄のような冷静さを揺るがした奇妙なショックと同じように、わななきが全身を走りぬけた。賛嘆と嫌悪のどちらのほうが強いのか、自分でもよくわからなかった。しかも、彼女が息を呑むほど美しいのにもかかわらずそうなのだ。彼は無遠慮に目をこらした。

なるほど、彼女は金星人だ。こういう乳白色の女は、あの陽の射さない、霧に濡れた惑星以外では生まれない。逆説的な金星の流儀で、肉感的なのにほっそりしていて、ビロードの下にあるまろやかでしっかりした曲線は、ラヴソングよりも雄弁だ。臙脂《えんじ》色のローブが、伝統的な金星様式で体をぴったりとつつんでいるので、肌が出ているのは片腕と薔薇《ばら》色の肩だけ。そしてスリットがはいっているので、一歩おきに乳白色の腿がちらりとのぞく。首をめぐらしたとき、重たげなまぶたが彼女の目をスミスから隠した。まちがいない、彼女はみごとなまでに金星人であり、頭のてっぺんから爪先まであまりにも麗《うるわ》しいので、スミスの脈拍がわれ知らず早くなった。

彼は身を乗りだし、彼女の顔を食い入るように見つめた。非の打ちどころのない美しさだ。切れ長の目は微妙にかたむいており、頰骨と顎の平面は、その甘美な白い肉の下にある骨そのものに美が宿っていることを雄弁に物語っているので、髑髏《どくろ》さえ麗しいにちがいない。彼女が思っていたとおりの女性であることを認めて、スミスの息づかいがわずかに乱れた。脈動するゆたかな声を聞きちがえはしなかったのだ。しかし、さらに目をこらすと疑問が湧いた。その繊細な色合いの顔に、奇妙にそらされた目に、なんとなくおかしなところを本当に見てとったのだろうか、と。一瞬、心が時間をさかのぼり、記憶をよみがえらせた。

金星のジュダイは数年前に三つの惑星で一世を風靡《ふうび》した。その胸をかき乱す美貌、鳩の鳴き声のように律動する声、輝くばかりの魅力が、その歌を耳にする聴衆ひとりひとりの心をとらえたのだ。文明の最果てにある入植地でさえ彼女は知られていた。その生彩に富んだしわがれ声は、木星の諸衛星に鳴り響き、《星のない夜》の韻律《いんりつ》を小惑星帯のむきだしの岩塊や暗黒の宇宙空間に送りこんだのだった。

やがて彼女は失踪した。人々はしばらく頭をひねり、捜索が行われ、スキャンダルが取り沙汰されたが、彼女の姿は二度と見られなかった。すべてはもう遠い過去の話。もはや《星のない夜》を歌う者はなく、《地球の緑の丘》を快活に賛美して太陽系じゅうに鳴り響いているのは、地球生まれのローズ・ロバートスンの歌声だ。ジュダイは忘れられて久しい。

その頬骨の高い薔薇色の顔をひと目見ただけで彼女だとわかった。これほど生彩に富み、これほど甘美に脈打つ声でしゃべる女性が同じ世代にふたりといないのはたしかだ、と見る前から感じていた。それなのに、その豪奢《ごうしゃ》な音色には一抹《いちまつ》の異質なものが混じっているのだ。その忘れがたい顔に言葉にならないおかしなところ、その美貌をはじめてちらりと見たとき嫌悪の軽いショックを全身に走らせたものが。

そう、耳と目は彼女がジュダイだと告げるのだが、これまで何度もそれとなく警告を送って窮地を救ってくれた、過《あやま》つことのない動物的本能が、絶対にちがう——彼女はジュダイではありえないと告げるのだ。よりによってジュダイが、金星人かどうかで直観を誤らせるとは！スミスは軽いめまいに襲われながら、すわり直して、相手の出方を待った。

彼女はすべるように床を移動してスミスの隣まで来た。動きにつれて誘うように体が微妙に揺れるのは、金星人に生まれつきのものだが、彼女はスミスのかたわらの寝椅子までやってきて、体がさっと触れあうようにした。思わず彼の体にわななきが走ったが、スミスは身を遠ざけなかった。いや、ジュダイがそんな真似をするわけがない。しないほうがいいとわかっているはずだ。

「わたしを知ってるのね？」ゆたかな声でつぶやくように彼女が尋ねた。

「前に会ったことはない」彼は言質《げんち》をとられないように答えた。

「でも、あなたはジュダイを知っている。憶えている。あなたの目を見たらわかったの。秘密は守ってもらうわ、ノースウェスト・スミス。あなたは信用できるのかしら？」

「それは――ことのしだいによる」彼の声はそっけなかった。

「わたしがあの夜ニューヨークを発ったのは、自分よりも強いなにかに呼ばれたからだった。いいえ、愛ではなかった。愛よりも強いものだったのよ、ノースウェスト・スミス。あらがいようがなかった」

その声にはなんとなく面白がっているような響きがあった。あたかも本人にしか意味のない秘密の冗談を語るかのように。スミスは寝椅子にすわったまま、すこしだけ彼女から身を遠ざけた。

「長いあいだ探していた」彼女が低い、ゆたかな声で言葉をつづけた。「あなたのような男を――危険な仕事をまかせられる男を」いったん言葉を切る。

「どんな仕事だ?」

「わたしが喉から手が出るほどほしいものを持っている男がリガにいるの。ラクランに住んでいる、〈宇宙船乗りの憩《いこ》い〉という酒場の隣に」

彼女はふたたび言葉を切った。スミスはその店をよく知っていた。天井の低い巣穴のような暗い店で、リガでもひときわうしろ暗いところが多く、用心深い短期滞在者が集まる場所だ。というのも、〈宇宙船乗りの憩い〉の亭主は、ミシという名の、いかつい顎をして、なめし革のような肌をした老乾地人で、リガを牛耳《ぎゅうじ》る勢力に多大な影響力を有しているという噂だからだ。したがって、〈宇宙船乗りの憩い〉では、邪魔される心配なしに、安全に酒を飲めるのだという。彼は老ミシをよく知っていた。おだやかに問いかけるような眼差しをジュダイに向け、彼女が話をつづけるのを待った。

彼女は目を伏せていたが、スミスの視線を感じたようだった。睫毛《まつげ》をあげずに、すぐさま話を再開したからだ。

「その男の名前は知らないけれど、火星人で、運河地方の出身。両方の頬に深い傷があるの。わたしのほしいものを、乾地人の彫刻をほどこした象牙の小箱に隠している。それを持ってこられたら、そちらのいい値で報酬を払うわ」

スミスは隣にいる女に色の淡い目をまたしぶしぶと向けた。こうして目をやるのさえなぜ気に入らないのだろう、としばし疑問に思った。その美しい色合いの顔に視線がとまるたびに、彼女は麗しくなるように思えるからだ。彼女の目はあいかわらず伏せられていて、羽毛のような睫毛が頬に触れそうになっていた。彼が「どんな代償でもいいのか?」と尋ねると、彼女は顔をあげずにうなずいて、

「お金でも宝石でも——お望みのままに」

「一万黄金ドルをラクジョーナのグレート銀行のおれの口座へ。箱を渡すときにヴィジフォンで確認する」

その感情を交えない口調に対して、彼女がちらっとでも不快そうな表情を見せるのを予想していたとしたら、肩透かしを食ったといえる。彼女は一連のすべるような動きで立ちあがり、静かに彼の前に立った。目をあげずに、なめらかな口調で、

「じゃあ決まりね。明日、この時間にこの場所で」

話はこれで終わりだから、お引きとりくださいという調子で声が低くなった。スミスは彼女の顔をちらっと見あげ、そこに見えたものに思わず腰を浮かせかけ、おおっぴらに目をこらした。彼女は目を伏せて静かに立っており、その顔からは生気と蠱惑《こわく》が跡形もなく消えていた。わけがわからないまま見ていると、まるで光り輝く内向きの潮が引いていくかのように、人間らしさが薄れていき、ついさっきまで燦然《さんぜん》と輝くジュダイが立っていた場所に、甘美だが生気のない肉体のぬけ殻が残っていた。

見ていると、不快な寒気がさざ波となって背すじを走った。あの説明のつかない嫌悪感——

自分でも理解できない内なる異質さに対するもの——が前にもまして強まるなか、不安げに扉に視線を走らせる。ためらっていると、「行って、行ってちょうだい！」という言葉が、じれったげな声となって、ほとんど動かない彼女の唇のあいだから出てきた。スミスは滑稽なほど慌てふためいて扉に向かった。扉がそれ自体の重みで閉まる寸前、見納めに視線を走らせると、ジュダイが彼と別れた場所にじっとたたずんでいた。奥の壁に刻まれた記憶にないほど古い模様を背にして、その動かない姿が白と真紅に浮きあがっている。と、薄い灰色の霧が彼女の体を覆い隠し、なぜか不快な後光がゆっくりと広がっていくという奇妙な印象を受けた。

ふたたび通りへ出ると、夕闇が落ちようとしていた。スミスは影のような従僕からコートを受けとるが早いか歩きだしたので、まだ袖と格闘しているうちに、低いアーチ形の扉の下に踏みだし、氷のように冷たい空気を深々と吸いこんで、ほっとした気分を味わった。ジュダイとその家におぼえた奇妙な嫌悪感は、自分にさえ説明できないものだったが、その両方から解放され、また開けた通りへ出られたのがうれしくてならなかった。

暖かい毛皮のコートにくるまると、彼は大股にラクランを歩きだした。行き先は〈宇宙船乗りの憩い〉。もし老ミシの機嫌がよく、こちらがそれなりの手順を踏めば、失踪した歌姫とその風変わりな家にまつわる情報を得られるかもしれない——それにラクジョーナのグレート銀行における彼女の信用度についても。彼女の富を疑う理由はないが、不必要な危険を冒すつもりもない。

〈宇宙船乗りの憩い〉はこみ合っていた。スミスはテーブルの作る迷路をぬけて、部屋の突き当たりにある長いバーカウンターへ向かい、険しい顔をした男たちのあいだを縫っていった。男たちの出自は多種多様なのだが、奇妙に似通った表情がどの顔にも浮かんでいるので、似たり寄ったりに見える。もの静かで、用心深い目をしており、おのれの才覚と銃を頼りに生きている者の、いわくいいがたい雰囲気をまとっているのだ。天井の低い店内は、ほぼ全員がくゆらせているニュアリから出る刺激臭のある紫煙《しえん》が濛々《もうもう》と立ちこめている。そのこと自体が、ミシの店は安全だと彼らがみなしている証拠だった。ニュアリというのは弱い阿片なのだから。

スミスが色の淡い目をさっと走らせ、カウンター周辺の人ごみのなかで老ミシと視線を合わせた。その声なき呼びだしに応えて、ミシその人が前に出てくる。地球人は赤いセガー・ウイスキーを注文したが、すぐには飲まなかった。

「知った顔がひとつもない」

彼は乾地人の言葉づかいでいった。それは事実に著《いちじる》しく反する発言だったが、重大な意味を帯びていた。客人を歓迎する古い塩沙漠の慣習によると、亭主は自分の店にやってくるよそ者に一杯つき合わなければならないからだ。塩沙漠によそ者が稀《まれ》だった時代のなごりであり、リガのような人口の多い都会ではめったに思いだされることのない風習だが、ミシには通じたようだった。彼はなにもいわなかったが、金星産セガーの黒い瓶の首を握り、空いている隅のテーブルへすわれとスミスに身ぶりで伝えた。

ふたりがそこに腰を降ろし、ミシが手酌で一杯注ぐと、スミスは赤いウイスキーをひと息にあおって、老乾地人のなめし革を思わせるとがった顔を見つめながら、《星のない夜》の冒頭の数小節を口ずさんだ。ミシの眉毛の片方があがった。ほかの男だったら、驚きのあまりぎくりとしたといったところだ。

「星のない夜は」彼はしみじみといった。「危険でいっぱいだ、スミス」

「喜びでいっぱいのときもあるんじゃないか?」

「まあな。でも、今夜はちがう」

「ほう?」

「ちがうんだ。それに、よくわからないものには近づかないでいるんだ」

「あんたもとまどってるんだな?」

「深くとまどってるよ。なにがあった?」

スミスは手短に話して聞かせた。乾地人は信用ならないという世評は知っていたが、老ミシは例外のような気がした。そして老人がまわりくどい言葉のやりとりを省《はぶ》き、要点にはいりたがったことからして、リガにジュダイがいることにミシもひどく動揺しているにちがいない。老ミシはなにも見逃さないのだから、彼がジュダイの存在にとまどっているとしたら、金星人の美女に対する自分の妙な反応も当然だろう。

「その女のいう箱なら知っている」スミスの話が終わると、ミシがいった。「ほら、壁ぎわに男がいるだろう。見えるか?」

顔に深い傷があり、そわそわと落ちつかないようすの長身痩軀の運河住民をスミスは上目づかいにうかがった。男は毒々しい緑の混合飲料を飲み、ニュアリを盛んにふかしていたので、その顔は濛々たる煙に隠れていた。スミスは蔑《さげす》むようにうめき声をあげた。

「その箱が値打ちものだとしたら、あんな体《てい》たらくで守れるものか。あの調子だと、三十分もすれば眠りこけるぞ」

「よく見ろ」

ミシが小声でいった。スミスは、老人の声のそっけなさを怪訝《けげん》に思いながら、首をめぐらせ、運河住民をもっと注意深く観察した。

こんどは先ほど見逃したものが見えた。その男はおびえていた。あまりにもおびえているので、肺を出入りしているニュアリは、ほとんど効果をおよぼしていない。落ちつきのない目は不安で熱っぽく、背中を壁に向けているのは、飲みながら部屋全体を見渡せるようにするためだ。ここミシの店では、それ自体が目立つ行いだった。〈宇宙船乗りの憩い〉では、とうのむかしにミシの鉄拳と銃が秩序を樹立しており、それを破ろうとする者は久しくあらわれていない。ミシは肉体だけではなく倫理の面でも尊敬を集めている。というのも、彼がリガを牛耳る者たちにおよぼす影響力は、客の身の安全を保証するだけではなく、平和を破る者を罰することにも用いられるからだ。〈宇宙船乗りの憩い〉は聖域だ。そう、ここで壁に背を向けてすわることは、銃よりも恐ろしいなにかを恐れている証《あかし》なのだ。

「あいつは追われてるんだ」ミシがグラスのへりごしに小声でいった。「あいつは運河ぞいのどこかであの箱を盗み、いまは自分の影におびえている。箱の中身は知らんが、だれかにとって恐ろしく価値のあるもので、そのだれかはどんな代償を払っても手に入れようとする。それでもあいつの後釜にすわりたいか？」

スミスは目を細くして乾地人を見た。老ミシがどうやって秘密に通じるのかは、だれにもわからないが、彼が誤ったためしはない。それにスミスは、どんな危険が運河住民の目に死の恐怖を植えつけたにせよ、その敵意を自分の身に向けさせたくはなかった。それでも、好奇心は消えなかった。ジュダイの件は人をじらす謎であり、解かなければならない気がした。

「ああ」彼はゆっくりといった。「どうしても知りたい」

「箱をとってきてやる」ミシが唐突にいった。「隠し場所を知ってるんだ。この店と隣の家とのあいだに道があるから、五分でとってこれる。ここで待ってろ」

「いや」スミスがすかさずいった。「そこまでしてもらうわけにはいかん。自分でとりに行く」

ミシの幅広い口が弧を描く。

「別に危険はない。わしに手を出そうというやつは、このリガにはおらんし――おまけに、その道は秘密なんだ。待ってろ」

スミスは肩をすくめた。とにかく、ミシは自分の面倒は見られるはずだ。スミスはセガーをあおりながら待ち、部屋の反対側にいる運河住民から目を離さずにいた。恐怖が千変万化の模様となって、その傷跡のある顔をよぎっている。

ミシがふたたび姿をあらわしたとき、金星の文字で目立つように中身が表示された小さな輸送用木箱をかかえていた。スミスはその文字を「金星、エンズ、ヴァンダ蒸留所、セガー六パイント」と翻訳した。

「このなかにある」箱を置きながらミシが小声でいった。「おまえさんは今夜ここに泊まったほうがいい。知ってるだろう、路地に面した奥の部屋を」

「ありがたい」スミスはすこしとまどった。老乾地人がなぜここまで自分のために骨を折ってくれたのか不思議だったのだ。予想していたのは、せいぜい一言二言の警告だった。「金は山分けと行こう」

ミシがかぶりをふり、

「金が手にはいるとは思えん」と率直にいった。「それに、その女が本気で箱をほしがっているとも思えん。とにかく、本当にほしいものは、おまえさんだろう。その女のために箱をとってこられた男はいくらでもいたんだ。おまえさんみたいな人間を長いこと探していた、とその女がいったんだろう。そう、その女がほしいのは男なんだよ。理由は見当もつかんがな」

スミスは眉間《みけん》にしわを寄せ、こぼれたセガーでひとつの意匠をテーブルの上面に描きだした。

「どうしても知りたい」彼は頑固にいった。

「通りでその女とすれちがったことがある。おまえさんと同じように嫌悪感をおぼえたが、理由はわからん。どうも気に入らんのだ、スミス。だが、どうしてもやり通すという気なら、それはおまえさんの勝手だ。力を貸せるものなら貸してやる。この話はやめにしないか？　今夜はどうするんだ？　ラクタルに新しい踊り子がはいったという話だぞ」

それからだいぶたったころ、せわしなく空を渡る火星のふたつの月の刻々と変わる光を浴びながら、スミスは〈宇宙船乗りの憩い〉の裏にある路地を千鳥足《ちどりあし》で進み、酒場の裏口からなかにはいった。セガーの飲みすぎで頭がすこしふらふらしたし、ラクタルのホールの音楽と笑い声と踊る足音が、頭のなかで調子よくこだましていた。彼は暗闇のなかで不器用に服を脱ぎ、重いため息をつくと、火星人がベッドにしている革の寝椅子に身を横たえた。

眠りに呑まれる直前、ふと気がつくと、「わたしがいったのは――愛よりも強いなにかに呼ばれたからだった」とジュダイがいったとき、奇妙にねじれた笑みを浮かべたのを思いだし、「愛よりも強いものとはなんだろう？……」と眠気に負けそうな頭で考えた。答えは、忘却に沈みこむのと同時に思い浮かんだ。「死だ」

あくる朝、スミスは寝坊をした。三惑星の時間を示す鋼鉄の腕時計が、手首で火星の正午をさしたとき、老ミシその人が扉を押しあけ、朝食を載せた盆を運んできた。

「今朝、ちょっとした騒ぎがあった」盆を置きながら、ミシがいった。

スミスは上体を起こし、気持ちよさげにのびをした。

「なにがあった？」

「運河の男が拳銃自殺した」

スミスの色の淡い目が、部屋の隅に置いてあった「セガー六パイント」と表示のある木箱を探しあてた。驚きのあまり眉を吊りあげて、

「それほどの値打ちがあるのか？」と小声でいった。「中身を見よう」

ミシがふたつの扉に差し錠をかけ、いっぽうスミスは寝椅子から起きあがって、木箱を床の中央まで引きずった。二重に盗まれた箱に昨夜ミシが釘づけしておいた薄い板をこじあけ、茶

色い帆布にくるまれたものをとりだす。老乾地人が肩ごしにのぞくなか、スミスはつつみをほどいた。そのあと丸一分のあいだ、彼はしゃがみこんだまま、手のなかのものを途方に暮れて見つめていた。大きくはなかった、その小さな象牙の箱は。縦十インチ、横四インチ、高さ四インチといったところだろうか。その複雑精緻な乾地人流の彫刻にはなんとなく見憶えがあるような気がしたが、その奇妙な螺旋と奇妙にねじれた文字を前にどこで見たのかをようやく思いだしたのは、しばらく見つめたあとだった。そのとき彼は思いだした。見憶えがあるのも道理。無数の火星人の住居の壁に謎めいた姿をさらしているのをずっと見てきたのだから。目をあげると、いまも頭上の壁をとり巻いている帯が見えた。しかし、そちらは大きく、箱のそれは細かいので、ひと目見ただけだと、箱の表面全体に繊細に彫りこまれた、たんなる波線のように見えるのだ。

その這いずるような線を目でたどっていたので、そのときまで気づかなかったのだが、その箱には開口部がなかった。どこから見ても箱ではまったくなく、彫刻をほどこした象牙のかたまりにすぎなかった。ふってみると、なかでなにかがわずかに動いた。まるで包装材料でゆるくつつまれているかのように。しかし、開口部はどこにもない。何度もひっくり返し、じっくりと見たり、こじあけにかかったりしてみたが、無駄骨に終わった。とうとう彼は肩をすくめ、その謎めいたものを帆布でくるみ直した。

「これをどうするんだ？」

ミシがかぶりをふり、

「偉大なるシャールだけがご存じだ」と、なかば嘲《あざけ》るようにつぶやいた。というのも、シャールは金星の神であり、その暑熱惑星の住民の口に絶えずその名がのぼる親しみやすい神性だからだ。火星人が――公然とであれひそかにであれ――崇《あが》める神は、けっして名前を口にされることがない。

ふたりは日が暮れるまで、その謎について断続的に話しあった。スミスは落ちつかない数時間を過ごした。面会時間が目前に迫っているいま、ニュアリをふかしたり、大酒を飲んだりする気になれなかったからだ。ラクランに影が長くのびるころ、鹿革のコートをふたたび着こみ、象牙の箱を内ポケットに押しこんだ。かさばったが、外から見てわかるほどではなかった。そして熱線銃の充電がすんでいることを確認した。

風に舞う雪結晶をまばゆく照らす遅い午後の陽射しのなか、スミスは右手をポケットに入れ、帽子の陰から油断なく通りに目を配りながら、ふたたびラクランを進んでいった。つけられてはいないから、その箱を追っている者たちに見つかっていないのは明らかだった。

ジュダイの家は、ラクランの端に暗く低くうずくまっていた。スミスはこみあげる嫌悪を抑えこみながら、手をあげてノックしようとしたが、こぶしが板に触れる前に扉がさっと開いた。前と同じ影のような従僕が、彼を招き入れた。今回スミスは、コートのポケットから出した銃をしまわなかった。帆布でくるんだ箱を片手で持ち、熱線銃を反対の手で持った。昨夜通った扉を従僕があけると、その先の部屋でジュダイが待っていた。

彼女は床の中心、スミスと別れたときとまったく同じ場所にたたずんで、向こう側の壁に刻まれた奇妙な網目模様を背に白と真紅に浮かびあがっていた。昨夜別れてから、彼女は身じろぎひとつしなかったのだ、と彼は奇妙な思いにとらわれた。彼女がのろのろと首をめぐらせ、スミスを見た。すると無気力な感じはたちまちかき消えた。彼女はスミスに寝椅子を勧め、自分は生粋《きっすい》の金星人ならではの猫めいた気安さで、流れるように彼の隣に腰を降ろした。前と同じように、ビロードにつつまれ、芳香をただよわせた体との接触にひるんで、彼は思わず身をちぢめた。自分でも理解できない嫌悪感が湧きあがってきたのだ。

彼女は無言だったが、両手で杯を作って懇願《こんがん》するようにさしだした。そうしながらも、目をあげてスミスの顔を見ることはしなかった。彼は上を向いた彼女の手のひらに箱を置いた。その瞬間、彼女とはいちども目を合わせていないことに、はじめてスミスは思いいたった。彼女はヴェールとなる睫毛をあげて、彼の目をのぞきこんだことがないのだ。いぶかしみながら、彼は目をこらした。

彼女はピンクに染まった指をすばやく繊細に動かして帆布をめくっていた。その手のなかに箱があらわれると、しばらく身動きせずにうつむいたまま、すくなくともひとつの命を代償にして手に入れた、その彫刻をほどこした象牙のかたまりに目を釘づけにしていた。彼女のおだやかさは不自然で、没我状態《トランス》のようだった。呼吸も止まっているにちがいない、と彼には思えた。彼女が象徴の刻まれた小さな箱をかかげたとき、睫毛が震えることも、丸い白い手首で脈が打つこともなかった。そうやって静かにすわって目をこらしているさま、一心不乱に象牙の箱を見つめているようすには、いわくいいがたい不気味なものがあった。

やがて彼女の鼻孔から深い息が吹きだす音がした。生命そのものが逃げていく音であっても不思議はなかった。その息は細くなり、電線のあいだを吹きぬける風のうなりのような、かん高いブーンという音に変わった。人間に出せる音ではなかった。

われ知らず、スミスは跳ね起きた。筋肉がみずからの意思で緊張し、動物の恐怖から成るバネとなり、寝椅子の上のかん高いうなりをあげるものから遠ざかった。気がつくと、六歩離れたところで中腰になり、手をあげて銃をかまえていた。そして彼女と向かいあったとたん、全身の毛が逆立った。そのか細くかん高い震える音から判断して、彼女が人間ではないのはまちがいなかったからだ。

長い一瞬、彼はそこで中腰のまま筋肉を張りつめさせ、頭皮が恐怖でチクチクするのを感じながら、自分たちふたりに襲いかかったこの狂気のなかに、いくばくかの理性を色の淡い目で探っていた。彼女はあいかわらず目を伏せたまま、身をこわばらせてすわっていたが、身動きひとつしていないのに、彼の最初の本能が正しかったと的確に教えるものがあった。彼女の手が腕にかかったとき、最初に直観的にひるんだのは正しかった――彼女は人間ではないのだ、と。温かな白い肉体と芳しい髪、ビロードの下にあるえもいわれぬ曲線を描くまろやかな肢体。このすべてがカモフラージュであり、隠している――隠しているのだ――彼には見当もつかないものを。だが、その麗しさが偽りだとわかり、人間は未知に対して思わず身震いするものだから、背すじがチリチリした。

彼女が立ちあがった。美しく盛りあがった乳房に象牙の箱を押しつけてかかえこみ、ゆっくりと前進する。絶妙な色合いの頬にかかる睫毛は、ふたつのほの暗い三日月のようだ。これほど麗しい彼女を見たことはなく、これほど嫌悪感をかきたてる彼女を見たこともなかった。頭脳の片隅では、彼女がマントのように巻きつけていた人間らしさが脱げ落ちているとわかっていたからだ。つぎの瞬間には……。

彼女はスミスの目と鼻の先で立ち止まった。あまりにも近いので、なかば忘れていた銃の銃口が、彼女の体をつつむビロードに押しつけられ、芳香がふわっと立ちのぼって彼の鼻孔をくすぐるほどだった。緊張の一瞬、ふたりはそのまま立っていた。彼女は睫毛を伏せ、象牙の箱をかかえて。スミスはチクチクと肌を刺す嫌悪感で身をこわばらせ、銃を彼女のわき腹に突きつけながら、淡い色の目を細くして、つぎに起きるにちがいないことを身震いしながら待っていた。彼女のまぶたがあがる寸前、スミスは片手をふりあげ、その裏にあるものを見ないですむようにしたくてたまらなくなった。やみくもに部屋から、家から飛びだして、〈宇宙船乗りの憩い〉の扉が閉まって楯となるまで立ち止まりたくないという衝動に駆られた。しかし、身動きひとつできなかった。凍てついた忘我状態にとらわれて、見つめるばかりだった。彼女の睫毛がひらひらと動いた。ゆっくりと、ごくゆっくりと、彼女のまぶたがあがった。

そのとき冷たいショックに不信の念が湧きあがり、目に映るものの細部という細部が鮮明になったので、ジュダイの目をはじめてのぞきこんだときの鮮烈な印象は、どれほど忘れようとしても忘れられないものとなった。にもかかわらず、丸一分にわたり、自分の見ているものが理解できなかった。あまりにも信じがたいので、頭がついていかないのだ。彼は心臓を早鐘のように打たせながら立ちつくし、こちらを向いた奇怪な顔を見つめていた。

その大きな弧を描く睫毛の下からのぞいているのは、予想したような黒光りする深みではなかった。ジュダイのクリーム色のまぶたのうしろに目はなかった。代わりに、睫毛にふちどられたアーモンド型の穴があいていて、地獄の業火から出る煙さながら、灰色の煙が休みなく沸き立ち、みずからの内部で煮えたぎっていた。そのとき彼にはわかった――以前はジュダイのものだった、まろやかな曲線を描く乳白色の体に、地獄の業火から生まれたどんな悪魔よりも邪悪なものが宿っているのだ、と。どうやってその体にはいりこんだのかは見当もつかないが、本物のジュダイが消えているのはわかった。その絶えず沸き立つ煙をのぞきこむと、それを確信した。そして嫌悪に全身をわななかせながら、この地獄を宿した美女を焼き払おうと、自分の体を緊張させようとしたが、身動きひとつできなかった。みずからの恐怖に金縛りにされて、彼はなすすべもなく見まもった。

彼女――いや、それはスミスの眼前で直立し、虚空を見つめていた。そして目の位置にある灰色の穴からゆっくりと染みだすものに彼は気づいた。煙が繊細な形をした渦や羽毛状の筋となって部屋へ湧きだしているのだ。それに気づいたとたん、吐き気がこみあげ、すさまじい恐怖に襲われた。というのも、それは甘いにおいのする、火から出る清潔な煙ではなかったからだ。物理的に感知できるにおいはないが、その筆舌《ひつぜつ》につくしがたい邪悪なにおいから、彼の魂そのものが身震いして遠ざかった。渦巻くものには実体がないにもかかわらず、邪悪のにおいを嗅ぎ、邪悪を味わい、自分にあるとは知らなかった感覚でそれを感じとった。それはいまや高まる波となって、かつてはジュダイのものだった睫毛にふちどられたまぶたの下から湧きだしていた。前にいちど、漠然とこれに気づいたことがあった。前夜去りぎわにふり返り、ぼんやりした灰色のものが、なんとなく不快な感じで乳白色の女体を覆い隠すのを目にしたときだ。いまはあますところなく見えているものをおぼろげに感じとっただけで、全身が警戒して震えたのだった。しかし、いまは――いまはその灰色のものが、目の前に立つ人物の青白い姿形も見分けられないほど濃密に立ちこめており、天地のあらゆる醜悪なものの触手よりも恐ろしい触手をのばし、彼の肉体と精神と魂に染みこんできていた。それに実体はなかったが、名前のあげられるなによりもぬるぬるしていて、けがらわしかった。そのぬるぬるしたものは、彼の肉体ではなく魂の上を這いずっていた。

煙の渦を通して、ジュダイの体の唇が動くのがぼんやりと見えた。声の幽霊が灰色のものに流れこむ。甘く、ゆたかで、律動するひと連なりの音。ジュダイの声はあまりにも美しかったので、恐ろしいものがそれを震わせてしゃべっているいまでさえ、音楽しか発したことのない喉から不協和音は出てこなかった。

「さあ、これでおまえに乗り移られる、ノースウェスト・スミス。この肉体と、この誘惑の手段を捨てて、男の力と率直さを身にまとう時が来ていた。これで役目を果たせそうだ。短いあいだとはいえ、おまえの力と生命力をわたしのものにしてから、大いなる＊＊＊に引き渡さなければならない。そのあとは本来の形で外へ出ていき、世界を偉大なる＊＊＊の前にひれ伏させられるだろう」

スミスは目をしばたたいた。彼女の言葉には、名前が聞こえるはずのところに欠落があった。だが、それは言葉が途切れたからではなかった。音は出てこなくても、唇は動いていたし、言葉をともなわない韻律で空気が震えたのだから。その細かな振動にスミスは思わず畏怖をおぼえた――音のない言葉の発声に畏怖をおぼえられるとしたらの話だが。

そのつぶやくような甘い声が、いまや目の前にいる人物の輪郭さえろくにわからないほど濃くなっていた霧を通してささやいていた。

「おまえをずっと待っていた、ノースウェスト・スミス――わたしの要求をかなえられる、おまえのような肉体と頭脳を持った男を。いま、偉大なる＊＊＊の名において、おまえに乗り移る。その名において、おまえの体を明け渡すように命じる。去れ！」

最後の言葉が霧をつらぬき、不意に彼は目が見えなくなった。足はもはや床を踏んでいなかった。霧のなかでもがいており、そのあまりの厭《いと》わしさと恐ろしさに、魂そのものが逃げだそうとして身悶《みもだ》えしていた。ぬるぬるした灰色のものが彼の存在に染みこんできて、這いずったり、すべったり、にじんだりしていた。そして脳に触れたのは形の定まらない狂気だったので、その筆舌につくしがたい恐怖から魂が遠ざかり、いまにも地獄へ逃げこみそうだった。

なにが起きているのかは、ぼんやりとわかった。意識が肉体から無理やり追いだされたのだ。そうとわかり、つぎにどうなるかをさとりながらも、彼は気がつくと、自由になろうと必死にあらがっていていた。ぬるぬるしたものが、魂そのものの上でにじむように広がっていた。この吐き気をもよおす現実に匹敵するほど忌まわしいものは、ほかにあるはずがなかった。狂気は、自分をつつみこむ恐怖から逃れようとする、おびえた自我の身悶えのなかにあった。彼は自由になろうとして死にもの狂いで闘った。

解放は突然やってきた。なにかが、実体のあるもののように、ぴしりと折れるのをはっきりと感じた。と思うと、彼は自由の身になっていた。その瞬間、あの厭わしい灰色の這いずるものがなくなった。光も闇もない虚空にふわふわと浮いており、頭にあるのは苦しみから解放された喜びだけだった。

しだいに理解力がもどってきた。いまの彼には形も実体もなかった。だが、意識はあった。そして自分の肉体をとりもどさなければならないとわかった。どうやってとりもどすのかはわからないが、それは切実な望みであり、実体のない彼の存在全体がその思いに集中したので、つかのま、あとにしてきた部屋が周囲で形をとりはじめ、自分自身の長身の体が、覆い隠す霧を通しておぼろげに見えた。多大な努力を払って、その体軀に思考を向けると、なにが起きているのかが、ようやくわかってきた。

いまは四方八方を同時に、妨げられることなく明瞭に見ることができた。虚無のなかに浮かびながら、彼は部屋を見つめた。最初はなにを見るのもすこし苦労した。助けになる目の焦点というものがもはやなく、部屋は中心のない広角のパノラマだったからだ。しかし、しばらくすると集中するこつをつかみ、乗っとられた自分自身がはじめてはっきりと見えた。肩幅が広く、長身で、なめし革を思わせる褐色の体が、すべる霧のまんなかで固まったように立っており、その霧はどろどろした流れとなって周囲で渦巻き、胸の悪くなるほど鮮明な記憶をよみがえらせている。その茶色い、霧に隠された体軀の足もとにジュダイの体がころがっていた。妖艶なまでに優雅なその体は、白と真紅のきらめきとなって黒光りする床にのびていた。もう死んでいるのがわかった。彼女に染みこんでいた異質の生命の息吹はぬけていた。ビロードのローブの下で曲線を描く、哀れをそそる麗しい体には、死につきものの奇妙な平板さがまぎれもなく表れていた。〈憑《つ》きもの〉は彼女を脱ぎ捨てたのだ。

スミスは自分自身の体に注意をもどした。あの忌まわしい生きている霧は、ますます濃くなって、ずるずると動く軟泥《なんでい》から成る、なかば実体のある重いローブとなり、その長身の体軀の隅から隅まで絶えず這いまわっていた。しかし、それは姿を消しつつあった。ゆっくりと、容赦なく、彼が明け渡した肉体に染みこんでいるのだ。もう半分以上が消えており、その凍てついた体に、生命に似たものが忍びこもうとしていた。みるみるうちに最後の灰色のものが、彼の失った体軀をわがものとし、冷たい異質な生命を吹きこんだ。スミスが訓練してきた神経と筋肉を掌握したので、そいつの最初の動きは、熱線銃を腋の下のホルスターにすべりこませるという慣れたすばやい動作となった。自分の体が広い肩を無意識にすくめ、ストラップの位置を確認するのが見えた。自分自身が、かつては自分のものだった軽やかな大股で部屋を横切るのが見えた。自分自身の手が、ジュダイのピンクに染まったほっそりした指から象牙の箱をとりあげるのが見えた。

いまはじめて気づいたのだが、思考はいまや読み放題であり、以前の言葉と同じくらい明瞭に読めた。部屋のなかの思考は、〈憑きもの〉の異質なそれだけであり、この瞬間まで、それらは彼にとって意味をなすほど人間的な形をとっていなかった。しかし、多くのことがわかりはじめたいま、半分しか理解できないパターンでその異様な思考が彼の意識のなかで渦巻いた。

そのとき、ある名前がそれらの思考を唐突によぎって、その力がすさまじい勢いで彼を打ったので、一瞬、その光景にかけていた意識の手がすべり、スミスはくるくるまわりながら、光も闇もないあの虚空へもどった。必死に部屋へもどろうとするいっぽうで、肉体のない精神が、新たに獲得した知識をつなぎ合わせようと奮闘していた。その知識のなかであの名前がかがり火のように燃えあがっており、知識のあらゆるパターンにとって中心となり焦点となった。

それは、ジュダイの唇が発したとき、彼の耳では聞きとれなかった名前だった。人間の唇はその音節を形作れるものの、ふつうの人間の脳はその形になった神経衝撃《インパルス》を送れないので、正気の人間には口にできないし、聞いたり、理解したりすることもできない――いまそれがわかった。そうであっても、言葉のない振動は、畏怖の波となって彼の頭脳を逆流したのだ。そしていま、露《あら》わになった力が無防備な彼の意識にまともにぶち当たり、その名前の強大な力に彼は翻弄され、焦点と制御を失ったのだった。

というのも、〈憑きもの〉の名前があまりにも強力で、非現実の存在となったいまでさえ、それを思うと身震いが出たからだ。肉体に覆われた意識には、その全力を把握できなかった。肉体を離れた意識となって、はじめて理解できるようになり、そのおぞましい名前から精神をそらしたが、そのさなかにも彼の外見をまとった生きものから遠ざかり、眼前にひらめく異質な思考の奥へ奥へと落ちていった。

〈憑きもの〉がやってきた理由がいまわかった。その名前を帯びているものの目的もわかった。そして火星人が、自分たちの冷たい神の名称をけっして口にしない理由もわかった。できないのだ。人間の頭脳が把握したり、〈外部〉からの強制なしに人間の唇が発したりできる名前ではないのだ。その奇妙な宗教の起源が、徐々に彼の頭のなかで形をとった。

数百万年、数千万年前にその名前のものは、巨大で陰鬱な影のように、火星人最初期の祖先に交じって生きていた。それは棲み処である〈外部〉からやってきて、恐ろしいことに人類のあいだに棲みつき、崇拝者たちから生命を吸いとったり、すさまじい畏怖と恐怖をうしろ盾にして君臨したりしていた。悠久の時が過ぎたいまでさえ、存在そのものは忘れ去られているものの、いまだにその恐怖と畏怖は、遠い子孫の心に生きているほどだ。

いまでさえ、その名前のものは完全に消え去ったわけではない。大きすぎて理解を絶する理由でそいつは撤退したのだが、神殿をあとに残していき、そのひとつひとつが、その存在へ通じる小さな出入口だった。したがって、その番をする神官たちは供物を捧げ、ときには神の力に憑依《ひょうい》され、その名前を口にすれば、信者には聞きとれないものの、畏怖に満ちた韻律《いんりつ》が周囲で荒れ狂った。長らく火星の名誉を毀損してきたものの、人々の心のなかでは死に絶えたことのない、あの知られざる異様な宗教の起源がこれだったのだ。

自分の体に宿っている〈憑きもの〉が、〈外部〉からの使者であることが、いまのスミスにはわかった。もっとも、どんな能力があるのかは見当もつかなかった。その名前を帯びている膨大な混成力の一部であっても不思議はない。彼にはけっしてわからないだろう。そちらの方向へさまようときのそいつの思考は、あまりにも異質で、彼の精神には意味を伝えないのだ。思考をその起源にさかのぼらせ、その名前の力がひらめいたときでさえ、スミスは身をちぢこまらせること、つまりその思考が通り過ぎるまで意識を引っこめることをすぐにおぼえた。それは地獄の溶鉱炉に開いた扉を通して目をこらすようなものだった。

自分自身が手にはさんだ箱をゆっくりと裏返し、そのあいだ自分の色の淡い目がその表面を探るのが見えた。いや、それは自分の目なのだろうか？　自分自身のまぶたの裏に、いまは灰色の〈憑きもの〉が宿っているのだろうか？　たしかなことはわからない。なぜなら、自分の体のなかにいる朦朧《もうろう》とした住人にじかに注意を集中できないからだ。その感触はあまりにも異質で、あまりにも厭わしかった。

いまや彼の手が隠れていた開口部を探りあてていた。なにが起きたのか正確にはわからなかったが、自分の体が象牙の箱をひねったり、妙な具合にねじったりすると、箱がまっすぐではない線にそって、不意にふたつに割れるのが見えた。その箱から濃密な霧が立ちのぼった。なかば実体をそなえた重いしろもので、彼の肉体の手が、まるで布のひだを通すかのようにそのなかをまさぐった。

霧はのろのろと床のほうへこぼれていき、いっぽう自分自身が箱からあるものを引きだしているのが見えた。それは、これまで起きたことの大半をつつみ隠していた謎の一端を明らかにしてくれた。というのも、霧の満ちた箱のなかにおさまっていた奇妙な象徴に見憶えがあったからだ。それは三つの惑星のどこにも同じものがない物質から作られていた。半透明の金属で、その深みでは朦朧とした煙のようなものが、曖昧な渦巻きや羽毛状の筋となって散乱している。その形は、あらゆる火星人住居の壁にある彫刻にしばしば見られる象徴と同じものだった。この護符の噂が、宇宙海賊の秘密の会合で口から口へ渡っていくのをスミスは耳にしたことがあった。存在そのものが秘密であり、それを知るのは宇宙航路の放浪者だけだが、彼らにはなにひとつ隠し立てできないからにすぎない。

噂によれば、問題の象徴は古い宗教の護符であり、その礼拝が汚名を着せられて公の場から姿を消す前は、名前のない神の礼拝式で用いられていた――恐るべき力を持つものであり、生きている人間ならだれでも使い方を心得ていたのだという。それは運河都市のひとつのどこかに隠されており、神聖不可侵なのだそうだ。顔に傷のある運河住民がどんな恐怖にさらされたのか、みずからの窃盗の結果になぜ向かいあおうとしなかったのか、いまのスミスにはわかった。その名前に仕える神官たちは、みずからが召喚した暗黒に恐れおののいていたのだ。

その窃盗の裏にどんな事情があったのかはわからない。いまや〈憑きもの〉が計り知れない価値のある護符を持っているといえば足りるだろう。その記憶にないほど古い象徴は、スミス自身の行動を通して、使い方のわかる唯一の手に落ちたわけだ。矛盾しているが、かつては自分のものだった手に。彼はなすすべもなく見まもった。

自分自身の指が、慣れたようすで象徴をかかげる。長さはせいぜい十二インチ、微妙な曲線と円弧から成るもの。その象徴の意味するものが不意にわかった。自分の精神が宿っていたところにわだかまる朦朧とした異質な精神から、たしかな情報が引きだせたのだ。その護符は、文字に書かれた名前をかたどっている。口に出せない言葉を名状しがたい金属に結晶化させたものなのだ。〈憑きもの〉は、非人間的なうやうやしい態度でそれをあつかった。

見ていると、自分自身が体をゆっくりとまわした。まるで計り知れないほど遠くにある、未知の一点へ体を向けようとするかのように。象徴を握る手が高くあがる。部屋には厳粛《げんしゅく》な緊張感がみなぎり、息詰まる沈黙が降りた。長らく待たれていた途方もない畏怖と前兆の瞬間が、ようやく訪れたかのようだ。ぎごちない足どりで、彼の失った体が、こわばった手で象徴を眼前にかかげながら、東の壁に向かってゆっくりと踏みだした。

その網目模様の刻まれた壁の前で立ち止まり、いかにも儀式らしい動作でゆっくりと護符をかかげると、その湾曲した頂点を壁の同じ象徴——その名前を彫り刻んだもの——に押しつける。そして目に見えない曲線を壁に描いているかのように、その点から護符を斜め下に引いた。その移動する頂点を見ているうちに、なにが起きているのかスミスにもわかってきた。金属製の護符で壁の象徴の線をなぞり、目には見えないが、例の名前を記しているのだ。その儀式には深い力と得体の知れない兆しが付与されており、彼の意識にいきなり恐怖の戦慄が走った。これはいったいなにを意味するのだろう？

不吉な予感に実体のない悪寒に襲われながら、彼は最後まで儀式を見届けた。壁に刻まれた模様の最後の線を護符がなぞり、網目模様のうち六平方フィートほどの空間をぐるりと囲んだ。それから自分自身の長身の体が、開いた扉からの来訪者を歓迎するかのように金属の象徴をふりまわし、輪郭をなぞった模様の前にひざまずいた。

一分――二分――なにも起こらなかった。と、壁を見ていたスミスは、なぞられた象徴の形が見分けられる気がした。どういうわけか、彩色された文字のあいだにくっきりと浮かびあってきているのだ。どういうわけか、自分自身の手がなぞるのを見た輪郭の内側に灰色のものが広がっており、もやもやが濃くなり、どんどん明瞭になってきて、ついには輪郭に囲まれている網目模様をもはや見分けられなくなり、謎めいた大きな象徴が壁にあざやかに浮かびあがった。

とっさには理解できなかった。灰色のものが刻々と密度を増し、濃くなっているのだが、その意味が理解できたのは、霧の長い巻きひげが緩慢に部屋へただよいだし、壁に火がついたかのように、灰色のものがみずからの縁を乗り越えてこぼれだし、渦巻き、くねりはじめたときだった。そしてはるか彼方から、計り知れないほど広い虚空を越えて、ある力の最初のかすかな衝撃が伝わってきた。その力はあまりにも強大で、どれほど恐ろしいものを見ているのかは一瞬にしてわかった。

その名前は、金属でできたみずからの分身によってなぞられたことで壁に入口を開き、その名前を帯びた〈憑きもの〉がはいって来られるようにしたのだ。それは数百万年前に立ち去った世界へもどろうとしていた。開いた扉を通ってにじみ出てきており、彼には止めるすべがなかった。

彼は光も闇もない虚空をただよう、肉体のない意識だった――無であり、自分が生きていた世界に自分自身の体が破壊をもたらすのを見ているしかなかった。それに対抗する力は、羽毛の抵抗力ほどもなかった。

絶望に駆られながら見ていると、徐々にあらわれてきた恐ろしいものの長い羽毛状の筋が、彼の体の垂れた首にふわりと触れた。それが触れると、まるで命令に応えるかのように、その体がぎくしゃくと立ちあがり、うしろ向きにゆっくりと部屋を横切って、ジュダイの死体が床の上で大の字になっているところまでさがった。それは自動人形のように身をかがめ、彼女を両腕で抱きあげると、また機械的に歩いて前進し、地獄よりも深い淵への門である、うねる象徴の下に横たえた。煙が飢えたように渦巻きながら降りていき、白と真紅の彼女を覆い隠した。

一瞬、それはジュダイの体が呑みこまれたあたりでくねり、沸き立ち、さらに大きな力の衝撃が、強烈な一撃となってスミスの意識を打った。計り知れないほど広い深淵を渡って、その名前の力が近づいてきていた。ジュダイの体からどんなエネルギーを吸収したにしろ、それを使ってひと跳びに近づいてきたので、いまやその力が太鼓の律動さながら、象徴を壁に刻んだ部屋じゅうにこだましていた。その律動には勝利の響きがあった。その轟音をともなう力の波がくり返し寄せてくるなか、その象徴の目的が漠然とだがとうとう理解できた。

すべては久遠《くおん》の過去、〈名状しがたいもの〉が火星を発ったときに計画されたのだ。ひょっとしたら、その時間を超越した力にとって、数万年は一瞬と大差ないのかもしれない。だが、それは帰ってくる気満々で旅立ったのであり、時間にもぬぐい消せないほど深く、壁の象徴への欲求を崇拝者たちの精神に植えつけていった。欲求だけで、理由はなかった。その象徴は、それがこの世界にふたたびはいることを可能にするためのものだった。神官たちが神殿を通じて〈名状しがたいもの〉とのあいだに保っていた細々とした接触は、小さな窓のようなものだったが、ここには大きな出入口が網目模様にまぎれて開いており、時がいたれば、それを通って計り知れない力のすべてが、有無をいわせずにはいって来られるのだった。そしてその時が来たわけだ。

波打つ壁を前にしてぴくりともせずに立っている彼の体に宿った〈憑きもの〉の精神から、勝ち誇っている情景が漠然と伝わってきた。それはいずことも知れぬ別世界の情景で、そこでは象徴が扉を思わせる刻まれた開口部となっており、大いなる灰色のものはそれをぬけてあふれだして来る。そして切れ目のない灰色の毛布のようなものにつつみこまれ、沸き立っている世界の情景でもあり、その灰色のものは、くねったり、渦巻いたり、人間の肉体と魂をガツガツと吸いとったりしているのだった。

虚空にただよっているスミスの意識はぶるぶる震え、みずからの無力さに腹が立ってならず、うねる灰色のものがゆっくりと部屋へ流れこんでくるのを怖いもの見たさで見まもった。ジュダイの死体はいまや影も形もなかった。そして長い霧の指が、まるで別の食べものを探すかのように、やみくもにあたりを探っていた。押しよせる恐怖のなか、自分自身の長身の体軀がよろよろと前進し、貪欲な灰色の羽毛状の筋の下で両膝をつくのを目で追った。

その瞬間の絶望は、どういうわけか、これまでの絶望には成しえなかったことをさせるほど強かった。世界が滅びるという見通しは、絶望的な恐怖で胸を悪くさせた。しかし、自分自身の肉体が、あふれだす灰色のものに生け贄《いにえ》として捧げられ、自分は虚空を永遠にさまようはめになるのだと思うと、熱い反抗心が一閃し、鞭の一撃のように意識に亀裂を走らせ、見ていた光景に合わされていた焦点がずれた。〈憑きもの〉の力と、その名前を帯びたものの忌まわしい力への激しい反抗心が、むらむらと湧きあがってきた。

どうしてそうなったのかはわからないが、ふと気がつくと、もはや肉体を離れて虚空に浮かんでいるわけではなかった。彼を現実から切り離していた縛《いまし》めが不意に解けていた。彼はいきなり元の世界へ乱暴に連れもどされ、自分の肉体にもどろうと死にもの狂いになり、恐慌におちいりながらも、いまそこに居すわっている濃密な灰色のものに無理やりはいりこもうとしていた。ぬるぬるした〈憑きもの〉のすぐそばにいるのだから、その闘いは吐き気をもよおす厭わしいものだったが、自分のものである肉体を救うために必死だったので、その近さにも気にならなかった。

とりあえず、体を完全にとりもどそうとする代わりに、自分自身の筋肉を動かし、飢えたように押しよせてくる霧から自分の体をさがらせることに専念した。ひとつの体をめぐるふたつの存在の争い——これほど死にもの狂いの格闘もなかった。

スミスに敵対する〈憑きもの〉は強く、かつては彼のものだった中枢神経と脳細胞のなかに立てこもっていたが、スミスはますます激しく闘い、慣れ親しんでいる場を勝ちとろうとした。そして徐々に入口を勝ちとった。ひょっとしたら、最初は体を完全にとりもどそうとしなかったことが功を奏したのかもしれない。〈憑きもの〉は、いま手にしているものを放すまいと必死になるあまり、運動を司る中枢に潜りこもうとする彼の動きに対抗できず、彼はぎくしゃくと自分の体を引きずり立たせ、一歩また一歩と熱い闘いをくり広げながら、壁ににじみ出る沸き立つ模様からあとずさった。〈憑きもの〉と隣り合っていることに魂そのものをむかつせながら、彼は闘った。

いまは相手を完全に追いだそうと必死だった。仮に追いだせていなくても、とにかく自分のものを手放さずにいた。勝ちとった足場を死守していた。ふたたび自分自身の目を通して部屋が見える瞬間があり、とり返そうとしている裸の自我をつつむ暖かな衣服のような肉体の力を感じた。それでも、あの恐ろしくて吐き気をもよおす流れる霧が、体じゅうを這いまわっており、最奥の魂をぬるぬるしたもので覆っていた。

しかし、〈憑きもの〉は強かった。彼が勝ちとろうとしている体に深く根を張っており、手放そうとしなかった。そしてくり返しとどろく雷鳴となって、迫り来る名前の力がじれったげに、執拗に部屋をつらぬいて律動し、完全に通りぬけるまで門を維持しようとしていた。その長い霧状の指が、つかみかかるように部屋のなかへのびてきた。するとスミスのなかに一縷の希望が芽生えた。そいつは彼の体に乗り移らなければ、つぎの段階に進めないのではないか。それを食い止められれば、まだ負けたわけではないかもしれない。その事態を食い止められるなら——しかし、彼が闘っている〈憑きもの〉は強大で……。

時間は彼にとって意味を持たなくなった。恐ろしい夢のなかで、彼は自分の敵である気色の悪い、どろどろの軟泥のなかでころげまわり、自分の命よりも大事なもののために闘った。〈死〉を求めて闘ったのだ。自分の体を勝ちとれないのなら、せめて自分の手でなんとかきれいな死をとげるまでは、体に居すわらなければならないとわかったからだ。さもなければ、光も闇もない虚空を永遠にただようことになる。その闘いがどれほど長くつづいたのかはわからない。しかし、彼がみずからの体のなかに居場所をとりもどし、みずからの五感で知覚した瞬間のひとつに、扉の開く音が聞こえた。

渾身の力をふり絞って首をねじ曲げる。老ミシが熱線銃を手にして戸口に立ち、目をしばたきながら、とまどい顔で霧にかすむ部屋をのぞきこんでいた。ミシが見つめるうちに、徐々に恐怖がその目に浮かんできた。深く根ざした古来の恐怖、時間にもぬぐい消せないほど深くその名前を精神に刻まれた、記憶にないほど古い祖先から受け継いだものだ。事情がよく呑みこめないまま、彼は父祖たちの神の御前に立っていた。そして麻痺《まひ》をもたらす畏怖がその顔にゆっくりと広がっていく――スミスにはそれが見てとれた。壁から霧がにじみ出ている光景から、自分が見ているものの正体をミシが知るはずもなかったが、内なる意識は、その名前を帯びたものが部屋のなかにいることをはっきりと知ったようだった。いっぽう、そいつもミシの存在を理解したにちがいなかった。あのはるか彼方から来る力が、またしても人間を貪欲に食らおうとして、こだまを殷々ととどろかせ、すさまじい律動となった命令を壁のまわりで吼《ほ》え猛《たけ》ったからだ。服従のしるしに老ミシの目がどんよりと曇り、彼は機械的な歩調でよろよろと一歩踏みだした。

スミスの意識のなかでなにかがひび割れた。もしミシが壁に達したら、いままでの苦労は水の泡だ。栄養分をとれば、その名前ははいって来られる。だが、とにかく自分は救える――かもしれない。そうなる前に死ななければならない。そして渾身の力をふり絞り、最後の絶望的な突進をして、彼は自分と並んで宿っている〈憑きもの〉を押しだし、つかのま制御を失わせ、ミシの体にのしかかって、その喉をわしづかみにしようとした。

老乾地人が理解しているのかいないのか、友人のものだった青白い目のなかで〈憑きもの〉がゆっくりと身悶えするのが見えるのか見えないのか、スミスには定かではなかった。突進したとき、なめし革を思わせる火星人の顔面に恐怖と不信が浮かぶのが見え、ついで、なんともありがたいことに、屈強な指が自分の喉にまわされるのを感じた。それでも、ミシがスミスを傷つけないようにしているのがわかり、老乾地人が怒りに駆られて自衛するように必死で仕向けた。なぐったり、突いたり、かきむしったりすると、ようやく老人の力強い手が首を絞めてきて、安堵の念がどっとこみあげてきた。

それから、その解放する指がもたらしてくれる忘却のなかで体じゅうの力をぬいた。はるか彼方から、スミスの名前を呼ぶしわがれ声があり、彼は引っぱりあげられて、ぼんやりした無の層をつぎつぎとぬけていった。重い目をあけて、視線をこらす。老ミシの心配顔がしだいに頭上で焦点を結んだ。セガーが口を焼いていた。思わず飲みこむと、火のような液体が流れおち、傷ついた喉の痛みのおかげで完全に意識をとりもどした。彼はもがくように上体を起こし、くらくらする頭に片手を押しつけ、めまいに襲われながらも目をしばたたいて、あたりを見まわした。

そこは黒光りする石床の上、忘却が彼を呑みこんだ場所だった。模様のある壁が見おろしていた。心臓がいきなり早鐘のように打ちはじめた。スミスは体をねじり、〈外部〉に通じる扉をぬけて灰色のものがにじみ出ていた壁を探した。そしてほっと胸を撫でおろし、急に力がぬけて、ミシの肩にもたれかかった。〈名状しがたいもの〉が、もはや部屋に湧きだしていないとわかったのだ。代わりに、その壁はひび割れて焼け焦げており、なかば溶けた岩の長い流れが固まりかけていた。部屋にはツンと鼻をつく熱線銃の火炎のにおいが立ちこめていて、息苦しかった。

彼はミシに目顔で問いかけ、腫れた喉の奥でなにか聞きとれないことをいった。

「わしが――焼いたんだ」奇妙なことにミシが恥じるような口調でいった。

スミスはまた首をめぐらし、滅茶苦茶になった壁を見つめ、痛烈な後悔に襲われた。もちろん、模様が破壊されたら、その名前を帯びた〈憑きもの〉が通ろうとしていた扉は閉じたはずだ。どういうわけか、そこに思いがおよばなかった。自分の体に同時に宿っていた〈憑きもの〉と長い闘いをくり広げているあいだ、腋の下にずっとしまわれていた熱線銃のことを、どういうわけか、完全に失念していたのだ。すぐさま理由が呑みこめた。その名前を帯びた無限の力からのびて、肉体のない彼のまわりで荒れ狂っていたすさまじい力は、計り知れないほど大きかったので、熱線銃という概念そのものが、考えるに値しないように思えたのだろう。しかし、ミシは知らなかった。溶鉱炉なみの膨大な力が周囲で律動しているのを感じなかった。そしてあっさりと熱線銃を一閃させて、〈外部〉への扉を閉じたのだった。

ミシの声がスミスの耳のなかで執拗に律動していたが、感情と反応で震えたり、ときおり老人の声のようにすこしひび割れたりした。老ミシがはじめて年相応の姿をさらしているのだ。

「なにがあったんだ？　おまえさんの神さまの名にかけて、いったいなにが——いや、いまはいうな。話しをしようとするな。わしは——わしは——あとで聞いてやる」それから、頭に響く自分の考えをかき消すためにしゃべっているかのように、支離滅裂なことをまくしたてた。

「わかるような気がせんでもない——気にするな。おまえさんを怪我させなかったのならいいんだが。おまえさんは頭がイカレてたにちがいない、スミス。気分はましになったか？　あのあと、床に倒れているおまえさんを見たとき、おまえさんのあとに——まあ、霧なんだろうな——泥みたいにねっとりしてるものが、おまえさんの体から湧き出てきて、ちょうど——なんといっていいのやら。そうしたら、わしもいきなり頭が変になった。あのおぞましい灰色のものが壁から湧き出てきて——なにがあったのかはわからん。わかったのは、まず自分がその奥深いところへ炎を浴びせていたこと。つぎに向こう側の壁がひび割れて、溶け、霧全体が消えていったことだ。理由はわからん。あのときなにが起きたのかもわからん。わしは——ほんのしばらく——自分ではなかったにちがいない。あれはもういなくなった。理由はわからんが、いなくなったんだ……。

　ほら、セガーのお代わりだ」

　スミスはうつろな目でミシを見あげた。自分の体に巣くっていた〈憑きもの〉はなぜ屈服したのだろう、と漠然とした疑問が頭のなかで堂々めぐりしていた。ひょっとしたらミシが首を絞めて生命を追いだしたので、〈憑きもの〉は逃げだすはめとなり、自分自身の意識が抵抗を受けずにはいりこめたのかもしれない。ひょっとしたら――彼はあきらめた。疲労困憊《こんぱい》のあまり、いまはそのことを考えられなかった。なにひとつ考えられなかった。彼は深々とため息をつき、セガーの瓶に手をのばした。

イヴァラ

Yvala

市田泉訳

ノースウェスト・スミスは火星乾地から届いた麻布包みの梱《こり》の山にもたれかかり、鋼《はがね》より色の薄い無表情な目で、眼前に広がるラクダロール宇宙港の混沌を見つめた。火星の澄んだ陽光の中、ぼろぼろになったスペースマンの革服は無情なほどみすぼらしく、百回におよぶちょっとした立ち回りでできた、熱線による焦げやかぎ裂きが目立っていた。このところ運が向いていないのは、一目見れば明らかだった。服の傷《いた》み具合からいって、ポケットは空で、熱線銃も燃料が減ったままなのは容易に察しがついた。

荷物にもたれている地球人のとなりでは、金星人ヤロールがしゃがみ込んで、金髪の頭を薄刃の短剣の上にぼんやりとうつむけていた。さっきからその短剣をジャグリングして、金星人以外には意味のない、奇妙で果てしない遊びを続けている。ヤロールの上にも不運の重みがのしかかっているようだった。空のホルスターとみすぼらしい恰好に、そのことがはっきり表れている。にもかかわらず、気楽そうにスミスを見上げた顔は例によって屈託がなく、切れ長の黒い目には、スミスが見慣れた倦怠と知恵と純粋な猫族の獰猛《どうもう》さしか浮かんでいなかった。多くの金星人がそうであるように、ヤロールも熾天使《してんし》のような顔立ちをしているが、口元にはむこうみずで荒っぽい気性と自堕落さが現れ、人種的な特徴である容貌の美しさを裏切っていた。

「あと三十分したらメシにありつける」ヤロールは長身の相棒に向かってにやりと笑った。

スミスは手首につけた三惑星の時間を示す腕時計に目を落とした。

「おまえがまた、クスリで夢見てるんでなきゃな」スミスはうなった。「このところ不運続きで、とても運が向いてくるとは思えん」

「ファロールにかけて誓う」ヤロールはにやにやした。「ゆうべ〈ニューシカゴ〉でその男が近づいてきて、今日ここで正午にそいつと会えばどれだけ儲かるか、べらべらまくしたてたのさ」

スミスは再度うなって、やせた腰に巻いたベルトを穴一つ分、これ見よがしにきつくした。ヤロールは生粋《きっすい》の金星人の甘い声でくすくす笑うと、またうつむいて短剣のジャグリングに戻った。下を向いた金髪の頭の上で、スミスはもう一度にぎやかな宙港を見わたした。

ラクダロールは火星の土壌《どじょう》に築かれた地球人街で、その無法な中心部では、二つの世界の暴力的な要素がことさら多く混じり合っている。スミスが見ている風景には、宇宙航路の流れ者にしか完全には理解できない裏の顔があった。いちおう規律に似たものは維持されているが、その類似はあくまで表層的なものだと流れ者だけが知っていた。スミスは一人でにやりとした。火星定期船〈インフティ〉のタラップを運び下ろされている梱は、バカ高い関税のかかる、貴重な火星の〝ラムウール〟を芯に隠している。ゆうべ二人がセガー・ウイスキーを飲んでいたとき〈ニューシカゴ〉を駆け巡っていた噂によれば、正午にデンバーから〈フライドランド〉

号で届く穀類は、真ん中に大量のアヘンが忍ばせてあるそうだ。スペースマン同士が落ち合って、密《ひそ》かに耳打ちするという回りくどい方法により、宇宙航路のアウトローはパトロールも知らないほどの情報を集めていた。

巨大な定期船の四分の一もなさそうな小型貨物船が、広場のずっと先の公営格納庫からゆっくりと出てくるところだった。スミスはそれを見て額にかすかな皺《しわ》を寄せた。その船は、あらゆる貨物船がつけている、商売とは無関係な識別番号だけを表示しているが、その番号は事情通のあいだでは悪名高かった。奴隷船だ。

人間という貨物の売買はかつて、宇宙旅行という刺激によって大いに弾《はず》みがついた。その当時、異星の蛮族が差し出した誘惑は、目の前に巨大な市場が開けていると知った不道徳な地球人には見過ごせないほど大きかった。というのも、地球においてさえ、奴隷制は完全に消滅してはいなかったし、金星と火星は小規模ながら合法的な奴隷の売買を行っていたのだ。だがやがて、ジョン・ウィラードの一味が、三惑星全体で〝奴隷売買〟という言葉を忌み嫌わせるに至った。ウィラード一家は三世代たった今でも、宇宙航路で海賊による奴隷輸送を行っており、スミスが今見ているのはその船の一隻だ。ラクダロールを出て、火星の秘密市場に分配されるみじめな積荷を密かに運んでいくのだ。

そのことについて考えていると、ヤロールがひょいと立ち上がってスミスの物思いを破った。スミスがおもむろに顔を横へ向けると、二人のそばに小男が立っていた。火星の下層階級の商店主が外出のときに着るような長いマントで丸い体を包んでいるが、スミスのほうを見上げる顔は、どう見てもケルト系だった。アイルランド系地球人の丸顔に、陽気さが抑えがたくにじんでいるのを見て、スミスは無表情な顔をしぶしぶほころばせた。もう一年以上、地球の土は踏んでいない――スミスの自由は故郷ではあまりにも高くつくのだ――こんなときだというのに、スミスは妙なホームシックのうずきを感じた。いたってタフな流れ者もたまには故郷が恋しくなることがある。故郷の惑星とのつながりは強いものだ。

「あんたがスミスだね?」小男はケルト風の豊かな声で訊いた。

スミスは一瞬、無言のままひややかな目で男を見下ろした。その質問には、単なる確認以上の意味が含まれていた。ノースウェスト・スミスの名はパトロール史上あまりにも悪名高いため、ここで不用意にうなずくわけにはいかない。アイルランドの小男の単刀直入な質問は、スミスの予想通りのことを示していた――自分がスミスだと認めれば、無法者という立場でこの男と話をすることになり、差し出される仕事は思ったとおり、違法なものということになる。

陽気な青い目がきらきら光ってスミスを見上げていた。自分がケルト人らしい巧妙さで用件をほのめかしたのを面白がって笑い声をあげている。スミスはまたしても、引き結んだ口元を知らず知らずほころばせ、不本意ながら微笑を浮かべていた。

「ああ」

「探してたんだ。やってほしい仕事がある。危険な仕事だが、報酬ははずむよ」

スミスの淡い色の目が用心深く周囲を見回した。声の届きそうな範囲にはだれもいない。違法な取引について話し合うにはもってこいの場所だ。

「どんな仕事だ」

小男はヤロールを見下ろした。ヤロールはまた片膝をついて、飽きもせずに短剣を放り上げ、手のこんだおかしな遊びを続けている。このなりゆきにすっかり興味を失ったように見えた。

「二人がかりの仕事だ」アイルランド人は陽気で豊かな声で言った。「あそこで荷物を積んでいる貨物船が見えるだろう?」奴隷船のほうへ顎をしゃくる。

スミスは返事のかわりに無言でうなずいた。

「知ってると思うが、ウィラードの船だ。だがこのところ、商売はかなり落ち込んでる。積荷を運ぶのが厄介すぎるんだ。パトロールのとり締まりがきつくてね。去年の収益はガタ落ちだった。それも聞いてると思うが」

スミスはまた無言でうなずいた。その話は聞いていた。

「量の不足は質で補おうってわけでね。ミンガの娘たちについてた値段、覚えてるかい?」

スミスは無表情のままだった。たしかによく覚えているが、何も言わなかった。

「しまいには、あの娘たちの値段は一国の王でも払えないくらいになった。〝象牙〟の取引に参入しようと思ったら、こいつを扱うのがいちばんだ。女たちをね。そこであんたらの出番ってわけだ。センバーの話を聞いたことは?」

スミスは目に何も浮かべずにかぶりを振った。今度ばかりは、酒場のゴシップでも耳にしたことのない名前を聞かされたのだ。

「木星の月の一つで——どの月かは仕事を受けてくれたら教えるよ——センバーという金星人

が何年も前に遭難したのさ。奇跡的に生き伸びてどうにか脱出したが、ひどい目に遭ったせいでおかしくなって、そこのジャングルをさまよってるときに見た美しいセイレーンのことばかりわめくようになった。だれ一人まともにとり合わなかったが、そのうちに同じことが起こった。今度はほんの一か月ばかり前だ。別の男がそのジャングルをなんとか抜け出して、半分イカれて帰ってきた。見ただけで気がふれちまうほど美しい女たちのことをべらべらしゃべりながらね。

ウィラード一家がその話を聞きつけた。何もかもアヘンが見せた夢のように聞こえるが、連中は調査する価値があると踏んだ。そして連中には、思いつきを実行に移す財力《カネ》がある。そこで、センバーのセイレーン神話にはどんな根拠があるのか突き止めようと、小さな探検隊を準備してるってわけだ。あんたたちにその気があれば、加わってほしいんだが」

スミスはどっちつかずの流し目を、顔を上げたヤロールの黒い瞳に向けた。二人とも一言もしゃべらなかった。

「二人で話し合いたいだろうね」アイルランドの小男は物分かりよく言った。「日没に〈ニューシカゴ〉で落ち合って、返事を聞かせてもらうってのはどうだい?」

「いいだろう」スミスはうなった。太っちょのケルト人はもう一度にやっとわらって、黒いマントをひるがえし、アイルランド風の陽気な表情とともに去っていった。

「悪魔なみの冷血漢だ」スミスは去っていく地球人を見送ってつぶやいた。「汚い仕事だな、ヤロール」

「金はきれいだぜ」ヤロールは気楽に言った。「それにおれは、良心に従って食いっぱぐれるのは御免だね。やろうぜ。だれかが行くんだろうし、それがおれたちでもかまわないだろ？」

スミスは肩をすくめた。

「食わなきゃならんしな」

「こいつぁ」ヤロールは宇宙船の船底窓の端で四つん這いになって下を見ながらつぶやいた。「思ってもみなかったほど素敵な地獄だぜ」

パイロットが降下するためにゆっくりと速度を落とすあいだ、宇宙船は木星の月の周りを長い弧を描いて飛び、貪欲なジャングルのパノラマが、どこまでも鬱蒼《うっそう》とした姿で船底窓の下を通りすぎていった。

未開の小さな衛星の大気上層を抜けてここにたどり着いたのは、二人とも初めて経験するほどスムーズな、長い一連の旅の果てだった。ウィラードのネットワークは三惑星とその先の植民地化された衛星、宇宙航路を往復する船のあいだに完璧に張り巡らされていた。ラクダロールからの旅の終点では、この小ぎれいな小型探検船に、粗野な顔をした陰気な奴隷商人が三人乗り組んで二人を待っていた。必要な物資や、最先端の冒険家が望みそうなあらゆる設備も完璧に整えられ、まだ見ぬセイレーンを収容するために、シルク張りの牢獄まで用意されていた。探検が成功すれば、二人がつれ帰ったセイレーンはウィラードの目で確かめられ、彼の市場に出されることになる。

「ここまでは簡単だった」小柄な金星人の肩ごしに下をにらみながらスミスは言った。「何もかも順調に行くとは思えないが、それにしてもいやな感じの場所だ」

操縦席に座っているぼんやりした顔のパイロットが、首を伸ばして眼下で回転する小さな衛星をながめ、心の底から同意のうなりを漏らした。

「あんたらといっしょに出かけなくて済んでうれしいぜ」口に煙草をくわえたまま、だみ声でそう言った。

ヤロールは金星語で陽気な罵倒を返したが、スミスは何も言わなかった。陰気で無口な乗員たちは気に食わなかったし、まして信用などできなかった。彼の目に狂いがなければ――そしてスミスはめったに相手の人柄を見誤ったりしないのだが――探検を終えて文明社会に戻る前に、この三人とはひと悶着《もんちゃく》あるに違いない。スミスはパイロットに広い背中を向けてじっと下をにらみつけた。

上空から見たところ、この月を覆っているのは、なかば生きていて、貪欲で、恐ろしく暑いという、最悪の部類のジャングルで、木星のぎらぎらした炎にあぶられ、肥沃《ひよく》さと突然の死に満ちているようだった。船が長いカーブを描いてジャングルの上を飛んでいるあいだ、眼下のどこにも人間が生きている気配はなかった。木々の頂《いただき》は衛星全体に切れ目のない毛布のように広がっている。ヤロールは下を見ながらつぶやいた。

「水がないな。セイレーンって聞くと、魚の尾がある姿を想像しちまうが」

雑多で風変りな過去の経験の中から、スミスは古い詩の断片をひっぱり出した。（――魔法の入り海、セイレーンが歌うところ……〔オリバー・ウェンデル・ホームズ・シニア "The Chambered Nautilus" より〕そして口に出して言った。

「それにセイレーンは歌うはずだ。単なる幻覚以上のものがこの件に関わってるとしたら、不細工な野蛮人の一団ってところじゃないか」

船は今や旋回しつつ降下しており、ジャングルが急行列車のスピードで迫ってきていた。彼らの探るような目の下で、小さな月はもう一度回転した。ジャングルは花々に飾られ、肥沃な生命の緑に覆われ、貪欲な植物が密集してからみ合っている。そのとき、パイロットの手が操縦装置をきつく握り、小型宇宙船は抗《あらが》う大気の悲鳴とともに、途切れることのない眼下のジャングルに向けて長い急降下に入った。

船がバリバリと盛大な音を立てて地面に近づいていくと、周囲に生い茂る葉によって窓が塞がれ、船内は緑の薄明の中に沈んだ。ほとんど衝撃もなしに、ジャングルの地面が船を受け止めてくれた。パイロットはシートにもたれて、煙草のにおいのする溜息をついた。彼の仕事はここまでだ。パイロットは船首の窓を無関心な目でながめた。

ヤロールは潰れた蔓《つる》や枝、月の表面の悪臭のする土しか見えない船底窓から身を起こし、船首の窓のそばにいるスミスとパイロットに加わった。

船はジャングルの底に沈んでいた。船が侵入したせいでずたずたに折れた木々から、大蛇めいた枝やケーブルのような蔓が、途中でちぎれてループ状に垂れさがっている。ここは生きているジャングルで、獲物に手を伸ばす飢えた植物に満ちていた。植物は肥沃な泥の中から生え、荒々しくからみ合って多くの実をつけている。さしわたし何ヤードもある生々しい色の花が、体液を吸う口を船のあちこちのガラスにやたらとぶつけてくる。その口は知覚を伴わぬ飢えのせいで、緑の汁を透明なガラス面によだれのように垂らしている。三人が見つめていると、棘《とげ》の牙を生やした蔓が鞭《むち》のように襲ってきて、ガラスの表面を虚《むな》しく滑り、やみくもに鞭打ちをくり返した。やがて棘が潰れ、傷ついた表皮から緑の汁がしたたった。

「結局のところ、吹っ飛ばす手間はかかりそうだ」貪欲なジャングルを見つめてスミスはつぶやいた。「例の哀れな連中がおかしくなって帰ってきたのも不思議じゃないな。そもそもどうやって抜け出したんだか。こいつは――」

「なあ、あれ――ファロールよ、召したまえ!」ヤロールがやたらと敬虔《けいけん》にささやいたので、スミスは途中で口をつぐみ、腰の銃に手を伸ばして、小柄な金星人のほうをふり返った。ヤロールは船尾まで行って窓から外をのぞいていた。

「道だ!」ヤロールはあえいだ。「すぐ外にあるのが道でなきゃ、おれはブラック・ファロールの夕飯になってもいいぜ」

パイロットは有害な火星の煙草を手にとって、まったく興味のない顔でのんびりと体を伸ばした。だがスミスはヤロールが言い終えないうちにそばへ行き、彼とともに船尾の窓が切りとった驚くべき光景を無言でながめた。広い道がまっすぐにジャングルの薄闇の中へ伸びていた。飢えた植物の群れは道の両側ですっぱり断ち切られ、見通しのよい道路には葉や巻きひげさえ入り込んでいない。頭上ですら枝々は侵入を禁じられ、緑の蔓がからみ合って道の上にアーチを作っている。あたかも破壊光線がジャングルに放たれ、進路上の生命を皆殺しにしたかのようだ。じくじくした泥さえそこでは固まって、なめらかな舗道になっている。空《から》っぽで謎めいた見通しのよい道は、二人の視界を斜めに横切って、うごめくジャングルの中へ続いていた。

「さてと」ついにヤロールが沈黙を破った。「こいつは幸先がいいな。道に沿っていきゃいいんだから。このジャングルを絶世の美女がうろついてるなんて、絶対にありえないぜ。道の様子からいって、結局のところ、この月には文明人が住んでるに違いない」

「何が道を築いたのかわかるといいんだが」とスミス。「月やアステロイドには、恐ろしく妙なものが棲んでることがある」

ヤロールの猫のような目は輝いていた。

「だからこそ、この稼業は面白いんだ」にやりと笑う。「退屈知らずだからな。おい、計器はなんて言ってる?」

パイロットが操縦席から、外の大気と重力の状態を表示する計器をちらっと見た。

「問題ない」とうなって、「熱線銃を持ってったほうがいいぜ」

スミスはふいに込み上げてきた不安を、肩をすくめて追い払い、武器のラックに向き直った。

「燃料を満タンにしていくぞ。何に出くわすかわからん」

二人が外部ハッチに向かうと、パイロットはぶあつい唇のあいだで有毒な煙草を転がしながら言った。「幸運を。あんたらにゃ必要になるだろう」その階層の人間らしく、パイロットが関心を持っているのは、自分が快適に過ごすことと、割り当てられた仕事を最小限の努力で終わらせることだけだった。ハッチが開いて、緑の植物と急速な腐敗のにおいがする、蒸し暑い風が猛烈な勢いで吹き込んできたときも、パイロットは顔を向けようともしなかった。

スミスとヤロールが外を見つめていると、一本の蔓の先端が、開いたハッチの中を鞭打つように襲ってきた。ヤロールは金星語で悪態をついて飛びすさり、熱線銃を抜いた。次の瞬間、目もくらむ熱線が、十フィート余り先の斜めに走る道路に向かって、青々とした食肉植物をまっすぐに貫《つらぬ》き、破壊による道を切り開いた。植物がシューッ、ジューッと焼かれる音が盛大に響き、外部ハッチと道路を隔《へだ》てる狭い木立を貫いて、二人の前にがらんとした小道ができていた。ヤロールが悪臭のする泥に足を下ろすと、泥はブーツの周りで泡立ち、肥沃さと腐敗のにおいを漂わせた。ヤロールは黒い泥に膝まで埋もれてふたたび悪態をついた。スミスはにやりと笑ってヤロールのそばに降り、二人は横にならんでもがきながら泥の中を道路めざして進んでいった。

距離は短かったが、たどり着くのにまる十分かかった。熱線銃に焼き切られた森の断面から、緑の蔓が二人を鞭打った。二人ともいくつもの小さい擦り傷や棘によるかき傷から出血し、息を切らし、腹を立て、まさに泥まみれになって目的地にたどり着き、しっかりした道に足を引きずり上げた。

「ヒューーッ!」ヤロールはブーツにこびりついた泥を足踏みして落としながらあえいだ。「この先おれが、この道から一歩でも外へ出たら、ファロールに召されてもいいぜ。どんなセイレーンが出てこようと、あんな地獄に引き戻されてたまるかよ。センバーもかわいそうにな!」

「行こう」とスミス。「どっちだ」

ヤロールは額から汗を払って深く息を吸い、不快そうに鼻に皺を寄せた。

「そりゃ風上だろ？　こんなにおい嗅いだことあるか？　しかもクソ暑いぜ！　もうとっくに汗だくだ」

スミスは何も言わずにうなずき、右へと向かった。そっちからかすかな風が吹いて、じめじめした重い空気をそよがせている。スミスの痩身はさまざまな気候に耐えられるが、〝暑熱惑星〟の出身であるヤロールさえ、すでに汗を流しているのだ。革の色に日焼けしたスミスの顔にも汗が光り、シャツの肩は濡れて、ところどころ肌に張りついていた。

風上へ向かうと、ありがたいことに、涼しい風が顔に吹きつけてきた。無言で息をあえがせながら、二人は泥まみれの足でとぼとぼと歩き、先へ行くにつれて驚きの念を深めていった。一歩進むごとに、何がこの道を作ったのかという謎は深まるばかりだ。固い地面には轍も足跡もついていないし、どこまで行っても、森は道の上に髪の毛一筋分も侵入していなかった。

道の両側のくっきりした境界の先では、青々とした食肉植物があいかわらずさかんに活動していた。草木は重苦しい空気の中へ、体液を吸う巨大な花盤や、棘の歯を持つ蔓を垂らしており、何かが近くにやってきたら死の一撃を浴びせようとしている。小さな爬虫類が悪臭のする湿地を駆け抜け、ときおり棘つきの罠にかかって悲鳴を発している。道中で二度、姿の見えない怪物が虚ろな咆哮をあげるのも聞こえてきた。二人の周りにあるのは、低くうなり、鞭をふるい、獲物をむさぼる生々しい原始の生命であり、この星では生物がいまだ揺籃《ようらん》期の苦闘の只《ただ》中《なか》にあるのだ。

だが、発達した文明が築いたとしか思えない道の上では、貪婪なジャングルは遠い存在に感じられ、あたかも原始の演劇が上演されている非現実の世界のようだった。さほど行かないうちに、二人はジャングルにほとんど注意を払わなくなり、咆哮や鞭打ち、飢えた蔓や貪欲な森の植物を、ぼんやりとしか意識しなくなった。その世界のものは道に入ってくることがなかった。

先へ進むにつれて、道の先から絶え間なく吹いてくる風のおかげで、灼熱の暑さは和らげられた。風にはかすかな芳香があった。甘く軽やかで、道の両側に接する湿地の悪臭とはまったく異なっていた。かぐわしい風が二人のほてった顔を優しくあおいだ。

スミスは一定間隔でふり返っては、不安そうに眉根を寄せていた。

「この仕事が終わるまでに、あのクルーたちとひと悶着なかったら、セガーをひとケースおごってやるよ」

「よし、賭けだな」ヤロールは陽気に言い、切れ長な猫族の目でスミスを見上げた。その目には周囲の貪欲なジャングルと同じくらい放縦な野性味があった。「まあ、たしかにヤバそうな連中だけどな」

「あいつら、ここにおれたちを置き去りにして、おれたちの分の金まで懐《ふところ》に入れるつもりかもしれん」とスミス。「あるいは、おれたちが女を手に入れたら、連中はおれたちを放り出して、自分たちだけで女をつれ帰ろうと思うかもしれん。まだ何もたくらんでないとしても、いずれたくらむだろう」

「あいつらみんな、よからぬことを考えてるってわけか」ヤロールはにやりとした。「あの――連中――」

ヤロールはためらうように口をつぐんだ。風に乗って何かの音が聞こえてきたのだ。スミスはすでに立ち止まり、耳をそばだてて、風に乗って吹きつけてきたささやきの木霊《こだま》を捉えようとしていた。それは楽園の塀を越えて漂ってくるような音だった。

静けさの中、二人が息を詰めていると、その音がまた聞こえてきた――どこまでも捉えがたい、鈴を振るような笑い声だ。美しい幻めいた女の笑い声が、彼方から二人の耳へと漂ってくる。それはキスさながらに甘い愛撫を含み、指先でゆっくりと撫でるようにスミスの神経を軽くかすめて、震える静寂の中へ消えていった。静寂はまるで、その美しい音が木霊になって消え去るのを惜しんでいるかのようだった。

二人は陶然とし、戸惑いながら顔を見合わせた。とうとうヤロールが口を開いた。「セイレーンだ！」とささやく。「あんなふうに笑えるなら、歌う必要はないな！　行こうぜ！」

二人はペースを速めて道を進んでいった。そよ風がかぐわしく顔に吹きつけてくる。しばらくすると、香りのよい風はふたたび、あの天上の笑い声の遠くかすかな木霊を運んできた。蜂蜜より甘い笑い声は、薄れゆく律動となって風の中に漂い、ほんの少しずつ消えていき、やがて耳にしているのが美しい笑い声なのか、自分たちの高まった鼓動なのか判然としなくなった。

しかし二人の前にはがらんとした道が伸び、低いアーチを作る木々の下、緑の薄明に包まれて静まり返っている。道はまっすぐに続いているが、靄《もや》のようなものがかかっているため、前方は緑に霞《かす》んでよく見えなかった。二人は奇妙な静けさの中、その道に沿って貪欲なジャングルを抜けていった。今の二人の注意力では、ジャングルの光景や物音が別世界のもののように思えても不思議はなかった。二人の耳はあのひそやかで愛らしい笑い声をもう一度聞こうと努めており、二人ともその声を期待するあまり、魔法にかかったように周囲に関心を払えず、笑い声の妙《たえ》なる木霊以外のすべては頭から拭《ぬぐ》い去られていた。

前方の緑の薄闇の中に、淡い光が最初に見えたのはどの時点か、スミスにもヤロールにもよくわからなかった。だが、一人の娘が道をゆっくりとこちらへ向かってきたとき、二人ともなぜか驚かなかった。娘は木々の下、ジャングルの薄闇になかば紛《まぎ》れていた。

スミスの目には、娘の姿は夢から出てきたように見えた。この距離から見ても、娘の美しさは静謐《せいひつ》な魔法のようで、スミスの驚きの念を、奇妙で魔術的な安らぎで包み込んだ。娘の体の長い曲線に沿って美が流れ、その肢体は漂《ただよ》う衣のような髪に隠れてはまた現れている。歩みにつれてゆったりと揺れる優美な体は、強力な魔法でスミスをどうしようもなく惹きつけていた。

そのとき、薄闇の中のもう一つの光に気づいて、スミスは近づいてくる魔法から目をそらした。スミスが当惑したことに、蔓を低く垂らした木の下を、もう一人の娘が歩いてきていた。その髪はゆったりと漂って体の周りで揺れ、最初の娘と同じくらい美しい曲線を見せたり隠したりしている。最初の娘は今やさらに近づいてきており、スミスには娘の魅惑的な顔を見ることができた。肌は淡い金色で、夢よりも愛らしく、輪郭はすばらしくなめらかで、頬骨のあたりは繊細な傾きを見せている。濃い色の髪がゆらめく炎のように波打って後ろへ流れると、すべすべした頬が広くなだらかな額に続いているのがわかった。蜂蜜色の顔にはかすかなスラヴ風の特徴があった。それを感じさせるのは両頬の広さと、唇に向けてまっすぐ傾いたそのラインだった。熱い残り火の色の唇は今、笑みを浮かべて約束している――天国を。

娘はすぐそばにいた。淡い金色の手足には桃のような血色が差し、丸みのある喉が脈打つのが見え、髪のヴェールからのぞく目がスミスの目を求めた。しかし、彼女の後ろから二人目の娘が近づいてきていた。どこをとっても最初の娘と同じくらい美しく、その姿は繊細に流れては波打つ魔力によって、スミスの視線を磁石のように惹きつけていた。彼女の後ろからは――そう、もう一人がやってきており、その後ろには四人目が続いていた。そしてこの娘たちの背後にある緑の薄闇の中、青白くおぼろな影がさらに多くの娘たちの存在を告げていた。

娘たちの姿はそっくりだった。スミスは困惑した目で娘たちの顔を見比べたが、そこに見出した事実を、脳はいまだ信じることができなかった。顔立ちの一つ一つ、曲線の一つ一つがまったく同じだった。五人、六人、七人の蜂蜜色の体が、濃い色の髪になかば覆われ、ゆらゆらと彼のほうへ近づいてくる。七つ、八つ、九つの美しい顔がほほえんで恍惚を約束している。信じがたい光景に眩暈《めまい》を覚えていたスミスは、手が肩をつかむのを感じた。ヤロールの呆然とした声がささやくように言った。

「ここは楽園か――それとも、おれたち二人とも、おかしくなっちまったのか？」

その声がスミスを放心から引き戻した。なかば目が覚めて、必死で頭をはっきりさせようとする男のように、スミスは勢いよくかぶりを振った。

「おまえにもまったく同じに見えるか」

「一人残らず。美しい——なんてもんじゃない——あんなになめらかで真っ黒な髪を見たことあるか?」

「黒——黒?」スミスは呆けたようにくり返し、その言葉のどこがおかしいのかと首をひねった。とうとうはっと気がつくと、衝撃のあまり眼前の魔法からさっと目をそらし、小柄な金星人の陶然とした顔を鋭くふり返った。

ヤロールの曇りなく清らかな顔は、敬虔なまでの驚きを浮かべている。黒い瞳に宿った知恵と倦怠と野性味さえ、瞳が見ているものの魅力に呑まれて消え失せている。ヤロールの声が独り言のようにつぶやいた。

「それに白い——真っ白だ——百合《ゆり》みたいじゃないか——あの黒さと白さといったら——」

「気でも違ったか」スミスの声がうっとりした金星人に厳しく投げつけられた。その口調の激しさに、恍惚とした表情は消え失せた。夢から覚めた者のように、ヤロールは目をしばたたきながら友人をふり返った。

「気が違った? いや——それは——二人ともだろう? でなきゃこんな光景が見えるはずがない」

「どっちか一人だ」スミスは険《けわ》しい声で言った。「おれには赤毛の娘たちが見える。肌の色は

——桃のようだ」

ヤロールはまた目をぱちぱちさせた。その目が路上にいる、戸惑うほど美しい娘たちの群れを探った。それからヤロールは言った。

「なら、おかしいのはあんただ。一人残らず黒い髪をしてる。たっぷりした繻子《しゅす》のように輝いてて、なめらかで、真っ黒だ。それにあの体ほど白いものなんて、この世にあるはずがない」

スミスの淡い色の目がまた道のほうを向いた。その目はふたたび、漂う炎のような髪になかば覆われた淡い蜂蜜色の曲線とビロードの肌を捉えた。スミスはまた呆然としてかぶりを振った。

娘たちは目の前で緑の薄闇に包まれ、しっかり固められた道の上で、落ち着きのない小刻みな足どりで前後に体を揺すっている。娘たちの足は軽さのあまり漂う花びらのようで、その髪はやむことなく動いて、なめらかな体の膨らみからゆらゆらと離れ、また全身を包み込んでいる。娘たちは二人の男にじっと視線をよこしたが、一言も口はきかなかった。

そのとき、ふたたび風に乗って、あの美しく涼やかな笑いのはるかな木霊が漂ってきた。その声の甘さに、顔に吹きつける風さえ軽くなった。それは愛撫であり、約束であり、ほとんど抗しがたい招きであって、二人のそばをかすめ、彼方へ漂っていったが、その遠くひそやかな律動は、聞こえる音楽がやんだあとも、ずっと二人の耳に残っていた。

スミスはその声で自失から覚め、いちばん近くにいる娘のほうを向いて、やにわに問いかけた。

「おまえは何者だ」

ひらひらと揺れる一団の中に、かすかな興奮の震えが走った。まったく同じ美貌がいっせいに彼のほうを向き、話しかけられた一人が謎めいたほほえみを浮かべた。

「わたくしはイヴァラ」娘は絹よりもなめらかな声で言った。その声の調子は、ゆったりした優しい甘さで耳をくすぐり、神経を波立たせた。しかも娘は英語を話していた！　スミスが母国語を最後に聞いたのはずいぶん前の話だ。その響きは耐えがたいほどの激しさで、胸の奥に隠された琴線をかき鳴らした。魔法のように甘い声で話される母国の言葉。スミスは一瞬口がきけなかった。

ヤロールが驚きに低く口笛を吹いて沈黙を破った。

「いよいよおれたち、おかしくなっちまったな」ヤロールはつぶやいた。「でなきゃ彼女が金星雅語を話してることの説明がつかない。なあ、彼女はまさか――」

「金星雅語！」つかのま無言だったスミスは愕然として声をあげた。「彼女が話してるのは英語だぞ！」

二人は強い疑念を目に浮かべて見つめ合った。スミスは躍起になってふり返り、もう一人の愛らしい娘に同じ質問を投げ、耳が自分を欺いていないことを確かめるべく、息を殺して答えを待った。

「イヴァラ――わたくしはイヴァラ」娘は最初の娘とまったく同じなめらかな声で答えた。間違いなく英語で、故郷の思い出に甘く彩られている。

娘の背後の、桃色の曲線を描く体と、濃色の髪のヴェールの群れの中で、ほかのふっくらした赤い唇も動き、ほかのビロードのような声もささやいた。「イヴァラ、イヴァラ、わたくしはイヴァラ」まるで薄れゆく木霊が口から口へと伝わっていくようで、やがて奇妙で美しい名前の最後の一音が静寂の中へ消えていった。

娘たちのささやきが消えると、麻痺《まひ》したような沈黙が流れ、そこへふたたび風が吹いてきて、またしてもあの甘く静かな笑い声が彼方から二人の耳に届き、風に乗って高く低く波打ち、やがて二人の鼓動もそれに応えた。声は弱まって薄れていき、かぐわしい風にさらわれて、名残《なごり》惜しげに消えていった。

「あれは何だ――何者だ」笑い声が静けさの中に消えてしまうと、ひらひらと揺れる娘たちにスミスはそっと尋ねた。

「あれはイヴァラ」娘たちは愛撫するような声でいっせいに答えた。同じ豊かさと余韻を持つ音が幾重にも木霊しているようだった。「イヴァラは笑う――イヴァラは呼ぶ……いっしょに来て、イヴァラの元へ……」

ヤロールがふいに音楽的な言葉をさざ波のように発した。

「ゲス・ノッリ・ア・イヴァリ?」同時にスミスも、めったに使わない母国語で訊いた。「で、イヴァラとは何者だ」

だが返事はなく、返ってきたのは手招きと、「イヴァラ、イヴァラ、イヴァラ――」とくり返しつぶやかれる名前、二人をときめかせる微笑だけだった。ヤロールはいちばん近くの娘にためらいつつ手を伸ばしたが、娘はその手を煙のようにすり抜け、ヤロールの指はビロードのような肩をかすめただけで、指先には心地よいうずきが残った。娘は肩ごしに熱い笑みを浮かべ、ヤロールはスミスの腕をつかんだ。

「行こうぜ」と急き立てる。

ぎりぎり手の届かない距離にある、優しい声と美しく温かい体という心地よい夢に包まれ、二人は道に沿ってゆっくりと進んでいった。ゆらゆらと歩む娘たちに囲まれ、あのじらすような笑い声が響いてきた風上へと向かって。周りでは金色の娘たちが絶え間なく軽やかに足を動かし、その髪がふわりと浮かんでは、見え隠れする美しい体にまとわりつき、あの一つの名前の木霊がクリームのように豊かでなめらかな律動となって、高く低く響いている。イヴァラ——イヴァラ——イヴァラ——二人を急き立てる魔法の呪文。

どのくらい歩いたのかはわからなかった。不変のジャングルが背後へ流れていくが、二人とも目もくれなかった。広く謎めいた道は前へと伸び、神秘的な緑の薄闇が、笑い声の響いてくる道をはるか先まで包んでいた。優しくつぶやく娘たちの、揺れる体となびく髪、夢の木霊のような声が織りなす円の外にあるものは、二人にとって何一つ意味を持たなかった。二人の男が抱いていた驚きも疑念も当惑も、魔女たちの妖しい歌声の中に沈み、呑み込まれて、ことごとく消え失せていた。

陶然とした長い時間が過ぎたのち、二人は道の果てにたどり着いた。スミスは夢見るような淡い色の目を上げたが、朦朧とした目にはヴェールがかかったようで、周囲の風景はほとんど意味を持たなかった。ジャングルの壁が両側で消え失せ、目の前に大きな庭園のような場所が遠くまで広がっている。原始の沼地も生きている植物もここでいきなり途絶えて、百万年以上前から運ばれてきたような風景がとって代わっていた。その場所には巨大な古木が並んでいるが、飢えたジャングルの中で育つ蛇のような植物とは、進化の度合いが大きく異なっていた。古木の葉が、ゆらめく緑の屋根となって頭上を覆っており、星のような花をちりばめた苔《こけ》の絨毯《じゅうたん》に木漏れ日が黄昏《たそがれ》の柔らかさで落ちている。たった一歩で二人は進化の歳月をまたぎ越え、周囲で虚しく荒れ狂うジャングルより百万年古い世界から運ばれてきたような、美しくほの明るい庭園に足を踏み入れたのだ。

進んでいく二人の足元の苔はビロードのようだった。スミスは見ているものを半分しか理解していない目で、木々の下にたれこめる緑の薄闇を透かして、黄昏《たそがれ》の風景をながめ渡した。その場所は静まり返っており、神秘的でまったく音がしなかった。頭上の葉のあいだにときおり、生き物の姿がひらめくような気がした。小動物が彼らの進路を横切り、鳥たちが葉叢《はむら》ではばたいて、木々のあいだにかすかな動きが見えるようだったが、判然とはしなかった。一、二度、鳥の歌声の残響が聞こえたような気がした。まるでメロディは一瞬前に耳に届いていたが、音が消えかけてからようやく、それが意識に上ったかのようだった。だが実際の歌声が聞こえたり、生き物の姿が見えたりすることは一度もなく、ただ生き物の気配だけが、葉の下の緑の黄昏の中に満ちあふれていた。

二人はゆっくりと進んでいった。一度、枝々の後ろに身を潜めて、まだらの仔鹿が大きく寂しげな目でこっちを見ているのがたしかに見えたと思った。しかし、よく目を凝らすと、そこには葉が揺れているばかりだった。そして一度、スミスの内なる耳に、一瞬前の音の木霊さながら、牡馬の甲高いいななきが聞こえたような気がした。だがそれは、しょせん大したことではなかった。娘たちは花のちらばる苔を踏んで二人をいざなっていき、二人の周りで虚ろな喉をした鳩のように、ただ「イヴァラ――イヴァラ――イヴァラ……」と歌い、高く低く流れる果てしないハーモニーを生み出していた。

二人は夢見るように歩いていき、木々と庭園の苔むした風景は、不変の静けさで背後へよどみなく流れていった。木々のあいだに生命が潜んでいるという印象は次第にスミスの心を悩ませ始めた。ひょっとして幻覚を見ているのではないだろうか――なにしろ、たしかに見えたはずの野生のイノシシの頭は、枝や影の具合では説明がつかなかったのだ。イノシシは葉のあいだから顔を突き出し、一瞬、小さな恥じるような目でスミスを見つめたが、スミスがまともにそっちを見ると、影が落とす模様の中に溶けてしまった。

スミスはまばたきして目をこすり、つかのま、自分の脳に裏切られかけているのでは、という恐怖を覚えたが、次の瞬間、低く枝を垂らす二本の木のあいだの道を半信半疑でのぞき込んだ。目の端に、りっぱな白い牡馬が見えたような気がしたのだ。馬は驚いたように顔を上げてためらっており、ひどく奇妙な差し迫った目をしていた。その目は警告と、不安と――羞恥を浮かべていた。だがその馬も、スミスがそっちを見た途端、葉が落とす単なる影の中に紛れてしまった。

一度スミスはびくっとして、道に転がっていたものにつまずきそうになった。それは葉のついた枝にすぎなかったが、一瞬前には、低く身を屈めた猫科の動物に戸惑うほどそっくりだったのだ。その獣は、ぎらぎらした険悪な目に憎しみと警告と苦痛を浮かべてスミスの目を見上げながら、苔の上をこそこそと歩いていた。

こうした動物たちの姿には、目にすると漠然とした不安をかき立てるものがあった——警告と苦悩を浮かべ、獣の目と呼ぶには明瞭すぎる意識を持った目——首の上にある頭の形の、妙に不気味で気がかりなほど見慣れた特徴——そうしたものは、恐ろしいことに、それらの動物が四足獣とは異なる歩き方をすることを示唆していた。

葉の中から優美な牝鹿が躍り出てきて、一瞬ためらい、四足動物とは違った素早さで逃げていき、姿を消す瞬間に、苦悩する大きな目で叫ぶような警告を発しながらスミスを見つめた。その直後、ついにスミスはその場で立ち止まった。あまりに大きな不安が危険を訴えているため、低い声でささやく娘たちの魔法にかけられてついていくわけにはいかなかった。スミスは立ち止まったまま、周りを胡散臭そうに見回した。鹿は苔の上でひらめく葉の影に溶け込んだが、スミスはその目に浮かんでいた羞恥と警告がどうしても忘れられなかった。

スミスは木々が屋根を作る薄暗い緑の庭園に目を走らせた。これはすべて白昼夢か、ジャングル熱による幻覚か、急に安定を失った心のなせる業だろうか。目に苦悩を浮かべ、四本足の体に不気味なほど見慣れた形の頭と首が乗っている獣が自分の空想ということはあるだろうか。そもそも今起きていることは、一部なりとも現実なのだろうか。

何よりもまず確証を得たかったので、スミスはふいに手を伸ばし、いちばん近くにいた蜂蜜色の娘の体を素早くつかんだ。たしかに実体がある。スミスの指は引き締まった丸みのある腕をきつく握った。曲線を描く腕はすべすべと柔らかく、桃の花のようなビロードの感触だ。娘は腕を引かなかった。スミスが触れるとぴたりと立ち止まり、ゆっくりとふり返り、夢の中のようなさりげなさで彼のほうへ顔を向け、顎を高く持ちあげた。長く豊かな喉の曲線がぴんと張った弧を描き、ビロードの肌の下で血管が激しく脈打つのが見てとれた。娘の口がそっと開き、目蓋《まぶた》が伏せられた。

スミスの反対の腕がひとりでに前へ出て娘を引き寄せた。すると娘の両手がスミスの髪をかき分け、彼の頭を自分のほうへ引き寄せた。娘の開いた唇でキスされて、スミスの不安も苦悩も秘められた恐怖もはじけ飛んだ。

次に気づいたときは、娘のしなやかな体を片腕で抱き寄せて、木々の下をゆっくりと歩んでいた。娘がすぐそばにいるのが快く、頭がくらくらするほどで、緑の森は夢のように霞み、ただ一つの現実は、腕に抱いた蜂蜜色の美の化身の中にあった。

ヤロールも木の葉のあいだの、少し離れたところを並んで歩いているのがぼんやりとわかった。明るい色の頭がヤロールの肩にもたれ、もう一人の金色の娘が彼の腕に抱き寄せられている。スミスが抱えている美女と瓜二つなので、鏡に映った影のようにも思えた。そのとき、ある記憶が蘇ってきて不安をかき立てた。ヤロールには、雪のように白い乙女が黒髪の頭を肩にもたせかけて、いっしょに歩いているように見えるのだろうか。小柄な金星人の心はこの場所

娘たちが話している、彼の耳には英語に聞こえ、ヤロールの耳には軽やかに歌うような金星雅語に聞こえる言語とは、いったいどんなものだろう。二人とも頭がおかしくなったのだろうか。

そのとき、腕の中でしなやかな金色の体が身じろぎし、柔らかな影の差した顔がスミスを見上げた。彼女の唇の魔法によって、周囲の森は煙のごとく消え去った。

木々のあいだにいくつかの空地がぼんやりと見え、白い瓦礫の山がときおりスミスの何も見ていない目に映ったが、頭に残るのは、たしかな記憶というより、記憶の痕跡にすぎなかった。曖昧な疑問が心に浮かんできた。あれはかつてどんな建物だったのだろう。過去のいかなる種族が、ジャングルの中にこの場所を開き、これ以外の痕跡を残さずに滅んでいったのだろう。だがスミスは気にかけなかった。そんなことはどうでもよかった。現れては消える獣たちが、今や警告ではなく悲しみと絶望に満ちた目を向けてくるが、魔法にかかった脳には、それすら意味を失っていた。白昼夢の中、スミスは何も考えず、警戒も抱かず、促される方向へ進み続けた。ごく純粋な魔法を腕に抱き、こうして緑の黄昏の中を歩いてゆくのは心地よかった。スミスは満ち足りていた。

一行は点在する白い建物の廃墟を通り過ぎ、自分たちの体にまだらの影を落とす曲がった巨木を越えて歩いていった。苔は毛足の長い絨毯のように足元で柔らかく沈み込んだ。よく見えぬ獣たちはときおりかたわらをこそこそと駆けていき、スミスの目の端は絶えず、その姿の中の――もう少しで――人間に見えそうな部分を捉えていた。体のライン、獣の体に乗った頭の恰好、明らかに何かを訴える目。だがスミスにはそれがちゃんと見えてはいなかった。

甘く——耐えがたいほど甘く優しく、森の中に笑い声が響いた。スミスの頭は驚いた牡馬のようにさっともたげられた。今や笑い声は先ほどより鮮明で、近くから——葉のあいだのごく近くから聞こえてくる。その声は楽園の塀から身を乗り出している、美しく情熱的な天女《フーリー》が発しているに違いない——自分は彼女を求めてはるばる訪れ、今や旅の終わりを目前にして身を震わせているのだ。静かな美しい声は木々のあいだに木霊し、緑の黄昏の道に響き渡り、葉叢をいっせいに震わせた。その声は同時にあらゆる場所にあった。物質世界に重なった小さな音楽の世界さながら、声の力が及ぶ範囲を魔法の呪文で囲い込み、美しい音色のほかは入り込む余地をなくしていた。その声に含まれる命令が、肉を切り裂く剣の鋭さでスミスの頭の中に鳴り響き、森を呼び声で——耐えがたい呼び声で満たした。

そのとき彼らは木々のあいだから、苔の生えた狭い空地に出た。空地の真ん中には小さな白い神殿がそびえていた。なぜかヤロールもそこにいて——なぜか彼らは二人きりだった。あの絶世の美女たちは煙のように忘却の中へ消えていた。二人の男はぴくりとも動かず、朦朧《もうろう》とした目で前を見つめた。この神殿は彼らが見た中で唯一、柱が今もまっすぐ立っている建物で、このときようやく、林間の空地にちらばっていた崩れた壁の様式は、二人が知るどんな世界の建築とも異なっているとわかった。だが二人ともその謎について深く考えたいとは思わなかった。というのも、細い柱のあいだにいる女の姿が、二人の眩惑された心から、ほかの考えを一切追い払ってしまったのだ。

彼女は小さな神殿の真ん中に立っていた。肌は淡い金色で、長い巻き毛のマントになかば覆われている。セイレーンたちが美しかったとすれば、ここに立っているのは美の化身だった。あの娘たちは彼女の顔と体を借りていた。ここにいる女もやはり、蜂蜜色の美しい体を流れる髪のあいだからのぞかせ、その髪は明るく波打つ炎のように身にまとわりついている。だが、心を惑わせるあの娘たちは、今二人の前にある美の単なる木霊にすぎなかった。スミスは淡い色の目で女を熱く凝視した。

ここにいるのはリリス――ここにいるのはヘレネ――ここにいるのはキルケ――スミスの目の前に、人類のあらゆる伝説に語られたあらゆる美が立っている。大理石の床の上に立ち、笑みを浮かべぬ瞳で、重々しく二人と対峙している。なめらかな輪郭の美貌に光を灯す瞳を、スミスは初めてのぞき込んだ。その強烈な青さの中にいきなり飛び込んだせいで、魂そのものが息を呑んだ。それは鮮やかな青でも、燃えるような青でもなかったが、スミスに名づけ得るあらゆるものをはるかに凌駕《りょうが》する強さを持っていた。人の魂はその青さの中に永遠に沈んでいくことができた。底にたどり着かず、潮に揺すられず、果てしない絶対的な光とともに、どこまでも没入し、潜《もぐ》っていけた。

その青い青い瞳が彼を解放すると、スミスは溺れかけた者のように一度あえいで、この瞬間まで現実とは気づかなかった存在に改めて驚きの目を向けた。彼女の瞳の青い深淵に潜った一瞬の恍惚が、脳の中に新たな知識への扉を開いたに違いない。というのも、凝視するうちに、眼前の美には奇妙な性質があることがわかってきたのだ。

ここにあるのは形を得た美、人間の肉体の内に根を下ろし、その体を衣さながらの美で包む何ものかだ。ここにあるのは、単なる肉体の美を超えたもの、均整のとれた顔と肢体を超えたものだ。炎に似た何かが、桃の花のような肌となめらかに盛り上がる輪郭に沿って、目に見えんばかりに――いや、目に見える以上に――燃えており、高く張りのある乳房、長く繊細な曲線を描く太腿、流れる髪になかば覆われた豊かな肢体へ続く優美な肩のラインに輝きを与えている。

その目もくらむ啓示の瞬間、彼女の美はスミスの前でゆらめき、それは人間の感覚には強烈すぎて、なかば霞んだ目の前にある耐えがたい美のまばゆすぎる光としか認識できなかった。スミスはその輝きを締め出そうと両手を上げ、しばし目を覆って、自らに課した暗闇の中に立っていた。その闇を貫いて、目に見えるものを超えた強さで美が燃え立ち、彼の全存在を痛烈に打ちすえ、やがてスミスは魂の最小の粒子にまで沁《し》みとおる光に包まれていた。

そのとき、光が収まっていった。スミスは震える手を下ろし、淡い金色の美しい顔が徐々にほころんでいくのに気がついた。天上の愉悦を約束するその表情に、つかのま五感がふたたびスミスを裏切り、世界はめまぐるしく回転した。その中心ではビロードのような唇の端が上がって、ゆっくりと笑みを形作り、淡い蜂蜜色の顔の上で、目や口が弓なりの線を描き、かすかな影のある起伏が生まれていた。

「他郷の方はみな、ここでは歓迎されます」ごく薄い絹を震わせるような声が優しくささやいた。蜂蜜より甘く、かすめる唇のように愛撫してくる。女は純粋な地球英語を話していた。スミスはどうにか声を出した。

「あんたは――だれだ」妙に苦しげな声になった。息そのものが、今向かい合っている魔法によってせき止められたかのように。

女が答えるより早く、ヤロールの声が割って入った。唐突で荒々しい怒りのせいで、その声は軽く震えている。

「話しかけられた言葉で返すこともできないのかよ」物騒に声を低めて尋ねる。「せめて金星雅語で名前を訊くぐらいできるだろう？　なんで彼女が英語なんか話すと思ったんだ？」

スミスは言葉を失い、ぼんやりした灰色の目を相棒に向けた。ヤロールが神殿の中の輝きに向き直ると、黒い瞳から、激しやすい金星人の怒りが霧のように薄れていくのがわかった。ヤロールは美しくなめらかな抑揚を持つ母国語で、見事な誇張と比喩《ひゆ》をたっぷり用いて語りかけた。

「おお、美しき闇夜の貴婦人よ、海の泡よりも白いその美しさを表す、いかなる御名を名乗っておいででしょうか」

金星雅語の言い回しと音の美しさを聞きながら、スミスはつかのま、おのれの耳に疑いを抱いた。女はたしかに英語を話していたが、ヤロールの言葉の美しさのほうが、竪琴のようにカーブしたビロードの赤さの口からこぼれるには、はるかにふさわしく思えたからだ。こんな唇が純粋な音楽より下等なものを発するはずがないし、英語は音楽的な言語ではない。

だがヤロールが見ている幻覚を説明するすべはなかった。なにしろ己の淡い鋼色の目は、濃い色の髪と淡い金色の肌をしっかり捉えているし、どんなに想像を働かせても、そうした色を、相棒が見ていると言い張る漆黒と雪白に変化させることはできないのだから。

ヤロールが話しかけると、柔らかい唇の端を上げた笑みに、喜びの影が忍び込んだ。女は一つの言語で二人に返事を与え、それはスミスには純粋な英語に聞こえたが、ヤロールの耳には音楽的な抑揚を持つ金星雅語に聞こえているのだろう。

「わたくしは美」女は穏やかに告げた。「美の化身。名をイヴァラといいます。どうか諍《いさか》いはなさらないで。どの殿方も、その心が語る言語でわたくしの声を聞き、その魂にとって美を意味する姿でわたくしを見るのです。なぜならわたくしはあらゆる殿方の望みが一つに化身したもの、わたくし以外に美は存在しないのですから」

「だが――ほかの娘たちは」

「ここに住んでいるのはわたくし一人――ですがあなたがたはわたくしの影と出会い、遠回りな道をたどってイヴァラの前に案内されたのです。まずはわたくしの美の鏡像を見ていなければ、今目にしている完全な美は、あなたがたをすっかり盲目にし、破壊してしまったでしょう。いずれあなたがたは、もっとはっきりとわたくしの姿を見るかもしれません……

ですが、そう、ここに住んでいるのはイヴァラ一人。あなたがたを除いては、わたくしのこの庭園に生き物は存在しません。わたくし以外のすべては幻。ですが、わたくし一人で充分ではありませんか？　今目にしている以上のものを――命あるものであれ、なきものであれ――望むことができますか？」

その質問は細かく震えて、楽《がく》の音《ね》を孕《はら》んだ静寂に変わった。たしかに彼女以上のものは望めないと二人にはわかっていた。天上の甘さを含むつぶやきは純粋な魔力を宿しており、その声を聞いていると、目の前にある美への崇拝以外、どんな感情も湧いてはこなかった。美は完璧さの化身から熱のように波となって打ち寄せ、二人を包み込み、ついにイヴァラ以外、宇宙には何も存在しなくなった。

目の前で燃え立つ輝きに対して、切られた動脈から血が噴き出るように崇拝があふれ出すのをスミスは感じた。それは生血《いきち》と同じようにあふれ、生血と同じように、流れ出すにつれて妙に力が奪われていった。まるで自分の中の重要な一部が、このうえなく強い思慕の奔流となって噴き出していくかのように。

しかしどこかで——スミスの潜在意識の最下層より深いところで、かすかな不安がうごめいていた。スミスはそれに抵抗した。なぜならそれは恍惚とした思慕の鏡面にひびを入れるからだ。だがスミスはその不安を抑え込めなかった。魔力に縛られて陶然とした心の中を、不安はもがきながら一層ずつ上へあがってきて、とうとう意識の中へ突入し、すばらしく静かな恍惚状態を小さな震えでかき乱した。それは明確な不安ではなかったが、森の中でちらちらと見え隠れしていた——本当に見えたのだろうか？——動物たちとなぜか結びついていた。加えて、地球の古い伝説の記憶も浮かんできて、どう頑張っても脳裏から追い払うことはできなかった。美しい女、そして獣に変えられる男たち……はっきりとは思い出せなかったが、その捉えがたい記憶が細い針の先でスミスを刺激し、しきりに危険を訴えかけるので、スミスの頭はきわめて億劫ながら、もう一度考える作業にかかった。

イヴァラはそれを感じとった。彼女の美しさに注がれる恍惚とした崇拝の、生血のような噴出が弱まるのを感じた。底知れぬ目が超越的な青さの炎となってスミスの目に向けられ、その光の衝撃によって、彼の周囲で森がぐるぐると回った。だがスミスの中のどこか――意識的な思考の最下層のさらに下、本能と反射と動物的切望の最後のゆらめきの下に、彼がこれまで遭遇したいかなる力も完全には征服できなかった、獰猛な強さの岩盤があった。目の前の存在でさえ――イヴァラでさえ、その岩盤を征服することはできない。その不動の岩に深く根を下ろして、不安を誘うかすかな声がしつこくささやいていた。「この場所には何かおかしいところがある。また彼女に呑み込まれるわけにはいかない――何がおかしいのか確かめなくては……」

そこまでは意識があった。そのときイヴァラがふり返り、ビロードの両腕で髪のカーテンを後ろへ払った。すると、形を得た美そのものである彼女をとり巻いて、恐るべき強さで存在する光が燦然と輝きわたった。そのありさまを前にして、スミスの意識は風に吹かれた蠟燭《ろうそく》の火のようにかき消された。

永劫の時間が過ぎたのち、知覚がうっすらと戻ってきたようだった。明確な意識というより、自分の周囲で、自分の中で、自分を貫いて起きていることに対する、鈍く盲目的な知覚だ。真の自意識などかけらもない動物たちは、このような知覚を持っているのかもしれない。だが純粋な美に対する恍惚とした崇拝が、ほかの何よりも熱くスミスの宇宙の中心で燃えており、燃料をむさぼる火のようにスミスをむさぼり、彼の思慕を吸い出し、スミスを完全に絞り尽くそうとしていた。スミスは肉体を失ってなすすべもなく、己を捉えた貪欲な炎に憧憬を注ぎ込み、注げば注ぐほど自分が霞んでいくのを、人間のレベルから堕ちていくのを感じた。鈍すぎる知覚しか持たないため、状況を理解しようとはしていなかったが、自分が——退化していくのがわかった。

イヴァラの内にあり、スミスをたいらげようとしている、飽くことを知らぬ賞讃への欲求が、スミスのあらゆる人間性を吸いとるかのようだった。彼の思考力さえ、イヴァラに人間性を飲み干されるにつれて低下していき、もはや己の感覚に言葉を当てはめることもできず、彼の精神は人間の頭脳レベルより低い、形や画像の世界に入っていき……

スミスには実体がなかった。スミスは薄暗く曖昧な記憶であり、肉体はなく、頭脳もなく、奇妙な飢餓感でいっぱいで……かつて走っていたことを思い出した。飛ぶように走る足の下で黒い大地が後ろへ流れていき、鼻孔を刺す風は一千のうまそうなもののにおいに満ちていた。己の周りで仲間が冷たい星に向かって吠え、己の声が仲間の声とともに高まって、喉いっぱいの歓喜の叫びとなった。牙が食い破る肉は甘く、飢えた舌の上に熱い血があふれた。それ以外のことはほとんど思い出せなかった。貪欲な切望、追跡の喜び、牙が引き裂く熱い肉の快《こころよ》いにおい——そのすべてが彼の記憶の中をぐるぐると回り、ほかのものが浮かんでくる余地はほとんどなかった。

だが、不安を誘うかすかな木霊のように、別の認識が、くり返される飢えと食事の記憶を超えてゆっくりと強まってきた。その認識には形がなかった。どこか遠いところにいたとき、自分はなんとなく——こうではなかったという、曖昧な知識でしかなかった。彼は今や単なる回想、失われた体が遠い昔に行っていた、狩りと殺しと食事の記憶を反芻する精神にすぎなかった。だがそれでも——彼はかつてこうではなかった。彼は——

くり返される記憶を鋭く貫いて、何かがいるという認識が割り込んできた。肉体の感覚で気づいたのではなかった。今や肉体の感覚はなかったからだ。それでも彼の知覚は、鈍化し麻痺した精神は、そいつらがやってきたことを——そいつらが何であるかを知っていた。記憶の中にいた彼は、人間の生臭いにおいに血を揺すぶられ、ふいに濡れた牙のあいだから舌が垂れ下がるのを感じた。飢餓《きが》の感覚が蘇り、五感を貫いて押し寄せてきた。

今のスミスは形のない虚空の中にいて、目も見えず体も持たないため、そいつらが彼という存在にぶつかってこなければ感知できなかった。だが、その人間たちの意識は、スミスに近づいてきて触れ、彼の存在を知り、彼がそばにいることに気づいていた。スミスがすぐ近くに飢えたように潜んでいるのを、そいつらは感じとっていた。スミスの激しい飢餓を精神によって受け止め、彼の存在を鮮やかに感じたせいで、そいつらの脳はつかのま、近くにある飢えのかたまりを目に見える姿に変換したに違いない。というのも、スミスがいる灰色の虚空の外のどこかから、はっきりした声が聞こえてきたのだ。

「見ろ！　ほら——いや、消えちまった。だがちょっとの間、狼《おおかみ》がいたような……」

その言葉は銃火のごとき激しさでスミスの意識にぶち当たった。というのも、その瞬間、スミスは悟ったのだ。スミスは男の話す言葉を理解し、それがかつて自分の話していた言葉だと思い出し——自分が何になってしまったか認識した。そしてまた、だれだか知らぬ男たちが、スミスを征服したのと同じ危険の中に入ってきたのにも気がつき、警告せねばという差し迫った思いが、鈍麻した心の中に湧き上がってきた。そのとき初めて、人間の言語的思考により、スミスは自分が存在していないとはっきり理解した。スミスは実在ではなかった——闇の中を漂う狼の記憶にすぎなかった。スミスはかつて人間だったが、今や純粋な狼——獣と化していた。彼の魂は人間性をはぎとられ、あらゆる人間の内にある獰猛さの核をむき出しにされていた。羞恥がどっと押し寄せてきた。スミスはその男たちを忘れ、彼らの話す言葉を忘れ、蘇った飢えを忘れて、狼の記憶と人間の恥辱という虚無の中へ溶けていった。

そのめくるめく感覚の中、もっと強力な誘いが脈打ち始めた。虚空の中のどこかで、スミスに呼びかける抗いがたい声が響いていた。その声があまりに強く呼びかけてきたため、スミスというおぼろな存在はそれに応えて、召喚者の元へ己を否応なしに運び去る流れの中へ、まっすぐに飛び込んでいった。

炎が燃えていた。宇宙全体に広がる虚無の中心でその炎は燃え、呼びかけ、命令し、甘く誘いかけており、スミスは己の全存在をもってそれに応えた。その炎の中には、スミスの心の奥にもっとも深く根差した望みを強く捉えるものがあったからだ。スミスは食物を——血の熱いほとばしりを、骨をかみ砕く歯を、引き締まった肉に牙を立てるすばらしい感覚を思い出した。そうしたものへの欲望が、生命そのもののように彼から噴き出し、スミスを空《うつ》ろに——空ろにして……スミスはどんどん下へ沈んでいき、狼のレベルを超え、さらに下へ……。

訪れかけた忘却を貫いて、恐怖が突き刺さってきた。それは失って久しい人間性による稲妻のごとき認識、スミスが沈んでいく暗闇に光を送る最後の脈動だった。そして、スミスという存在の中心、狼のレベルよりさらに下、彼が呑まれかけている忘却のさらに下にある、ゆるぎない強さを持つあの岩盤から――抵抗の火花がほとばしった。

このときまで、スミスは戦いの足場となる固い地盤をどこにも見いだせず、なすすべもなくあがいていた。しかし今、ぎりぎりの窮地の中、意識ある生命の最後の残滓《ざんし》が吸いとられかけている中、あの岩盤がむき出しになり、そこから彼の強さと獰猛さの泉が湧き出していた。そしてその、スミスと呼ばれる自我の最後の砦において、彼はすぐさま抵抗に移り、人間としての魂が根を張る土壌であった、狼としての性質のすべてを用いて戦った。スミスは獣の獰猛さと人間の力をふるって狼のごとく戦い、双方の土台である堅固な岩盤に支えられていた。周囲で空間が回転し、貪欲な炎を燃やし、短い失神によってきれぎれに暗黒と化し、イヴァラという熱い存在を中心に荒れ狂い、むさぼろうとした。

だがスミスは勝ちを収めかけており、そうと気づいてさらに激しく戦い、ふいに抵抗がぷっりとやむのを感じ、ふたたび盲目的な知覚をとり戻し、盲目のまま人間に戻っていた。スミスは柔らかな苔の上に死体のように横たわっており、すべての四肢と筋肉からひどく力が抜けていた。それでも、生命が彼に逆流してきており、絞り尽くされて空ろになった魂の中へ人間性が氾濫する川のように戻ってきていた。スミスはしばらく静かに横たわり、自分を一つの肉体の中へふたたび収めようと努めた。肉体にしがみつく力は弱く、ともすれば透明になって漂い出す感覚があり、肉体の中へ必死に戻ろうとするはめになった。しかしとうとう、すさまじい努力によって、スミスは目蓋を上げ、死のような静けさの中に横たわって周囲を見つめていた。

目の前には、美の化身が立っていた白い大理石の神殿があった。だが、目に入るのはもはやイヴァラの眩惑的な美しさではなかった。スミスはもっとも危険な彼女の炎をくぐり抜け、今や彼女の本当の姿を目にしていた。それは彼にとって、またおそらく、人であれ獣であれ彼女を目にするあらゆる存在にとって、純粋な美を意味する姿ではなく――そもそも形ですらなかった。それは神殿の内側で燃えている貪欲な光の輝きだった。その光は生きており、ゆらめき、震え、活気に満ちていたが、人間の形はとっていなかった。それは人間ではなかった。あまりにも異質な生命であるため、スミスはぼんやりした疑問を抱いた。自分の目はどうやって、これをイヴァラという美の化身に捻じ曲げていたのだろう。そして危険の只中にあってさえ、スミスはあの美が――彼自身の脳の中にしか存在しなかった艶美な幻が失われたことを、つかのま惜しいと思った。自分の中に生命の炎が燃えている限り、彼女の微笑を忘れることはできないだろう。

目の前で燃えているのは、恐ろしく遠い起源を持つものだった。その力は、影響の及ぶ範囲にスミスが入り込むと同時に彼の脳を捉え、あの美しい姿で――彼にとってのみ心からの望みを意味する姿で――己を見るように命令したのだろう。ほかの無数の者たちにも同じことをしたに違いない――森の中でそっと恥じらうように彼の脳をかすめていった獣の幻をスミスは思い出した。そう、スミスもその一つだった――今ではそれがわかっていた。獣たちの目に浮かんでいた警告と苦悩も理解できた。そしてまた、森の中で見た廃墟も思い出した。かつていかなる種族がここに住み、貪欲な森の中にその文明の跡を、静かな空地と木々という刻印を残したのだろう。ことによると、木々の下でひっそりと暮らしていた人類の元に、やがて破壊者イヴァラが訪れたのかもしれない。あるいは、住民は人類ではなかったのかもしれない。というのも、イヴァラはあらゆる生物に合わせて異なる姿をとると、めいめいのもっとも高い望みの化身となると、今ではわかっていたからだ。

そのとき声が聞こえた。スミスは果てしない努力の末に苔の上で首をひねって、声のするほうへ目をやった。目に映った光景に、できるものなら立ち上がっていただろうが、死のごとき疲労が星々の重みのようにのしかかっており、ぴくりとも動けなかった。獣の姿だったとき存在を感じた人間たちがそこに立っていた――小型船の乗組員である三人の奴隷商人だ。三人はさほど距離をおかずにスミスたちを尾けてきたに違いない。どんな汚い思惑があったのかは、もはや知る由もないだろう。というのも、イヴァラの魔法が彼らをつかまえていたからだ。もう少したてば、彼らの中に人間性はまったく残っていないはずだ。三人は輝きの前に一列に並び、敬虔なまでの恍惚感を顔に浮かべていた。イヴァラという光の化身が目に映っているのは明らかだが、スミスにとって三人の前にあるのは形のない炎にすぎなかった。

そのとき、あの死に物狂いの戦いの最中、イヴァラがあれほど急にスミスを放したわけがわかった。彼女の渇望を満たす新たな食物、彼女が吸収できる新たな崇拝が現れたからだ。イヴァラは新たな餌食《えじき》から人間性を吸いとるべく、スミスの涸《か》れかけた泉から顔をそむけたのだ。三人はそこに立ち、目の前にあるものの美しさに酔い痴れている。彼らにとってそれは、漂う髪に覆われた美しい女性であり、この世のものならぬ熱さで輝いているのだろうが、スミスにとっては透き通った炎が燃えているにすぎなかった。

だがスミスにはそれ以上のものも見えた。神殿の前で恍惚としている三人の周囲にぼんやりしたものが——あれは空中で揺れている彼ら自身の奇妙な影だろうか？　そのおぼろな輪郭はゆらゆらと動き、スミスはそのかすかな揺れを見つめていた。たった今切り抜けた経験のおかげで、肉体を超えたものを見通す視力が一時的に備わっていたのだ。あのゆらめきはイヴァラの呼びかけに招かれて、奇妙な形で目に見えるようになった、三人の男の重要な部分の影に違いない。

それは人間の形をした影だった。それはイヴァラに恋い焦がれ、入れ物である肉体との結びつきを断って彼女のほうへ向かおうと躍起になっていた。肉体という根を捨て、抗いがたく呼びかける美の化身と溶け合いたいかのように前へ乗り出している。三人の体は硬直して立ち尽くし、顔は歓喜に呆けたようになり、魂の中身に相違ないものを引き寄せる危険な力には気づいていない。

と、そのとき、いちばん近くの男がどさりと膝をつき、震え、苔の上に突っ伏した。男はつかのまじっと横たわっていた。倒れた体から、彼自身の希薄な影が離れようともがき、最後に一度、猛烈にあがいたかと思うとふいに自由になり、煙の渦のように漂って、神殿の強烈な白い熱の中へ入っていった。炎はそれを呑み込み、新たな燃料をくべられたようにひときわ明々と燃え上がった。

突然の明るさが収まると、煙の渦は漂い出て、スミスの霞んだ目にも妙にゆがんで見える姿で柱のあいだを流れていった。それはもはや人間の魂ではなかった。イヴァラという炎の餌となって、人間性は余さず燃え尽き、土台にある獣性がむき出しになり、自由になっていた。その土台はあらゆる人間の中で、教養や人間性という虚飾のすぐ下に横たわっているのだ。スミスは理解すると同時にぞっとして、人間性という虚飾の層がはぎとられたあとに唯一残った動物的本能という核を見つめていた。あらゆる人間の祖先が四本の肢で走り回っていた遠い過去に深く根差した、獣の記憶という核を。

残っていたのは狡猾そうな獣で、狐のずる賢さに満ちていた。スミスはその霧のようなものが、森の緑の薄闇の中へこそこそと去っていくのを見送り、ここへ来るとき庭園で獣の姿をちらちらと見かけた理由に改めて思い当たった。あの動物たちの頭の形や首のラインは、不気味なほど見覚えがあり、四足獣とは異なる歩き方を示唆していた。あれもまた、今去っていったのと同じ幻だったに違いない。森の中をさまよう幻の獣たちは、脱ぎ捨てた人間性の切れ端や残り屑をいまだ身につけ、スミスの心をかすめて働きかけ、幻影が吹き散らされる前に、その鮮明な気配によって、ほんの一瞬とはいえ、ごくわずかとはいえ、本物のような毛皮や肉を見せていたのだ。何人の男が炎の餌食となり、衣のように人間性をはぎとられ、獣性をむき出しにして魔法の森を駆けているのかと考え、スミスは身の毛もよだつ思いがした。

ここにいるのはキルケだった。スミスは恐れと畏怖に震えながらそのことを察した。魔女キルケはギリシャ神話の男たちを獣に変えた。スミスの目の前で起きたことの背後には、なんと途方もない真実と神話が模糊《もこ》として潜んでいることか！　魔女キルケ――古代地球の伝説が、今、はるかな虚空を隔《へだ》てた木星の月の上で形をとっている。そのことへの畏れがスミスを深く揺り動かした。キルケ――イヴァラ――この異質な存在は、宇宙のあちこちをはてしなくさまよい、何世紀にもわたってかすかな噂をあとに残してきたに違いない。青いエーゲ海の島に住む美しいキルケ――木星の炎の下、とり憑かれた月に住むイヴァラ――過去と現在が一つに混じり合ってまばゆく燃えていた。

その驚きにしばし心を奪われていたため、目の前にある現実の光景をふたたび意識したとき、残っていた奴隷商人は二人とも苔の上にうつ伏せに倒れ、見捨てられた肉体はイヴァラの炎に生気を血のごとく吸いとられていた。イヴァラの炎は今やますます赤みを増し、その脈動の中から、彼女の餌食となった三人のかすかな幻の最後の一つが素早く現れた。それは豚のような獣の幻だった。森の中へ駆け込んでいくとき、鳴き声や鼻を鳴らす音が今にも聞こえそうな、牙や剛毛が目に見えそうな気がした。

そのとき、炎がふたたび明るく燃え上がった。強烈な薔薇《ばら》色を帯び、心臓の鼓動のように規則的に脈打ち、神殿の中で満ち足りて陶然としている。スミスはその気配が引いてゆくのに気がついた。目の前で燃えている存在の意識が、己の支配する世界を放り出して、自身の内側へ向けられたようだった。イヴァラは崇拝を求めるヴァンパイア的渇望によってむさぼった食事を消化し、まどろんでいた。

スミスは苔の上で身じろぎした。今こそ脱出のために闘わねばならない——神殿にいるものが飽食し、周囲に関心を向けていないうちに。スミスは疲労に震えながらその場に横たわり、肉体に力をとり戻そうとあがいていた。なんとかして体に力を入れ、起き上がり、ヤロールを見つけ、放置された船までたどり着かなくては。少しずつだが、実行に移すことができた。長い時間がかかったが、とうとう一本の木を支えに身を起こし、ふらつきながら立ち上がった。

淡い色の目は疲労に霞んでは、まばたきして視界を晴らし、木々の下にヤロールの姿を探した。

小柄な金星人は数歩先に横たわり、片方の頬を地面に押しつけ、金髪の巻き毛を苔の上できらめかせていた。目を閉じていると、眠っている熾天使のようで、荒っぽい稼業や激しい戦いが刻んだ皺は薄れ、黒い瞳の獰猛さも隠されている。死の危険の只中にありながら、スミスは賞讃の笑みを抑えきれず、五、六歩分の隔たりをよろよろと進んで、友の体のかたわらに膝をついた。

その急な動きのせいでくらくらしたが、すぐに頭がはっきりし、ヤロールの肩に素早く手を伸ばして激しく揺り動かした。声を出す勇気はなかったが、小柄な金星人を強く揺さぶりながら、友人のむき出しの魂を収めて木々のあいだを漂う幻に、頭の中で無言の呼びかけを送った。動かない金髪の頭の上に屈み込み、ひたすら呼びかけを続け、意志の力を精一杯その呼びかけに込めていた。そのあいだにも、疲労がゆっくりした大波となって、スミスに何度も襲いかかってきた。

長い時間ののちに、遠くからかすかな応えがあったような気がした。スミスは神殿の中で薔薇色に脈打つ炎に不安の目を向けながら、いっそう強く呼びかけた。この声なき呼びかけは、言葉と同じくらいはっきりと、そこにいる存在に聞こえてしまうのではないだろうか。だがイヴァラの満足は深かったに違いない。炎にはまったく変化がなかった。

森の中から、さっきよりはっきりと応えが返ってきた。スミスは己の有無を言わせぬ呼びかけによって、応えがこちらへ引き寄せられるのを感じた――釣り糸を引いている漁師が、ついに獲物が屈服するのを感じるように。やがて葉の生い茂る寂寞《せきばく》とした森の中に、霞めいた小さな幻が滑るように現れた。ひそやかな足どりの、獰猛で恐れを知らぬ猫科の獣だった。ほんの一瞬、スミスは苔の上を音もなく横切る豹《ひょう》の姿をたしかに見たと思った。霧のようにおぼろで、身を低く沈め、ヤロールの黒く聡明な目をスミスに向けている――それはまさしく友人の黒い瞳であり、人間性を失ったせいで弱まったところは一つもなかった。その見慣れた瞳の中の何かに、スミスは背筋がうそ寒くなるのを覚えた。ことによると――ことによるとヤロールの中では、獰猛な猫の性質を覆う人間性という虚飾があまりにも薄いため、それがはぎとられた今も、目の表情は変わらないのではないだろうか。

煙のような獣はやがて、うつ伏せになった金星人の体の上で静止した。それは一瞬、ヤロールの肩を包み込み、薄れて体の中へ沈んでいった。と、ヤロールが苔の上で身じろぎした。スミスは震える手で友を仰向けにしてやった。金星人の長いまつ毛が震え、持ち上がった。切れ長な黒い瞳がスミスの淡い色の瞳を見上げた。スミスの胸に、ひんやりした不安が押し寄せてきた。友人の体に果たして人間性は戻ってきたのだろうか。自分の目を見上げているのは豹の瞳なのだろうか、あるいは人間の魂の層がそれを薄く覆っているのだろうか——なにしろヤロールの目はいつもこんなふうだったのだ。

「おい——大丈夫か」スミスは息を切らしてささやいた。

ヤロールは一、二度、眩暈がするようにまばたきし、それからにやりと笑った。黒い猫の目がきらりと光った。ヤロールはうなずき、身を起こそうと少しもがいた。スミスは手を貸して座らせてやった。地球人のスミスと比べると、金星人のヤロールはさほど消耗してはいなかった。しばらく荒い息をしていたかと思うと、なんとか立ち上がり、スミスに手を貸して立たせ、いかにも不安そうなそぶりで、白い神殿で脈打っている炎に目をやった。ヤロールは急かすようにぐいと首をひねった。

「ここから逃げるぞ！」声に出さず、口だけを動かした。スミスも心から同意してヤロールの示したほうへ向き直り、友人が道を知っていることを祈った。あいかわらず疲労が激しすぎて、黙ってついていくことしかできなかったのだ。

二人は森を抜けていった。ずっと昔あとにしたように思える道のほうへ、ヤロールは過《あやま》たずまっすぐ向かっていた。しばらくして、炎を収めた神殿が背後の木々のあいだに消えてしまうと、金星人の静かな声がなかば独白のようにささやいた。

「——呼び戻されなければよかったと、思わないでもない。森は涼しくて静かで——すばらしい記憶が蘇った——殺して、殺しまくって——できることなら——」

声は聞こえなくなった。だがスミスは友人のかたわらをよろよろと歩みながら理解していた。ヤロールが森の様子をよく知り、過たず道へ向かえる理由がわかっていた。ヤロールの人間性を引き戻しても、飽食していたイヴァラが目も覚まさなかった理由もわかっていた――ヤロールの人間性はきわめて小さいため、奪い返しても特に影響はなかったのだ。このときスミスは、金星人の性質について新たな知識を手に入れ、死ぬまでそれを忘れることはなかった。

やがて前方の木々のあいだに切れ目が見えた。ヤロールの肩はスミスの肩を支えており、安全へと続く道が、木々のアーチに覆われた緑の薄闇の中でほのかに輝いていた。

失われた楽園

Lost Paradise

市田泉 訳

テーブルの向かいから金星人ヤロールが素早く手を伸ばし、ノースウェスト・スミスの手首をがっちりとつかんだ。「見ろ!」ヤロールは声を潜めて言った。

小柄な金星人がごくかすかに顎で指したほうへ、スミスは淡い色の目をゆっくりと向けた。スミスのくつろいだ視線の下に広がるパノラマは、新参者ならその壮大さに息を呑んだかもしれないが、スミスにとっては見飽きた風景だった。二人は高いテラスの端の手すりの内側にずらりと並んだテーブルの一つに座っており、眼下ではニューヨークの鋼《はがね》のテラスを連ねた眩《め》暈《まい》のしそうな深淵が、千フィート先の遠い地上へと続いている。気が遠くなりそうなその空間を縫って、鋼の歩道橋がビルからビルへとかけ渡され、そこにニューヨークの無数の群衆がひしめいていた。三つの惑星を故郷とする者——放浪者、宇宙の流れ者、人間とは微妙に異なる獣めいた奇妙な生き物が、地球の人込みと交じり合い、ニューヨークの深淵にかかった巨大な鋼の橋を絶え間なく流れていく。スミスとヤロールが座っている高所の手すり際のテーブルからは、太陽系のあらゆる種族——あちこちの星から来た者が、アーチ状の橋を渡るのが見てとれた。アーチは重なる階層やテラスを結んで、固い大地が隠された奥底にある、永遠の闇と遠い光の瞬《また》きへと続いている。力強い曲線や弧を描いてアーチが交差する空間は、ヤロールが目を凝らしつつ肘をゆったり預けている手すりの下で大きく口をあけていた。

スミスの淡い色の目は、友人の視線を追ったが、一階下にかかった鋼の橋にひしめく、ありふれた歩行者の群れしか見てとれなかった。

「わかるか?」ヤロールがささやく。「赤い革のコートを着た小男。髪が真っ白で、手すりのそばをゆっくり歩いてる。な?」

「うーん」ヤロールの興味の対象は見つかったが、スミスは喉の奥で曖昧な声を出した。それは橋を進んでいく群衆の端のほうをゆっくりと歩いている、風変りな外見の人間だった。赤いコートにベルトを締めており、この高さから見ても極端に体が細いとわかる。だが遠くに小さく見える姿から判断する限り、健康を損ねているようではなかった。むき出しの頭はつややかな銀髪に覆われ、片方の脇に四角ばった荷物を抱えている。荷物を人波と反対の手すり側に持つよう気をつけているのがわかった。

「次の一杯を賭けるぜ」ヤロールは長いまつ毛の下ではしこそうな黒い瞳をきらきらさせてささやいた。「あの小男がどういう種族の出なのか、その種族の起源はどこか、あんたは当てられない」

「おれのおごりになるな」スミスはにやっとした。「ああ、まったく見当もつかんね。で、それは大事なことなのか?」

「いや——ただの好奇心さ。おれはあの種族を今までに一度しか見たことがないし、あんたは初めて目にするはずだ。それでもあれは地球の種族なのさ――ひょっとするとものすごく古い。セレスの話を聞いたことは？」

スミスは下にいる小男の姿を見ながら、無言でかぶりを振った。小男は二人が座っている張り出したテラスの下へゆっくり消えようとしていた。

「その種族はどこかアジアの奥地に住んでるが、だれもその正確な場所は知らない。ただしモンゴロイドじゃないんだ。純血の種族で、太陽系内に同族がいるという話は聞いたことがない。彼ら自身でさえ、種族の起源は忘れてると思うが、彼らの伝説は、考えただけで眩暈がするようなものすごい昔にさかのぼるんだ。外見がいっぷう変わってて、みんな白髪でガラスみたいに繊細だ。むろんよそ者とはほとんど交わらない。種族の一人が思い切って外の世界に出ていくとしたら、何か途方もなく重大な理由があるに違いない。なんであの男は――いや、それはどうでもいい。ただ、あの男を見て、その種族にまつわる奇妙な話を思い出したのさ。連中には〈秘密〉がある。笑うなよ――とんでもなく奇妙ですばらしい秘密だという話だが、連中は種族の生命を賭けてそれを守っている。それが何だかわかるなら、相応の代価を払ってもいいな。単なる好奇心だが」

「おまえさんの知ったことじゃないよ」スミスは眠たげに言った。「たぶんそいつは知らないほうがいい。そういう秘密ってのは、知っちまうと不快な思いをするって決まってるんだ」

「まあ、わかるはずもないよな」ヤロールは肩をすくめた。「もう一杯飲もうぜ――覚えてるか、あんたのおごりだ――そして忘れちまおう」

ヤロールはせかせか歩いているウェイターを呼ぼうと指を一本立てた。

だがウェイターが呼ばれることはなかった。というのも、ちょうどそのとき、テラスに沿った道路とテーブルの並ぶ小区画を隔てる手すりの角を、鮮やかな赤い色が曲がってきて、ふいにヤロールの目を捉えたのだ。それは例の白髪の小男で、四角ばった包みを抱え、おどおどと歩いていた。まるで人の多い通りや、鋼がきらめく一千フィートの空中にあるテラスに慣れていないかのように。

ヤロールの目が男を捉えると同時に、あることが起こった。汚い茶色の制服――記章は汚されていて、どこのものかわからない――を着た男が強引に前へ出てきて、ゆっくりと歩く赤いコートの男を乱暴に押しのけたのだ。小男は驚いて悲鳴をあげ、必死で荷物を抱え込もうとしたが手遅れだった。押しのけられたせいで、荷物は腕の下から転げ落ちそうになり、小男が抱え直すより早く、たくましい襲撃者がひったくって、群衆を肩でかき分けながら素早く逃げていった。

小男は純然たる恐怖に青ざめ、必死で周囲を見回した。藁《わら》にもすがる思いで視線をあたりに走らせた瞬間、テーブルから興味津々でそっちを見ている二人の男に気がついた。小男は手すりを挟んで、二人に熱い懇願《こんがん》の視線を送った。二人の様子――すり切れた宇宙船乗りの革服、危険の多い人生が名状しがたいしるしを刻んだ顔――には何かがあり、切羽詰まって見回した男は、頼りになりそうだと思ったに違いない。小男は指の関節が白くなるほど力をこめて手すりを握り、あえぐように言った。

「追ってくれ！ とり戻してくれ――礼はする――急げ！」

「礼って？」ヤロールはふいにやる気を出した声で言った。

「何でもいい――望みのままだ――とにかく急いでくれ！」

小男の顔は苦しげに赤く染まっていた。「誓うぞ――誓うとも！ とにかく急げ！ でないと――」

「あれにかけて誓うか？」ヤロールは口ごもり、妙にやましげにスミスをちらっとふり返った。それから立ち上がって手すりから身を乗り出し、小男の耳に何かをささやきかけた。スミスは男の紅潮した顔に激しい恐怖が広がるのを見た。続いて血の色がゆっくりと引いていき、月のように白い顔は、スミスには名づけようのない虚ろな感情を浮かべた。それでも男は必死になってうなずき、かすれたあえぐような声をふり絞って言った。

「ああ、誓うとも。行け！」

それ以上何も言わず、ヤロールは手すりを飛び越え、姿の消えかけた盗《ぬす》っ人《と》を追って人込みの中へ駆け込んでいった。小男はちょっとの間《ま》、ヤロールを見送ってから、ゆっくりと手すりのゲートに回り、空のテーブルのあいだを縫ってスミスのところへやってきた。ヤロールが座っていた椅子にどさりと腰を下ろし、つややかな銀髪の頭を震える手で抱えた。

スミスは無表情に男を観察した。向かいに座った男が老人でないと知っていささか驚いていた。不安にさいなまれる顔はせいぜい中年といったところだし、うなだれた頭の上で握り締めた両手には力がこもっていた。その手は異様にほっそりしているが、スミスが一目見て気づいた内なる強さとはなぜか矛盾していなかった。一発殴られたら粉々に砕けてしまいそうな体つきは、個性というより、ヤロールが言ったように種族的な特徴なのだろう。先に話を聞いていなければ、その種族は地球より小さな星、こんな繊細な骨格に理由のつく、重力の小さな星に住んでいると断言してしまいそうだった。

しばらくすると、小男はゆっくりと顔を上げ、くたびれた目でスミスを見つめた。その目はおかしな色をしていた――黒っぽく落ち着いた色だが、霞《かす》んだような半透明で、何かを直視することがないように見える。その目によって顔全体が控えめで内省的な穏やかさを漂わせ、それは今、男の繊細な顔立ちに浮かんでいる不安げな苦悩とはまったくそぐわなかった。

男はスミスをじっと観察していた。その目に浮かんだ絶望を見れば、長々と見つめられてもぶしつけとは思えなかった。スミスは目をそらし、男に観察させてやった。二度、相手が口を開いて、何か言いたげに息を吸うのに気づいたが、男はテーブルを挟んだ浅黒い無表情な顔――多くの戦いを語る傷があり、目は冷たく、感情を浮かべていない――に何かを見てとったらしく、質問をひっこめてしまった。無言でその場に座り、テーブルの上で両手をよじり、目にむき出しの苦悩を浮かべてじっと待っていた。

時間はゆっくりと過ぎた。たっぷり十五分はたったと思えるころ、スミスは背後に足音を聞き、向かいの男の顔がぱっと明るくなるのを見て、ヤロールが戻ってきたと知った。小柄な金星人は椅子を引き、無言でそこに腰を下ろすと、にやっと笑ってテーブルの上に四角ばったたいらな包みを載せた。

小男は言葉にならないかすかな叫びとともに荷物に飛びつき、茶色い包み紙に不安そうに手を走らせ、包みの端が合わさる側面に施《ほどこ》した茶色い封印を確かめた。それから満足してヤロールに向き直った。その顔にはもはや激しい絶望の色はなく、まるで魔法のように深い落ち着きがにじみ出ていた。こんなに唐突に、こんなに深い静けさを湛《たた》えた顔は見たことがないとスミスは思った。それでも、その静けさの中には、これから起こることを黙って受け容れるような、奇妙な諦念が含まれていた。ことによると、ヤロールが要求するどんな途方もない報酬も支払うつもりで、それが高額であることを知っているのかもしれない。

「それで」男は静かな声でヤロールに訊いた。「報酬として何を望むのかね」

「〈秘密〉を教えろ」ヤロールは厚かましく言った。言いながらにやにやと笑っていた。彼の知識と性格をもってすれば、荷物をとり戻すのはさほど難しい仕事ではなかったはずだ。どうやってとり戻したのかは、スミスにさえわからない――金星人のやり方は変わっているのだ――が、ヤロールが失敗するとは思っていなかった。スミスは今、はしこそうな黒い瞳をきらめかせた、智天使めいた金星人の美貌を見てはいなかった。スミスは小男の顔をながめており、その繊細な顔に驚きが浮かんでいないのを見てとった。ただ、霞んだような目の奥に微光がひらめいてすぐに消えうせ、つかのま、かすかな苦痛と容認が男の顔を小さく引きつらせた。

「それを望むだろうと思った」男は静かに言った。穏やかで低い声はきちんとした英語を話しているが、どことなく異国風の抑揚があった。「自分が何を求めているか知っているのか」

「少しばかりね」相手の口調の重々しさに、ヤロールもまじめな声になった。「おれは――昔、あんたと同じ種族のやつを知ってた――セレスの一員を――そのとき少し話を聞いて、〈秘密〉を知りたくてたまらなくなったのさ」

「きみは――あの名前も聞かされたのだな」小男は穏やかに言った。「わたしはその名前にかけて、きみが望むものを与えると誓った。だからそれを与えるとしよう。しかしわかってほしい。たとえ自分の命くらい大切なものがかかっていたとしても、わたしはあんな誓いを立てたりしなかっただろう。わたしもほかのセレスの一員も、よほどの理由がない限り、あの名前にかけて誓ったりせず、そのくらいなら死を選ぶだろう。そうした重大な理由となり得るのは――わたしに先ほどの誓いを立てさせたものくらいだ。そうと聞けば」――男はかすかに笑った――「この包みがどれほど重要なものか察しがつくかもしれない。きみは本当に、本当にわれわれの秘密を知りたいのかね」

　ヤロールの整った顔に頑《かたく》なさが影を落とし始めるのがスミスにはわかった。

「知りたい」金星人はきっぱりと言った。「あんたは――にかけて約束した」途中で言葉を切り、声を出さずにかすかに口を動かした。小男は奇妙な哀れみの色を浮かべてヤロールにほほえんだ。

「きみは力を呼び出している――どう見ても何も知らないままで。危険な行為だ。しかし――そう、誓ったからには聞かせてやろう。きみが知りたくないと言っても、話さないわけにはいかない。あの名前によって交わされた約束は、必ず果たさねばならないからだ。約束した者か、約束された者が、どんな代償を支払うことになろうとも。残念ながら――きみは知らなくてはならない」

「じゃあ話してくれ」ヤロールはテーブルの上に身を乗り出して催促した。

小男はスミスのほうを向いた。その顔の深い穏やかさに、スミスはなんとなく不安を覚えた。

「きみも知りたいのか」男は訊いた。

スミスは一瞬だけためらい、得体の知れぬ不安と好奇心を天秤にかけた。考えれば考えるほど、小男の落ち着きの背後には、異様でひそやかな脅威がはっきりと感じられた。しかしスミスは我知らず、ヤロールの質問の答えを知らねばならないという奇妙な思いに捉われていた。そこで軽くうなずき、ヤロールにしかめ面を向けた。

それ以上騒ぎ立てず、男はテーブルの上の大切な包みの上で腕を交差させ、身を乗り出し、静かでゆっくりした声で話し始めた。男が話すにつれて、その目はそれまで以上に深い落ち着きを、死と同じほど広大で穏やかなものを湛えていくように見えた。小男はまるで、話しながら命を置き去りにし、一言ごとに、生あるものには乱せない安らぎの内へ深く沈んでいくかのようだった。固く守られた秘密をこれから明かすところなのに、当人がこれほど落ち着き払っているのは、死そのものと同じくらい大きな危険が、明かされる秘密の背後にあるからに違いない。スミスは秘密の暴露を妨げようと息を吸ったが、今や聞きたいという衝動にとり憑かれ、抑えることはできなかった。ほとんど無表情にスミスは耳を傾けた。

「想像してみてくれ」小男は静かに話していた。「こんな喩《たと》え話を――そう、たとえば、必要に迫られて暗黒の洞窟に住むことになった種族の話を。子や孫は一度も光を見ることも、目を使うこともなく育てられる。何世代かが過ぎるにつれ、〝目で見た光景〟の言語に絶する美と神秘について、一つの伝説が形作られていくだろう。それは一つの宗教になるかもしれない。説明できぬほど――盲目の者に目で見た光景を説明できるだろうか？――偉大な輝きの物語。祖先はその輝きを知っており、自分たちはまだ、条件さえ許せばそれを知覚できる器官を持っているのだ。

われわれの種族にはそんな伝説がある。計り知れぬ歳月のあいだになくしてしまった能力――感覚があるのだ。種族の起源たる全盛期には、われわれはその感覚を持っていた。われわれにとって〝起源〟と〝全盛期〟は同じ意味を持つ。というのも、現存する他の種族とは異なり、われわれのもっとも古い伝説は、はるかな過去の黄金時代から始まるのだ。伝説はそれ以前のことを語っていない。われわれはほかの種族のように、未熟な揺籃《ようらん》期の物語を持ってはいない。われわれは己の原点を忘れてしまったが、種族の伝説は、きみたちには信じてもらえぬほど遠い過去にまでさかのぼる。記録された歴史を見る限り、われわれは遠い過去の、伝説にも残らぬ源流から一人前の状態で生まれ、そのときすでに高度な文明と完璧な教養を備えていた。そしてその完璧な状態だったころ、今では曖昧な伝承の中にのみ存在する、失われた感覚を持っていた。

チベットの荒野に、かつて強大だった種族の生き残りが暮らしている。地球の始まりからずっとそこに暮らしていた。外の世界では、人類がゆっくりと野蛮な状態から抜け出していった。われわれは果てしない時間をかけて徐々に衰退していき、〈秘密〉は大半の者にとって失われてしまった。だが種族の過去は、忘れ去るにはあまりにも輝かしすぎる。そこでわれわれは今でも、台頭してきた若い文明と交わるのを恥としている。というのも、われわれの偉大な〈秘密〉は完全に失われたわけではないからだ。種族の神官はそれを知っており、恐るべき魔法でそれを守っている。たとえ種族の者であれ、全員がその神秘を分かち合うことは許されぬが、われわれの中でもっとも卑賤な者も、きみたちの最大の帝国の玉座すら一笑に付すだろう。なぜならその〈秘密〉を受け継ぐわれわれは、王侯よりもはるかに偉大だからだ」

男は言葉を切り、おかしな半透明の目はますます内向的な色を深めるかに見えた。ヤロールは男を現在に引き戻すように急き立てた。

「ああ、でもそれは何だ。〈秘密〉とは何だ」

穏やかな目が同情を込めてヤロールに向けられた。

「そう――きみは知らねばならない。もはやきみに逃げ道はない。わたしに働きかけたあの名をどうやって知ったのかはわからないが、それ以上のことはさほど学ばなかったようだな。学んでさえいれば、こんな質問をするために、名前の力を使ったりしなかっただろう。わたしがきみに答えられるのは――わたしが〈秘密〉を知るわずかな人間の一人であったのは――わたしたち皆にとって――不幸なことだ。われわれ神官以外の者は、山の隠れ家から外に出ることはない。つまりきみは、答えることのできるごくわずかな人間の一人に質問したのだよ――わたしにとってのみならず、きみにとっても不幸なことに」

ふたたび男は口をつぐみ、穏やかな顔の途方もない静けさが深まるのにスミスは気がついた。

死神の顔を抗《あらが》わずにのぞき込む男は、こんなふうに見えるのかもしれない。

「続けろ」ヤロールはじれったそうに言った。「教えてくれ。〈秘密〉を話せ」

「話すことはできない」男は白髪の頭を振ってかすかにほほえんだ。「言葉では表せない。だが見せてやろう。さあ、見るがいい」

男はきゃしゃな片手を伸ばして、スミスの肘のそばにあったグラスを傾け、赤いセガー・ウイスキーの残りをテーブルにこぼして、小さな水たまりを作った。

「見るがいい」男はもう一度言った。

スミスはこぼれた酒の赤いきらめきに目を向けた。その中には闇があり、白っぽい影が怪しく動き回っていたので、もっとよく見ようと身を乗り出した。近くにはそんな影を落とすものはなかったからだ。ヤロールも屈み込んで見ているのに気づいたが、そのあとはもう、こぼれた酒の中の赤い闇と、それをかき乱す白いひらめきしかわからなくなり、目はその秘密めいた闇を食い入るように見つめ、おかげで体はぴくりとも動かせず、周囲のテーブルも、テラスも、ごったがえす鋼の都市も、忘却の中に薄れてゆく霧と化した。

遠く離れた場所から、あの穏やかでゆっくりした声が聞こえてきた。果てしないあきらめ、果てしない穏やかさ、深く並外れた哀れみに満ちた声だった。

「抗ってはいけない」その声は優しく言った。「きみたちの心をわたしに明け渡せ。そうすれば望んだものを見せてやろう、哀れで愚かな子どもたちよ。あの名にかけて誓ったからには、見せてやらねばならぬ。きみたちが手に入れる知識は、ことによると、われわれ全員が支払う代償にさえ見合う価値があるかもしれない——というのも、われわれ三人は、秘密が明かされたとき、死なねばならないからだ。理解したかね？　太古の昔から、わが種族は命を賭して〈秘密〉を守ってきた。神官団以外の者が〈秘密〉を知ってしまったら、知識がよそに漏れぬように、その者は死ななくてはならない。そしてわたしは、愚かにもあの名にかけて誓ったせいで、きみたちが求めるものを教えねばならず、きみたちに死をもたらしたのち、己の弱さの代償を支払うことになる——死によって。

さて、これは定められたことだ。抗ってはならない——これはわれわれの生命が織り込まれた模様《パターン》であり、われわれ三名は出生のときから、テーブルを囲むこの瞬間めざしてともに進んできたのだ。さあ、目を凝らし、耳を傾け——学ぶがいい。

時間という第四の次元の中で、人間はその流れに沿って進むことしかできない。他の三つの次元では意のままに動くことができるが、時間の中では前方への移動しか知らず、それに甘んじるしかない。ついでながら、四つのうちこの次元のみが、人間の肉体に影響を与える。四次元の流れに沿って進むにつれ、人間は年をとっていく。かつてわれわれは、時間の中を空間の中と同じように自在に動き回るための秘密を知っており、その方法を実践しても、空間内を前後や上下に進むのと同様、肉体に影響を受けることはなかった。その秘密はある特殊な感覚を使うことにあった。わたしの考えでは、その感覚はあらゆる人間に備わっているが、長いこと使われなかったせいで退化し、存在せぬも同然になっているのだ。その記憶すら、セレス族のあいだにしか伝わっておらず、その古代の感覚を最大限に保有する者は、種族の神官の中にしか残っていない。

　われわれとて、肉体を伴って時間の中を自由に行き来できるわけではない。また、過去に起きたことや、これから起きることに、どんな形でも影響を与えることはできない。ただ時間の中を旅して、過去と未来の知識を得ることができるだけだ。なにしろ時間の中の移動は、いわゆる記憶と呼ばれるものに厳密に縛られるのだから。失われかけたその感覚を用いて、われわれはかつて生きていた者たちの生活をふり返り、今後生まれてくる者の、まだ形はないがたしかに存在する〝記憶〟を見通すのだ。すでに話したように、あらゆる生命は完成した模様《パターン》の中に織り込まれており、その中に描かれた未来も過去もくつがえすことはできないのだから。

　このような形で旅する際にも危険は存在する。どのような危険かを知る者はいない。その危険に遭った者は一人も帰ってこないからだ。ことによると、旅行者は死にかけた者の記憶にたまたま入り込み、逃げられなくなるのかもしれない。あるいは――いや、どうなのだろう。ともあれ、ときとして精神が戻ってこず――消え失せてしまうことがある……。

　人間の感覚では、四つの次元のいずれにも果てはないが、われわれが次元の中を旅する距離は、旅する者の精神の力量によって制限される。どんなに強い精神も生命の起源までさかのぼることはできない。それゆえ、われわれは自分たちの起源を、先ほど話した黄金時代以前のことを知らないのだ。だがわれわれは、自分たちが流浪の民だと知っている。あまりに美しすぎて存続できなかった場所、地球にあるどんな土地よりも麗《うるわ》しい国を離れてきたのだと。宝石のごとき世界からわれわれはやってきた。そこの都市はあまりに美しかったため、今でも子どもたちは、麗しのバロイズ、象牙色の壁のインガラ、白き屋根のナイアルの歌を歌っている。

ある大きな惨事によって、われわれはその国を追われた——だれにも理解できない惨事によって。伝説によれば、神々が怒りに駆られ、われわれを見放したのだという。実際に何が起きたのかはだれにもわからぬようだ。だがわれわれは今もなお、生まれ故郷であるセレスの美しい世界を失ったことを嘆いている。それは——いや、見るがいい。その目で確かめるがいい」

その声はひそやかで、暗黒の海の上を低くたゆたうようだった。だがそのときスミスは——影を映す催眠的な赤い液体にいまだ意識を集中していたが——液体の闇の深いところに、かすかな動きとゆらめきがあるのに気がついた。何かが揺れ動き、盛り上がって眩暈を誘い、スミスの頭はくらくらして、虚空が周りで振動するのを覚えた。

振動する闇の中から光が差し始めた。現実が周囲で形をとっていった。新たな物質、新たな場面。そして闇の中から光と風景が現れるのと同様、彼自身の心もふたたび肉体をまとい、ゆっくりと現実の存在になっていった。

ほどなくスミスは低い丘の斜面に立っていた。黄昏の光の中、丘を覆う黒っぽい草はビロードのようだった。眼下には、夕暮れの透き通るような美しさに包まれて、麗しのバロイズが広がっていた。象牙のように白く、色の濃いワインになかば浸った真珠のように薄闇の中でほんのりと輝いている。スミスはなぜかその都市のことを知っていた。その名前を知り、眼下の夕闇の中に浮かぶ、ほの白い尖塔やドームやアーチ道の一つ一つを愛していた。麗しのバロイズ、わが美しき町。

この唐突な、痛いほどの懐かしさを不思議に思う暇はなかった。というのも、象牙色の屋根が連なる彼方で、巨大な月光のような輝きが、薄闇の空を照らし始めたからだ。その光があまりに大きく、遠くまで広がっていたので、スミスは呆然として見つめていた。地球の空に昇る月が、こんなに強い輝きを放つことはないはずだ。その光はバロイズの象牙色の屋根の彼方に大きな後光となって広がり、奇跡の訪れによって夕刻のすべてを息を呑むほどの風景に変えた。そのとき、地上を覆う靄《もや》を透かして、町の向こうに巨大な銀の円のてっぺんがのぞいているのが見え、ふいにスミスは理解した。

ゆっくりと、ゆっくりとそれは昇っていった。麗しのバロイズの象牙色の屋根は、その大きく柔らかな光を受け止めて真珠の微光に変え、昇ってくる地球という驚異によって、夕刻のすべてが奇跡と化していた。

スミスが丘の斜面で身じろぎもしないうちに、明るく巨大な天体が、連なる屋根の上にすっかり姿を現し、とうとう月を覆う薄闇の中に浮かんだ。以前にも、命のない不毛な衛星からこの光景を見たことはあったが、月の大気中の靄を透かして、地球の美しい輝きを見るのは初めてだった。月の大気は巨大な地球を魔法のゆらめきで包み、地球はおぼろに霞んで夕闇の中を上昇していった。月の夕暮れの澄んだ静けさを照らす地球の上では、銀色の大陸にかすかな緑が差し、半透明の驚異的な海がオパールの色合いを帯びて、宝石の清冽さと青白さで輝いていた。

その風景は心の準備もなくながめるには美しすぎるほどだった。鮮やかすぎて長くは見ていられない美のせいで、スミスの心は痛み、気がつくとゆっくりと丘を下りているところだった。そのとき初めて、今使っている目を持っているのは、自分自身の体ではないと気がついた。その体をコントロールすることはできなかった。スミスはただその体を借りているだけで、月の黄昏の中、丘を下って運ばれていき、目の前にある計り知れぬほど遠い昔の風景を、その体の知覚によって味わっていた。つまりこれこそが、あの小男の話していた〝感覚〟なのだろう。忘れられた都市の尖塔の上に昇る見事な地球の姿は、大昔に死んだ月の住人の記憶に深く刻まれていたため、果てしない歳月が流れても、消え失せることはなかったのだ。スミスは今、この未知の男が太古の月の丘の斜面で味わったものをながめ、感じていた。

あの失われた〝感覚〟の魔法により、スミスは緑したたる月の地面を、大昔に消えて単なる夢と化した壮麗な都市に向かって歩いていった。そう、あの小柄な神官のきわめて細い体を見ただけで、彼の種族が地球外から来たような気がしたものだ。月の小さい重力なら、鳥のように繊細な種族を生み出しても不思議はない。彼らが月の銀色の髪と、死んだ月の光のように半透明で超然とした目を持っているのは興味深かった。失われた故郷との、論理を超えた奇妙なつながり。

だが感嘆や考察に費やす時間はほとんどなかった。バロイズの美しさが薄闇の中を次第に近づいてきている。薄闇は柔らかに差す光に満たされ、まるで暗い輝きを放つ水の中を歩いているようだった。スミスはこの新たな経験の中で、どこまで自由が得られるのか試してみた。宿主が見ているものを見ることはでき、この男のそれ以外の感覚も共有できるとわかってきた。

男の感情さえ分かち合うことができた。というのも、丘から見下ろしたとき、つかのま、白きバロイズの町全体への熱い憧れを感じたからだ。追放者が故郷の町に感じるような憧れと愛を。

スミスはまた、男が何かを恐れていることにゆっくりと気がついた。男の表層的な意識のすぐ下に、奇妙でどす黒い、瘴気《しょうき》のような恐れが潜んでおり、その源《みなもと》を知ることはできなかった。その恐れによって、男が見ている美しい光景は、痛みのように鋭い激しさを湛え、バロイズの白い尖塔や輝くドームの一つ一つが、記憶に深く刻みつけられた。

自身の暗い恐怖の影の中をゆっくりと歩みながら、男は丘を下っていった。バロイズを囲む象牙色の壁が彼の前にそびえていた。低い塀の頂《いただき》には透《す》かし彫りの幾何学模様が帯状に配され、その繊細な細工の上に透明な地球光が銀のように注がれていた。男はてっぺんの尖ったアーチをくぐって歩いていったが、あいかわらず、逃《のが》れがたく恐ろしいものに近づいていくかのような、決然とした緩やかな足どりだった。男が何をしていても暗い波となって意識の下に押し寄せ、とりとめのない思考を呑み込む恐怖を、スミスは次第に強く感じるようになった。そして恐怖よりなお強く、バロイズへの痛切な愛が男の心をうずかせ、男の目はゆっくりと愛撫するように、青白い屋根や地球光に洗われる壁にとどまった。あるいはそのはざまの、昇る地球の光がじかには差し込まぬ場所にほの暗くたれこめる、真珠色の薄闇の上に。男はまるで追放される者のように、バロイズの美しさを記憶にとどめようとしていた。憧れを胸に、その風景をじっくりとながめていた。その憧れはあまりにも深かったので、死を迎えるときまで、男の目の奥には、今ながめている、地球に照らされた美しい風景があるだろうと思われた。

青白い壁や、透けるようなドームや、アーチがそびえる中、男は道をゆったりと歩いていった。道は白い海砂で舗装されているため、それを踏む足はまったく音を立てず、男は透き通った夢の中を歩いているような心地になった。今や地球は、光を反射する屋根よりも高く昇っていた。輝く大きな天体が、虹色の大気の海に覆われて、オパールめいた姿で頭上に浮かんでいる。スミスはこの未知の男の目を通して見上げたが、震える大気のヴェールの下に横たわる緑の大陸の形は見覚えがなく、きらめく海の形も見慣れたものとは違っていた。スミスが見ているのは、あまりにも遠い過去の風景であるため、故郷の星の姿もほとんどなじみがないのだった。

今、未知の宿主は砂を敷いた広い通りから脇道へそれるところだった。地球のゆらめく光に薄明るく照らされた、舗装された小径を進んでいき、突き当りにあった格子細工の門を押しあけた。開いたアーチをくぐって庭に入ると、地球光が降り注ぐ美しい景色の向こうに、背の低い白い家が、暗い木立を背にして象牙のように青白く佇《たたず》んでいた。

庭の真ん中には池があり、黒っぽい水面には、地球が輝く大粒のオパールのように映り込んで、地球の池には決して差し込まぬほどの光で水を満たしていた。天からこぼれた地球光の池に屈み込んでいるのは、一人の娘だった。

銀色に流れる髪が垂れ下がって娘の顔を囲んでいた。その顔は昇りゆく地球よりも白く、地球のどんな美女にも見られぬほど繊細な美しさを湛えていた。水面に屈み込んだ月生まれの娘の体の細さは空気の精のようだった。というのも、地球を歩く女性の体に、この半分も愛らしくはかなげな繊細さが備わることは決してないからだ。

娘は格子状の門が開くと顔を上げ、ふわりと立ち上がった。その動きは地球にはありえないほど軽やかで、前に出たときも草を踏んでいないようだった。魔法に満ちた月の庭に立つ、青白い魔法の娘。男は草の上を娘のほうへしぶしぶ近づいていき、スミスは男の中の恐怖と、魂に根差した痛みを感じとった。男は恐れと痛みに喉を詰まらせ、声も出せないほどだった。娘は頭をもたげ、地球光がその顔をくっきりと照らし出した。このうえなく繊細な顔立ちは、月の白さの肉と骨でできているというより、美しい宝石を刻んだようだった。大きな目は黒っぽく、名づけがたい恐怖を浮かべている。娘はごくかすかな木霊《こだま》のような声でささやいた。

「来たの?」……娘が話す言葉は、軽やかに息づくような耳慣れぬ抑揚によって、流れる水のごとくさざ波立っていた。スミスは記憶を分かち合う男の心を通じて、その意味を理解した。

宿主は声の震えを抑えようとするあまり、少し大きすぎる声で言った。

「ああ――来た」

それを聞いて、娘は思わず目を閉じ、美しい顔をふいにゆがめて激しい悲しみの色を浮かべた。悲しみはあまりにも重く、このはかなげな娘を押し潰すほどで、きゃしゃな体は重荷に耐えかねて草の上にくずおれるかと思われた。だが彼女は倒れなかった。一瞬体をぐらつかせたが、そのとき男の腕が彼女を引き寄せ、力いっぱい抱き締めた。大昔に死んだ男の記憶を通じて、スミスはその腕の中にいる、永劫の昔に亡くなった娘のきゃしゃな体を、その肌の温かい柔らかさを、鳥のように細い骨を感じた。スミスはふたたび、この娘ははかなすぎて、今彼女をさいなんでいる悲しみには耐えられまいと虚しい考えを抱き、この二人の中にこれほどの恐怖と心痛をかき立てる正体不明のものに、どうしようもない怒りを覚えた。

男は長いこと娘を抱き締め、己の肌に触れる温かい体のたおやかさを、声を殺した苦しげなすすり泣きを感じていた。すすり泣きは娘の骨をばらばらに引き裂きそうだった。その骨はあまりにも繊細で、声にならぬ苦しみはあまりに激しかったのだ。男自身の喉を悲しみがきつく締めつけ、その目はこらえている涙で熱くなった。どす黒い瘴気のような恐れは強まってきて、やがて地球に照らされた庭をかき消すほどになり、残ったものは男の黒い恐怖の重みと、絶望的な悲哀による痛みだけとなった。

ついに男は娘を抱く腕を少し緩め、銀色の髪のそばでささやいた。

「さあ、泣くんじゃない、愛しい人。そんなに悲しんではいけない――いつかは来ることだとわかっていただろう。それは生ある者すべてに訪れる――ぼくたちの元にも訪れた。そんなに泣いてはいけない……」

娘はもう一度すすり泣き、純粋な苦悩の深い痛みをのぞかせ、男の腕の中で少し下がってうなずき、銀色の髪を後ろへ払った。

「わかってる。わかってるの」娘は顔を上げて、後光に包まれた大きく神秘的な地球のほうを見やった。地球は二人の頭上に、色づいた魔法のヴェールをまとって浮かんでおり、その光が娘の顔の涙をきらめかせた。「あそこへ――行けばよかったのにと、思ってしまいそう」

男は腕の中の娘を軽く揺すった。

「いいや、植民地での生活に——セレスの緑の光がほんのわずかしか届かず、故郷の思い出に胸を引き裂かれるような生活に——耐えられるはずがない。戻りたいと恋い焦がれて一生を過ごすことになっただろう。ぼくたちはここで幸せに暮らしてきた。最後に一瞬だけ苦しみを味わうのは承知の上だった。このほうがいいんだ」

娘は顔をうつむけ、男の肩に額を預け、天にかかる地球を視界から締め出した。

「そうなのかしら」娘はかすれた声で訊いた。その声は涙のせいでくぐもっていた。「あなたといっしょに、一生故郷を懐かしんで悲しみながら暮らすことは、あなたのいない楽園よりましではないかしら。ああ、でも選択は終わってしまった。今わたしがうれしいと思うのはこれだけ——あなたが先にお召しを受けて——この恐怖を——一人きりで生きていくという、この恐怖を知る必要がないということ。もう行って——今すぐに。でないと、永遠に引き留めてしまうから。ええ——終わりが来ることは知っていた——お召しが来ることは。さようなら——愛しい人」

娘は濡れた顔を上げて目を伏せた。

スミスはそのとき、できることなら目をそらしていただろう。だが記憶を分かち合っている宿主からは、感情を切り離すことすらできなかった。そしてその耐えがたい瞬間は、記憶を共有するこの男を突き刺したのと同じくらい深く、スミスの心も突き刺した。男はもう一度優しく娘を抱き寄せ、涙で塩辛くなった震える唇にキスをした。それから一度もふり返ることなく、開いた門のほうへ引き返し、ゆっくりとアーチをくぐって、運命へと向かう者の足どりで歩んでいった。

男は狭い道を進んで、天にかかる地球の光に照らされた、広々とした街路に戻った。男が通り抜けていく、大昔に滅んだバロイズの美しさは、心に鈍痛のようなうずきを与え、その痛みの上に、先ほどの別れによるもっと鋭い苦しみが重なっていた。娘の涙の塩辛さがまだ唇に残っており、自分を待ち受ける死ですら、今しがた味わった痛みからは救ってくれないように思えた。男は決然と進んでいった。

スミスは自分たちが今、麗しのバロイズの中心部へ向かっていることに気がついた。大きく開放的な広場があちこちにあって、象牙色の建物の列を途切れさせ、ごくたまに住民が街路を進んでいった。男女とも月生まれの繊細さで鳥のようにか細く、天高く昇る地球の青白く巨大な円の下、銀色を帯びた白い肌をしていた。地球はその場を支配しており、やがて頭上にかかる途方もない驚異以外、何一つ現実でないように思えてきた。このあたりの建物は大きめで、魔法のような美しさは変わらないが、ドームや飾り格子を備えた郊外の住いと比べると、いかにも工場のたぐいらしく見えた。

スミスと男は一度、大きな広場の端を通ったが、その中心には、天を覆う地球の輝きを反射する、銀色の光沢の巨大な球体がそびえていた。あれは船――宇宙船だ。月人の心からスミスの心に伝わってくる知識が教えなかったとしても、スミスには一目でそうとわかっただろう。それは人間や機械や物資を満載して植民地へと向かう宇宙船だった。植民地の人々は、先史時代の蒸し暑い地球で、貪欲なジャングルと戦っているのだ。

スミスと男は、球体の低い位置にある開口部へ続く斜路を、最後の乗客たちが一列になって上っていくのを見つめた。月のように白い人々が、月のような高みにある地球の大きく淡い輝きの下、夢の中の人々のように静かに移動していく。その静けさは異様なほどだった。大きな広場と、その大部分を占める巨大な球体、斜路を行き来する人々、どれも夢で見るもののようだった。それらが夢ではないのだと――かつて、何千年も昔、虹色の大気の靄に包まれて天を覆う巨大な星の光の下、血と肉、石と鋼でできた存在であったのだと意識するのは難しかった。

広場の反対の端に近づくと、スミスは宿主のぼんやりした目を通して、斜路が下げられ、巨大な泡船の開口部が閉ざされるのを見た。月人は己の苦悩と傷心と絶望にかまけていて、広場の出来事にあまり注意を払っていなかった。そのせいでスミスは、巨大な船が舗石の上から静かにやすやすと、泡の軽さで浮かび上がるのをはっきりとは見られなかった。現代の宇宙船の発進に伴う、雷鳴のような騒音も、激しく噴き出す炎もなかった。スミスは好奇心をかき立てられたが、どうしようもなかった。この大昔の光景は、宿主の記憶の目を通して垣間見るしかなかったのだ。スミスと男は広場から出ていった。

大きな黒っぽい建物が、家々の青白い屋根より高くそびえていた。バロイズで唯一目にした黒っぽいもので、その姿を前に、宿主の心の底に形もなく潜んでいた恐怖がふいに蘇った。それでも男はためらわずに進んでいった。幅の広い通りは黒い壁の前面にあるアーチへまっすぐに続いていた。まるで死の門のように大きく開いた、脅すような黒さの入口だった。

その影の下で男は立ち止まり、真珠のごとくほの白いバロイズをなごり惜しげにふり返った。

ドームや尖塔になった屋根の上に、地球が青白く大いなる光を注いでいる。大陸は銀緑色、海原はヴェールごしの宝石の色をした地球は、虹色の大気の海に浮かんで、最後に一度、男の体を照らし出した。バロイズへの愛、庭で別れてきた娘への愛、已が暮らす緑の美しい衛星への愛がどっと込み上げてきて男の喉を締めつけ、男の心臓は捨てねばならぬ生の豊かさを思って張り裂けそうだった。

それから男は決然ときびすを返し、暗いアーチの下へ入っていった。男のゆるぎない目を通してアーチの奥に見えるのは、霧の立ち込める月夜のような薄闇ばかりで、建物の中は、かすかに透き通り、かすかに発光する灰色に満たされていた。男の心を重くする恐怖がスミスの心にものしかかっており、男とスミスは薄闇の中、吐き気がするほどの不安を抱いて、一歩一歩前へ進んでいった。

先へ進むにつれて、闇が次第に和らいできた。スミスの心の中では腑《ふ》に落ちない思いが次第に強まっていった――月人の脳は恐怖のあまり冷たくなっているのに、それでも彼はためらわずに進んでいくのだ。男を前へと駆り立てるのは自身の意志のみだった。男を待ち受けるのは死――宿主の心はずっとのぞき見ていたため、そのことは今や疑いがなかった。男は本能的に全身で死からしり込みしていたが、それでも先へ進んでいった。

闇の中のおぼろな霧を透かして次第に左右の壁が見えてきた。なめらかで黒く、特徴のない壁だった。この巨大な黒っぽい建物の内部はまったく飾りけがなく、だからこそ気味が悪かった。あるのは広くて黒い廊下だけで、その壁は上端が見えないほど高くそびえている。バロイズにあるほかの人工物の表面が華やかに飾られているのとは対照的に、この建物はどこまでも簡素で、そこを歩いていく男の麻痺《まひ》した脳にさらなる恐怖を送り込んだ。

薄闇は青白くなり、明るくなっていった。廊下は広がってきていた。やがて左右の壁は見えないくらい遠ざかった。そして月人の男は、黒く艶のない床を踏み、霧に包まれた薄明を抜けて、自身の死に向かって歩いていった。

廊下は広がって部屋になったが、その大きさは途方もなかった。巨大な黒っぽい建物の内側全体を占めているに違いない。なにしろ宿主がゆるぎない足どりで、暗い床の上をゆっくりと進むうちに、時間が何分も過ぎていくのだ。

奇妙な薄明の奥から、徐々に炎の輝きが見え始めた。風に吹かれる火明りのように霧の中でちらついている。明るくなったかと思うと薄暗くなり、また強く燃え上がるため、その輝きによって霧が脈打つようだった。その脈動には生命の規則正しさがあった。

それは青白い炎の壁で、左右の霞んだ薄闇の中へ、目路の限り続いていた。男はその前でうなだれて立ち止まり、口を開こうとした。男の声は恐怖にかすれ、三度目の試みでようやく、喉につかえたような声で、ごくかすかに言うことができた。「お聞きください、おお、偉大なる者よ。わたくしはやってまいりました」

その声が途切れたあとの静寂の中、脈打つ炎の壁がいま一度、鼓動のようにひらめき、カーテンのように両側へ退いていった。退いた炎の奥では、霧の中に天井の高い洞《うろ》のような空間がぼんやりと浮かんでいた。なかば透き通った丸い空間の内には、霧と同じくらい不確かなものが満ちているようだった。そして霧の壁を持つその洞の中に三体の神が座していた。座して？　いや、神々は空腹そうに、おぞましい姿でしゃがんでいた。その姿勢には獣じみた貪欲さがあり、これが神々でなければ、恐るべき威厳を保つことはできなかっただろう。その威厳は、醜《みにく》い飢えを示す前のめりの姿勢にもかかわらず、神々に恐怖のヴェールをまとわせていた。

スミスが霞んだ目を通してそれを一瞥《いちべつ》すると同時に、月の男が黒い床にひれ伏した。息は喉につかえ、男は溺れかけた者が海水で窒息するように、耐えがたい恐怖に窒息しかけていた。

だが、スミスが借りている目が三つの貪欲な姿から離れるとき、一瞬、神々の背後に影があるのが見えた。左右に退いた炎が作るゆらゆらした影で、神々を内に収めた丸い霧の壁に大きく落ちている。それはただ一つの影だった。この三者は〈一なる神〉なのだ。

〈一なる神〉が口を開いた。炎がゆらめくような声で神は言った。その声は炎を映す霧のように捉えがたく、死そのものの声のように恐ろしかった。

「いかなる人間が、われら不死なる者の前にまかり出たか」

「神によって定められた一生の終わった者にございます」ひれ伏している男はあえいだ。必死で走ったあとのように、切れ切れに声を発していた。「〈一なる三神〉に対する種族の負債のうち、己の分を返済しに参った者にございます」

〈一なる三神〉の声は、一つにまとまった存在が発する、豊かで完全な響きを持っていた。しかし今、〈三神〉がしゃがんでいる薄暗い洞の中から聞こえるのは、熱い炎のように細く不安定な声だった。決して豊かでも完全でもない、震えるような声だった。

「よく心得よ」熱くてか細い声は言った。「セレスの世界すべてが、その存在をわれらに負うていることをているることを。われらの力により、この星の周囲には炎と大気と水が維持されておる。よく心得よ、われらの存在あるがゆえに、この小さな星のむき出しの骨は、生命という肉に覆われておる。よく心得よ！」

床にひれ伏した男は、その言葉をおとなしく受け容れ、長々と身を震わせた。そしてスミスは——男の心と同じことを彼の心も認識するため——その言葉が本当だと知っていた。月の重力は、この太古の時代にさえ弱すぎて、別の何かの力を借りなければ、生命を支える空気を引き寄せておくことができない。この神がその力を貸し与えている理由は知らないが、なんとなく推測がつき始めていた。

最初の声が途切れると、二つ目の、炎のように飢えた小さい声が、儀式の口上を引き継いだ。。

「よく心得よ。われらはあくまで価《あたい》と引き換えに、セレスの骨の周囲に生命のローブをまとわせている。神々すら若かりし太古の昔、セレス族の祖先が〈一なる三神〉と交わした契約を忘れてはならぬ。定められた一生の終わりに、あらゆる者が支払うべき価を忘れてはならぬ。よく心得よ、われらの聖なる飢えを通じてのみ、人間はその誓いを果たすべくわれらと触れ合うことができる。生ける者はみな、その生命をわれらに負うており、祖先が結んだ古き契約により、われらの召喚に応え、愛しきこの世界に命を与える影の中へ戻らねばならぬ」

ひれ伏した男はふたたび、儀式の言葉を真実と認め、冷えた体で激しくうち震えた。そして霧に囲まれた洞の中から、三つ目の声が、炎さながらの飢えをちらつかせ、震えるように響いてきた。

「よく心得よ、世界を存続させるべく、種族の負債を支払い、われらの恩寵《おんちょう》を新たに購いにくる者はみな、心から望んでわれらの元に来なければならぬ。われらの聖なる飢えに抗ってはならぬ――争わずに屈服せねばならぬ。よく心得よ、わずか一人たりともわれらの意志に抗う者あらば、その瞬間にわれらは力を貸すのをやめ、われらの怒りのすべてがセレスの世界にふりかかるであろう。ただ一人の人間がわれらの欲望に抗ったなら、セレスの世界はむき出しのまま虚空にさらされ、そこにある生命はただちに滅びるであろう。よく心得よ！」

床の上で月人の体はみたび震えた。男の心の中を最後に一度、美しい世界に対する痛いほどの愛と憧れがよぎった。その世界の緑と、地球光に照らされた驚くべき風景は彼の死によって守られるのだ。死などささいなことだった――それによってセレスが生き延びられるのなら。

殷々と轟《とどろ》く一つの声で、〈一なる神〉は脅すように訊いた。

「われらの元へ自ら望んで参ったか」

ひれ伏した男の隠れた顔から、絞り出すような声が聞こえた。

「望んで参りました――セレスが生き延びられるように」

すると〈一なる神〉の声は、炎に照らされた薄闇を貫いて激しく震え、そのため耳は聞こえなくなり、月の男の鼓動と脈打つ血液だけが、神々の命令の低い轟きを捉えた。

「ならば来い！」

男は身じろぎして、ごくゆっくりと立ち上がり、三体の神と向き合った。そのとき初めて、スミスは自分の身が危ういという不安の高まりを感じた。この時点までは、月の宿主と分かち合っていた畏れも恐怖もその男一人のものだった。だが今は——宿主だけでなく、スミスにも死が迫っているのではないだろうか。この計り知れぬ過去の断片を知るために結びつけられた相手の精神から、観察者たるスミス自身の精神を切り離す方法がわからないのだから。月の男が忘却の中へ入っていったら、忘却はスミスの心も呑み込むのではないだろうか。つまりこれが、あの小柄な神官の意味していたことなのだろうか——先祖の精神を通して過去へ赴《おもむ》いた者が、二度と戻ってこないことがあると話したときに。なんらかの形の死が、媒介となる精神とともに旅人を呑み込んだに違いない。今やスミスがうまく逃げおおせなければ、死が口をあけて待ち構えている。スミスは初めて必死にもがき、自由になれないか試してみたが、その努力は虚しかった。逃れることはできなかった。

月の男はうなだれたまま、炎のカーテンを通り過ぎた。炎は両側で熱くシューシューいったが、次の瞬間、それは後ろにあり、男は〈三神〉が座す薄暗い地獄のそばに立っていた。神々の影が背後の霧の上を不気味に漂っている。ぼんやりとした光の中、〈三神〉が待ちかねて身を乗り出したように見えた。神々の恐るべき全身に貪欲な飢えがにじんでおり、背後の影は待ち受ける口のように大きく広がった。

そのとき、ヒュッという激しい音とともに、炎のカーテンが後ろで閉まり、死の闇のような暗さが〈三神〉の宿る洞を覆って何も見えなくなった。まるで乗り手の下で馬がよろめくように、ここまでスミスを運んできた男の心がよろめくのが——馬がつぶれるようにつぶれるのが

——感じられ、スミスはむき出しの恐怖に襲われながら、星々のはざまより空虚な、眩暈がするほど恐ろしい深淵の中へどこまでも落ちていった。そこは真空以上に貪欲な、盲目的で空ろな飢餓の中だった。

スミスは戦わなかった。戦えなかったのだ。その飢餓は途方もなく大きすぎた。だがスミスは屈服しなかった。無限に広がる純粋な飢えの中で、ただ一つ意識を保っている小さな存在。吸い込むような虚無が周囲で荒れ狂っていても、スミスは強情でゆるがなかった。〈三神〉の飢えは今まで、おとなしく借りを返す相手しか知らなかったに違いない。今や神々の飢えという真空の中を、人の精神では争えぬほど激しい怒りが吹き荒れていた。その中心にあって、スミスはちらちらと瞬く意識に頑固にしがみついていた。彼にできるのは、命を吸いとろうとする猛烈な欲望に弱々しく抗うことだけだった。

スミスは自分がしていることにうっすらと気づいていた。〈三神〉の飢えに抗うことに、神の脅しどおりの意味があるとしたら、スミスは一つの世界を滅ぼそうとしているのだ。それは衛星に住むあらゆる生命の——地球に照らされた庭にいた娘の、バロイズの街路を歩いていた人々の、過酷な歳月を重ねてきたバロイズそのものの死を意味している。守護を失った星に流星が襲いかかり、美しい緑の世界を穴だらけの髑髏《どくろ》に変えるだろう。

だが、生きたいというスミスの思いはすさまじかった。たとえ手放そうとしても無駄だっただろう。あらゆる人間の内にある生への欲求、消滅に抗うむき出しの動物的な衝動はそれほど根深いのだ。スミスは死ぬつもりはなかった、降伏するつもりはなかった——その代償がどれほどのものだとしても。周囲で吹き荒れる盲目的な飢えと戦うことはできないが、降参する気もなかった。スミスが〈三神〉の飢えに、防戦一方ながら頑固に抗うちに、永劫の歳月が周囲で回転し、時は止まり、彼自身以外、何一つ存在しなくなった。存在するのは死に抵抗し、がむしゃらに生きているスミスという自我だけだった。

過去へと赴いたほかの人間も、この危険に遭遇し、緑の月世界に対する生来の愛という弱さゆえに屈服したのだろう。だがスミスにそのような弱さはなかった。生命ほど——今ここにある彼自身の生命ほど重要なものは一つもなかった。スミスは降伏するつもりはなかった。文明人の自我という表層の下の深いところに、ひたすら獰猛《どうもう》な力の岩盤があり、スミスが知る世界のいかなる存在も、その力を超える試練を与えたことはなかった。その力が今、神の怒りに対抗する彼を支え、絶対に屈しないという決意のゆるぎない基盤となっていた。

そして、ごくゆっくりと、貪欲な飢えはスミスの周囲で怒りを弱めていった。その飢えは降伏を拒む者を吸収できず、その怒りも彼を脅して黙従させることはできなかった。だからこそ〈三神〉は、自分たちの飢えに屈服しろとくり返し述べていたのだ。相手が生へのゆるがぬ衝動を自ら手放さぬ限り、〈三神〉にはその衝動を打ち負かすことができない。神々は脅迫の対象である世界に、自分たちの力のそうした弱点を知らせるつもりはなかった。ほんの一瞬、スミスはヴァンパイアたる〈三神〉の幻を見た。〈三神〉は、美しい都市と、優しい黄金の昼と、地球に照らされた奇跡の夜への愛ゆえに彼らに抗おうとしない種族を、心ゆくまでむさぼっていた。人々にとってそうしたものは、自分たちの命よりも大切だったのだ。だがそれもここで終わりだった。

白熱する飢えが最後に一度、スミスの頑なさの周囲で炉の熱風のように激しく荒れ狂った。だが〈一なる三神〉は——大昔に忘れられた未知のどんな場所で生まれた、どんなヴァンパイアかは知らぬが——スミスの本質が深く根差した、岩のようにゆるがぬ最奥の獰猛さを砕く力は持っていなかった。そしてついに、暴風のごとき怒りがこれを限りと爆発し、飢えと敗北感の竜巻となってスミスの周りで吠え狂ったかと思うと、真空はあたりから消え失せた。

目もくらむような一瞬、スミスの脳裏に耐えがたい光景がひらめいた。眠れるセレス、いずれ時間そのものに忘れ去られる緑の月世界が、天にかかる地球の光の下で真珠の白さを帯び、人類が二度と出会えぬほど明るい夜の輝きに照らされている。巨大な地球は漂う大気の海に包まれてゆらめき、最後にほんのつかのま、霞んだ大陸と真珠の海という驚異の風景をまばゆく輝かせた。麗しのバロイズは、高みにかかる地球の光の下で眠っていた。燦爛《さんらん》たる最後の一瞬、比類なく美しい月世界が浮かぶのは、夢のごとき薄明の中だった。これから先、宇宙のどんな星も、それに匹敵する薄明を見ることはなく、この風景を知る種族の末裔が、それを完全に忘れ去ることもないだろう。

次の瞬間——災厄が訪れた。スミスは放心してぼんやりとそれを意識していた。耳をつんざく哀切な音が次第に強まり——我慢できぬほど大きくなり、ついにスミスの脳はその苦しげな音に耐えられなくなった。そしてバロイズの上に、セレスの上に、そこに住むあらゆる者の上に暗黒が降りてきた。中天に浮かぶ地球は、濃さを増す闇の中でゆらめき、セレスの起伏する緑の丘から、青々とした草地から、銀の海から大気がはがれていった。セレスの大気は、地球光に明るく照らされ、長い乳白色の吹き流しとなって、今まで覆っていた星を捨てようとしていた。少しずつ消散するのではなく、唐突に荒々しく消えていくのだ。あたかも〈三神〉の見えざる手が、セレスの星から長く明るいリボン状の大気をむしりとっているかのように――こうして大気は去っていった。

闇に包まれる瞬間、スミスが最後に目にしたのはその光景だった――虹色に透き通った、長く漂うリボンがはがれて、虚空の中へ尾を引き、徐々に宇宙の暗黒に溶けていくにつれて、崩壊の中でも美しいセレス、色と光をゆらめかせる小さな緑の宝石は、生命という外套を脱ぎ捨てていった。

そのとき闇がスミスを包み込み、忘却がのしかかってきて、何も――何一つ……。

スミスは目をあけて愕然とした。周囲にはニューヨークの鋼のタワーがそびえ、雑踏のざわめきが聞こえてくる。スミスは目を空に向けずにはいられなかった。ほんの一瞬前――に思えるのだが――そこには巨大で明るい、真珠のような地球が輝いていたのだ。やがてゆっくりと状況を把握して視線を落とすと、テーブルの向かいにいる月人の小柄な神官の、大きく見開いた苦しげな目があった。その顔を見てスミスはショックを受けた。自分が過去へ旅していた計り知れぬ時間のうちに、神官の顔は十歳も年をとっていたのだ。どんな個人的な苦痛よりも深遠な苦悩が、地球のものならぬ青白い顔にくっきりと皺《しわ》を刻み、大きく風変りな目は悪夢にとり憑《つ》かれたようだった。

「ならば、わたしのせいだったのだ」神官は独り言のようにつぶやいた。「種族の中でわたしこそが、この手でセレスを滅ぼした張本人だった。おお、神々よ――」

「おれがやったんだ！」スミスは鋭く口を挟んだ。相手の耐えがたい苦痛をなんとかして和らげようと、ふだんは重い口を開いたのだ。「やったのはおれだ！」

「いいや――きみは道具にすぎず、それを用いたのはわたしだ。わたしがきみを送り込んだ。わたしこそバロイズを、ナイアルを、象牙の白さのインガラを、失われた世界の緑の美しさを滅ぼした者だ。この先、夜が来るたびに、わたしが滅ぼした世界のむき出しの白い頭蓋骨《ずがいこつ》をどうして見上げることができよう。わたしだ――わたしだったのだ！」

「何の話をしてるんだ？」テーブルごしにヤロールが訊いた。「おれには何も見えなかったぜ。ただ光と闇がやたらとあって、それから月みたいなものが……」

「それでも」――憑かれたようなささやきは、それに気づかぬように続いた――「それでも、わたしは神殿の〈三神〉を見た。種族のだれ一人、今までに神々を見たことはなかった。神殿から戻ってきた記憶は、神々を打ち破ったあの記憶以外に存在せぬのだから。種族全員の中で、わたしだけが〈災厄〉の秘密を知っている。われわれの伝説は、植民者たちが見たものについて語っている。彼らはあの夜、恐怖に包まれ、地球のぶあつい大気を通してそれを見上げたのだ――だがわたしは知っている！　血肉を持つ人間は――失態によって世界を滅ぼした者は――その知識に長くは耐えられぬ。おお、セレスの神々よ――お救いください！」

神官の月のように白い手がテーブルの上をやみくもに探り、これほど高くついた四角い包みを見つけた。神官はよろよろと立ち上がった。スミスもまた、名づけがたく言葉にならない感情に動かされて立ち上がった。だが月の神官はかぶりを振った。

「いいや」自分の心が発する問いに答えるように神官は言った。「あれほど遠い昔に――それでいてこの数分間に――起きたことについて、きみが責めを負う必要はない。時間と空間のもつれ、何千年も前に滅びた世界に、生ある人間がもたらす災厄――われわれの乏《とぼ》しい理解力をはるかに超えている。わたしはあの災厄を運ぶ器として選ばれた――だがわたし一人に責任があるのではない。なぜならこれは時の始まりから定められていたことなのだから。終わりがどうなるのか、あらかじめ知っていたとしても、わたしには変えることができなかった。きみがしたことではなく、きみが今知っていることのために――きみは死なねばならない！」

その言葉を発するが早いか、神官は四角い包みを死の武器のようにふり上げ、スミスの顔の前につきつけた。死の影が、月光に似た半透明の瞳に差し、苦悩する青白い顔に暗く漂っている。ほんの一瞬、四角い包みの周囲に、耐えがたいほどまばゆい光が弾けたような気がしたが、実際に目に入ったのは、神官の白い手の中にある包みのありふれた輪郭だけだった。

脳が記憶しないほど短い一瞬、死が貪欲にスミスをかすめた。だが脅すような手がふり上げられると同時に、神官の背後で青白い炎が発射され、銃が火花を散らす聞き慣れた音がした。小柄な男の顔はつかのま苦痛に青ざめたが、次いで平穏が押し寄せてきて顔全体が安らぎ、苦悩していた黒っぽい目は何も浮かべなくなった。神官は横ざまにどさりと倒れ、四角い箱は手から落ちた。

背を丸めて床に倒れた死体の向こうに、身を低くしたヤロールの姿があった。熱線銃をホルスターに戻しながら、ヤロールは肩ごしにちらりと目を走らせた。

「来い――急げ！」差し迫った声でささやく。「ここから離れるぞ！」

スミスの背後で叫び声がして、駆けてくる足音が聞こえた。スミスは転げ落ちた謎の四角い包みを惜しそうに一瞥したが、それは一瞬のことで、すぐに死体を飛び越え、走っていくヤロールのあとを追って、人の多い下の階層へ続く斜路を目指した。あれが何だったのか、スミスが知ることはないだろう。

生命の樹

The Tree of Life

中村融訳

悠久の時を経て廃墟と化したイルラーの上空を、数隻の捜索船が急降下したり、旋回したりしていた。崩れかけた神殿に身を隠したノースウェスト・スミスは、鋼鉄のように青白い目でじっとそれを見あげながら、腐肉の上をぐるぐるまわる禿鷹《はげたか》を連想した。この遺跡の捜索は、もう丸一日つづいている。じきに渇きが喉を焼き焦がし、飢えが体をかじりはじめるだろう。こうした古代火星の遺跡には食料も水もない。したがって、自分自身の肉体の切実な欲求に負けて、旋回するパトロールの船に合図を送り、せっかく勝ちとった自由を食料と飲料と交換するはめになるのは時間の問題にすぎない。彼は神殿のアーチの暗がりで腰を沈め、パトロール船の砲手の腕前を呪った。逃げまわる彼の船がその熱線にとらえられたのが、ちょうどイルラーの遺跡のへりだったのだ。

ほどなくして、ふとあることを思いだした。いにしえの時代、たいていの火星の神殿は、旅人の便宜を図って外側の方庭に装飾をほどこした井戸を設けていた。もちろん、水は百万年も前に干上がっているだろう。だが、ほかに妙案も浮かばないので、崩落した中央ドームのへりから腰をあげ、神殿の正面に向かって、まだ無傷で残っている歩廊を用心深く進んだ。方庭の端に積みあがった瓦礫の前で足を止め、陽射しが降り注ぐ石畳ごしに装飾井戸のほうを見渡す。かつて火星が緑の惑星だったころ、ここを通りかかった旅人たちの喉を潤《うるお》した井戸である。

それはなみはずれて凝《こ》った造りの井戸で、驚くほど保存状態がよかった。縁にはモザイクで模様が象眼《ぞうがん》されており、その象徴はかつて重大な意味があったにちがいない。その上には時にむしばまれないブロンズの大きな扇があり、手のこんだ透《す》かし彫りが例によって例のごとく生命の樹の模様を描きだしている。三つの惑星の象徴にたびたび登場するモチーフだ。スミスは隠れている場所からすこし不信の念をこめてそれを見つめた。壊れた石が散乱する混沌のただなかで、それは奇跡的に保存され、ほこりまみれの旅人たちが水を飲むためにここで足を止めた百万年前と同じくらい完璧に、陽射しを浴びた石畳に繊細なレース模様の影を落としている。真昼時に大きな門を一列縦隊でぬけてくる旅人たちが目に浮かぶようだ……。

その幻がかき消えたのは、探るような彼の目が廃墟の塀を一周したときだった。門がないのだ。方庭の外塀のどこにも門が見当たらない。残っている礎石《そせき》からわかるかぎりでは、ここへの入口は、いま彼が立っている廃墟の扉だけ。妙だ。それなら、ここは私的な方庭で、大きな透かし彫りに飾られた井戸は神官専用だったにちがいない。いや、待てよ――都の名前の由来となったイルラーという神官王がいなかっただろうか？　伝説によれば、宮殿ばかりか神殿をも鉄の手で統治したという魔術師王が。この手のこんだ模様に飾られた井戸、歳月の重みにも耐えられるほど上質の素材で作られた井戸は、そのはるかむかしに亡くなった専制君主の専用だったのかもしれない。ひょっとして――

陽射しのまぶしい石畳に捜索船の影がさっとよぎった。スミスは隠れ処《が》にますます引っこみ、そのあいだ船は方庭の上を低く旋回した。そのときだった、崩れた壁を背にしてうずくまり、身じろぎひとつせずに危険が去るのを待ちながら、ある音にはじめて気づいて、仰天のあまり耳を疑ったのは——途切れ途切れにつづく、むせぶような悲しげな音——女のすすり泣きの音だ。

その場ちがいな音を耳にして、炎暑の戸外で頭上に浮かんでいる脅威が一瞬脳裏から消えた。神殿の廃墟の薄闇が、その瞬間は生気にあふれる場所となり、嗚咽《おえつ》の音で脈打った。半信半疑であたりを見まわし、飢えと渇きが早くも悪戯《いたずら》を仕掛けてきたのだろうか、それとも、この壊れた広間には百万年前の悲しみがとり憑いていて、聞く者を狂気に追いやる慟哭《どうこく》を歩廊に響かせるのだろうか、と疑問にとらわれた。火星の古代遺跡のなかには、そういう憑きものの話が伝わっているものがある。うなじの毛がかすかに逆立つなか、スミスは熱線銃の台尻に手をかけ、くぐもった音の出所に向かって慎重な歩みをはじめた。

じきに廃墟の壁の薄闇のなかに白く輝くものがパッと目に飛びこんできたので、足を忍ばせて前進し、時に忘れられた廃墟のなかでむせび泣いているのは、いったいどんな生きものなのか見定めようとして目を細めた。それは女だった。さもなければ、ぼんやりした女の輪郭を持ったものが、崩れた壁の隅にうずくまり、驟雨《しゅうう》のように垂れた長い黒髪に隠れているのだった。しかし、その女には不気味なほど奇妙なところがあった。彼の色の淡い目は、その輪郭に焦点を合わせられないのだ。薄闇のなかで女は、煌々《こうこう》と輝く白い染みと大差なく、チラチラ光っている姿は現実離れして見えるが、嗚咽の音がその反証となっていた。

つぎにどうしようかと心を決めかねているうちに、自分のほかに人がいる、となにかが泣いている娘に警告したにちがいない。なぜなら、むせび泣く声がぷっつりと途絶え、娘が首をもたげて、体の輪郭と同じくらい判然としない顔を彼のほうに向けたからだ。スミスはぼやけた目鼻立ちを見定めようとはしなかった。その輝く仮面で双眸《そうぼう》が爛々《らんらん》と光り、感知できそうな衝撃とともに彼の目をとらえて視線をからめてきたので、目をそらそうとしてもそらせなくなったからだ。

これほど驚くべき目に出会うのははじめてだった。色は月長石のような半透明の乳白色なので盲目も同然に見える。磁力をおびた視線にからめとられ、彼は身動きできなかった。その揺るぎない月長石のような目に見据えられた瞬間、おかしなことに、手で触れられる紐帯《ちゅうたい》がふたりのあいだにピンと張られたかのような気がした。

そのとき彼女が口をきいた。けっきょく、滅びたイルラーの鬼気迫る寂寥《せきりょう》に自分の心が屈しかけているのだろうか、とスミスは思った。というのも、彼女の口にする言葉は意味のない音の連《つら》なりとして耳に届くのに、まだるっこしい言葉による意思疎通をはるかに凌駕《りょうが》する明晰さで、意味内容が脳内に形成されるからだ。そして彼女の乳白色の目が、視線をぐいぐい彼の目に食いこませてきた。

「迷ったんです――迷ってしまったんです――」むせび泣く声が頭のなかでいった。

強制力のある目からいきなり涙があふれだし、その輝きを覆い隠した。月長石の表面が曇ったとたん、スミスは自由の身にもどった。女の声がむせび泣いたが、言葉はちんぷんかんぷんで、それに見合った情報も脳内に形成されなかった。彼はぎくしゃくと一歩後退し、娘を見おろした。不信感がなすすべもなく身内にこみあげてきた。白く輝く体にはあいかわらず焦点を合わせられず、はっきりと見えるのは、月長石色の目だけだったからだ。

娘が跳ね起きて爪先立ちになり、もどかしげに彼の肩をつかんだ。ふたたび目がくらむほど強い光を放つ彼女の双眸がスミスの目をとらえた。その力は肩をつかむ手と変わらないほどはっきりしていた。ふたたび強く、懇願するように情報がスミスの脳内に流れこんできた。

「お願いです、わたしを連れもどしてください！　怖くてたまらないんです——帰り道が見つからない——ああ、お願いです！」

スミスは目をしばたたいて彼女を見おろした。なにが起きているのか、基本的な事実が幻惑された頭にもすこしずつ呑みこめてきた。娘の視力のない乳白色の目には磁力があり、ふつうの発話によらないでも思考を伝達できるにちがいない。しかもそれは強力な精神の目、すさまじいエネルギーを彼の脳内に注ぎこむ放出口なのだ。それなのに、伝わってくる言葉は、おびえた無力な娘のそれ。話の内容と力がちぐはぐで、その両方がひと息ごとに切迫感を増して伝わってくるのだから、強い警戒心が湧いて当然だった。力強く意志堅固な女が、おびえた娘の嗚咽を漏らしているのだ。どうにもうさん臭い。

「お願い、お願いです！」女がスミスの脳内でじれったげに叫ぶ。「助けて！　わたしを連れ帰ってください！」

「どこへ連れ帰るんだ?」そう尋ねる自分の声がスミスの耳に届いた。

「〈樹〉です!」あの奇妙な言葉が脳内でむせび泣く。いっぽう耳に届くのは支離滅裂な音の連なりで、月長石色の目が彼をとらえて離さない。「〈生命の樹〉です! ああ、〈樹〉の影へ連れもどしてください!」

透かし彫りに飾られた井戸の光景が、パッと記憶によみがえった。そのとき思いつける樹の象徴はそれだけだった。しかし、井戸と迷子の娘――迷子としたらの話だが――とのあいだにどんなつながりがあるのだろう? あの未知の言語でまたしても哀願され、苦悶する手にまたしても肩を揺さぶられて、思いまどう彼の心に突如として決意が生まれた。この娘を井戸へ連れもどしてやっても害があるはずはない。彼女がいっているのは、あの透かし彫りのことにちがいないのだ。すると強烈な好奇心が湧いてきた。この奇妙な出来事には、目で見える以上のものが隠れている。さらに途方もない推測が脳裏をかすめていた。彼女は井戸が通じている地下世界から来たのかもしれない。それなら、ぼんやりして見えるのは無理としても、青白く輝いているのは説明がつくし、その目が光のもとでは機能しないと思えることも説明できる。彼女の存在には、はるかに信じがたい説明があるのだが、彼はもうしばらくのあいだ、それを知る運命になかった。

「ついて来い」スミスは彼女の手を肩からそっとはずした。「井戸まで案内してやる」

女は安堵の深いため息を漏らし、強制力のある目を伏せて、あの耳慣れない、ちんぷんかんぷんの言葉で感謝にちがいないことをつぶやいた。スミスは彼女の手をとり、崩れかけたアーチ型の扉のほうを向いた。

指に触れる彼女の肉体は、ひんやりしていて引き締まっていた。その感触からすれば彼女には実体がある。だが、これほど近づいても、ぼんやりした乳白色の体や、黒くにじむ流れるような髪に焦点を合わせるのを目が拒んでいる。ふたりをへだてるヴェールを突きぬけるほど強いものは、爛々と光る盲目の双眸だけなのだ。

彼女はもうなにもいわず、わけのわからない〝樹〟とやらに一刻も早くもどろうと荒い息をしながら、スミスと並んで瓦礫の散乱する神殿の床をよろよろと進んだ。その逸《はや》る気持ちがどの程度まで見せかけなのか、スミスにはまだよくわからなかった。扉にたどり着くと、一瞬彼女を立ち止まらせ、危険はないかと空を探った。どうやら船は都のこの地区の捜索を終えたらしい。なぜなら、数マイル離れたところに、イルラーの北地区の上空を低く舞っている二、三隻の船が見えるからだ。さほど危険を冒さずに井戸まで行けるだろう。スミスは娘の先に立ち、陽射しで暑い方庭へおそるおそる踏みこんだ。

井戸へ近づいたことが視力でわかったはずがない。だが、あと二十歩というところまで来ると、彼女はぼやけて見える顔を不意にあげ、彼の手を引っぱった。ふたりと井戸とをへだてる最後の道のりを先導したのは彼女のほうだった。陽射しを浴びて、透かし彫りの樹の落とす影になったレース模様が、地面にくっきりと描かれていた。娘は喜びのあえぎ声を小さく漏らした。スミスの手を放し、小走りに三歩前進すると、地面に描かれた影の模様のどまんなかへ飛びこんだ。すると、とうてい信じられないことが起きた。

模様が衣服のように彼女に張りつき、いかにも影らしく体の曲線に合わせて弧を描いた。しかし、彼女が黒色の縞とレースに覆われていくうちに、黒いレース模様の線におかしなずれが生じた。不可解にも、微妙に横へ動いたのだ。その動きとともに彼女が消え失せた。まるでそのずれが、彼女をある世界から別の世界へ移動させたかのように。スミスは、彼女の姿が消えた場所を呆然と見つめた。

そのとき、いくつかのことがほぼ同時に起きた。捜索船の爆音が不意に静寂を破り、黒い影が屋根すれすれまで降りてきた。自分が丸見えになっていることにスミスは遅ればせながら気づいた。逃げ道はひとつしかない。それはあまりにも奇想天外で、うまくいくとは思えないが、ためらっている暇はなかった。彼はいちどの跳躍で生命の樹の影のまんなかへ飛びこんだ。

レース模様が流れて彼をつつみ、彼の体に合わせて形を変えた。その境界の外側では、なにもかもが摩訶《まか》不思議な形でわずかに横へずれたり、すべったりして、目の錯覚であるかのように、まったく別の風景に変わった。あいだにはさまる空白はなかった。あたかも格子の桟ごしに絵を見ていたら、それがだしぬけに横へすべり、桟のあいだに別の景色があらわれたかのようだった。黄昏のような灰色に染まった、風変わりで、ほの暗い風景が。空気は妙に濃くなったように見え、それを通して静かな木立と花のちりばめられた草地が見えた。それらが奇妙に非現実的に混じりあい、綴れ織り《タピストリー》に描かれた風景のように、すべての輪郭がぼやけていた。

このタピストリーを思わせる薄暮のただなかで、スミスが追いかけてきた娘の真っ白な体が、炎のように燦然《さんぜん》と輝いていた。彼女は数歩離れたところで立ち止まり、待っていた。どうやら彼があとを追ってくると確信していたようだ。そうさとったとたん、彼は思わず苦笑した。たとえ逃げ場を探す必要に迫られてあとを追わなかったとしても、好奇心に駆られて彼女を追いかけたのは、まずまちがいないところだったからだ。

この濃くなった薄闇のなかで、いまや彼女はくっきりと見えた——見えるどころか、目がさめるほど麗しく、すこしばかり現実離れしていた。煌々と輝いていて、黄昏《たそがれ》の世界全体でただひとつ鮮明なものだった。その光り輝く白い肢体に目を釘づけにしてスミスは踏みだしたが、自分が動いたことにもろくに気づかなかった。

スミスは暗い草むらをゆっくりと横切って彼女のほうへ向かった。その草は踏むとやわらかく、青白く輝く、背の低い小さな花が咲き誇っていた。ボッティチェリは、天使の足もとにこういう花のちりばめられた草地を描いたものだ。その上で娘の素足が、花より白くきらめていた。彼女はつややかな髪のマントしかまとっておらず、それは黒光りする外套となってなびいていたが、弱い光のもとでは奇妙に非現実的な紫色をおびていた。そのフードの下から、彼女は近づいてくるスミスを見ていた。青白い口もとに微笑を浮かべ、月長石色の目の奥で光を煌々と輝かせながら。彼女はいまや盲目ではなく、おびえてもいなかった。片手を自信たっぷりに彼のほうにさしのべ、

「こんどはわたしが案内するわ」と、ほほえんだ。前と同じように、言葉はちんぷんかんぷんだったが、その異様な白い目の射ぬくような視線が、スミスの脳の奥底でそれらに意味をあたえた。

スミスの手がひとりでに彼女の手へのびた。彼はすこし頭がくらくらしていた。そして彼女の目は有無をいわせなかった。彼女は指をからみ合わせ、並んでいる彼を引っぱりながら、花の咲く草地を歩きだした。スミスは行き先を訊かなかった。静けさと灰色につつまれた魔法にかかった土地の魔力に夢見心地となって、言葉の必要を感じなかった。タピストリーのようにものの輪郭が溶けあっている奇妙にぼやけた薄暮のなかで、しだいに視界がはっきりしてきた。そして進みながら、自分はどういう土地へやってきてしまったのだろう、と混乱した頭をむなしく悩ませた。地上の近くでは薄暮だが、高くなるにつれ闇が濃くなっているので、顔をあげると、星のない夜空の底なしの深みをのぞきこむことになった。

木立と、花をつけた灌木《かんぼく》と、花をちりばめた草地が、その土地の混乱を誘う濃密な薄闇のなか、四方にどこまでも広がっていた。ほの暗い空気を通すと、ほんのすこし先までしか見えなかった。まるで明かりのない夢のなかで、タピストリーに織りこまれた薄暮のなかを歩いているかのようだった。そして麗しい体を光り輝かせ、ゆたかな色をした髪のローブをまとった娘もタピストリーのなかの女のようで、現実離れしていて魔法を思わせた。

しばらくして、風変わりな情景全体にすこしだけ慣れてきたころ、通りかかった茂みや木立のなかをこそこそと動くものに気づきはじめた。動きが速すぎて輪郭をとらえられないが、目の隅に動きが映っていたし、どういうわけか、こちらを見張っている目にも気がついた。その感覚は彼にとってなじみ深いものであり、スミスは通りしなに、茂みのなかで動くものに不安げな視線を向けつづけた。じきに灌木と喬木《きょうぼく》とのあいだに監視者の全身をとらえた。それは人間だった。小柄で、こそこそした肌の浅黒い男で、あわてて隠れ処に逃げもどったので、スミスの目はその男が存在するという事実を受け入れるのが精いっぱいだった。

なにが見えるのかわかったので、そのあとはもっと簡単に見分けられた。小さなおびえた顔に大きな目をつけた小柄で俊敏な人々が、その目を悲しげに黒光りさせながら、つねに木の葉のあいだにまぎれるようにして、茂みのなかを小走りに駆けているのだ。彼らが通過するときのカサカサという音が聞こえたし、いちどか二度、彼らが灌木の群生の近くを通ったときには、ささやくように呼びかわす声のこだまを耳にとらえたと思った。木の葉のすれ合う音のように静かだが、どういうわけか奇妙な警告の響きに満ちている。それがあまりにも明瞭なので、ひそひそ声であっても聞きとれた。警告の呼びかけ、木の葉にまぎれた小柄なこそこそした者たち、ボッティチェリの描くような花を散らした草原を絨毯《じゅうたん》のように敷きつめた、タピストリーを思わせるぼやけた風景。すべてが夢だった。それはまちがいない気がした。

そのしじまを破るほど強い好奇心がめざめたのは、だいぶあとになってからだった。しかし、とうとう彼は夢見心地で尋ねた。

「どこへ行くんだ?」

催眠術をかける目が紐帯《ちゅうたい》を結ばなくても娘には通じたようだった。というのも、彼女がふり返り、白い目で彼の目をとらえて答えたからだ。

「サグのところへ。サグがあなたをお望みだから」

「サグってなんだ?」

その問いに答えて、彼女はいきなり歌を口ずさむような調子でひとり語りをはじめた。それがいかにも型にはまっているので、紋切り型になるくらい頻繁に説明がなされてきたにちがいないと思え、彼はかすかな不安に襲われた。多くの人間になされてきたのだろう、サグが望むという人間に。そのあと彼らはどうなったのだろう？　しかし、娘は話しつづけた。

「はるかなむかし、イルラーには都の名前の由来となったイルラー大王が住んでいました。王は巨大な力をそなえた魔術師でしたが、すべての野望をかなえられるほど強大ではありませんでした。そこで術を用いて暗黒界からサグとして知られる存在を呼びだし、ある契約を結びました。その契約によって、サグはその無限の力をあたえ、イルラーの命つきる日までイルラーに仕え、その見返りに王はサグの棲み処として土地を創りだし、奴隷を住まわせ、サグの世話をする女司祭を用意することになりました。ここがその土地です。わたしはその女司祭で、サグに仕えるために生まれた女たちの長い系譜に連なる最新の者。樹の民は彼の——下僕です。

　わたしが声を潜めているのは、樹の民に聞かれないため。彼らにとってサグは天地の中心にして焦点であり、あらゆる生命の終わりにしてはじまりだからです。しかし、あなたには真実を語ってきました」

「でも、サグはこのおれになにを望むんだ？」

「サグの従僕がサグに疑問をいだいてはなりません」

「それなら、サグが望んだ人間はそのあとどうなるんだ？」彼は食いさがった。

「それはサグに尋ねるべきです」

彼女はしゃべりながら目をそらした。ふたりのあいだに渡されていた精神的な紐帯がふっつりと切れ、その唐突さにスミスは頭がくらくらした。彼は足どりをゆるめ、彼女の指をすこし引っぱりかえしながら、彼女と並んで進みつづけた。夢見心地が徐々に薄れていき、心の奥底で警戒心がうごめきはじめた。とにかく、このうつろな目をした女司祭に手を引かれるまま、彼女の神の顎門《あぎと》まで行かなければならない謂《いわ》れはないのだ。いままでは策略だったとわかっている手段で、この女はスミスをこの土地に誘いこんだ。それより質《たち》の悪い策略を仕掛けてくるかもしれないではないか？

ともあれ、目を合わさずにいられるなら、彼女にできるのはせいぜい指を握ることくらいだ。彼女の本当の力は目にあるが、その気になれば闘えないことはあるまい。木の葉のあいだにいまだに見え隠れしている樹の民の低いざわめきのなかに、奇妙な警告の響きがますますはっきり聞こえはじめていた。黄昏の場所は不気味で邪悪な雰囲気をおびていた。

彼は不意に心を決めた。足を止め、娘の手をふり切り、

「おれは行かない」といった。

女はゆたかな色合いの髪をなびかせてさっとふり返り、わけのわからない言葉をべらべらとまくしたてた。しかし、スミスは彼女と目を合わせないようにしたので、なんの意味も伝わってこなかった。彼は女の声を無視して決然ときびすを返し、来た道をたどり直して歩きはじめる。女は高く澄んだ声でいちど彼に声をかけた。どういうわけか、それには樹の民のひそひそ声と同様に警告の響きがあったが、スミスはふり向かずに、ひたすら進みつづけた。やがて彼

女が笑い声をあげた。甘く、蔑《さげす》みに満ちた笑い声は、その音が黄昏のなかで絶えたずっとあとになっても、彼の心のなかで不吉にこだましていた。

しばらくして、彼は肩ごしにちらっとふり返った。女司祭と別れてきたほの暗い林間の空き地に、その体の放つまばゆい光がまだ煌々と輝いているのが見えるだろう、となかば予想していたが、タピストリーのようにぼやけた風景は、まったくのからっぽだった。

耳が痛くなるほど深いしじまのなか、見え隠れしていた樹の民さえいなくなった寂寥のなかを彼は進みつづけた。樹の民は、炎のようにまばゆい娘とともに姿を消しており、薄暮の垂れこめる土地全体に彼ひとりしかいなかった。スミスは上向いた花の顔をブーツで踏みつぶし、自分は頭がおかしくなったのだろうかと力なく自問しながら、暗い草地をとぼとぼと歩きつづけた。彼を呑みこんだこのタピストリーを思わせる寂寞に、それ以外の説明はないように思われた。その耳を聾《ろう》する静けさのなか、死のような孤独のなか、スミスは歩きつづけた。

そうして長いこと歩きつづけ、とうのむかしに出発点にたどり着いていてもいいころなのに、あいかわらず出口は影も形もないとあって、サグの灰色の地から出る道はあるのだろうか、と疑問が湧きはじめた。自分が実体のある出入口を通ってきたわけではないことにはじめて気づいたのだ。影から踏みだしたにすぎず——いまにして思えば——ここに影はないのだ。灰色があらゆるものを呑みつくし、拙劣に描かれた絵のように、風景を奇妙に平板なものにしている。彼はなすすべもなく周囲を見まわした。いまは完全に迷ってしまい、どちらの方角を向いているのかも定かではない。というのも、方向を知る手がかりがここにはないからだ。木立と灌木と花のちりばめられた草地は、依然として周囲に広がっており、その変化のない黄昏のなかで輪郭は判然としなかった。それらは果てしなくつづいているように思われた。

しかし、あたりに異様な緊張感がみなぎっているので足を止める気になれず、彼はとぼとぼと歩きつづけた。どういうわけか、ぼやけた樹々と灌木のすべてが、蹌踉《そうろう》とした足どりで歩く彼の姿に注意を集中し、固唾《かたず》を飲んで待っているかのようだった。しかし、活発に動く生命は、女司祭の白く輝く姿の消失とともに跡形もなく消え失せていた。首をうなだれ、行き先にはろくに関心も払わず、彼は花の咲き誇る草原をひたすら歩きつづけた。

あたりが奇妙にうつろに感じられて、スミスはとうとう無気力な歩みを止めた。首をもたげる。そこは変化のない薄暮のなかでぼんやりとして見分けのつかない、並んだ樹木のちょうど端だった。その向こう側では――彼はハッとわれに返り、信じられない思いで目をみはった。その向こう側では草地が無までのびていて、わかるかわからないかくらいの割合で縞模様のあるアーチ状の虚無に溶けこんでいた――物質が落ちこめるたぐいの虚空ではなく、中身の詰まった無が、球体内部の暗い天頂へ向かって弧を描いているのだ。物理的なものはそこへはいれるはずがない。それは完全無欠の空無であり、どんな力も侵入できない不可侵の虚無だった。

彼は、その湾曲した通りぬけられない壁の内向きのアーチにそって視線をあげていった。とすれば、ここはイルラーが空間そのものからもぎとった奇妙な土地のはずれなのだ。このアーチは、魔法の土地を閉じこめるためにねじ曲げられた、中身の詰まった空間の湾曲にちがいない。こちらからは逃げられない。その縞模様のあるアーチを描いた空白に近づくことさえできないのだ。理由はわからないが、一瞬それを見つめたあと、強すぎる不安がこみあげてきて、彼は目をそらした。

ほどなくして肩をすくめ、彼と空間の壁とをへだてる並んだ樹々の内側にそって歩きだした。ひょっとしたら、どこかに切れ目があるかもしれない。それははかない望みだったが、ほかにましな考えも浮かばなかった。疲れきった彼は、花の咲く草地をよろよろと進みつづけた。

わかるかわからないぐらいの弧を描く境界線にそってどれくらい歩きつづけたのかは見当もつかない。だが、果てしない灰色の寂寥のなかを行くうちに、木の葉のあいだのざわめきやささやき声が、しばらく前から徐々に大きくなっていたのがしだいにわかってきた。顔をあげると、小さな判然としない人影が、中身の詰まった無の壁と境を接する林をすばやく出入りしていた。樹の民がもどってきていたのだ。彼らの存在に奇妙な安堵をおぼえ、すこしだけ気分が上向いたスミスは、彼らが臆病に行ったり来たりするのも気にせずに歩きつづけた。というのも、スミスは野生動物の習性に通じていたからだ。

スミスが自分たちにろくに関心を払わないとわかると、じきに彼らは大胆になりはじめ、ささやき声が大きくなった。そしてざわめくような声のあいだに、耳慣れた言葉の断片が聞きとれるような気がしてきた。ときおり聞き憶えがあるように思える言葉が耳に届き、わけのわからない言葉の連なりのあいだに失われた。彼は頭《こうべ》を垂れ、手を急に動かさないようにしながら、わざと黙りこくってとぼとぼと歩きつづけた。それが功を奏しはじめた。

ひとりの小柄で浅黒い樹の民が隠れ処から飛びだし、灌木と喬木とのあいだで立ち止まると、奇妙な長身の異邦人に目をこらすところが目の隅に映った。この大胆な冒険者の身になにも起きなかったので、まもなくもうひとりが危険を冒して開けたところで足を止め、樹々のあいだを静かに歩く者をしげしげと見つめた。ほどなくして樹の民の小集団が、彼と平行に進路をとって、ゆっくりと移動しながら、野のけものの旺盛な好奇心を発揮して、とぼとぼ歩くスミスの姿をじっと見つめていた。そして彼らのあいだで交わされるささやき声が大きくなった。

じきに地面が下り勾配になり、樹々に囲まれた小さな窪地となった。ここは高い土地よりもすこしだけ暗く、斜面を下っていくにつれ、窪地を満たす下生えのあいだに巧妙に隠された小屋が見えてきた。生きている灌木をより合わせて造ったものだ。この窪地が樹の民の住む小さな村であることは一目瞭然だった。

窪地の薄闇のなかへ降りていくにつれ、彼らが大胆になりはじめたとき、スミスはこのことを確信した。ささやき声がわずかばかりかん高くなり、見張りのなかでもとりわけ大胆な者たちがすぐそばを走り、奇妙な片言の言葉をさえずった。そのくぐもった音節には聞き憶えがあり、知っている言葉のこだまが耳にこびりついて、いまだに頭を悩ませていた。窪地の中心にたどり着いたとき、小柄な種族が散開して、彼をぐるっととり巻いているのに気がついた。どこを見ても、不安げな小さな顔と、みはられた目と出会った。彼はほくそえんで足を止めると、生真面目な顔で相手の出方を待った。

代弁者の役目を買って出るほど勇敢な者はいないようだったが、数人が早口でささやき交わす言葉のなかに「サグ」や「危険」や「気をつけろ」といった単語が聞きとれた。知っている言語に語源を求めるまでもなく、その言葉の意味は理解できた。彼は陽に焼けて脱色した眉毛を寄せ、もっと集中して、その風変わりなささやき声から語源のヒントをつかもうとした。とっさには数えられないほど多くの言語をかじっていたとはいえ、この片言をどれかの言語に当てはめるのはむずかしかった。

しかし、「サグ」という単語には、非常に古い乾地の言葉――火星では、あらゆる惑星の言語のなかでいちばん古く、いちばん粗野だとみなされている――のそれと似た音がそなわっていた。これが手がかりとなって、じきに乾地の言葉の音節と漠然と似ているほかの音節が聞きとれるようになってきた。聞いたことのある最古の語形よりはるかに古く、単純素朴な点は原始的ともいえるもので、ほとんどそれとわからなかった。と、一瞬、混じりけのない畏怖が湧きあがってきた。自分が耳をかたむけているものの重大な意味をさとったからだ。

今日《こんにち》の乾地の種族はひと握りの半未開人で、悠久のむかし、ほぼ忘れられた栄光の頂点にあった強大な民族が退化した者たちだ。その日々はいまや数百万年のむかしであり、あまりにも遠い過去なので、曖昧模糊《もこ》とした伝承のほかに記録は残っていない。とはいえ、ここにいる人々は、種族の黎明期に話されていたにちがいない言語の萌芽ともいえるものを話している。ひょっとしたら、忘れられた勝利の時代からさらに百万年もさかのぼるのかもしれない。その悠久の時の流れを把握しようとして、スミスの頭はくらくらした。

この臆病な茂みの住民たちがその言葉を話すことには、もうひとつ言外の意味があった。つまり、忘れられた魔術師王イルラーが、今日の乾地住民の祖先をこの不吉な薄暮の地に住まわせたにちがいないのだ。もし両者が同じ言葉を話すのなら、同じ血統に属しているにちがいない。そして人間の容赦ない適応性が、残りを仕上げたのだ。

ここが外界より住みやすかったわけではない。外界では、火星の緑の平原を放浪していた古《いにしえ》の住民が、滅びゆく平原とともに数を減らし、ついには萎《しな》びたなめし革のような肌をした半獣人にまで退化してしまった。ここでは種族の根を同じくする者たちが、この小柄なこそこそした生きものに堕落してしまった。肌は浅黒く、大きくみはられたような目をして、ささやきより声を大きくすることはない。その漸進《ぜんしん》的な退化の裏にどんな悲劇があったことか！ あいかわらず周囲でささやき声が交わされていた。彼らは計り知れないほど長く隠れて声を潜めてきたせいで、大声でしゃべる能力を失ってしまったにちがいない——スミスはそう察しをつけはじめていた。そして自由で恐れ知らずの人々を、下生えのなかでささやくこの小柄な野のけものに変容させたのは、いったいどんな恐怖だったのだろうと思うと、心がすこし冷えてきた。

心配そうな小声はいまやかん高くなって激しさをまし、全員がその奇妙なざわめきのようなささやき声でいっせいにしゃべっていた。窪地で過ごした、その時間を超越した時をあとになってふり返ると、それは異様な悪夢として思いだされた——薄闇とタピストリーを思わせるぼやけた輪郭、薄暮の地全体に垂れこめた死のような静寂、恐怖と警告を雄弁に伝える臆病な声のささやきにつぐささやき。

彼は記憶をまさぐり、遠い過去に憶えた文句をひとつかふたつ思いだした。彼らの話す太古の言葉の古い形だ。いま使われている複雑な言語の思いだせるかぎり単純な語形だったが、彼らにはとてつもなく異様に聞こえるにちがいない。それを口にするとき、彼は本能的に声を潜めた。芝居のなかで古語でしゃべる俳優のような気分だった。

「おれには――わからない。もっと――ゆっくりしゃべってくれ――」

自分たちの言語らしきものに応えて、言葉の奔流がつづいた。やがてシーッという声が盛んにあがって、まもなく二、三人がいちどに一音節ずつ、混乱した話を苦労して語りはじめた。つねにふたりかそれ以上がその役目を請け負った。彼らとの会話のなかで、スミスは特定の個人にはいちどもじかに話しかけなかった。恐怖の歳月が、彼らから率直さというものをすべて奪ってしまっていた。

「サグ」彼らはいった。「サグは恐ろしい――サグはなんでもできる――サグからは逃げられない。サグに気をつけろ」

スミスはしばし無言で立ちつくし、思わず彼らに白い歯を見せていた。種族のこの支族にはあまり知能も残っていないにちがいない。こんな警告はいわずもがなだから。それでも、彼らは警告するために臆病という苦しみを克服したのだ。とすれば、すべての美徳が奪われたわけではないらしい。彼らはいまだに親切心と、恐怖に深く根ざした自暴自棄の勇気のようなものをそなえている。

「サグってなんだ?」

スミスはなんとか質問した。古語の発音はたどたどしく、言葉づかいはまちがっていたかもしれないが、意味は伝わったにちがいない。というのも、集まった部族の者たちが、またしても異口同音にささやきはじめたからだ。やがて、先ほどと同じように、数人が答える役目を買って出た。

「サグは――サグは終わりにしてはじまり。天地《あまつち》の中心。サグが息をすると、世界が震える。大地はサグが棲むために作られた。すべてがサグのもの。ああ、気をつけろ！　気をつけろ！」

　スミスは知っている言葉の断片をとらえ、それらをパターンに当てはめて、彼らの散漫なささやき声をここまでつなぎ合わせた。

「どんな――どんな危険があるんだ？」彼はどうにか尋ねた。

「サグは――飢えている。サグの腹を満たさねばならない。サグの――腹を満たすのは――われわれだ。でも、サグがわれわれ以外の食べものをほしがるときがある。そのとき彼は女司祭を送りだし――食べものを――おびき寄せる。ああ、サグに気をつけろ！」

「つまり、女司祭がおれを連れてきたのは――食べものにするためなのか？」

　重々しい肯定のつぶやき声がいっせいにあがった。

「それなら、なぜあの女はおれを行かせたんだ？」

「サグからは逃れられない。サグは天地の中心。すべてがサグのもの。サグが呼べば、おまえは応えるしかない。サグが腹を空かせれば、おまえは食われるだろう。サグに気をつけろ！」

　スミスはしばし無言で考えをめぐらせた。彼らの警告を正しく理解したという点ではおおむね自信があったし、彼らが自分たちにもよくわからないことを話しているのではないか、と疑う理由もなかった。サグは宇宙の中心ではないかもしれないが、この土地のどこからでも犠牲者を呼び寄せられるというなら、それを疑うつもりもなかった。なるほど、女司祭は立ち去る彼の邪魔をするそぶりを見せなかったし、スミスがふり返ったとき、蔑みの笑い声さえ浴びせたことは、同じことを告げている。サグがなんであれ、この土地におけるその力に疑問の余地はない。スミスは自分のしなければならないことを急に決め、息を潜めて待っている矮人たちに向きなおった。

「どっちだ――サグがいるのは？」

たくさんの浅黒く細い腕が指さした。スミスは彼らが示したほうへ考え深げに首をめぐらせた。この変化のない薄暮のなかで、方向感覚はとっくに失せていたが、樹の並び方をできるだけ目印にしてから、小柄な人々に向きなおり、儀式めいた別れの挨拶を口もとに昇らせた。

「感謝に堪えない――」

彼はいいはじめたが、異口同音にあがった抗議のささやき声にさえぎられた。樹の民は彼の意図を察したらしく、半狂乱になって懇願した。彼の身を案じて恐慌をきたしている表情が、こちらを向いたおびえた小さな顔ひとつひとつに浮かんでいた。スミスはなすすべもなく見おろした。

「おれは――行かないと」たどたどしい口調でいおうとする。「望みがあるとすれば、サグの不意をつくことだけなんだ。やつが迎えをよこす前に」

彼らに通じたかどうかはわからなかった。彼らのおしゃべりはいっこうにおさまらず、彼らは小さな手をスミスにかけるところまで大胆になった。まるで自分たちが死ぬほど恐れているものを探す彼を力ずくで止めようとするかのように。

「だめ、いけない、だめ！」彼らは小声でむせび泣いた。「おまえは自分がなにを探すのかわかっていない！　おまえはサグを知らない！　ここにいろ！　サグに気をつけろ！」

耳をかたむけるうちに、不安がチクチクとスミスの背中を降りていった。この警告が話半分だとしても、サグはたしかにひどく恐ろしいにちがいない。そして自分に正直になるとすれば、この静かな隠れた窪地に——避難しているという錯覚とともに——許されるかぎりとどまるほうを選びたいところだ。しかし、スミスはみずからの恐怖にやすやすと屈する質《たち》ではなく、希望はあいかわらず胸の内で赤々と燃えていた。したがって彼は広い肩をそびやかし、樹の民が示した方向に決然と向きなおった。

スミスの決意が固いと見てとると、彼らの抗議は悲痛な嘆きに変わった。その悲嘆の声を背にしてスミスは窪地から出ていった。ちょうどみずからの挽歌に合わせて出発する男のように。とりわけ大胆な数人が、下生えを小走りにぬけたり、樹から樹へと脱兎のごとく駆けたりしながら、すこし先までついてきた。臆病が骨の髄まで染みついているので、さし迫った危険がないときも、黄昏のなかをおおっぴらに進もうとはしないのだ。

彼らの存在は、進みつづけるスミスにとって慰めになっていた。恐怖に打ちのめされた矮人族を助けたいという不毛な欲望が、スミスのなかで湧きあがってきていた。彼らの警告と親愛の情、出発するときに見せてくれた純粋な悲嘆、先祖伝来の恐怖のさなかにさえ奇妙にも逆説的な勇敢さを発揮してくれたことへの無用な感謝も。しかし、自分自身を救えるかどうかもわからないときに、彼らのためになにもしてやれないことはわかっていた。彼らの恐慌がスミスに伝わっており、彼はみぞおちに重たいものをかかえながら前進した。未知への恐れは非常に強いものであり、みずからの恐怖を糧《かて》にするので、ふと気がつくと、進むうちに手が震えはじめていて、喉がカラカラになっていた。

　追ってくる者たちがひとりまたひとりと脱落していくにつれ、茂みのなかのざわめきやささやき声は減っていった。いちばん勇敢な者たちがいちばん最後まで残っていたが、生まれてからずっと顔をそむけるよう教えられてきた方角へスミスがひたすら進むうちに、彼らの勇気さえくじけてしまった。気がつくと、スミスはまたひとりになっていた。彼は足どりを速めて進みつづけた。一刻も早く薄暮の恐怖と顔をつき合わせ、すくなくともそれが正体不明である恐ろしさを払拭したかったのだ。

　あたりは死んだように静まりかえっていた。木の葉をそよがす風もなく、聞こえるのは自分自身の息づかいと激しい心臓の鼓動だけ。どういうわけか目的地に近づいているのを確信した。静寂《せいじゃく》がそれを裏づけているように思えた。彼は太腿に吊したホルスターの留め金をはずした。

　変わらない薄暮のなか、地面がふたたび下り勾配になり、前より幅広い窪地につづいていた。彼は五感を研ぎすませて危険にそなえながら、ゆっくりと下っていった。サグがけものなのか人間なのか自然霊なのか、目に見えるのか見えないのかもわからない。樹々がまばらになりはじめていた。目的地まであと一歩だ。

並んでいる樹々の最後尾で足を止める。眼前の窪地の底には空き地が広がっていて、ほの暗い半透明の空気につつまれてひっそりしていた。どこを見ても輪郭に焦点が合わなかった。その場所がタピストリーのようにぼやけていたからだ。しかし、空き地のどまんなかに立っているものが目にはいると、彼は石と化したようにぴたりと動きを止めた。寒気で全身がゾクゾクした。それなのに、理由がわからなかった。

なぜなら、空き地の中心に〈生命の樹〉が立っていたからだ。模様や図案の形でその象徴《シンボル》にはたびたび出会っていたので、見まちがえるはずがなかったが、ここでその空想の産物は生きて成長しており、ふつうの樹と同じように、花をちりばめた草地にしっかりと根を張って、じっさいに生えていた。とはいえ、現実のはずがない。その細い褐色の幹は、得体の知れない、なめらかな燦然ときらめく物質でできており、伝統的な螺旋を描いて上へのびていた。幻想的な弧を描く十二本の枝が、中心の幹から繊細なアーチを外側にかけている。葉は一枚もない。褐色の蛇のようにとぐろを巻く幹を隠す葉叢《はむら》はないのだ。しかし、象徴的な枝一本一本の先端に真っ赤な薔薇《ばら》のような花が咲いていて、それがあまりにも鮮烈なので、彼はくらんだ目の焦点を合わせられなかった。

ほの暗い土地のあらゆるもののなかで、この樹だけがくっきりと目に映った——恐ろしいほどくっきりと、容赦ないほど鮮明に。その枝のあいだに潜む驚くべき脅威をいい表す言葉はない。見つめるうちに、スミスの肉体に悪寒が走った。それなのに、どれほど見つめても、そこに危険がありありと見える理由がわからない。見た目には空想上の象徴が奇跡的に命を得て、ここに立っているだけなのだ。それなのに、見ているとうなじの毛が逆立つほど強烈に危険が発散している。

それは、ありきたりな危険ではなかった。危険な美をはらんだ〈樹〉に目をこらすうちに、息が詰まり、全身が痺《しび》れるような得体の知れない恐慌が、喉のなかでふくれあがっていた。その枝のアーチと曲線が、どういうわけかある模様を描きだしているように思え、あまりにも恐ろしいので、目をこらすうちに心臓が早鐘のように打ちはじめた。しかし、理由は見当もつかなかった。もっとも、どういうわけか、答えは意識のすぐ外に浮かんでいるのだが。最初にちらっと見たときから、彼の本能は尻ごみする馬のように震えあがっていた。それなのに、理性はいまだに答えをむなしく探していた。

〈樹〉はたんなる植物でもなかった。それは生きていた。おぞましくも不気味な生を謳歌《おうか》していた。どうしてそれがわかるのかは見当もつかない。というのも、その樹はがらんとした空き地に微動だにせずに立っていて、枝の一本も揺らしていないからだ。それなのに、その不動の威容には、どんな生きものよりもすさまじい生命力が満ちているのだ。その光景を目にしただけで、スミスは逃げだしたくてたまらなくなった。この不可解な恐ろしいものと自分とのあいだに世界をいくつも置きたいという狂った衝動が芽生えた。

常軌を逸した衝動が脳裏でうごめき、〈樹〉の妖しい呼びかけに応えて狂気が誕生した——神への冒瀆であるその生きものの姿を視界から締めだしたい、その危険なまでに優美な枝ぶり

の欲求が。
をもっと長く見つめるくらいなら自分自身の目をつぶしたい、この〈樹〉のように身の毛のよだつ光景を宿した世界に住まなくてすむのなら、自分自身の喉をかっ切りたいという自暴自棄

　このすべてが脳内を狂ったように乱打していた。スミスはそれを意識の片隅に隔離しておけるほど強かった。なかば無視されたそれが、そこで荒れ狂い、金切り声をあげているあいだに、彼は宇宙航路暮らしで培《つちか》った冷静な自制心を、このさし迫った問題の解決にふり向けた。しかし、そうであっても銃の台尻にかけた手は湿っていて、わなわなと震えていたし、カラカラの喉のなかで息づかいが耳障りな音を立てた。

　なぜだろう——彼は必死に気を落ち着かせようとしながら自問した——たとえこれほど途方もない樹であろうと、一本の樹を見ただけで、なぜ恐慌をきたさなければならないのだろう？どんな身の毛のよだつ脅威が樹に潜んでいれば、目に見えないものが存在するというだけで、その生々しい恐怖が人を狂気に追いやれるのだろう？　彼は固く歯を食いしばり、空き地のなかのその恐るべき美をきっぱりと見つめた。喉元にこみあげる胸の悪くなるような恐慌を抑えこみながら、目を無理やり〈樹〉に据える。

　しだいに嫌悪感がおさまった。悪夢のような奮闘のあと、なんとか力をかき集めて、ふたたび理性が働くところまで抑えこんだのだ。その狂おしい恐怖を意識の表面下にしっかりととどめながら、スミスは決然と〈樹〉を見つめた。そして、これがサグだと知った。

　それ以外ではありえない。なぜなら、これほど恐ろしいものが、ひとつの土地にふたつも生

きられるはずがないからだ。これがサグにちがいない。そして樹の民のいだいている記憶にないほど古い恐怖がいまは理解できたが、どういうふうに彼らが物理的に脅かされているのかは、いまだによくわからなかった。その不可解な恐ろしさは精神の存在そのものにとって脅威だが、どれほど恐ろしく見えようと、根の生えた樹が現実の危険をもたらせるはずがないのだから。

理性を働かせるいっぽう、目は枝のあいだを休みなく探っており、その恐ろしさの正体を探し求めていた。とにかく、このしろものは古い模様をなぞっていて、その模様に恐ろしいところは微塵もないのだ。生命の樹は、イルラーで井戸の蓋の意匠としてあしらわれており、彼はその影を通ってここへはいりこんだ。あのブロンズの透かし彫りに恐怖をかきたてるものはなかった。とすれば、なぜだ——？　どんな生々しい脅威が枝のあいだに潜んでいて、それを恐怖の曲線にねじ曲げるのだ？

とまどい顔で見つめるうちに、ある古い詩文の断片が脳裏に浮かんできた——

死を知らざる者のいかなる手が、眼が、
お前の畏《おそ》るべき均整を造りえたのであるか？*

そして「畏るべき均整」の真の意味がはじめて腑に落ちた。たしかに人間の力などおよばぬものが、繊細で微妙な曲線をおぞましいものにしているにちがいない。あまりにも忌まわしい美は、目にするだけで先祖返り的な恐怖をかきたて、彼は支離滅裂なことを口走らないよう必死に自制しなければならなかった。

〈樹〉にさざ波のような震えが走った。スミスはぴくりともせずに、驚きの目をみはっていた。空き地に風はそよとも吹かなかったのに、〈樹〉は蛇を思わせる優雅さでゆっくりと動き、肉欲の喜びをおぞましく真似て枝をゆるゆるとくねらせているのだ。そして枝先には血のように赤い花が、コブラのフードのように開いていて、花びらをふくらませたり、のばしたりしながら、目を射るほどあざやかな色合いで輝いている。それは色の境界を超えて、純粋な光のように燦然《さんぜん》ときらめいていた。

しかし、それらはスミスに向かってうごめいているのではなかった。中央の幹から空き地の反対側へ向かってアーチをのばしていた。ややあって、スミスは信じられないほどおぞましくもしなやかな枝から目を引きはがし、それらがくねっている原因を見きわめようとした。

光り輝く白いものが、空き地をはさんだ向こう側の林にあらわれていた。女司祭がもどっていたのだ。見ていると、彼女はゆっくりとした足どりで〈樹〉に向かっていた。〈樹〉の動きに勝るとも劣らない流れるような美しさで、正確に、繊細に歩を運んでいる。そのつややかな髪は、揺れるローブとなって彼女にまとわりつき、一歩ごとに月のように白く美しい体からさざ波を打って離れる。彼女はまっしぐらに〈樹〉に向かい、彼女が近づくと、すべての花がますます鮮烈に輝き、枝が待ちきれないかのようにさざ波を打ちながら彼女のほうへのびた。

いくら女司祭ではあっても、その〈樹〉に触れられるところまで行くとは、とうてい信じられなかった。スミスは目にするだけで、体じゅうの繊維という繊維に本能的な嫌悪が生じるくらいなのだ。しかし、彼女は方向を転じもしなければ、足どりをゆるめもしなかった。薄暮のなかで不遜なまでに煌々と輝き、花の咲き誇る草地を静々と歩いているので、どんな風景を歩いたとしても、その体が中心にして焦点となるだろう。彼女はみずからの貪欲なおぞましい神に近づいていった。

いま彼女は〈樹〉の下におり、その幹が彼女にかがみこんでいた。女司祭は恋人に腕をさしのべる娘のように腕をあげていた。炎を先端につけた枝がゆっくりとすべるように彼女に巻きついた。その信じがたい抱擁に身をまかせ、彼女は長いこと身動きせずにいた。いっぽう〈樹〉は、弧を描く枝のすべてを下方に曲げていた。彼女は背のびをして、首をのけぞらせ、マントのような髪をなびかせながら、小刻みに震える花に向けて顔をあげた。枝がますます彼女にからみついた。いまや花が間近でアーチを描き、彼女のまわりで湾曲して、そっと触れたり、赤々と燃える顔をねじって、月のように白い体に集まったりしていた。そのひとつが彼女の顔の真上に位置して、わななないたり、彼女の口を軽くこすったりしていた。そして〈樹〉の震えが、かかえられている娘の体に途切れずに伝わった。

その抱擁の信じがたいおぞましさにスミスは不意に耐えられなくなった。堅い自制心で抑えつけていた恐怖が、突如としてすべてのくびきをふり切り、盲目的な嫌悪の洪水となって押し寄せてきたのだ。哀れっぽい泣き声が喉につかえ、彼は思わずくるっと身をひるがえして、楯になってくれる林へ飛びこんだ。背後の妖美な恐怖の光景を締めだそうと両手で目をむなしく覆ったが、その美の鮮烈さは、彼の脳そのものに焼きついていた。

無我夢中で林のなかをつまずきながら進んだ。恐怖で空白になった頭には、走れ、走れ、もう走れなくなるまで走れという切実な思いしかなかった。理性的になにかしようという気は完全になくなっていた。〈樹〉の美しさがあれほど恐ろしい理由も、もはや気にならなかった。わかるのは、あの均整と自分とのあいだにすべての空間がはさまるまで、走って走って走りまくらねばならないということだけだった。

その狂乱がどうして終わりを迎えたのかはわからない。正気がもどったとき、スミスは耳が痛くなるほど深い静寂のなか、花のちりばめられた草原にうつぶせになっていた。草が頬にひんやりと当たっていた。一瞬、からっぽの頭に逆流する知識を押しとどめようとした。自分が逃げてきた恐怖の記憶がよみがえったとき、彼は野のけものの敏捷さで跳ね起きると、変化のない黄昏を色の淡い目でにらみまわした。彼はひとりきりだった。樹の民の存在を告げる木の葉のざわめきさえなかった。

彼は警戒しながらしばしたたずみ、どうして正気にもどったのだろう、つぎにどうなるのだろうと考えていた。疑問はすぐに氷解した。答えは、耳が痛いほどの静寂を伝わってくるごくかすかなかん高い音、無限に小さく、考えられないほど遠いのに、小さな針の鋭さで鼓膜を突き刺すさざめきだった。息を殺して、耳をすます。その音はすぐに大きくなった。静寂の上で深まり、鋭くなり、かん高くなって、やがてその薄い刃が彼の脳の奥底の中心で震動していた。

それはさらに大きくなり、韻律《いんりつ》となって黄昏の世界にますますとどろき、丸みをおびて奇妙な楽の音となって、耐えがたいほどの甘美さをそなえるようになった。スミスは両手を耳に押しつけ、その音を締めだそうとむなしい努力をしたが、締めだせなかった。それは着実に強烈さを増して彼の繊維という繊維に鳴りひびき、耐えがたい美をともない彼の魂そのもののなかで小刻みに震える、無数の小さな音楽の刃で彼を刺しつらぬいた。そしてその刺しつらぬく力のなかに、人間の生みだしたなによりもはるかに強大な、風変わりで名状しがたい力の震動を、宇宙的な発電機《ダイナモ》のうなりの遠いこだまを感じとった気がした。

その音は強くなるにつれ甘美になっていき、これまで聞いたことのあるどんな音楽とも似ていない、風変わりで不可解な甘さをそなえるようになった。個々の音から成るメロディーよりもまろやかで、充実していて、もっと複雑な音だ。それがなにか強大な力の歌であるという確信がますます強くなった。薄暮のなかでうなり、脈打ち、深まって、やがてほの暗い土地全体がひとつの震える音の貯蔵器となり、その脈動で彼の意識全体を満たして、ほかの考えや理解をすべて追いだしたので、やがて彼はその呼びかけに応えて震動する殻《から》でしかなくなった。

なぜなら、それは呼びかけだったからだ。その耐えがたいほど甘美な音に耳をかたむける者は、その源を探さずにはいられなくなる。スミスの頭の片隅に「サグが呼べば、おまえは応えるしかない」という樹の民の警告がぼんやりとよみがえった。意識的に記憶をよみがえらせたわけではない。というのも、彼の意識はすべて空気を震わせるサイレンのうなりに応えており、自分が動いていることもろくに気づいていなかったからだ。彼はその呼びかけの源のほうを向き、花の咲き誇る草原をやみくもに進んでいた。音楽のあふれた頭のなかには、その力にあふれて震動する美しい召喚に応えなければならないという思いしかなかった。

進みつづけるうちに、ほかの人影が彼を追いぬいていった。小柄で浅黒い肌をした者たちが、スミスと同じように催眠術の作用のあるメロディーに囚われて恍惚としているのだ。樹の民は、サグの呼びかけに対する生まれつきの恐れさえ忘れはて、その歌の驚異に没頭して、薄暮のなか、開けたところを大胆に歩いていた。

スミスはほかの者たちに交じって進みつづけた。周囲の土地に対しては耳も目もふさぎ、ただひとつのもの、セイレーンの調べによるその召喚にだけ呼応して。そうとは知らずに先ほど半狂乱で逃げてきた道をたどり直し、つまずきながらぬけた木立や茂みを通り過ぎ、〈樹〉のある窪地へ通じる斜面を下り、まばらになる下生えをぬけて、窪地のへりに並ぶ最後の葉叢の端まで来た。

いまではその呼び声は耐えがたいほど強烈で、我慢できないほど甘美だったので、耳に聞こえる限界を超えて、感覚には縛られない恍惚の境地にまで舞いあがると同時に、その力そのものが、幻惑された彼の心の一部をどういうわけか解き放った。魔力でますますがんじがらめにされながらも、脳の正気の部分は徐々に理解していた。久しぶりに警戒心がよみがえり、すこしずつ世界が周囲にもどってきた。呆然と見つめる先では、前へ進む足の下を草地が流れていた。うつむけていた頭をもたげると、樹々はもはや周囲に生えておらず、薄暮につつまれた空き地が、それをとり巻く森のへりに向かって四方へのびていた。そしてすぐ近くの源から楽の音が奏でられていて――それは――

〈樹〉だった！　恐怖が野生動物のように彼のなかで飛び跳ねた。濃密でほの暗い空気のなかで、耐えがたいほどくっきりとして小刻みに震えている〈樹〉が、彼の頭上でくねり、花が鮮血のように輝き、枝が一本残らずその不浄な歌の調べに合わせて打ち震え、波打っていた。やがて彼は気づいた——女司祭の麗《うるわ》しい、煌々と輝く白い肢体が、ゆらゆらと揺れる枝の下をゆらゆらと進んでいるのに。その動きに合わせて、美しい体から髪が波打ってなびいている。

理屈ぬきの恐怖で喉が詰まり、半狂乱になった彼は、渾身の力をふり絞ってきびすを返し、その恐ろしい窪地から狂人のようにふたたび走り出て、〈樹〉の脅威から距離を置いて身を隠そうとした。そして闘っているあいだ、恐慌が頭のなかで狂ったように乱打しているあいだ、彼の容赦ない体は、頭上にそびえるそのおぞましくも麗しいセイレーンの歌い手に向かって一直線に歩いていた。呼んでいるのがサグだということは、最初から潜在意識では感じていた。そしていま、震動する力の広がりのどまんなかで、はっきりとわかった。音楽の魔力に囚われて、彼は進みつづけた。

ほかの催眠術にかかった犠牲者たちが、空き地のいたるところで狂乱した目を見開き、ぎくしゃくした足どりでゆっくりと進んでいた。樹の民が、自分たちの神の呼びかけに応えてなすすべもなくやって来るのだ。小柄で浅黒い肌の生け贄《いにえ》たちの一団が、一歩また一歩と〈樹〉の震える枝に近づいていく。女司祭が両腕をさしのべ、彼らを出迎えようと進み出た。彼女は先頭の者の手をそっとつかんだ。わが目を疑いながら、催眠術にかかったようにスミスが見まもるなか、女司祭はこわばった小柄な生きものの手を引いて、途方もない〈樹〉の下へ向かった。〈樹〉の枝が飢えた蛇のように垂れさがった。大きな花が、貪婪《どんらん》な色で輝いていた。

枝が待ちきれないといいたげに小刻みに震えながら、ねじれて、生け贄のほうへのびた。つぎの瞬間、虎が跳躍するように襲いかかり、犠牲者は女司祭の導く手から枝のあいだへさらいあげられた。枝はからみ合った蛇のように群がり、一瞬、犠牲者が視界から消えた。もつれた枝のかたまりから、身の毛もよだつかん高い悲鳴が漏れてきた。おぞましい叫び声には、純粋な恐怖と理解がかぎりなくこもっていて、サグの犠牲者が破滅を迎える瞬間に、恐れるものの秘密を知ったにちがいないと信じるほかなかった。世にも恐ろしい悲鳴がいちどあがったあとは静寂が訪れた。一瞬にして枝がふたたび分かれ、あとにはなにもなかった。小柄な未開人は、のたうつ枝のさなかで煙のように消えてしまっていた。むさぼり食われたにしては早すぎる。むしろ飢えた枝に隠された瞬間、別の次元へさらわれたかのようだった。炎を先端につけた貪婪な枝は、いまやつぎの犠牲者に向かって下がっており、いっぽう女司祭が落ち着き払って前進した。

それでもスミスの足は意思とは裏腹に歩みをやめず、彼は頭上にそびえてのたうっている脅威にどんどん近づいていった。楽の音は苦痛のようにかん高く鳴っていた。いまや目と鼻の先にあるので、飢えた花の口がぐるっとこちらを向いたとき、いやというほど細かいところまで見えた。枝が小刻みに震え、コブラさながら鎌首をもたげると、蛇が体をのばすようにのびてきて、なすすべもなく身震いしている彼のほうへ容赦なく降りてきた。女司祭は、おだやかな白い顔を彼のほうに向けていた。

近づいてくる枝の円弧と変化する曲線が、彼にはまだ意味が理解できない純粋な恐怖の線を描きだしていた。ただし、彼が近づくにつれ、その恐ろしさが深まるのだけは理解できた。最後の最後に、あのしつこい疑問が脳裏で燃えあがった。なぜ――この途方もない〈樹〉のような単純きわまりないものが、なぜ彼の魂の奥底を厭《いと》わしさで狂乱させるほど強い恐怖を宿していられるのだろう？　最後の最後に――なぜなら、枝に触れられるのを待っている戦慄の瞬間に、脳をねじ曲げるほど強烈な耐えがたい力で楽の音があふれる瞬間に、花の口にくわえられる直前に――見えたからだ。理解したからだ。

その究極の恐怖の一瞬、彼はついに目をあけて、本当のサグを見た。いままでは恐ろしすぎて、目がその存在を認めようとしなかったのだ、これほどおぞましいものが存在する可能性を脳が認めようとしなかったのだ――ぼんやりとそれがわかった。本能は無限の恐怖の存在を知っていたのに、文字どおり恐ろしすぎて目に映らなかったのだ。しかし、いま、催眠作用のある狂った歌にがっちりとらえられ、耐えがたい恐怖に呑みこまれる寸前に、彼は全貌を見ようと目を開き、そして見たのだった。

その〈樹〉はサグの輪郭、薄暮の世界に三次元的に素描されたものにすぎなかった。その恐ろしい弧を描く枝は、サグの骨組みでしかなかった。とはいえ、それでさえ直観的な嫌悪で彼の魂をむかつかせた。しかし、いま、真の恐怖を目の当たりにして、心は麻痺《まひ》し、その存在を認めることしかできなかった。サグは、天地のあわいに不気味に浮かんでいて、〈樹〉のたわんだ幹で地面につなぎとめられ、半透明の薄暮のなかで波打ったり、盛りあがったりしていた。そして呼びかけに応えてなすすべもなくつかまりに来た、催眠術にかかった餌食に貪欲に枝をのばしたりしていた。彼は犠牲者をひとりまたひとりとさらいあげ、ひとりまたひとりと目に見えない巨体に吸いこんでいった。とすると、彼らが一瞬にしてかき消える理由はそれなのだ。恐ろしすぎて正常な目には映らないものに吸いこまれ、襞《ひだ》に隠されるからなのだ。

女司祭が悠然と進んできていた。枝が彼女の頭上で弓なりになったり、かたむいたりした。時間を超越した恐怖に麻痺して、スミスはサグの威容をじっと見あげていた。いっぽう楽の音が、萎縮した脳のなかで耐えがたいほどうなっていた――サグ、火星が緑の惑星《ほし》だったころ、とうに忘れられた時代にイルラーに呼びだされ、暗黒界からやってきた怪物。愚かにも彼の頭脳は、自分自身の身に降りかかった運命を認めようとせず、時そのものが忘れてしまった遠いむかしに起きたことの結果をあれこれと考えた。彼は悠久の過去に亡くなった魔術師にゾクゾクするような敬意をおぼえた。彼はこのような存在に命令を下し、奉仕させたのだ――つまり、この巨大で盲目の宙に浮かぶもの、人間の肉を貪婪に求めるものに。その全貌はいまでも判然としないが、身の毛のよだつ輪郭だけは話が別で、畏るべき均整を誇る〈樹〉が動くたびに恐慌をきたしてしまうのだ。

このすべてが、めくるめく理解の一瞬のうちに、幻惑された脳裏をかすめた。つぎの瞬間、女司祭の光り輝く白い肢体が、催眠術にかかった彼の視界にはいってきた。彼女はスミスに手をかけ、ぎくしゃくした足どりの彼をやさしく導いた。とてもやさしく導いていく先は――先は――

身悶《みもだ》えする枝が、彼の顔めがけてまっすぐ降りてきた。すると、その瞬間の無限の恐怖がパッとひらめいて電撃を走らせ、彼の金縛りが解けた。理由はわからない。あらゆる恐怖を煮詰めた本質、ひとつの根源的な単位に集中させたものを知る機会は、多くの人間にあたえられるものではない。たいていの人間の場合は、破滅の瞬間まで同じ金縛りがつづくだろう。ところが、スミスのなかではいわくいいがたい激しいものが基盤になっていたにちがいない。不撓不《ふとうふ》屈《くつ》の激烈なものの上に、彼の人生全体という構造物が築かれているのだ。それをそなえている人間はめったにいない。そしてあの強烈な究極の恐怖が彼の礎石を襲い、心と魂に手をのばし、彼の存在の奥底にまで達したとき、彼の根源に埋もれていた不屈の野蛮人から火花が飛び、麻痺からさめるほどの力で彼を揺さぶったのだ。

　解放されたとたん、彼の手は放たれたバネのようにみずからの意思で熱線銃の台尻へまっすぐに飛んだ。それを引きぬいているときに、〈樹〉の枝が女司祭の手から彼をさらいあげた。火の色をした花が、彼に巻きついて肉を焼いた。熱い枝が貪婪な指で触れるように彼をつかんだ。〈樹〉全体が肉体のある生命のおぞましいパロディで熱く脈打っており、頭上に浮かぶ恐怖の化身の巨体へと彼をさっと吊りあげた。

　先端に花をつけた枝が一瞬にして跳ねあがったとき、スミスはからみつく螺旋から銃を握る手をもぎ離そうと悪鬼のように闘った。はじめてサグはおのれの手中で逆らう者を知った。そしてスミスの耳のなかであまりにも鳴り響いていたので、いまでは沈黙しているように思える楽の音の法悦が、長い弧を描いて降りてきて憤怒となり、枝が灼熱の強さで引きしまり、反抗する生け贄をサグの筆舌につくしがたい巨体へとさしあげた。

しかし、スミスは上昇しながら、からみつく枝のなかで身をねじって、その波打つ樹の幹を跡形もなく吹っ飛ばせる位置へ手を動かそうとしていた。サグの巨体に炎を浴びせても無駄だということは直観的にわかった。サグは彼の知っている世界のものではない。薄暮のなかに浮かぶその強大なものにとって、火炎は無害かもしれない。だが、〈樹〉の根、サグの本質が不可知のものから物質に溶けこみ、この世の土壌に根を張っているところなら、弱点があるはずだ。そもそも弱点があればの話だが。締めつけてくる熱い螺旋のなかでもがき、名状しがたい恐怖の精髄を呼吸しながら、スミスは手を自由にしようと闘った。

枝が彼を高くさしあげるのに合わせて、耳のなかで延々と鳴っていた楽の音が変化していた。メロディーを失い、巨大な震動する力のうなりにあっという間に溶けこんだのだ。枝が彼をサグの巨体に寄せていくにつれ、それはさらに強くなり、どんなダイナモよりも強大なものの歌う力となった。体の原子という原子にとどろく力に目がくらみ、彼は最後の発作的な努力で手をひねって、熱線を発射した。

炎がまばゆい奔流となって下方の幹へ一直線にのびた。直撃した。物質が消滅するジュッという音があがり、幹が根そのものから痙攣《けいれん》し、途方もない〈樹〉全体が、不気味な震動でいちどだけ揺れた。しかし、そのわななきが枝を伝って彼のところまで届く暇もなく、彼の体に巻きついていた生きているダイナモのうなりがいきなりかん高くなり、耳を聾する静寂となった。

そのとき、なんの前触れもなく世界が爆発した。なにもかもが瞬時に起きたので、銃撃の轟音がまだこだましているうちに、脳に耐えられないほど強力な音が、彼という存在の中心から噴きだしてきた。そのすさまじい力の前に、なにもかもが揺らいで忘却の淵に呑みこまれた。彼は自分が落ちていくのを感じた……。

刺しつらぬくような奇妙な光が閉じた目を照らし、スミスは徐々に意識をとりもどした。重いまぶたをあげると、視線の先にはまばたきひとつしない瞳があった――火星に近いほうの疾走する月だ。彼はしばらく目をしばたたきながら呆然と横たわっていたが、やがて記憶がよみがえってきた。体じゅうの繊維が悲鳴をあげていたので、痛みをこらえて上体を起こし、荒廃のきわみともいうべき光景を見まわした。そこは粉々になった石だけでできている、幅の広い大雑把な円の中心だった。円の周囲には、移動する月光を浴びて、時に忘れられたイルラーの石材がぼんやりと浮かびあがり、ギザギザの線を見せていた。

しかし、もはや積み重なってはおらず、かつての都の面影を偲ばせてはいなかった。人間の爆発物より強大な力が、すさまじい激しさでそれらを土台から放りだしたので、原子そのものがその勢いで粉砕され、塵《ちり》と化したかと思われた。その惨禍のまっただなかに、スミスは傷ひとつなく横たわっているのだった。

彼は困惑して月明かりに照らされた廃墟を見まわした。しじまのなか、空気そのものがいまだに衝撃で小刻みに震動しているように思えた。そして見ているうちに、太古の石にこれほどの破壊をもたらせる力は、ただひとつしかないとさとった。さらにいえば、人間の知っている爆発では、イルラーの石材をこのような不可思議な形で粉砕できないだろう。その力は、サグという生きているダイナモを通して耐えがたいうなりをあげていた。あまりにも強力なので、空間そのものをねじ曲げて、みずからをつつみこむ力。なにが起きたのか、彼は不意にさとった。

空間の壁をたわめて黄昏の世界を封じこめたのは、イルラーではなくサグ自身だったのだ。そしてサグの生きている力以外には、空間をゆがめたままにして、恐怖の蔓延する小さな不可侵の土地を隔離しておけなかっただろう。

〈樹〉の根が裂けたあのとき、サグを物質世界につなぎとめるものがなくなり、想像を絶するエネルギーが一挙に噴出して、たわめられた空間の壁が曲がるのをやめた。中身の詰まった空間の円弧がしなり、瞬時にして元のパターンにもどって、土地とその住民すべてを投げこんだ――投げこんだ先は――起きたにちがいないことを思い描こうとして彼の頭脳は尻ごみした。住人たちは、いったいどんな究極の次元に姿を消したのだろう。

サグの本体に深くつつみこまれていた彼ひとりが、その爆発の耐えがたい力に触れられなかったのだ。したがって、たわめられた空間の湾曲が存在しなくなり、サグの現実への足がかりが消え失せると、彼は分裂する襞から、空間が一周していた世界でサグが立っていた場所へ落下し、その消えた世界の床をぬけて、ほの暗い土地が消失した瞬間に、さらわれた場所へもどされたにちがいない。それが起きたのは、爆発のすさまじい力が使い果たされたあと、サグが変化するエネルギーの壁をぬけて、自分自身の遠い土地へもどる前だったにちがいない。

スミスはため息をつき、ズキズキする頭に手を当てて、ゆっくりと立ちあがった。どれほどの時間が経過したのか見当もつかなかったが、パトロールの捜索はつづいていると思わなければばなるまい。彼は大儀そうに歩きだし、災禍の輪をよぎって、イルラーが提供してくれるもっとも手近な避難所へ向かった。塵がうっすらと舞いあがり、足もとで月明かりに照らされた雲となった。

＊　訳者付記　作中に登場する詩文は、ウィリアム・ブレイク作「虎」より引いたもの。『イギリス名詩選』（岩波文庫）におさめられた平井正穂氏の訳文をお借りした。記して感謝する。

スターストーンを求めて

Quest of The Starstone

C・L・ムーア&
ヘンリー・カットナー
市田 泉 訳

ジョイリーのジレルは二十人の男を従え馬を駆る。
ジレルの一味、国外れのすべてを狙うがゆえに。
魔術師の地下蔵は満杯、施錠するは黄金の鍵。
ジレルは言う、「これほどの財、分け前を頂いてもよかろう！」
すると魔術師どもの巣穴の祭壇に、炎が高く燃え上がる。
魔法が火花の音を立て、煙の内に囁《ささや》かれるはジレルの名。
だがジョイリーの荒くれどもの持つ、より強き呪文に魔法は敗れ去る。
呪文とは段平《だんびら》の刃――骨に激しく当たって震える。
魔術師の歯の隙間より溢れる血、詠唱なかばの呪文を消す効果《ききめ》あり。
赤熱する地獄の底の、灼熱の炭より生ずる魔法といえども！

鋲《びょう》を打ったオーク材の扉は槍の石突《いしづき》に砕かれ、突き破られた。扉の残骸の先には石造りの小部屋があり、破壊の音がいまだ騒々しく壁に木霊《こだま》している。ジョイリーの女戦士ジレルは扉の破片を飛び越え、目にかかった赤い髪を払い、口元を無理にゆがめて笑うと、諸刃の剣を固く握った。だが砕かれた扉の内でジレルは立ち止まった。あとに従う鎖帷子《くさりかたびら》の男たちは、入口に立つ彼女の周囲に、青く光る鋼《はがね》の波のごとく押し寄せたが、やはり立ち止まって目を見張った。

魔法使いフランガが礼拝堂に跪《ひざまず》いていたのだ。膝をつくフランガを目にするとは、主の祈りを唱える悪魔を目にするに等しい。しかし屈み込んだ魔術師の前にあるのは聖なる祭壇ではなかった。いまだ戦いの騒音が木霊する殺風景な小部屋の中、黒い石の祭壇はことさら大きく見えた。扉が破られてから、ジレルが破片を越えて押し入るまでの一瞬に、フランガは切羽詰まって跪いたのだ——だが、何のために？

フランガは骨ばった肩を贅沢な黒いローブの下で躍起になって波打たせ、石の祭壇をとり巻く小さな黒玉《ジェット》の粒を指でまさぐっている。祭壇の側面の板がふいに倒れてそこにぽっかりと穴があいた。同時に魔術師は、敵が剣の届きそうな距離にいると気がつき、ふり向いて野生の獣のごとくうずくまった。冷たく妖しい光が、祭壇にあいた穴から煌々《こうこう》と流れ出した。

「ほう、そこに隠していたのか！」ジレルは獰猛《どうもう》さを秘めた静かな声で言った。

フランガは青白い唇をひん曲げ、汚れた歯をむき出して、ジレルに向かって肩ごしにうなった。その体はジレルへの恐怖に縛られ、麻痺《まひ》したようになっている。ジレルは相手のためらいを見てとった。祭壇に隠してあったものをつかんで守りたいという思いと、石の床に血をしたたらせるジレルの剣への激しい恐怖に引き裂かれているのだ。

ジレルは相手の逡巡《しゅんじゅん》を終わらせてやった。

「よこしまな悪魔め！」ジレルは吠え、稲妻のごとく突っ込み、血のしたたる剣をひゅっと鳴らして空を切った。

フランガはかすれた声で悲鳴をあげ、襲いかかる剣を横へ飛んでよけた。剣は祭壇に当たって衝撃に震え、ジレルの腕を痺《しび》れさせた。ジレルがなかば苦痛と憤怒のうめき、なかば辛辣《しんらつ》な罵声をあえぐように漏らしたとき、フランガは素早く横へ移動して部屋の隅へ逃げ込んだ。その体は長いローブのせいで妙に形が定まらぬように見えた。ジレルは気をとり直してフランガを追った。痺れた腕をこすりつつも、濡れた大剣をしっかりと握り、金色の目はいまだ殺戮の高揚にぎらついている。

魔法使いは壁にへばりつき、がりがりにやせた腕を広げた。

「ウェルヒ・ユ・イオ！」死に物狂いで叫んだ。「ウェルヒ！　ウェルヒ・ユ！」

「どこの悪魔のたわごとだ、この犬め！」ジレルは苛立って訊いた。「この――」

ジレルの声がふいに途絶え、朱唇がぽかんと開いた。ジレルは魔術師の背後の壁をまじまじと見つめ、血に飢えた目は畏《おそ》れに似たもので曇った。というのも、フランガがうずくまる片隅に、帳《とばり》を引いたように影がかかったのだ。

「ウェルヒ！」魔法使いがいま一度、張り詰めたしゃがれ声で叫んだ。そして――なぜ今まで、フランガが背を押しつけている扉が目に入らなかったのだろう。フランガは片手を後ろへ回して扉を押しあけ、その先の暗闇をのぞかせている。これぞ黒魔術、悪魔の仕業だ。

ジレルは剣を下げ、信じがたいという目で見つめた。知らず知らず、あいた手を胸元に上げ、悪から身を守る教会の印を切っていた。扉は少しきしんだかと思うと、大きく開いた。明るすぎる光が目をくらませるように、扉の奥の闇も目をくらませた――その闇を前に、ジレルはまばたきして目をそむけた。フランガの青ざめてやせこけた顔が、憎しみにゆがみ、にやりと笑うのが最後にちらりと見えた。扉はきしみを上げて閉まった。

呆然としていたジレルはその音で我に返った。畏れが消えるが早いか、激しい怒りが蘇ってきた。猛烈な戦士の罵倒をかすれ声で放ち、ジレルは扉に駆け寄って両手で剣をふりかざした。憎しみの言葉を吐きつつ、重い刃がオークの羽目板をぶち破る衝撃にそなえて身構える――羽目板は片隅に淀んだ影に怪しく包まれていた。

剣は石にガツンと当たって震えた。またしても、鋼《はがね》を硬い岩に叩きつけたときの激しい衝撃が刃を振動させて駆け上がり、ジレルの肩を痛めつけた。扉は完全に消え失せていた。ジレルは感覚を失った手から剣を放り出し、何もない片隅からよろよろと退き、怒りと痛みにうめきをあげた。

「ひ、卑怯者!」答えをよこさぬ石壁に向かってののしる。「な、ならば穴倉に隠れていろ、悪鬼が生ませた臆病者よ！　わたしがスターストーンを手に入れるのを見ているがいい！」

祭壇をふり返った。

臣下の男たちはしり込みして、砕けた扉の外に固まっている。魔法に眩惑された目が、恐怖に呆けたようになってジレルの動きを追った。

「女のような連中だ！」ジレルは魔術師が跪いていた場所にしゃがみ込みながら、肩ごしに男たちに怒鳴った。「いや待て。女のようだと？　ふん！　貴様らはそんな世辞には値せぬわ！　何もかも一人でやらせる気か？　なら見ていろ――ここだ！」

青白く妖しい光が漏れる祭壇の穴に、むき出しの手を突っ込み、心ならずも軽くあえいで、生きている炎のかたまりのようなものをひっぱり出す。

ジレルは膝をついたまま、むき出しの手にそれをつかんでおり、しばらくだれ一人動かなかった。その青白い石――スターストーンは、神秘的な冷たい炎を燃やし、多くの切子面を持つが、きらめいてはいなかった。ジレルは黄昏時《たそがれ》の海原《うなばら》を思い出した。陸《おか》は暗さを増し、なめらかな水面に海と空のほのかな光がすべて集まっている。この大きな石はそんなふうに輝いていた。礼拝堂の光を青白い表面に集めて、室内を対照的に暗く沈ませ、集めた光を反射して冷たくゆるぎない輝きに変えている。

ジレルは顔のすぐそばにある石の透《す》き通るような深みを見つめた。宝石を包む自分の指が、水を透かしたようにゆがんで見え――それでいて、手と宝石の上面のあいだには何か動くものがあった。深いところで影がゆらめく水底をのぞき込んでいるかのようだ。生きている影――たえまなく動くものが、己を閉じ込める壁にぶつかり、冷たい青白色の光に瞬《また》きを送り込んでいる。それはまるで――

いや、これはスターストーン、それ以上のものではない。だがついにスターストーンを手に入れたのだ！　何週間もの包囲、何週間もの苦戦の果てにようやく、それをこの手に握っているのだ！　手のひらに載せているのは勝利そのものだった。ジレルはふいにかすれた歓喜の笑いを漏らし、さっと立ち上がって、魔術師が壁から姿を消した何もない片隅に向かって大きな宝石をふり回した。

「見るがいい！」答えをよこさぬ石壁のほうへ叫んだ。「悪鬼の子よ、見るがいい！　スターストーンの幸運はわがもの、今や貴様よりましな人間がもぎとったぞ！　ジョイリーを主《あるじ》と認めよ、悪魔を欺《あざむ》く下郎め！　顔を見せられぬのか？　どうなのだ？」

何もない片隅にまた——不気味にもどこからともなく——さっと影が落ちた。突然の暗がりの中から扉の蝶番がきしむ音がして、魔術師の声が怒りのあまり絞り出すように叫んだ。

「ベルの呪いが下るがいい、ジョイリーよ！　わしに勝利したなどと思わぬことだ。必ずとり戻してくれるわ。もしも——もしもわしが——」

「もしも——何だ？　貴様など恐れると思うか、地獄生まれの魔法使いめ！　もしも貴様が——どうするというのだ」

「わしのことは恐れずとも、ジョイリーよ」魔術師の声は憤怒に震えた。「セトとブバスティスにかけて、貴様をおとなしくさせる男を見つけてくれるわ！　宇宙の果てまで——時間の果てまで、探しにゆくはめになろうとも！　そのときは——用心するがいい！」

「代理戦士をつれてこい！」ジレルの笑い声は激しい蔑《さげす》みを含んでいた。「地獄まで行って最高位の悪魔をつれてくるがいい！　そやつの首を切り落としてくれる。貴様が逃げ出さなければ、貴様の素《そ》っ首《くび》も一薙《ひとな》ぎにしてやったのだがな！」

だがそれへの返事は、影の奥で扉が閉まるきしみだけだった。そしてまた影は薄れていき、いま一度、ただの石壁が謎に包まれてジレルを見つめていた。

伝説によれば、所有者に想像を絶する幸運と富をもたらすというスターストーンを握り締め、ジレルは肩をすくめて配下の兵士たちをふり返った。

「何をぽかんとしている」ジレルは怒鳴《どな》った。「まったく、わたしをしのぐ男はこの場におらぬのだな！ さあ――出ろ――城の宝をいただくぞ！――悪魔の手下であるフランガめは略奪品を溜め込んでいるだろう！ 何をぐずぐずしている」剣の腹で男たちを礼拝堂から追い立てた。


「ファロールにかけて、スミス、セガーが嫌いになっちまったのか？ そこのマルナック爺さんに脚が生えてくるより驚きだぜ！」

ヤロールは智天使めいた顔にいぶかしげな表情を浮かべてウェイターを顎で指した。ウェイターは火星の酒場の奥にある、なめらかなスチール壁の小さな個室をせかせかと動き回り、二人の前に新しい酒を置いた。義足を気にするそぶりはない――脚を失ったのは、禁断の蜘蛛女の穴倉を、色欲に駆られて違法に訪問した折だという噂だ。

ノースウェスト・スミスはむっつりと顔をしかめてグラスを押しやった。淡い鋼色の目を光らせた浅黒く傷のある顔は不機嫌そうだ。スミスは指のあいだで煙を上げる火星の茶色い煙草を深く吸い込んだ。

「おれの腕はなまってきてる、ヤロール」スミスは言った。「この稼業にはもう飽き飽きだ。

本当にやり甲斐のあることはなぜ見つからない。密輸だの――違法な武器の調達だの――いいか、もうたくさんだ！　セガーの味も変わっちまった」

「寄る年波ってやつだ」ヤロールはグラスの縁を唇に当てて、さかしげに助言した。「あんたに必要なものを言ってやろうか、NW。マルナック爺さんがいちばん上の棚にしまってる緑のミンガ産リキュールをぐいっと一杯。パニの実から蒸留した酒だ。一口飲めば仔犬みたいに跳ね回り出すこと請け合いだ。ちょっと待ってろ、頼んでみるぜ」

小柄な金星人が個室から出ていくと、スミスは腕組みして背中を丸め、ヤロールが座っていた椅子の後ろの、光沢のあるスチールの壁を見つめた。こんな時間を味わうのは、漂泊者や無法者に課せられた報《むく》いだ。すこぶるタフな男でも、虚空に伸びる宇宙航路の彼方、故郷の惑星からのほとんど抗しがたい呼び声を聞き、ほかの場所がどこも色褪せてつまらなく思えることがある。ホームシックだなどとだれにも認めるつもりはないが、一人きりでそこに座り、スチール壁にぼんやり映った己の仏頂面《ぶっちょうづら》と向かい合っていると、いつのまにか、地球出身の流れ者が好んで歌う感傷的な古い歌「地球の緑の丘」を口ずさんでいた。

漆黒の海の彼方
緑なす地球は明《さや》か――
おお、故郷の星よ
今宵われを照らせ……

歌詞もメロディも陳腐《ちんぷ》だが、その歌にはどこか思い出をかき立てるところがあった。なじみのフレーズを味わい、懐かしい風景を思いながらゆっくりと口ずさむうちに、歌声は次第に優しく静かになっていく。スミスの驚くほど豊かなバリトンにはホームシックの甘さが忍び込んだが、当人はそれを認めるくらいなら死んだほうがましだっただろう。

わが心虚空《そら》を越えて
懐かしき故郷《くに》へ向かう
宇宙の道の彼方
地球の丘は緑……

今、故郷へ帰る自由が得られるなら、どんなものでも差し出すだろう。自分の首に賞金がかかっていない故郷へ帰り、地球の青い海を、太陽系一美しい惑星の暖かい庭のような大陸をさまよう自由が得られるなら——。スミスはごくかすかな声で口ずさんだ。

——何と引き換えに目にする
漆黒の闇の彼方
地球の緑の丘を……

と、そのとき、スミスは我知らず口をつぐんで鋼色の目を細くし、一瞬前には自分の姿がぼんやり映っていた光沢のある壁を見つめた。そこは暗くなってきており、輝く壁面に影がゆらめいて濃さを増し、映っていたスミスの顔を覆い隠した。そして壁は――あれは金属か？――あるいは石か？　影が濃すぎて判断できず、スミスは無意識に立ち上がってテーブルの上に身を乗り出し、太腿に吊るした熱線銃のほうへ手を伸ばした。薄闇の中でドアがきしみを上げて開いた。うっすらと見える重たそうなドアだ。その向こうから暗すぎて見ていられぬほどの闇が――闇と、そして顔がのぞいている。

「おぬしを雇えるか、異邦人よ」かすれた震え声が聞こえ、その言葉が何語かわかって、スミスは心ならずも鼓動が早まるのを感じた。フランス語、地球のフランス語だ。古すぎてよく理解できないが、まぎれもなく故郷の言葉だ。

「報酬をもらえればな」スミスは認め、銃をしっかりと握った。「おまえはだれだ、なぜおれに訊く。いったいどうやって――」

「何も訊かぬほうが身のためだ」しわがれ声は言った。「わが目的にかなうほど剛毅《ごうき》な戦士《もののふ》を求めておる。おぬしこそ望みの男だ。どうだ、これでその気になるか？」

鉤爪のような手が影の中から突き出された。スミスが夢見たこともないような青白い真珠を連ねたものを二重にして垂らしている。「王の身の代にも値する」かすれた声は言った。「おぬしのものだ。ともに来るか」

「どこへ」

「地球――フランス――一五〇〇年」

スミスはわななく手でテーブルの端をつかんだ。これはセガーの見せるとんでもない夢ではないのか？　自分が現実に火星の酒場の個室に立っていて、闇の中に開いたドアからしわがれ声が過去へ招いている、などということは、どう考えてもありえない。当然これは夢であり、夢の中で椅子を下げ、テーブルを回り込み、濃い影に包まれた信じがたいドアに近づいていっても、べつだん害はあるまい。手首から輝く真珠を垂らした、こちらへ突き出す手をとっても……

部屋がぐらつき、回転して闇に包まれた。どこか遠いところでヤロールの声が狂ったように叫んでいるのが聞こえた。「NW！　待てよ！　NW、いったいどこへ――」次いで暗すぎて見ていられぬほどの夜が、闇にたじろぐスミスの目を塞ぎ、想像を絶する冷気が脳を貫《つらぬ》いて燃え、そして――そして――

スミスは緑の丘の上に立っていた。丘は緩やかに起伏してふもとの草地へ続き、草地では曲がりくねった小川がさざ波の音を立てている。小川の先に高く突き出たごつごつした岩山には巨大な灰色の城がそびえている。空は気持ちのよい青で、さわやかに鼻を抜ける空気は草木の甘さを含んでいる。周囲には草に覆われた丘が連なっていた。スミスは深く深く息を吸った。

「地球の緑の丘か！」

「NW、いったい――ファロールにかけて――畜生、いったい何が起きたんだ」ヤロールが驚きにまくしたてる声に、喜びから引き戻された。

スミスはふり返った。小柄な金星人はかたわらの柔らかな草の上にいた。淡い緑の液体を満たした小さなグラスを両手に持ち、智天使めいた美貌に呆けたような当惑を浮かべている。

「パニの酒を持って個室に戻ったら」呆然としてつぶやく。「あんたがドアから――くそ！――おれが部屋を出たとき、あんなものはなかった！　あんたを引き戻そうとしたら――おれは――おい、何があったんだ」

「貴様は〈門〉から転がり込んだのだ――招きもせぬのに」二人の背後から不気味なしわがれ声が聞こえた。

二人とも銃に手を伸ばしてふり返った。つかのま放心していたスミスは、自分を過去へ誘い込んだ声のことを忘れていた。このとき初めてスミスは召喚者の姿を見た――しなびた小男で肌は浅黒く、贅沢な黒ビロードのローブの下で背中を丸めている。皺《しわ》だらけの顔ににじみ出る邪悪さが重すぎて、それをまっすぐ支えていられないかのようだ。ヤロールを憎らしげににらんだ目には、よこしまな知恵が光っていた。

「こいつ、何を言ってるんだ、NW？」小柄な金星人は訊いた。

「フランス語だ――フランス語をしゃべっている」スミスは召喚者の邪悪な皺だらけの顔を見ながら上の空で答えた。それから魔法使いに向かって、「あんたはだれだ《キ・エト・ヴ・ムッシュ》。何のために《プールクワ》――」

「わしはフランガ」老人は気短に口を挟んだ。「魔法使いフランガだ。粗忽《そこつ》にも扉を抜けてついてきおったこの男には我慢がならぬ。こやつの話す言葉も態度と同じくらい下品ではないか。わしの魔術がなければ意味がわからぬところだ。文明人の言葉を学ぶ機会がなかったのか？いや、まあよい――まあよい。

よいか、おぬしをここにつれてきたのは、わしを打ち負かしたジョイリーの女城主に復讐してもらうためだ。その城はあそこの山の上に見えておろう。あの女は、わしの魔法の宝石を、スターストーンを盗みおった。わしはわが世界、わが時間の外まで探しにゆくはめになろうとも、あやつをおとなしくさせる男を見つけると誓った。わし自身は今や年老い、力も弱すぎるゆえにな。おぬしのように若くたくましかったころ、わしは敵からその宝石を奪いとった。その石は血を流す戦いで勝ちとらねばならぬ。さもなくば、持っていても魔法は働かぬのだ。あるいは持ち主の意思によって譲り渡されても魔力は保たれる。しかしわしにはいずれの方法でもジョイリーからそれをとり戻すことはかなわぬ。そこでおぬしが城まで行き、やり方は任せるゆえ、石を勝ちとってもらいたい。

微力ながら、わしも手を貸してやれるぞ。わしにできるのは――ジョイリーの家臣どもの槍や剣の届かぬ場所におぬしを送り込むことだ」

スミスは片方の眉を上げ、熱線銃に軽く手をかけた。その必殺の一撃は、刈りとるばかりになった小麦さながら、押し寄せる軍隊をなぎ倒すだろう。

「武器ならある」スミスはぶっきらぼうに言った。

フランガは顔をしかめた。「おぬしの武器は背後から短剣で狙われたら役に立つまい。いいや、わしの言うとおりにするのだ。それにはれっきとした理由がある。おぬしは――〈門〉をくぐらねばならぬ」

淡い色の冷たい瞳がつかのま、魔術師の測りがたい眼差しを見つめた。スミスはうなずいた。

「何でもいい――どこに行こうと、おれの熱線は狙いを外さない。どういう手筈だ?」

「ジョイリーの女城主をつれて〈門〉をくぐれ――おぬしをここに運んだのと同じ〈門〉を。ただしその〈門〉は、おぬしらを別の国へと運ぶ――そこには」――魔術師は口ごもった――「そこにはわしにとって有利な、従っておぬしにも有利な――力が存在する。しくじるでないぞ。ジョイリーからスターストーンをもぎとるのはたやすいことではない。あの女はよこしまな知識をあまた持っておる」

「どうしたら〈門〉が開く」

フランガの左手が上がって、妙に古風な手ぶりを素早く見せた。「このしるしによってだ――よく覚えておけ――こうして、こうだ」

銃でタコのできたスミスの褐色の手が妙な動きを真似した。「こうか?」

「いかにも――同時に呪文も覚えねばならぬ」フランガは風変りで意味不明な言葉を唱え、スミスは舌をもつれさせながら復唱した。今までしゃべったこともないほどおかしな言葉だったのだ。

「よしよし」魔法使いはうなずき、ふたたび訳のわからぬ怪しい言葉を薄い唇から漏らし、片手で先ほどの手ぶりを、奇妙なリズムをつけてくり返した。「いま一度呪文を唱えれば、〈門〉

はおぬしのために開くであろう――今わしのために開くようにな！」

　彼らの上に音もなく影が落ち、陽光に照らされた丘が薄暗くなった。影の真ん中にひときわ黒い長方形が浮かび、ドアのきしむ音が、遠い場所で響くようにかすかに聞こえてきた。

「ジョイリーに〈門〉をくぐらせよ」魔術師は冷たい目に残忍な光を浮かべてささやいた。「そしてそれを追うのだ。さすればおぬしはスターストーンを手にするであろう。その――その国の力がおぬしに加勢するがゆえに。しかしここでは、ジョイリーではうまくゆかぬ。言うとおりにするのだ……さて、闇の扉から転がり込んできたこの小男は……」

「こいつは相棒だ」スミスは慌てて言った。「手を貸してくれる」

「ふむ――ならば、こやつの命をどうするかは、おぬしの働き次第だ。石を勝ちとれ、さすればこやつの愚かな出しゃばりへの怒りは治めてやる。だがよいか――わが魔法の剣はおぬしらの喉元に突きつけられておるのだぞ……」

　黒いローブをまとった魔術師の体の上で闇が揺れ動いた。かき乱された水に映る影が震えるように、魔術師の姿も闇とともにゆらめいた。そしていきなり、影も男も消え失せた。

「偉大なるファロールにかけて」ヤロールは一言一言はっきりと言った。「どういうことか教えてくれるか？　まあ飲めよ――酒が要《い》りそうな顔してるぜ。おれに言わせりゃ」――ヤロールは小さなグラスをスミスの手に押しつけ、自分の分を一気にあおった――「これが夢なら、酒の出てくる夢であってほしいね。頼むから説明してくれないか――」

　スミスは上を向いてパニの蒸留酒をありがたく飲み干した。それから簡潔に状況を説明したが、歯切れよく話しながらも、彼の目は甘い香りのする故郷の暖かい丘を撫でるように見回していた。

「ふーん」スミスが話し終えるとヤロールは言った。「じゃあ、なんでぐずぐずしてるんだ？」ひょっとすると、あの居心地よさそうな城にはワイン蔵があるかもしれないじゃないか」ヤロールは反射的に唇をなめ、そこに残った緑の酒を味わった。「行こうぜ。その女に会うのが早けりゃ早いほど、酒を出してもらえるのが早くなるってわけだ」

こうして二人は長い斜面を下っていった。宇宙船乗りのブーツが弾力のある緑の草を踏み、地球の暖かな六月の風が火星焼けした二人の顔を撫でた。


過ぎ去った世紀の晴れた昼間の静けさの中、生き物が動く気配をどこにも感じないうちに、灰色をしたジョイリーの城が二人の頭上に高くそびえる場所まで来た。と、そのとき、控え壁の上から男の叫び声が聞こえ、じきに二騎の兵士が蹄《ひづめ》を鳴らし、装具をがちゃがちゃいわせて、下げられたはね橋を渡ってきた。ヤロールは腰の熱線銃に手をやり、言いようもなく無邪気な微笑を浮かべた。引き金にかけた指の先で死が震えているときほど、この金星人がラファエルの描いた智天使のように見えることはなかった。だがスミスは友の腕に手をかけて押しとどめた。

「まだだ」

馬上の兵士たちは面頰を下ろして二人に迫ってきた。スミスは一瞬、蹄に踏まれるかと思い、銃のほうへそっと手を下ろしたが、兵士たちは二人のかたわらで手綱《たづな》を引いて馬を停めた。一人が兜《かぶと》の格子の奥からにらみつけ、脅すような声で誰何した。

「おれたちは旅の者だ」スミスの言葉は最初のうちぎこちなかったが、じきに久しく忘れていたフランス語が記憶に蘇ってきて、かなり楽に話せるようになった。「よその国から来た。怪しい者じゃない」

「ジョイリーを訪れるのは怪しい者ばかりだ」兵士が剣の柄に手をかけながら鋭く言った。「この国で旅人は歓迎されぬ。ひょっとして、貴様」——面頬になかば隠された目が強欲そうに光った——「黄金を持っておらぬか？　あるいは宝石を」

「それを判断するのはおまえの女主人だ」スミスの声は、鋼の灰色をした目と同じくらい冷たかった。その目がふいに狂暴さを孕《はら》んで兵士の視線を捉えた。「女主人のところへつれていけ」

兵士は一瞬ためらい、面頬の奥の目にははっきりと迷いを浮かべた。目の前にいるのは埃まみれのよそ者で、馬にも乗らず、剣も帯びず、ほかの武器も持っていない。ジョイリーの男たちなら街道で馬の蹄にかけて、二度と顧《かえり》みぬような相手だ。だがこの男の目はまるで——まるで——こんな目は見たことがなかった。そして男の冷たくそっけない言葉には命令の響きがあった。兵士は鎖帷子の下で肩をすくめ、兜の格子の奥から唾を吐いた。

「ジョイリーの地下牢には常に、破落戸《ごろつき》を放り込む余地がある。貴様が主《あるじ》の不興を買ったならな」ことさら平然とした口調で言った。「ついてこい」

ヤロールははね橋を渡りながらささやいた。「なあ、あいつは言葉をしゃべってたのか、N

W？——それとも狼《おおかみ》みたいに吠えてただけか？」

「黙ってろ」スミスはささやき返した。「今頭を使ってるんだ。その——女戦士《アマゾン》に聞かせる話を用意しなくちゃいかん」

「牛のバラ肉みたいな顔をした、ごつい女だろうな」ヤロールは決めつけた。

こうして二人ははね橋を渡ってジョイリーに入り、先の尖った落とし格子をくぐり、高い丸天井の下の、煙で黒ずんだ広間に入った。ジレルが昼食の卓についていた。薄暗さに目をしばたたきながら、スミスは巨大なT字形の食卓の上座に当たる一段高い席を見上げた。ジョイリーの女城主はそこに座っていた。赤い唇はかじっていた羊の骨つき肉の脂《あぶら》で光り、明るい色の髪が炎さながら肩に流れている。

城主はスミスと目を合わせた。

スミスの目は鋼のように冷たく澄んで青白く、ジョイリーの金色の瞳とぶつかると、切り結んだ刃が火花を散らすようにきらりと光った。二人は長いこと黙りこくって、無言の凝視の内に奇妙な荒々しい炎を燃やしていた。大きなマスチフ犬が牙をむき、毛深い喉からうなりを漏らしながらスミスの膝に飛びかかってきた。スミスは視線を落とさぬまま犬の頭に手を乗せ、犬はちょっとの間、鼻をふんふんさせていたかと思うと、スミスの手がもじゃもじゃの毛をかき回すのを許した。そのときジレルが沈黙を破った。

「ティーグル——おいで！」その声は力強く、途中でふいに深味を増した。認める気のない感情が胸の底で揺れ動いているかのように。マスチフ犬はジレルの椅子のそばへ戻って横たわり、すでにさんざんかじった骨を見つけて噛み砕こうとした。だがジレルの目はいまだスミスを見据え、その頬にゆっくりと血の色が昇ってきた。

「ピエール――ヴォアザン。何者だ」

「宝の話を持ってきました」兵士たちが口を開く前にスミスは言った。「おれの名はスミス――遠いところから来ました」

「スミート」ジレルはつぶやいた。「スミート。で、宝というのは？」

「城主殿にだけお聞かせしたい」スミスは警戒を装って言った。「盗賊が守っている宝石や黄金があって、収穫するばかりになっています。ジョイリーでは――多くの収穫があるとお見受けします」

「そう《セ・ヴレ》。スターストーンのお陰で――」ジレルはためらい、細い手の甲で口をぬぐった。「おまえは嘘をついているのか？　そんなおかしななりで訪れ、この国の言葉を妙ななまりで話して――今まで嘘をついている男は目を見ればわかったが、おまえは――」

ジレルはやにわに食卓の上へ身を乗り出し、卓上に片膝をついて細身の短剣をひらめかせた。その素早さにスミスは思わずまばたきした。短剣の先はスミスのむき出しの褐色の首に当たっている――。日焼けした肌を力強い脈動がゆさぶる箇所に。スミスは顔色も変えず、身じろぎもせずに彼女を見つめた。

「おまえの目は読めない――スミート……スミート……だが、もし嘘をついているとしたら」――スミスの首に盛り上がった筋肉に切っ先が沈んだ――「ジョイリーの地下牢でおまえの死体から皮をはぎとってやる。覚えておけ！」

ジレルが短剣を下ろすと、べとつくものがスミスの首を伝って革服の襟《えり》の中へしたたった。刃が鋭いため、傷つけられたことに気づかなかったのだ。スミスは冷静に言った。

「なぜ嘘をつく必要があります？　おれ一人の力ではお宝が手に入りません――手を貸してもらいたいのです。助力を求めてやってきました」

ジレルはにこりともせず、食卓の向こうから身を乗り出したまま短剣を鞘に収めた。食べ残した肉のあいだに片膝をついた姿は、力強く優雅に流れる曲線を描き、剣の刃のようにほっそりしている。金色の目は疑いに曇っていた。

「何か裏があるのだろう」抑えた声で言った。「まだ話していないことが。そういえば、何やらわめきながら、わが刃を逃れた魔法使いがいたな。何やら――脅しの言葉を……」

金色の瞳は極地の海のごとくひややかだった。ジレルはついに肩をすくめて身を起こし、長い食卓に目を走らせた。城の男女が食事をとりながら、上座での一幕を魅せられたように見つめている。

「わたしの部屋へつれていけ」ジレルはスミスを捕らえた男たちに言った。「その――宝についてもう少し話を聞くから」

「お側にいてこいつを見張りましょうか？」

ジレルの唇が蔑むようにゆがんだ。

「わたしに剣で――あるいはほかの武芸で――かなう者がこの城にいるというのか？　自分の

身を守っていろ、腰抜けども！　おまえたちが腹に短剣を刺されずにこやつをつれてこられたのだ、ジョイリーの砦の真ん中で、わたしがこやつと話をしても危険はあるまい。ぽかんとしていないで——行け！」

　肩にがっちりした手がかかったので、スミスは身をよじって逃れた。

「しばしお待ちを！」きびきびと言う。「この男もいっしょに行きます」

　ジレルの目がヤロールをやんわりと、脅すように値踏みした。ヤロールの黒い切れ長な目が、感情をたっぷり込めてジレルの目を見返した。

「ごつい女って言ったか？」ヤロールは流れるような抑揚の金星雅語で言った。「アイ——ミンガの乙女たちもこんなに官能的じゃなかった。元の時間に戻る前に、その素敵な唇を奪わせてもらうよ、レイディ。きっと——」

「この男は何を言っているのだ——小川のようにさらさらと」ジレルは気短に口を挟んだ。「おまえの友人か？　なら二人ともつれてこい、ヴォアザン」

　ジレルの居室は曲がりくねった石の階段を上り切ったところ、ジョイリーで最も高い塔の頂《いただき》にあった。天井が高く、贅沢なタピストリーが掛けられ、床には毛皮が敷いてある。その部屋の様子は、スミスにはなじみが薄かったが、同時に心温まる奇妙な懐かしさを強く感じさせた。塵《ちり》と化したいくつもの世紀によって己の時間と隔てられてはいるが、それでもこの塔は地球でできたもの、地球で生まれたものであり、故郷の惑星の緑の丘の上にそびえているのだ。

「今ほしいのは」ヤロールが用心深く言った。「ミンガの酒をもう少しだ。あの女がおれをじろじろ見たときの目つき、気がついたか？　ブラック・ファロールよ、彼女にキスしたらいいいか、殺したらいいかわからないぜ！　あの魔女は気まぐれにおれの喉を剣で貫くだろうよ――まったくの悪戯《いたずら》でな！」

スミスは喉の奥で含み笑いした。「危険な女だ。あの女は――」

背後からジレルの自信たっぷりの声が聞こえた。

「扉の外で待て、ヴォアザン。この二人、結局地下牢に入ることになるかもしれん。そっちの小男は――何という名だ」

「ヤロールです」スミスはそっけなく答えた。

「ふむ――ヤロールか。もう少し、背を伸ばしてやれるかもしれんぞ、ヤロール。悪い話ではなかろう？　ちょっとした道具があるのだ――昨夏、ゲルツの伯爵が訪ねてこられたとき譲り受けた梯子がな――伯爵はそうしたものをよく思いつかれる」

「この国の言葉は話しません」スミスは口を挟んだ。

「そうなのか？　さもあろうな――まさに遠い国から来たような風貌をしておる。こんな男は見たことがない」ジレルの目に当惑が浮かんでいた。彼女は二人のほうへ軽く上体をひねって、かたわらの卓に載せた剣をもてあそび、目も上げずに言った。「ではおまえの話を聞こう。だが――生き延びる機会をもう一度だけくれてやる――もしも嘘をついているなら、今すぐ立ち去れ。だれも引き止めはせぬ。おまえたちはよそ者だ。ジョイリーを知らぬ――ジョイリーの報復をな」

ジレルは肩ごしに稲妻の一撃のように燃える流し目をよこし、スミスの目をじっと見つめた。ジレルの瞳には地獄の炎がちらついている。スミスはふいに、意に反して不安が忍び寄るのを感じた。ヤロールは彼女の言葉がわからぬまま、歯の隙間から口笛を吹いた。心臓が一打ちするあいだ、だれも口をきかなかった。そのとき、スミスの耳にごくかすかな声がささやいた。

「あやつはスターストーンを持っておる。〈門〉を開く呪文を唱えよ！」

スミスはぎょっとして見回した。ジレルは身じろぎもしない。獅子のような金色の目は、いまだ底光りのする眼差しでスミスを見つめている。ヤロールは魅せられたようにジレルをながめている。スミスはふいに気がついた。あのしわがれた震え声の命令が聞こえたのは自分一人なのだ――あれは、そう、フランガの声だ！　魔法使いフランガが無限へとなかば開いた扉の内側からささやきかけていたのだ。スミスはかたわらのヤロールのほうを見ずにさざ波のような金星雅語で言った。「準備しろ――ドアを見張れ。彼女を外へ出すな」

ジレルの表情が変わった。卓からさっとこちらを向き、眉を脅すように吊り上げている。

「何をぶつぶつ言っている。何をたくらんでいる」

スミスは聞き流した。ほとんど無意識に左手が動いて、素早く奇妙な魔法の手ぶりをした。フランガから教わった怪しい言語の一節が、母語のようにやすやすと唇の上で燃えた。スミスの周囲を魔法がとり巻き、彼の唇と手を導いているのだ。

ジレルの金色の目に警戒心が燃え上がった。激しい罵《ののし》りの言葉を吐きながら、ジレルは突っ込んできた。もてあそんでいた剣がその手の中できらりと光る。ヤロールがにやっと笑った。熱線銃を素早く抜いて、白熱するビームでジレルの足元の敷物に炎の筋を描いた。ジレルは何か言いかけた赤い唇をつぐみ、突進のさなかに身をひねって、突如噴き出した地獄の炎からおぞましげに後ずさった。彼女の背後で扉がバタンと開き、甲冑姿の男たちが叫び声をあげ、剣を抜きながら音高く室内に駆け込んできた。

そのとき――騒音の響く部屋にさっと影が落ちた。死の天使が翼を広げたように、夏の陽射しは薄暗く翳《かげ》り、ヤロールの銃が放つ熱線は薄闇の中で目もくらむほどの輝きを放った。鏡の奥にぼんやりと映る像のように、入口にいる男たちが口をあんぐりあけ、手から剣をガシャンと落としてしりごみするのが見えた。スミスはそいつらにはほとんど注意を払わなかった。というのも、一瞬前まで縦長の窓が陽光と地球の緑の丘に向かって開いていた奥の壁に――扉が現れていたのだ。扉はごくゆっくりと、ごく静かに開きかけており、永劫の暗黒が敷居の向こうにのぞいていた。

「ハイ――スレリ――スミス!」ヤロールの警告が闇の中に響き渡り、スミスは剣先が肩を突くのを感じると同時に、背後へ大きく飛びすさった。ジレルは猛烈な罵りをうめくように漏らし、剣と利き腕をまっすぐな一本の棒にして突っ込んできた。薄闇の中、銃を握ったヤロールの手が動き、高温の細いビームがまばゆく走った。ジレルの剣が宙でシュッと音を立て、目もくらむほど輝いて、白熱した滴《しずく》となって石の床に降り注いだ。勢いのついていたジレルは、伸ばした手に柄とよじれた鋼の根元を握ったまま突進し、スミスの広い胸に、溶け残りの剣を突き出してぶつかることになった。

スミスはジレルを両腕で抱え込んだ。ジレルは怒り狂って身をよじり、あえぐような罵声を浴びせ、虎のようにもがいて抵抗した。スミスはにやりと笑い、力を込めて締めつけた。やがて押し潰されたジレルの肺から息が一気に吐き出され、彼女の肋骨《ろっこつ》が彼の胸に押しつけられて軽くへこむのがわかった。

そのとき、眩暈がスミスを襲った。ジレルの両腕が狂ったように首に巻きついたのをぼんやりと感じ、同時に部屋がぐらりと揺れた――目が回るほど激しく傾いて回転し、まるで巨大な軸の上にあるかのよう――あるいは〈門〉の黒い深淵がスミスの下で口をあけているかのようで……自然の法則が怪しい魔術によってゆがめられたその異様な瞬間、何が起きたのかスミスにはわからず、この先も理解することはなかった。足元の床はもはや堅固ではなかった。ヤロールは小柄でしなやかな猫のように身をひねりながらよろめき――銃を握った手を上げて闇の中へ落ちていった。スミスもまた落下し、怯えた娘をきつく抱いて闇の淵を抜けていった。娘の赤い髪が落下の勢いで激しくなびいていた。

三人の周囲で星々が回転していた。彼らがゆっくりと星々の中を落ちていくあいだ、そこらじゅうで空気がゆらめき、まばゆく輝いていた。スミスは落下しながら息を整え、銃を吊るした太腿を曲げて、安心できる重みがそこに密着しているのを確かめた。やがてスポンジのような地面が彼らをふわりと受け止めた。三人は悪夢の中にいるように、たやすくゆっくりと、何の衝撃もなく〈門〉の彼方の国の薄暗く奇妙な地面に着地したのだ。

ヤロールは銃を構えたまま猫のように両足で降り立ち、星のきらめく闇の中で黒い瞳をしばたたいた。スミスは怯えてしがみつくジレルに動きを妨《さまた》げられながら、悪夢の中のようにそっと地面にぶつかり、そこがスポンジ状だったため軽く跳ね返った。その衝撃でジレルの手から溶け残りの剣が落ち、スミスはそれを星がまばゆく輝く闇の中へ放り投げてから、ジレルを助け起こしてやった。

このときばかりはジレルも完全におとなしくなっていた。地獄の炎によって手の中の剣を溶かされたショックと、手荒に扱われ、眩暈を起こし、無限の中へ落ちてきたという目まぐるしい展開のせいで、あらゆる狂暴性はジレルの中から一時的に叩き出されており、彼女はただ息をあえがせ、赤い唇を驚きに軽く開いて、星の輝く信じがたい闇を見回すことしかできなかった。

三人の目が届く限り遠くまで、星々でできた霧が震えて、薄暗い空気を満たしていた。どっちを向いても細かい光点がゆらめき、何千もの蛍《ほたる》がいっせいに瞬いているかのようだった。三人とも、怪しくきらめく光になかばくらんだ目で周囲を探ったが、見慣れた丘や谷といった地形はどこにも見当たらず、ただスポンジ状の暗い地面が足元に広がり、震える星々が薄闇の中で燦然《さんぜん》と輝いているばかりだった。

少し離れたところで何かが動いて星の光をかき乱し、ジレルがうなり声をあげた。黒いローブをまとったフランガの姿が星々を肩でかき分けて現れ、マントのひだで星を捉えて背後で渦巻かせながらこちらへ進んでくるのだ。呆然としている三人を目にすると、しなびた顔がゆがんでにやりと笑った。「おお——つれて参ったか！」フランガはしゃがれた声で言った。「何をぐずぐずしておる。石を奪え！　身につけておるぞ」

スミスは星々のきらめきごしに、淡い色の瞳で魔法使いの目をのぞき込み、口元を固く引き締めた。何かがおかしかった。それは間違いない——空気の中から危険がささやきかけてくる。そもそも、女と争って宝石を奪いとるだけの簡単な話なら、なぜフランガは三人をここへつれてこなければならなかったのだ？　そう——三人を星のきらめく薄闇の中へ放り込んだのは、別の理由があったからに違いない。フランガはどんなふうにほのめかしていただろう——この場所の力は彼にとって都合がよい？　星々のあいだに、名もなき暗黒の神が住まっているのだろうか？

魔法使いの目が純粋な殺意をひらめかせてジレルをにらみつけ、スミスはふいに謎の一部を理解した。つまり彼女は、宝石の守護を失ったら殺されるというわけだ。スターストーンさえ手に入れれば、フランガはこの場所でだれにも邪魔されずに復讐を果たすことができる。ここでならジレルは孤立無援だし——魔術師の瞳に燃える憎しみの炎は、彼女の死体から流れる赤い血でなければ鎮めることはできまい。

スミスはジレルをちらりとふり返った。先ほどの恐怖にまだ青ざめて震えているが、しぶとい獰猛さを発揮し、魔法使いに向かってかすかにうなっている。これが頼りなげな風情だったら、スミスはなんとも思わなかったはずだが、そんなジレルの姿には、なぜか心を動かされた。そしてふいに、フランガの憎しみにジレルを委《ゆだ》ねるわけにはいかないと感じた。状況が変わったことで彼らの関係も変化し、三人の人間が――フランガを完全な人間と見なすことはできなかった――フランガの悪意と魔法に敵対するという形になったのだ。そうとも、ジレルを差し出すことはできない。

スミスはヤロールに目くばせし、警告の叫びより雄弁な、素早いメッセージを送った。小柄な金星人は身を引き締めてうれしそうに震え、二人の男の利き手はまったく同じタイミングで無造作に体の横に伸びた。

スミスは言った。「おれたちをジョイリーに戻せ。そうすれば石を手に入れてやる。この場所では――お断りだ」

殺意を孕んでにらみつける黒い瞳がジレルからスミスへと移り、憎しみで彼を包み込んだ。

「今すぐ奪いとれ――さもなくば、死ね！」

スミスは反射的に銃を抜こうとしたが、怒った獣がうなるようなくぐもった声を聞いてその手を止めた。スミスの背後からジレルが飛び出したのだ。赤い髪を星々とともになびかせ、指を鉤爪の形に曲げて、徒手で魔法使いに襲いかかった。つかのまの恐怖は怒りによってかき消され、飛びかかる彼女の唇からは辛辣な兵士の悪態が吐き出された。

フランガは後ずさった。片手が複雑に動き、突進する怒りの化身とフランガのあいだで星の光が密になり――固まって重いガラスのような壁になった。ジレルはそこへ突っ込み、石壁にぶつかったように跳ね返された。銀色の霧のような障壁は、彼女が怒りにあえぎながら後ろへよろめくと溶けてなくなり、フランガはかすかな笑い声をあげた。

「今やわしは本拠地におるのだぞ、女狐よ。ここでは貴様も、どんな男も怖くはない。わしに逆らえば死あるのみ——血まみれの死あるのみだ。石をよこせ」

「この爪で貴様をずたずたにしてやる」ジレルはうめいた。「その目をえぐりとってやる、薄汚い悪魔め！　ふん——貴様はこの場所でもわたしを恐れているではないか！　防壁の後ろから出てこい、わが手で殺してくれる！」

「石をよこせ」魔術師の声は落ち着いていた。

「おれたちをジョイリーに帰すなら、彼女もおまえに石を渡すと約束するだろう」スミスは意味ありげな目で、ジレルの燃えるような金色の目をじっと見つめた。ジレルは憤然として、視線に含まれた忠告をはねつけた。

「渡すものか！　いや——待て！」ジレルはヤロールのそばに駆け寄った。ヤロールが彼女の尖った爪を警戒の目で見て不安げに身を引くと同時に、ジレルは彼が身につけていた小型のナイフをベルトからひったくった。その刃を豊かに盛り上がった胸に当て、フランガに向かって笑い声をあげる。「そら——できるものなら殺してみろ！」敵意に燃える顔であざけった。「わたしを殺すためにちょっとでも動いてみろ——わたしは自害する！　宝石は永遠に貴様のものにはならない！」

フランガは唇を嚙み、星々の霧を透かしてジレルをにらみつけた。瞳には怒りがぎらついている。ジレルにためらいはなく、フランガはそのことを知っていた。彼女は脅しを実行するだろう。そうなれば――

「その石は暴力で奪いとるか、持ち主の意思で譲渡されねば効力を失う」フランガは認めた。「自害した者の体から奪えば、だれにとっても価値のないものとなる。ならば話し合うとしよう、ジョイリーよ」

「聞かぬ！　貴様はわたしを自由にするか、永遠に石を失うかだ」

フランガは追い詰められた目でスミスを見た。「いずれにしろわしは石を失う。ジョイリーは国に戻ったところで、石を渡す前に自害するであろう。ここにいるときと同じようにな。おぬしが約束を果たせ――スターストーンを奪いとれ！」

スミスは肩をすくめた。「おまえが手を出したせいで何もかも台無しになった。おれにはどうしようもない」

怒りに満ちた黒い目が長いことスミスをじろじろ見ていた。瞳の奥底で邪悪さがうごめいている。その目がさっとヤロールを見た。二人の男はスポンジ状の地面を踏みしめ、ガンマン特有の一見無造作だが隙のない姿勢でバランスよく立ち、武器に軽く手をかけ、きわめて物騒なゆるぎない目をしている。彼らはいたって危険な二人組だった。この場所にいてさえ、フランガが二人の妙な武器には用心しているとスミスは気がついた。二人の背後ではジレルが怒った猫のようにうなり、指を無意識に曲げている。ふいに魔術師は肩をすくめた。

「ならばここにとどまり、朽ち果てよ！」フランガが言い放ち、マントをさっと揺すると、彼の周囲で星々が目もくらむ奔流となって渦巻いた。「ここにとどまり、飢えと渇きに苦しんだ挙句、降参するがよい。もはや貴様らと話し合いはせぬ」

いきなり星の霧が渦巻いたので三人は目をしばたたき、視界が晴れたときには、背中の曲がった黒い姿は消え失せていた。三人はぼんやりと、漂う星々を透かして顔を見合わせていた。

「さて、どうする？」とヤロール。「シャールよ！　それにしても酒がほしいな！　どうしてあいつ、わざわざ『渇き』なんて言いやがったんだろう」

スミスは明るい光の渦の中、まばたきしながら見回した。このときばかりはスミスも途方に暮れていた。魔術師は星のきらめくこの薄暗い辺境では圧倒的に有利だった。彼の神が至高の存在としてこの世界を統べているのだから。

「まあ、こっちに失うものはない」ついにスミスは肩をすくめた。「あいつはまだあきらめちゃいないが、おれたちにできることは何もない。とにかくあたりを少し調べてみよう」

ヤロールはうさんくさそうに、星をちりばめた闇を見渡した。「たしかに、これ以上悪い状況にはならないだろうな」

「え、何《コマン》？」ジレルは疑うような目で二人の顔を順に見た。スミスは手短に伝えた。

「あたりを調べてみる。フランガは何か企んでいると思う。ここであいつが戻ってくるのを待つのは得策じゃない。だから――いや、待て！」思わず指をパチンと鳴らし、はっとした顔で二人を見た。二人とも目を丸くしている。〈門〉だ！　あれを開く呪文を知ってるじゃないか

――フランガが教えてくれた。ためしに召喚呪文を唱えてみてはどうだ？　すっと息を吸って口を開き――覚えていた言葉が舌の先から消えていくのを感じて口ごもった。あまり期待せずに指を上げて、入り組んだ魔法のしるしも描こうとした――星の霧がかかった空中から、なくした記憶をつかみ出せるかのように手探りしながら。やはり無駄だった。魔法に関する記憶は、最初から存在しなかったように頭の中から消え失せていた。フランガの魔法は実にうまく働いている。

「気でも触れたか？」ヤロールが呆れた顔で、まごついている相棒を見た。スミスは残念そうに笑った。

「ちょっと思いついたんだが、うまくいかないみたいだ。行こう」

スポンジのような地面は歩きづらかった。三人はよろめいて互いにぶつかり、さまざまな言語で毒づいた。自分たちがかき分けてゆくまばゆい空気に対して、足元の歩きにくい地面に対して、歩きながら周囲の光に絶えず目を配らねばならないほど胡乱《うろん》な状況に対して。

ジレルが最初に縮みきった茶色いものを見つけた――いや、それにつまずきそうになった。ミイラ化した死体が横向きに転がっている。背中を丸めているため、骨ばった膝が肉の落ちた茶色い額に触れそうだ。ジレルがはっと息を吞んだのでスミスはふり返り、ミイラに気がつき、立ち止まって驚きの目で屈み込んだ。

目に心地よいものではなかった。骨格にぴんと張りついた肌は羊皮紙のような茶色で、不気味にざらざらしており、まるで人間の骨にオオトカゲの皮膚を張りつけたようだ。顔は隠れていたが、細い鉤爪の生えた両手は、ざらついた皮膚のあちこちがはがれて、白っぽい骨がのぞいている。藁束のような毛が、皺の寄った頭皮にちらほらと残っている。

「おい、行こうぜ」ヤロールが気短に言った。「そいつは何の役にも立たんし、何の害にもならんよ」

スミスは無言で同意して、きびすを返した。だが本能が――宇宙船乗りの頭の奥でかすかに鳴る、ちりちりという危険の音が――スミスをふり向かせた。横たわった死体の姿勢が変わっている。頭を持ち上げ、膨れ上がってどんよりした目でスミスを凝視している。

だがこいつは死んでいたはずだ。スミスはなぜか恐ろしくはっきりとそう確信していた。茶色い顔は髑髏《どくろ》の仮面のようで、どことなく犬を思わせ、鼻はぼろぼろでところどころ食いちぎられているが、ぎょっとするほど動物の鼻面に似た形で突き出している。

奇怪な化物の手足がぴくりとして、ゆっくりと動き、骸骨のようなずたぼろの体が起き上がった。それは渦巻く塵《ちり》のような星のあいだを、這うように進んできた。スミスは本能的にしり込みした。獣の頭を突き出した、おぞましい飢餓の姿勢にもかかわらず、そいつにはどこか、言いようのない物悲しさがあり、見ていると軽い吐き気を覚えた。ジレルは嫌悪の悲鳴をかすかに漏らしたが、すぐに押し殺した。

「ここを離れたほうがいい」スミスは険しい声で言った。

ヤロールは一瞬返事をしなかった。それからささやいた。「もっとたくさんいるぜ、NW。見えるか?」

地上付近の星でできた霧に紛れて、不気味な化物どもは、あのぞっとするほど物悲しいゆっくりした動きで、数分前から近づいてきていたに違いない。星々のヴェールに包まれて、何十匹もの化物が接近してくるのがわかった。その動きは気味悪いほど緩慢で、一匹たりともまっすぐ立ってはいなかった。化物は四方から押し寄せ、ゆらめく塵のせいで悪夢のように現実味のない、奇妙な空気をまとっている。霧を透かして見たガーゴイルの彫像のようだ。

化物の大半は四つん這いで近づいてきており、顔はしなびた褐色の髑髏で、ぎょろりとした目が三人を虚しくにらみつけている――というのも、スミスには、そいつらが盲目のように思えたのだ。膨れた目は白っぽくて瞳孔がなかった。化物たちは呼吸する肉体を気味悪く模倣しているが、命が通っていそうなところは一つもなかった。あるとすれば、近づいてくる様子に猛烈な飢えがにじんでいる点くらいだ。腐りかけた顎や羊皮紙のように乾いた腹では、その飢えを通常の形で満たせるはずもなく、その事実が不気味さを倍増させていた。

何匹かの不恰好な鼻面がぴくぴくしており、スミスはふいに、連中がどんな感覚に導かれてやってきたかを理解した。こいつらはにおいに頼って狩りをしているようだ。化物どもの輪は次第に狭まり、三人の人間は、乾いた音を立てて這い寄ってくる連中から後ずさって、今や肩が触れるほど身を寄せ合っていた。スミスのそばにいるジレルがぶるっと震え、次いで横目でちらっとにらんできた。一瞬とはいえ、弱みを見せてしまったことに怒りを燃やしている。

軽くためらいながら、スミスは熱線銃を抜いた。すでに死んでいるこいつらを撃つのは、どこか間違っているという気がするのだ。だが化物はいよいよ迫ってきており、この茶色くてぼろぼろの体に触れると思うと身の毛がよだち、指がほとんどひとりでにトリガーを引いていた。

近づいてくる化物の一匹が左腕を完全に焼き切られてひっくり返った。次の瞬間、そいつはバランスを回復し、カニのような横這いで進んできた。落ちた腕は置き去りにされたが、その骸骨じみた指はいまだ痙攣するようにもがき、宙をひっかいている。怪物は悲鳴も上げなければ、傷口から血も流さなかった。

「シャールよ！」ヤロールがささやいた。「あいつら——死なないのか」ヤロールの手の中の銃が振動し跳ね上がった。いちばん近くにいた化物の頭が、焼け焦げて黒ずんだ切り株と化したが、化物は痛みを覚える様子もなかった。そいつはゆっくりと這い続け、渦巻く星々の輪が不吉な後光のように焦げた頭の残骸をとり巻いていた。

「ヤロール！」スミスは鋭く呼びかけた。「出力を二倍にしろ——道を切り開くぞ。ついてこい、ジレル」返事も待たず、熱線銃の銃口についているレバーを動かし、暗闇を照らす熱線を放った。

星々のゆらめきが乱されて勢いを増した。かき立てられたその動きの中に、スミスは形のない脅威がひらめくのを感じた。うとうとと夢を見ていたものがふいに眠りから覚めて、この奇妙な場所への侵入者と向き合っているかのような。だが何も起こらなかった。星々は熱線から退いたが、にじり寄る怪物どもは熱線に何の注意も払わず、ただ這いながら黒ずんで灰になっていった。かさかさと音を立てる乾いた群れは、熱線銃の射線へまっすぐに突っ込んでは焼け崩れ——破壊者の足に踏み潰され、破片と化してもなお、生命と呼ぶにはあまりにも不気味な不滅の活力によってぴくつき、うごめいている。

ヤロールとスミスとジレルは黒くもろい燃え殻を踏み越えていった。それは足の下で依然として動き、砕かれ、這い回っていた。二丁の熱線銃は静かなシュッという音を立てて道を切り開いていった。ジレルは金色の瞳でスミスのたくましい背中を考え込むように見つめ、一度は腰の鞘に収めたヤロールの短剣に手を伸ばした。だが彼女は二人に敵対しようとはしなかった。

こうして三人はついに、しなびた茶色い化物どもを突破することができた。それでもなお悪夢の群れは、濃さを増す星の霧にいよいよ隠れてしまうまで、ゆっくりと容赦なく彼らを追いかけてきていた。星々さえ怪しい軌道を描いて揺れ動き、三人が進んでいくのを、超然とした皮肉な目で楽しみながら見ているようだった。

周囲のまばゆい霧はときに濃さを増し、互いの顔も見えないくらいになった。かと思うと、ずっと先まで見通せるほど薄くなり、空っぽの長い道が星々の中をあちこちへ伸びているのがわかった。やがてそうした道の先に隆起する地面がちらりと見え、三人ははかない脱出の望みを抱いてそちらへ向きを変えた。

スポンジ状の地面は、進んでゆくにつれて固くなり、高台に着くころには、足元は黒いぎざぎざの岩になっていた。目の前では星に覆われた山のようなものが、頭上の霞んだ空気の中にそびえている。ここでは周囲の星々がまた濃さを増し、何も見えなくなったが、三人はごつごつした斜面を手探りでなんとか進み始めた。滑る指で岩をつかみ、岩棚から岩棚へと助け合って登っていった。

険しい斜面を登っていると、スミスの中に探検への激しい情熱が芽生え、自分たちが陥っている危険すら心の奥へ追いやられた。前方には何があるのだろう、星々のあいだに、どんな想像を絶する高峰がそびえているのだろう、山の先にはどんな土地があるのだろう。今も、これからも、自分がそれを知ることはあるまい。

斜面は一歩進むごとに急になり、さらに凹凸が激しくなっていった。苦労して登っていく以外に先へ進む方法はなかった。そして今、スミスは露頭に背中を押しつけ、目一杯伸びをして、直前まで肩に乗っていたヤロールのブーツを支え、登攀《とうはん》を助けようとしていた。その最中、スミスの腕が頭上の星の霧の中で、奇妙なねっとりした障害物に突き当たった。前方に何があるのか知りたいという思いに満たされ、上の足場へヤロールを助け上げることに専念していたため、スミスは障害物が濃くなって両手をほとんど動かせなくなるまで、さほど注意を払わなかった。

そのとき、衝撃的な記憶が蘇って、スミスはぞっとしながら我に返った。フランガとジレルのあいだで固まった霧の壁を思い出したのだ。スミスは鞭打ちのような素早さで腕を下げようとしたが、その動きでも遅すぎた。密集した霧は手首の周りで強靭な鋼と化していた。スミスは一瞬、込み上げてくる衝動のままに抵抗した。額に青筋が立ち、鼓動の音が耳に響いたが、すぐに力を抜いて石に身を預けた。痛いほど体を伸ばしているため、拘束された手首でぶら下がるような恰好になった。スミスは光点をちりばめた薄闇の中をまばたきしながら見回してフランガを探した。

今や吐き気がするほどの悔恨を覚えていた。危険はずっと霧の中の、お互いと同じくらい近いところに潜んでいたのだ。フランガは姿を隠して彼らのそばを歩んでいたに違いない。そして男たちの両手が銃から充分に離れる機会を辛抱強くうかがっていたのだ——二人が武器に手を伸ばすより早く、己の手枷《てかせ》で二人を虜にできるように。そして今、フランガは二人を捕らえていた。

頭上から、星の霧のせいでくぐもったヤロールの声が、神々と悪魔について猛烈にまくし立てるのが聞こえてきた。スミスはブーツが岩を蹴る音を聞き、小柄な金星人も自分と同じ束縛と戦っていると気がついた。彼自身はといえば、手足を伸ばした姿勢で岩に背を預け、星のきらめく虚空に顔を向け、岩山の長い斜面をブーツで踏みしめている。

ジレルの背中が見えた。下のほうの斜面をうろうろして、次の岩棚に到達したという二人からの呼びかけを待っている。スミスは静かに「ジョイリー!」と呼びかけ、彼女の視線に応えて無念そうに小さく笑ってみせた。

「どうした?」ジレルは問いかけを発するより早くスミスのかたわらに来ていた。何が起きたかを見てとると、金色の瞳がきらりと光った。ジレルは憎々しげに言った。「なんと、いいざまだな。魔法使いなどと取り引きした報いだ! 朽ち果てるまでそこにぶら下がっているがいい!」

「ふん!」ジレルの背後から乾いた含み笑いが聞こえた。「まさにそうなるであろうよ、ジョイリー。きゃつがわしの命に従わねばな!」フランガは、濃い霧の中から出てくるように星々の中から現れ、足を引きずって斜面を登ってくると、悪意のきらめく目で小気味よさそうに虜になった男たちをながめた。頭上でヤロールの声が金星語のすさまじい悪態をついたが、魔術師は意にも介さなかった。

ジレルはヤロールに劣らぬ勢いで猛烈なフランス語の罵声を放ち、戦意もあらわにフランガのほうへ向き直った。フランガはゆがんだ笑みを浮かべて退き、二人のあいだで両手を左右に動かした。するとふたたび薄闇の中に曇った障壁が現れた。障壁ごしに勝ち誇った声でフランガはスミスに呼びかけた。

「さて、約束を果たし、ジレルから石を奪いとるか？」

「おれたちをジョイリーに戻すまでは御免だ」

魔法使いはスミスと目を合わせてきた。その瞳にぎらつく失望と怒りを見て、スミスはふいに、彼らがここにつれてこられた理由がはっきりわかったような気がした。フランガは約束した報酬を払うつもりなどなく、この三人を生きたまま逃がすつもりもないのだ。石を譲り渡せば、三人ともこの場所で想像を絶する死に方をすることになり、彼らの骨は山麓《さんろく》の暗がりの中、審判の日まで野ざらしになっているだろう。助かろうと思ったら、スターストーンを餌にフランガと巧みに取り引きするしかない。そこでスミスは拒絶のしるしに口をつぐみ、すでに痛み始めた腕を楽にしようと肩の位置をずらした。脚に吊るした銃の重みに、たまらないもどかしさを覚える。手枷をはめられた両手のこんなに近くにあるのに、絶望的なほど遠く離れているのだ。

フランガは言った。「おぬしの気持ちを変えてみせよう」

障壁の後ろで両手が謎めいた動きをして、スミスとフランガのあいだでゆらめく星々が流れ始めた。蛍が集まるように移動し、スミスに接近してとり囲み、ひどく目まぐるしく渦巻いたので、彼の目は動きを追うのをあきらめた。星々は炎の筋となってスミスの周りで回転し、いちばん近くの筋が彼の頰をかすめた。

その感触にスミスは思わずびくりとし、炎からのけぞって逃れようとした。その熱さは、熱線より深く肉を刺す苦痛を与えたからだ。頭上でヤロールがはっと息を呑むのが聞こえ、彼もまた熱い痛みに襲われたとわかった。スミスは歯を食いしばり、青白い瞳に殺意を込め、炎の渦を透かして魔法使いをにらみつけた。炎の輪は狭まってきて、何十もの細かい舌で彼の体をかすめ、それが触れるたびに白熱した拷問の痛みが体を駆け抜け、やがて全身が深く貫く苦痛に燃えているような気がしてきた。

目もくらむ痛みと、目もくらむ光の中からフランガのしわがれ声が聞こえてきた。「わが命に従うか」

スミスは頑《かたく》なに首を振り、炎の熱い拷問を受けながらも、唯一残されたわずかな希望にしがみついた——フランガはスターストーンを手にしない限り、彼らを殺すことはあるまい。今まで痛みになら耐えたことがある。フランガが約束を守る気になるまで耐え抜くこともできるだろう。ヤロールにもしばらく我慢してもらわなくては。金星人の相棒は、肉体の苦痛には耐えられぬという単純な理由で、痛みには常に恥知らずな態度で臨んでいる。長い苦しみを強いられると無言で気を失い、責苦から逃れるのだ。ヤロールが早めにその段階に達することをスミスは祈った。食いしばった歯の隙間から「いいや」と短く答え、岩に頭を押しつけ、ひらめく炎の筋が身をかすめるたびに額に汗が浮かぶのを感じた。接触の一つ一つが、全身を燃やす深い苦痛を与えてきた。

フランガは短くけたたましく笑い、片手を動かした。すると星の渦はスミスの目の前でナイフのようにきらめき始めた。これまで火のように燃えていたとすれば、今はまぶしすぎて直視できないほどだ。ひらめく炎の激しく熱い拷問が、スミスの上で苦痛の嵐となって吠え猛《たけ》り、フランガのことも、ジレルのことも、ヤロールのことも苦しみによって脳裏から拭い去られ、熱線の痛みに燃える虐げられた体のことしか考えられなくなった。手枷の上で自分が拳を固めたことも、呻吟を漏らすまいとして顎に筋が浮いていることも意識していなかった。世界は耐えがたい苦痛の地獄であり、白熱する痛みの波がスミスをまばゆい忘却の底へ運び去ろうとしている。膝から力が抜け、手首に重みがかかるのも感じないほどだった。

ジレルは長身の敵の周りで星々が回転して炎と化すのを、複雑な思いで見守っていた。最初のうちはスミスへの怒りと恨みを強く感じていたため、いい気味だという思いがいちばん大きかった。だが星々の炎がスミスの体をかすめ、その額に玉の汗が浮かび、岩の上で両手が拳を固めたとき、拷問の様子など何度も平然と見てきたはずのジレルは、なぜか妙に熱っぽい、力が抜けるような感覚を味わった。

そのとき、フランガの憎らしげな声が、彼女から暴力によって宝石を奪えと要求するのが聞こえ、ジレルは思わず戦いに備えて身構えた。だが次の瞬間、苦しげだが決然とした「いいや」という返事が聞こえた。ジレルは驚きを含んだ目でスミスを見上げ、どういうつもりかと頭を悩ませた。見ているうちに、スミスに対する怒りが、不本意ながらかすかな賞讃に染まり始めた。ジレルは拷問の目利きであり、スミスほど決然と拷問に耐える男は見たことがなかった。頭上の薄闇の中でも小さな炎が筋を描いているが、星の霧になかば隠されたヤロールも一言も発していなかった。

そのときジレルは、スミスの長い脚が膝のところで折れ、痛めつけられた体から力が抜けるのに気がついた。スミスの全身がぐったりと岩肌にもたれかかり、手枷をはめられた手首でぶらさがっている。いきなり激しい哀れみと熱い想いが押し寄せ、スミスの痛みが自分の痛みのように感じられた。いつのまにかジレルは拳を固めて自分とフランガを隔てる障壁を殴りつけており、自分の声が叫ぶのが耳に入った。

「よせ！　やめろ！　放してやれ――スターストーンはくれてやる！」

燃え盛る痛みに朦朧《もうろう》としていたスミスの耳に、その甲高く激しい叫びが届いた。その重大な意味が、苦痛という燃える輪の外にも世界が存在するという記憶をいきなり呼び覚ました。スミスは果てしない努力によって、うなだれていた頭を上げ、岩の斜面にふたたび足場を見つけ、灼熱の苦痛と覚醒した意識の中へ無理やり戻っていった。そして喉が痛むほど叫んだあとのようなかすれ声で呼びかけた。

「ジレル！　ジレル、この馬鹿、やめろ！　みんな殺されるぞ！　ジレル！」

声が聞こえたとしても、ジレルは意に介さず、首元を留めた鹿革のチュニックを両手でぐいとつかんだ。フランガは障壁を溶かして鉤爪の生えた両手を伸ばし、熱心に身を乗り出している。

「よせ――ジレル、やめろ！」スミスがまばゆい光の向こうへ絶望の叫びを送ると同時に、革服の前が開いて、ふいにスターストーンが彼女の両手の中で目もくらむ光を放った。

それを目にすると、熱い痛みさえつかのま頭の中から拭い去られた。フランガは身を乗り出し、息を呑み、青白く煌々と輝く宝石に目を釘付けにしている。この奇妙で薄暗い世界に完全な静寂が広がり、スターストーンが暗がりの中で輝いていた。冷たく静かな青白い光が、ジレルの指のあいだで、凍りついた炎のかたまりのように燃えている。ジレルは目を落とし、透き通った石の下で己の指がゆがんでいるのをふたたび認め、石の奥底でゆらめく影のような怪しいちらつきをふたたび確かめた。

一瞬、手に触れているなめらかで冷たい石が、天空のように広大な空間を閉じ込めているように思えた。突然の眩暈《めまい》に襲われたそのとき、ジレルは果てしない空間を深くのぞき込んでいたのかもしれない。そこに広がる静けさの中、空間を端から端まで埋める何ものかが身じろぎしていた。今彼女が手にしているのは一つの世界なのだろうか。細い両手に包まれているが、それが属する次元では宇宙そのもののように広大な世界――そしてその広く輝かしい場所には住人がいるのではあるまいか――身動きする影が――

「ジレル！」スミスの苦痛にしわがれた声に、ジレルはびくりとして夢うつつの状態から覚めた。頭をもたげ、宝石をランプのように両手に掲げて、拷問の渦のせいでよく見えないスミスのほうへ近づいていった。「やめろ――渡すな！」スミスは炎に苛まれ、遠のいていく意識に必死でしがみつきながら懇願した。

「この男を放せ！」ジレルはフランガに要求した。スミスの傷のある顔に刻まれた苦痛を目にして、自分の喉もなぜか締めつけられていた。

「貴様の意思で石をよこすか」魔法使いの目は彼女の両手を貪欲に見つめている。

「ああ――くれてやる。とにかくこの男を解放しろ！」

ジレルが宝石を差し出すのを見て、スミスは絶望に息が詰まりそうだった。どんな犠牲を払ってもフランガの手からそれを守らなくては。そして痛みに朦朧とした頭には、ただ一つの方法しか浮かばなかった。それがどう役に立つか、ゆっくり考えることもせず、全体重を拘束された手首にかけ、燃える星々の中へ長身を跳ね上げ、ジレルの伸ばした手から宝石を蹴り飛ばした。

ジレルははっと息を呑んだ。スターストーンがジレルの手から吹っ飛んで、山腹のごつごつした岩にぶつかると、フランガは細く甲高い、恐怖に震える悲鳴をあげた。ガラスが割れるようなピシッという音がして、次の瞬間――

次の瞬間、青白くまばゆい光が彼らの目の前に湧き上がった。宝石の中に宿っていた光が、破壊された牢獄からあふれ出しているかのように。瞬く星々はその光輝の中に呑み込まれ、薄暗かった空気は明るく照らされ、山腹全体が、直前までスターストーンの奥底で輝いていた穏やかで静謐な光に包み込まれた。

フランガは狂ったようにつぶやき、両手をひねって術を使おうとしたが徒労に終わった。しわがれ声で早口に呪文も唱えたが、やはり魔法は起こせなかった。星々が溶け、薄闇が晴れるのと同時に彼の魔力も消えてしまったかのようで、フランガはこの異質な光に煌々と照らされて何の守護もなく立ちすくんでいた。

スミスはその姿にほとんど注意を払っていなかった。青白く大きな光に包み込まれると、星々の炎とともに、それに打たれる苦痛も消え去り、痛みのあとの幸福な安らぎのおかげで、ほっとして力が抜けていたのだ。手首の周りから手枷が消えたあとは、あやうく気絶しそうになりながら、よろよろと後ずさって岩にもたれるしかなかった。

頭上でぶつかったりこすれたりする音が聞こえ、ヤロールの小柄な体がスミスの足元に滑り落ちてきた。気を失ってぐったりしている。しばしの静寂のあいだ、スミスは深くゆっくりと呼吸して力を回復し、ヤロールはぴくりとして目覚める気配を見せ、フランガとジレルはスターストーンから広がる光の中で周囲を見回していた。

そのとき、彼らの周りに光の影としか呼びようのないものが素早く下りてきた——青白い昼の光の中のひときわ深い輝きだ。スミスは気がつくと、そのまばゆい中心をまっすぐ見つめていた。目はくらまなかったが、見分けられたのは彼らの頭上に浮かぶもののかすかな輪郭だけだった。それは非人間的で、どこまでも異質で——だが恐ろしくはなく、敵意も感じられなかった。炎のようにたしかに存在しており——炎のように実体がなかった。

そしてスミスはなんとなく、冷静で人間味のない視線を、超然とした探るような眼差しを感じた。それはスミスの心と魂の奥底を調べているようだった。スミスは目を凝らし、白い輝きの中心をのぞき込んで、自分を見ているのはどういう存在か確かめようとした。それはオウムガイの優雅な螺旋のようで——だが彼の目は、地上のものならぬその曲線と螺旋を完全に理解することはできないようだった。それは異界の幾何学の非ユークリッド的で想像を絶する法則に従っているのだ。それでも、その美しさは認識でき、スミスの内には深い畏敬の念と、目の前の存在の驚異と美に対する底知れぬ喜びが芽生えてきた。

フランガは細くかすれた声で悲鳴をあげ、膝をついてその深い輝きから目をかばった。空気が震え、輝きの影も震えた。そして言葉のない思考がやはり震えながら、山麓にいる三人の心に沁み通ってきた。

「われらはこの解放に感謝する」その声なき声は、それを発している光と同じくらい深く、静かで、どこか燃えるようだった。「われらははるかな昔、強力な魔法によってスターストーンの内に封じられた。己が惑星へ帰還する前に、最後に一つそなたらの願いをかなえようと思う。願いを述べよ」

「ではわたしたちを故郷に帰してくれ!」スミスが口を開く前にジレルがあえぐように言った。「この恐ろしい場所からつれ出し、故郷へ送り込んでくれ!」

唐突に、ほとんど一瞬のうちに、光の影が彼らに覆いかぶさった。素早く包み込まれて三人とも目がくらみそうだった。山は足の下に遠ざかり、明るく照らされた大気は横へ流れて消え失せた。あたかも時間と空間の壁が彼らの周囲で開いたかのようだった。

絶望しきったフランガの叫びが聞こえ——ジレルの顔がスミスのほうをふり返って、金色の瞳がふいに何かを伝えようと躍起になり、赤い髪が旗のように風になびいて——次の瞬間、スミスをとり巻いていたまばゆい光はスチールの壁の鈍《にぶ》い輝きとなり、冷たいスチールの表面が彼の頬になめらかに当たっていた。

スミスは重たげに頭を上げ、はるか昔にあとにした火星の酒場の小さな個室で、テーブルの向かいに座ったヤロールの目を無言でのぞき込んだ。金星人も無言のまま長い凝視に応えた。

それからヤロールは椅子にもたれて声を張り上げた。「マルナック！　酒だ——すぐに持ってこい！」そしていきなり横を向くと、狂ったようにくすくすと笑い始めた。

スミスは遠い昔、このテーブルを離れるときに押しやったセガー・ウイスキーのグラスを手で探った。顔をのけぞらせ、ぎこちない手つきで酒を素早く喉に流し込み、目を閉じてなつかしい熱さが身の内を焼くのを味わった。閉じた目蓋の裏に、色白のきつい面差しがふと蘇った。その瞳は突然の激情に燃え、スミスが決して知ることのない言葉を伝えようとしていた——流れる赤い髪は風になびく旗のようだった。二千年前に、何光年も彼方で死んだ娘の顔。その塵さえも地球の明るい風に散らされ、はるか昔に失われている。

スミスは肩をすくめてグラスを干した。

狼女

Werewoman

中村融訳

戦闘のどよめきが後方の風下へ薄れていく。ノースウェスト・スミスは蹌踉《そうろう》とした足どりで、薄暮につつまれた西方へ向かった。背後の岩場に鮮血が飛び散っているので、彼が歩いた跡は一目瞭然だが、遠くまで追ってくる者はいないだろう。彼が向かう先は西方の塩沙漠だ。そこまでは追われるはずがない。

鈍《にぶ》りがちな足を急《せ》きたてる。というのも、戦場の死肉漁りたちの第一陣が死者の掠奪にやって来る前に、灰色の荒野に姿をくらまさねばならないからだ。そいつらは追いかけてくる——点々と散った血の跡と乱れた足跡が、さらなる戦利品の獲得に色気をだした連中を狼のように引きつけ、跡を追わせるだろう——しかし、遠くまでは追ってくるまい。そう思ったとたん、彼は苦笑《にがわら》いした。確実な死地は脱したとはいえ、まだ安全になったわけではないからだ。一歩ずつ、同じくらい確実な死に向かって、ゆっくりと進んでいるのだ——荒れ野で熱に浮かされ、渇きと飢えに苦しんで死ぬ運命に向かって。もっと悪い死に方を先にしなければの話だが。噂によれば、この灰色の塩沙漠には……。

野営を張って寒冷な荒野で過ごした数週間を通じて、こんな遠くまで来たことはなかった。

彼は冒険家を気どるには歳をとりすぎていて、人々がある場所を徹底的に忌み嫌い、それについて話すときは小声になったり、野営の焚《た》き火を囲んで尻切れトンボの怪談を語ったりするときは、近寄らないにこしたことはないと心得ていた。人が話したがらないことに好奇心をかき立てられ、詮索したがる向きもあるかもしれない。だが、ノースウェスト・スミスは波瀾万丈の人生行路で、あまりにも多くの不可思議なものを見てきたので、民間伝承の背後にある事実の基盤を疑ったり、ほかの者たちが経験から踏み入らないようにしている場所へ無鉄砲に飛びこんだりするつもりはさらさらなかった。

闘いの音は小さくなり、夜風に乗ったかすかなどよめきとなっていた。スミスは苦しげに首をもたげ、青白い鋼鉄なみに色の淡い目を細めて、行く手でつのりゆく暗黒に目をこらした。風が寂寥《せきりょう》と荒廃の息吹で、その思いつめたような傷だらけの顔にそっと触れる。煙や牛小屋や農場といった人間のにおいに染まっていない風が、果てしない荒れ野に清々《すがすが》しく吹いているのだ。スミスの鼻孔が、人間とは無縁のそのにおいにひくついた。眼前には真っ平らな灰色の荒野が広がって、暗闇に溶けこんでいる。草がまばらに生えていて、低い灌木《かんぼく》や数本のひねこびた樹が点在し、塩気のある水が淀んだ深い水たまりとなって、かなりの間隔で散らばっている。

ふと気がつくと、彼は耳をすましていた……。

はるかむかし、ここには忘れられた都市が立っていた、と野営の焚き火でささやかれる話があった。だれが住んでいたのか、あるいはなにが棲んでいたのかを知る者はない。それは何マイルもの土地に広がる巨大都市であり、妬《ねた》みを買うほど裕福で強力だった。というのも、ある強大な敵がとうとう低地からやってきて、一連の激闘の末に都市を地上から消し去ったからだ。彼らが都市の住民にいかなる恨みをいだいていたのかは、いまではだれにもわからないが、よほどのものであったにちがいない。最後の塔が地面に倒れ、最後の石が基礎からはずれたとき、彼らはその地に塩を撒き、そのため何世代にもわたり、数マイル四方の荒れ地に生きものは育たなかったのだから。それでも満足せずに、彼らは都市が根を下ろしていた大地そのものに呪いをかけた。そのため今日《こんにち》でさえ、人はわけもわからずその場所を忌み嫌うのだという。

その闘いは遠い過去の話であり、歴史はその都市の名前そのものを忘れてしまい、勝者も敗者も忘却という辺土へともに沈んだ。塩の撒かれた土地は、じきにある程度の生命をとりもどし、いまそこに生えているまばらな植物が、不毛な土壌《どじょう》で細々と生を営んでいる。しかし、人間はいまだにその場所を忌避しているのだ。

声を潜めて語られるところによれば、その塩沙漠には、それでも棲むものがいるという。ときおり狼《おおかみ》が夜中に出てきて、遅くまで出歩いている子供をさらう。ときには新墓が暴かれ、からっぽになっているのが朝に見つかることがあり、人々は食屍鬼《グール》の仕業だとささやく……。夜更けに旅する者は、夜中に荒野から流れてくるむせび泣きを耳にするし、下生えを駆けぬける獲物を探して荒れ野にはいりこむ大胆な狩人たちは、遠くで遠吠えする全裸の狼女たちのことを恐ろしげに語る。ひとりきりでその荒れ地の奥にはいりこんだ冒険好きの者たちの身になにがあったのか――それはだれも知らない。人間の足が旅をするには呪われた土地であり、そこに棲むものたちは人間以下の存在にちがいない、と伝説はいう。

あの血塗られた戦場から、その彼方の荒野へ向かったとき、スミスはこの話を鵜呑みにはしていなかった。伝説には尾ひれがつくものだ。しかし、物語の基礎に関しては疑いをいだかなかったので、臑《すね》のあたりまでぶらさがっている、からっぽのホルスターを悔しそうに見おろした。彼はまったくの丸腰だった。ひょっとすると、記憶にないほど久しぶりのことかもしれない。彼の歩いてきた道は大部分が法の外にあり、そういう男は丸腰ではどこへも行かないのだから――たとえベッドであっても。

さて、これで孤立無援だ。彼はちょっと肩をすくめると、顔をしかめ、苦しげに息を呑んだ。肩の切り傷は深く、血がまだ地面にしたたっていたからだ。もっとも、前ほど大量ではないから、傷口はふさがりかけている。彼は大量の血を失っていた――革服の片側全体が血でごわごわになっているし、背後に点々と散るあざやかな染みが、さらにおびただしい量の出血を物語っている。肩の痛みはまだ突き刺すようだが、いまは大きなうねる灰色の波に呑みこまれて……。

彼はでこぼこした地面の上をひたすら歩みつづけたが、ぼんやりした風景全体が、眼前で海のように揺らいでいた――途方もなく盛りあがり――茫漠とした遠方へ引いていく……。地面が浮きあがってきて、驚くほどやさしく彼を出迎えた。

ほどなくして目をあけると、あたりには灰色の黄昏《たそがれ》が垂れこめていて、しばらくしてから彼はふらふらと立ちあがり、先へ進んだ。もう血は流れていなかったが、肩はこわばっていて、ズキズキと痛んだ。そして荒れ地はあいかわらずうねる海のように周囲で上下していた。耳のなかの歌声が大きくなり、聞こえているのが灰色の荒野を越えて流れてくるかすかなこだまなのか、それとも自分の頭のなかで鳴っている音なのか、判然としなくなった——長いかすかな遠吠えで、狼たちが星々に向かって空腹を訴えているかのようだ。二度目に倒れたときは、それがわからず、目を開くと、驚いたことに星々をちりばめた真っ暗闇を見あげていて、草が頬をくすぐっていた。

彼は進みつづけた。もう無理をしてまで進む必要はなかった——追っ手の来ないところまで来ていた。しかし、動きつづけるという漠然とした衝動が、疲れた頭のなかでわめき立てていた。遠吠えが荒れ地を伝わってきており、しかも近づいてきているのは、いまやたしかだった。彼は本能的に手を下げて、からっぽのホルスターをむなしくつかもうとした。

奇妙な小声が、風に乗って頭上を過ぎていく。か細い金切り声だ。たいへんな苦労をして視線を斜め上に向けると、極度の疲労でかえって冴えた頭に、空を流れる風が長いすっきりした線として見える気がした。見えるのはそれだけだったが、例の小さな声は耳のなかでか細く鳴っていた。じきに彼はそばを動くものに気がついた——なにか朦朧《もうろう》としたものが彼と平行に動いているのだ、星明かりのもとでも目に見えないものが。それに気づいたのは、毛根をチクチク刺す邪悪のわななきが、かたわらの曖昧なものから脈打っているからだ——もっとも、なにも見えはしないが。しかし、巨大でおぼろな形のものがそばで草むらをゆらゆらと進んでいるところが、心眼にはくっきりと映っていた。あらためて首をめぐらせはしなかったが、うなじの毛が逆立った。遠吠えも近づいてきていた。彼は歯を食いしばり、よろよろと進みつづけた。

三度目に倒れたのは、ひねこびた樹々の群落のわきで、しばらく荒い息をしながら横たわっていると、忘却の長い波がゆっくりと彼を洗い、砂上の波のように引いていった。ときおり頭が冴えているとき、あの遠吠えが灰色の塩沙漠をどんどん近づいてきているのがわかった。

彼は進みつづけた。あの闇のなかを歩くもやもやした幻めいたものが、あいかわらず彼につきまとって草むらをぬけていたが、もう気にも留めなかった。遠吠えは鋭く短い鳴き声に変わっていて、星明かりのもとではっきりと聞こえるので、狼たちが彼の足跡にぶつかったのだとわかった。ふたたび、本能的に、彼の手が銃のほうへさっと下がり、苦痛の痙攣《けいれん》が顔に走った。死ぬのは仕方がない――長年にわたり死と歩調を合わせてきたので、その見慣れた顔は怖くなかった――しかし、丸腰で牙にかかって死ぬのは……。彼は蹌踉とした足どりをすこしだけ早め、食いしばった歯のあいだを息がヒューヒューとぬけていった。

黒いおぼろなものが彼をとり囲み、草むらを朦朧とすりぬけていた。そいつらは用心深かった、この辺地の野獣どもは。近づいても、せいぜい影のあいだをすべる影にしか見えないところまでで、辛抱強くこちらを見張っている。スミスは息も絶え絶えにそいつらをむなしく呪った。もういちど倒れるわけにはいかない、といまやわかったからだ。灰色の波が下から押し寄せてきて、彼は喉にこもったしわがれ声でなにか叫び、最後の力をふり絞って倒れまいとした。黒いおぼろなものたちが、その声にぎくりとしたようだった。

こうして彼は進みつづけた　忘却をかき分けていくうちに、それが腰の高さ、肩の高さ、顎の高さまで迫りあがり――彼を休ませようとせず、ひたすら前へと駆り立てる不屈の闘志の前に引いていった。いまや目に変調があらわれていた——青白い鋼鉄なみに淡い色の目は、これまで彼を裏切ったことはない——というのも、黒いおぼろなもののあいだに、白いものが見えるように思えるからだ。暗がりを生き霊のようにすーっと動いている……。

寒々しい星々のもと、彼はよろよろと果てしなく歩きつづけ、いっぽう足もとで大地がゆるやかにうねり、灰色が盲目の波となって海さながら上下し、周囲では白い朦朧としたものが、うつろな闇のなかで揺らめいた。

ふと気がつくと、体力が底をついていた。それはまちがいない。そして頭が冴えている最後の瞬間に、星空を背に浮かびあがる一本の樹が目に映り、よろよろとそちらへ向かった——広い背中を幹に押しつけ、頭を下げ、色の淡い目を反抗的にぎらつかせて、黒っぽい監視者たちに相対する。その一瞬、彼は断固としてそいつらと向かいあった——それから樹の幹がずるずると上へすべっていき——地面が迫りあがってきて——スミスは両手でまばらな草を握り、倒れながら悪態をついた。

また目をあけると、視線の先には地獄からぬけ出てきたような顔があった。口もとをゆがめて悪魔めいた笑みを浮かべた女の顔が、こちらにかがみこんでいるのだ——暗闇のなかで目が爛々《らんらん》と光っている。スミスの喉に向かって体を曲げたとたん、白い牙からよだれがしたたった。

スミスは罵りと祈りが半々のかすれた声を漏らして、もがくように立ちあがった。女が蓬髪《ほうはつ》をなびかせて音もなく飛びすさり、切れ長の目を吊りあがらせた顔で彼をにらんだ。その目が青白い顔から緑の光をギラギラと放っている。闇を透かしてその体は三日月のように白く、長い蓬髪になかば隠れていた。

女は飢えた牙からよだれを垂らしながら、目をぎらつかせていた。彼はその向こう側にほかの形を察知した。黒いものと白いものが、暗がりのなかで絶えずぐるぐるまわっているのだ——うすうすわかってきたのだが、命の助かる望みはないらしい。だが、彼は脚を大きく広げ、色の淡い目を凶暴に光らせて、ぎらつく目をにらみ返した。

群れが暗闇のなかのぼやけたにじみとなって彼をとり囲んだ。緑にぎらつく目が、白い体でも黒い体でも同じように爛々と光っている。幻惑された彼の目には、その形は不安定で、暗から明へ変化し、また暗にもどるように見え、その変化のあいだ、緑に輝く目だけが同じぎらつきを保っていた。そいつらはいま輪をちぢめていて、抑えたしわがれ声に低いうなり声や鋭い鳴き声がじれったげに交じった。そして星々のもと、歯の白いきらめきが見えた。

スミスは丸腰で、荒れ地は周囲で揺れ動き、足もとで大地がうねったが、彼は猛々《たけだけ》しく肩を怒らせ、絶望的な反抗の態度で彼らと向かいあい、闇と飢餓の波が圧倒的な潮となって頭上へ押し寄せてくるのを待った。女が前かがみになり、突進にそなえて力を集めたとき、緑に燃える欲望を宿した野生の目と目が合い、不意に彼女の獰猛さにまつわるなにかが、彼のなかにある野蛮な琴線に触れた。そして——まさに死に直面して——短く荒々しい笑い声を彼女に浴びせると、吹きつのる風に向かって叫んだ。

「来い、狼女！　おまえの群れを呼べ！」

彼女は跳躍のかまえをとったまま、ほんの一瞬目をこらした——その瞬間、火花のようなものがふたりのあいだに飛び交ったようだった。野蛮なものが、生きとし生けるものの垣根を越えて野蛮なものに呼びかけたのだ――すると彼女は不意に両腕をふりあげ、黒髪をふり乱すと、首をのけぞらせ、星々に向かって咆哮した。延々とつづく野生の遠吠えで、人間味は微塵《みじん》もなく、獰猛な喜びを表す勝利の雄叫《おたけ》びが、風下へこだましていった。あたりの暗闇のなかで、しわがれた喉がその叫びをとらえ、塩沙漠をよぎって声から声へと受け渡していき、ついにはその荒々しい喜悦の咆哮に星々そのものが打ち震えた。

そして遠吠えが震えながら静寂に呑まれたとき、スミスの身に不可解なことが起きた。遠吠えに応えて、彼のなかでなにかが苦しげにわななき、長いこと闘ってきた灰色の忘却にひと呑みにされ――と、つぎの瞬間、突如として恍惚に打ち震え、おのれの内部で跳躍した。そして彼の一部ががっくりと膝をつき、顔を草むらに埋めるいっぽう、スミスの本質といえる生きている存在が自由の身となり、ピリッとくるワインのように刺激的な冷たい空気のなかに飛びだしたのだ。

狼の群れが騒々しく吠えたてて彼のまわりに殺到し、かん高い野生の叫びが、不意にめざめた彼の体じゅうの神経を喜ばしげに震撼させた。まるで彼の感覚を覆っていた闇のとばりがとり払われたかのようだった。なぜなら、彼の新たな目には夜が四方に開け、鼻孔は流れる風に乗っている新鮮でゾクゾクするにおいをとらえ、耳のなかでは無数の小さな音が突如として新たな意味をおび、くっきりと聞こえるようになったからだ。

けたたましい声をあげて彼のまわりに集まってきた群れは、つかの間、黒い体から成る渦巻きとなり——つぎの瞬間ぼやけて閃光が走ると、もはや黒くなかった——うしろ脚で立ちあがり、その過程で暗黒を脱ぎ捨てた——そしてすらりとした白い狼女たちが、一糸もまとわずに彼の周囲をぐるぐるまわり、ひらめく手足となびく髪のからみ合ったものとなった。

　彼はあたりの変容を前に呆然と立ちつくしていた。というのも、広大な塩沙漠さえもはや暗くも殺風景でもなく、星々のもとで青みがかった灰色になり、朦朧として不安定なものがひしめいていたからだ。そいつらは、彼をとり巻く白い狼の群れからゆらゆらと遠のいた。そして騒々しい野生の声にかぶさって、あのか細くかん高いペチャクチャとしゃべる音が、風に乗って頭上を流れていった。

　輪になった群れから不意に白い人影が分かれ、彼は冷たい腕が首に巻きつき、冷たい痩身が自分の体に押しつけられるのを感じた。と思うと、白い渦が激しく分裂し、別の人影が飛びだしてきた——肉体の障壁を越えて彼女自身が住むこの半世界へスミスを呼び寄せた、射ぬくような目をした女だった。その緑にぎらつく目が、スミスの首に腕をからめている姉妹狼を突き刺し、口から飛びだした低い声は狼のうなり声だった。スミスを抱いていた女は腕を離して遠ざかり、中腰になった。いっぽう相手は蓬髪をふり乱し、牙をむきだすと、身の程知らずの喉めがけてまっしぐらに飛びかかった。ふたりは白い裸身と乱れる黒髪のもつれとなって倒れ、群れが黙りこんだので、聞こえる音は、闘う者たちの荒い息づかいと、その喉から出る低いしゃがれたうなり声だけになった。やがて白と黒の闘争のさなかに真紅がいきなりほとばしった。スミスの鼻孔が、いまや魅惑的な甘さを新たにそなえたそのにおいに陶然とふくらんだ——そして狼女が口を血まみれにして競争相手の死体から立ちあがった。緑に輝く目と視線が合うと、彼のなかにめざめた凶暴な喜悦に見合った凶暴な歓喜がそこから流れだし、彼女の月のように白い厳しい顔が、おぞましい喜びで笑みくずれた。

彼女はふたたび首をのけぞらせ、星々に向かって勝利の雄叫びを長々と放った。すると周囲の群れがその叫びに呼応し、スミスは気がつくと顔を空に向け、暗闇に向かって獰猛な挑戦の叫びを放っていた。

やがて彼らは走っていた——野蛮な遊びで体をぶつけ合い、地面をかすめるだけの足でごわごわした草の上を飛ぶように進んでいく。突風さながらだった、そのやすやすと疾走するさまは。大地が蹴り足の下でうしろへ流れていき、風は無数のゾクゾクするにおいを乗せて鼻孔に流れこむ。白い狼女は彼と並んで駆けており、長い髪を吹き流しのように背後になびかせ、肩を彼の肩に軽く触れていた。

彼らが走っているのは異様な場所だった。樹々と草は新たな形と意味をそなえていた。そして漠然と気づいたのだが、おかしな形のものが周囲にそびえていた——月明かりを浴びて輝く建物、塔、街壁、高い小塔だ。それなのに、あまりにも朦朧としているので、疾走の妨げにはならなかった。ときおり都市の幻影がくっきりと見えた——大理石の街路を走っていて、金色のサンダルをはいた足が石畳を踏み鳴らし、疾走によって巻き起こる風に豪華な衣裳がはためき、剣が体側でカチャカチャと音を立てるように思えるときもあった。かたわらの女も色あざやかなサンダルをはいて飛ぶように走っており、宙を舞う脚から長いスカートがひるがえり、流れる髪には宝石が編みこまれているように思えた——それでいて、月のように肌も露わな狼女と並んで、踏めばガサガサと音を立てる、ごわごわの草の上を一糸もまとわずに走っているのだと承知していた。

そして二本足ではなく四本足で飛ぶように走っていると思えるときもあった——風のようにすばやく、とがった鼻面を向かい風に突きだして、よだれをしたたらせる牙の上に赤い舌を垂らしながら……。

ぼんやりした形のものが、疾走する彼らの前から逃げだした——大きくて、ぼやけていて形の定まらないもの。目のついている黒っぽいもの。彼らの行く手からゆらゆらと退《しりぞ》く薄い生き霊のようなもの。広大な荒野は、こうしたなかば目に見えない物の怪でいっぱいだった。なかには獰猛な目をして、脅威を吐きだすものもあり、邪悪で怒りに燃えるものが、疾駆する狼の群れにしぶしぶ道をゆずることもあった。しかし、たしかに道をゆずったのだ。その荒れ野には恐ろしいものがいたが、いちばん恐ろしいのは狼女たちであり、その凶暴なうなり声の前に、そうした忌まわしい非現実の存在も道をゆずるのだった。彼にはこのすべてが直観的にわかった。人狼が咆哮しても黙ろうとしないのは、風下へ流れていく、か細いペチャクチャいう声だけだった。

夜風にはさまざまなにおいが交じっていた。鋭いにおい、甘いにおい、えぐみのあるにおい。荒涼とした土地とそこに棲むものたちの野生のにおい。とそのとき、気まぐれな風に乗ってきわめて唐突に、鞭《むち》のように彼らの鼻孔を打つものがあった——ざらざらしていて、ゆたかで、血が沸き立つ人間のにおいだ。スミスは冷たい星々に向けて首をのけぞらせ、長く震える遠吠えを放った。するとその荒々しい狼の叫びが群れの喉から喉へと伝わっていき、ついには群れ全体が野蛮な合唱で空気そのものを震わせていた。その馥郁《ふくいく》たる香りに鼻孔をふくらませて、彼らは風の流れに乗って駆けだした。

スミスは、自分をめぐって争った野生の白い生きものと肩を並べて先頭を走った。人間のにおいが鼻孔に甘く感じられ、飢えにさいなまれるいっぽう、そのにおいが強くなり、先祖にさかのぼる予感が記憶のなかでかすかにうごめき……やがて彼らが目に飛びこんできた。

少人数の狩人が、下生えをかき分け、銃を肩にかついで荒れ野を横断していた。スミスの新しい目にははっきりと見える地面の出っ張りにつまずきながら、やみくもに歩いている。そして彼らのまわりには、その地の曖昧模糊《もこ》とした住民たちが、目に見えない姿で集まっていた。大きな朦朧としたものが、草むらをぬけて彼らの足跡をたどっており、あやふやな形のままよろめいている。目のついた黒っぽいものがわきをかすめ、ぎらつく飢えた目を狩人たちに向けているが、彼らの目には映らない。白いものが彼らの行く手からゆらゆらと退き、うしろで閉じる。男たちには見えなかったが、敵意あるものの存在を感じとったにちがいない。ときおりそわそわと肩ごしに視線を走らせたり、まるで見えたかのように銃をかまえてから——おずおずと降ろしたりして、進みつづけたからだ。

彼らを目にしたとたん、生まれ変わったスミスのなかで奇妙な飢えに火がつき、ふたたび彼は首をのけぞらせ、凍てついた星々に向けて狼の遠吠えを獰猛《どうもう》に放った。その音を聞きつけて、狩人の跡を追っていた不浄でおぼろなものたちのあいだに警戒心がさざ波となって走った。近づいてくる群れに目を向け、煙のように実体のない体から怒りに燃えてにらみつける。しかし、群れが近づくにつれ、密集状態がゆるみはじめ、ぼんやりした形のものたちは、疾走する狼たちの前からしぶしぶと退いて、青白い夜の闇に溶けこんだ。

群れは地面を軽く蹴りながら草むらを飛ぶように走り、雄叫びをあげて狩人たちをとり囲むと、空腹のあまり吠え猛《たけ》った。男たちは背中合わせに寄り集まって、針山のように銃をかまえ、いっぽう人狼の群れは、そのまわりをぐるぐるとまわった。三、四人が駆けめぐる群れに向かってむやみやたらに発砲し、閃光と銃声が、安全な距離までさがって、高みの見物を決めこんでいた青白いものたちを震撼させた。しかし、狼女たちは歯牙《しが》にもかけなかった。

そのときリーダー——白い毛皮帽をかぶった長身の男——が、恐慌におちいった声で不意に叫んだ。

「撃っても無駄だ！　無駄だ——わからないのか？　あいつらは本物の狼じゃない……」

ならば、人間の目には狼の姿に映っているにちがいない——スミスは即座にそうさとった。もっとも、彼の目にくっきりと映っているのは、周囲の青白い闇のなかで髪をなびかせて狩人たちをとり囲み、走りながら餓狼の声で吠えている全裸の白い女たちだけだったが。

暗い飢えにさいなまれながら、スミスは短い歩幅でそわそわと輪をちぢめていった——人間の体が目と鼻の先にあり、血と肉のにおいがプンプンしている。その血が流れる漠然とした甘美な記憶が脳裏で渦巻き、肉の歯応えが思いだされた。そして不可解にも、それを超えて彼には特定できないなにかへの、もっと深い飢えがあった。いま感じるのは、白い毛皮帽の男の喉に歯を食いこませ、ほとばしる血を顔に感じるまで、二度と平穏は訪れないということだけ……。

「見ろ！」貪欲にぎらつくスミスの目と視線が合ったとき、男が指さしながら叫んだ。「見ろ――白い目をして、雌狼と並んで走っているでかいやつを……」上着の内懐にあるなにかを手探りして、「悪魔の化身だ――ほかはみんな緑の目だが――白い目だ――見えるだろう？」

その声の響きに潜むなにかが、スミスのなかの飢えを極限まで高めた。その飢えには耐えられなかった。彼はうなり声を喉に溜め、跳躍にそなえて力をかき集めた。視線を合わせていた男は、スミスの色の淡い目のなかで飢えが燃えあがるのを見てとったにちがいない。「神よ！……」とあえぎ声をあげ、必死に襟元を探ったからだ。そしてスミスの足が鋼鉄のバネのような筋肉をたわませて地面を離れ、その誘惑的な喉めがけてまっしぐらに飛びかかったちょうどそのとき、男が手探りしていたものをとりだした。かかげられたそれが星明かりをとらえてきらめいた――ちぎれた鎖からぶらさがる銀の十字架が。

スミスの脳髄の最奥で、なにかが目もくらむ爆発を起こした。雷鳴と稲妻から成るものが、空中で彼をしたたかに打った。喉から苦悶の咆哮が飛びだすと同時に彼は落下し、目も見えず、耳も聞こえず、めまいに襲われるいっぽう、脳は基礎まで揺すぶられ、めくるめく力の長い震動が、周囲の空気をわななかせた。

かなり遠くから、女たちの苦悶の叫びや、男たちの歓声や、地面を踏む靴音がぼんやりと聞こえてきた。閉じたまぶたの裏には、かかげられた十字架が依然として見えていた。その目をくらませる象徴から二叉になった稲妻がほとばしり、あたりの空気をパチパチいわせている。耳のなかの喧噪が薄れて消え、電光も絶えて、衝撃を受けた空気も静けさをとりもどしたとき、彼は冷たい手がそっと触れてくるのを感じ、目をあけると、緑にぎらつく目がこちらにかがみこんでいた。スミスは彼女を押しのけて、なんとか立ちあがり、すこしよろよろしながら平原を見まわした。かたわらのひとりをのぞいて、白い狼女たちは去っていた。狩人たちも去っていた。この地の朦朧とした住民たちさえいなくなっていた。灰色の薄暮のなか、からっぽの荒れ野が広がっていた。頭上のピーピーいうか細い声さえ、衝撃を受けて黙りこんでいた。周囲の平原は静まりかえり、わななきながら、試練のあとまた力をたくわえていた。

すこし先まで小走りに進んでいた狼女が、じれたようすで肩ごしに合図していた。スミスはその災厄の現場から本能的に立ち去りたくて、彼女のあとを追った。まもなくふたりはまた肩と肩をすり合わせ、草むらを駆けていた。飛ぶように走る足の下で平原がみるみる遠ざかっていく。先ほどの戦いの場面は背後に去り、俊足を誇るスミスの体に力がまた流れており、頭上のか細いかすかな金切り声が、あらためてペチャクチャいいはじめていた。

力がよみがえると飢えがぶり返し、全身をとめどなくさいなんだ。スミスは風向きをたしかめようと首をもたげ、逸《はや》る気持ちを低いうなり声にして喉から漏らした。それに応えて走っている女が甘えた声で鳴いた。彼女は目のなかで飢えを燃えあがらせながら、髪をゆすってなびかせ、風のにおいを嗅いだ。こうしてふたり——狩人と女狩人——は青ざめた夜の闇をついて走り、いっぽう曖昧模糊とした形のものたちは、その行く手からゆらゆらとさがり、ふたりの駆け足の下で大地が後方へ流れていった。

こうして足なみをぴったり合わせ、風の速さで楽々と足を運び、みずからの力を自覚して傲岸に走るのは痛快だった。いっぽう太古から呪われた荒野に棲む恐ろしいものたちは、彼らが近づいていくると逃げていき、ふたりが吠えると、空気そのものが打ち震えた。

ぼんやりした塔や街壁の幻影が、ふたたびスミスの眼前の薄闇のなかで揺らめいた。いまは大理石を敷いた通りを走っているように思え、ベルトにぶらさげた剣がカチャカチャ鳴り、豪華な衣裳が波打つのを感じ、かたわらを走る女が宝石を編みこんだ髪をなびかせて疾駆するのに合わせて、スカートが脚の形を浮きあがらせるのが見えた。建物が四方でおぼろげにそびえ建ち、近づくにつれて高さをましていくようだった。ぼんやりしたアーチや、列柱や、ドーム型の大神殿がちらりと見え、目には見えないが押し合いへし合いしているものが通りにいるのを感知して、どういうわけか不安をおぼえた。

それと同時に、足が押すとへこむものに当たったように思われた。まるで重い水に膝まで浸かったかのようだ。そして隣を走る女が両腕を荒々しくあげ、髪をふり乱して首をのけぞらせると、おぞましくも人間的な絶望の叫びをあげた――彼女の唇からはじめて発せられた人間らしい声だった――そしてよろよろと草むらに膝をついたが、どういうわけか、それは大理石の舗道となっていた。

スミスが倒れる彼女を抱きとめようと身をかがめると、目に見えないが抵抗するものに両腕が突っこんだ。その目に見えない驚くべきさざ波から女のぐったりした体をもぎとろうとすると、逆に吸いこまれるのを感じた。彼の脚に打ち寄せる波が、あっという間に高くなった。スミスは彼女の体をさらいあげたが、それから流れ出る抑えようのない恐怖が、途切れないさざ波となって自分の体に流れこむのを感じたので、わけもわからず恐慌におちいって身震いした。ねっとりした潮が音もなく腿のあたりまであがってきたとき、彼は来た道を引きかえし、まとわりつく不可視の恐怖からぬけ出そうとしはじめた。おびえる女が腕にずっしりと重かった。

空中になんともいいようのない、ねっとりしたものがあって、彼の周囲を流れているようだった。深さを増していく波が、あたかも半固体のゼリーがすばやく容赦なく彼をつつみこむかのように、ひたひたと打ち寄せてくる。それなのに足もとの草、ぼんやりした夢のような大理石の舗道、頭上の冷たい星々しか見えなかった。彼は目に見えないねっとりしたものに足をとられながら、渾身の力で突き進んだ。吸いこまれ、引きもどされそうになったが、それに腿まで浸かり、重荷となった女を腕に抱いて、つまずきながらも必死に倒れまいとしながら進みつづけた。

そしてすこしずつ自由を勝ちとった。すこしずつ、まとわりつく恐怖からぬけだした。打ち寄せるさざ波は高くならなくなった。ねっとりしたものが下がっていき、膝を過ぎ、足首あたりまで下がり、ついには足首から下の足だけが、小刻みに震える目に見えない名状しがたいものに吸いつかれ、つまずくようになった。とうとうふり切って、足がなにもない地面に触れたとたん、彼は弓から放たれた矢のように荒々しく前方へ跳躍し、広々とした荒野の喜ばしい自由へと飛びこんだ。目に見えないものとの激闘のあと、それはまさしく宙を飛ぶように感じられた。解放された筋肉が喜びに打ち震えるなか、スミスは翼あるもののように草むらの上を飛び、いっぽう朦朧とした建物が背後へ退いていき、腕のなかで女が身じろぎした。自由の歓喜につつまれているいま、そんな重みなど気にもならなかった。

ほどなくして女が哀れっぽい声を漏らし、スミスはひねこびた樹のわきで足を止めると、彼女を降ろした。女はあたりをきょろきょろと見まわした。その骨のように白い顔に浮かぶ表情から、危険はまだ去っていないのだとわかり、彼も周囲に視線を走らせたが、生き霊のような人影があちこちで揺らめいていて、星々に冷たく照らされている、ほの暗い荒野しか見えなかった。頭上ではか細い金切り声が、あいかわらず風に乗って通り過ぎていた。すべてはなじみのあるものだ。それなのに狼女は、危険がどちらの方向に潜んでいるのか確信がないらしく、いつでも逃げられるよう身がまえており、恐慌におちいった目で薄闇をにらんでいる。そのとき彼にもわかった。狼の群れは恐ろしいが、もっと恐ろしいものが荒れ野に出没するのだ、と――狼女の目が恐怖にみはられるほど身の毛のよだつ不可視のものだ。そのときなにかが彼の足に触れた。

彼は野のけものさながらに飛びあがった。その感触を知っていたからだ――ほんの一瞬であったとしても、その感触はまちがいなかった。それは足のまわりを流れ、逃げだそうとしたとたん足首に吸いついていた。スミスは女の手首をつかむと、身をひるがえし、その見えない把握から足をもぎ離して、矢のようにすばやく青白い闇に飛びこんだ。女が恐怖も露わにすすり泣きを漏らしながら、隣で走りだす音がした。

こうして彼らは逃げた。目に見えないものがぴたりと跡を追ってきた。それが追いかけてくるのが、どういうわけか彼にはわかった。ねっとりした、つかむ力のある波が、飛ぶように走る足のすぐうしろまでどんどん速く迫ってきており、彼は恐怖に打たれた翼あるもののように草むらを全力で駆けぬけた。女のすすり泣きが、その走りに遅れずについてきた。なにから逃げているのか、見当もつかなかった。彼に思い描ける形がそれにはなかったのだ。それでも、それが異質ではなく、むしろ自分にとって身の毛のよだつほど似通っているものだという気が漠然とした……そして理解できない危険が、飛ぶような足の運びをますます速くした。

疾走する彼らのわきで平原がぼやけていった。彼らが近づくと、目のついている朦朧としたものたちがあわてて逃げだし、恐怖に打たれて恐るべき人狼たちのために道をあけたが、その人狼たちはもっと恐ろしいなにかをやみくもに恐れて逃げているのだった。

永劫にわたり彼らは走った。おぼろな塔と街壁が背後に遠のいていった。恐怖で曇った彼の頭には、自分が豪華な衣裳をまとった別の走者で、ベルトに剣を吊し、その性質が彼にはわからない別の恐怖から逃げている別の女と並んで走っているように思える瞬間があった。地面を踏む感触はないも同然。彼はやみくもに走り、わかっているのは、倒れるまで走りに走らなければならないということ、そしてどんな悲惨な死にざまよりもはるかにおぞましいものが、飢えたようにぴたりと跡を追ってきて、名状しがたい理解不能の恐怖で彼を脅かしているということだけ——走りに走らなければならない……。

こうして、すこしずつ恐慌がおさまった。徐々に正気がもどってきた。それでも彼は止まろうとせずに走りつづけた。不可視の飢えたものが、そう遠くない背後に迫っているのがわかったからだ——なぜわかるのかわからないが、たしかにそうだとわかった——しかし、頭はものを考えられるほど曇りが晴れていて、その思考がおかしなこと、半分しか理解できないことを教えてくれた。理解をはるかに超えた源から引っぱってきたイメージが、脳内にひとりでに形成されたのだ。たとえば、跡を追ってくるものからは逃れられない——それがわかった。それはねっとりした波が獲物を呑みこむまでは、その音もしない、目にも見えない執拗な追跡をやめようとしない。そしてなにが追いかけてくるのか——どんな想像を絶する恐怖なのか——はどういうわけかわかるのだが、脳裏に思い描くことさえできないのだとわかった。経験の外にありすぎて、頭では理解できないのだ。

彼が本能的におぼえる恐怖は、完全に自分の内部のものだった。追いかけてくるものは見えないし、感じられないし、聞こえもしなかった。追いかけてくる無からこちらへのびる脅威のわななきもなかった。しかし、彼のなかで恐怖が風船のようにどんどんふくれあがり、その奇妙な恐怖は彼の一部とよく似ていたので、まるで自分自身を恐れて逃げているかのようであり、もし本当に自分自身の影から逃げているのなら、逃れる望みはないも同然だった。

恐慌はおさまっていた。もうやみくもに走ってはいなかった。しかし、永久に、希望もなく走りに走らなければならない。いまやそれがわかっていた……しかし、彼の心は終わりを思い描こうとしなかった。女の恐慌もおさまっている、とスミスは思った。彼女の息づかいは一定のリズムを刻むようになっていて、最初の乱れた、せわしないあえぎではなかった。そして純粋な恐怖から成る震動波が彼女から打ちだされ、スミス自身であるかりそめの実体にぶつかる感じもなくなっていた。

そしていま、灰色の風景が変化なくわきを流れていき、薄い影のようなものが、あいかわらず行く手からゆらゆらと退き、ピーピーいう声が頭上を過ぎていくなか、走りつづけるスミスは、自分を駆り立てる激しい嫌悪感に変化が生じたのに気づいた。背後の恐ろしいものがおかしな具合に彼を引っぱり、奇妙なほどそいつと似通っている彼の一部にかけた手を握りしめる瞬間が何度もあったのだ。人が転落の恐怖に直面しながらも、断崖の縁の向こうをのぞきこみ、身を躍らせたくてたまらなくなるように、スミスは追いかけてくるもの——ものと呼んでもいいとしての話だが——に強く引き寄せられるのを感じた。恐怖がおさまったわけではないが、ふり返って、そいつに直面したい、そいつが打ち寄せてくるのにまかせ、目に見えないねっとりしたものに浸りたいという奇妙な欲望が高まった——たとえそう考えたことで、彼の存在全体が激しく身震いするのだとしても。

知らぬ間に速度が落ちていた。しかし、女はそれを察知して、彼の手をぎゅっと握りしめると、触れあったところから必死の訴えが、さざ波となって伝わってきた。彼女に触れられて、引力がしばらく弱まり、彼は厭《いと》わしいものが迫ってくるなか走りつづけた。目に見えないものが踵に打ち寄せているのを痛いほど意識しながら。

厭わしいものがどんどん迫ってくるあいだ、女の握る力がすこし弱まったのを感じ、自分のなかにあるなにかを引く奇妙な力が、彼女にもおよんでいるのだとわかった。スミスは彼女の手を握りしめ、彼女がその盲目的な引力をふり切ろうとして身を震わせるのを感じた。

こうしてふたりは、たがいのなかにある力でささえ合って逃げた。〈なにか〉が背後から執拗に追いかけてきた。二度、打ち寄せる波がスミスの踵をかすめた。ふり向きたい、追いかけてくる重い流れに飛びこみたい、不可視のものに身を浸したいという、やみくもな衝動がますます強くなってきて、ついには——ついには——彼はその最終結果を思い描けなかった。だが、思い描こうとするたびに、震えが全身に走って、心が空白に覆われるのだった。

そして彼のなかでは追っ手と似通った部分がどんどん強さを増して、大きくなった。彼の最奥から生まれる盲目的な衝動だ。あまりにも強くなったので、ふり向かずにいられるのは、ひとえに狼女の手を握っているおかげだった。そして周囲では平原が灰色の夢のように薄れていき、彼は湾曲する虚空を走っていた——その虚空はぐるっと一周しているので、走りつづければ、最後には追っ手の背後にまわりこみ、追いついて、目に見えないねっとりしたものの深みへ頭から飛びこんでいくにちがいない。なぜかそれがわかった……それなのに、走る速度を落とそうとしなかった。落としたら、追いかけてくるものにつかまるからだ。こうして前にもうしろにも恐ろしい運命が待っているのに、走るほかに選択はなく、走ったからどうなるわけでもないのに、彼は踏み車をまわす二十日鼠《はつかねずみ》のように走りつづけた。

平原が目にはいるとき、それはぼんやりした閃光につつまれており、不可解にもにじんでいて、かならずしも正しい角度ではなかった。理由もなくかたむいていた。いちどは黒っぽい水たまりが、扉のように眼前に立っていたし、いちどは風景の一角が丸ごと蜃気楼《しんきろう》さながら頭上に浮かんでいた。息を切らして急勾配を登るときもあれば、急斜面をまっしぐらに駆けおりるときもあった——それでいて現実の平原は、端から端まで平坦一様に広がっているのはわかっていた。

そしてあのおぼろな塔や街壁をはるか後方に残してきて久しいというのに、逃走路がどういうわけかねじれてしまい、それらがいまいちど頭上に朦朧と浮かびあがっている——いま彼はそれに気づきはじめた。どうしようもない無力感に襲われながら、彼は建ち並ぶ曖昧模糊とした宮殿のあいだを走る、夢のように漠然とした大理石の舗道をふたたび逃げていた。

このめくるめく変容を通じて、追っ手は執拗に背後から迫っており、速度を落とせば踵へ打ち寄せてきた。彼は薄々わかってきた——そいつは追いつこうと思えばたやすく追いつけるのだが、なにか判然としない大きな目的のために、こうして彼らを追い立てているのだと。ひょっとして、スミスがぼんやりと気づいたように、ぐるっと一周して、逃げてきたものへまっしぐらに飛びこんでいくはめになるのだろうか。ともあれ、いまや逃げているのではない、駆り立てられているのだ。

おぼろな形をした建物がゆらゆらと過ぎてゆく。隣を走っている女も曖昧模糊としたものになっていた。荒い息をして、同じ危険から飛ぶように逃げる——同じ危険へ飛びこむ——存在だが、夢のように非現実的だ。自分もまた非現実的に感じられた。別の幽霊と手をたずさえて幻の都市の街路を逃げてゆく幽霊のように。そしてすべての現実は溶け去り、残ったのは目に見えない、追いかけてくる非現実的なものだけで、ほかのすべてが形を失い無に呑まれていくのに対して、それだけが現実性をそなえていた。駆り立てられた幽霊のように彼らは逃げた。

周囲で現実性が溶けるにつれ、おぼろな都市の形がしっかりしてきた。逆に現実のいっさいが曖昧になり、草木と水たまりが忘れられた夢さながらぼやけていくのに対し、塔の不安定な輪郭が青白い闇のなかでしだいにはっきり浮かびあがってきて、あたかも蘇生の血が石に通ったかのようだった。いまや都市は現実となって周囲に確固として建っており、曖昧な樹々が切れ目のない石畳をぼんやりと突き破っていて、草の影がしっかりした大理石の舗道の上で揺らいでいた。非現実に二重写しとなっている現実の世界は、蜃気楼なみに朦朧としていた。

いまや周囲にそびえているのは風変わりな建築物だった。古色蒼然としていて、すっかり忘れ去られているので、その形そのものがスミスの目には幻想的に映った。絹と鋼鉄をまとった男たちが通りを歩いており、すね当てをつけた膝までの高さがある、おぼろな草むらをかき分けているが、彼らにはそれが見えていないようだ。女たちも細かい輪をつなぎ合わせた光る鎖帷子《くさりかたびら》を銀糸で織ったガウンのようにまとい、男と同様に剣をベルトに吊して颯爽と歩いている。その顔はこわばって目をみはっており、急いでいるのに、あてどなく歩いているという印象をあたえた。まるで本人たちにも理解できない外からの強制力で動かされているかのように。

そして急ぎ足で歩く群衆のあいだをぬけ、不思議な色をした塔のわきを過ぎ、草むらが重なった街路の上を、狼女と狼男は影となったように逃げていった。見えない群衆のあいだを吹きぬける青白い生き霊《いりょう》さながら、よろめいたときには、不可視の追っ手が足もとへ寄せてきた。

ふたりをふり向かせ、追っ手を出迎えさせようと促すあの内なる力は、いまや有無をいわさずに彼らに逃走を命じていた——同じ結末に向かって逃走しろ、と。なぜなら、自分たちがぐるっと一周して、逃げてきたものに向かって走っていることは、いまやまちがいないからだ。それでも、背後から迫ってくるものが怖くてたまらず、走るのをやめられなかった。

それなのに、けっきょく彼らはふり向いた。狼女はいまや屈服して盲目的に走っていた。はじめ彼女を走らせつづけた力は跡形もなくなり、彼女は強風に吹き飛ばされる幽霊さながら、なすすべもなく、疑問もいだかず、希望も持たなかった。しかし、スミスのなかにはもっと頑丈な気概が宿っていた。そして強くて執拗なものが、彼をふり向かせようとしていた——その執拗なものは、足止めを促す別の衝動とは関係がなかった。駆り立てられることに対する非常に人間らしい反抗心だったのかもしれないし、なにかから逃げたくない、うしろから来る死神に追いつかれたくないという、根深い生得の嫌悪だったのかもしれない。逃げられないときは危険に直面するというのは、彼の生まれつきの性質であり、あらゆる闘うものが知っている古い衝動——窮鼠猫《きゅうそ》を噛むというあれ——が、ついに彼を駆り立てて、逃げるのではなく追いかけてくるものに直面させ、抵抗して死ぬようにさせたのだった。というのも、いまや終わりが目前に迫っていると感じるからだ。彼らを追い立てる力よりも強い本能が、それを教えてくれた。

そういうわけで、周囲で渦巻く鎧をまとった群衆には注意を払わず、スミスは狼女の手首をぎゅっと握ると、足どりをゆるめ、自分を駆り立てる衝動にあらがって、湧きあがってくる恐慌を抑えこもうとしながら、足のまわりに押し寄せはじめた、ねっとりした波を待ち受けた。ほどなくして一本の樹の影が、ある建物のなめらかな石をつらぬいているのが見え、自分の目にはどっしりして見える非現実の街壁ではなく、本物だとわかっている朦朧としたもののほうを本能的に選んで防壁代わりに背中を押しつけた。肩をそびやかせ、狼女の手首をしっかりと握りなおすと、彼女はもがき、狼の声で哀れっぽく鳴いたり、うめいたりし、彼の手をふり切って走りつづけようとした。まわりでは、甲冑姿の群衆がふたりにかまわず急ぎ足で通り過ぎていった。

すぐさま感じた――打ち寄せるさざ波が爪先に触れるのを。その感触に彼の非現実の肉体がわなないたが、スミスはもがく狼女をつかんで離さず、しっかりと立って、ねっとりした波が足のまわりを流れ、足首まで這いあがり、脚のまわりにどんどん高く打ち寄せてくるのを感じていた。

しばらく彼は立ちつくし、波が周囲で迫りあがるあいだ、恐怖が喉をどんどん登ってくるのを感じていた。自由になろうともがいている女にはろくに注意を払わなかった。やがて先ほどよりも強い反抗心がうごめきはじめた。どうせ死ぬのなら、頭から死に飛びこんだり、めまいを起こして震えあがったりするのではなく、激しくあらがって、かなうなら、失う命と引き換えに多少の代価は支払わせてやる。彼はひとつ深呼吸し、腰あたりまで迫りあがっていた目に見えない小刻みに震えるものに飛びこんでいった。腕の長さだけうしろのほうで、狼女がいやがってよろめいた。

彼は前方によろめいた。たちまち見えないものが周囲で迫りあがり、やがて腕と肩がねっとりしたものにつつまれ、不可視の重いものが顎や閉じた口に軽く触れるようになり、鼻孔をふさいで……頭上で閉じた。

彼は悪夢のなかで動きを妨げられた男のように、透明な深みをすこしずつ進んでいった。その流れに逆らうには、一歩ごとにたいへんな努力を要したが、抵抗にあいながらもゼリーのような無の深みをじりじりと進んだ。背後に引きずっている女のことは忘れたも同然だった。極彩色の都市や、急ぎ足で過ぎていくピカピカの鎧をまとった人々のことはすっかり忘れていた。動きつづけるという深く根を張った本能以外のいっさいに目をふさぎ、流れに逆らって無理やりのろのろと進みつづけた。そして筆舌につくしがたいことに、その無が染みこんできて、彼というはかない存在の原子にゆっくりと浸透してくるのを感じた。それを感じ、奇妙な変化が徐々に自分の身に生じるのを感じた。それなのに、その変化を明確に述べることもできなければ、起きていることを理解することもできないのだ。進みつづけろ、ひたすら前進しろ、降伏するなと激しく彼を促すものがあった――こうして彼は闘った。頭はくらくらし、彼を呑みこんだ奇妙なものが、ゆっくりと彼の存在に染みこんでいった。

じきに不可視のものが、かすかな実体を持ちはじめた。不透明だったので、外側のものには縞があり、すこしにじんでいて、鋼鉄をまとった群衆のいる壮麗な夢の都市が、彼を呑みこんだものの壁を透かして揺らいでいた。なにもかもが震え、ぼやけ、どういうわけか変化していた。彼の体さえもはや完全にはいうことを聞かなかった。まるで別の未知のなにかに変容する寸前でブルブル震えているようだった。彼を駆り立てる闘争本能だけが、幻惑された精神のなかでくっきりしていた。彼はもがきながら前進した。

そしていまや塔の林立する都市がふたたび薄れており、鎖帷子をまとった人々は輪郭を失い、灰色に溶けこんでいた。しかし、薄れていくのは逆転現象ではなかった——おぼろな草木もますますおぼろになっていたのだ。あたかも段階を踏んで、すべての物質を背後に残しているかのようだった。現実は薄れて無も同然となってしまい、朦朧とした都市の非現実性さえもいまや失われ、灰色の空白だけが残っていた。その空白のなか、すべてを呑みこみ無を染みこませる流れに逆らって、彼は頑固にじりじりと進みつづけた。

ときおり彼は瞬間的に存在しなくなった——灰色の無にその一部として合体したのだ。その感覚は失神とはちがっていた。どういうわけか、まったくの忘却《ニルヴァーナ》に呑みこまれ、解放されたのだ。その空白の瞬間のあいだに彼は闘いつづけ、体が徐々に、確実きわまりなく、いまだに理解できないものへ変容していくのを感じていた。

灰色のなかを永劫にわたり、彼はまとわりつき抵抗するものにあらがって前進し、存在しない暗闇をぬけ、正常に近い瞬間をぬけ、道が名前のない空間を堂々めぐりしているのをどういうわけか感じていた。時間の感覚は停止していた。なにも聞こえず、なにも見えず、感じられるのは、手足を引っぱり、体をつつみこむ物質をぬけていく途方もない努力だけ。その努力はあまりにも大きいので、無意識としてさえ自分が存在しない空白の時間が彼にはありがたかった。それでも、頑固に、休みなく、盲目的な本能が彼を進ませつづけた。

存在しなくなる瞬間がどんどん間隔をちぢめていき、体の変容がほぼ完了した。自分を独立した存在として理解するのは、意識のあるほんの一瞬にかぎられるようになった。やがて不可解にも緊張がゆるんだ。不可視のものに逆らって流れをさかのぼり、手首を握ってなかば気絶した女を引きずっている現実の存在としての自分がわかる期間が、かなり長いあいだ切れ目なくつづいた。それがはっきりとわかるので彼は驚いた。しばらくのあいだ理解できず——やがて頭と肩がぬけだしているのが徐々にわかってきた——ぬけだしたのだ！　なにが起きたのかは想像もつかないが、自由の身となったのだ。

忌まわしい灰色の無は消えていた——彼が見渡しているのは、低い樹々や、これまで見たことのない建築様式の、列柱をそなえた白く低い屋敷が点在する平原だった。すこし前方に彼の背丈と同じくらいの高さの板石があり、樹々に囲まれた窪地のなかで大きな丸石にもたれていた。板石には解読できない象徴《シンボル》が彫りこまれていた。これまで見たことのあるどんな文字とも似ていない記号だ。人間の作る文字とはまるっきり異なっているので、とうてい文字とは思えず、人間の手が刻んだものとも思えなかった。それなのに、奇妙に見慣れた感じがあり、とまどいさえおぼえなかった。彼は疑問をいだかずにそれを受け入れた。どういうわけか自分にはそれと似通ったところがあるのだ。

そして彫り刻まれた板石と彼とのあいだで、空気がのたうち波打った。不可視のものが彼に向かって流れだし、流れるにつれ迫りあがっていく。彼はもがくように前進し、身内に歓喜がこみあげてきた。なぜなら——いまこそわかったからだ。そして進むにつれ、ねっとりとした抵抗がはがれ落ちて、肩をすべり降り、もがく彼の体のまわりでどんどん下がっていった。不可視のものがなんであるにしろ、その源《みなもと》が石に刻まれた象徴にあることがわかった。そこから流出しているのだ。彼にはそれがなかば見えた。その石に向かって突き進むうちに、ある漠然とした目的が頭のなかで形を成してきた。

背後で小さなあえぎ声があがり、せわしない息づかいが聞こえた。首をめぐらせると、もうすこしで目に見えそうな、うねる流れのなかで、月のように白い狼女が目をさましてあたりを見まわしていた。状況が理解できないのか、その顔は曇っていた。起きたことをなにひとつ憶えていないのだろう。まるで深い眠りからさめたばかりであるかのように、その緑に輝く目はうつろだった。

スミスは、いまは腰のあたりにむなしく打ち寄せている波をかき分けて、すばやく突き進んだ。勝ったのだ。なにに勝ったのかはまだわからないし、どんな曖昧模糊とした恐怖から自分自身と女を救ったのかもわからないが、もう怖くなかった。しなければならないことがわかり、板石に向かってしゃにむに進みつづけた。

抵抗する流れにまだ腰まで浸かっているうちに、板石に達した。めくるめく一瞬、止まれそうにないと思った。すべてを呑みこむ無が流れだす、その名状しがたい彫刻のほどこされた物質のなかにはいっていかなければならない、と。しかし、苦労して体の向きを変え、流れを横切ってしばらく必死に歩いたあと、開けた空気のなかへ飛びだした。

重力が消えたかのようだった。体を引く重みから解放されて、ほとんど地面に触れていない気がした。だが、いまは自由を満喫している暇はない。彼は決然と板石に向きなおった。

狼女は、ちょうど流れからぬけ出ようとしていたとき、彼のやろうとしていることに気づいた。そして両手をさっとあげ、抗議の金切り声を発したので、仰天したスミスは新たな恐怖に襲われたかのように横っ飛びした。それから声の正体をさとり、驚きの目を彼女にくれると、石に向きなおり、それをつかもうと両腕をかかげた。彼女はよろよろと前進し、冷たい腕で必死にスミスに抱きつき、渾身の力で引きもどそうとした。スミスは彼女をにらみ、じれったげに肩を揺すった。石がすこしだけぐらつくのを感じたのだ。しかし、彼女はそれを見て、ふたたび耳をつんざく悲鳴をあげ、蛇のように両腕をくねらせながら、彼を引き離そうとした。

狼女は怪力の持ち主だった。スミスはその強烈な抱擁をふりほどこうと立ち止まった。すると彼女はそうさせまいと激しくあらがった。彼女の手をふりほどくにはありったけの力が必要で、スミスが思いっきり突き飛ばすと、彼女はよろよろとあとずさった。色の淡い目が困惑してその姿を追った。石から流れだすものをあれほど怖がって逃げていたのに、それでも彼女はその破壊を妨げようというのだ。なぜわかるのかわからないが、板石が壊れ、象徴が破壊されれば、流れは絶えるという確信があった。彼はじれったげに肩を揺すり、石に向きなおった。

こんど彼女は動物のバネで襲いかかり、喉の奥で低くうなると、半狂乱でつかみかかってきた。その牙が彼の首すれすれのところで嚙みあわされる。スミスは渾身の力でその顎をもぎ離した。彼女は鋼鉄なみに強靭で、死にもの狂いだったからだ。そして彼女の肩をつかむと、その体をふり飛ばした。ついで歯を食いしばり、重いこぶしを彼女の顔にたたきこんで、その牙をへし折った。狼女はキャンと短く悲鳴をあげ、彼の手の下でくずおれると、草むらに沈みこみ、白い体と黒い蓬髪の小山となった。

彼はふたたび石に向きなおった。今回はしっかりと握りしめ、両脚を広げて踏ん張り、持ちあげる。板石がぐらつく手応えがあった。もういちど持ちあげる。ごくゆっくりと、渾身の力で、彼は板石の基部を——悠久のむかしから安置されていたにちがいない——土台から引きぬいた。岩が抗議するように岩にこすれる。片方の端がわずかに浮きあがり、すぐ元にもどった。と、板石がかたむいた。もういちど持ちあげると、非常にゆっくりと手からすべっていくのを感じた。彼は肩で息をしながら後退し、成り行きを見まもった。

大きな板石が盛大にぐらついた。刻まれた象徴から流れだす不可視のものがねじれて、空中で縞模様のある道となり、不透明な長い螺旋が、その向こう側の風景をにじませた。スミスは空中に震動を、警告としての震えを感じられる気がした。暗闇を通してぼんやりと見えていた白い屋敷がすべて眼前でわずかに揺らぎ、空中でなにかがブーンと音を立てたが、それは鋭すぎて耳には痛みとしてしか感じられない、か細くかん高いむせび泣きのようだった。頭上のペチャクチャいう声がいきなり早口になった。板石がぐらつく緩慢な一瞬のうちに、このすべてが起きた。

やがて板石が倒れた。恐ろしくゆっくりと、外側にかたむいて倒れたのだ。地面に激突して、バラバラになった。長い亀裂が奇跡的に表面にあらわれると同時に、大きな幻想的な象徴が粉々になった。そこから流れ出ていた不透明なものが、苦痛にあえぐドラゴンさながらにくねると、高いアーチを描いて震動する空中へ飛びあがり――消えてなくなった。それが消えた瞬間、彼の周囲で世界が崩壊した。烈風が耳を聾《ろう》する咆哮をあげて舞い降りてきて、風景をぼやけさせた。白い屋敷が夢のように溶けるのが見えたように思えた。そして草むらに倒れていた狼女が意識をとりもどしたのがわかった。苦悶のかたまりのような狼の叫びが背後であがったからだ。と、つぎの瞬間、強風がほかのすべてをぬぐい消し、彼は宙返りを打ちながら、めくるめく思いで空間を飛んでいた。

　その飛行中に理解が追いついてきた。天啓のように、なにが起きたのか、これからなにが起きるのかが唐突にわかった――まるでむかしから知っていたかのように、驚きもなく理解した。つまり、この荒れ地の住民は、都市が陥落した悠久の過去、この地にかけられた強力な呪いの庇護のもと、ここに棲んできたのだ、と。それは非常に強力な呪いだったにちがいない。人間の伝説からも消えて久しい技と知識によるものであり、爾来《じらい》あらゆる時代を通じて、この呪われた荒野は、人類にまとわりつく半現実の存在すべてにとって安全な避難所だったにちがいない。そして人類は、毛布のように荒れ野を覆う邪悪と似通っているのだ。

　その呪いの起源は得体の知れない象徴にあり、それは忘れられた時代の妖術師が石に刻んだもの、人間とは縁もゆかりもない言語の文字だった。それから流れ出る力は邪悪そのものの力であり、川のように塩沙漠全体に広がっていた。その流れは流路を変えて前後に動き、その地の住民に近づくと、その住民のなかで生命力の代わりに燃えている邪悪が、純粋な邪悪である流れに対して磁石の役割を果たした。こうして、邪悪が邪悪に呼応し、ふたつは融合してひとつになり、その不運な住民は、ゆったりとした流れの中心にある非在の虚無《ニルヴァーナ》に呑みこまれた。

それらのなかに奇妙な変化が生じたにちがいない。おぼろな形がいまだに元の場所にとり憑いているあの都市は現実性をまとった。虜囚たちの現実性が薄れ、流れの力に溶けこむにつれ、都市は実質をそなえ、どんどん実物に近くなったのだろう。

蒼白な顔をこわばらせて先を急いでいた群衆を思いだし、失われた都市で命を落とした人々の霊魂は、弱い絆で死んだ場所に縛りつけられているにちがいない、と彼は思った。逃げているとき彼と一体になっていた、豪華な衣服をまとった若い戦士が、金色のサンダルをはいた足で、記憶にないほどむかしのなにかから、恐怖のあまり半狂乱になって忘れられた都市の通りを走っていたのを思いだし――宝石を髪に編みこみ、色あざやかなサンダルをはいて、波打つローブに身をつつんだ女が隣を走っていた――はるかなむかしに生きた彼らの物語はどのようなものだったのだろう、とほんの一瞬疑問が湧いた。呪いはどういうわけか都市の住人にもおよび、何世紀にもわたり彼らを悲惨な地上につなぎとめていたにちがいない。しかし、たしかなところはわからなかった。

この多くが彼にとっては明瞭ではなかったし、理解ぬきでさとったというほうが近かった。しかし、自分を導いて上流へ向かわせた本能がまがいものではなかったことはわかった――彼のなかにある人間的で異質なものが、彼を破壊しようとするものの源泉へ向かってよろめく足を導いてくれた護符であったことは。そして呪いの源泉である象徴を壊したので、呪いは存在しなくなり、人間性の息吹である暖かく甘美な命をあたえる空気が、洪水となって不毛な地にあふれ、長きにわたりそこを避難所にしていたおぼろで不浄な生きものたちを一掃したのだ。彼にはわかった――わかったのだ……。

灰色のものが周囲を飛び交い、すべての知識が脳裏から薄れていき、風が耳もとで吠え猛った。その轟音につつまれた飛行のどこかで、忘却が彼に追いついた。

また目をあけると、自分がどこにいるのか、あるいはなにが起きたのか、とっさには想像もつかなかった。重いものが全身にのしかかっているようで息苦しく、苦痛が稲妻のように走った。肩がズキズキと痛む。そして周囲は真っ暗な夜の闇に沈んでいた。彼の五感は、つつみこんでくる重いものに封じられていた。というのも、平原の鋭いかすかな音も聞こえず、かつては風に乗って吹いてきたゾクゾクするようなにおいもしなかったからだ。頭上でペチャクチャとしゃべる声さえ黙りこんでいた。その場所のにおいさえ同じではなかった。はるか遠くに煙のにおいがすると思ったし、鈍った感覚でわかるかぎりでは、どういうわけか空気はもはや荒廃と寂寥を呼吸していなかった。ごくかすかにだが、生命のにおいが風に乗っていた。花の香りや台所の煙といった快いにおいが、わずかに交じっているように思われた。

「――狼どもは行っちまったにちがいない」だれかが頭上でいっていた。「ちょっと前に遠吠えがやんだ――気がついたか？――このくそ忌々しい土地へ来てからはじめてのことだ。ほら、耳をすましてみろ」

　スミスは苦労して首をまわし、目をこらした。少人数の男たちがまわりに集まって、ちょうどいま暗い地平線に目を向けたところだった。新たに濃くなった夜の闇のなかではっきりとは見えなかったので、スミスはいらだたしげに目をしばたたき、失ってしまった鋭い視力をなんとかとりもどそうとした。しかし、彼らには見憶えがあった。ひとりは白い毛皮帽をかぶっていた。限定されたスミスの視界の外にあるなにかを指さして、だれかがいった。

「この男、よほどの大立ちまわりを演じたにちがいない。ほら、死んだ雌狼は喉を切り裂かれてるだろう。それに見ろよ――あたり一面、狼の足跡だらけだ。何百って数だぞ。どうも……」

「縁起の悪い話なんだが」と毛皮帽のリーダーが口をはさんだ。「あいつらは人狼なんだよ――ここには前に来たことがあるから、知ってるんだ。でも、今夜おれたちが目にしたようなものは見たことも聞いたこともない――白い目をしたでかいやつが雌狼たちと走っていただろう。ちくしょう！　あの目は絶対に忘れっこない」

　スミスは頭を動かして、うめき声を漏らした。男たちがさっとふり向いた。

「おい、息を吹き返したぞ」とだれかがいい、スミスは腕が頭の下にまわされ、熱くて強い液体が唇のあいだに無理やり注ぎこまれるのをぼんやりと意識した。目を開き、視線をあげる。毛皮帽の男がこちらにかがみこんでいた。ふたりの目が合った。星明かりのもとで、スミスの目は青白い鋼鉄なみに色が淡かった。

男が支離滅裂なことを口走り、飛びすさった。あまりにも唐突だったので、携帯瓶の中身が半分スミスの胸にこぼれたほどだ。男は震える手でおおっぴらに十字を切った。

「いったい——おまえは何者だ？」と男は震え声で詰問した。

スミスは弱々しくにやりと笑って、目を閉じた。

短調の歌

Song in a Minor Key

中村融訳

クローヴァーに覆われた丘の斜面は陽射しを浴びて、体の下で暖かかった。ノースウェスト・スミスは大地につけた肩を動かし、目を閉じると、胸の上の銃をおさめたホルスターがストラップを引っぱるほど深々と息を吸いこみ、陽射しを浴びて暖かいクローヴァーと地球の香りを満喫した。この丘と丘とにはさまれた窪地、柳の木陰で、クローヴァーと地球の膝を枕にして、彼は長々と吐息を漏らし、恋人を愛撫するように掌《てのひら》で草を撫でさすった。

どれほど長くこの瞬間を自分に約束してきたのだろう――どれほどの歳月を異境で過ごしてきたのだろう？　いまは考えたくなかった。自分を法の外へ追いやった地球を夢見て過ごした日々の暗い宇宙航路や、火星の乾地の赤い岩滓や、金星の真珠色の昼間を思いだすつもりはなかった。目を閉じて、全身を陽射しに浸して横たわり、耳に届くのは草むらを吹きぬけるそよ風と、近くで虫の集《すだ》く音だけ――あとにしてきた血と硝煙のにおいのする年月はなかったのかもしれない。胸とクローヴァーに覆われた大地とのあいだで肋《あばら》に押しつけられた銃をのぞけば、彼は遠いむかしの少年にもどったのだとしても不思議はない。はじめて法を犯し、はじめて人を殺《あや》める前の少年に。

その少年が何者であったのか、それを知る者はもうほかにひとりも生きていない。なんでも知っているパトロールでさえ知らない。波瀾万丈の長い年月にわたって、ずっと親友だった金星人ヤロールでさえ知らない。この先知る者もいないだろう――いまのところは。彼の名前(つねにスミスだったわけではない)や、彼の故郷や、生まれ育った家や、ここへいたる紆余《うよ》曲折《きよくせつ》へ彼を送りだした最初の暴力沙汰を知る者もいない――ともあれ、行き着いたのはここ、その土を二度と踏むことを禁じられた地球の丘陵にあるクローヴァーに覆われた窪地だ。

頭のうしろで組んだ手をはずし、寝返りを打って傷跡のある顔を腕に載せ、口元をほころばせる。そう、体の下に地球がある。もはや異境の空に高くかかる緑の星ではなく、温かい土壌と、小さな茎と、三つ葉と、湿った土の粒がついた根が見えるほど顔の間近にある新しいクローヴァーが。一匹の蟻《あり》が、触角を揺らしながら頰のすぐわきを走りぬけた。彼は目を閉じ、またひとつ深呼吸した。見ないほうがよっぽどいい。動物のようにここに横たわって、目をつぶり、無言で陽射しと地球の感触を堪能するほうがいい。

いまの彼は向こう傷のある宇宙航路の無法者、ノースウェスト・スミスではなかった。いまは人生のすべてが前途に開けている少年にもどっていた。丘のすぐ向こう側には白い円柱の並ぶ家があり、日陰になったポーチと、そよ風になびく白いカーテンがあり、屋内では聞き慣れたやさしい声がしているだろう。流れる蜂蜜のような髪をした少女がいて、扉のすぐ内側でためらいながら、上目遣いに彼を見るだろう。その目には涙が浮かんでいる。彼は身じろぎひとつせずに横たわり、追憶にふけった。

すべてがこれほど鮮明によみがえるとは、なんとも不思議なことだ。もっとも、その家は二十年近く前に灰となってしまったし、少女は――少女は……。彼は乱暴に寝返りを打ち、目をあけた。彼女のことを思いだしても仕方がない。そもそものはじめから自分には致命的な欠点があったのだ――いまならそれがわかる。もし今日知っていることをすべて知った上で少年にもどったとしても、やはり欠点はなくならず、遅かれ早かれ二十年前に起きたのと同じことが起きたにちがいない。彼は激動の時代に生まれたのだ。人が法に敬意を払わず、ほしいものを手に入れ、握っていられるものを握っている時代に。服従は彼の性《さが》ではなく、だから――

それが起きた日と同じくらい鮮烈に、もう二十年も前のものとなった古い怒りと絶望がこみあげてきて、不慣れな手のなかで熱線銃が激しく跳ねあがるのを感じ、その必殺の一撃が憎い顔に命中してジュッと音を立てるのが聞こえた。はじめて殺したその男にはいまでも哀れみをおぼえない。だが、その殺人の煙のなかに、円柱の並ぶ家と、そうなっていたかもしれない未来と、彼自身であった少年――いまではアトランティスのように失われた――と、蜂蜜色の髪をした少女と、その他もろもろが消えてしまったのだ。そうなるしかなかった、と彼にはわかった。彼はああいう少年であったから、そうなるしかなかったのだ。たとえ過去へもどり、一からやり直せるとしても、物語は同じだろう。

とにかく、いまやすべてが遠い過去の話。自分以外には、もう憶えている者もいない。ここに横たわって、そんなことをくよくよ考えているのは、愚か者のすることだ。

スミスはうなり声をあげ、上体を起こすと、肩をすくめて、肋に当たる銃の位置を直した。

C・L・ムーアの自伝的スケッチ

中村融 訳

わたしがキャベツ畑で見つかったのは、一九一一年一月二十四日、インディアナポリスでのことだった。そしてギリシャ神話、《オズの魔法使》シリーズ、エドガー・ライス・バローズを糧《かて》にして育ったので、こうなるしかなかったのはおわかりだろう。ご興味をお持ちの方のために述べておけば、五年ほど前、わたしは州立大学で教育を受けるという野心的な企てに乗りだし、夏休みにアート・スクールとビジネス・カレッジに願書を提出したが、大恐慌が到来して、知識の追求をあきらめ、銀行で働くことになった。いまもそこにいて、陽射しのようにマモン（富の邪神）の神殿を照らしており、きっとあと九十年はそうしつづけるだろう。

言葉を話せるようになると、わたしはすぐに片っ端から人をつかまえて、長々しい曖昧模糊とした物語を聞かせるようになった。読み書きをおぼえると、その物語を書きとめるようになり、以来ずっとそうしている。ちなみに、流麗な筆致を身に着ける方法は、こういう実践しかないと思う。わたしは十五年そうしてきて、まだまだ改善の余地がある。

幼子《おさなご》の野心をくじくものはなかった。わたしはカウボーイたちと王たち、ロビン・フッドたちとランスロットたちとターザンたちの話を――名前を変え、すこしだけ細部をいじって――

書き綴《つづ》った。これが来る年も来る年もつづき、やがて一九三一年のある雨降りの午後、長年の誘惑に負けて、〈アメージング・ストーリーズ〉という雑誌を買った。その表紙には死闘をくり広げる六本腕の男たちが描かれていた。その瞬間から、わたしは改宗者となった。まったく新しい文学の分野が、感嘆するわたしの目の前に開け、それを模倣したいという衝動にはあらがえなかった。

とはいえ、ノースウェスト・スミスがしだいに現実味《リアリティ》をおびるようになるまで、書いたものを発表しようとは思わなかった。スミスがどのように進化したのかは、神のみぞ知るだ。作家ならだれしもそうだろうが、登場人物《キャラクター》が手綱《たづな》を嫌って勝手に動きだすようになり、造り手の思惑とは関係なく成長するようになるものだ。ある荒っぽい開拓時代の西部《ワイルド・ウェスタン》を舞台にした物語をなんとなく憶えている。それはアイデアの域を出ず、隻眼《せきがん》のジャック（おそらくはハートのジャック）とノースウェスト・スミスが、バー・ナッシングという大牧場にいるはずだった。名前の由来はそこだが、性格《キャラクター》がどこから来たのかはだれも知らない。すくなくとも、わたし自身は知らない。最初にスミスを宇宙警備隊員として思い描きはじめたとき、こんなふうにはじまるサーガに手を染めた――

ノースウェスト・スミスは非情な男
鉄のこぶしと油断なき目で――

あとはいわぬが花だろう。〝北西《ノースウエスト》〟が宇宙航路の旅人にはおよそ不似合いな名前だと指摘されてきたが、わたしのせいではない、と申しあげることしかできない。

ジレルの成長も同じくらい謎めいている。どこからともなくあらわれ出たのだ。遠い遠いむかし、ある血の気の多い女騎士の話を考えたことがあり、彼女がジレルの祖先にちがいないが、物語がはじまるところまでしか行かなかった。冒頭はこんなふうだった——「アラゾンの城壁のまわりに湧きあがる戦闘の叫喚が、アラゾンの女戦士の耳に心地よく鳴り響いた」。これより先へは進まなかったはずだ。わたしの知るかぎり、彼女はまだそこにたたずんで、永遠の闘いの喧噪に耳をかたむけている。ジョイリーのジレルの血筋をさかのぼれば、彼女に行き着くことはまちがいない。

ジレルの敵将ギヨームは、わたしがシリーズ第一作で情け容赦なく殺したものの、そのまま死なせておくわけにはいかなかった人物だが、ロムニのパヴ（後出「暗黒の国」に登場する異次元の王）の素描を元に造形した。その素描は〈ウィアード・テールズ〉に掲載されたシリーズ最新作「暗黒の国」をいろどった。遠い過去のどこかの時点でその絵を描き、いつか役に立つだろうと信じて、長年にわたり大事にしてきたのだ。《ジレル》シリーズの第一作「暗黒神のくちづけ」の挿絵にするつもりだったが、どういうわけかストーリーが手に負えなくなり、以来「暗黒の国」まで、その絵にふさわしいシチュエーションを導入できずにいた。

著述に関してするべからず集を知りたいとおっしゃるなら、わたしの方法について話をさせてほしい。とにかくはじめるのだ。たとえば、こんなふうに——「ノースウェスト・スミスは銃をすこしだけ前へ動かし、通りにひしめく雑多な群衆のなかへ踏みこんだ。その街の名は――」。しばらく彼を放っておけば、なにかが起こるだろうし、ほどなくして謎めいた美女が、得体の知れない危難から息を切らせて彼の腕に飛びこんでくるのはまずまちがいない。さもなければ、火星の乾地か金星の沼地から来た異邦人が、莫大な報酬と引き換えに命がけの仕事を持ちかけるかだ。ここからわたしの苦難がはじまる。知らぬ間に、手のつけられないほど混乱した状況に巻きこまれ、逃げ道はひとつもないように思われる。わたしは毎日ビクビクして暮らしているのだ。スミスを消し去ることしか解決策を思いつかない日が来るのではないかと恐れながら。そのときまでは小説の一編一編で苦しみつづけるだろう。つぎにどうなるかがわからず、過去の作品すべてでは、土壇場になって天が解決策を送ってくださったものの、今回もそうなるとはかぎらない、とつねに自分にいい聞かせながら。それから、最後の希望がついえたあと、なにかがカチリとはまって、すべてがおさまるべきところにおさまる。悪はまたしてもくじかれ、善は勝利し、スミスはまたしても危機一髪で窮地を脱するのだ。

面白いことに、ジレルの物語ではもっとスムーズにことが運ぶ。しかし、どちらの主人公の冒険に関しても、わたしは称賛にも非難にも値しない。ばかげて聞こえるだろうが、自分の書く小説にじつはほとんど寄与していないからだ。わたしは物語をはじめ、なにもかもがもつれて解決不能のジレンマにおちいるまで進めるだけ。それからバーン！　プロットが勝手に動きだし、すさまじい勢いで走りだす。わたしは背後にしがみついて、置いていかれないようにするばかり。大団円を迎えるとき、わたしほど驚く者はいないだろう。

小説を別にすれば、わたしについて述べるべきことはほとんどない。自分自身について語りたいことといったら、せいぜいこれくらいしか思いつかないのだ。大好きなもの——五目焼き《チャー》そば《メン》、社交ダンス、ピーチ・ブランデーのえもいわれぬ味わい、ラヴクラフト氏とハワード氏の作品。大嫌いなもの——ホウレン草、アル・ジョルスン（米国のポピュラー歌手・俳優。ロシア生まれのユダヤ人）、タラの肝油。これでその話題はほぼ網羅されたといえるだろう。

ご清聴ありがとうございました。

訳者あとがき

市田 泉

月並みな仮定ではありますが、タイムマシンに乗って過去の自分に会いにいけるとしたら、今から四十年前、高校の教室でハヤカワ文庫版『大宇宙の魔女』（仁賀克雄訳）を読みふけっていた自分のところに行きます。そして、「四十年たったら、それ、共訳させてもらえるから、精進しなさい」と励《はげ》まし、何事かと戸惑っている若き日の自分に「案ずるな、ヤロールの出てくる話を多めにやらせてもらったから」と手柄顔で親指を立ててみせるのです。

そう、当時のわたしは、スミスの相棒、金星人のヤロールに夢中でした。天使にも聖歌隊員にも喩《たと》えられる美貌と、そのくせ荒っぽい稼業に就いているというギャップに、まんまとハートを奪われていたのです。

なので今回、ヤロール登場作を（やらせてください！とお願いして）五作も担当させていただいたのですが、原文を精読して改めて感じたのは、ノースウェスト・スミスとヤロールという相棒同士のバランスの妙でした。

ノースウェスト・スミスは自他ともに認めるタフガイですが、根っこの部分はロマンチストで、されば こそ次々に宇宙の魔女やら美女やら妖女やらと関わっては精神の危機に陥るのだと思われます。それに対し、ヤロールはどこまでも現実派、悪く言うと少々がさつに思えるふしがあります。そんな彼が相棒であることは、スミスの精神を現実につなぎとめる一助となっているのではないでしょうか。

とはいえ、美女にたぶらかされて骨抜きになっているスミスを、ヤロールが熱線銃の一撃で救い出すという文字通りの展開は、全作を通して見るとそんなに多くありません（これまでなんとなく、本シリーズの何作かはそういう展開だったような印象を持っていたのですが……）。中にはスミスとヤロールのお宝探しを描いた、美女などまったく出てこない話もありますし、むろんスミスのほうがヤロールを助けるという展開もあり、二人はもちつもたれつ、それはもう仲良く冒険しています。この二人のストレートな仲の良さが、読んでいてたいへんほほえましいところです。どちらかが二人の関係についてひねくれたことを言うでもなく、お互いにまっすぐな友情を向け合っていて、もはや言葉なしでも気持ちが通じるほどの息の合い方です。

自分が担当した作品の中で、わたしがもっとも気に入っている場面は「イヴァラ」の終盤（※ここから「イヴァラ」のラストシーンに触れるので、未読の方はご注意くださいね！）、スミスがヤロールの精神を体に引き戻すところです。

生きるか死ぬかという状況でありながら、ヤロールの美貌に感心するスミスに突っ込みを入れ――

森の中をさまよっているヤロールの精神に必死で呼びかけるスミスに、感動しつつ声援を送り――

精神が体に戻ってきたかと思ったら、わりとすぐ回復して今度は助ける側に回るヤロールに胸をなでおろし――と、この一幕、二人の個性と関係をたっぷり味わうことができるのです。同時にこの場面では、スミスが今まで知らなかった友の一面――人間性より獣性のほうがかなり多いという――に初めて気づいています。いろいろと思うところもあったはずですが、スミスはおそらく、その知識を静かに胸に収めています。この二人はこれまでも、異種族同士、こうやって相手の意外な側面を知る機会を積み重ねながら、関係を築いてきたのだろうかと、想像を膨らませてしまいます。

本シリーズの見どころは言うまでもなく、スミスの精神が受ける妖しい攻撃の数々と、執拗なまでに細やかなその戦いの描写ですが、こうして述べてきたとおり、バディものとしての魅力も見逃し難《がた》いものがあります。どうかその点もお楽しみいただければ幸いです。

訳者あとがき

中村　融

　ここにお届けするのは、アメリカの作家C・L・ムーアの代表作《ノースウェスト・スミス》シリーズの全訳である。

　もともとは一九三〇年代に発表されたもので、すでに古典SFとしての地位を確立している。わが国でも二度にわたって全訳が刊行されたが、次代に伝えるべき作品であり、近年の研究の成果を踏まえたうえで、新訳を起こす運びとなった。付録として貴重なムーアのエッセイをおさめたので、旧訳をお読みの方にも楽しんでもらえるのではないかと思っている。

　前置きはこれくらいにして、本題にはいろう。


　ムーアの作家デビューは、いまでは語り草になっている。

　時は一九三三年。当時のアメリカはパルプ雑誌と呼ばれる大衆娯楽メディアが全盛であり、さまざまなジャンルに特化した小説雑誌が鎬《しのぎ》を削っていた。そのひとつに、怪奇と幻想を売り物にした〈ウィアード・テールズ〉があった。ある日、編集長のファーンズワース・ライトが、常連作家のE・ホフマン・プライスに一篇の投稿原稿を手渡した。一読して息を呑んだプライスにライトはこういった――「いやはや、プラトン（プライスのニックネーム）、C・L・ムーアってのは何者だい？　彼だか彼女だか人間以外だか知らないが、こいつは大物だぞ！」。そしてライトはその日の仕事を切りあげ、プライスともども〈C・L・ムーアの日〉を祝ったという。

　問題の作品「シャンブロウ」は、同誌十一月号に掲載され、たちまち大きな反響を呼んだ。たとえば斯界《しかい》の大御所H・P・ラヴクラフトは、同作は「たいへんな名作である」と断じたあと、不穏なムードを醸《かも》しだすムーアの筆力を絶賛した。

ムーアによれば、投稿第二作は不採用となったが、それ以降はすべての作品が採用され、宇宙航路の無法者ノースウェスト・スミスの冒険が、つぎつぎと〈ウィアード・テールズ〉の誌面を飾ることになった。

　ところで、筆名のC・Lはキャサリン・ルシール（Catherine Lucille）の頭文字であり、デビュー当時の作者は、インディアナポリスの銀行に秘書として勤務する二十二歳の女性だった。ムーア本人は勤め先に知られたくなかったからだといっているが、結果的に性別を隠すことになった。翌年の五月には〈ファンタシー・ファン〉というファン雑誌《ジン》が、ムーアが女性であることをすっぱぬいたが、部数わずか六十のガリ版刷り雑誌ゆえか、この事実が知れ渡ることにはならなかった。現に一九三六年には、ムーアより四歳年下の駆け出し作家ヘンリー・カットナーが、憧れの先輩「ミスター・C・L・ムーア」にファンレターを送り、「ミス・キャサリン・ムーア」から返事をもらって仰天したというエピソードが伝わっている。これがきっかけで、ふたりは文通をはじめ、ついには結婚にいたるのだが、つい話が先走った。時点を一九三四年にもどそう。
〈ウィアード・テールズ〉十月号にムーアの第五作「暗黒神のくちづけ」が掲載された。これは十五世紀フランスにあったとされる架空の小国ジョイリーの女領主ジレルを主人公とする〈剣と魔法〉の物語だった。十二月号には続篇「暗黒神の幻影」が掲載され、ムーアはふたつのシリーズを並行して書き継いでいくことになる。こうして人気作家の仲間入りをしたムーアは、SF雑誌にも進出し、単独でも『銀河の女戦士《アマゾン》』（雑誌掲載一九四三）、「美女ありき」（一九四四）、「ヴィンテージ・シーズン」（一九四六）といったSF史に残る秀作をものしたが、四〇年にカットナーと結婚してからは、主に共作チームとして活躍した。このチームはルイス・パジェット、ローレンス・オダネルなど、なんと十九ものペンネームを駆使して作品を量産し、SF界に混乱を巻き起こすのだが、それはまた別の話。五八年にカットナーが急逝すると、キャサリン・カットナーとしてTVドラマの脚本を書いていたが、六三年に実業家と再婚し、執筆活動からは引退した。晩年にはフェミニズムSFの先駆けとして再評価が進み、SF大会などで元気な姿を見せていたが、アルツハイマー病を患《わずら》い、一九八七年四月四日に永眠した。

本書には《ノースウェスト・スミス》シリーズ全十三作を発表順に収録し、ムーアの自伝的文章を併載した。原題と初出を明記して、情報の補足をしておこう。

1. "Shambleau"……〈ウィアード・テールズ〉一九三三年十一月号

2. "Black Thirst" …… 同右 一九三四年四月号
3. "Scarlet Dream" …… 同右 一九三四年五月号
4. "Dust of Gods" …… 同右 一九三四年八月号
5. "Julhi" …… 同右 一九三五年三月号
6. "Nymph of Darkness" …… 同人誌〈ファンタシー・マガジン〉一九三五年四月号
＊フォレスト・J・アッカーマンと共作
7. "The Cold Gray God" ……〈ウィアード・テールズ〉一九三五年十月号
8. "Yvala" …… 同右 一九三六年二月号
9. "Lost Paradise" …… 同右 一九三六年七月号
10. "The Tree of Life" …… 同右 一九三六年十月号
11. "Quest of the Starstone" …… 同右 一九三七年十一月号 ＊ヘンリー・カットナーと共作
12. "Werewoman" …… 同人誌〈リーヴズ〉二号（一九三八／三九冬季）
13. "Song in a Minor Key" …… 同人誌〈サイエンティ＝スナップ〉一九四〇年二月号
14. "An Autobiographical Sketch of C. L. Moore" …… 同人誌〈ファンタシー・マガジン〉一九三六年六月号

当時のSFの多くに共通していえることだが、このシリーズの舞台設定は、エドガー・ライス・バローズの諸作の強い影響下にある。すなわち、寒冷で乾燥した沙漠と運河の地で、古代遺跡が散在する火星と、高温湿潤でジャングルと沼沢地《しょうたくち》に覆われた金星である。ムーアはSF雑誌の読者だったので、1を書きあげたあと、まず〈ワンダー・ストーリーズ〉というSF誌に送ったが、「怪奇色が強すぎる」という理由で返却された。つぎに〈ウィアード・テールズ〉に送ったところ、すぐに採用通知とともに百ドルの小切手が届いたという。この金額はムーアの一カ月分の給料に相当した。ちなみに1で初登場するスミスの相棒は Yarol と綴《つづ》るが、これはムーア愛用のタイプライター Royal のアナグラム。

2で初登場する金星の地名 Ednes は、Wednesday の中間を切りとったものだ、とムーア自身が種明かしをしているので、「エンズ」と表記した。

5の初出時にはムーア自身が挿絵を担当した。

6の共作者アッカーマンは、のちに世界一のSFコレクターとして名を馳せる人物だが、当時は十八歳か十九歳の一ファンだった。ふたりはかねてから文通しており、共作はアッカーマンがアイデアを出し、ムーアが文章を書くという形で進められた。ヒロインの名前 Nyusa は、New York, USA の略だという俗説が流布していたそうで、アッカーマンが強く否定している。とすると「ニューサ」と発音するのが妥当だと思われる。初出時はムーアの手になるイラストが添えられていた。〈ウィアード・テールズ〉一九三九年十二月号に転載されたが、ニューサが全裸だという記述は削除された。

ちなみに、クレジットはされていないが、アッカーマンは8にも関与しており、題名にもなったキャラクターを創造したらしい。

11はムーアの二大シリーズの主人公が共演する番外篇。未来の夫カットナーと文通をつづける過程で生みだされたものであり、どちらかといえばカットナー色が強い。この作品に出てくる詩「地球の緑の丘」に強い感銘を受けたのが新進作家ロバート・A・ハインラインで、のちに作者たちの許可を得たうえで自作の題名に使用した。

12はムーアが〈ウィアード・テールズ〉に送って不採用になった幻の第二作だろうと推定されている。ラヴクラフトとは年の離れた親友で、一種の神童だったR・H・バーロウという十代のファンが、ラヴクラフトの仲介でこの原稿を手に入れ、みずから発行するファンジンに掲載した。そのさいバーロウの手がかなり加わったらしく、バーロウの小説「夜の海」(一九三六)との文体の類似が指摘されている。

13はウォルター・E・マルコネットというファンが出していた同人誌の二周年記念号に掲載された掌篇。このファンジンはユーモアを主体にした非常に質が高いもので、カットナーも寄稿者に名を連ねていた。

14でムーアが言及している〈アメージング・ストーリーズ〉は一九三一年九月号。表紙絵はS・P・ミーク大尉の"Awlo of Ulm"という作品を題材にしたものだったと判明している。

《ジレル》シリーズ「暗黒の国」は、〈ウィアード・テールズ〉一九三六年一月号に掲載された。

前述したように、このシリーズは二度にわたって全訳が出ている。最初はハヤカワ文庫SF

から『大宇宙の魔女』（一九七一）、『異次元の女王』（一九七二）、『暗黒界の妖精』（一九七三）の三分冊で出たヴァージョン。翻訳は仁賀克雄《じんかかつお》が担当したが、「生命の樹」は深町眞理子《ふかまちまりこ》、「短調の歌」は佐藤正明《さとうまさあき》の訳が収録されていた。世界に先んじてシリーズ全作を集成した偉業であり（本国で集成が実現したのは二〇〇八年）、松本零士《まつもとれいじ》の描く妖艶な宇宙美女たちのイラストの魅力もあいまって、いまも根強い人気を誇っている。二番目は二〇〇八年に論創社の叢書《ダーク・ファンタジー・コレクション》の一冊として出た『シャンブロウ』。こちらは仁賀克雄の個人全訳で、一部が改題されたうえ、配列も発表順にあらためられた。

じつは論創社版が出る前に、東京創元社編集部K氏と中村のあいだで新訳の企画が進んでいたのだが、同書の刊行によっていったんお流れとなった。その後、編集部F氏の提案でこのシリーズの大ファンだった市田の参加が決まり、共訳という形になった。用語統一は中村がおこなったが、文責はそれぞれの訳者にある。

これを機に、わが国でもムーアの再評価が進むことを願いたい。

二〇二一年十月

検　印
廃　止

ノースウェスト・スミス全短編
大宇宙の魔女

2021年11月12日　初版

著　者　C・L・ムーア

訳　者　中村《なかむら》融《とおる》・市田《いちだ》泉《いづみ》

発行所　(株)東京創元社
代表者　渋谷健太郎

162-0814/東京都新宿区新小川町1-5
電　話　03・3268・8231-営業部
　　　　03・3268・8204-編集部
URL　http://www.tsogen.co.jp
フォレスト・本間製本

乱丁・落丁本は，ご面倒ですが小社までご送付ください。送料小社負担にてお取替えいたします。

ISBN978-4-488-79001-1　C0197